Gibt es einen größeren Schmerz als den Verlust des eigenen Kindes? Jess hat ihre Tochter Anna bei einem Lawinenunglück verloren. Die Trauer droht sie zu überwältigen, sie muss aber schon wegen der kleinen Rose, Annas Kind, zurück ins Leben finden. Und irgendwann wird Jess klar, dass Anna ein ganz anderes Leben geführt hat als gedacht. Jess steht plötzlich vor der Frage, wie gut sie die eigene Tochter gekannt hat. Noch nicht einmal Theo, ihr bester Freund – oder ist er doch mehr für sie? – kann ihr helfen. Der Weg zur Aussöhnung mit ihrer Tocher muss Jess allein finden.

Fionnuala Kearney wurde im irischen Cork geboren und wuchs mit sechs Geschwistern in Dublin auf. Sie arbeitete als Immobilienmaklerin in London, wo sie bis heute mit Ehemann und zwei Töchtern lebt. Seit fünf Jahren widmet sie sich ausschließlich dem Schreiben. »Als ich dich verlor« ist ihr zweiter Roman.

Ulrike Thiesmeyer, 1967 in Düsseldorf geboren, übersetzt aus dem Englischen und Französischen und hat u. a. Kamila Shamsie, Jamie Ford und Suzanne Joinson ins Deutsche übertragen.

Fionnuala Kearney

Als ich dich verlor

Roman

Aus dem Englischen
von Ulrike Thiesmeyer

Berlin Verlag Taschenbuch

MIX
Papier aus verantwortungsvollen Quellen
FSC® C083411
www.fsc.org

Januar 2017
Die Originalausgabe erschien 2016 unter dem Titel *The day I lost you*
bei HarperCollins, London

Umschlaggestaltung: ZERO Werbeagentur
Umschlagmotiv: FinePic®, München
Gesetzt aus der Life
Druck und Bindung: CPI books GmbH, Leck
Printed in Germany
ISBN 978-3-8333-1072-0

Erster Teil

Prolog

Es gibt immer ein Davor und Danach. Einschneidende Momente, wenn das Leben unversehens aus dem Gleichgewicht gerät, wie ein hochaufgelöstes Foto aus feinsten Pixeln, das mit einem Mal verschwimmt und unscharf wird.

Der 7. Dezember 2014, der Tag, an dem es geschah, war nicht weiter bemerkenswert, ein Tag wie jeder andere. Ein arktisches Tiefdruckgebiet sorgte für klirrende Kälte, die mir ein taubes Gefühl in Fingern und Zehen bescherte, trotz Handschuhen und schaffellgefütterten Stiefeln, und der Himmel war wolkenlos, winterlich klar und kristallin-blau, nur hier und da von Kondensstreifen schlierig durchzogen.

Theo und ich waren zusammen auf dem Weihnachtsmarkt, wir verbrachten den ganzen Nachmittag am Irish-Coffee-Stand – die junge Belegschaft, das weiß ich noch, unfähig, eine ebene Schicht Sahne auf dem Kaffee hinzubekommen, war dafür eine Spur zu freigiebig mit dem Alkohol. Doch es war ja Advent, die Jahreszeit des allgemeinen Wohlwollens. Überall blinkten Lichterketten; selbstgebastelte Knallbonbons aus Klopapierrollen wurden entzweigerissen; Kinder sangen mit hohen, hellen Stimmen Weihnachtslieder; es gab frische Mince Pies aus fettigem Blätterteig, der überallhin krümelte und auf dem blankgebohnerten Parkettboden der Schulaula festgetreten wurde, und ein intensiver Duft nach Zimt und Nelken lag in der Luft.

Ein rundum netter, amüsanter Nachmittag, meiner Erinnerung nach.

Als ich wieder zu Hause war, setzte ich Teewasser auf und drehte die Heizung hoch. Danach saß ich eine Zeitlang auf dem

Sofa, mit übergeschlagenen Beinen und einem Becher schwarzen Tee, an dem ich mir die Hände wärmte, und blickte hinaus in den dämmrigen Garten. So lieb ich sie auch hatte – Tage ohne Rose boten mir eine willkommene Verschnaufpause. Ihretwegen war ich sonst so eingespannt, dass es schon eine Wohltat war, einfach nur dazusitzen, zu *sein*, mich dem bloßen Nichtstun anheimzugeben. Bis zu dem Moment, als es an der Tür klingelte, ist es die Normalität dieses Tages, die sich mir eingeprägt hat.

Es klingelte, doch ich rührte mich nicht – bis ich Dougs Stimme hörte, die durch den Briefschlitz drang. Erst da sprang ich auf, flink wie eine Gazelle.

»Jess. Ich bin's, Doug. Machst du bitte auf?«

Ich ging in den Flur hinaus, konnte ihn draußen auf der Veranda hören; er trat von einem Fuß auf den anderen. *Doug ist schon ewig nicht mehr bei mir vorbeigekommen.*

Mein Handy klingelte in der Tasche meiner Jacke, die an der Garderobe hing. Im Display sah ich seine Nummer. Mit anderen Worten, er hatte das Klingeln wahrscheinlich auch gehört.

»Mach bitte auf, Jess. Es ist wichtig.«

Ich nahm den Anruf an und beendete ihn gleich wieder per Tastendruck.

»Was ist los, was willst du?«, fragte ich, durch die vier soliden Holztafeln meiner Haustür.

»Ich muss mit dir sprechen. Bitte.« Bei dem letzten Wort schien ihm die Stimme zu versagen. Ich ließ den Riegel aufschnappen und öffnete die Tür.

Mein Exmann Doug, der Mann, den ich angeblich »mit meiner Liebe erdrückt« hatte, stand fröstelnd vor mir.

»Darf ich reinkommen?«

Ich warf einen Blick über seine Schulter, in der Erwartung, Carol dort zu sehen, seine Frau. Sie ließ ihn nie aus den Augen, war eigentlich immer an seiner Seite.

»Was willst du, Doug?«, fragte ich abermals.

»Darf ich reinkommen?«, wiederholte er.

Und da machte ich den Fehler, ihm in die Augen zu sehen; die kobaltblauen Augen, die Anna, unser einziges Kind, von ihm geerbt hatte, die gleichen Augen, die, eine Generation weiter, auch Rose hat. Das war der entscheidende Augenblick – zwischen dem, was war, und dem, was sein würde. Seine nächsten Worte pochten einen langsamen, rhythmischen Takt in meinem Kopf; jedes einzelne davon brannte sich mir ins Hirn wie eine Tätowierung, für immer. Und es geschieht etwas, wenn der Körper gezwungen ist, eine unerwünschte Neuigkeit zu hören; grausame, das Leben umwälzende Worte. Adrenalin schießt durch die Extremitäten, sorgt dafür, dass man sich weiter aufrecht hält, obwohl einem spontan zumute ist, als müsse man zu Boden sinken. Sorgt dafür, dass das Herz in der Brust weiterschlägt, obwohl es sich anfühlt, als wolle es in hundert Stücke zerspringen.

Dann knickten mir unvermittelt die Knie ein, es war, als würde ich gefällt. Mir brach am ganzen Leib der Schweiß aus, er quoll aus jeder Pore, ich spürte ihn an den Fingerspitzen. Würgende Angst überkam mich, als ich Doug in die Arme sank und sein vertrauter Duft mich umfing. Und so, von einem Moment zum nächsten, war nichts mehr wie zuvor. Die Welt, wie ich sie kannte, gab es nicht mehr.

1. Jess

Zehn Wochen später –
Freitag, der 13. Februar 2015

Ich wache mit einem salzigen Geschmack auf den Lippen auf. Es dauert einen Moment, bis sich meine Augen im schummrigen Licht, so früh am Morgen, zurechtfinden; mein Verstand braucht etwas länger, um zu begreifen, dass ich im Schlaf geweint habe. Blinzelnd, mit noch tränenfeuchten Wimpern werfe ich einen Blick auf die Leuchtanzeige meines Weckers. Es hilft nichts – jetzt werde ich nicht mehr einschlafen.

Langsam, mit schweren, steifen Gliedern kämpfe ich mich aus dem Bett hoch und gehe leise über den Treppenabsatz, um im Zimmer gegenüber nach dem Rechten zu sehen. Alles in Ordnung, sie liegt in ihrem Bett, schläft tief und fest. Ich widerstehe dem Drang, sie zu berühren, ihr kurz prüfend die Hand auf die Stirn zu legen. Das ist so eine Angewohnheit von mir, ein Überbleibsel von früher, als sie als Baby eine Brustfellentzündung hatte und wir das Fieber erst mit Verspätung bemerkt haben.

Sie atmet leise, rhythmisch und regelmäßig wie ein langsam schlagendes Metronom, während sich ihre Brust unter der Bettdecke hebt und senkt. Sie dreht sich auf den Bauch, fort von mir, mit oben um den Kopf herumgebogenem Arm. Ihre andere Hand hängt schlaff über die Bettkante. Ich hebe ihren Arm behutsam an und stecke ihn unter die Decke.

Das Zimmer neben ihrem gehört Anna. Ich nehme mir ein Kissen von ihrem Bett, das ich fest an mich drücke, während ich gemächlich die Treppe hinuntersteige. Wenig später gurgelt und zischt die Kaffeemaschine und verheißt mir meinen Morgennektar.

Ich bereite Roses Pausenbrotdose vor. Es ist der letzte Schultag vor den Winterferien, und ich ahne, dass sie früh aufwachen wird, voller Vorfreude, weil heute kein Unterricht stattfindet, sondern nur gespielt wird, von den Ferien ganz zu schweigen ... Die Schule endet früher als sonst, deshalb gebe ich ihr nur einen leichten Imbiss mit; eine Scheibe Brot, dünn mit Butter bestrichen, halbiert und mit Schinken belegt. Ohne Kruste. Kruste mag sie nämlich überhaupt nicht. Eine Satsuma, leicht zu pellen, und ein Fläschchen Wasser.

Ich halte in meinem Tun kurz inne, überlege, ob ich den Fernseher anschalten soll, zur Ablenkung, als mögliche Stütze, denn ich spüre innerlich, dass dies ein schlechter Tag wird. Ehe ich mich's versehe, habe ich die Hand an ein gerahmtes Foto gelegt, das in der Nähe steht. Ich sehe es nicht einmal an, hebe einfach nur den Arm und schleudere es von mir. Es segelt wie ein Frisbee durch die Luft und landet, wie von mir vermutlich erhofft, auf einem Sofa drei Meter weiter weg. Ich setze mich in Bewegung, gehe von der Küche in die andere Hälfte des Zimmers, das sich an der Rückseite meines schmalen Hauses entlangzieht. Hier gehörte eigentlich ein Esstisch hin. Stattdessen steht dort, neben einem Sessel mit Lederbezug, ein betagtes Zweiersofa, schäbig und ungeliebt, das Anna und ich mal vom Sperrmüll geholt haben, mit der festen Absicht, es schön neu zu beziehen. Ich lasse mich darauf niederplumpsen und fahre mit der Hand über den abgeschabten, knubbeligen Bezug. Blindlings taste ich nach dem Bilderrahmen und drücke ihn kurz an mich, ehe ich ihn auf meinen Schoß sinken lasse – mit dem Foto nach unten.

Ich greife zum Telefon und wähle eine vertraute Nummer. »Sag mir, dass ich die Fotos nicht kaputt schlagen soll. Erinnere mich daran, dass ich das bitter bereuen würde.«

»Jess, es ist sechs Uhr morgens.«

»Tut mir leid, entschuldige. Sag's mir. Bitte.«

»Na schön.« Leah räuspert sich, und ich sehe vor mir, wie sie sich im Bett aufsetzt, während Gus neben ihr verschlafen brummelnd Protest einlegt. »Finger weg von den Fotos. Schön heile lassen, nicht kaputt schlagen. Du würdest es bereuen.«

»Gut.« Meine Hand krampft sich noch fester um den Silberrahmen. Ich brauche das Foto nicht anzusehen. Es ist bei einem Campingurlaub in Frankreich entstanden, als Anna vierzehn war, damals in dem Sommer, als sie anfing, sich für Jungs zu interessieren.

Leah bemüht sich hörbar, ein Gähnen zu unterdrücken. »In einer Stunde hätte ich dich selbst angerufen.«

»Ich weiß.«

»Alles Gute zum Geburtstag, große Schwester. Herzlichen Glückwunsch. Kommst du klar?«

Ich lache einmal kurz trocken auf. »Sicher doch. Entschuldige, dass ich dich geweckt habe. Bitte auch an Gus weitergeben. Bis später.«

Ich beende das Telefonat, streiche mit der Hand über die Rückseite des Fotorahmens. Heute ist mein Geburtstag, ich werde achtundvierzig. Auch sie hat heute Geburtstag. Vor fünfundzwanzig Jahren kam sie förmlich aus meinem Leib in die Welt hinausgeschossen. Nur gut, dass die Hebamme sie so geschickt aufgefangen hat, sonst wäre sie womöglich vom Bett geflogen, an der Nabelschnur hängend, durch die wir weiter verbunden waren.

»Herzlichen Glückwunsch, Kleines. Alles Gute zum Geburtstag.« Ich spreche die Worte laut aus, aber niemand ist da, um sie zu hören.

»Omi?«

Ich schnelle herum und sehe Rose, die mit ausgestreckten Armen auf mich zukommt. Es wirkt so, als würde sie sich in Zeitlupe bewegen, und ich achte darauf, mir dieses Bild gut einzuprägen; wie sie auf mich zuwankt, schlaftrunken und mit zerzausten Ringellocken, die bei jedem ihrer Schritte leise wippen. Als sie bei mir ankommt, beuge ich mich hinab und drücke sie an mich. Sie schlingt mir die Arme um den Hals, und ich spüre ihre Finger, die sich in meine eigenen Locken graben. Unwillkürlich kommt mir die Zeit in den Sinn, als sie ein Säugling war und noch kaum Haare hatte. Bloß einen seidig zarten Flaum, der allerdings nicht glatt war, sondern korkenzieherlockig, schon damals. Es kam häufig vor, dass sie das Händchen nach meinen Haaren ausstreckte, sich eine gelockte Strähne griff und sie sachte in die Länge zog, ganz in den Bann geschlagen von ihrer elastisch-spiraligen Struktur. Auch ich war vollkommen fasziniert. Sie war nicht mein Kind, und doch hatten wir durch die Zufälle und Launen gemeinsamer Gene das gleiche von Natur aus wellige, in sich geringelte Haar.

Und jetzt sitze ich hier, mit den Fingern in ihrer Mähne, und massiere ihr sanft den Kopf, so, wie sie es am liebsten hat.

»Ich hatte einen schlechten Traum.« Bei diesen Worten umklammert sie mich noch fester.

Ich auch. Ich habe geträumt, deine Mummy hätte uns verlassen. Jede Nacht träume ich, deine Mummy hätte uns verlassen. Dann schrecke ich aus dem Schlaf auf, drücke mir ihr Kopfkissen an die Nase und sage mir, dass es bloß ein Traum war.

»Beruhige dich, Liebes.« Ich drücke ihr einen Kuss aufs Haar. »Es war doch nur ein Traum.«

»Mit wem hast du geredet?«

»Mit niemandem. Bloß ein Selbstgespräch, mehr nicht.«

»Daddy sagt, Leute führen Selbstgespräche, wenn sie alt werden.« Sie lässt mich los, weicht etwas zurück und blickt mir direkt in die Augen. »Bist du heute alt, Omi?« Ihr Mund lächelt, doch ihre Augen, umrahmt von langen, bildschön gebogenen Wimpern, scheinen richtig zu lachen. Vor Staunen darüber stockt mir schier der Atem.

Ich kitzle sie unter den Armen. »Freches kleines Ding«, sage ich tadelnd. »So alt auch wieder nicht. Na komm, ab mit dir unter die Dusche, dann gibt's Frühstück.« Sie quietscht vor Vergnügen und saust los, stürmt vor mir die Treppe hoch und ruft, dass sie eine Karte für mich hat. Mit ihren gerade einmal fünf

Jahren weiß sie nichts mehr davon, dass heute auch ihre Mutter Geburtstag hat. Was vielleicht, alles in allem, auch besser so ist.

Am Schultor treffe ich auf Leah, die von der Seite her neben mich tritt. Nach einer Umarmung zum Abschied, die länger als sonst ausfällt, lasse ich die Kleine los, und wir winken Rose gemeinsam zu, während sie auf die Schule zuläuft.

Vor dem Eingang macht sie noch einmal kehrt, stürmt zu mir zurück und flüstert: »Ich hab dich lieb, Omi.«

»Bis zu den Sternen und darüber hinaus.« Ich werfe ihr ein Kusshändchen zu, sie fängt den Kuss mit einer Hand auf und wirft ihn zu mir zurück, und ich klopfe mir sacht aufs Herz. Das ist ein kleiner Brauch zwischen uns; etwas, womit wir angefangen haben, als ich sie zum ersten Mal zu der Schule »für Große« gebracht habe. Etwas, das ich schon mit Anna immer gemacht habe, früher, als sie klein war.

Sie flitzt davon, zu ihrer Freundin Amy, die sie an der Klassenzimmertür schon ungeduldig erwartet und sich bei ihr unterhakt, ehe sie in den Raum verschwinden.

Es fühlt sich eigenartig an, sie nicht in das Gebäude zu begleiten. Aber da es mir nun schon einmal gelungen ist, einen seltenen freien Tag zu ergattern, indem ich mit Trish, der anderen Assistenzlehrerin der sechsten Klasse, die Schicht getauscht habe, will ich lieber kein Risiko eingehen, für den Fall, dass es sich doch noch jemand anders überlegt. Für mich fangen die Winterferien jetzt schon an, basta. Auf dem Schulhof entdecke ich Finn, Theos Sohn, der mir scheu zuwinkt. Er ist groß für sein Alter, locker einen Kopf größer als seine Mitschüler, und er rätselt offenbar, warum ich noch auf dieser Seite des Schultores stehe, das kann ich ihm ansehen.

»Ist das eine Kontrolle?«, frage ich meine Schwester, während ich Finn meinerseits kurz zuwinke und mich dann auf den Weg zurück zum Auto mache.

»Ja.« Leah hat die erfrischende Angewohnheit, nicht lange um den heißen Brei herumzureden.

»Es geht mir gut. Ich komme schon klar.«

Sie schüttelt den Kopf. »Was soll denn der Unfug, es geht uns doch allen an die Nieren. Da, für dich …« Sie reicht mir ein kleines Päckchen mitsamt Karte, und ich lasse beides umgehend in meine Tasche verschwinden. »Ich weiß, dass du deinen Geburtstag nicht feiern wirst. Ihren Geburtstag«, sagt sie. »Aber vergessen sollten wir diesen Tag trotzdem nicht.« Sie streckt die Arme nach mir aus und drückt mich flüchtig an sich. Es ist keine richtige Umarmung. Leah ist nicht der Typ Mensch, der einen umarmt. Ich nutze die Gelegenheit dennoch und schließe kurz die Augen.

»Sean holt sie direkt von der Schule ab, richtig?«, sagt sie.

Ich nicke wortlos. Er war am Vorabend da, nachdem sie schon zu Bett gegangen war, um ihr Reisegepäck abzuholen.

»Es ist ja nur für zehn Tage. Sie wird mit ihrem Daddy eine wunderbare Zeit verleben, und es ist gut, dass auch seine Eltern dabei sind und etwas helfen können.«

Ich mache mich von ihr los. Die Vorstellung, wie Sean, Roses Vater, mit ihr in einer All-inclusive-Ferienanlage auf den Kanaren den Daddy spielt, weckt in mir nicht im Entferntesten die Euphorie, die alle Welt von mir zu erwarten scheint. Weil er sie eigentlich gar nicht richtig kennt. Dass sie etwa zum Nachtisch gern Fruchtzwerge mag; im Schnitt dreimal die Woche nachts aufwacht und weinend nach ihrer Mutter ruft; morgens immer am liebsten selbst entscheidet, was sie anziehen möchte; und abends immer erst einschlafen kann, wenn man vorher eine Runde mit ihr gekuschelt hat – all das weiß er nicht.

Ich spreche es laut aus. »Er kennt sie ja nicht mal richtig.«

»Aber er gibt sich Mühe. Schon vor Annas Tod …«

Ich wende ihr ruckartig das Gesicht zu. »Nicht.«

»Damit will ich doch nur sagen, dass ihr beide, du und Anna, zusammen eine Art Naturgewalt wart. Schwierig für ihn, gegen euch anzukommen und auch eine Rolle zu finden. Lass ihn sein Glück als Vater versuchen, Jess. Denk auch an Rose, sie wird ihn ebenfalls brauchen.«

Ich schlinge fröstelnd die Arme um mich.

»Komm, gehen wir irgendwo frühstücken«, sagt sie.

»Nein.« Ich wollte, sie würde mich in Frieden lassen, frage mich, warum sie noch nicht unterwegs zur Arbeit ist.

»Entschuldige. Tut mir leid.« Ihr ist bewusst, was sie angerichtet hat. »Das hätte ich nicht sagen sollen.«

»Allerdings.« Niemand. Niemand darf aussprechen, dass Anna tot ist. Niemand. Mag sein, dass ich damit die Augen vor der Realität verschließe, ist mir egal. Mag sein, dass die Chancen, dass sie noch lebt, gleich null sind, ist mir egal. Tatsache ist, ich habe keinen Leichnam, den ich beerdigen könnte.

Leah streckt die Hände aus, nimmt mich erneut in die Arme. »Es tut mir leid«, beteuert sie abermals. »Das war sehr taktlos von mir, gerade heute.«

»Sie fehlt mir so sehr«, flüstere ich und beiße mir auf die Unterlippe, so fest, dass ich Blut schmecken kann.

»Ich weiß.« Sie hält mich weiter umarmt, drückt mich fester an sich, als es sonst ihre Art ist. »Ich bin ja hier. Ich hab dich lieb, hörst du.«

Das ist nicht genug. Aber das sage ich ihr nicht.

»Frühstück?«, fragt sie noch einmal.

»Um Himmels willen, was soll ich denn bloß tun?«, frage ich, unterwegs zu unseren Autos.

Leah zuckt die Achseln. »Einfach weiter ein- und ausatmen.«

»Das ist alles? Mehr fällt dir dazu an Ratschlägen nicht ein?«

»Du willst ja nicht –«

»Was will ich nicht? Sag's mir, Leah. Was genau will ich nicht? Du hast ja keine Ahnung, verdammt nochmal.«

Damit wende ich mich unwirsch ab und steuere auf mein Auto zu. »Auf Frühstück kann ich verzichten«, brülle ich noch, ohne mich umzusehen. »Wenn du dich beeilst, erwischst du noch den Zehn-nach-neun-Zug zur Waterloo Station.«

»Jess, halt. Warte doch!«

Ich sitze bereits im Wagen und schnalle mich an. Sie versteht es einfach nicht. Aus Borniertheit, aus völliger Lebensfremdheit. Weil sie selbst nie Mutter geworden ist, deswegen. So bastele ich an einer Rechtfertigung dafür, weshalb ich sie so schroff habe stehen lassen, während ihre Gestalt im Rückspiegel immer kleiner wird, bis sie nicht mehr zu sehen ist. Dabei weiß ich im Grunde, dass ich maßlos überreagiert habe, und könnte mich im Stillen dafür ohrfeigen. Denn sie gibt sich redlich Mühe. So wie wir alle. Aber Leah weiß nun einmal nicht, was das ist, bedingungslose Liebe. Sie weiß nicht, wie übermächtig der Schmerz um ein vermisstes Kind sein kann, so übermächtig, dass dieser Schmerz eine Art Eigenleben entwickelt.

Nachdem ich die kurze Strecke von der Schule nach Hause zurückgelegt habe, versuche ich, mich mit Hausarbeit abzulenken. Auf dem Weg nach oben komme ich in der Diele an einem Sammelsurium von Schuhen vorbei. Annas Schuhe. Flache Schuhe, Schuhe mit Absätzen, bunt durcheinandergewürfelt – kniehohe, hochhackige Wildlederstiefel schmiegen sich an ein Paar flacher Schnürschuhe. Ich rühre die Schuhe nicht an. Aus der abergläubischen Furcht heraus, dass sie nicht nach Hause zurückkommt, wenn ich sie forträume, und sei es nur in ihr Zimmer. Also lasse ich sie, wo sie sind. Versuche zu verdrängen, wie oft ich sie lautstark aufgefordert habe, ihren Mist von der Haustür wegzuräumen. So habe ich sie nämlich genannt, diese Sachen, die Anna gehörten – einen Haufen Mist.

Ich schwinge in Roses Zimmer den Staubsauger, wo der Teppich voller Glitzerstaub ist, von der Geburtstagskarte, die sie mir gebastelt hat. Als ich ihr Bett abziehe, stoße ich zwischen den Laken hier und da auf Legosteine, die ich in eine große Kiste unter dem Bett werfe. Die Bettwäsche duftet nach ihr, unverkennbar. Auf der Treppe und unten im Flur, unterwegs zur Waschmaschine, vorbei an Annas Schuhen, atme ich diesen Duft ganz tief ein.

Unten im Erdgeschoss vibriert mein Handy: eine SMS von Theo. Er ist ein enger Freund, seit wir uns vor über zehn Jahren bei der Arbeit kennengelernt haben, und ich weiß, dass ich mit meiner heutigen Verfassung bei ihm auf vollstes Verständnis stoße.

›Herzlichen Glückwunsch zum Geburtstag‹ klingt total verkehrt.
Costa um 12? x

Ich überfliege die SMS und überlege, ob ich dankend ablehnen soll. Theo hat wahrscheinlich nur eine Stunde Pause, ehe er in die Praxis zurückmuss, und ich sollte eigentlich zusehen, dass ich mit meiner finsteren Stimmung nicht auch noch andere belästige. Die Vorstellung eines langen, einsamen Geburtstags, der mir ansonsten bevorstünde, hält mich jedoch davon ab, das einzig Richtige zu tun.

Es ist Punkt zwölf Uhr, und er erwartet mich schon in der Sitznische im hinteren Teil des Cafés, unserem üblichen Stammplatz, wenn wir uns treffen, um über Gott und die Welt zu plaudern. Sogar zwei Becher Kaffee hat er bereits vor sich auf dem Tisch stehen. Das intensive Aroma gemahlener, bitterer Kaffeebohnen, das mich empfängt, ruft Erinnerungen wach. Erinnerungen an den Tag, an dem Anna verschollen ist, den Tag auf dem Weihnachtsmarkt.

»Eins vorab, ehe ich mich setze«, verkünde ich, als ich vor ihm stehe.

Theo zieht die Augenbrauen hoch, sieht mich fragend an.

»Ich möchte nicht über meinen Geburtstag reden.«

Seine Augenbrauen wandern noch höher, er runzelt die Stirn, ein wenig befremdet.

»Theo?« Erst muss er mir seine Einwilligung geben, eher setze ich mich nicht.

»Na schön. Wie du willst.« Er schiebt den einen Kaffee über den Tisch, und ich nehme ihm gegenüber in der Nische Platz. »Also. Wie kommst du so damit zurande, dass heute Annas Geburtstag ist?«

Ich schließe die Augen. Stoße langsam die Luft aus.

»Was denn?«, fährt er fort. »Du hast mir verboten, über deinen Geburtstag zu reden. Von ihrem Geburtstag war nicht die Rede.«

Ich gehe nicht darauf ein. Trinke ein Schlückchen Kaffee, verziehe das Gesicht und tausche unsere Becher aus. »Da ist schon Zucker drin«, erkläre ich.

Ich würde ja gern reden, aber ich kann nicht. Würde auch gern weinen, bin aber offenbar nur im Schlaf imstande, den Tränen freien Lauf zu lassen. Schweigen senkt sich zwischen uns herab, aber das macht nichts. Das kommt bei uns schon mal vor. Weil wir nun schon so lange so gut befreundet sind, dass wir uns durchaus auch mal anschweigen können. Theo hebt die Hand, reibt sich beiläufig an der Nase.

Schließlich gebe ich mir einen Ruck. »Es wird und wird nicht leichter. Ich schwör's. An manchen Tagen bin ich schon froh, dass ich noch atmen kann.« Bei diesen Worten wird mir erneut schmerzlich klar, wie schlecht ich Leah behandelt habe. »Dieser Spruch, die Zeit heilt alle Wunden, das ist Quatsch«, sage ich zu Theo. »Eine absolute Lüge. Die Zeit heilt überhaupt nichts.«

»Das wird schon werden. Tage wie heute sind natürlich besonders schlimm.«

Ich schüttle den Kopf. »Ja, der Tag heute ist schlimm. Aber gestern war es noch schlimmer – die Anspannung … Es ist wie ein körperlicher Schmerz, der mich lähmt, überall, in jedem Muskel, jedem Nerv.« Ich suche Halt am Henkel des Bechers, so fest, dass meine Knöchel weiß hervortreten. »Früher … wenn wir zusammen Geburtstag feierten, war das etwas ganz Besonderes. Als hätte sie immer schon gewusst, dass sie das beste Geburtstagsgeschenk war, das ich je bekommen habe.«

Er trinkt wortlos einen Schluck Kaffee; signalisiert mir durch sein Schweigen, dass er mich versteht. Dann wechselt er unvermittelt das Thema.

»Und heute Abend? Machst du irgendwas?«

»Ich bin zum Essen bei Leah eingeladen. Gus kocht«, erwidere ich. »Aber ich muss erst sehen, wie es mir geht. Weiß noch nicht, ob ich hingehe.«

»Täuscht der Eindruck, oder könnte es helfen, wenn du einfach mal in den Arm genommen wirst?«

Ich sehe mich einmal rasch im Costa um. »Danke für das Angebot, ist schon gut. Ihr lebt zwar getrennt, aber hier sind sicher ein halbes Dutzend deiner Patienten, und du bist immer noch ein verheirateter Mann.«

»Hmmm«, mehr sagt er nicht.

»Was soll das heißen, ›hmmm‹?«

»Nichts. Wir sind hier, um über dich zu reden. Magst du was essen? Du solltest was essen. Sieh dich an, nur Haut und Knochen.«

Ich schüttle ablehnend den Kopf. »Wie geht's Finn?« Seit Harriet ausgezogen ist und ihre Ehe damit faktisch beendet hat, frage ich mich, wie sie es fertiggebracht hat, gleichzeitig ihren elfjährigen Sohn zu verlassen.

»So weit ganz gut, anscheinend. Diese Winterferien sind die ersten, die er bei beiden Elternteilen verbringt, halb und halb. Wird schon seltsam. Du verbringst in der Schule mehr Zeit mit ihm als ich.« Er sieht mich lächelnd an, ein wenig fragend – doch ich bin nicht bereit, jetzt darauf einzugehen, nicht heute. Finn ist in der Schule nicht er selbst, zeigt ein starkes Bedürfnis nach Beachtung. Was aber wohl nicht weiter verwunderlich ist.

»Schön. Tja, nun sollte ich mal besser los.« Er schlägt mit den Händen leicht gegen die Tischkante und steht dann auf. »Mein Angebot steht. Darf ich dich jetzt umarmen?« Er blickt mich ruhig an, mit seinen Augen, die ebenso grün sind wie die khakifarbene Hose, die er heute trägt.

Wir umarmen uns. Er drückt mich fest an sich. Ich kann sein Aftershave riechen, und dennoch denke ich einzig nur an Anna. Ich schließe die Augen, tue so, als wäre ich jetzt ihr nahe. Als wäre es ihr Parfüm, das ich gerade einatme, süß und blumig, statt der Moschusnote, die ich tatsächlich wahrnehme. Ich muss mich beherrschen, um mich nicht an ihn zu klammern wie eine Ertrinkende.

»Dieser Abend, letztes Jahr um diese Zeit«, flüstert er. »Erinnerst du dich?«

Allerdings. Wir waren aus, ich und ein ganzer Trupp vom Schulausschuss, um meinen Geburtstag zu feiern, und am Ende habe ich auf dem Tisch getanzt. Rose war an dem Abend bei Sean, und Anna war am Ende vorbeigekommen, um mich mit dem Taxi einzusammeln, nachdem sie selbst mit Freundinnen um die Häuser gezogen war. »Taxi für die betrunkene Mutter!«, hatte sie durch den Pub gerufen.

»Es tut gut, sich an fröhliche Zeiten zu erinnern«, sagt er.

Theo scheint genau zu wissen, was für Bilder mir gerade durch den Kopf gehen. Er lässt seine Hand auf meiner Schulter ruhen, und kurz habe ich den Eindruck, dass er nun etwas Tiefgründiges sagen wird, etwas, das mir wirklich helfen könnte – einen klugen Ratschlag, wie ich mit diesem Verlust fertigwerden könnte, der Tag und Nacht an mir zehrt, der mir all meine Kraft raubt. Aber nein. »Es ist Scheiße, Jess«, stellt er fest. »Egal, was ich sage, nichts kann es besser machen. Aber ich werde mich trotzdem weiter bemühen.«

Zwar nicht sehr tiefschürfend, aber irgendwie helfen mir seine Worte trotzdem.

Es ist zwanzig vor elf, am Abend meines achtundvierzigsten Geburtstags, und ich liege im Bett. Meine Mutter hat mir zweimal auf den Anrufbeantworter gesprochen, aber ich habe es nicht über mich gebracht, sie zurückzurufen. Mein Exmann hat mir eine SMS geschickt, dass er heute an mich denken würde. Meine einzige Schwester ist sauer auf mich, weil ich sie am Morgen so schnöde behandelt und dann auch noch das Essen bei ihr zu Hause abgesagt habe. Meine geliebte Enkelin ist mit ihrem Vater und seinen Eltern verreist. Mein Freund steht vor den Trümmern seiner Ehe, und obwohl er mir helfen will, habe ich meine Zweifel, ob dazu irgendjemand imstande ist. Der einzige Mensch, von dem ich gern hören würde, ist Anna.

Ich gieße mir einen Wodka ein. Nehme mir eine Valium aus der Packung, die Theo mir verschrieben hat. Was ich heute Abend brauche, ist Schlaf.

Ich treibe auf einer Luftmatratze auf einem ruhigen Meer, spüre unter mir das sanfte Auf und Ab des dunkelblauen Ozeans – so dunkelblau wie ihre Augen … Ich erkenne den Strand, von einem Urlaub, den wir dort vor Jahren verbracht haben, Doug, Anna und ich. Sie ist dort, steht am Rande des Wassers und winkt mir zu. Ich freue mich so sehr, sie zu sehen, dass ich mich von der Luftmatratze gleiten lasse, um zum Strand zurückzuschwimmen, zu ihr. Dabei lacht sie die ganze Zeit, winkt mir zu und ruft: »Mama! Hier bin ich, hier!« Und ich schwimme auf sie zu, so schnell ich nur kann, die Tränen laufen mir übers Gesicht, und dabei denke ich in einem fort: »Sie ist gar nicht verschollen, na also. Schau! Da ist sie doch, du kannst sie sehen.«

Dann halte ich inne, trete kurz Wasser; sosehr ich mich auch anstrenge, ich komme beim Schwimmen rätselhafterweise kaum vorwärts, bin noch genauso weit von ihr entfernt wie zuvor, und das entmutigt mich. »Mama!«, ruft sie weiter. »Hier! Hier drüben!« Und dann sehe ich es, eine gewaltige weiße Flutwelle, hinter ihr. Sie rollt rasend schnell heran, und das verwirrt mich. Wie soll das gehen, dass eine weiße Welle auf sie zukommt? Ich bin es doch, die hier im Meer schwimmt. Als die Welle sie verschlingt, mit Haut und Haar, merke ich, wie ich in den Fluten untergehe. Und während ich unaufhaltsam in der Tiefe versinke, sage ich mir, dass sie noch lebt, doch zugleich weiß ich … tief in meinem Herzen, dass sie Rose niemals im Stich gelassen hätte. Nie und nimmer.

Da wache ich auf, benommen und desorientiert. Mein Gesicht ist tränennass.

Ich kann nicht weinen. Und doch scheint es, als würde das Meerwasser, das ich regelmäßig im Traum schlucke, Nacht für Nacht aus meinen Augen wieder austreten.

2. Anna

Raw Honey Blogspot, 02.09.2013

Ich singe für mein Leben gern! Das wissen alle, die mich kennen; ob ich nun in der U-Bahn ungeniert mitsinge, wenn ich ein Stück auf meinem iPhone höre, umgeben von Leuten, die mich befremdet ansehen, oder meinen Beitrag im Chor leiste, in der letzten Reihe. Ich bin immer diejenige in der Karaoke-Bar, die nicht auf den Bildschirm zu schauen braucht, um die Texte zu kennen. Ich bin diejenige, die beim Autofahren aus voller Kehle mitsingt, während das Radio läuft. Bis heute singe ich gern zu Hause vor dem Spiegel, mit der Haarbürste als Mikro. Schon gut, ich weiß. Traurig, aber wahr.

Diese Liebe zum Gesang hat meine süße Tochter (ST) auf jeden Fall von mir geerbt. Neben den langen Beinen. Bis jetzt gerade hat sie mich eine Dreiviertelstunde so richtig auf Trab gehalten; hat darauf bestanden, jeden einzelnen Hut aus meiner Sammlung aufzuprobieren (über vierzig, als ich sie das letzte Mal gezählt habe) und mit diesen Beinen in meinem Zimmer herumzustolzieren, während sie bei Katy Perrys »Roar« mitgesungen hat. Den Refrain haben wir immer zusammen gesungen, und das Tigerbrüllen dabei hat sie wirklich gut drauf, meine ST; als würde sie schon vollauf erfassen, worum es in dem Song geht; als wollte sie der Welt klarmachen, dass sie sich von niemandem irgendwas bieten lässt, und das mit gerade dreieinhalb Jahren. Das liebe ich an ihr, diesen aufmüpfigen Zug.

Hinterher lassen wir es ruhig ausklingen. Zehn Minuten mit ihr in ihrem Bett und einem Buch ihrer Wahl, aus dem ich ihr Märchen vorlese, die immer glücklich enden, eine Möglichkeit, an die auch ich zu glauben wage. Und wenn sie mir dann diese kleinen Ärmchen um den Hals legt und »Gute Nacht, Mummy« flüstert, schmilzt mir regelrecht das Herz dahin.

Mama hat schon ganz recht. Es gibt nichts, was damit zu vergleichen wäre. Diese Liebe, die man von einem Kind empfängt; dieses blinde Vertrauen, diese Zuversicht, dass man als Mutter jedes seiner Bedürfnisse stillt. Einfach nur genial. Es erfüllt mich voll und ganz. Ihr Lachen, ihr Lächeln, ihr Kichern, ihr sonniges Gemüt. Natürlich bin ich nicht unparteiisch, aber sie ist schon perfekt.

Und sie ist wie ihr Dad; diese unermüdliche Wissbegier, diese neugierigen Augen, die sich an den Rändern kräuseln. Seine Augen waren das Erste, was mir an ihm aufgefallen ist. Dieser erste Blick; an jenem Tag, als wir uns kennenlernten, war mir, als würde er tief in mich hineinschauen. Ich fühlte mich entblößt, preisgegeben, verletzlich. Dann lächelte er und gab mir damit zu verstehen, dass das, was er in meiner Seele erblickt hatte, wunderschön war, dass ich wunderschön war und dass er das erkennen konnte.

Kommentar: Crash-bambam

Ich habe gerade mein erstes Kind bekommen und kann das, was Sie über Mutterliebe schreiben, absolut nachvollziehen. Hin und wieder fühle ich mich total überwältigt von allem!

Antwort: Honey-Girl
Versuchen Sie einfach, einen Gang runterzuschalten und alles in Ruhe auszukosten. Es wird leichter mit der Zeit, Ehrenwort!

Kommentar: Idiotlove
Wo haben Sie den kennengelernt, diesen Seelenerforscher? Kennen Sie noch mehr Typen wie ihn?! Wenn es um Liebe geht, bin ich eine absolute Idiotin (siehe Blogname) und habe eine solche Verbindung noch nie gespürt, kein einziges Mal. Diese Gewissheit, wenn man merkt, dass jemand einen auf Anhieb versteht, voll und ganz? Da haben Sie wirklich Glück gehabt.

Antwort: Honey-Girl
Wir sind nicht mehr zusammen, aber er war schon etwas Besonderes …

3. Theo

Theo Pope erinnerte sich glasklar an den Moment, als ihm klar wurde, dass seine Ehe gescheitert war. Es war an dem Abend, als Leah ihm telefonisch mitgeteilt hatte, dass Anna und ein Freund von ihr nach einem Lawinenabgang als vermisst galten. Harriet, die Frau, mit der er seit zwölf Jahren verheiratet war, war ganz in der Nähe gewesen, sie legte gerade die Wäsche zusammen. Ihre Reaktion auf die Neuigkeit fiel angemessen bestürzt aus, sie hatte ihr Mitgefühl für Jess und ihre Familie bekundet. Die Kissenbezüge wurden währenddessen weiter gefaltet, viermal, ehe sie zum Schluss mechanisch mit der Hand die Falten glatt strich; und dabei schielte sie fortwährend mit einem Auge auf ihr Blackberry. Ihr Verhalten hatte Theo schon etwas befremdet; irgendwie unbeteiligt und distanziert, ohne echte Anteilnahme an der Tragödie, die sich da anbahnte.

Im Fernsehen sang Johnny Mathis gerade über ein Kind, das da geboren würde. Die elektrischen Christbaumkerzen, die Theo gerade auf seinem Schoß instand gesetzt hatte, waren auf dem Boden gelandet; einige Lichter brannten, wie es sich gehörte, während andere starrsinnig dunkel blieben. Er war sofort zu Jess gefahren, und als er nach seinem Besuch bei ihr und ihrem Ex Doug – beide völlig am Boden zerstört, beide mit Vorbereitungen beschäftigt, um sich noch am selben Abend ins Auto zu setzen und in der Nacht in die französischen Alpen zu fahren, in das Dorf, wo es geschehen war – nach Hause zurückkam, hatte er gehört, wie Harriet telefonierte. In dem kleinen Fernsehzimmer im hinteren Teil des Hauses, ohne mitzubekommen, dass er gerade durch die Tür gekommen war. Er hörte ihre vertraulich gesenkte Stimme, ihr leise gurrendes Kichern. Er stellte sie sich vor, in dem Zimmer hinter der Tür, an die er gerade seine Stirn drückte. Meinte, sie vor sich zu sehen, gemütlich auf dem Ledersofa zurückgelehnt, mit übergeschlagenen Beinen. Das Telefon in der linken Hand, während sie mit der rechten an ihrem langen, glatten Haar herumspielte, gedankenverloren eine mahagonibraune Strähne nach der anderen auf ihren Finger aufwickelte.

Er hatte die eichenholzgetäfelte Tür geöffnet, für deren Einbau sich Harriet zwei Jahre zuvor mit so viel Nachdruck starkgemacht hatte; im Rahmen einer gründlichen Renovierung ihrer vier Wände, die er schon damals als hilflose Kosmetik der ersten Risse in ihrer Beziehung empfunden hatte. Er war nicht eingetreten, stand einfach nur da in der offenen Tür, und sie hatte erschrocken aufgeblickt, mit völlig erstarrter Miene.

»Es reicht«, hatte er gesagt. »Schluss damit. Geh. Geh zu ihm und werde glücklich. Ich habe es so satt, diese ewige Heimlichtuerei.«

Und sie hatte ihn beim Wort genommen. Zwei Tage später.

Zwei Wochen vor Weihnachten. Sie war ausgezogen. Um fortan mit ihm glücklich zu werden.

Zehn Wochen darauf, es war ein Samstag im Februar, an dem es wie aus Kübeln schüttete und der Regen nur so gegen die Fenster der Praxis prasselte, sammelte er die Unterlagen zusammen, die er gerade auf seinem Schreibtisch studiert hatte, und steckte sie in seine Aktentasche. Die erste Patientin an diesem Morgen war nun jeden Moment fällig, und er schaffte es gerade noch, auf seinem Bürostuhl Platz zu nehmen, als es auch schon an der Tür klopfte.

»Herein«, sagte er.

Die Tür ging auf, und Jess steckte den Kopf ins Zimmer. »Nein, ich bin nicht Sarah Talbot, die jetzt eigentlich dran wäre. Entschuldige – ich habe Sue am Empfang überredet, mich vorzulassen. Einer der Vorteile, wenn man früher mal hier gearbeitet hat. Es dauert nicht lang, versprochen.«

Er winkte sie herein, stand auf und begrüßte sie mit Küsschen links und rechts.

»Du bist ja pitschnass«, stellte er fest.

»Ist nur von dem kurzen Weg hierher, halb so wild. Ich habe einen Parkplatz ganz in der Nähe gefunden.« Sie stieß einen lauten Seufzer aus. »Ich will ganz offen sein. Ich brauche mehr von diesen Tabletten, die du mir verschrieben hast, als … du weißt schon. Ich finde keinen Schlaf. Und, bitte, keine Vorträge darüber, wie leicht man davon abhängig werden kann. Ich habe schreckliche Träume, Theo. Der Schnee wälzt sich heran, um sie zu verschlingen, und dann versinke ich im Meer, als würde ich ertrinken, und –«

»Langsam, beruhige dich. Setz dich erst mal, Jess.« Er deutete auf den Stuhl neben seinem Schreibtisch.

Sie tat wie geheißen. »Ich wollte gestern schon was sagen, aber –«

Er nickte, während er gleichzeitig ihre Daten auf seinem Computer aufrief. »Ich verschreibe dir eine Packung für sieben Tage, Jess. Mehr nicht, vorläufig. Mach einen Termin klar, dann können wir dich mal gründlich untersuchen. Wenn du nicht zu mir willst, könnte das auch Jane übernehmen, was hältst du davon?«

Jess nickte. »Ja. Gute Idee.«

Theo musterte seine Freundin näher: ihre übermüdeten, dunkel umschatteten Augen; ihr Haar, das sie am Vortag zu einem dicken Pferdeschwanz gebändigt hatte und das heute ein einziges Gewirr durchnässter Locken war. Ihm fiel ein, dass sie im Café nichts hatte essen wollen. »Du bist sehr mager«, sagte er. »Isst du überhaupt noch was?«

»Immer, wenn ich Rose etwas zu essen mache. Wirklich.« Sie tippte auf ihre Armbanduhr. »Mrs Talbot wartet. Meinetwegen müssen sich heute Morgen noch alle gedulden.«

»Ja, aber das wird dir ja klar gewesen sein, als du dich vorgemogelt hast.« Er druckte das Rezept aus und reichte es ihr. »Komm doch heute Abend vorbei. Jetzt, wo Rose nicht da ist, wirst du gar nichts mehr zu dir nehmen. Komm vorbei und iss was mit uns. Ich habe dir noch gar nicht erzählt, dass ich endlich eine Hilfe für uns gefunden habe – wir haben jetzt ein Au-pair im Haus, und sie kann sogar kochen! Bea heißt sie.« Er grinste.

»Bia?«, fragte sie zurück.

»Nein, Bea, B-E-A, kurz für Beatrice. Schwedin. Blond. Bildhübsch.«

Jess sah ihn stirnrunzelnd an.

»Nein, kleiner Scherz. Sie ist brünett, Spanierin, und ihr Paprika-Hähnchenauflauf schmeckt ziemlich genial.«

»Nein, tut mir leid.« Sie faltete das Rezept zusammen und steckte es in die Jackentasche. »Heute werde ich bei Leah erwartet. Weil ich mich gestern Abend gedrückt habe und Gus mich unbedingt zum Geburtstag bekochen will.« Ihrem Gesichtsausdruck nach hätte sie diesen Abend wohl gern ein zweites Mal sausen lassen. »Ich bin einfach nicht in der Verfassung für gesellige Abende. Nicht bei Leah und Gus, nicht bei dir und Finn. Ich bin völlig mit den Nerven runter. Zucke ja schon zusammen, wenn nur das Telefon läutet.«

Wie aufs Stichwort hin klingelte das Telefon auf Theos Schreibtisch.

»Das wird wegen Mrs Talbot sein, die langsam ungehalten wird.« Jess sprang auf. »Ich gehe mal besser. Vielen Dank, Theo.«

Und husch, war sie wieder fort.

Den restlichen Vormittag über hatte er so viel zu tun, dass er zwischendurch kaum zum Luftholen kam. Obwohl er sich mit Kollegen turnusgemäß abwechselte und diese Sprechstunde am Samstag nur alle vier Wochen abhielt, empfand er diesen Dienst zunehmend als lästig; vor allem aus dem Gefühl heraus, dass er am Wochenende mehr Zeit mit seinem Sohn verbringen sollte. Finn hing jetzt wahrscheinlich vor seinem Laptop herum, statt etwas mit ihm zu unternehmen. Etwas Spaßiges. O nein. Nach einer endlosen Abfolge von Kindern und ihren typischen Ferienerkältungen merkte Theo nun, wie sich auch seine eigenen Nebenhöhlen verengten.

Sein Blick fiel auf den Kalender, vor ihm auf dem Schreibtisch. Ein Geschenk von Finn, schon ein paar Jahre alt, ein Holzblock, auf dem das Datum auf beschrifteten Karten angezeigt wurde. Rechts darüber war ein kleineres Kärtchen für den Monat und links daneben eine weitere Karte mit der Jahreszahl. Er sortierte die richtige Tageskarte nach vorn. Samstag, der 14. Februar 2015. Zehn Wochen, wie er rasch im Kopf nachrechnete, seit seine Frau ausgezogen war. Zehn Wochen, seit Anna als vermisst gemeldet wurde. Siebzig Tage, in denen sie beide, er und Jess, notgedrungen hatten lernen müssen, sich im Leben ganz neu zurechtzufinden.

Harriet hatte sich eine Wohnung in London genommen, in für sie günstiger Lage; die Kanzlei, in der sie seit fünf Jahren als Anwältin beschäftigt war, war von dort aus bequem zu Fuß zu erreichen. In dieser Wohnung, in einem anderen Bett und einem anderen Schlafzimmer, schlief Harriet nun Nacht für Nacht mit einem anderen Mann. Theo bemühte sich, nicht zu oft darüber nachzudenken, aber dies war das Bild, das sich ihm dann jedes Mal aufdrängte: Harriet, beim Liebesspiel mit einem anderen. Ein anderer, der ihr leises Seufzen und Stöhnen hörte, das nach und nach lauter wurde, bis sich ihr schließlich ein zartes Wimmern entrang. Er überlegte: Hasste er Roland, ihren Liebhaber? Hasste er Harriet? Oder war er eifersüchtig auf sie, ganz insgeheim, beneidete er sie in Wirklichkeit um ihre Freiheit? Dann fiel ihm Finn ein. Finn war nun die Hauptsache. Und seit seine Mutter in seinem Leben nur noch besuchsweise auftauchte, erwies sich Finn zunehmend als Herausforderung.

Theo massierte sich kurz die Nasenwurzel mit Daumen und Zeigefinger, ehe er ein goldgerahmtes Foto vom Schreibtisch nahm und kurz betrachtete: sie alle zu dritt im Skiurlaub. Aber mehr noch als seine zerbrochene Familie kam ihm dabei Anna in den Sinn. Wo war sie jetzt? Ihm krampfte sich spontan der Magen zusammen, so wie jedes Mal, wenn er an sie dachte. Weil er sie automatisch vor sich sah, begraben unter Massen von gefrorenem Schnee. Er sprach ein stummes Gebet, das er einst als Kind gelernt hatte; betete zu anonymen Heiligen, deren Namen ihm inzwischen längst entfallen waren. Anfangs, in der ersten Zeit nach dem Unglück, hatte er darum gebetet, dass Anna ebenfalls diese Doku kannte, die vor Jahren mal im Fernsehen gelaufen war; die Doku, in der davon die Rede war, dass man, wenn man das Pech hatte, von einer Lawine verschüttet zu werden, gegen den Schnee spucken sollte, um zu bestimmen, wo oben war und wo unten. In welche Richtung es, zumindest theoretisch, ins Freie ging. Doch Anna war nicht mehr aufgetaucht, und so betete er mit der Zeit nur noch zu allen Göttern, dass sie wenigstens nicht hatte leiden müssen. Dass es kurz und schmerzlos gegangen war.

Anna. Erst mit Verzögerung wurde ihm bewusst, dass er ihren Namen laut ausgesprochen hatte.

Er zog die Schublade links neben sich auf und tastete kurz darin herum, bis er den Umschlag ausfindig gemacht hatte, ganz hinten. Er nahm ihn heraus und lehnte sich im Sessel zurück. Fuhr mit dem Zeigefinger um den Namen herum, mit dem sie den Umschlag beschriftet hatte. Ihre Handschrift war eigenwillig und kühn, ganz wie sie selbst, und leicht nach links geneigt. Das »O« am Ende seines Namens war oben mit einem kleinen Häkchen versehen, wie ein Komma. *Theo.* Er merkte, wie sich ihm vor jäher Panik die Kehle zuschnürte, und schob den Umschlag hastig in die Schublade zurück. Ein andermal. Lieber ein andermal.

Für heute war sein Tagwerk getan, er hatte alle Patienten abgearbeitet. Nachdem er sich gegen die Witterung warm eingepackt hatte, hob er die Aktentasche auf den Schreibtisch und prüfte noch einmal, ob er alle Unterlagen hatte, die er unterschreiben musste. Harriets berufliche Qualifikation als Juristin machte sich bezahlt, sie hatte die rechtlichen Aspekte ihrer Trennung auf gerade einmal vier Seiten zusammengefasst.

Draußen auf seiner Windschutzscheibe hatte sich bereits eine dünne Schicht Eis gebildet. Fröstelnd, trotz seines dicken Mantels, öffnete er die Wagentür und stellte die Aktentasche auf dem Beifahrersitz ab. Dann streifte er ein Paar fellgefütterter Handschuhe über, denn das Lenkrad war eiskalt, startete den Motor und drehte die Heizung voll auf.

Fünf Minuten später parkte er in seiner Auffahrt. Bei dem Haus, dem Heim, das Harriet und er gestaltet hatten, handelte es sich um eine moderne »repräsentative Villa«, wie der Architekt, der die Bauarbeiten zehn Jahre zuvor geleitet hatte, zu sagen pflegte, freistehend und mit insgesamt vier Zimmern. Es war eins von zehn Häusern in einer kleinen geschlossenen Wohnanlage. Finn oder vielmehr seine Klassenkameraden nannten es eine »Nobelhütte«.

Die in Fischgrätmuster gepflasterte Auffahrt, in der sein Auto nun stand, war erst nachträglich angelegt worden. All die Kataloge, die er und Harriet stundenlang gewälzt hatten, um die Farbe der Pflastersteine genau mit den Backsteinen des Hauses abzustimmen, damit alles perfekt passte ... was war das im Nachhinein für eine lächerliche Zeitverschwendung. Beim Blick zum Wohnzimmerfenster stellte er fest, dass die Vorhänge nicht zugezogen waren. Genau darauf hatte Harriet immer penibel geachtet, um ja nicht den Blicken irgendwelcher Passanten ausgesetzt zu sein. Finn und ihn dagegen störte das nicht groß. Tatsächlich hatten sie die Vorhänge mit den farblich abgestimmten Raffhaltern seit ihrem Auszug nicht mehr zugezogen, wie er mit einem Lächeln feststellte. Bei Jess dagegen waren die Vorhänge fest zugezogen, wie er einige Minuten zuvor gesehen hatte, als er durch ihre Straße fuhr; nur ein dünner Lichtstreifen an der oberen Vorhangkante verriet, dass sie zu Hause war.

Ob sie hinter ihren Vorhängen wohl gerade geweint hatte? Es wäre das erste Mal gewesen. Seit sie von dem Unglück erfahren hatte, war sie zum Weinen nicht imstande gewesen. Fast so, als würde ihr Körper die Tränen blockieren, um sich nicht dem Schlimmsten stellen zu müssen. Ohne Tränen dagegen bestand noch Hoffnung ... Als er die Haustür aufschloss und vom Fernsehzimmer her Finns Gelächter hörte, schoss ihm die schlichte Wahrheit durch den Kopf; nämlich, dass er mit dem Scheitern seiner Ehe jederzeit eher leben konnte als mit dem Verlust seines Kindes.

Beas Auflauf war perfekt. Sie selbst war mit ihrem Freund, den sie seit Neuestem hatte, im Kino, und Theo und Finn aßen allein in der Küche. Sein Sohn war auffallend still. Das Gelächter, das eben zu ihm gedrungen war, hatte der neuesten Folge der Simpsons im Fernsehen gegolten.

»Warst du heute beim Klettern?«, fragte Theo.

»Ja. Das weißt du doch«, erwiderte Finn, ohne den Blick vom Teller zu heben.

Klettern war die einzige sportliche Aktivität, für die sich Finn erwärmen konnte, in einem hiesigen Kletterclub namens »The

Wall«. Es hatte einige Zeit gedauert, diesen Sport für ihn ausfindig zu machen. Er hasste Fußball, Rugby war ihm zu ruppig, und auch mit Tennis konnte er nicht viel anfangen. »Viel Rennerei nach einem kleinen Ball«, wie er abfällig bemerkte. Entsprechend erleichtert waren Harriet und er gewesen, als Finn schließlich auf den Geschmack kam und das Kraxeln an der Kletterwand für sich entdeckte; besser als nichts, denn ansonsten spielte er mit Vorliebe Minecraft auf seinem Laptop oder las, hauptsächlich »Bücher für Computerfuzzis«, wie Harriet sie nannte. Insgeheim machte Theo sich Sorgen. Sein Sohn war ein stiller Typ, der gern allein war. Ein wenig zu eigenbrötlerisch für einen Jungen seines Alters.

»Und, wie war's?«

»Okay.«

»Sehr gesprächig bist du heute nicht.«

Finn zuckte bloß die Achseln.

»Hat deine Mum dich angerufen?«

»Ja.«

»Und? Was meinst du?« Theo lehnte sich zurück und starrte seinen Sohn an, beschwor ihn innerlich, ihn endlich anzusehen.

»Ich möchte eher nicht, glaube ich.«

Theo seufzte. »Ich weiß, dass es nicht leicht ist, Finn. Aber deine Mum möchte dich gern sehen.«

»Sie kommt doch immer her. Wieso soll ich denn zu ihr?«

»Weil es sie freuen würde? Nur ein Mal, über Nacht?«

»Wird er auch dort sein?« Jetzt endlich blickte Finn auf und sah ihn an.

»Nein. Nein, natürlich nicht.« Theo wandte den Blick ab, um seinem Sohn nicht länger in die Augen sehen zu müssen.

»Ganz sicher?«

»Ja. Ganz sicher.« Theo stand auf und machte sich daran, den Tisch abzuräumen. Wenige Minuten später tippte er eine SMS an seine Frau in sein Handy.

Finn unruhig wegen Besuch bei dir. Möchte sicher sein, dass Roland nicht dabei ist.

Fast umgehend traf eine Antwort ein, angekündigt durch das Piepsen des Handys.

Theo, wie wär's mit Fragen, wenn ihr wissen wollt, ob R dabei sein wird?! Und nein – wird er nicht. Bloß ich und Finn. Den ganzen Abend.

Er machte sich nicht die Mühe, ihr zu antworten. Blickte nur schweigend seinem Sohn hinterher, der sich ohne ein Wort aus der Küche entfernte. Unter normalen Umständen hätte Theo ihn wohl zurückgerufen. Hätte ihn aufgefordert, nicht so ein mürrisches Gesicht zu machen und ihm beim Geschirrabräumen zu helfen. Aber er entschied, ihn gehen zu lassen. Weil die derzeitigen Umstände für sie beide neu und alles andere als einfach waren.

4. Jess

So langsam schnappe ich über. Vielleicht, möglicherweise. Ich bin mir nicht sicher. Heute Morgen, unter der Dusche, habe ich wieder mit Anna gesprochen, während sie auf der Toilette saß. Sie blieb eine ganze Weile, wir haben darüber beratschlagt, was wir mit Rose in den Ferien unternehmen sollen, erst an Ostern, dann den Sommer über. Von einem Skiurlaub mit ihren Kollegen war nicht die Rede. Das Wort »Skifahren« ist bei diesen imaginären Gesprächen, die ich mit meiner Tochter führe, streng tabu.

Jetzt bin ich gerade bei Hardacres, meinem hiesigen Gartencenter, in der Abteilung »mehrjährige Pflanzen«. Mein Einkaufskorb ist voller Zwiebeln und Kräutersamen für das Treibhaus und die Beete hinten in meinem Garten. Links von mir sind die Anemonenzwiebeln, und gleich dahinter, ich kann sie nicht sehen, unterhalten sich zwei Frauen über den Artikel, der diese Woche in der Lokalzeitung erschienen ist; nur eine kurze Meldung, eine halbe Spalte lang, um dem Rest der Welt mitzuteilen, dass es nach wie vor keine Neuigkeiten gibt. Ich kann mich nicht von der Stelle rühren, stehe da wie angewurzelt, nicht anders als die Schwertlilie in dem Blumentopf, den ich gerade in der Hand halte. Wer auch immer diese Frauen sein mögen, sie ahnen nichts davon, wie sehr es mich peinigt, hier zu stehen und ihre Worte mitanhören zu müssen; zumal heute, da es um meine Bodenhaftung ohnehin nicht zum Besten bestellt ist.

»Aber es gibt keine Leiche, das ist das Schreckliche.« Frau Nummer eins.

»Ja, das ist das Schlimmste. Das Allerschlimmste.« Die zweite Stimme.

Wieder Nummer eins. »Gibt es denn nichts Neues? Gar nichts? Ich meine, Schnee schmilzt doch irgendwann mal, oder?«

Schnee schmilzt doch irgendwann mal, oder? Eine Frage, die ich mir täglich stelle.

Nummer zwei. »Ja. Man sollte meinen, dass man sie inzwischen gefunden hätte.«

Man sollte meinen.

»Es ist nicht nur sie. Ich hab irgendwo gelesen, dass noch zwei weitere Leichen vermisst werden.«

Ich zwinge mich, meine Erstarrung zu überwinden. *Es werden noch zwei* **Menschen** *vermisst. Anna Powers und Laurence Taylor, beide fünfundzwanzig.*

»Diese Ungewissheit ... Wie hält diese arme Mutter das nur aus, ist mir ein Rätsel.«

Ja, das verstehe ich auch nicht.

Ich stelle die Schwertlilie wieder ins Regal zurück. Lasse auch meinen gefüllten Korb achtlos irgendwo stehen und verlasse fluchtartig den Markt. Haste mit leeren Händen an einer der vielen Kassen vorbei, so, wie ich gekommen bin.

Leah hat entschieden, dass ich einen Hundewelpen brauche. Das ist typisch meine Schwester. Sie fragt nicht lange – sie handelt. Ich kann nicht verbergen, dass beim Anblick des kleinen Geschöpfs, das in ihrer Küche um meine Füße herumtapst, Panik in mir aufsteigt. Meine eher zögerliche Reaktion übergeht Leah kurzerhand.

»Du hast die Schachtel gestern gar nicht aufgemacht, oder?«, fragt sie.

Ich schüttle wortlos den Kopf, ganz beschämt darüber, dass ich nicht mal das Geschenk ausgepackt habe, das meine Schwester mir am Vortag am Schultor in die Hand gedrückt hat. Der kleine Mops pinkelt auf den Boden, direkt neben meinem Knöchel.

»Da waren die Unterlagen drin. Die Unterlagen für Mopsi hier. Sie ist nämlich eine Vollbluthündin, vom Züchter.«

»Eine Rassehündin, meinst du.«

»Genau. Siehst du, du kennst dich besser aus als ich. Die perfekte Hundehalterin.«

Ich runzle unwillig die Stirn. »Aber ich möchte keinen Hund.«

»Zu spät. Nun gehört sie dir.«

»Leah, also ehrlich …« Ich lasse mich auf einen der Sessel sinken. Bequem ist er nicht, ganz eckig und minimalistisch, im Einklang mit der nüchtern-unterkühlten Küche aus Edelstahl und schwarzem Granit. Leahs Heim ist so modern eingerichtet, dass es schon fast futuristisch anmutet; schäbige alte Sofas sucht man bei ihr und Gus vergeblich. Wir befinden uns in einem großen, luftig-offenen Raum, der sich an der gesamten hinteren Hausfront entlangzieht und in unterschiedliche Bereiche aufgeteilt ist. Wie in einem Loft; denn Leah mag Lofts. Links von mir befindet sich die Küche; in der Mitte steht der imposante Esstisch, ein antikes Stück, das aus dem Speisesaal eines Klosters stammt; und Leah und ich halten uns im »Chillax«-Bereich auf. Eines Tages werde ich den Mut aufbringen, ihr so schonend wie möglich meine Meinung zu sagen: dass ich diese Sessel schlichtweg unbequem finde, weder zum Chillen geeignet noch zum Relaxen.

»Ich weiß, du meinst es nur gut«, sage ich. »Aber das Letzte, was ich in meinem Leben brauche, ist ein Geschöpf, das überall hinmacht, um es vornehm auszudrücken.«

»Du brauchst ein Geschöpf, das dich braucht. Und die Kleine hier braucht dich.«

Ich bin entgeistert. Glaubt meine Schwester ernsthaft, die Leerstelle in meinem Leben könnte durch einen Mops gefüllt werden? Ein Hund als Tochterersatz? Nicht zu fassen. Mir fehlen die Worte.

Sie reicht mir ein Glas Wein. »Was du brauchst, ist jemand oder etwas, dem du all die bedingungslose Liebe schenken kannst, von der du immerzu redest. Ich gehe ja in der Hinsicht eher leer aus, leider Gottes.«

»Weil Rose jetzt für mich im Mittelpunkt steht. Was ich an Liebe habe, ist ihr vorbehalten.«

Leah verdreht die Augen. »Für Mopsi wirst du doch noch etwas abzwacken können.«

»Ich nehme den Hund nicht«, sage ich mit Nachdruck, als »Mopsi« auch schon wieder neben meinem Knöchel in Stellung geht. Ich muss dem Drang widerstehen, sie mit dem Fuß wegzustupsen.

Leah bückt sich, klaubt Mopsi vom Boden auf und setzt sie mir kurzerhand auf den Schoß. Ein wenig Pipi landet auf meiner hellen Jeans. »Ihre Unterlagen sind auf deinen Namen ausgestellt. Zu spät, sie gehört jetzt dir. Kannst mich ja verklagen.«

Zwei große braune Kulleraugen blicken zu mir hoch, oberhalb einer platten schwarzen Nase. Ihre Stirn sieht aus wie in sorgenvolle Falten gelegt. Ich pflücke sie mir vom Schoß, um sie an Leah zurückzugeben, und Mopsi leckt mir die Hand.

»Siehst du, sie mag dich.« Leah lässt sich auf dem Sessel gegenüber nieder, trinkt einen Schluck Wein aus ihrem Glas. »Sie braucht dich.«

»Pah. Sie braucht höchstens jemanden, der hinter ihr aufwischt.«

»Sie hat sich für dich entschieden. Ist aus einer Art höherem Hundekosmos auf die Erde herabgekommen und hat dich gefunden.«

Ich streichle die kleine Mopsdame und muss nun trotz allem lächeln. »Sie sieht aus, als würde sie besorgt die Stirn runzeln. Oder so, als würde sie gleich weinen.«

»Kann gut sein. Sie ist perfekt für dich.«

Ich lache. »Aber wenn ich mal wegfahre, musst du sie nehmen.«

»Du fährst doch nie irgendwohin.«

»Das könnte sich ändern.« In meiner Fantasiewelt gehen Anna, Rose und ich zusammen auf Reisen, um uns einige der wärmeren, schneefreien Regionen der Welt anzusehen.

»Stimmt, wer weiß. Wenn du mal verreist, nehme ich Mopsi in Pflege, abgemacht. Aber nur, wenn du sie heute Abend mitnimmst.«

In meinem Leben, ob real oder nur eingebildet, ist für einen Hund kein Platz. Trotzdem nicke ich jetzt unwillkürlich und überlege, dass Rose das Hündchen sicher ins Herz schließen wird. »Also gut«, sage ich zu Leah, und wie zur Feier meiner Einwilligung setzt Mopsi ein kleines, dünnflüssiges Häufchen auf meinen Schoß.

Gus hat, vierundzwanzig Stunden später als geplant, ein wirklich sagenhaftes Geburtstagsmahl für mich vorbereitet. Ich bitte ihn um Entschuldigung für meine Absage am Vortag, als ich, bekleidet mit einer sauberen Jeans von Leah, am Tisch Platz nehme, auf dem bereits die Vorspeise steht, eine große Platte für uns drei mit geschmolzenem Käse und frischem Bäckerbrot, das in süßen Balsamico getunkt worden ist. Gus, ein gelernter Koch, der auch jahrelang in seinem Beruf gearbeitet hat, betreibt heute von einem Büro im Obergeschoss aus eine erfolgreiche Personalberatung im Bereich Catering.

»Also«, sagt Gus. »Wir fahren morgen hoch nach Windermere, zu euren Eltern. Wie wär's, magst du nicht auch mitkommen?«

»Nein, geht nicht.« Ich stippe ein Stück Knoblauchbrot in den letzten Rest Käse, der noch übrig ist. »Ich habe jetzt einen Hund, um den ich mich kümmern muss. Sie ist noch zu klein für eine Tour in den Lake District. Auf so langen Autofahrten wird sie nämlich reisekrank.«

»Du kommst mit.« Leah schüttelt den Kopf, während sie mich mit hochgezogenen Augenbrauen fixiert. »Mum möchte dich unbedingt sehen. Sie hat sich bitter beklagt, weil du nie ans Telefon gehst, wenn sie dich anruft. Komm mit, bitte. Wenn ich da ohne dich aufkreuze, ist der Tag im Eimer.«

»Geht nicht, tut mir leid. Mopsi verträgt die lange Fahrt nicht.«

»Ich habe Mopsi für dich bei einem Züchter in Portsmouth abgeholt. Sie hat die Rückfahrt im Auto hervorragend überstanden. War mopsfidel, wenn ich das so sagen darf.«

»Tatsächlich? In Portsmouth? Wann denn?«

»An deinem Geburtstag, ich habe mir extra freigenommen. Eigentlich wollte ich das mit dir zusammen machen, aber du bist ja abgehauen und hast mich am Schultor stehenlassen. Also bin ich allein hingefahren.«

Mist. Ich verziehe zerknirscht das Gesicht, sehe sie um Verzeihung heischend an. »Wie lange bleibt ihr denn oben in Windermere?«

»Wir wollen morgen früh um halb acht los. Die Fahrt dauert etwa vier Stunden und zwanzig Minuten, da sind wir rechtzeitig zum Mittagessen da, danach noch ein kleiner Spaziergang, und dann geht's wieder zurück. Gus fährt. Die Fahrt nach Portsmouth und retour hat mich nämlich ziemlich geschafft, mir reicht's erst mal. Na komm. Mopsi hat bestimmt nichts dagegen.«

Ich weiß, wann es an der Zeit ist, mich geschlagen zu geben. Also nicke ich und fange schon mal an, mich innerlich zu wappnen: gegen das Mitgefühl meiner Mutter und ihr selbstgekochtes Essen, gegen die hilflosen, verletzlichen Blicke meines Vaters.

»Du musst zulassen, dass sie sich um dich kümmern, Jess.« Es ist, als hätte Leah meine Gedanken gelesen. »Sie trauern immerhin auch«, setzt sie hinzu.

Gus brät die Steaks auf einem heißen Stein. Er wendet sie und ritzt ein Zickzackmuster ins Fleisch. Zu seiner Rechten rührt er in einem Topf mit Pilzsauce. Mir ist der Appetit vergangen, aber ihm zuliebe werde ich mich zwingen, etwas zu essen. Mopsi liegt unten zu meinen Füßen und schläft.

»Was macht Theo, wie geht's ihm?« Leah stampft gerade Kartoffelpüree und geizt dabei nicht mit Butter; gut und gern ein halbes Pfund gibt sie dazu. Für sie kein Problem, weil sie kein Püree essen wird. Aber weniger toll für mich beziehungsweise meine bereits um Hilfe schreienden Arterien.

»Ganz okay so weit, er hat viel zu tun ... Finn wechselt im September schon auf die Mittelschule. Ist das zu fassen? Ist das nicht unglaublich?«

»Ja, aber wie geht es ihm? Theo, wie kommt er klar?«

Für Fangfragen habe ich einen guten Radar. Ich wende mich meiner Schwester direkt zu.

»Wieso?« Dann werde ich kurz abgelenkt, weil Gus mir soeben meinen Teller mit Essen vorsetzt. Ich mustere das riesige Steak und den Berg Kartoffelpüree daneben, sämig und von goldgelber Butter glänzend. Dazu stellt er eine große Servierschale voller Möhren, Kürbis und Steckrüben auf den Tisch, eine Komposition nur aus orangerotem Gemüse.

»Guten Appetit, Geburtstagskind!« Er strahlt mich an.

Ich danke ihm mit einem Lächeln.

»Wieso fragst du, Leah?«, hake ich nochmals nach. »Weißt du irgendwas, was ich nicht weiß?« Ich schneide das Steak mit dem gezackten Messer an.

»Du weißt doch, wie das in Kanzleien ist. Da macht viel Gerede die Runde, die reinste Gerüchteküche.«

Richtig, als Senior Practice Manager einer großen Anwaltskanzlei bewegt sich Leah ja in denselben Kreisen wie Harriet, das vergesse ich mitunter. Ich spüre, wie mir umgehend das Blut in die Wangen schießt.

»Ah.« Mein Unbehagen entgeht ihr offenbar nicht. »Dann ist es also mehr als bloßes Gerede?«

Ich seufze laut. »Was ist dir denn zu Ohren gekommen?«

»Dass Harriet was mit Roland hat, ihrem Chef. Dass sie Theo deswegen verlassen hat.«

Ich runzle die Stirn, schiebe mir einen Happen Steak in den Mund und konzentriere mich aufs Kauen, weil ich ihre Aussage weder abstreiten noch bestätigen möchte. Aber das lässt Leah mir nicht durchgehen, sie versetzt mir unter dem Tisch einen leichten Tritt ans Schienbein.

»Aua. Hör auf mich zu treten!«

»Na los.« Sie deutet mit ihrer Messerspitze auf mich. »Raus mit der Sprache.«

»Mädels, Mädels …« Gus schüttelt den Kopf. »Jetzt wird gegessen!« Er wendet sich mir zu. »Hau rein, Jess, du hast es bitter nötig. Und du sei jetzt still mit dem Tratsch, Leah.«

»Ja, Leah. Genug von dem Tratsch.« Ich spiele mit dem Steak vor mir auf dem Teller. »Vielen Dank für das Essen, Gus. Noch mal, es tut mir wirklich leid wegen gestern.«

Gus legt seine Gabel aus der Hand, greift über den Tisch und drückt mir leicht den Unterarm. »Ist schon gut. Wie ich schon sagte – halb so wild, jetzt bist du ja da.« Ich tätschle ihm leicht die Hand, zum Dank. Er lässt mich los, hebt sein Weinglas und lächelt. Ein stummer Toast, der mehr sagt als tausend Worte.

»Was ist nun mit Harriet?«, lässt Leah nicht locker, worauf Gus sich ihr zuwendet und sie wütend anfunkelt.

»Keine Ahnung, ob Harriet was mit irgendwem hat«, sage ich ausweichend.

»Falls da was dran ist – gehe ich dann recht in der Annahme, dass bei den beiden Schluss ist?«

»Na, hoffentlich nicht.« Noch während ich die Worte ausspreche, bin ich mir nicht sicher, ob ich sie tatsächlich ernst meine. In den vielen Jahren, die ich Theo nun kenne, ist Harriet immer nett gewesen, immer höflich, doch ich habe den Eindruck, sie toleriert mich mehr, als dass sie mich wirklich leiden mag. Ich habe schon an ihrem Esstisch gesessen; das letzte Weihnachtsfest haben wir zusammen verbracht, wir alle, Anna, Rose und ich. Sie sagt immer »das Richtige« zu mir, aber ihre Worte klingen oft irgendwie unaufrichtig – außer vielleicht nach Annas Unfall. Da hat sie mir einen wirklich lieben, einfühlsamen Brief geschrieben. Ich merke, wie ich vor schlechtem Gewissen rot anlaufe, weise mich im Stillen dafür zurecht, dass ich so schlecht von ihr denke, und reiche dabei gleichzeitig Mopsi verstohlen ihr erstes Stückchen Steak unter den Tisch.

Es ist 23.50 Uhr, und ich habe Theo gerade eine SMS geschickt, dass ich vor seinem Haus stehe. Wenig später geht die Tür auf, und er sieht mich blinzelnd an, während er sich den Schlaf aus den Augen reibt.

»Jess? Weißt du überhaupt, wie spät es ist … heiliger Strohsack, hast du da einen Hund auf dem Arm?«

»Es ist zehn vor zwölf. Alles Gute zum Valentinstag, und ja, das ist ein Hund. Darf ich vorstellen, das ist Mopsi, ein Mädchen. Anscheinend benötige ich ein Objekt für all meine bedingungslose Liebe.«

»Valentinstag … ach du Kacke, wirklich?« Er kratzt sich über dem rechten Ohr, genau da, wo sein schwarzes Haar in graue Schläfen übergeht, unterdrückt ein Gähnen. »Und Liebe ganz ohne Bedingungen, so etwas gibt es nicht.«

»Seit wann bist du ein solcher Zyniker?« Ich fröstele. »Willst du mich hier draußen stehenlassen?«

Er hält mir die Tür auf, so, dass ich unter seinem Arm hindurchschlüpfen kann. »Geh schon mal durch«, sagt er. »Ich setze Teewasser auf.«

Es ist kurz vor Mitternacht, als ich über die Schwelle in Harriets Haus trete. In dem klaren Bewusstsein, dass das niemals in Frage käme, wenn sie noch hier wohnte.

»Entschuldige, dass ich dich aus dem Bett gerissen habe.« Ich sehe mich in der weitläufigen Küche um, während wir dem ersten Summen des Teekessels lauschen. »Hast du hier irgendwas verändert? Es sieht irgendwie anders aus.«

»Hab nur die Wände neu gestrichen. Letzte Woche.«

»Sieht gut aus.« Ich kann ihn mir lebhaft vorstellen, Abend für Abend auf einer Klappleiter, während dazu laut aufgedreht ein Nachrichtensender im Fernsehen läuft. Um sich abzulenken, um nicht ins Grübeln zu geraten. »Es gibt etwas, das ich dir sagen möchte.«

Er ist bereits dabei, Teebeutel in zwei Becher zu tunken, einen in jeder Hand. »Hm?«

»Ich komme gerade von Leah, wir haben das Geburtstagsessen nachgeholt, das Gus für mich geplant hatte – jedenfalls, sie hat nach dir gefragt, und da wurde mir bewusst, dass ich zu sehr mit meinem eigenen Leben zu tun habe, um –« Mopsi tapst auf den Natursteinfliesen herum, entscheidet sich für eine Stelle in der Ecke, gleich neben dem Aga-Herd, und hockt sich hin. Ich bin sofort zur Stelle, mit etwas Küchenpapier von der Rolle auf der Anrichte, um das Malheur aufzuwischen. »Entschuldige bitte.«

Er reicht mir einen Becher starken schwarzen Tee, so, wie ich ihn am liebsten mag.

»Wo war ich stehengeblieben? Ach ja. Ich wollte bloß sagen, ich fürchte, ich hab dich ein bisschen im Stich gelassen. Tut mir leid.«

»Jess, du hattest doch die Sache mit Anna zu verkraften. Hast damit immer noch vollauf zu tun. Harriet und ich –«

Ich schüttle den Kopf. »Es ist kein Wettbewerb. Freunde stehen einander bei, das gehört sich so. Und ich bin nicht für dich da gewesen, ich weiß. Das wollte ich dir nur sagen, mehr nicht.

Wenn ich meinen Tee getrunken habe, bin ich wieder weg, zusammen mit Mopsi.«

Ich starre ihn über den Becher hinweg an. Wir haben eine ungewöhnliche Freundschaft, schon vom ersten Tag an, als er als Vertretungsarzt in der Praxis anfing und mir zum Auftakt morgens ins Auto reingefahren ist. Ich erinnere mich an einen jüngeren, weit weniger selbstsicheren Theo. Daran, wie er eines Abends Dienst in der Notaufnahme hatte, als Anna, damals noch ein Teenager, dort mal der Magen ausgepumpt werden musste, weil sie zu viel getrunken hatte; an das beschwipste, anzügliche Lachen einer Kollegin auf einer Weihnachtsfeier, als es um unsere »Freundschaft« ging. Aber das war es damals schon und ist es immer gewesen, eine innige, liebevolle Freundschaft. Für mich ist er das, was bei anderen die beste Freundin ist, bloß, dass er eben ein Mann ist. Umgekehrt findet er bei mir dasselbe wie bei einem männlichen Freund. Es ist einfach und unkompliziert, und es funktioniert für uns.

Und jetzt sieht er gerade sehr müde aus. Er hat dunkle Ringe unter den hellblauen Augen, die nun dem einzigen Geräusch folgen, das in der Küche zu hören ist – dem Geräusch von Mopsis Pfoten, die über die Fliesen tapst und das neue, unbekannte Territorium erkundet. Theo setzt sich an den kleinen runden Küchentisch und stößt mit dem Fuß einen Stuhl für mich heraus. »Komm, setz dich. Lass uns quatschen, jetzt, wo du schon mal da bist.«

Ich nehme ihm gegenüber Platz. Nicht ohne mit halbem Auge den umherstreifenden Mops im Blick zu behalten. »Sie fehlt dir doch sicherlich.« Es ist mehr eine Feststellung als eine Frage. Er zuckt nur mit den Schultern.

»Mir fehlt die Frau, von der ich dachte, ich würde sie kennen«, sagt er. »Ihre Anwesenheit fehlt mir; jemanden zu haben, mit dem ich über alles reden konnte. Und sie fehlt natürlich als Mutter, die sich um Finn kümmert.«

»Anna war im selben Alter, als Doug mich verlassen hat. Es ist hart für sie. Sie haben nur einen Wunsch – dass ihre Eltern zusammenbleiben.«

»Ich habe gemerkt, dass sich unsere Beziehung verändert hatte. Aber ich dachte, es wäre nur eine Phase, dass sich das mit der Zeit schon wieder einrenken würde. Nie hätte ich es für möglich gehalten –« Er hält inne, zuckt wieder die Achseln. »Mal davon abgesehen, wie ich dazu stehe, dass sie mich verlassen hat – dass sie auch Finn einfach so zurücklassen würde, hätte ich nie für möglich gehalten. Dabei ist es das Beste, was sie für ihn tun konnte – ihn in seinem gewohnten Zuhause zurückzulassen, bei seinem Vater, ihn nicht von seiner Schule zu reißen. Alles in allem sowohl das Beste als auch das Schlimmste, was sie durch ihren Auszug angerichtet hat.« Er verschränkt die Hände im Nacken. »Jedenfalls …«

Ich beiße mir auf die Zunge. Wie sie es fertiggebracht hat, Finn zurückzulassen, verstehe ich auch nicht, aber so was kommt eben vor. Und niemand, kein Mensch, hat damals Doug einen Vorwurf daraus gemacht, als er Anna auf dieselbe Weise im Stich gelassen hat. Um ehrlich zu sein: In gewisser Weise bewundere ich Harriet dafür, die Kraft zu diesem Schritt aufgebracht zu haben. Andererseits regt es mich maßlos auf, wie sie aus freien Stücken, ohne mit der Wimper zu zucken, ihr Kind verlassen konnte, während ich damit zurechtkommen muss, dass mir mein Kind wahrscheinlich für alle Zeit entrissen worden ist.

»Übrigens, ich fahre morgen zu meinen Eltern«, wechsle ich unvermittelt das Thema und werfe einen Blick auf die Uhr. »Oder heute, besser gesagt. Am Morgen geht's los.«

»Ah. Endlich bereit dazu, zu den Seen hochzufahren?«

Die Seen. So nenne ich die Gegend, den Lake District, wo meine Eltern leben, wo Leah und ich aufgewachsen sind. Den Ort, an dem ich nun seit über zehn Wochen nicht gewesen bin. Weil ich mich vor einem Besuch gedrückt habe.

»Leah und Gus wollen morgen mal hinfahren, nur für ein paar Stunden. Ist viel Fahrerei für einen Tag, aber sie haben mich dazu überredet, mitzukommen. Sie haben ja recht. Mum gibt sich alle Mühe, ruft ständig bei mir an, und das, obwohl sie auch noch mit Dad alle Hände voll zu tun hat.« Ich halte in meinem Redestrom kurz inne, um Luft zu holen. »Hör zu, ich wollte dir wirklich bloß dafür danken, dass du für mich da bist, und dir versichern, dass ich auch für dich da bin, jederzeit.«

»Mach dir um mich keine Gedanken. Du hast genug eigene Sorgen.«

Mein Blick landet auf den schon etwas vergilbten Bildern an der Pinnwand neben dem Kühlschrank. Alte Kunstwerke von Finn, die er vor Jahren in der Schule gemalt hat, bei denen mir Rose in den Sinn kommt und wie sehr sie mir fehlt. Seit Annas Unfall kümmere ich mich mehr oder weniger in Vollzeit um Rose, abgesehen von den Wochenenden hin und wieder, wenn sie bei Sean ist. Und ich bin froh darüber, sie um mich zu haben, rund um die Uhr für sie verantwortlich zu sein. Es hält mich davon ab, ins Grübeln zu geraten, über Anna. Mir darüber den Kopf zu zerbrechen, wo sie nun wohl sein mag; darüber, ob es mir je vergönnt sein wird, sie zu Grabe zu tragen und damit eine Art Abschluss zu finden; oder darüber zu spekulieren, ob sie mich eines Tages vielleicht doch aus einer Bar in Brasilien anruft, gesund und munter, und mir erklärt, dass es einfach zu viel für sie war, mit zwanzig schon Mutter zu werden. Dass sie deshalb einfach mal eine Auszeit brauchte, ausbrechen musste, eine Weile.

»Jetzt sollte ich besser mal los«, sage ich. »Ist ja schon spät. Noch mal Entschuldigung für die späte Störung.« Damit stehe ich auf und bücke mich, um Mopsi vom Boden aufzulesen. Auch Theo erhebt sich und begleitet mich noch zur Tür. »Nur eins noch.« Ich mustere ihn eingehend im Schein der Flurbeleuchtung. »Geht es dir gut, bist du in Ordnung?«

Er lacht. »Keine Ahnung, was dich jetzt zu dieser Frage veranlasst, aber es geht mir bestens. Wirklich.«

»Du bist von deiner Frau verlassen worden, nach immerhin zwölf Jahren Ehe. Ich weiß nur zu gut, was das für ein Loch hinterlässt. Tut mir leid, dass ich dir das jetzt erst sage.« Ich setze ein klägliches Lächeln auf, gebe ihm einen Kuss auf die Wange.

»Ich klammere mich an den Glauben, dass Anna noch lebt, das hilft mir dabei, dass ich weiter atmen kann. Auch du musst einen Weg finden, mit allem klarzukommen.«

Theo sagt nichts darauf. Nickt bloß und umarmt mich noch einmal zum Abschied.

Als ich wieder zu Hause bin und in meine Küche komme, sehe ich als Erstes die rot blinkende Taste am Anrufbeantworter. Ich setze Mopsi auf dem alten Sofa am hinteren Ende des Zimmers ab und gehe noch einmal raus zum Auto, um all das Hundezubehör zu holen, das Leah ebenfalls besorgt hat. Darunter ein Hundebett, das ich im wärmsten Teil des Zimmers auf dem Boden platziere, ehe ich Mopsi darauf absetze. Dann drücke ich auf die rote Taste am AB und vernehme Dougs Stimme.

»Jess, ich bin's. Es ist Samstagabend. Kannst du mich zurückrufen, wenn du wieder da bist? Die Uhrzeit spielt keine Rolle, ich warte.«

Mir ist entsetzlich flau zumute, während ich seine Nummer wähle.

»Hi, ich bin's.«

»Hi. Ich hab vorhin auch dein Handy probiert, mehrmals, aber die Verbindung ist immer abgebrochen.«

»Ja, ich war bei Leah – da ist der Empfang immer miserabel.« Mein Mobilfunkanbieter scheint der einzige zu sein, der keinen Funkmast in Leahs Nähe hat.

»Na, wie dem auch sei …«

Mopsi fängt an zu jaulen.

»Ist das ein Hund?«, will Doug wissen.

»Ja. Ein kleiner Mops. Darf ich vorstellen, Mopsi.«

»Aha.«

»Es war Leahs Idee, nicht meine.« Mopsis Jaulen steigert sich zu lautem Geheul. »Es ist schon spät, Doug.«

»Ja. Ich …«

»Herrgott, Doug, was ist denn. Nun sag schon«, fauche ich ungeduldig, weil ich sofort an Anna denken muss. Einen ganzen

Monat lang habe ich mich nach ihrem Unfall an die Hoffnung geklammert, ihr würde es gelingen, sich einen Weg in die Freiheit zu spucken. Ein Detail aus einer Doku, die ich mal auf dem Discovery Channel gesehen hatte …

»Sie haben eine Leiche gefunden«, erwidert er. »Es ist der Junge, Lawrence.«

Ich sage nichts. Weil ich gerade nicht sprechen kann. Bei seinen ersten Worten hat sich mir spontan der Magen zusammengezogen. Bei seinem zweiten Satz durchströmt mich erst Erleichterung, dann Schmerz, und dann droht mir Gus' wundervolles Essen wieder hochzukommen. Ich bekomme keinen Ton heraus, geschweige denn ein Wort.

»Jess?«

»Ja, ich bin noch dran«, presse ich mühsam hervor.

»Ich dachte, das solltest du wissen. Erst wollte ich spontan wieder nach Frankreich fahren, aber, keine Ahnung, Carol meint, das hätte ja wenig Sinn. Zumal, wenn die sich da sicher sind.«

Ich möchte ihr spontan beipflichten, aber ich bleibe stumm.

»Es ist ja schon so spät. Zu spät womöglich, um das jetzt vernünftig zu verarbeiten. Meldest du dich morgen noch mal?«, sagt er.

Ich sehe auf die Uhr. Es ist bereits Morgen. »Kannst du nachts schlafen, Doug?« Die Frage entschlüpft mir ganz spontan, ich bin selbst regelrecht überrascht.

»Nicht so richtig. Nicht gut jedenfalls. Seit ihrem Unfall nicht mehr«, sagt er.

»Geht mir genauso. Danke jedenfalls für die Neuigkeit. Ich melde mich später bei dir.«

Als ich gerade das Telefonat beendet habe, stimmt Mopsi wieder ihr Geheul an. Sie kommt durchs Zimmer auf mich zu, und ich könnte schwören, dass sie weint.

Zwei Stunden darauf hat sich das Hündchen noch immer nicht beruhigt, heult und jault in einem fort vor sich hin. Ich sitze am Küchentisch, stütze den Kopf in die Hände und verwünsche

Leah. Anna und ich scheinen ein Glas Wodka miteinander zu trinken, und als ich mir eine weitere Valium genehmige, erwäge ich kurz ernsthaft, ob ich eine zerkleinern und in Mopsis Milch rühren soll.

Um 3.16 Uhr gibt Mopsi endlich Ruhe, auch ohne Valium. Ich sitze da und führe Selbstgespräche, während mir in der Schwärze der Nacht sehr wohl bewusst ist, dass Anna gar nicht wirklich hier ist und ich, abgesehen von dem Hund, mutterseelenallein bin.

5. Anna

Raw Honey Blogspot, 10.10.2012

Einmal bin ich dem Tod nur ganz knapp entronnen. Er hatte mich schon anvisiert, ins Fadenkreuz genommen sozusagen. Bis heute bin ich davon überzeugt, dass er mich holen wollte und bloß um Haaresbreite verfehlt hat. Beim Gedanken daran spuckt er wahrscheinlich noch immer Gift und Galle und brummt vor sich hin: »Diese Anna Powers. Fast hätte ich sie gehabt.« Ich war zehn, als es geschah, eines Samstagnachmittags in der Stadt mit »C«, meiner besten Freundin (BF) und ihrer Mutter, die stehen geblieben war, um mit einer Bekannten zu plaudern, etwa zehn Meter hinter uns.

Ich hörte das Geräusch schon, ehe ich etwas sah; wusste sofort, dass da etwas außer Kontrolle geraten war. Als ich mich umdrehte, sah ich einen roten Kleinwagen, der auf uns zugeschossen kam. Ich erinnere mich deutlich, dass ich die Augen zugemacht habe, in der festen Erwartung, dass es mich treffen würde. Tatsächlich dürfte der ganze Vorgang höchstens den Bruchteil einer Sekunde gedauert habe, vom ersten Hören zum Sehen und dann zu dem sausenden Gefühl an meinem Gesicht, als der Wagen haarscharf an mir vorbeigerast ist. Ich habe es gespürt, ungelogen. In einem Film würde diese Szene vermutlich in Zeitlupe wiedergegeben, um die dramatische Wirkung zu steigern.

Einen Mann von zweiundvierzig mit einem nicht diagnostizierten Herzleiden hatte am Steuer ganz plötzlich der Tod ereilt. Nicht auszudenken, was alles hätte passieren können, wenn es ihm nicht im letzten Moment noch gelungen wäre, den Wagen durch die Menschenmenge zu steuern, ohne jemanden zu treffen. Da waren Mütter und Väter, Kinderwagen und Babys und Ladenbesitzer, und da war meine BF. Und da war ich.

»Carpe diem«, diese Redensart hat mein Dad mir danach beigebracht. *Carpe diem.* Das hat er oft wiederholt. »Wir haben nur den heutigen Tag«, pflegt auch Mama gern zu sagen. »Also sollten wir tanzen, lernen, lieben und singen, solange wir können.«

Auf die Farbe Rot reagiere ich seither allergisch, daran hat sich nichts geändert, doch ich bemühe mich tatsächlich, ganz im Hier und Jetzt zu leben. Und der Tod, denke ich mir, hat sich wahrscheinlich schwarzgeärgert, dass ich ihm an dem Tag durch die Lappen gegangen bin.

Kommentar: Heartsandkisses152

Sie haben wirklich großes Glück gehabt, und was für ein Geschenk, mit dem Ideal aufzuwachsen, ganz im Hier und Jetzt zu leben. Wenn wir das alle beherzigen würden, immer, wäre die Welt, glaube ich, ein besserer Ort.

Antwort: Honey-Girl

Da gebe ich Ihnen absolut recht!

Kommentar: BlahBlahBlah1985

Carpe jeden einzelnen verdammten diem!

Antwort: Honey-Girl

Das gefällt mir ☺

6. Theo

Er war morgens als Erster auf den Beinen, hatte bereits die Küche feucht durchgewischt und eine Art Picknick vorbereitet, ehe aus Finns Zimmer ein Lebenszeichen zu vernehmen war. Von Bea war weiter nichts zu hören, auch sie schlief länger, wie immer am Wochenende. Die Speisen für unterwegs waren in Folie eingewickelt und in einen Picknickbehälter gepackt, den er in der Garage aufgetan hatte, zusammen mit einer großen Thermoskanne voll Kaffee.

Als Finn mit seinem Laptop nach unten ins Erdgeschoss kam, machte Theo gerade einen Kopfstand in der hintersten Ecke der Küche.

»Morgen, mein Sohn.«

»Du bist echt seltsam«, sagte Finn. Dann gähnte er ausgiebig, nahm sich eine Schale aus dem Schrank und kippte Cornflakes hinein, die er mit reichlich Milch begoss. Mit diesem Frühstück zog er sich auf das Sofa im Fernsehzimmer zurück und schaltete den Fernseher an. »Wieso machst du das eigentlich?«, fragte er über die Schulter hinweg.

»Das hilft mir beim Denken. Wenn es so scheint, als wäre alles auf den Kopf gestellt, kann es mitunter nicht schaden, die Dinge mal aus dieser Perspektive zu betrachten.«

»Ja. Ist klar.«

»Mach's dir nicht zu gemütlich. Wir machen einen Ausflug heute.« Theo ließ die Beine sinken und zog sie an die Brust, ehe er sich auf die Knie hinabrollen ließ.

Finn stöhnte. »Aber es ist Sonntag.«

»Ja, richtig. Viele Leute sind schon auf und gehen jetzt in die

Kirche. Andere führen ihren Hund spazieren. Und wir fahren raus zum Strand.«

Sein Sohn verdrehte die Augen, ehe er ihn über seine Cornflakes hinweg anblickte. »Zum Strand. Im Februar.«

»Ja.«

»Aber wieso? Es ist eiskalt.«

»Weil wir es können. Nun mach, dass du unter die Dusche springst. Damit wir bald loskommen.«

»Ich möchte wirklich nicht zum Strand, Dad.«

»Nein, Finn. Das denkst du nur. Wenn wir erst da sind, das verspreche ich dir, kommst du schon auf den Geschmack.«

»Du musst das nicht machen, weißt du«, sagte Finn, den Mund voller Cornflakes.

»Mit vollem Mund spricht man nicht.«

»Diesen Vater-Sohn-Scheiß, meine ich.«

»Finn!«

»Was denn, Dad? Du sagst auch ständig ›Scheiße‹. Und ich kapiere nicht, was das soll. Dieser plötzliche Drang ... mit mir irgendwelche Sachen zu unternehmen.«

Theo schluckte mühsam. »Von plötzlich kann ja wohl nicht die Rede sein. Sonntage verbringen wir immer zusammen. Wir haben doch immer –«

»Ja, wir haben immer viel zusammen unternommen, als Mum noch hier war.« Finn hatte sich auf dem Sofa abgewandt.

Theo stellte sich in die offene Tür des Fernsehzimmers und beherrschte sich, so gut es ging. »Ja, wie? Weil sie nicht mehr da ist, sollen wir damit jetzt aufhören?«

»Ja.« Sein Sohn nickte und klappte den Laptop auf, um sich in seine Minecraft-Welt zurückzuziehen. »Sollten wir.«

Theo drehte sich wortlos um und stieg langsam die Treppe hoch. Im Schlafzimmer machte er rasch das Bett, las die Jeans vom Sessel auf, die er am Vortag getragen hatte und hängte sie in den Kleiderschrank. Auf einem Kleiderbügel gleich daneben hing ein Pulli von Harriet. Er zog einen Ärmel heraus und schnupperte kurz daran. Der Duft, der im Gewebe haftete, stammte von ihrer Körperlotion, und ihre gesamte Kleidung roch danach. Kokosnuss und würzige Orange. Er ließ den Ärmel los, nahm seinen Mantel aus dem Schrank und streifte ihn über. Unten schnappte er sich noch eine Mütze und Handschuhe von der Garderobe gleich neben der Haustür. »Bin bald wieder da«, rief er zu Finn hinüber, ehe er aus dem Haus ging und die Tür hinter sich zuzog.

Zwischen ihrem und dem Nachbarshaus verlief ein Fußpfad, gerade breit genug für zwei Personen, der in ein Wäldchen führte. Theo holte tief Luft und stieß den Atem in kleinen Wölkchen aus. Es war schon ziemlich kalt. Der Boden war mit einer dünnen Frostschicht überzogen, die aussah wie feiner Puderzucker, und das Einzige, was an diesem stillen Sonntagmorgen zu hören war, war sein eigener Herzschlag und das Knirschen seiner Schuhsohlen auf der gefrorenen Erde. Er vergrub die behandschuhten Hände tief in den Manteltaschen und legte einen Schritt zu. Dieses Waldgebiet, in dem man spazieren gehen konnte und sich fühlte wie in der freien Natur irgendwo auf dem Lande, mitten in einem städtischen Vorort, nur wenige Meilen außerhalb von Guildford, hatte für ihn und Harriet damals den Ausschlag gegeben, sich hier niederzulassen. Er zückte sein Handy aus der Manteltasche, zog einen Handschuh aus und tippte mit dem Daumen die Nummer seiner Frau ein, fast ohne nachzudenken.

»Theo! Alles in Ordnung bei euch?«

Er liebte ihre Stimme; sie war mit ein Grund gewesen, warum er sich in sie verliebt hatte. Eine sanfte Stimme, angenehm zu hören, so wohlig, als würde man in eine weiche Decke eingehüllt. Er hatte schon miterlebt, wie sie diese Stimme im Beruf als wirksame Waffe einsetzte; weil sich die gegnerische Partei von dem täuschend sanften Tonfall einlullen ließ und in einem falschen Gefühl von Sicherheit wiegte.

Er zog seinen Handschuh wieder an, blieb stehen und drückte sich das Handy ans Ohr.

»Ja, alles bestens«, sagte er.

»Du klingst ja so außer Atem.«

»Bin bloß gerade draußen, ich mache einen Spaziergang. Hör zu, ich rufe an, weil ich … weil ich diese Unterlagen bekommen habe.« Theo hob den Blick, betrachtete die graue Wolkendecke, die hier und da durch die Baumkronen zu sehen war. »Ich weiß, dass du nicht zurückkommst, Harriet. Ich möchte es wohl einfach noch mal aus deinem Mund hören, schätze ich.«

Es trat eine kurze Stille ein, bei der sich Theo fragte, ob sie allein war.

»Nein. Ich habe nicht vor, zurückzukommen, Theo.«

Er schloss die Augen. Zog fröstelnd die Schultern hoch, um sich tiefer in seinen Mantel zu schmiegen. »Aha.«

»Es tut mir leid.«

»Mir auch. Ich hätte mehr um dich kämpfen müssen.« Er hörte es rascheln, malte sich aus, wie sie sich gerade aus dem Bett erhob, um zum Telefonieren in ein anderes Zimmer in ihrer neuen Wohnung zu gehen. »Es sind Trennungsunterlagen. Keine Scheidungspapiere. Und ich wüsste schon gern, ob ich in meinem Leben ein neues Kapitel aufschlagen soll. So habe ich das Gefühl, in der Luft zu hängen. So hängen wir beide in der Luft.«

»Es ist eine Trennung. Wie vereinbart.«

»Schon klar, aber das ist nur die halbe Wahrheit, oder? Du kommst nicht zurück. Also ist es der erste Schritt in einem Prozess.«

»Geht es dir gut, Theo?« Harriet klang aufrichtig besorgt.

»Ich komme schon klar«, erwiderte er. »Ich wünschte mir bloß …«

»Nein. Nein, tust du nicht.« Sie seufzte laut. »Es ist nicht leicht, aber du wünschst dir … wünschst dir nicht ernsthaft, es wäre anders. Du wünschst dir nicht, dass ich zurückkomme. Es ist aus zwischen uns.«

Der Wind blies ziemlich heftig. Sein linkes Auge tränte, und er wischte mit der behandschuhten Hand daran herum.

»Es ist die Wahrheit, Theo«, sagte sie nach einer kurzen Pause.

Er ging in die Hocke, umklammerte mit dem freien Arm seine Knie. Ihr letzter Satz hallte ihm durch den Kopf, wirbelte darin herum wie Wäsche im Schleudergang. Er atmete tief durch. »Ich habe eine Bitte: Könntest du vorbeikommen und den Rest deiner Kleidung abholen? Ich habe ständig den Geruch deiner Körperlotion in der Nase.«

Sie sagte nichts.

»Harriet?« Er stand wieder auf, reckte sich. »Bist du noch dran?«

»Ja. Ja, entschuldige. Ich könnte die Sachen doch am Freitag mitnehmen, wenn ich Finn abhole?«

»Nein. Besser nicht. Wäre keine so gute Idee, mit einem Kofferraum voll Kleidung nach London zu fahren. Wo Finn doch das erste Mal mit zu dir kommt.«

»Stimmt, hast recht. Entschuldige.«

Theo machte kehrt, um den Heimweg anzutreten. »Hör auf, dich ständig zu entschuldigen, Harriet. Wenn wir beide, du und ich, fortan wirklich getrennte Wege gehen, müssen wir uns für ihn eine Lösung einfallen lassen. Das haben wir, glaube ich, bisher vernachlässigt.«

»Mag sein. Aber das findet sich schon. Was ihn betrifft, müssen wir zusammenhalten.«

Er nickte einem Nachbarn zu, der ihm auf dem Weg mit seinem Hund entgegenkam.

»Bist du im Wald?«, fragte Harriet.

»Ja.«

»Der fehlt mir.«

Theo lachte. »Autsch. Ich werde mir Mühe geben, diese Bemerkung nicht persönlich zu nehmen.«

»Du fehlst mir auch. Natürlich fehlst du mir. Ich liebe dich zwar nicht mehr, Theo, aber ich werde dich immer sehr gernhaben.«

Eine Aussage, die ihm bekannt vorkam. Als hätte er sie schon mal irgendwo gehört, in einem Spielfilm oder einem Lied vielleicht.

»Mein Sohn fehlt mir. Die Trennung von Finn tut mir weh.« Harriet versagte kurz die Stimme. »Jeden Tag muss ich mir neu vor Augen halten, dass es richtig war, ihn bei dir zurückzulassen, wenn ich schon ausziehen musste.«

»Na ja.« Theo zog es vor, die Frage zu übergehen, die in ihren Worten mitschwang. Kam auf keinen Fall in Frage, dass sie ihm auch noch Finn streitig machte. »Ich wollte einfach noch mal hören, ob du dir sicher bist, Harriet. Wirklich hundert Prozent sicher. Denn wenn ich diese Unterlagen erst unterschrieben habe, wenn ich sie in die Post gebe …«

»Ja, ich bin mir sicher. Es fällt mir nicht leicht, aber ich bin mir sicher.«

Theo war wieder bei dem schmalen Pfad angelangt, trat beiseite, um die Gestalt vorbeizulassen, die er auf sich zukommen sah, noch ein Stück weiter weg.

»Schön. Also gut.« Mit diesen drei Worten spürte er, wie seine Frau ihm entglitt; wie sie davonglitt in die Arme eines anderen Mannes, den er kaum kannte. Und er spürte, wie er seinen Griff löste und sie losließ. »Dann bis Freitag, Harriet. Pass auf dich auf.«

Theo beendete das Gespräch per Knopfdruck und rührte sich nicht vom Fleck. Die Person auf dem Pfad war jetzt nur noch fünf, sechs Meter von ihm entfernt.

»Dachte mir schon, dass du hier bist«, sagte Finn.

»Und was, wenn es nicht so gewesen wäre? Hast du Bea gesagt, wo du hinwolltest?«

Gemeinsam kehrten sie zum Haus zurück.

»Natürlich habe ich ihr Bescheid gesagt. Außerdem wusste ich ja, dass ich dich hier finden würde. Weil du hier immer herkommst, um zu schmollen.«

Theo wandte seinem Sohn das Gesicht zu. »Schmollen? Ich schmolle nicht.«

»Doch. Ein bisschen schon. Der Strand ist eine gute Idee. Unter einer Bedingung.«

Theo zog die Augenbrauen hoch, wenig erpicht darauf, in seinem Leben noch mehr Bedingungen aufgebürdet zu bekommen. Doch er hakte trotzdem nach. »Und die wäre?«

»Wir lassen die Schinkensandwiches zu Hause und essen stattdessen Fish and Chips.« Finn fröstelte wie auf Bestellung. »Es ist zu kalt für Sandwiches, deswegen.«

»Wir nehmen sie trotzdem mit. Können sie unterwegs im Auto futtern, auf der Hin- oder auf der Rückfahrt. Die Fish and Chips gönnen wir uns, wenn wir da sind.«

Finn sah ihn lächelnd an. »Dann bin ich dabei.«

Anderthalb Stunden später saßen sie auf der höchsten Düne am äußersten hinteren Ende des Strandes bei West Wittering. Der Himmel war nach wie vor dicht bezogen, nur hin und wieder brach milchig die Sonne durch die Wolken, und vom Atlantik her wehte ein scharfer Wind, aber das störte Theo nicht. Die Pommes Frites waren noch heiß, der Fisch schön frisch und knusprig gebacken, und sein Sohn saß leicht geduckt neben ihm und ließ es sich schmecken.

»Von hier aus kann man die Isle of Wight sehen, da drüben, siehst du den Umriss?« Theo deutete hinüber, und Finn nickte eifrig. »Weißt du noch, der Sommer damals, als wir dort alle gezeltet haben? Als deine Mutter so unfassbar betrunken war, ha!«

Finn nickte abermals.

»Sie fehlt dir, ich weiß. Ist doch selbstverständlich, das verstehe ich. Nur, damit du das weißt.«

Theo fiel auf, mit welcher Geschwindigkeit die Pommes Frites im Mund seines Sohnes verschwanden. Beinahe so, als ob Finn damit vermeiden wollte, ihm zu antworten. Er entfaltete die Decke, die er mitgebracht hatte, und legte sie Finn um die Schultern. »Danke«, sagte er. »Dafür, dass wir heute doch hergekommen sind.« Erneutes Nicken. »Ich war früher oft hier, als Junge. Ehe mein Vater gestorben ist.« Er folgte dem Blick seines Sohnes, der versonnen in die graue Brandung starrte.

»Warum müssen Menschen sterben, Dad?«

Diese Frage kam so plötzlich und unerwartet, dass Theo nicht sofort antwortete.

»Anna ist tot, nicht wahr?«, fügte Finn hinzu.

Theo dachte kurz nach, ehe er antwortete. »Ja, höchstwahrscheinlich. Aber solange man noch keine Leiche gefunden hat …«

»Fünfundsiebzig Tage unter einer dicken Schicht Schnee, das könnte niemand überleben. Nicht mal in einem Hohlraum oder so.« Finn hatte die Tage gezählt.

»Ja. Aber der Mensch hat einen starken Überlebensinstinkt, gerade unter widrigsten Bedingungen.« Theo steckte sich ein weiteres Pommes-Frites-Stäbchen in den Mund. Es war schon fast kalt.

»Du bist doch Arzt. Was denkst du?«

Finn starrte zu ihm hoch, und bei dem beklommenen, verwirrten Ausdruck in seinen Augen war Theo wieder ganz unmittelbar präsent, wie es war, ein Kind zu sein und Angst zu haben. Innerhalb einer kurzen Wochenfrist waren gleich zwei einschneidende Ereignisse aufeinandergefolgt, und er hatte völlig versäumt, dem angemessen Rechnung zu tragen, wie ihm jetzt mit schlechtem Gewissen klar wurde. Harriet, Finns Mutter, hatte ihn verlassen. Und Anna, seine geliebte Babysitterin, die sich viele Jahre um ihn gekümmert hatte, war höchstwahrscheinlich nicht mehr am Leben.

Er nahm seinen Sohn in den Arm und drückte ihn an sich. »Ich denke, dass wir noch nichts Genaues wissen. Dass wir die Hoffnung nicht aufgeben dürfen.« Finn war deutlich anzumerken, dass er die Tränen zurückhielt, und Theo umarmte ihn noch etwas fester, aber nicht so fest, dass es ihm zu viel wurde. Die Isle of Wight in der Ferne war inzwischen nicht mehr zu sehen, verhüllt von finsteren Wolken. »Wie schlimm die Lage auch scheinen mag, wir dürfen die Hoffnung nicht aufgeben.«

Finns Unterlippe bebte spürbar. »Hattest du sie gern, Dad? Anna?« Bei ihrem Namen versagte ihm fast die Stimme.

»Aber ja, selbstverständlich.« Theo senkte den Blick, um seinem Sohn ins Gesicht zu sehen. »Was für eine merkwürdige Frage. So, und nun ...«, er ließ Finn los und sammelte ihren Abfall in die Tüte, die er mitgebracht hatte, »... wirfst du das hier in den Mülleimer da drüben, und dann machen wir einen Wettlauf, du und ich. Wer als Erster beim Auto ist.«

Finn fasste ihn am Arm. »Dad?«

»Ja?«

»Mum ... sie kommt nicht zu uns zurück, nicht wahr? Nie mehr, meine ich.«

Theo sog bedächtig die kalte Luft in die Nase ein und stieß sie noch bedächtiger wieder aus. »Nein, Finn. Ich glaube nicht.«

»Siehst du, das hoffe ich aber. Ich hoffe jeden Tag, dass Mum wieder nach Hause kommt. Ich hoffe jeden Tag, dass Anna noch lebt, aber –«

Theo dachte kurz nach, ehe er ihm antwortete. »Ja, ich weiß.« Er nahm seine rechte Hand und drückte sie fest. »Aber wir sind hier, du und ich. Gesund und wohlauf. Und sieh mal, deine Mum wohnt zwar jetzt woanders, aber sie hat dich nach wie vor sehr, sehr lieb, und du kannst sie jederzeit sehen, so oft, wie du magst. Überall. Dafür werden wir beide sorgen, sei ganz beruhigt.«

Theo ließ etwas Zeit verstreichen, um diese Zusicherung bei seinem Sohn gründlich sacken zu lassen. Dann setzte er ein Lächeln auf und boxte ihn scherzhaft in die Seite. »So, wollen wir jetzt um die Wette laufen?«

Während Finn zu dem Mülleimer ging, der drei Meter weiter weg stand, spurtete Theo schon mal die Düne hinunter. »Aber du musst mir einen Vorsprung lassen!«, schrie er übermütig über die Schulter gegen den Wind an, während er seinen Schritt verlangsamte und gemächlich am Strand in Stellung ging. Als Finn den Dünenhang heruntergestürmt kam, aufgeregt mit den Händen wedelnd, wandte er sich um und rannte wieder los. Der

Wind peitschte ihm gegen die Wangen, ließ seine Augen tränen. »Es ist schön, am Leben zu sein«, dachte er, während er am Strand dahinrannte und sich die Lunge tief mit der frischen Seeluft füllte, dicht gefolgt von seinem Sohn, den er hinter sich lachen hörte, während er immer mehr zu ihm aufschloss, um ihn nun jeden Moment zu überholen. Theo lief etwas langsamer, ließ Finn passieren und behielt ihn von hinten im Auge. Es war, als würde sein Sohn in Zeitlupe laufen, so deutlich nahm er jedes Detail wahr: seine winkelig vorwärtsschnellenden Beine; sein von der sprühenden Gischt feuchtes Haar, das ihm an der Stirn klebte; sein Gesicht, das er immer wieder zu ihm umwandte; seine Arme, die wie die Kolben einer Lok vor und zurück ruderten. *»Hattest du sie gern, Dad? Anna?«*

Am Auto blieb Theo keuchend stehen und stemmte die Hände in die Hüften, während er vornübergebeugt vor sich hin schnaufte. »Nicht so einfach, in all den dicken Klamotten zu rennen«, verteidigte er sich.

»Du bist eben alt«, sagte Finn grinsend.

»He, ich bin gerade fünfundvierzig!«, keuchte Theo und schloss gleichzeitig das Auto auf.

Nachdem sie eingestiegen waren, saß Finn da und rieb sich mit den Händen erst mal das Gesicht warm. »Das war schön, Dad«, sagte er. »Aber lass uns nächstes Mal warten, bis besseres Wetter ist.«

»Ach nö.« Theo setzte den Wagen zurück, schlug das Lenkrad ein und rollte hangabwärts auf die Bezahlschranke zu, die Besucher passieren mussten, um in Strandnähe parken zu können. »Bei Sonnenschein ist es immer so voll hier. Während wir den Strand heute praktisch ganz für uns allein hatten.«

Finn war damit beschäftigt, seine weißen Ohrhörer für die Rückfahrt zu entwirren. »Es war schön, Dad«, sagte er noch einmal. »So ein richtig netter Vater-Sohn-Scheiß.«

Theo runzelte die Stirn über die Ausdrucksweise seines Sohnes, verzichtete aber auf eine Zurechtweisung. Die Finn auch ohnehin nicht gehört hätte, da er bereits mit seinem Smartphone verbunden war. Er steuerte den Wagen durch die schmale Schranke, während Finn mit den Fingern auf seinen Beinen herumtrommelte, im Takt der Musik, die ihm durch die Ohren pulsierte.

»*Hattest. Du. Sie. Gern. Dad. Anna?*«

Er dachte an den Monat zurück, als sie ein Praktikum in der Praxis absolviert hatte. Es war so nett und lustig, sie um sich zu haben – eine jüngere, lautere, selbstbewusstere Version von Jess. Und er dachte daran zurück, wie sie ein Benefizkonzert des Chors organisiert hatten, zugunsten der Krebsforschung, an die sämtliche Einnahmen gespendet wurden. Anna sang nämlich gern. Sie hatte gern gesungen. Und ja. Ja, er hatte sie gerngehabt.

7. Jess

Bei unserer Ankunft in Windermere erleide ich einen kleinen Schock, als ich die Haare meiner Mutter sehe. Versuche, mir aber nichts anmerken zu lassen

»Schatz, da bist du ja«, begrüßt sie mich. »Wie schön, dass du mitgekommen bist, wie schön, dich mal wieder zu sehen. Das wird deinen Vater aber freuen. Ach, danke dir.« Sie umarmt mich herzlich, und ich schließe kurz die Augen. Atme tief ihren Duft ein und genieße einfach nur die Geborgenheit ihrer Umarmung, während ich gleichzeitig verdränge, dass ihr eigentlich aschblondes Haar nun stumpf dottergelb ist. Sie tätschelt sich übers Haar, als hätte sie meine Gedanken erraten. »Ich konnte leider nicht zum Friseur, Liebes. Aber vor deinem Besuch wollte ich unbedingt etwas gegen das Grau unternehmen, und da bin ich eben auf diese Farbe gestoßen, in einem Schrank im Bad.«

Na toll. Nun bin also ich schuld daran, dass sie jetzt gelbe Haare hat.

»Und wen haben wir da?« Sie senkt den Blick ans Ende der Hundeleine, die ich festhalte.

»Mopsi.«

»Das ist alles? Sonst kein Name?«

»Nein, einfach nur Mopsi.«

»Ist Mopsi ein Junge oder ein Mädchen?«

»Ein Mädchen.«

Mum atmet erleichtert auf. »Na, Gott sei Dank, die pinkeln nicht ganz so viel. Ich habe schon genug Umstände mit eurem Vater.«

Leah bricht in Gelächter aus und tritt zu uns, um Mutter nun ihrerseits zu umarmen. »Wie geht's ihm, Mum?«

»Leah, Liebes. Wie nett, dich zu sehen. Geh einfach und sieh selbst, er ist hinten im Wohnzimmer, freut sich schon darauf, euch alle wiederzusehen. Hi, Gus. Ich habe gekocht, es ist alles fertig. Hoffentlich habt ihr tüchtig Hunger mitgebracht.«

Leah wirft mir einen Blick zu und verdreht genervt die Augen, als Gus unsere Mutter ebenfalls umarmt. Sie deutet von hinten auf ihr Haar und formt lautlos die Worte *Was zum Teufel?*, ehe sie sich auf den Weg durchs Haus macht, gefolgt von Gus, der sich den Kopf an einer von Mums zurzeit leeren Blumenampeln stößt. Mum hält mich am Arm zurück.

»Hast du von Rose gehört?«, fragt sie mit ernstem Blick.

»Bloß eine SMS von Sean, dass sie gut angekommen sind.«

»Oh.« Sie blickt kurz enttäuscht drein, mir zuliebe, und streicht mir dann übers Haar. »Wie geht es dir?«

Sonst regt es mich immer auf, wenn Leute mir diese Frage stellen. Bei ihr nicht. Bei ihr empfinde ich eine Art urtümlichen Trost. Die Sorge einer Mutter. »Nicht so toll.« Ich zucke die Achseln. »Gestern war es schwierig.«

Sie drückt mir beruhigend die Hand, streichelt mir sanft über den kleinen Finger. Dabei merke ich, wie sehr mir die Berührung meiner Mutter gefehlt hat. Und es fehlt mir auch, meine Tochter berühren zu können …

Dad sitzt an seinem üblichen Platz im hinteren Wohnzimmer, von dem aus er auf den See hinterm Haus blicken kann. Er und Mum haben in den Siebzigern eine breite Glasfront einbauen lassen, lange, ehe das modern wurde, und die Aussicht von diesem Teil des Hauses aus ist wirklich spektakulär. Heute sind auf dem See unzählige Segelboote unterwegs; manche gleiten nur so mit geblähten Segeln über das schimmernde Wasser dahin, andere, die den Wind nicht richtig einfangen, dümpeln eher vor sich hin. Vaters Blick scheint auf einem kleinen Boot in Ufernähe zu ruhen, nicht weit von unserem Garten, der hinten an den See angrenzt.

Leah und Gus sind bereits bei ihm. Sie hält seine Hand umfasst, während sie angeregt auf ihn einredet, mit Gus an ihrer Seite, der hin und wieder eine witzige Bemerkung einwirft. Dad zeigt keine Reaktion, blickt aber Leah direkt an, als würde er ihr zuhören. Dafür hat sie ein Talent: den Schein zu wahren, so zu tun, als wäre alles in Ordnung. Als wäre die merkwürdig eingeschrumpfte Gestalt, die da im Sessel sitzt, immer noch und nach wie vor Dad – obwohl wir uns da beide nicht so sicher sind. Weil wir uns fragen, wie weit der Schlaganfall ihn geistig in Mitleidenschaft gezogen hat; wie tiefgreifend ihn das Absterben jenes winzigen Bereiches in seinem Gehirn, auf der Aufnahme des Computertomografen nur ein ganz kleiner Fleck dunkler Blutgefäße, wirklich verändert hat. Manchmal scheint es, als wäre er ganz der Alte, bei anderen Gelegenheiten dann ist es, als wäre ein Teil seiner selbst verloren gegangen, unwiederbringlich. Ich beuge mich hinab und küsse ihn auf die Wange. Er weiß nichts von Anna. Mum hat mich gebeten, ihm nichts zu erzählen, weil sie befürchtet, es könnte ihn umbringen, wenn er davon erführe, was Anna zugestoßen ist. Dass er einfach umkippen und sterben würde. Anna ist seine einzige Enkelin.

Ich wende den Blick ab, betrachte statt seiner das Regal neben uns. Es ist weiß, mit Melaminharz beschichtet; eins von drei horizontalen Regalen, die Dad vor Jahren an der Wand angebracht hat. Ich erinnere mich gut an das Tamtam, das meine Mutter veranstaltete, als er mit dem Schlagbohrer die Löcher für die Halterungen in die Wand bohrte, aus Sorge, er könnte eine Gasleitung treffen, oder ein Stromkabel. Die Regale hängen weiter an der Wand, stabil und bombenfest, während mein Dad verkrümmt in seinem Sessel sitzt. Ich strecke die Hand aus und berühre ein Modellauto, eins der vielen, die er über die Jahre gesammelt hat und die in ihren Schachteln auf dem Regal angeordnet sind. Dieses Modell allerdings, aus der Thunderbirds-Reihe, Lady Penelopes rosaroter Flitzer, steht ohne Schachtel im Regal. Anna liebte dieses Auto, und es ist eins der wenigen Exemplare, mit denen er sie spielen ließ, als sie klein war.

Mum hantiert geschäftig hinter uns herum, sie deckt gerade den Tisch. Es macht mich ganz hibbelig. Sie ist zweiundsiebzig, zehn Jahre jünger als Dad, und so agil wie eh und je. Wie sie ganz allein die Pflege meines Vaters bewältigt, ist mir ein Rätsel; ihre Energie ist schier grenzenlos; ihre Liebe zu ihm so groß, dass ihr nichts zu viel zu werden scheint.

»Kann ich irgendwie helfen, Mum?«, rufe ich ihr nach, als sie schon wieder in Richtung Küche verschwindet, um eine weitere Schale Gemüse zu holen. Zwei Schalen stehen bereits auf dem Tisch, und wieder frage ich mich, wie sie das alles schafft.

»Nein, Liebes. Plaudere du mit Dad. Er hat sich so darauf gefreut, euch zu sehen.«

Leah und ich wechseln einen Blick. Uns beiden liegt dieselbe Frage auf der Zunge, aber wir stellen sie nicht, das wäre ungehörig: Woher will sie wissen, was in Dads Kopf vor sich geht, wo er doch kaum noch redet?

Er rückt ein wenig auf dem Sessel herum. Mopsi hat sich zu seinen Füßen niedergelassen, auf dem grünen Teppich, der an die dreißig Jahre alt sein dürfte und an Kunstrasen erinnert.

Die lilafarbene Häkeldecke, die auf Dads Beinen liegt und an die ich mich von früher erinnere, gerät ins Rutschen, und ich fange sie eilig auf und ziehe sie wieder hoch über seine Knie. Sein Haar ist so lang, dass es ihm in einer Tolle seitlich über die Stirn hängt, und mir fällt auf, dass er nicht zueinanderpassende Socken trägt. Mum taucht mit einer Schale Bratkartoffeln neben mir auf. »Nur zu, sprich mit ihm! Geistig fehlt ihm nichts, weißt du.«

Ich rutsche auf meinem Sessel herum. Wenn ich nicht auf Besuch bin, ist es leicht, so zu tun, als wäre mein Vater nicht ein Schatten seiner selbst. Jetzt ein Gespräch mit ihm anzufangen fällt mir jedoch äußerst schwer. Ich nehme seine Hand. »Wie geht's dir, Dad?«, frage ich. »Wie geht's dir wirklich?« Ich zwinge mich, den Blick von seinem karierten Hemd zu lösen und ihm in die Augen zu sehen. Gus, der sich seit Vaters Schlaganfall etwas schwer mit ihm tut, lässt Leah und mich bei ihm zurück und folgt Mum in die Küche, um ihr zu helfen, ohne sich von ihr abwimmeln zu lassen.

Dad wendet mir ein wenig das Gesicht zu. Heute fällt ihm das Sprechen schwer, das ist offensichtlich. Er gibt Laute von sich, müht sich hörbar, einzelne Worte zu bilden, doch ich verstehe ihn auch so. »Das Mädchen.«

Ich beuge mich vor, lehne den Kopf an seine Schulter. »Ja, Dad. Ich bin's, das Mädchen.«

Leah lacht und streckt mir die Zunge heraus. »Immer schon Vaters Liebling.« Mit diesen gemurmelten Worten steht sie auf und folgt Gus aus dem Zimmer.

Dad wiederholt die Laute noch einmal, und diesmal fällt mir der fragende Unterton auf. Nach wem mag er fragen – nach Rose? Oder nach Anna …

»Nein, Liebling.« Da ist auch schon meine Mutter zur Stelle, um die Lage zu klären. »Nein, Anna ist heute nicht mitgekommen.«

Ich merke, wie meine Lippen zittern. Meine Mutter schaut

mich direkt an und schüttelt warnend den Kopf. »Nein.« Ich knete ihm beruhigend die Hand. »Heute nicht.«

Mein Vater nickt, und sein Blick schweift wieder zu den Segelbooten hinaus. Ich lehne mich zurück, ohne seine Hand loszulassen, und vergegenwärtige mir, wie oft ich hier auf seinen Knien gesessen und dasselbe Panorama betrachtet habe. Es war eine idyllische Kindheit; Leah und ich, wir können von Glück sagen, dass wir hier aufgewachsen sind, in diesem Haus und in dieser herrlichen Gegend. Und auch Anna fühlte sich sehr wohl hier. Während ich nun in den grünen Garten hinaussehe, zwischen Haus und Wasser, meine ich fast, ihr Gelächter zu hören; sehe sie förmlich über den Rasen rennen, verfolgt von ihrem Opa, während die beiden Fangen spielen. Er hat ihr so vieles beigebracht; ist mit ihr in einem winzigen Dinghi auf den See hinausgesegelt, so klein, dass mir kurz das Herz aussetzte, als sie vom Ufer ablegten. Mein Vater hat Anna das Segeln beigebracht. Er hat seinerzeit auch diese Reise für uns alle organisiert, Annas ersten Wintersporturlaub. Ja, das Skilaufen hat ihr mein Vater beigebracht.

Ich stehe auf, gehe an dem Esstisch vorbei, auf dem inzwischen genug Speisen stehen, um eine ganze Armee davon satt zu bekommen. Meine Mutter hat eine weiße Decke über den Tisch gebreitet; hat ihr bestes Geschirr und Silberbesteck aufgedeckt, dazu Leinenservietten, die mit winzigen Gänseblümchen bestickt sind. In der Tischmitte steht ein Krug mit selbstgemachter Limonade. Im Stillen bete ich, dass sie auch noch Stärkeres im Angebot hat, während ich in den Flur hinausgehe.

In der Gästetoilette riecht es so durchdringend süß nach Apfel, von einem Duftspender, dass mir fast übel wird. Mein Herz klopft schneller als normal, und auf einmal habe ich nur noch einen Gedanken: Ich will hier weg. Einfach die Haustür aufmachen und Reißaus nehmen. Anna redet mir gut zu, sagt, ich solle mich beruhigen, aber ich wiegle ab. Mir fehle nichts, alles in Ordnung, ich wolle nur mal kurz eine Runde spazieren gehen, mit Mopsi.

Es klopft leise an der Tür, und ich klammere mich links und rechts am Waschbecken fest. »Ich komme gleich«, sage ich.

Meine Mutter kommt trotzdem herein und schließt die Tür hinter sich. »Das Essen ist fertig, Schatz. Mit wem hast du denn gesprochen?«

»Nur mit mir selbst.«

Sie nimmt mich wieder in den Arm. »Ja. Das passiert mir auch ständig.«

»Ich stelle mir vor, sie wäre hier«, flüstere ich an ihrem faltigen Hals, in ihre stumpf gelben Locken.

»Ich weiß … wenn es dir hilft, dann mach das ruhig. Nun komm.« Sie drückt kurz meine Schultern, reibt an meinen Armen auf und ab, um mich aufzumuntern. »Das Essen wartet. Wir haben alle Hunger.« Sie wendet sich zum Gehen.

»Manchmal«, bricht es aus mir heraus, »habe ich das Gefühl, den Verstand zu verlieren. Ich muss sie noch einmal sehen, mehr nicht. Nur ein Mal – um ihr zu sagen, wie sehr sie geliebt wird, und wenn sie schon gehen muss, dass ich … dass ich sie dann …« Ich schüttle den Kopf. Unsere Blicke treffen sich, und ich sehe, dass meiner Mutter die Tränen kommen. Ich hebe die Hand, wische mit dem Daumen an ihren Augen herum.

»Ich rede auch die ganze Zeit mit deinem Vater«, sagt sie. »Und ich stelle mir vor, dass er mir antwortet, so wie früher immer. Stelle mir vor, wie wir uns kabbeln, wenn im Fernsehen ›Question Time‹ läuft. Er ist zwar körperlich anwesend, Jess, aber durch den Schlaganfall habe ich einen ganz großen Teil von ihm verloren. Mir geht es also gar nicht anders als dir, wir haben beide einen Verlust zu beklagen.«

»Mein Gott, Mum.« Ich ziehe sie noch einmal zu mir zurück, umarme sie. »Werde ich je wieder dazu imstande sein, etwas zu fühlen?«

»Aber ja. Weil du gar nicht umhinkommst. Du hast doch jetzt Rose.«

»Entschuldige bitte, dass ich so lange nicht hier war. Und

überhaupt, dass ich mich so einigle. Anna, Dad ... das ist alles so schwierig. So anstrengend. An manchen Tagen fühle ich mich so müde und kraftlos, als wäre ich eine alte Frau von neunzig.«

»Du bist doch noch jung, Jess.«

Ich lache ein wenig gequält. »Na, so jung auch nicht mehr.«

»Aber du hast ein Leben zu führen. Wirf es nicht weg, vergeude es nicht. Das würde Anna dir nie verzeihen. Das wäre deinem wunderhübschen Mädchen gar nicht recht.« Die Tränen haben zwei dünne Spuren auf ihren Wangen hinterlassen. Sie reißt sich ein paar Blatt Toilettenpapier ab und tupft sich damit das Gesicht trocken.

»Ich kann nicht weinen«, sage ich. »Keine Träne. Seit dem Tag, als ich die Hiobsbotschaft bekommen habe.«

Sie zuckt mit den Schultern. »Tja, ich weine auch genug für zwei«, stellt sie fest, während sie erst meine Kleidung und dann ihre eigene zurückzupft.

»Ich gebe Dad die Schuld«, platzt es aus mir heraus.

Sie hebt den Blick, sieht mich bestürzt an.

»Er ist mit uns damals das erste Mal in Winterurlaub gefahren. Ohne ihn hätte sie nie diese Liebe zum Skifahren entwickelt.«

»O Jess ...« Sie umfasst meine Hand.

»Ich weiß, wie ungerecht das ist. Ich weiß.«

»Lässt du dich deshalb nie bei uns blicken?«, fragt sie geradeheraus.

Ich hebe die Hand an den Mund. Halte kurz inne, ehe ich langsam die Luft ausstoße, durch meine gespreizten Finger hindurch. Ohne eine Antwort abzuwarten, zieht sie mich mit sanfter Gewalt aus dem kleinen Raum. Während wir Arm in Arm durch den Flur gehen, Mum und ich, schließe ich die Augen und konzentriere mich darauf, wie sehr ich meine Mutter liebe, und darauf, wie sehr meine Tochter Anna mich liebt, die ich mir in dem Moment wieder einmal inständig nach Hause zurückwünsche. Dann setzen wir uns zu den anderen an den Tisch, und zu fünft lassen wir uns Roastbeef mit siebenerlei Gourmetgemüse schmecken.

Leah ist auf der Rückfahrt auffallend still. Mopsi liegt auf meinem Schoß und schläft.

»Wie geht's euren Eltern, was meint ihr?«, fragt Gus.

Ich blicke hilfesuchend zu Leah, die sich auf dem Sitz zu mir umdreht. »Welchen Eindruck hattest du?«, fragt sie.

»Du zuerst.«

»Wenn Mum sich weiter so für ihn aufreibt, geht sie daran kaputt. Dann gibt sie früher den Löffel ab als er.«

»Ich weiß nicht. Er scheint ... er scheint völlig in sich selbst verschwunden zu sein. Wirkt total verloren.« Nach kurzem Nachdenken setze ich hinzu: »Hat mir nicht gefallen, wie er aussieht.«

»Man hat uns ja darauf vorbereitet, dass sein Zustand sich mit der Zeit verschlechtern würde. Genauso wie auf das Risiko weiterer kleiner Schlaganfälle, die ihn ereilen könnten.«

Ich unterdrücke ein Seufzen; starre aus dem Fenster und versuche, nicht darüber nachzudenken, wie ungerecht es ist, dass mein früher so sportlicher, aktiver Vater sich nun in einem solch bedauernswerten Zustand befindet; oder dass die einst immer so elegante, tipptopp gepflegte Frau, die sich so aufopfernd um ihn kümmert, jetzt dottergelbes Haar hat.

»Wir müssen dringend jemanden engagieren, der Mum etwas entlastet«, sagt Leah. »Siehst du doch auch so, oder?«

»Das hast du doch schon mal probiert, erinnerst du dich?«, schaltet sich Gus ein. »Letztes Mal, als wir hier waren, hast du das Thema doch bei ihr angeschnitten. Worauf sie gesagt hat, dass sie keine Fremden im Haus haben will. Um euren Dad nicht unnötig aufzuregen.«

»Das ist aber schon etwas her«, widerspricht Leah. »Ich würde sagen, so langsam besteht Handlungsbedarf. So wie jetzt kann sie unmöglich weitermachen. Oder?« Wieder wendet sie sich auf dem Sitz zu mir um.

»Mum hat ihren eigenen Kopf, was sie nicht will, das will sie nicht. Wenn sie sagt, sie will keine Fremden im Haus haben, dann bleibt sie auch dabei.«

Leah schnalzt missbilligend mit der Zunge. »Sie benötigt Hilfe«, beharrt sie trotzig. »Der Hausarzt hat ihn bereits für eine Pflegestufe empfohlen. Wir müssen nur noch grünes Licht geben, und selbst dann könnte es etwas dauern, bis alles bewilligt wird.«

»Hör zu, du hast es ja schon mal versucht. Soll ich mal mit ihr reden?«

»Gern, klar. Versprich ihr am besten, dass wir einen Pfleger finden, der aussieht wie Daniel Craig.« Damit holt Leah ihren Laptop aus der Tasche und setzt ihre Brille auf.

Ich muss unwillkürlich lächeln. Meine Mutter schwärmt nämlich für Daniel Craig. Aber Pfleger, die aussehen wie er, sind wahrscheinlich eher rar gesät.

Gus wirft mir im Rückspiegel einen Blick zu und grinst. Leah ist inzwischen in den Arbeitsmodus gewechselt und wird die restliche Fahrt über, bis sie Mopsi und mich zu Hause absetzen, nicht mehr ansprechbar sein. Ihre Arbeit geht ihr über alles. Ich muss daran denken, wie sie damals reagiert hat, als Anna feststellte, dass sie schwanger war. Mit Tränen nämlich, ebenso wie Anna, die beiden lagen sich in den Armen und heulten Rotz und Wasser. In Leahs Fall aus einer seltenen Frustration heraus, aus Traurigkeit. Weil ihr dabei so nachdrücklich bewusst wurde, dass sie nie ein »eigenes« Kind haben würde, nachdem sie sich dagegen entschieden hatte, mit Gus, der bereits dreifacher Vater war, Nachwuchs in die Welt zu setzen. Während bei Anna die Tränen flossen, weil sie nun mit einer ungeplanten und höchst ungelegenen Schwangerschaft klarkommen musste. Und dies, nachdem sie bloß ein einziges Mal mit Sean im Bett gewesen war.

Als Gus mich und Mopsi zu Hause absetzt, ist es nach meiner Uhr zwanzig vor acht, doch mir kommt es schon viel später vor. Im Geist plane ich, wie ich den Abend verbringen möchte – erst eine Tasse Tee, dann eine Stunde »Downton Abbey«, das ich immer per Festplattenrekorder aufnehme, ein Plausch mit Anna und danach ins Bett, gründlich ausschlafen. Da Rose ja mit Sean verreist ist, brauche ich morgens nicht früh raus, und ich bin fest entschlossen, diese Freiheit gründlich auszukosten. Auf dem Boden im Flur erwartet mich ein kleiner Berg Post. Ich sortiere rasch alle Umschläge aus, die an Anna adressiert sind, und werfe sie in den schwarzen Müllsack im Schrank unter der Treppe, in dem ich ihre Post sammle. Dann sehe ich meine Post durch. Das Einzige, was mein Interesse erweckt, ist ein wattierter brauner Umschlag, der in Dougs Handschrift an mich adressiert ist. Mopsi kläfft ungeduldig, während ich den Umschlag aufreiße, sie will endlich aus der Transportbox heraus, in der ich sie verstaut habe. Er enthält einen Gegenstand in einem durchsichtigen Plastikbeutel, die Sorte, die ich für Roses Pausenbrot verwende, an dem eine gelbe Haftnotiz klebt.

»Du hast gesagt, du hättest es gern zurück, sobald es wieder da ist. Die Polizei hat es mir diese Woche zugeschickt. Ich habe es versucht auszuschalten, aber sie hat es mit einer Sperre blockiert, an der ich mit sämtlichen Codes gescheitert bin, die sie meines Wissens hätte benutzen können … Gib mir Bescheid, wenn du es bekommen hast, okay? Doug.«

Ich lasse Mopsi aus der Box, und sie möchte sofort raus in den Garten, offenbar muss sie mal dringend. Während ich sie hinauslasse, mustere ich den Inhalt des Beutels genauer. Es ist Annas Handy.

Mopsi kommt im Nu wieder ins Haus zurück, ich schließe geistesabwesend die Tür hinter ihr und starre noch immer das Handy an. Da klingelt es plötzlich. Unterwegs zur Tür schüttle ich das Handy aus dem Beutel, und als ich es in der Hand halte, ist mir, als wäre ich wieder mit ihr verbunden, ganz unmittelbar.

Ich öffne die Tür und erschrecke ein wenig: Vor mir auf der Veranda steht ein Unbekannter, der sich zunächst nur als Umriss im Dunkel abzeichnet.

»Mrs Powers?« Er kommt näher, mit etwas schüchtern ausgestreckter Hand. Ein junger Mann, dunkelblond, mit blauen Augen, ziemlich braungebrannt und mit einem sorgsam gestutzten Bart. Ich berichtige die Anrede nicht, die er für mich verwendet, und da ich keine Anstalten mache, seine Hand zu ergreifen, zieht er sie verlegen zurück.

»Ich heiße Max. Ich bin mit Anna befreundet.«

Beim Klang ihres Namens stockt mir spontan der Atem. Und ich vergesse kurz weiterzuatmen, weil er die Gegenwartsform benutzt, nicht etwa sagt, dass er mit Anna befreundet *war*, sondern es noch immer *ist*. Wer auch immer der Typ sein mag, ich entscheide sofort, dass er mir sympathisch ist.

»Bitte, kommen Sie doch rein.« Ich befördere Mopsis Transportbox mit einem Tritt aus dem Weg. »Persönlich hatten wir noch nicht das Vergnügen, oder, Max?« Zu Annas Freunden hier aus der Gegend jedenfalls gehört er nicht. »Hatten Sie eine weite Anreise?«

»Aus Hertfordshire«, erwidert er. »Und, nein, wir kennen uns noch nicht persönlich.«

Max. Ich denke angestrengt nach, um den Namen irgendwo unterzubringen. »Sind Sie ein Kollege von ihr?«

Er starrt mich kurz an, während ich Annas Handy in einem fort in der Hand umherwende.

»Ja«, sagt er. »Wir waren Kollegen.«

Vergangenheitsform. »Waren Sie … waren Sie …?«

Wir stehen noch immer in der Diele. Ich deute mit der Hand vage in den hinteren Teil des Hauses, um ihn in meine Wohnküche zu bitten, die so klein ist, dass sie bequem in die Speisekammer meiner Eltern passen würde. »Waren Sie …?«, versuche ich es noch einmal und kann die Frage wieder nicht beenden. Ich habe heftiges Herzklopfen vor Aufregung, und meine Lippen fühlen sich an wie ausgedörrt.

»Ja. Ich war mit in dem Skiurlaub«, stellt er fest und sieht mir dabei in die Augen.

8. Anna

Raw Honey Blogspot, 15.10.2014

Mama hat mich gerade ANGESCHRIEN, ich solle endlich »meinen Mist von der Haustür wegräumen«. Damit liegt sie mir regelmäßig in den Ohren, und ich werde ihrer Aufforderung auch nachkommen – obwohl ich nicht versprechen kann, dass sich meine Schuhe nicht in Kürze wieder dort anhäufen werden. Ich bin nun mal etwas chaotisch. Das hätte ich von meinem Vater, sagt Mama oft kopfschüttelnd. Um mir im nächsten Moment wutschnaubend vorzuhalten, dass Faulheit keine Sache der Vererbung sei.

Sie ist der Wahnsinn! Sie ist die beste Mutter der Welt, und ich liebe sie heiß und innig, ABER: Sie kann auch knallhart sein. Pflegt ein ausgeprägtes Schwarz-Weiß-Denken, während ich eher die Grautöne bevorzuge. In meiner Welt ist nichts je kristallklar, und ich halte nichts davon, mir immer über alles ewig den Kopf zu zerbrechen. Wenn meine Welt etwas trübe ist, dann wegen Entscheidungen, die ich getroffen habe, würde sie vermutlich sagen. Womit sie natürlich recht hätte, hundert Prozent. Knallhart.

Aber trotzdem. Da gibt es etwas zwischen Müttern und Töchtern – klingt kitschig, ich weiß –, eine ganz besondere Verbindung. Mama und ich haben diese Verbindung, und ich habe sie auch mit meiner ST. Sie ist da, sie ist real, und sie ist absolut unzerstörbar. (Ja, rede dir das ruhig weiter ein, Süße.)

Als ich noch klein war, ehe Dad ausgezogen ist, kamen mir meine Eltern auch vor wie eine Einheit, unzertrennlich. In meinen Erinnerungen an früher kommen sie immer beide vor, zusammen: Sei es in dem Sommer, als wir mal Campingurlaub in

Frankreich gemacht haben, von dem sich mir vor allem die Gezeitentümpel am Strand eingeprägt haben, oder beim Krippenspiel in der Schule, als sie beide vom Publikum aus zu mir hochsahen. Er hat uns verlassen, als ich zwölf war. Was mir nach landläufiger Meinung Schaden zugefügt haben sollte, aber, ganz ehrlich? Wie schlimm kann es gewesen sein, wenn ich eigentlich nur positive Erinnerungen habe? Was natürlich daran liegen könnte, dass wir dazu neigen, Menschen im Rückblick zu verklären, wer weiß. Keine Ahnung.

Jedenfalls waren wir auf einmal nur noch zu zweit, Mama und ich. Sicher, sie hatte über die Jahre auch immer mal Beziehungen mit Männern, aber die hat sie mir nie vorgestellt. Unser Zuhause war sakrosankt, da hatte keiner ihrer Freunde was verloren, und das fand ich toll. Wenn Dad schon nicht mehr da war, hatte ich immerhin sie ganz für mich. Brauchte sie mit niemandem zu teilen.

Ihre Selbstlosigkeit aber habe ich offenbar nicht von ihr geerbt, ebenso wenig wie ihre Ordnungsliebe. Und schon gar nicht die Fähigkeit, die Dinge immer ganz klar zu sehen! Vielleicht bin ich tatsächlich mehr wie mein Vater (obwohl er daran festhält, dass es für ihn das einzig Richtige war, Mama zu verlassen. Immer schon. Kristallklar. Carpe diem, und so weiter). Gewissenlos allerdings bin ich nicht. Eher das Gegenteil. Mein schlechtes Gewissen setzt mir häufiger zu als nervige Freunde bei Facebook, aber ich zwinge mich, es zu ignorieren (und bekomme dann hinterher Angst, dass ich später mal in der Hölle schmore, todsicher).

Kommentar: Solarbomb

Sie schreiben, Ihr Vater hätte Sie verlassen, als Sie zwölf waren. Hat Sie das denn nicht wütend gemacht? Kein bisschen?

Antwort: Honey-Girl

Ich war aufgebracht, meiner Erinnerung nach. Wusste, dass fortan alles anders werden würde. Aber wütend war ich, glaube ich, nicht, seltsamerweise. Ich habe ihn immer noch oft gesehen, und

Mama und ich, wir kamen gut zusammen klar. Er hat mir natürlich gefehlt, aber das war schon okay. Am Boden zerstört, wie man es vielleicht erwarten sollte, war ich jedenfalls nicht. Weil ich ja immer noch eine Mutter und einen Vater hatte, die mich sehr lieb hatten. Und irgendwie haben wir es dann zusammen hinbekommen.

Kommentar: Solarbomb
Carpe diem?

Antwort: Honey-Girl
Richtig. Genau.

Kommentar: Anonym
VOM NUTZER ENTFERNT

9. Theo

Kein Zweifel, die junge Frau flirtete mit ihm, das bildete er sich nicht bloß ein. Wie hieß sie noch: Jane, Janet? Irgendwas mit »J«. Sie hielt ihm ihre zarte Hand entgegen. Lange, schmal zulaufende Finger mit kurzen, aber penibel manikürten Nägeln versetzten ihm einen festen Händedruck. »Jacqueline«, sagte sie. »Hatten Sie vergessen, nicht wahr?« Sie lächelte. Wobei Theo allerdings den Blick senken musste, um ihr ins Gesicht zu sehen, denn sie war kaum größer als Finn, geradezu winzig neben ihm, und er maß immerhin einen Meter dreiundneunzig. Ihr Händedruck allerdings hatte es in sich, und sie wirkte ziemlich selbstsicher, wie sie da neben Finn vor ihm stand, in ihrer eng anliegenden Sportkluft und den speziellen Stollenschuhen.

»Nein. Selbstverständlich nicht.«

»Doch, hatte er wohl.« Finn schnaubte. »Namen kann Dad sich nämlich nicht merken.«

»Jacqueline«, sagte sie noch einmal. »Stellen Sie sich einfach vor, ich wäre Französin. Stimmt zwar nicht, aber egal. Prägen Sie sich den Namen in französischer Aussprache ein. So als Eselsbrücke, meine ich, falls er Ihnen noch mal entfallen sollte.«

»Entschuldigung«, sagte er. »Passiert mir bestimmt nicht wieder. Französin, in Ordnung.« Er nickte.

»Und jetzt zu uns, junger Mann. Auf geht's.« Jacqueline versetzte Finn einen scherzhaften Boxhieb in die Seite. »Wir machen heute mal Wettklettern. Ich nehme die Zeit mit der Stoppuhr. Wer am schnellsten ganz oben ist.«

»Ich bin dann nebenan, im Fitnessstudio.« Theo deutete mit einer Kopfbewegung zur Seite.

»Prima. Viel Spaß.« Mit diesen Worten wandte Jacqueline sich ab und entfernte sich mit Finn zur Kletterwand.

Vierzig Minuten später verausgabte er sich gerade am Rudergerät. Beugte seinen langen Oberkörper nach vorn, streckte die Arme aus und winkelte sie dann in den Ellbogen an, während er sein Körpergewicht nach vorn zog. Der Digitalanzeige ein Stück vor ihm zufolge war er bereits drei Komma neun Kilometer gerudert; blieb also noch etwas mehr als ein Kilometer, bis er sein Pensum erfüllt hatte. Er schloss die Augen und dachte an die Frau, die gerade nebenan seinen Sohn betreute. Dachte an ihren kleinen, agil gerundeten Körper, ganz anders als Harriet, die groß und schlank war, fast knochig. Dachte an ihre Brüste, die er immer wieder verstohlen gemustert hatte. Dachte daran, wie sich der Klettergurt eng um ihre Oberschenkel geschmiegt hatte. *Verdammt.* Er ruderte noch verbissener, um das Bild zu verscheuchen, das ihm auf einmal ungebeten vor Augen stand: Jacqueline, splitterfasernackt.

Als er fünf Kilometer gerudert war, ertönte ein Signal. Theo verlangsamte seine Bewegungen, schlug die Augen auf – und sah

Eddie vor sich stehen, seinen Sportkumpel, mit dem er schon seit Schulzeiten befreundet war. Eddie starrte ihn an, mit einem breiten Grinsen im Gesicht.

»Lass hören«, sagte er. »Woran hast du gerade gedacht? Davon hätte ich gern auch was ab.«

Theo griff sich ein kleines Handtuch, das vorne an dem Gerät hing, und wischte sich das Gesicht ab. »Ach. An nichts Bestimmtes eigentlich.« Er schnaufte, war ziemlich außer Atem.

»Lügner. Ich kenne dich doch, mir kannst du nichts vormachen.«

Theo erhob sich langsam, schaltete das Gerät wieder auf Anfang und machte sich dann auf den Weg zu den Herrenduschen in »Phils Fitness«.

»Was ist denn überhaupt mit dir los?«, fragte Eddie, der ihm wie ein Schatten folgte. »Du ziehst ja ein Gesicht wie sieben Tage Regenwetter. Und das schon, seit du vorhin reingekommen bist.«

»Das weiß ich selbst nicht so richtig, offen gesagt.« Theo war verblüfft über seine ehrliche Antwort. Er sah sich zu Eddie um. »Ich weiß nur, dass ich große Lust hätte, mir irgendwo so richtig einen anzusaufen.«

Theo meinte förmlich zu hören, wie es in Eddies Kopf arbeitete, während er überlegte, ob er sich ihm vielleicht anschließen könnte. Mit welcher Ausrede er seine Frau am besten vertrösten könnte, um sich mit ihm einen Abstecher in den Pub zu gönnen.

»Stopp, Ed. Jules würde Hackfleisch aus dir machen, wenn du angetrunken nach Hause kommst. Wir müssen beide früh raus morgen, arbeiten, und ich muss gleich mit Finn nach Hause.« Er legte seinem Freund die Hand an den Arm. »Ein andermal …«

Als er gleich darauf unter der heißen Dusche stand, in der Nische gleich neben Eddie, rief er zu ihm hinüber: »Denk nicht mehr drüber nach.« Dann drehte er den Regler auf kalt und keuchte laut auf, als ihn der eisige Wasserstrahl traf.

»Und wenn ich ihr nun sage, dass es dir nicht so gut geht? Dass du dringend meine Gesellschaft brauchst?«, rief Eddie zurück. »Euer Au-pair-Mädchen, wie heißt sie noch, kann sich doch um Finn kümmern?«

Theo lachte. »Nein, ich fahre nach Hause, Ed. Wir holen es bald nach, versprochen.«

Ed stöhnte laut auf. »Also ehrlich, erst bringst du einen auf die tollsten Gedanken, und dann machst du einen Rückzieher. Als würde man einem Kind einen Lolli hinhalten und dann wieder verschwinden lassen. Ernsthaft. Das ist unfair.«

Theo verabschiedete sich von Eddie, der noch seine Haare föhnte, warf sich seine Sporttasche um die Schulter und verließ das Fitnessstudio durch eine Reihe von Glastüren. Nebenan, vor dem Eingang des Kletterzentrums, erwartete Finn ihn bereits.

»Du bist zu spät.« Sein Sohn tippte auf seine Uhr mit der Digitalanzeige.

»Na ja, eine Minute.«

»Zu spät ist zu spät«, beharrte er, während sie zusammen in Richtung Auto gingen. Dann hob er den Blick zum Abendhimmel, der klar und voller Sterne war. »Aliens kommen bestimmt nie zu spät.«

»Aha.«

»Denk doch mal drüber nach«, sagte Finn. »Die dürften als Spezies viel höher entwickelt sein als wir. Dürften also auch all die Mängel überwunden haben, die an Menschen so nerven. Wie etwa Unpünktlichkeit.«

»Aha«, sagte Theo abermals. »Spaghetti Bolognese oder Hähnchen, was wollen wir heute essen?«

»Ich hab keinen Hunger.«

»Schade für dich.« Theo entriegelte per Funkschlüssel die Türen seines vier Jahre alten Volvos. »Hopp, rein mit dir. Entscheide dich auf der Fahrt. Bei uns wird zu Abend gegessen, basta.« Als Arzt hatte Theo schon mit zu vielen Jugendlichen zu tun gehabt, und zwar nicht nur Mädchen, die unter beginnenden oder bereits voll verfestigten Essstörungen litten. Daher sein automatischer Reflex, seinen Sohn zum Essen anzuhalten. Er nagte kurz an der Unterlippe. »Hast du wirklich keinen Hunger?«

Finn sagte nichts.

»Du musst was essen, das weißt du. Woher soll sonst die Energie kommen, die du zum Beispiel für dein Klettern brauchst? Um Kalorien verbrennen zu können, musst du erst mal welche aufnehmen.«

»Ja. Das erklärst du mir ja andauernd.«

Finn blickte stur geradeaus, während er sich auf dem Beifahrersitz anschnallte. Theo behielt ihn von der Seite aus im Auge.

»Worauf hättest du denn Appetit?«

»Tee und Toast, das würde mir reichen«, erwiderte er mit einem Achselzucken.

»Schön, dann also Tee und Toast«, willigte Theo ein. Zum Streiten war er nämlich wirklich nicht aufgelegt.

Theo hob die beiden Bücher auf, die im Zimmer seines Sohnes auf dem Boden lagen, und legte sie auf den Nachttisch. Das eine war eine auf jugendliche Leser zugeschnittene Einführung in die Computertechnik, das Themengebiet, in das er sich im Vorjahr verbissen hatte. Das andere ein dicker Band, der die Frage behandelte, ob es außer uns Menschen noch andere intelligente Lebensformen geben könnte, irgendwo da draußen im Universum. Der Laptop, der nun geschlossen auf dem Nachttisch lag, würde vermutlich das Spielfeld von Minecraft anzeigen, wenn er ihn aufklappte, das wusste Theo. Von diesem Spiel war Finn wie besessen, er spielte es oft online mit Freunden von der Schule.

Theo beugte sich über seinen schlafenden Sohn, strich ihm die langen Ponysträhnen aus der Stirn und drückte ihm einen Kuss aufs Haar. Ihm fiel auf, wie trotzig-entschlossen sein Kinn wirkte, sogar im Schlaf. Diesen Zug hatte er von ihm geerbt. Die Farbe der Haartolle wiederum, die er ihm gerade aus der Stirn gestrichen hatte, stimmte genau mit der Haarfarbe seiner Mutter überein. Obendrein meinte Theo, einen zarten Geruch nach Zigarettenrauch wahrgenommen zu haben, als er sich über das Haar seines Sohnes beugte.

Du kommst schon klar, beruhigte er sich im Stillen, während er sich vorstellte, wie Finn vor irgendeinem Einkaufszentrum herumlungerte, mit Jungen, die er, Theo, nicht kannte, und mit gespitzten Lippen an einer Zigarette zog. *Das schaffst du schon, ganz sicher.*

Im Bett lag er lange Zeit wach. Fand keine Ruhe, egal, in welche Richtung er sich drehte. Als er auf der rechten Seite lag, starrte er etwa eine Stunde lang Harriets diverse Kopfkissen an, bis er sie schließlich entnervt zu Boden warf. Dann rückte er seine beiden Kissen und sich selbst in die Bettmitte, nur um kurz darauf aufzustehen und im Bett wieder die alte Ordnung herzustellen. Weil er das Finn nicht zumuten wollte. Mitansehen zu müssen, wie Teile seiner Mutter aus dem Haus verschwanden, aus seinem Bett, das einst ihr Ehebett gewesen war.

Als er sich auf die linke Seite drehte, musste er an Sex denken; es war drei Monate her, seit er das letzte Mal welchen gehabt hatte. Im Bett hatte es zwischen ihm und Harriet nie Probleme gegeben, im Gegenteil, sie hatten ein äußerst erfülltes, aufregendes Liebesleben. Auch noch zu der Zeit, als er schon merkte, dass etwas nicht stimmte, was aber zur Folge hatte, dass er alle Warnzeichen leichtfertig ignorierte. Er seufzte unwillig, schüttelte sein Kissen neu auf und drehte sich wieder auf die andere Seite. Nun starrte er auf den dünnen Lichtstreifen, der unter der Tür hindurchdrang. In dem Flur dahinter kam als Nächstes sein Arbeitszimmer, dann Finns Zimmer und ganz hinten schließlich Beas Zimmer. Er dachte an sie, dreiundzwanzig Jahre jung, genauso alt wie Anna. Ein Gedanke, bei dem er die Augen schloss, oder vielmehr zukniff, so fest, dass er mit einem Mal wieder hellwach und an Schlaf erst recht nicht mehr zu denken war.

Der Wecker zeigte 1.35 Uhr an, als er die Bettdecke beiseiteschleuderte, einen Morgenmantel überstreifte, den er von einem Haken an der Tür nahm, und leise nach nebenan in sein Arbeitszimmer schlich. Dort schaltete er das Licht an, nahm sich ein Buch aus einem der Regale und ließ sich damit auf dem Lesesessel nieder, einem Kippsessel, den Harriet ihm vor Jahren mal gekauft hatte. Das Buch lag aufgeschlagen auf seinem Schoß, zusammen mit seiner Lesebrille, die auf den Buchseiten lag. Sie war einfach überall. Oder besser gesagt, das frühere Leben, das Leben, das sie zusammen geteilt hatten – in den Kopfkissen, in dem Sessel, es gab kein Entrinnen davor. Ein Umzug, überlegte er, wäre wohl das Vernünftigste. Eine Idee, die er gleich darauf wieder verwarf, Finn zuliebe. Er musste sich einfach zusammenreißen, Herrgott nochmal. Denn seinen Sohn aus seinem Zuhause zu reißen, das kam nicht in Frage.

Er taperte nach unten in die Küche, wo er sich einen Kaffee aufbrühte. Streifte rastlos von einem Zimmer ins nächste, bis er schließlich im Wohnzimmer angelangt war, das nach vorne hinausging. Dort stieg er auf einen Stuhl, den er vom Esstisch herbeigeholt hatte, und hakte gemächlich die Vorhänge von der Gardinenstange los, bis sie mit einem Rascheln am Boden links und rechts vom Fenster landeten, erst der eine, dann der andere. Er stieg wieder vom Stuhl und trat ein paar Schritte zurück. Ja. Viel besser. Weil diese Vorhänge, wie er im Stillen entschied, ganz und gar überflüssig waren, unnötig, während er sich damit abmühte, die am Boden gelandeten Textilien halbwegs vernünftig zusammenzulegen, so, dass er sie im Secondhand-Laden abgeben konnte.

Danach kehrte er wieder nach oben ins Schlafzimmer zurück, zog einen Koffer unter dem Bett hervor und fing an, Harriets Kleidung hineinzupacken. Ganz wahllos, ohne einen Schimmer zu haben, welche Reihenfolge ihr am liebsten gewesen wäre; aber das Zeug musste einfach weg. Wenn er schon eine schlaflose Nacht hatte, wenn ihm schon pausenlos das kurze Telefongespräch mit ihr durch den Kopf ging, vom Vortag – dann sollte er diese Gelegenheit am besten dazu nutzen, einen sauberen Schnitt zu machen, um endlich jenen Tag im Dezember hinter sich zu lassen. Und endlich ihren Duft aus dem Schlafzimmer zu verbannen, das war schon mal ein guter Anfang. Weil dieser Duft ihn bloß an sein Versagen erinnerte; an ihrer beider Versagen. Er nahm ihre Blusen von den Bügeln, eine nach der anderen, und legte sie in den Koffer. Als Nächstes kamen ihre Pullover an die Reihe, die er auf die Blusen packte. Danach die Hosen, nur einmal mittig zusammengefaltet, so, wie Harriet es am liebsten hatte. Als der Koffer randvoll war, verteilte er seine Kleidung etwas lockerer in dem Schrank, in dem nun viel mehr Platz war. Zum Schluss holte er sein Aftershave aus dem Bad, das zum Schlafzimmer gehörte, und sprühte den Schrank von innen großzügig damit ein.

So leise es ging, schlich er dann auf den Flur hinaus (ganz wie alljährlich am späten Heiligabend) und zog die Dachtreppe nach unten. Stieg hinauf und holte die große Reisetasche vom Dachboden, die Harriet und er immer im Skiurlaub benutzt hatten. Er schob den vollen Koffer wieder unters Bett zurück und vergewisserte sich, dass auf der anderen Seite – Harriets Seite – noch genug Platz für die Reisetasche war. Innerhalb einer Stunde hatte er sämtliche Kleidungsstücke seiner Frau aus ihren gemeinsamen Schränken und der Kommode, die nur sie benutzte, restlos entfernt. Er verteilte die leeren Kleiderbügel etwas gleichmäßiger an der Stange, an der sie hingen, um die Leere, die nun im Schrank herrschte, notdürftig zu kaschieren.

Um 3.12 Uhr ging er wieder zu Bett, in dem Bewusstsein, dass er schon in fünf Stunden eine Besprechung in der Praxis hatte, vor Sprechstundenbeginn. Er war ziemlich erschöpft, als er sich wieder zudeckte; hatte beharrlich dröhnende Kopfschmerzen, die nicht nachlassen wollten. Also nahm er zwei Paracetamol und versank dann in einen unruhigen Schlaf, in dem er ständig zwischen zwei Traumzuständen wechselte: Mal war er mit Anna und einer Reisetasche voller Kleidung von Harriet beim Skilaufen, mal hatte er den Kopf einer namenlosen Französin zwischen den Beinen.

Am Morgen darauf saß Theo, fünf Minuten bevor er aus dem Haus musste, fertig angekleidet auf Finns Schreibtischstuhl und sah dabei zu, wie sein Sohn sich den Schlaf aus den Augen rieb und unwillig knurrend wie ein Bär mit der Hand die Weckfunktion seines Smartphones zum Schweigen brachte.

»Morgen, mein Sohn«, sagte Theo.

»Dad! Meine Güte!« Finn setzte sich im Bett auf und hob blinzelnd den Arm, um seine Augen zu beschirmen, als Theo die Lampe auf seinem Nachttisch anknipste.

»Es hat über Nacht wieder geregnet, sieht ziemlich kalt und nass aus da draußen«, sagte Theo, ehe er wieder am Schreibtisch Platz nahm. »Ich muss früher in die Praxis, wegen einer Besprechung, deshalb bringt Bea dich heute zur Schule. Zieh dich schön warm an.«

Finn ließ sich wieder auf sein Kissen sinken. »Ja, ist gut.«

»Setz dich bitte wieder aufrecht hin, Finn.«

Irgendwie hatte er wohl den richtigen Tonfall getroffen. Jedenfalls richtete Finn sich wieder im Bett auf und lehnte sich an das hölzerne Kopfende, mit seinem dünnen Kissen im Rücken. »Was ist?«, fragte er.

»Ich wollte nur mal kurz mit dir reden«, erwiderte Theo, beugte sich etwas vor und nahm Finns Laptop vom Nachttisch. Finn riss die Augen auf. »Was denn?«, fragte er noch einmal, aber schon mit einem Anflug von Panik in den Augen, wie Theo mit einem raschen Blick feststellte.

»Ich möchte dir etwas zeigen.« Theo tippte kurz auf der Tastatur herum, dann drehte er den Laptop auf seinen Knien herum, damit Finn den Bildschirm sehen konnte. »Hier. Siehst du das?«

Sein Sohn beugte sich vor. »Was ist das?«

»Das ist etwas, womit ich regelmäßig zu tun habe. Eine rauchgeschädigte Lunge. Von einer dreißigjährigen Frau mit Lungenkrebs.«

Finn war so mucksmäuschenstill, dass Theo ihn atmen hören konnte. »Und horch mal, hörst du das? Das bist du, ein wenig verunsichert atmend, weil du nicht weißt, was du sagen sollst. Das ist deine noch kerngesunde Lunge, die ein- und wieder ausatmet, so, wie es ihre Aufgabe ist.« Damit stand er auf und gab Finn den Laptop zurück. Platzierte ihn auf seinen langen Beinen, die unter der Bettdecke ausgestreckt waren. »Und das hier, Finn, ist dein Laptop. Den kann ich dir im Nu abnehmen, zusammen mit deinem Smartphone, und auch die Kletterstunden kannst du vergessen – es sei denn, du versprichst mir, nie wieder zu rauchen. Du bist gerade mal elf. Haben wir uns verstanden?«

Finn sagte kein Wort. Wirkte tief erschrocken.

Theo entfernte sich zur Zimmertür. »Ist alles nicht so einfach momentan, ich weiß. Du fühlst dich wahrscheinlich sehr durcheinander, ich weiß. Aber, sprich einfach mit mir, hörst du?« Er wandte sich noch einmal um, zu seinem Sohn, der stumm dasaß und seinen Laptop an sich drückte. »Und noch was, Finn: Das mit dem Rauchen meine ich bitterernst.«

»Aber ich –«

»Nein.« Er hob abwehrend die Hand. »Versuch erst gar nicht, mich anzulügen.«

»Ich wollte dich nur darauf hinweisen, dass ich schon beinahe zwölf bin, tatsächlich.«

Theo kaute kurz von innen an der Wange, während er überlegte, seit wann genau sein Sohn so naseweis den Besserwisser heraushängen ließ. »Stimmt. Und wenn du deinen Geburtstag noch erleben willst, wirfst du diese Packung Zigaretten in den Müll, die in deiner dritten Schublade liegt, ehe ich heute Abend von der Arbeit nach Hause komme.«

Theo schloss die Tür hinter sich und verscheuchte das Bild, das sich ihm aufdrängte – Finn, der ihm gerade die Zunge herausstreckte oder sonst was für eine unflätige Geste hinterherschickte.

Was bei »beinahe Zwölfjährigen« eben so üblich war, die voller Wut auf die Welt waren. Er warf einen Blick auf die Uhr und seufzte. Er würde sich verspäten.

10. Jess

Er ist groß, hat sehr kurzes Haar und grüblerische Augen mit schweren Lidern. Ein Streifen heller Haut am gebräunten Ringfinger seiner linken Hand deutet darauf hin, dass er dort sonst einen breiten Ehering trägt. Er erinnert mich an jemanden, einen Tutor, der Anna damals beim Studium am College betreut hat, dessen Name mir aber entfallen ist. Er rückt auf unserem schäbigen Sofa herum, etwas unbehaglich, und wieder einmal frage ich mich, wie Anna und ich darauf verfallen konnten, es von der Straße aufzulesen und mit nach Hause zu nehmen. Selbst wenn wir das gute Stück, wie geplant, mit einem neuen Bezug versehen hätten – im Grunde ist es für zwei Personen zu klein und für eine zu groß.

Er sieht sich im Zimmer um. Sein Blick bleibt an einem großen Schwarz-Weiß-Foto von Anna und Rose hängen, das meine Wand ziert, ein Leinwanddruck. Mopsi freut sich sichtlich über diesen neuen Menschen, sie schiebt einen Tennisball über den Boden, in der Hoffnung offenbar, dass Max den Wink versteht und mit ihr spielt.

Endlich bricht Max sein Schweigen. »Wie geht es Annas kleinem Mädchen?«

»Gut, alles in allem. Sie ist ein fröhliches Kind.«

»Freut mich zu hören. Vermisst sie ihre Mutter – dumme Frage, selbstverständlich … was ich meine, ist: Merken Sie ihr was an?«

Seine Direktheit verblüfft mich. Aber es gefällt mir, dass er nicht lange herumdruckst. Es hat etwas erfrischend Ehrliches.

»Hin und wieder ... fragt sie mich nach Mummy, ob die jetzt im Himmel ist, bei den Engeln.« Ich hebe die Hand. »Damit habe ich nichts zu tun, so etwas habe ich ihr nie erzählt. Nein, das stammt von ihrem Vater, das hat er ihr erzählt, nur wenige Wochen, nachdem ... Viel zu früh auf alle Fälle, meiner Ansicht nach. Jedenfalls, mit dem ist sie gerade verreist, auf den Kanaren.«

Hier endet mein Redestrom. Wieso ich mich bei diesem Fremden über Seans Vorstellungen zum Leben nach dem Tod auslasse, ist mir selbst ein Rätsel.

»Sie fragen sich vermutlich, was der Grund meines Besuchs ist.« Max, das fällt mir auf, zupft ständig an seinem Hemdsärmel herum. Als wäre er ein wenig nervös.

»Sie sind ein Freund von Anna. Das scheint mir als Grund ausreichend, ehrlich gesagt.«

»Ich habe oft über Sie nachgedacht. Dass Sie doch sicher eine Menge Fragen haben müssen, über diesen Tag.«

»Haben Sie gesehen, was passiert ist?« Auf diese Frage hin schluckt er schwer, das verrät die Bewegung seines Adamsapfels.

»Ja.« Er atmet tief durch, ehe er weiterspricht. »Ein paar von uns saßen auf der anderen Seite des Tals, mit Ferngläsern, um zu sehen, ob wir sie drüben entdecken können. Sie waren ganz zum Gipfel hochgestiegen, alle abseits der markierten Pisten.«

»Weiter«, dränge ich. Er sieht mich mit einem Blick an, als hätte er seine Zweifel, ob ich das wirklich verkraften kann. Zu Recht vermutlich. Doch ich will alles hören.

»Zunächst haben wir es gehört. Es war aber kein Knall, wie man ihn hört, wenn es eine kontrollierte Lawine ist. Als es losging, sah es aus, als würde der gesamte obere Teil des Bergs ins Rutschen geraten.«

Ich spüre einen Schmerz, ausgehend von meinem Herzen, der in stechenden, krampfartigen Wellen in meiner Brust ausstrahlt. Ich hebe reflexhaft die Hand und drücke sie mir ans Herz. Mopsi kreiselt unruhig an meinem linken Fuß herum, blickt besorgt zu mir hoch und gibt ein leises Winseln von sich.

»Ich habe sie bei der Abfahrt im Auge behalten«, fährt Max fort. »Sie war eine tolle Skiläuferin, es hat Spaß gemacht, ihr zuzusehen. An jenem Tag trug sie einen knallroten Skianzug.«

Diesen Anzug habe ich ihr geschenkt, zu Weihnachten im Vorjahr. Ich musste Himmel und Hölle in Bewegung setzen, bei zig Läden für Skizubehör anrufen, bis ich endlich genau das Stück gefunden hatte, das sie in einer Zeitschrift mit Kuli eingekringelt hatte. Als sie den Anzug am Weihnachtsmorgen auspackte, hat sie vor Freude gejuchzt, übermütig wie eine Zweijährige, die ihre erste Puppe bekommt. Unser letztes Weihnachtsfest, das wir drei gemeinsam gefeiert haben. Wir –

»Eben konnte ich sie noch sehen, dann kam von oben der Schnee, solche Massen, und ich habe noch gesehen, wie sie reagiert hat. Mit Schussfahrt, als wollte sie versuchen, der Lawine noch irgendwie zu entkommen. Aber dann war sie auf einmal verschwunden ...«

Er verstummt, ihm kommen die Tränen. Ich beneide ihn unwillkürlich. Beneide ihn um die erlösende Fähigkeit, weinen zu können, während ich mit einem permanenten, brennenden Schmerz im Herzen leben muss. Er wischt sich mit dem Ärmel an den Augen herum und sieht mich direkt an. Ich weiche seinem Blick aus, fast beschämt, aus Sorge, er könnte mich für kalt und herzlos halten. »Ich kann leider nicht weinen«, erkläre ich. »Nicht mehr, seit ... überhaupt nicht mehr. Es ist völlig widersinnig, früher sind mir bei ›Bambi‹ die Tränen übers Gesicht gelaufen, und jetzt ...« Ich stehe auf. »Jetzt ist es, als wären meine Tränendrüsen blockiert. Dauerhaft.«

»Bei mir ist es umgekehrt, ich weine immerzu«, erwidert er. »Weil ich Anna erst dazu bewegt habe, mit uns nach Frankreich zu fahren.«

»Sie haben Schuldgefühle.«

Er nickt zornig.

Spontan liegt mir allerlei auf der Zunge. Dass es ihm recht geschieht. Dass es nicht meine Aufgabe ist, ihn von seinen Schuldgefühlen zu entlasten. Dass Anna noch hier sein könnte, bei mir und Rose, wenn er verflucht nochmal bloß den Mund gehalten hätte. Stattdessen klopfe ich ihm, unterwegs zum Kühlschrank, kurz beruhigend auf die Schulter. Ich stelle mir vor, wie Anna versucht hat, der Lawine zu entkommen. Ja, das passt zu ihr. Diesen Versuch hätte meine Tochter noch unternommen, weil sie am Leben bleiben wollte. Dazu hätte sie körperlich das Letzte aus sich herausgeholt. Ich gieße mir einen großen Wodka ein, wende mich dann zu ihm um und halte die Flasche hoch. »Entschuldigen Sie, wo sind bloß meine Manieren. Möchten Sie auch was trinken?«

»Nein, besten Dank.« Er schüttelt den Kopf, ehe er zum Tisch blickt. »Ist das ihr Handy?«

Ich setze mich wieder, stelle das Glas neben mir auf den Tisch. »Ja. Es war bei der Polizei, sie haben es jetzt erst Annas Vater zugeschickt. Hat wahrscheinlich die ganze Zeit in irgendeinem Beweismittelspind gelegen, völlig unbeachtet. Wundert mich, dass sie es nicht bei sich hatte, das hätte ich nämlich vermutet.«

»Ich habe es der Polizei ausgehändigt«, erklärt er. »Sie hatte es mir in Verwahrung gegeben, ehe sie den Berg hoch sind.« Er zuckt verlegen mit den Schultern. »Ich hab's nach dem Unglück abgegeben. Damit sie nicht umsonst den Versuch unternehmen, es anzufunken, um sie über das Signal zu ...« Es ist, als wolle ihm das passende Wort nicht einfallen. Um sie zu *orten*, ergänze ich im Geist.

Ich nehme das Handy vom Tisch. Es steckt in einer Hülle, die ringsherum mit Strass besetzt ist, und unwillkürlich halte ich es so fest umklammert, dass die spitzen Steinchen sich tief in meine Finger graben und kleine rote Stellen hinterlassen. Ihr Smartphone. Ich habe es zigmal angerufen, zig Nachrichten auf ihrer Mailbox hinterlassen. Habe dafür gesorgt, dass ihr Anschluss weiter bestehen bleibt, nur für alle Fälle, in der verwegenen Hoffnung, dass sie irgendwo in einem Paralleluniversum meine Stimme hören könnte, die ihr versichert, wie sehr sie geliebt wird, was für eine Sehnsucht wir alle nach ihr haben.

»Warum?«, frage ich unvermittelt.

»Verzeihung?«

»Warum hat sie Ihnen ihr Handy gegeben?«

»Keine Ahnung. Ehe sie losgezogen ist, hat sie es mir zugeworfen, buchstäblich, und gemeint, ›Pass für mich drauf auf, ja?‹. Dann war sie auch schon fort. Das Signal draußen auf den Hängen war miserabel. Es hätte nichts gebracht …«

In meinem Kiefer macht sich eine Art Verspannung bemerkbar, als ich mir die Szene vorstelle. Sie ist so stark, dass ich kurz nicht sprechen kann.

»Sie war ständig damit zugange, hat immerzu drauf rumgetippt. Ich dachte, sie würde laufend SMS schreiben. Ich meine, das hat sie auch mitunter. Kurz vor dem Unglück aber hat sie mir erzählt, sie würde es vor allem benutzen, um hineinzudenken.«

Ich trinke einen Schluck Wodka und koste kurz das warme Brennen aus, hinten in meiner Kehle, ehe ich mich ihm zuwende. »Ich verstehe nicht ganz. Was soll das heißen?«

»Weiß ich auch nicht so genau, aber das waren ihre Worte.« Er zuckt die Achseln, spricht erst nach kurzem Zögern weiter. »Wissen Sie, ich wollte Ihnen, glaube ich, vor allem berichten, dass sie glücklich war. Da in den Bergen, meine ich. Vor der Abreise war sie noch ein bisschen fahrig, abgelenkt irgendwie, wegen irgendwas bei der Arbeit vielleicht. Aber als wir dann dort waren, war sie wie ausgewechselt. War begeistert von der Luft da oben in den Bergen, sie fühle sich wunderbar klar im Kopf, hat sie zu mir gesagt. Ja, sie war glücklich.«

»Tatsächlich?«

»Ja. Der Schnee war spitze. Und in der Nacht vor diesem letzten Tag hatte es noch mal geschneit, ein ganz feiner Pulverschnee, sagenhaft.« Wieder hält er kurz inne. »Ich verstehe noch immer nicht ganz, warum sie unbedingt früher loswollte. Sie und die anderen sollten eigentlich erst eine halbe Stunde später los, und wenn sie noch gewartet hätten … ich hatte mir am Vortag eine Zerrung in der Wade zugezogen, wegen der Stiefel vom Skiverleih, die waren etwas zu eng. Deshalb bin ich an dem Morgen nicht mit.«

»Ja, Pulverschnee, den liebt Anna über alles. Kann sein, dass sie deshalb möglichst früh loswollte.«

Er nickt. Mit einem Gesichtsausdruck, als würde er diesen Besuch mittlerweile bereuen. Was soll er sagen zu der Mutter der Frau, für die er vielleicht gewisse Empfindungen hegte. Die mit Freunden zum Skilaufen losgezogen und nicht mehr zurückgekommen ist, während er sein lädiertes Bein schonte. Und wenn sie doch bloß ihre Ungeduld wegen des Pulverschnees bezähmt hätte und zur vorbestimmten Zeit aufgebrochen wäre, könnten sie jetzt alle in dem Pub in der Nähe des Büros sitzen und gemütlich Bier trinken, während sie ihre Fotos anschauen, die in einer gemeinsamen Dropbox gesammelt sind. Was soll er sagen? Ich kann ihm nicht helfen.

Er erhebt sich. »Ich sollte wohl besser los. Freut mich, dass Sie ihr Handy jetzt haben. Es dürften viele Fotos drauf sein.«

Ich betrachte kurz meinen Wodka, von dem erst ein Schluck fehlt. »Ich fahre Sie zum Bahnhof.«

»Nein, nein«, wehrt er ab. »Bitte, machen Sie sich keine Umstände. Hier, für Sie.« Er händigt mir eine Geschäftskarte aus, auf der von Hand eine private E-Mail-Adresse notiert ist. »Falls Sie mich noch irgendwas fragen wollen, keine Ahnung, egal, was … melden Sie sich!«

Draußen, das höre ich, hat der Wind inzwischen merklich aufgefrischt. Vom Wohnzimmer her ist ein leises Heulen zu vernehmen, wie der Ruf einer Eule; es ist der Schornstein, durch den der Wind pfeift. Der Regen, der zwanzig Minuten zuvor noch still vom Himmel getröpfelt war, prasselt nun laut gegen das Küchenfenster.

Ich stecke die Karte achtlos ein. »Ich fahre Sie, keine Widerrede. Draußen kommt gerade Sturm auf, da lasse ich Sie nicht zu Fuß los.«

Diesmal fügt er sich. Ehe wir losfahren, stöpsele ich noch rasch Annas Handy in der Küche ein.

»Schön hierbleiben, Mopsi. Bin gleich wieder da.«

Mopsi trottet niedergeschlagen hinter uns her. Als ich die Haustür ins Schloss gezogen habe, kann ich sie dahinter heulen hören.

Wodka ist schon sehr süffig. Ich liebe dieses Brennen, wenn er mir durch die Kehle rinnt, gefolgt von der wohligen Wärme, die sich in meinem leeren Magen ausbreitet. Ich habe gewartet, bis das Smartphone zur Hälfte aufgeladen ist, ehe ich den vierstelligen Code eingebe, der es, da bin ich mir sicher, entsperrt. *Falsche PIN.* Ich versuche es mit ihrem Geburtstag, meinem Geburtstag – alles falsch. Ratlos schaue ich das Telefon an, etwas befremdet. Früher bestand der Code immer aus Roses Geburtsdatum, da bin ich mir sicher.

Als ich schon kurz davor bin, es vor Wut in die Ecke zu pfeffern, klingelt es wieder an der Tür, so unvermittelt, dass ich heftig erschrecke. Mopsi zuckt ein wenig im Schlaf, wacht aber nicht auf. Ich werfe einen Blick auf die Uhr. Zehn vor neun, schon recht spät. So leise wie möglich schleiche ich durch die Diele, werfe einen Blick durch den Spion – und reiße die Tür dann so eilig auf, dass sie mir fast vor die Nase knallt.

»Omi!«, ruft sie und springt mir förmlich in die Arme.

Sean bleibt nichts übrig, als ihre Hand loszulassen.

»Nanu? Hallo, meine kleine Hübsche!« Ich drücke sie an mich, so fest, dass ihr kurz hörbar die Luft wegbleibt.

Sean bleibt auf der Veranda stehen. »Sie wollte nach Hause«, stellt er nüchtern fest.

Rose hält jetzt meine Hand fest und sieht sich nach ihrem Vater um. »Komm doch rein, Daddy. Omi macht dir eine Tasse Tee.«

Er schüttelt den Kopf, breitet schon mal die Arme aus. »Nein, Liebes, ich muss wieder los. Darüber haben wir doch geredet, schon vergessen? Ich habe dir erklärt, dass ich gleich wieder zurückmuss, nachdem ich dich heimgebracht habe. Deine Oma und dein Opa warten auf mich.«

Sie nickt, lässt meine Hand los und geht zu ihm hinüber, um ihn zum Abschied zu umarmen. »Okay«, sagt sie.

Ich sage ihr, dass sie ihren Rucksack schon mal hochbringen möge, und sie gehorcht sofort. Hüpft geradezu die Treppe hoch, während Sean ihren kleinen Koffer über die Schwelle schiebt.

»Was ist passiert?«, frage ich, als sie außer Hörweite ist.

»Es war einfach nichts für sie. Sie hatte Heimweh.« Er zuckt die Achseln. »Wir waren kaum angekommen, da ist sie in Tränen ausgebrochen. Sie wolle wieder nach Hause, hat sie gejammert, in einem fort. War kreuzunglücklich, hat auch nach Anna verlangt, und immer wieder nach zu Hause.«

Ich seufze. Ich habe ihr nie gesagt, dass Anna tot sei, weil sie das, was mich betrifft, nicht ist. Habe bisher immer nur wortlos genickt, wenn sie, angeregt von ihrem Vater, von Engeln redete.

»Und ich schätze mal«, setzt er noch hinzu, »sie empfindet das hier als ihr Zuhause.«

»Das ist auch ihr Zuhause, Sean«, fahre ich ihn an, auf einmal wütend. »Sie wohnt schon ihr ganzes Leben lang hier, fast die ganze Zeit mit ihrer Mutter.«

»Und mit dir.« Es fällt mir schwer, den leicht feindseligen Unterton zu überhören, der in seiner Stimme mitschwingt.

»Und mit mir.«

»Jetzt ist nicht der passende Moment dafür …«, hebt er an und scheint kurz die Luft anzuhalten, »… aber wir müssen schon bald mal klären, wie wir das in Zukunft alles regeln.«

Vor Schreck wird mir eiskalt. »Alles regeln? Wie meinst du das?«

»Wie gesagt, jetzt ist nicht der Moment dafür.« Sein Atem bildet draußen in der kalten Luft weiße Wolken.

Ich spähe einmal kurz zur Treppe. »Doch, Sean. Jetzt passt es ausgezeichnet.«

»Ich bin nicht glücklich damit, dass Rose durchgehend hier wohnt.« Er hat beide Hände in die tiefsitzenden Taschen seiner Jeans geschoben. Sogleich muss ich an die Zeit nach Annas Unfall denken, in der ich ihn oft bat, viel öfter als sonst, sich um Rose zu kümmern. Was er wiederum oft und gern an seine Eltern delegierte.

Ich ziehe die Tür so weit zu, dass nur noch ein Spalt bleibt, durch den ich mit ihm spreche. Und irgendwie finde ich tatsächlich die richtigen Worte, meinem Empfinden nach. »Rose scheint aber so weit ganz glücklich zu sein. Und das ist doch das Wichtigste, oder? Unter den gegebenen Umständen.«

»Ja, sicher. Keine Einwände. Aber ich bin ihr Vater und muss tun, was auf lange Sicht für sie das Beste ist.«

Ich bin seiner Mutter nur ein Mal begegnet. Eine kleine, rundliche Person mit einer Schwäche für Sahne-Eclairs, das ist das Bild, das sich mir von ihr eingeprägt hat. Ebenso wie der Umstand, dass Sean an jenem Tag, den wir zusammen verbracht haben, wie ein Papagei alles nachgebetet hat, was sie von sich gab. Weshalb ich mir jetzt die Frage stelle: Sind dies seine Worte oder die Worte seiner Mutter?

»Verstehe«, sage ich, aber das ist mehr so eine Floskel. Hinter mir höre ich Rose, die gerade wieder die Treppe herunterkommt. Sie springt von Stufe zu Stufe, wie um sich akustisch anzukündigen.

»Unterhalten wir uns, wenn ich wieder da bin«, schlägt Sean vor. »Ich fliege morgen wieder zurück. Um noch den Rest des Urlaubs mit Mum und Dad zu verbringen.«

Ich öffne die Tür wieder etwas weiter, damit Rose ihn noch einmal zum Abschied umarmen kann, und unwillkürlich muss ich an den schrecklichen Abend denken, als Doug bei mir vor der Tür stand. An den Moment, als ich von dem Unfall hörte, und wie ich auf diese Neuigkeit reagiert habe. Rose winkt ihrem Dad noch einmal zu, dann verschwindet sie in die Küche, und ich stehe da, starre Sean an und verspüre wieder dieses unverkennbare Kribbeln, während mir das Adrenalin durch die Adern pumpt. Kampf oder Flucht, das ist nun die Frage.

»Rose. Wohnt. Hier. Bei. Mir«, sage ich mit Nachdruck, in einer Art Stakkato.

»Omi, Omi!« Rose kommt wieder in die Diele gelaufen, mit Mopsi, die ihr aufgeregt um die Beine tollt. »Wir haben ja einen Hund!«

»O ja, Schatz. Sei so lieb, geh wieder in die Küche und spiele ein wenig mit ihr, ja?«

»Jess«, höre ich wieder Sean, draußen vor der offenen Tür. »Anna ist jetzt seit fast drei Monaten fort. Ich ziehe nach York, und ich nehme Rose mit.«

Seine Eltern leben in York. Ich versuche, es mir bildlich vorzustellen: Oma Eclair, eine Frau, für die Anna nie etwas übrighatte, die an die Stelle von Omi Jess tritt. Zugleich muss ich daran denken, wie oft Anna und ich uns wegen des Vaters ihrer Tochter in den Haaren hatten. Und nun, fürchte ich, bin ich wohl im Begriff, meine Strafe dafür zu bekommen, dass ich ihn nie so recht gemocht habe.

»Nur über meine Leiche«, zische ich. Dann schließe ich die Tür und lasse mich mit dem Rücken dagegensinken. Rose steht da und sieht mich mit großen Augen ängstlich an. Ich breite die Arme aus, und sie kommt zu mir gelaufen und umarmt mich stürmisch. Während ich sie an mich drücke, verspreche ich ihr im Stillen, dass ich sie nie loslassen oder aufgeben werde. Niemals.

11. Anna

Raw Honey Blogspot, 13.06.2013

Ich bin heute auf der Straße angesprochen worden. Ob ich zu einem kurzen TV-Interview bereit wäre zu dem Thema: Wie lebt und liebt es sich in London? Klar, habe ich gesagt, kein Problem. Ich würde mich gern dazu äußern, wie es sich in London lebt und liebt.

Als Nächstes hielt mir eine reizende junge Reporterin namens Faye ein Riesenmikro vor die Nase, ohne Vorgespräch oder so, und fing an mit: »So, und das hier ist ›X‹, die wir gerade zufällig getroffen haben. Also, ›X‹, verraten Sie's uns: Wie lebt und liebt es sich in London?«

Und ich habe kein Blatt vor den Mund genommen. Habe ihr und ihren Zuschauern klipp und klar gesagt, dass es ein Trauerspiel ist. Dass es in London so gut wie unmöglich ist, jemanden kennenzulernen. Ich bin eine junge, gesunde Frau, und jeder Mann, für den ich mich interessiere, ist entweder schwul oder in einer festen Beziehung oder wohnt mit einer Partnerin zusammen oder ist verheiratet. Männliche Singles, die etwas taugen, sind hier schlicht Mangelware. Ich habe mein Glück mit vermeintlich soliden jüngeren Männern versucht, und mein Fazit lautet: Denen geht es entweder nur um schnellen, unverbindlichen Sex, oder sie sind schlicht Langweiler. Und ältere Männer sind, wie gesagt, entweder schwul oder verheiratet …

Darauf hat sie erst mal nervös gelacht und dann gefragt, woran das meiner Meinung nach liegt und ob ich denn den Wunsch hätte, mich langfristig zu binden? Ob ich notfalls auch Online-Dating in Betracht ziehen würde?

Da habe ich nur trocken gelacht und Faye erklärt, dass ich es mit Online-Dating, Singlebörsen und so weiter schon probiert hätte. Was mir bloß ein weiteres Mal bestätigt hätte, dass alle attraktiven Männer entweder schwul oder verheiratet sind. Zum Beispiel Marcus, sagte ich zu ihr. Mit dem habe ich mich einige Male getroffen, ehe ich dahinterkam, dass er schon verheiratet war. Gut, er hat es mir immerhin selbst gesagt, aber, wie gesagt, erst, nachdem wir ein paarmal zusammen aus waren, und deshalb habe ich dem guten Marcus umgehend Lebwohl gesagt. Dann Leo. Leo, der sich nicht entscheiden konnte, ob er eher auf Frauen oder auf Männer steht, bis ich irgendwann die Geduld verloren und ihm klargemacht habe, dass ich mir als Versuchsobjekt zu schade bin, schönen Dank. Sicher, sagte ich zu der bezaubernden Faye, es gibt natürlich immer noch Tinder. Ob sie es schon mal damit versucht habe? Tinder sei sprachlich äußerst direkt, kein langes Blabla, kein Vorspiel. Die Leute schreiben einem Sachen wie »Du willst es doch auch – sag ja, ich besorg's dir gern«. Oder wie wäre es hiermit: »Komm vorbei und lass dich von mir lecken«, eins meiner letzten Angebote. Dann habe ich direkt in die Kamera geschaut und gesagt, die Partnersuche heutzutage sei schon echt lustig, und das nicht nur in London. Ein Riesenspaß.

Faye hat mich zum Schluss nur noch mit offenem Mund angestarrt. Ihr Kameramann hatte zum Glück schon zu filmen aufgehört, ehe ich mit meiner Tirade fertig war.

Monogamie, habe ich noch zu ihr gesagt, sei ohnehin hoffnungslos veraltet. Dann bin ich weitergegangen.

Später bei der Arbeit habe ich mir dann fast die Augen aus dem Kopf geweint.

Es ist jetzt schon sehr lange aus zwischen uns, und Er fehlt mir trotzdem immer noch. Ich gehe Ihm aus dem Weg, wo ich nur kann, weil es SCHWER ist. Wirklich schwer.

Hier sind die Dinge, die mir gerade fehlen:

Seine Zärtlichkeit.

Seine Stimme. (Er kann zwar nicht singen, aber Er hat eine ganz wunderbare Sprechstimme.)

Der Sex. (Ungelogen, Er braucht mich bloß zu berühren, und ich komme schon beinahe. Er hat mich für jeden anderen Mann verdorben. Da kann Ihm keiner das Wasser reichen.)

Seine Witze. (Sie sind nicht besonders gut; total altmodisch. Aber mich bringen sie trotzdem zum Lachen.)

Diese faulen Tage im Bett. (Die leider viel zu selten waren. Aber wenn wir das mal zusammen einrichten konnten, meistens in einem kleinen Hotel am Fluss in der Nähe von Marlow – tja, dann konnten wir beide gar nicht genug davon bekommen.)

Seine Anrufe. (Er hat sich fast täglich gemeldet; hat mir erzählt, wie sein Tag war, und gefragt, wie es bei mir so gelaufen ist.)

Seine Umarmungen.

Seine Küsse.

Und hier die Dinge, die mir nicht fehlen:

Die Heimlichtuerei. Dass ich mich nie mit Ihm in der Öffentlichkeit zeigen konnte.

Die Tatsache, dass Er eine reizende Frau hat.

Die Tatsache, dass ich Menschen belügen musste, die ich liebe.

Die Tatsache, dass wir wahrscheinlich niemals würden zusammenleben können. Wie ein normales Paar, meine ich. So ganz banal, à la »Hey, Baby, ich bin wieder da, war ein harter Tag, machen wir uns einen gemütlichen Abend auf dem Sofa?«. Das würde es bei uns nie geben.

Genau so etwas wünsche ich mir aber. Das ist der Punkt.

Kommentar: Hieroglyphic 24
So ein Unsinn! Ich lebe in London, bin Single, hetero und alles andere als uninteressant. Wollen Sie meine Nummer?

Antwort: Honey-Girl
Hmm. Ach, lieber nicht. Danke nein.

Kommentar: Anonym
Er ist verheiratet?

Antwort: Honey-Girl
Ja. Leider …

12. Theo

»Charles Everard möchte nur Sie sehen, er besteht darauf. Er hat die ambulante Pflegekraft nicht reingelassen und weigert sich, einen anderen Arzt zu akzeptieren. Tut mir leid. Können Sie es einrichten, in der Mittagszeit mal bei ihm vorbeizusehen?« Sarah, Theos Sprechstundenhilfe, sah ihn fragend an. Sie stand in seiner offenen Tür, und er konnte Stimmengemurmel aus dem Warteraum gegenüber hören.

Theo schaute auf die Uhr, und im selben Moment klingelte sein Handy, auf dem Display sah er seine eigene private Telefonnummer. Er nickte Sarah wortlos zu und bedeutete ihr, die Tür hinter sich zu schließen. Dann nahm er den Anruf an.

»Bea, alles in Ordnung?« Es war das erste Mal überhaupt, dass sie bei ihm anrief, wie ihm nebenbei auffiel. Und das so bald nach seinem Gespräch mit Finn – er bekam es spontan mit der Angst zu tun.

»Alles gut, Theo. Sie wollen, dass ich einkaufe für Sie?« Beas Englisch war zwar fraglos besser als sein Spanisch, doch mitunter tat er sich ein wenig schwer damit, sie auf Anhieb zu verstehen.

»Essen«, fuhr sie fort. »Sie wollen, dass ich groß Essen hole?«

Ach so. Sie bot an, den wöchentlichen Großeinkauf zu erledigen. Er rieb sich mit Daumen und Zeigefinger über die Augenlider und seufzte. Sie hatten tatsächlich kaum noch Lebensmittel im Haus. Weil er irgendwie nicht dazu kam, neben seinem normalen Tagespensum noch all das zu erledigen, was sonst Harriet übernommen hatte. Und für Essen und Trinken war immer sie zuständig gewesen. Seit ihrem Auszug ernährten sie sich eher imbissartig und improvisiert. Außer an den Tagen, wenn er es mal schaffte, frische Lebensmittel einzukaufen, aus denen Bea dann in der Küche etwas zauberte.

Es sprach nichts dagegen, dass sie einkaufen ging. Ein Auto hatte sie auch zur Verfügung, den Wagen nämlich, den Harriet bei ihrem Umzug nach London zurückgelassen hatte. Also, warum nicht? Er versprach, ihr mittags etwas Geld vorbeizubringen, und beendete das Telefonat. Versuchte, nicht daran zu denken, dass seit Harriets Auszug nicht einmal der wöchentliche Einkauf so klappte wie früher immer.

Eine halbe Stunde später saß er im Auto und war unterwegs zu Charles Everard. Der Siebzigjährige, einst ein bekannter Künstler, hatte neun Monate zuvor seine Frau verloren, die einem Krebsleiden erlegen war. Seither litt er unter Depressionen, hatte das Gefühl, in seinem Leben sei das Licht erloschen, wie er Theo gegenüber klagte. Hinzu kam, dass ihm ein chronisches offenes Geschwür am Bein zu schaffen machte; seit Wochen hatte er deswegen nicht das Haus verlassen können, was seiner Stimmung nicht gerade zuträglich war.

Nach dem dritten Klopfen öffnete Mr Everard endlich. »Danke fürs Kommen, Doktor«, begrüßte er Theo und ließ ihm den Vortritt durch einen schmalen Flur, in dem an der Wand alte Zeitschriften aufgestapelt waren.

»Schlechter Tag, Charles?«, erkundigte er sich.

»Hab nur schlechte Tage«, brummte sein Patient unter heftigen Hustenanfällen.

»Das klingt aber nicht gut. Da werden wir uns mal Ihre Brust ansehen müssen.« Theo beobachtete, wie Charles sich auf dem einzigen freien Sessel in seinem Wohnzimmer niederließ; auf dem Sofa türmten sich Bücher, Leinwände und ein buntes Sammelsurium von Malutensilien, es war nicht zu benutzen. Im Fernsehen lief gerade eine Sendung über Affen, wenn auch ohne Ton, und Theo war kurzzeitig völlig abgelenkt vom Anblick der Primaten, die über den Bildschirm huschten. Als er sich wieder zu Charles umwandte, hatte dieser bereits sein Hemd hochgerollt.

»Dieser Husten ist hartnäckig. Den werde ich einfach nicht los.«

Theo horchte ihn durch sein Stethoskop ab, hörte sofort das Rasseln. »Tja, Charles, da helfen wohl nur Antibiotika. Für den Anfang kann ich Ihnen ein paar Kapseln dalassen, mehr habe ich nicht dabei, aber Elaine regelt das für Sie, per Rezept.«

Charles rümpfte die Nase. »Ich will keine Frauen hier.«

»Elaine ist eine Freundin und Kollegin, Charles. Ich vertraue ihr. Sie ist die Einzige, die hier jeden Tag herkommen kann, und Sie müssen sie auch reinlassen, damit sie Ihr Bein verarzten kann. Ich möchte nicht, dass Sie sie noch einmal vor der Tür stehenlassen. Immerhin kommt sie extra her, um sich um Sie und Ihre Pflege zu kümmern.«

»Wie geht's Ihrem Jungen?«, fragte Charles, während er sich das Hemd wieder über den hageren Oberkörper rollte.

»Oh, der ist etwas bockig zurzeit. Essen Sie regelmäßig, Charles?«

»Ach. Hab keinen Appetit.«

»Sie müssen was essen. Ich werde mit Elaine reden, wie es für Sie mit Essen auf Rädern aussieht. Einfache, nahrhafte Kost. Sie müssen nicht viel essen, aber essen müssen Sie schon.« Er setzte sich auf die Armlehne des Sessels und blickte seinen Patienten direkt an. »Cilla wäre es gar nicht recht, dass Sie sich so hängenlassen, Charles. Die würde Ihnen tüchtig den Marsch blasen, wenn sie Sie jetzt sehen könnte.«

Wässrige, blassblaue Augen blickten zu ihm hoch und füllten sich mit Tränen. »Ich weiß«, flüsterte er. »Aber sie fehlt mir so.«

»Weiß ich doch. Aber: Immer einen Tag nach dem anderen angehen, nicht wahr? Und eines Morgens wachen Sie dann auf, und es tut nicht mehr ganz so weh.« Im Stillen hoffte Theo, dass diese Worte tatsächlich zutrafen. »So, jetzt rufe ich Elaine an und sage ihr, dass Sie sie später reinlassen. Einverstanden?«

Charles nickte. »Warum ist Ihr Junge gerade bockig?«

Theo lachte auf, zuckte mit den Schultern. »Tja, weil es ihm Spaß macht. Weil er fast zwölf ist und die Hormone allmählich verrücktspielen und weil ich der Einzige bin, dem er die Schuld geben kann.« *Weil seine Mutter uns beide verlassen hat, einem anderen Mann zuliebe.*

Eine magere, altersfleckige Hand tätschelte Theo sanft auf den Unterarm. »Hören Sie trotzdem nicht auf, ihn zu lieben. Cilla und ich, wir hatten nie Kinder. In früheren Zeiten, wenn man in der Hinsicht nicht gesegnet war …« Er zuckte mit den knochigen Schultern. »Da war nun mal nichts zu machen.«

Theo erhob sich, griff in seine Tasche und reichte dem alten Mann ein Plastiktütchen mit drei Kapseln darin. »Hier, die reichen erst mal für heute, Charles. Eine sollten Sie jetzt gleich nehmen. Soll ich Ihnen ein Glas Wasser holen?«

Der Alte schüttelte den Kopf. »Nein, nein, ist nicht nötig. Danke noch mal, dass Sie hier waren. Ich weiß, dass Sie sehr viel zu tun haben.«

»Bleiben Sie sitzen, Charles, ich finde selbst raus. Ich rufe Elaine von unterwegs aus an, ja?«

Charles nickte und winkte ihm nach.

Er stieg ins Auto und fuhr los. Erledigte zunächst den Anruf bei Elaine. Rief dann Bea an, um Bescheid zu geben, dass er unterwegs war. Und zum Schluss rief er Harriet an. Warnte sie vor ihrem Wochenende mit Finn, dass ihr Sohn heimlich das Rauchen angefangen habe und sich überhaupt unmöglich aufführe, woran sie, wie er hervorhob, vermutlich nicht ganz unschuldig sei. Als er in seine Auffahrt einbog, die in dem Fischgrätmuster, auf das sich Harriet seinerzeit kapriziert hatte, gepflastert war, hatte sie sich mittlerweile in Rage geredet und schrie nur noch auf ihn ein. Was er mit den Worten »Ja, du kannst mich auch mal, sogar kreuzweise« konterte, bevor er das Telefonat beendete. Danach saß er kurz da und schlug mit der Stirn immer wieder leicht gegen das Lenkrad. Da ging die Haustür auf, und Bea kam mit einer Einkaufsliste in der Hand heraus, ein Anblick, bei dem ihm siedend heiß klar wurde, dass er vergessen hatte, unterwegs Geld abzuheben.

Er ließ das Seitenfenster herabsurren. »Entschuldige, Bea, hab ganz vergessen, Geld abzuheben. Bin in fünf Minuten wieder da.« Damit setzte er wieder rückwärts auf die Straße, ohne eine Antwort abzuwarten. Ein Blick auf die Uhrenanzeige am Armaturenbrett verriet ihm, dass er bereits seit fünf Minuten wieder in der Praxis hätte sein müssen; am Ende, das war abzusehen, würde er sich zur Nachmittagssprechstunde um fast eine halbe Stunde verspäten. Und dann lag ein Nachmittag mit maladen und nun obendrein übellaunigen Patienten vor ihm, den er mit fast leerem Magen bestreiten musste, denn er hatte seit neun Uhr, als Sarah darauf bestanden hatte, ihm die Hälfte ihres Croissants abzugeben, nichts mehr zu sich genommen. Außerdem war er gegen seine Frau gerade verbal ausfällig geworden, zum ersten Mal in den dreizehn Jahren, die sie sich nun kannten. *Und all das noch vor ein Uhr Mittag …*

Von seinem Platz am Ende des Tresens starrte er zu einer kleinen Schar Leute hinüber, die am anderen Ende des Pubs saß. Leute, die offenbar auf den Beginn des Karaoke-Abends warteten, wie Theo erkannte. Auf einmal wäre er liebend gern zu Hause gewesen, weit weg von anderen Menschen, weit weg von laienhaften Darbietungen von Popsongs, an die er sich selten erinnern konnte. Von den Leuten da drüben erkannte er nur wenige, darunter Finns Trainerin, die Frau aus dem Kletterclub – die Frau, die ihm einen ziemlich heißen Traum beschert hatte. Schon bei dem Gedanken daran spürte er, wie er rote Ohren bekam. Da endlich tauchte Eddie auf und ließ sich auf den Hocker neben ihm gleiten. Theo nahm schweigend sein Glas vom Tresen und trank gierig drei große Schlucke Orangensaft.

»Du, hör mal«, sagte Eddie, nach der ersten Begrüßung und nachdem er sich ein Pint Bier bestellt hatte. »Schon klar, wir wollten uns ja eigentlich allein treffen, du und ich, aber du weißt doch, wie sehr Jules Karaoke liebt. Mit anderen Worten, sie ist auch hier.« Er blickte Theo mit einem besorgten Stirnrunzeln über sein Glas hinweg an.

Theo lachte. »Hatte ganz vergessen, dass das heute Abend stattfindet. Ich bin auch wirklich nicht in Stimmung, offen gesagt. Aber du und Jules, macht mal ruhig mit, viel Spaß.«

»Tut mir echt leid, sie hat in letzter Minute noch einen Babysitter für die Kinder organisiert, und jetzt ist sie hinten und gurgelt gerade noch mal ... ich konnte nicht Nein sagen.«

Theo spähte durch den Raum und sah, wie Jules, die gerade unterwegs zum Tresen war, sich im Vorbeigehen lässig mit der Klettertrainerin abklatschte.

»Theo!« Jules fiel ihm stürmisch um den Hals. »Wie geht's dir? Meine Güte«, schnatterte sie sogleich weiter, ohne eine Antwort abzuwarten, »tut das gut, mal wieder rauszukommen.« Sie fing an, sich die Ärmel hochzurollen. »Du, Ed, bestell mir doch ein Wasser mit Limettensaft, ja. Ich fahre, schon gut. Er hat dich doch wohl überredet zu bleiben, oder?« Sie blickte Theo direkt an.

»Nein, lass mal. Bin echt nicht in Stimmung.«

»Das Mädel da drüben, siehst du die?« Sie deutete zu der Clique auf der anderen Seite des Pubs, und Theo brauchte gar nicht hinzusehen, um zu erraten, dass sie auf das namenlose

Mädchen aus seinem Traum zeigte. *Stellen Sie sich einfach vor, ich wäre Französin.* Jacqueline … genau, so hieß sie.

»Äh, ja?«, erwiderte er.

»Sie hat nach dir gefragt. Hat gemeint, sie würde dich kennen, über Finn, kann das sein?«

»M-hm.« Er trank einen weiteren großen Schluck O-Saft und bedauerte aufrichtig, dass es kein Bier war.

»Nun schau doch mal hin!«

»Ich weiß, wen du meinst. Sie betreut Finn, im Kletterclub. Jacqueline.«

»Genau. Sie ist wunderhübsch und rundum bezaubernd. Sie ist gerade Single, und sie erkundigt sich nach dir.«

Eddie schüttelte stumm den Kopf.

»Sei ja still, Ed«, knurrte seine Frau.

»Hab doch gar nichts gesagt.«

»Theo.« Jules neigte sich vertraulich zu ihm vor. »Was spricht denn dagegen, ein bisschen Spaß zu haben, und dazu etwas weibliche Gesellschaft von einer echt netten Frau, die Interesse hat?«

Interesse woran?, fragte sich Theo im Stillen. Falls es um Sex ging, das schied aus. Weil er weder eine Frau mit nach Hause bringen noch die ganze Nacht fortbleiben konnte. Er musste an Finn denken. Falls es um sein Äußeres ging – da würde sie ziemlich bald die Entdeckung machen, dass unter der, dem Vernehmen nach, ganz gutaussehenden Schale recht wenig verborgen war. Er war ein Arzt für Allgemeinmedizin, der gern ein Mal am Tag Kopfstand machte und sich bemühte, Finn ein guter Vater zu sein. Das war es im Großen und Ganzen schon.

Theo leerte sein Glas. »Ein andermal, Jules.« Er gab ihr einen Kuss auf die Wange. »So, und nun Hals- und Beinbruch.«

Sie funkelte Eddie wütend an. »Du hättest dafür sorgen können, dass er noch bleibt.« Nach einem letzten Kopfschütteln wandte sie sich ab und zog von dannen.

»Nein. Hättest du nicht.« Theo zog bereits seine Jacke über.

»Beachte sie nicht. Willst du nicht trotzdem bleiben, wie ursprünglich geplant?«

»Nein, lass mal. Kümmere dich um Jules. Du musst ihr doch zujubeln, wenn sie gleich ›Dancing Queen‹ schmettert, das wünscht sie sich doch.«

»Sie hat recht, weißt du. Du solltest wirklich bleiben.«

Theo schloss den Reißverschluss an seiner Jacke. »Ja. Mag sein.«

Eddie legte ihm eine Hand an den Arm. »Du bist nicht du selbst. Bist schon seit Monaten nicht mehr fröhlich gewesen. Ich weiß, es ist nicht leicht, wegen Harriet, aber …« Eddie fuhr sich mit der Hand durch die dichten, dunklen Locken. »Ist da noch mehr, was dich quält? Ist es wegen Jess? Wegen der Sache mit Anna?«

Theo hätte beinahe lachen müssen. *Die Sache mit Anna.* War das die Wahrnehmung von außen? Eine junge Frau von vierundzwanzig wird von einer Lawine überrollt; ihre Angehörigen werden ihres liebsten Menschen beraubt und hängen gleichzeitig in der Luft – zwischen der Verzweiflung darüber, sie aller Voraussicht nach verloren zu haben, und der Hoffnung, so hauchdünn sie auch scheinen mag, dass sie vielleicht doch noch am Leben ist. *Die Sache mit Anna.* Unter Kopfschütteln streifte er sich die Handschuhe über.

»Wie geht's denn Jess?«, fragte Eddie.

»Ja, gut.« Sie war wahrscheinlich gerade zu Hause, im Begriff, eine Valium zu nehmen, um überhaupt schlafen zu können.

»Grüß sie bitte schön von mir, wenn du sie siehst, ja. Und, Theo?«

Theo sah ihn an.

»Lass dir noch mal durch den Kopf gehen, was Jules eben gesagt hat. Soll ich schon mal die Basis für dich schaffen?«

»Wir sind doch keine Pennäler mehr.«

»Na, hast du eine Ahnung!« Eddie grinste. »Im Grunde entwachsen wir dem Schulhof doch nie so richtig. Und das sage ich als Physiklehrer, der in der Oberstufe unterrichtet. Alles noch Kinder im Grunde, aber die schlimmsten Kinder, in jeder Beziehung, sind im Lehrerzimmer zu finden, aber hallo. Ich werde ihr ein bisschen von dir vorschwärmen, besorge dir ihre Telefonnummer. Du wirst mir später mal danken, wirst sehen.«

Theo umarmte ihn locker zum Abschied. »Ist gut. Man sieht sich. Kommt doch mal zum Abendessen vorbei, du und Jules.« Unwillkürlich versuchte er, sich vorzustellen, wie so ein Abend ablaufen sollte. Er und Eddie und Jules im Speisezimmer, ohne Harriet …? Nein, lieber am Küchentisch. Ja, das wäre besser – nur sie drei, ganz ungezwungen –, eine schlichte Mahlzeit, nichts Aufwendiges; irgendein Fertigmenü aus dem Supermarkt. »Also, bis dann.« Er salutierte zum Scherz vor seinem Freund und verließ dann den Pub durch den hinteren Eingang. Um auf diese Weise einer Begegnung mit Jacqueline aus dem Weg zu gehen.

Auf dem Parkplatz rief er bei Jess an. »Stell schon mal Teewasser auf«, sagte er ohne Umschweife.

»Ich schaue gerade ›Mad Men‹. Lass mich in Ruhe.«

»Stell Teewasser auf. Bitte. Mein Abend mit Eddie ist ins Wasser gefallen, weil Jules ebenfalls aufgekreuzt ist. Karaoke-Abend.«

»Karaoke. Ich hasse Karaoke.«

»Machst du mir nun eine Tasse Tee?«

»Ist ja gut. Aber stell den Wagen ein Stück weiter weg ab, nicht in der Auffahrt. Ich habe Rose gerade erst zu Bett gebracht, sie schläft jetzt. Und in letzter Zeit wacht sie beim kleinsten Geräusch wieder auf.«

»Rose? Ich dachte –«

»Lange Geschichte. Sean hat sie vorzeitig wieder nach Hause gebracht, und sie ist ziemlich unruhig, seit sie wieder da ist.«

»Oh.« Theo war enttäuscht, ohne recht zu wissen, warum.

»Gut. Ich setze Wasser auf«, sagte sie. »Beeil dich. Und sei leise.«

»Zwei Minuten«, versprach er und beendete den Anruf.

Als sie ihm kurz darauf öffnete, gab er ihr einen Kuss auf die Wange und folgte ihr dann durch den Flur nach hinten in die kleine Wohnküche.

Während Jess sich dort an der Küchenzeile um den Tee kümmerte, legte er drei Meter weiter weg seine Jacke ab. Auf dem Couchtisch fiel ihm ein Glas mit klarer Flüssigkeit ins Auge, er hob es hoch und schnupperte kurz daran. Wodka. Gleich daneben lag ein Blister mit Tabletten. Er nahm Platz, gegenüber von ihrem, wie sie selbst sagte, schäbigen Sofa. Fotos lagen auf dem Couchtisch verstreut, und auf dem Fernsehschirm war in Großaufnahme Don Draper zu sehen, als erstarrtes Standbild.

Sie reichte ihm einen dampfenden Becher Tee und setzte sich ihm gegenüber.

»Ich habe in der Zeitung gelesen, dass man die Leiche des Jungen gefunden hat«, sagte er.

»Ja.«

»Geht's dir gut? Hast länger nichts von dir hören lassen. Nicht mehr, seit du mitten in der Nacht bei mir aufgekreuzt bist, um mir zu sagen, dass du dich um mich sorgst.«

Sie lächelte. Aber nur ein wenig. »Tut mir leid. Hast recht. Ich bin eine schlechte Freundin. Hör nicht auf das, was ich sage.«

»Geht's dir denn gut?«

Sie zuckte bloß wortlos mit den Schultern.

»Also«, sagte Theo. »Ich bin dahintergekommen, dass Finn heimlich raucht.«

Sie sah ihn stirnrunzelnd an, sagte aber nichts.

»Er ist sauer. Enttäuscht. Fühlt sich von uns beiden im Stich gelassen.«

»Hast du mal mit ihm geredet?« Sie zog die Beine unter sich, machte es sich auf dem Sofa bequem.

Theo seufzte. »Ich hab's versucht. Aber es war ein etwas einseitiges Gespräch, von ihm kam gar nichts. Und ich habe Harriet am Telefon gesagt, dass alles ihre Schuld sei.«

»Ja«, sagte Jess leise. »Wahrscheinlich schon.« Sie trank einen Schluck aus ihrem Glas.

Er sah sie kurz an und deutete dann mit einem Nicken auf die Tabletten. »Wodka und Valium?«

»Wenn du mir Vorträge halten willst, schalte ich den Fernseher wieder an.«

»Jess. Entweder Wodka oder Valium, nicht beides und schon gar nicht zusammen.« Er sah sie eindringlich an.

»Theo. Nicht heute Abend. Ein andermal, bitte.«

»Gut, dann ein andermal. Aber denk wenigstens an Rose, ehe du so weitermachst. Apropos, warum ist sie denn schon wieder zurück?«

Diese Frage nach ihrer Enkelin besänftigte Jess, die ihn eben noch aufgebracht angefunkelt hatte. »Sie hat sich dort nicht wohlgefühlt, war anscheinend nicht zu beruhigen. Sean hielt es für besser, sie wieder nach Hause zu bringen.«

Er nickte.

»Und dann hielt er es für angebracht, mich vorhin zwischen Tür und Angel daran zu erinnern, dass Anna nun seit drei Monaten fort ist; hat mir mal eben erklärt, dass Rose, seiner Ansicht nach, nicht länger hierhergehört und dass er vorhat, sie mitzunehmen, wenn er im Juni nach York zieht.«

Theo vernahm es mit echter Bestürzung. Er wollte etwas sagen, brachte aber kein Wort heraus. Seit Anna vermisst wurde, war Rose der einzige Grund, warum Jess weiter halbwegs funktionierte. Er beugte sich vor, nahm ihre Hand. Die sich in der seinen klein und schlapp anfühlte. »Das wird er nicht tun. Gib nichts darauf. Das sind die Ansichten seiner Eltern.«

Es war mehr so eine Vermutung. Aber Jess hatte ihm mal erzählt, dass Seans Eltern in York lebten und dass sie einen ziemlich starken Einfluss auf ihn ausübten.

»Wenn er sie mir wegnimmt…« Sie nahm das Glas und kippte den restlichen Wodka auf ex herunter.

»Nein. So weit wird es schon nicht kommen.« Theo ließ ihre

Hand los und lehnte sich wieder zurück. Er hatte ein scheußlich flaues Gefühl im Magen. *Das waren keine guten Neuigkeiten. Ganz und gar nicht.*

Um dreiundzwanzig Uhr schloss er die Eingangstür der Praxis auf und tippte den Code in die Zahlentastatur links an der Wand ein, um die Alarmanlage abzuschalten. Eine fast unheimliche Stille empfing ihn, es war dunkel in den Räumlichkeiten, bis auf das indirekte Licht, das vom Parkplatz her durch die Fenster hereinfiel. In der Stille war nur das leise Summen der Computer am Empfang zu hören, und das monotone Brummen des alten Kühlschranks in der Teeküche, an der Theo unterwegs im Flur vorbeikam. In seinem Behandlungszimmer schaltete er die Schreibtischlampe an und setzte sich. Warf sein Handy und die Schlüssel auf den Tisch, lehnte sich im Bürosessel zurück und schwang kurz darauf hin und her. Dann griff er sich wieder sein Handy, ohne lange nachzudenken, und tippte auf die Nummer, die er an zweiter Stelle auf Kurzwahl gespeichert hatte.

»Theo?«

»Entschuldige«, sagte er. »Tut mir leid, wegen heute Mittag.«

»Es ist schon spät.«

»Ich weiß. Aber wir haben Streitigkeiten immer erst beigelegt, ehe wir abends das Licht ausgemacht haben. Das wollte ich gerne weiter beibehalten.«

Zunächst blieb es still, bis auf das Geräusch ihrer Atemzüge. Dann endlich meldete Harriet sich wieder. »Mir tut es auch leid. Weil du ja recht hast, das will ich gar nicht bestreiten. Er ist jetzt bockig, weil ich ausgezogen bin. Buhlt um Aufmerksamkeit, und –«

»Er möchte einfach nur, dass seine Eltern wieder zusammen sind.«

»Theo.« Wieder ließ sie etwas Zeit verstreichen. »Das wird nicht passieren.«

»Ich habe auch nicht darum gebeten, Harriet. Bitte nicht missverstehen. Das war bloß eine sachliche Einschätzung. Er möchte einfach, dass sein Leben wieder so ist wie früher.«

Sie seufzte. »Schläft er jetzt?«

Theo sah sich im Halbdunkel des Behandlungsraums um. »Weiß ich nicht so genau«, erwiderte er wahrheitsgemäß.

»Gib ihm einen Kuss von mir, ja?«

»Klar.«

»Wir sehen uns Freitag. Ich werde am Wochenende mit ihm reden. Vielleicht ist er bei mir etwas zutraulicher. Wahrscheinlich muss ich ihm einfach mal reinen Wein einschenken. Ihm genau erklären, was Sache ist.«

»Oh, öfter mal was Neues. Das würde ich mir auch mal wünschen, ehrlich gesagt.« Er erschrak selbst über seinen bitteren, höhnischen Tonfall.

»Ich bin immer ehrlich zu dir gewesen.«

»Tatsächlich?« Er spürte förmlich, wie sie sich am anderen Ende der Leitung anspannte.

»Es ist elf Uhr abends – erst rufst du an, um dich zu entschuldigen, und nun fängst du schon wieder Streit an?«

»Harriet. Läuft das zwischen Roland und dir schon länger, als du mir gegenüber zugegeben hast?«

»Nein, verdammt nochmal. Und wie *du* jetzt auf einmal dazu kommst, mich der Lüge zu bezichtigen, ist mir schleierhaft.«

Theo schloss die Augen.

»Gute Nacht, Theo. Bis Freitag dann, wenn ich Finn abholen komme.« Sie legte auf.

Er ließ den Kopf schwer in seine Hände sinken und merkte, wie ihm die Tränen kamen. Ein wahrer Tränenstrom, der ihm nur so aus den Augen quoll, begleitet von lautem, hemmungslosem Schluchzen, als würden alle Dämme brechen. Als er sich endlich wieder etwas beruhigt hatte, geriet er ins Grübeln. Fragte sich, ob er diesen Weinkrampf irgendwie vorausgeahnt hatte; ob er deswegen von Jess aus hierhergekommen war, um nicht zu Hause loszuheulen, wo Finn ihn hätte hören können. Er wischte sich mit dem Handrücken über die Wangen, zog die Schublade auf, wo er eine Packung Kleenex aufbewahrte, für seine Patienten – und da fiel ihm schlagartig wieder ein, warum er tatsächlich hergekommen war. Er nahm den Umschlag aus der Schublade und ließ ihn in seiner Jackentasche verschwinden. Was auch immer Anna ihm zu sagen gehabt hatte, es war vermutlich an der Zeit, es endlich zu lesen.

13. Jess

»Dass ich mir einbilde, sie zu sehen, das passiert mir nicht. In der Öffentlichkeit oder so. Hört man ja öfters, dass Leute meinen, jemanden zu erkennen, von hinten oder so, und dann hinlaufen, und aus der Nähe sieht man dann, dass man sich geirrt hat. Und die Person, die man für jemand anderes gehalten hat, sieht einen ganz befremdet an. Als hätte man nicht alle Tassen im Schrank.«

Jane nickt.

»Jedenfalls, ich hätte damit gerechnet, aber, wie gesagt, das passiert mir nicht. Aber ich rede oft mit ihr. Bilde mir ein, sie wäre da und würde mir auch antworten. Ist irgendwie weniger riskant, als fremde Leute anzuquatschen …«

Jane Levy steht auf, kommt hinter ihrem Tisch hervor und legt mir beruhigend die Hand auf die Schulter. »Ich werde mal deinen Blutdruck messen«, sagt sie und greift nach der bereitliegenden Manschette. Durch die Tür klingt gedämpftes Kreischen herein, dumpfes Fußgetrappel. Anscheinend Kinder, die draußen im Flur herumtoben.

Ich spüre, wie sich die Manschette an meinem rechten Oberarm verengt, und werfe einen Blick auf meine Uhr am anderen

Handgelenk. »Ich habe Rose im Warteraum zurückgelassen«, sage ich zu Jane. »Ich will mal nicht hoffen, dass sie da draußen herumlärmt!«

Ein indirekter Versuch meinerseits, sie ein wenig zur Eile anzutreiben. Doch sie lässt sich Zeit – prüft meinen Puls, misst meinen Blutdruck, sieht sich meine Augen an und nimmt mir Blut ab, für einen Test. »Nur zur Sicherheit, vielleicht bis du ja anämisch.«

Zunächst nickt sie mitfühlend, als ich sie bitte, mir weiteres Valium zu verschreiben. Dann wirft sie einen Blick auf meine Daten im Computer und runzelt die Stirn. Wirkt mit einem Mal zögerlich.

»Ich kann nachts nicht schlafen, Jane«, sage ich. »Und wenn ich schlafe, sehe ich im Traum, wie Anna von einer riesigen weißen Schneewelle verschlungen wird. Zur gleichen Zeit gehe ich im Meer unter und schlucke Unmengen Wasser. Dann wache ich auf und stelle fest, dass ich geweint habe, im Schlaf. Nur dann kann ich weinen, verstehst du, im Schlaf. Und ich muss weinen, es ist mir ein Bedürfnis.« Sie tippt rasch etwas am Computer, drückt auf eine Taste, und dann höre ich, wie der Drucker das Rezept ausspuckt, das ich so dringend benötige.

Ich habe Doug noch nie um etwas gebeten. Habe, seit er mich verlassen hat, quasi kaum etwas mit ihm zu tun gehabt, es sei denn, es ging um Anna. Die Gespräche, die wir in den vergangenen zwölf Jahren geführt haben, kann ich, wenn's hochkommt, an zwei Händen abzählen.

Eigentlich möchte ich ihn jetzt also gar nicht anrufen. Wirklich nicht. Im Kopf spiele ich die verschiedenen Möglichkeiten durch. Ob ich nun sein Handy anrufe oder den Festnetzanschluss bei ihm zu Hause, es kann sehr gut sein, dass ich am anderen Ende Carol erwische. Sie wird mit ihrer typisch flachen, kraftlosen Stimme reden, die mich jedes Mal aufs Neue aufregt, und am Ende lege ich vermutlich den Hörer auf. Während der Geschäftszeiten stehen zumindest die Chancen besser, dass ich ihn allein erwische.

Während ich mit den Fingern auf der Rückseite meines Handys herumtrommele, behalte ich nebenher Rose im Auge. Ich habe mich an einen Tisch am Rand des Cafébereichs gesetzt, ganz allein, weil mir nach Gesellschaft nicht zumute ist, und das scheinen die anderen Frauen automatisch zu respektieren. Die Mütter hier sind alle ganz reizend; die meisten kenne ich von der Schule her, und sie sehen gerade ihren Sprösslingen beim Spielen zu, ganz wie ich, hier in dieser großen Halle voller Spielgelegenheiten, Schaukeln, Kletterseilen und so weiter. Jack Villiers feiert hier gerade seinen sechsten Geburtstag, zweiunddreißig Kinder tollen ausgelassen herum, ganz aufgeputscht von Kuchen, Süßigkeiten, Limonade und Adrenalin. Die Jungen und Mädchen spielen Fangen miteinander, es wird viel gekreischt.

Am Rand des Spielbereichs für größere Kinder wähle ich Dougs Nummer. Vor Anspannung halte ich kurz den Atem an, bis ich endlich seine Stimme höre.

»Jess«, sagt er. »Schön, von dir zu hören. Aber was ist das für ein Lärm, wo bist du gerade?«

Ich stehe auf, entferne mich ein Stück in Richtung Tür, ohne Rose und die anderen Kinder aus dem Auge zu lassen.

»Auf einem Kindergeburtstag.«

»Ah. Das sind die Freuden, wenn man es sich leisten kann, Teilzeit zu arbeiten.« Schon dieser eine Satz regt mich maßlos auf, doch ich verbeiße mir eine Antwort. »Hast du das Handy bekommen?«, fragt er.

»Ja.«

»Und, hast du die Sperre lösen können?«

»Nein. Aber hör zu, deswegen rufe ich auch nicht an. Ich brauche deine Hilfe.« So ein schlichter Satz, aber er fällt mir unendlich schwer.

»Okay, lass mich bloß – eine Sekunde, ja?«

Ich merke, dass er die Sprechmuschel mit der Hand verdeckt. Vermutlich entfernt er sich gerade von einem Kollegen, um freier sprechen zu können.

»Was liegt an?«, meldet er sich wieder.

Ich höre sofort, dass er den Raum verlassen hat, in dem er sich eben befunden hat. »Ich weiß nicht recht, wo ich anfangen soll.«

»Wie geht es dir?«, unterbricht er mich, ehe ich auch nur meine Gedanken sortiert habe. »Ich schicke dir laufend SMS, aber du antwortest nicht. Bist du in Ordnung?«

»Es geht halbwegs, ich komme klar. Na ja, so wie du, schätze ich.« Wir sind zwar geschieden, doch ich hatte nie Grund, an Dougs Liebe zu Anna zu zweifeln. Ich weiß also, dass er unter dem derzeitigen Zustand ähnlich leidet wie ich.

»Wie geht's Rose?«

»Gut, und sie wird jeden Tag hübscher. Sie ist auch der Grund, warum ich anrufe.« Genau da höre ich sie hinter mir kreischen. Sie kommt auf mich zugerannt, lässt sich aus vollem Lauf in das Kletternetz fallen, das vor der Wand hängt, dicht gefolgt von Tim.

»Hi, Omi«, ruft sie mir zu, ehe sie wieder davonrennt.

»Das war sie«, sage ich zu Doug.

»Ja, habe ich gehört.« Ich kann das Lächeln hören, das in seiner Stimme mitschwingt.

»Ich habe dich noch nie um etwas gebeten, das weißt du. Kein einziges Mal.«

»Worum geht's, Jess?«

»Ich brauche etwas Geld.« Vom hinteren Ende des Spielbereichs dringt Kindergeschrei herüber.

»Aha …«

Ich zögere kurz. Dann gebe ich mir einen Ruck. Es geht nicht anders. »Rose ist ja überhaupt der Grund, warum ich nur in Teilzeit arbeiten kann. Wenn du dich erinnerst, als sie in die Schule kam, habe ich den Job gewechselt. Als ich deshalb entsprechend weniger verdiente, hat Anna die Hälfte aller laufenden Kosten übernommen. Die Hypothek, die Rechnungen …« Tatsächlich war ihr Anteil vermutlich noch höher. An Geld schien es Anna nie zu mangeln.

Eine kurze, hallende Stille tritt zwischen uns ein.

»Als Rose eingeschult wurde, habe ich also nur noch halbtags gearbeitet, um mich um sie kümmern zu können«, fahre ich fort. »Das war die Abmachung zwischen Anna und mir. So haben wir es geregelt, und so hat es funktioniert. Als sie die Stelle in der Bank bekommen hat, sollte sie mit Sparen anfangen, um eine Rücklage zu bilden. Letzten Endes wären die beiden wohl ausgezogen, nehme ich an …«

Stille. Doug sagt nichts.

»Was ich an Geld gespart hatte, allzu viel war es nicht, habe ich in den letzten Monaten aufgebraucht.« Ich reibe mir entnervt über die Stirn. »O Gott, ich tue mich so schwer.«

»Sprich weiter, Jess.«

»Ich möchte mich weiter um Rose kümmern. Möchte dazu gern weiter in der Lage ein, täglich nach der Schule und in den Ferien. Aber die Wahrheit ist, ich weiß nicht mehr ein noch aus, und …«

Die Wahrheit ist außerdem, dass ich Angst davor habe, sie zu verlieren. Dass ihr Vater, wenn es nach ihm geht, sie mir wegnehmen und mit ihr nach York ziehen wird, sodass ich sie kaum noch zu sehen bekomme. Die Situation mit Anna zehrt jetzt schon so sehr an mir, dass ich das Gefühl habe, es bringt mich um. Wenn mir nun auch noch Rose weggenommen würde – das wäre mein Ende. Auch das ist die Wahrheit.

»Ich weiß, dass sie eine Versicherung hat … irgendwas über die Arbeit. Ich müsste mal ihre Unterlagen durchsehen, ob ich die Police finde, aber vorläufig –«

»Ohne Leichnam«, führt er den Satz für mich zu Ende.

»Ich muss Rose versorgen, Doug. Die laufenden Kosten tragen, dass sie ein Dach über dem Kopf hat.«

»Wie viel brauchst du?«

»Keine Ahnung.« Ich schüttle den Kopf. »Aber zumindest genug, um die nächsten paar Monate zu überstehen.«

»Ist dein Konto noch dasselbe wie früher?«, fragt er.

»Ja.«

»Ich werde dir das Geld noch heute überweisen. Morgen müsste es da sein.«

»Oh, danke dir.«

Wie viel er mir überweisen will, sagt er nicht. Und ich frage auch nicht nach.

»Und schau mal, ob du diese Versicherungsunterlagen findest. Nur, damit wir uns mal ein Bild machen können?«

»Klar, mache ich. Nochmals vielen, vielen Dank.«

»Gib mir Bescheid, ob mit der Überweisung alles geklappt hat.«

»Auf jeden Fall.«

»Also dann. Mach's gut, Jess.«

»Du auch, Doug.«

Ich beende das Telefonat. Als ich mich umwende, sehe ich einen frischen, dampfenden Kaffee, mit einem Keks auf dem Unterteller, der auf dem Tisch ganz in meiner Nähe steht. Eine der Mütter, ich erkenne sie, kann sie aber gerade nicht recht einordnen, hebt grüßend die Hand. Ich winke leicht zurück, bedanke mich mit einem Lächeln. Dann setze ich mich an den Tisch.

Doug als mein Retter in der Not … welch eine Ironie des Schicksals. Ich gestatte mir ein kleines Lächeln. Als er mich damals verließ, geriet ich eine Weile ins Schwimmen und wusste nicht, wie das Leben ohne ihn nun weitergehen sollte. Das änderte sich, als er nach wenigen Monaten eine Beziehung mit der Frau einging, mit der er bis heute zusammen ist. Wenn diese langweilige, farblose Person tatsächlich das war, was er sich wünschte; wenn meine Liebe so stark war, dass er sich davon erdrückt fühlte; wenn er nicht einmal bereit war, Anna zuliebe zu bleiben – nun, dann war ich ohne ihn wahrlich besser dran. Und seither habe ich ihn auch nie wieder gebraucht, bis heute. Oder sonst jemanden. Ich genehmige mir einen Schluck Kaffee und sehe, dass die Frau, sie heißt Kelly, wie mir jetzt wieder einfällt, auf mich zukommt. Ich bekomme Herzrasen. Wünsche mir inständig, mein

Handy würde klingeln, oder sonst etwas. Weil ich auf keinen Fall über Anna reden möchte.

»Jess.« Sie ist ein Stück vor dem Tisch stehen geblieben. »Ich möchte Sie nicht stören.«

»Nein, nein, setzen Sie sich ruhig«, höre ich mich sagen und sehe dabei eine Art Gedankenblase über meinem Kopf schweben: »Nein, bitte gehen Sie wieder. Danke für den Kaffee, aber ich würde wirklich lieber allein sein.«

Sie nimmt Platz. Beim Reden knetet sie unruhig die Hände auf dem Schoß. »Ich weiß nie so recht, was ich sagen soll. Ich sehe Sie oft in der Schule. Wenn ich Sam Junior bringe oder abhole.«

Das war mir ganz entfallen. Sam, der Chorleiter von Annas College, ein Mann, den Anna und mit ihr der gesamte Oberstufenchor geradezu anbetete, hat einen Sohn an meiner Schule. Vermutlich ein Klassenkamerad von Rose, wie ich bei einem Blick auf die kreischende Bande überlege, gegenüber von uns.

»Er ist in der Klasse über Rose«, sagt sie. »Die Familie von Jack – Jack Villiers, dem Geburtstagskind – wohnt neben uns, wir sind Nachbarn.«

»Danke für den Kaffee«, sage ich.

»Keine Ursache.«

Stille.

»Gibt es irgendwelche Neuigkeiten?«

Schönsprech für: »Hat man schon Annas Leiche gefunden?«

Ich schüttle stumm den Kopf.

An diesem Punkt verfallen die Leute immer in betretenes Schweigen, und ich sage irgendetwas Belangloses, aus dem Gefühl heraus, ihnen aus der Klemme helfen zu müssen. Heute aber bringe ich das nicht fertig. Sie steht auf. »Sie fehlt uns im Chor.« Sie beugt sich vor, nimmt meine Hand und drückt sie. »Uns allen.« Ich lächle mühsam und trinke noch einen Schluck Kaffee, um den Kloß loszuwerden, den ich auf einmal im Hals spüre. Sie lächelt zurück. Ein freundliches Lächeln, für das ich ihr aufrichtig dankbar bin, doch zu weiterer Interaktion bin ich heute nicht imstande. Weil ich mich komplett am Nullpunkt fühle.

Ich atme die laue Luft im Freien ein und sehe in Richtung der schon tiefstehenden, strahlenden Sonne, während ich darauf warte, dass Rose sich anschnallt. Der unablässige Regen der letzten Woche hat aufgehört, stattdessen ist es nun frühlingshaft mild, ungewöhnlich für die Jahreszeit. Als wäre die Sonne auf den Plan getreten, um die Gegend zu trocknen, nachdem der Regen sie gründlich sauber gewaschen hat. Ich habe meine Jacke ausgezogen und will gerade ins Auto einsteigen, als Rose aufgeregt aus dem Fenster zeigt. »Sieh mal, Omi! Da ist Finn!«

Ich drehe mich automatisch um, und in der Tat, da steht Finn, am Eingang des Spielzentrums, zusammen mit einigen anderen Jungen, die mit ihm in die sechste Klasse gehen. Ob sie gerade aus dem Gebäude kommen oder hineingehen wollen, kann ich nicht erkennen. Als ich mich ans Steuer setze und wieder hinübersehe, sind sie verschwunden. »Wo sind sie hin?«, frage ich Rose.

»Da hinten.« Sie deutet um das Gebäude herum, auf die Rückseite.

Kurz überlege ich, ob ich Theo anrufen soll, entscheide mich aber dann dagegen. Finn ist ein guter Junge. Ich möchte nicht, dass er noch mehr Scherereien mit seinem Vater bekommt. Er und die anderen sind Kinder. Was können sie schon Schlimmes anstellen, hier in der Umgebung eines Spielzentrums.

Ich steuere den Wagen gerade vom Parkplatz, als Rose loslegt.

»Omi, kann ich ›Die Eiskönigin‹ gucken?«, fragt sie vom Rücksitz aus in leierndem Singsang und wiederholt diese Frage dann immer wieder, beharrlich, unermüdlich. »Omi! ›Die Eiskönigin‹!« Sie ist in fordernder Stimmung. Zu viel Zucker, schelte ich mich im Stillen.

Wir haben eine zehnminütige Fahrt vor uns, also erlaube ich es ihr, und sie schaltet blitzschnell den tragbaren DVD-Player an;

nuckelt still am Daumen, betrachtet versunken den Bildschirm und hört zu, wie Disneys Prinzessin Elsa ihrer Schwester Anna singend versichert: »Die Kälte, sie ist nun ein Teil von mir.«

Und dabei kommt mir meine Anna in den Sinn. Meine eigene Anna, verschüttet im eisigen Schnee …

Rose ist endlich eingeschlafen. Nun sitze ich auf meinem schäbigen Sofa, mit einem Becher Tee in der einen und Annas Smartphone in der anderen Hand. Es lässt sich nicht entsperren, ich bin mit sämtlichen Codes gescheitert, die mir einfallen.

Ich lege es seufzend beiseite, starre in den Garten hinaus und rede mir ein, dass Anna am Leben ist. Und dass sie sich eines Tages, sehr bald schon, melden wird, um mir zu sagen, dass es ihr gut geht. Dann verrät sie mir, wo sie ist. Und warum sie dort ist. Und ob sie zurückkommt oder nicht.

Ich nehme mein eigenes Handy vom Tisch, um ihr eine SMS zu schicken. »*Komm nach Hause, Schatz. Melde dich, sag mir, wo du bist? Du fehlst mir. Du fehlst mir so sehr, dass ich nur noch weinen möchte. Aber ich kann nicht. Hilf mir, Anna, bitte!*«

Ihr Handy piept, und ich überfliege nur die ersten Worte von »Mama« an sie auf dem Display. Dabei spüre ich einen vertrauten Schmerz im Kiefer; öffne und schließe ein paarmal den Mund, um ihn zu verscheuchen. Der Kummer, das lerne ich seit Wochen, nistet sich im Körper an den überraschendsten Stellen ein.

14. Anna

Raw Honey Blogspot, 26.10.2014

Ich konnte nicht anders. Das ist die schlichte, reine Wahrheit. Mich in Ihn zu verlieben, das hatte ich wirklich nicht geplant.

Schon lange habe ich ziemlich genaue Vorstellungen davon, wie mein Hochzeitstag einmal ablaufen soll; wie ich und Mama mit meiner BF, die als Brautjungfer fungieren würde, noch eine Flasche Champagner trinken, während Dad nervös im Erdgeschoss wartet, bis ich in meinem spitzenbesetzten, elfenbeinfarbenen Kleid nach unten komme. ST, die ganz ähnlich zurechtgemacht ist und aussieht wie eine Miniaturausgabe von mir, wartet mit Dad am Fuß der Treppe. Ein Team von Frisörinnen ist bis zur letzten Minute damit beschäftigt, an Mamas und STs und meinem nach altmodisch-romantischer Art hochgestecktem Haar herumzuzupfen, bis alles perfekt ist.

Dann steigen wir in stilvolle Oldtimer, die wir für den Tag gemietet haben, und fahren zur Kirche. Ja. Ich wünsche mir immer schon eine kirchliche Trauung mit allem Drum und Dran. Und am Altar steht ein Mann, der mich über alles liebt und auf Händen trägt. Ein Mann, der nur darauf wartet, dass ich sein Leben vervollständige.

So sollte es ablaufen. Eigentlich. Und so könnte es wohl immer noch kommen, wenn ich es fertigbrächte, mich endlich von Ihm zu lösen, endgültig. Aber das habe ich schon versucht, mehr als einmal, und es hat nie geklappt. Weil es mir danach jedes Mal hundeelend ging. Dann suchte ich Hilfe im Internet, vertiefte mich in Artikel über die Liebe und über die Frage, ob wir Einfluss darauf haben, in wen wir uns verlieben. Ob Liebe Schicksal ist oder eine Wahl, die wir bewusst treffen. Chemie oder Willensakt.

Wir kommen nicht voneinander los. Wir haben es schon versucht. Dieses Mal haben wir es über drei Jahre ohne einander ausgehalten, vierzig Monate, um genau zu sein. Doch als wir diesen Monat wieder zusammengekommen sind, war es, als hätten wir uns nie getrennt.

Ich liebe Ihn. Er liebt mich. Und für die Liebe ist man zu vielen Opfern bereit …

Also finde ich mich mit der Lage ab und gebe mir alle Mühe,

sein anderes Leben mit Gleichmut hinzunehmen. Versuche, mir einzureden, dass es für uns irgendwie, irgendwo, über einem verflixten Regenbogen vielleicht, ein glückliches Ende geben wird.

Ja, Leute: Damit muss ich leben. So sieht es aus.

Kommentar: Anonym

Ich bin eher zufällig über diesen Blog gestolpert und muss sagen, ich bin entsetzt. Wie kommen Sie darauf, hier vor aller Welt Ihre schäbige Affäre mit einem verheirateten Mann auszubreiten? Sie würden ihn »lieben«, behaupten Sie. Werden Sie erwachsen. Sieht aus, als kämen Sie voll und ganz auf Ihre Mutter, eine Frau, die nur an unverbindlichen Liebschaften interessiert ist, wie Sie schreiben. Was für fragwürdige Moralvorstellungen Sie haben, alle beide. Der Apfel fällt nicht weit vom Stamm. Wie wahr, wie wahr.

Antwort: Honey-Girl

Wie wär's, wenn Sie sich einfach verpissen, mitsamt Ihrer unmaßgeblichen Meinung, um die Sie kein Mensch gebeten hat? Es zwingt Sie niemand, meinen Blog zu lesen. Nach dem, was Sie über meine Mutter oder Details meiner »schäbigen Affäre« schreiben, haben Sie aber anscheinend noch mehr Einträge gelesen. Ich habe Sie jetzt gesperrt, damit ich nicht noch mehr von Ihrem negativen Gebrabbel lesen muss.

Kommentar: Solarbomb

Hat der verheiratete Mann, mit dem Sie etwas haben, auch Kinder?

Antwort: Honey-Girl

Dazu möchte ich mich hier lieber nicht äußern.

15. Theo

Einmal war es Theo gelungen, einem Menschen das Leben zu retten. Gewiss, als behandelnder Arzt hatte er vermutlich noch etlichen anderen Patienten das Leben gerettet; dieser eine Fall jedoch war besonders dramatisch gewesen, weil die Atmung des Mannes bereits ausgesetzt hatte. Warum ihm an der Fleischtheke des Supermarktes in den Sinn kam, wie er Aaron Hughes wieder Leben ins Herz gepumpt hatte, war ihm ein Rätsel; aber genau dieses Bild stand ihm plötzlich vor Augen, so lebhaft, dass es ihm kurz die Sprache verschlug.

»Ja, bitte, Sie wünschen?« Ein schmaler Mann mit Halbglatze blickte ihn über eine Lesebrille hinweg fragend an.

»Ich …« Er hatte Leben in ein Herz zurückgepumpt. »Ich habe Freunde zum Abendessen eingeladen. Keine Ahnung, was ich kochen soll.«

Der Mann starrte ihn wortlos an, mit einem ungeduldigen Blick, in dem die Frage zum Ausdruck kam: »Sehe ich aus wie ein Koch?«

Theo lächelte, denn sein Gegenüber hatte tatsächlich Ähnlichkeit mit einem Koch. »Entschuldigung. Ich hätte gern Lammkoteletts. Können Sie die auf diese spezielle Art schneiden?«

»Französisch, meinen Sie?«

»Ja genau.«

»Wie viele?«

»Zehn Stück, bitte.« Drei für jeden und eins extra, oder je vier für ihn und Eddie und zwei für Jules. Sie aß wie ein Spatz.

Es würde ein ganz schlichtes Mahl geben, entschied er, während er am Tresen wartete. Lammkoteletts, Kartoffelpüree, Möhren und Bohnen, gefolgt von einer Baiserrolle aus der Kühltheke zum Nachtisch.

Auf der Fahrt nach Hause war er recht zufrieden mit sich. Vor ihm lag der erste Abend seit der Geburt seines Sohnes, an dem er das Haus für sich hatte. In den beinahe zwölf Jahren war Finn immer da gewesen, auch dann, wenn Harriet mal beruflich auf Reisen war. Er sah auf die Uhr. Wenn alles nach Plan lief, würde sie in einer Stunde vorbeikommen und ihn abholen. Bea wiederum würde in vierzig Minuten das Haus verlassen, weil sie übers Wochenende wegfuhr, mit Nick, ihrem Freund.

Er hatte eben seine Einkäufe auf den Arbeitstresen in der Küche gepackt, als Bea mit Nick ins Erdgeschoss kam. Theo hatte keine Ahnung, wie er sich Nick gegenüber benehmen sollte. Bea war dreiundzwanzig, also längst kein Kind mehr, und konnte sich abgeben, mit wem sie wollte. Andererseits aber war sie *erst* dreiundzwanzig, weit weg von ihren Eltern in Spanien, und er verspürte den spontanen Impuls, in die Rolle eines Ersatzvaters zu schlüpfen. Also nahm er sie kurz beiseite, erläuterte ihr seinen Zwiespalt und fragte, wo sie und Nick eigentlich hinwollten. Sie lachte bloß. Meinte, das sei sehr süß von ihm, versicherte ihm, dass es ihren Eltern total egal sei, mit wem sie sich abgäbe, nannte ihm zum Schluss aber trotzdem die Adresse, wo sie das Wochenende verbringen würden.

Während er danach Möhren schälte, malte er sich aus, wie sie und Nick, unterwegs nach Stratford, die ganze Fahrt über immer wieder in Gelächter ausbrachen. Als es an der Tür klingelte, zuckte er vor Schreck zusammen. Damit war die Frage beantwortet, die er sich vorab gestellt hatte, ob sie klingeln oder ihren Schlüssel benutzen würde. Es war immer noch ihr Haus, rechtlich gesehen konnte sie kommen und gehen, wie es ihr gefiel. Er wischte sich die Hände an einem Geschirrtuch ab, das er sich über die Schulter warf, ehe er losging, um sie hereinzulassen.

Sie sah umwerfend aus: perfekt geschminkt, das dunkle Haar zu einem strengen Zopf geflochten, der ihr lang über den Rücken hing, bekleidet mit einem dunkelblauen Hosenanzug, wie sie ihn typischerweise bei der Arbeit trug. Die Bluse aus hell lachsfarbener Seide, die sie unter der offenen Jacke trug, war eben so weit aufgeknöpft, dass ihr Dekolleté hervorblitzte. Ein Anblick, bei dem er Herzklopfen bekam. »Komm rein«, sagte er und gab ihr zur Begrüßung im Flur einen Kuss auf die Wange. »Gut siehst du aus.«

»Danke.« Sie musterte ein wenig befremdet das Geschirrtuch. »Kochst du gerade?«

Theo nickte. »Jules und Eddie kommen zum Essen. Willst du hochgehen? Er ist schon seit einiger Zeit in seinem Zimmer. Wollte sich von mir nicht beim Packen helfen lassen. Weiß also der Himmel, was er alles an digitalem Spielzeug mitnehmen will.«

»Ich gehe hoch. Ist das in Ordnung?« Sie sah ihn und nagte verlegen an der Unterlippe.

»Klar. Möchtest du was trinken, Tee, Kaffee?« Alkohol bot er ihr erst gar nicht an, denn wenn sie Auto fuhr, trank sie grundsätzlich nichts.

»Nein danke«, rief sie zurück. »Wir müssen dann auch gleich los. Auf den Straßen nach London wird ziemlich viel Verkehr sein. Freitagabend eben.«

Theo nickte, während er zu seinen Möhren zurückkehrte. Dabei ging ihm durch den Kopf, wie ungeheuer gesittet sie miteinander umgingen. Zwei vernünftige, erwachsene Menschen, die sich ach so einvernehmlich getrennt hatten und über das erregte abendliche Telefonat, das nun zwei Tage zurücklag, stillschweigend hinweggingen. Fünf Minuten später tauchte Harriet mit ihrem Sohn wieder in der Küche auf. Finn hatte seinen Rucksack an der Schulter hängen, auf seinem Gesicht lag ein fast schmerzlicher Ausdruck.

»Kann ich kurz mit dir reden, Dad?«

Theo wechselte einen Blick mit Harriet, ehe er wieder Finn ansah. »Selbstverständlich.«

»Allein«, sagte Finn und öffnete die Tür des Fernsehzimmers.

Theo wischte sich wieder die Hände an dem Geschirrtuch ab, das er auf die Arbeitsfläche fallen ließ, ehe er ihrem gemeinsamen Sohn folgte. Im Vorbeigehen sah er Harriet, die sich auf einem Stuhl am Küchentisch niederließ, mit hochgezogenen Augenbrauen an.

»Ich möchte nicht mit nach London. Bitte zwing mich nicht dazu, Dad.« Finns Unterlippe zitterte heftig. Sosehr er auch darum kämpfte, sich zusammenzureißen.

Theo hielt unwillkürlich den Atem an. Spontan musste er an Jess denken, an ihre Auffassung, dass Eltern ihren Kindern bedingungslose Liebe schuldig waren, und dies ausgerechnet in dem Moment, als er aus Liebe zu seinem Sohn drauf und dran war, eine Aktion abzublasen, die, so viel stand fest, überfällig war, für sie alle. Er hätte seinen Sohn am liebsten in den Arm genommen und fest gedrückt. Wollte ihm gern zuflüstern, dass er nicht mitmusste, wenn er wirklich nicht wollte. Aber Harriet, auch so viel stand fest, würde nie zu ihnen zurückkommen. Und sie alle mussten lernen, den Blick nach vorn zu richten und mit dieser veränderten Realität irgendwie klarzukommen.

»Es ist schwer, ich weiß. Aber schau mal, deine Mum ist eigens den weiten Weg aus London hergekommen. Freut sich darauf, dich zu sehen. Ich mache dir einen Vorschlag: Wenn du morgen wirklich wieder nach Hause möchtest, ruf mich an, dann komme ich und hole dich ab. Versuch es wenigstens, Finn.«

Finn senkte den Blick zu Boden. War sichtlich darum bemüht, die Tränen zurückzuhalten.

»Mir zuliebe, Finn?«

Er atmete tief durch. Blickte zwar weiter stur zu Boden, schien sich aber zusammenzureißen. »Du kommst mich abholen, wenn ich nach Hause möchte?«

»Absolut. Ein Anruf genügt. Aber ich bitte dich, versuch es wenigstens. Wir müssen alle versuchen, mit dieser neuen Lage klarzukommen. Es tut mir leid. Und deiner Mutter tut es auch leid, weiß Gott. Aber es ist nun mal, wie es ist.«

Finn nickte zögerlich, und Theo legte den Arm um ihn und zog ihn an sich. »Schreib mir eine SMS oder ruf mich an, wann immer du magst.«

Sein Sohn löste sich von ihm und öffnete die Tür. »Also gut«, sagte er schicksalsergeben, während er sich wohl oder übel in die neue familiäre Situation fügte. In der Küche klaubte er sich eine der Möhren vom Tresen, die Theo bereits geschält hatte.

»Alles in Ordnung bei dir, Schatz?«, fragte Harriet vorsichtig.

»Alles prima«, erwiderte Finn. »Wir können los.«

»Schön.« Sie fuhr ein paarmal mit den Händen über ihre Jacke. »Wie viele Gäste kommen denn?«, fragte sie, während sie den Berg Gemüse musterte.

»Nur zwei. Wir sind zu dritt, mit mir. Ich habe viel zu viele geschält, nicht wahr?«

»Die halten sich im Kühlschrank. Pack sie einfach in einen Plastikbeutel. Oberste Schublade links vom Herd.«

»Wenn du schon mal da bist – könntest du mir kurz zeigen, wie du sie immer schneidest?«

Harriet lächelte, ließ sich von Theo das Küchenmesser geben und nahm eine Möhre vom Tresen. »Schaut ihr her?«

Er und Finn nickten einmütig. Harriet schnitt in schrägem Winkel ein Stück von der Möhre ab, die sie sodann herumdrehte, um dann in entgegengesetzt schrägem Winkel das nächste Stück abzuschneiden. »Ganz einfach«, erklärte sie. »So bekommt man diese verrückten keilförmigen Stücke.« Sie zog Theo das Geschirrtuch von der Schulter und wischte sich die Hände ab. »So, nun müssen wir aber, Junge.«

»Ist gut.« Finn nickte seinem Vater flüchtig zu. »Also, bis dann.«

»Komm mal her.« Er zog Finn an sich und drückte ihn noch einmal fest, während Harriet dabeistand und zusah.

»Versuch's einfach mal«, raunte er ihm ins Ohr.

»Pass du lieber mit dem Messer auf«, erwiderte Finn, und Theo lächelte. Ihr Sohn war bereits ebenso groß wie seine Mutter, die ohne Absätze einen Meter fünfundsiebzig maß. Ein paar Jahre noch, dann würde sein rasch wachsender Sohn zu ihm aufschließen, und sie könnten sich bei einer gemeinsamen Körpergröße von eins dreiundneunzig in die Augen blicken.

Sekunden später waren sie fort, und er blieb allein zurück. Theo legte das Messer aus der Hand und ließ sich auf einen Stuhl am Küchentisch plumpsen. Die Stille in dem nun leeren Haus war mit Händen zu greifen. Er beugte sich vor, stützte die Ellbogen auf die Knie und ließ den Kopf gegen seine zusammengefalteten Hände sinken. »Mist«, sagte er laut. »Ist das still …«

»Ist bestimmt nicht einfach«, sagte Jules, während sie die Reste ihrer Lammkoteletts auf dem Teller umherschob.

»Das mag ich mir gar nicht vorstellen.« Eddie verzog das Gesicht.

»Es ist dieses Familiending, nicht wahr?«, sagte Jules.

Theo hatte noch Essen auf dem Teller, aber keinen Appetit mehr. Als er eben das Besteck aus der Hand legte, vibrierte sein Handy neben ihm auf dem Tisch.

Gut angekommen. Finn.

Theo hob nicht den Blick vom Display. »Mir ist zumute, als würde ich trauern, und ich weiß nicht ganz, worum – um ihren Verlust oder … oder den Verlust der Familieneinheit. Die fehlt mir, und Finn natürlich auch.«

»Harriet fehlt das bestimmt auch«, warf Jules ein. Was Eddie mit einem Laut kommentierte, der nahelegte, dass er das sehr bezweifelte.

»Wahrscheinlich. Das hat sie mir auch schon gesagt.« Theo rückte sein Besteck in die Tellermitte. Dann blickte er auf. »Ich kann einfach nicht fassen, dass sie fort ist. Das ist das Problem. Ich weiß, dass sie ausgezogen ist, ich weiß auch, warum. Aber nach all den Höhen und Tiefen, die wir schon durchgemacht haben, hätte ich nie gedacht, dass sie mich verlassen würde, schon gar nicht für einen anderen, das hätte ich nie für möglich gehalten …« Er schluckte mühsam. »Ich dachte, wir wären uns einig, dass das nicht in Betracht kommt. Wegen Finn.«

Jules verzog das Gesicht. »Was ist denn das für eine Ausdrucksweise, Theo. ›Wir waren uns einig, dass das nicht in Betracht kommt.‹ Das klingt ja geradezu, als wäre eure Ehe so eine Art Geschäftsbeziehung.«

Theo schüttelte den Kopf. »Nein, so war es nicht.« Er seufzte unglücklich. »Ach, ich finde nicht die richtigen Worte, du hast also recht. Ich bin ja schon still.«

»Du hast diese Frau geliebt. Liebst sie vermutlich immer noch«, murmelte Jules. »Das weiß ich, egal, was ihr sonst für Schwierigkeiten gehabt haben mögt. Das habe ich gesehen, in all den zehn Jahren, die wir uns nun kennen.« Sie wandte sich ihrem Mann zu. »Du bist ja so still auf einmal.«

Eddie hob abwehrend die Hände. »Ich berufe mich auf mein Recht, die Aussage zu verweigern.«

»Tja. Vielleicht würde Theo aber gern deine Meinung hören.«

»Nein, lass mal.« Theo blickte in die Runde. »Wer möchte noch Nachtisch?«

Er schnitt drei Stücke von der Baiserrolle ab, die er im Supermarkt besorgt hatte, legte sie auf Dessertteller und setzte sie seinen Freunden vor. Jules kratzte sich am Kopf und lachte. »Bei Harriet hätte es jetzt selbstgemachtes Baiser gegeben, mit einem Coulis aus frischen Himbeeren.«

Theo zwinkerte ihr zu. »Ja. Aber Harriet ist nicht da.«

»Kein Scherz.« Sie probierte die Süßspeise, die offenbar Gnade fand, ihren genießerischen Lauten nach zu urteilen, und deutete dann mit ihrem Löffel auf ihn. »Du hast sie geliebt«, nahm sie den Faden wieder auf.

»Ja«, bestätigte Theo, unter wiederholtem, fast unmerklichem Kopfnicken. »Ich habe sie geliebt.«

Eddie beugte sich zu ihm vor. »Was du brauchst, mein lieber

Theo, ist jemand Neues. Eine Abwechslung, um auf andere Gedanken zu kommen, möglichst hübsch anzusehen.«

»Bist du schon so weit, Theo?«, fragte Jules. »Könntest du dir vorstellen, dich auf etwas Neues einzulassen?«

»Uff.« Theo ließ den Kopf nach vorn auf den Tisch sinken.

»Jacqueline, die Kletterfrau!« Eddie stieß triumphierend die Faust in die Luft. »Die wäre ein guter Anfang. Sie hat auf jeden Fall ein Auge auf dich geworfen.«

»Nein, nein und nochmals nein«, wehrte Theo ab, ohne den Kopf zu heben.

»Es stimmt, sie mag dich«, bekräftigte Jules. »Und ich finde sie auch nett. Sie ist unkompliziert, man kann gut mit ihr reden, und …« Sie zuckte die Achseln. »Eddie hat recht, sie hat ein Auge auf dich geworfen. Hat ihm sogar ihre Nummer gegeben, damit er sie an dich weiterleitet. Schick sie ihm per SMS, Eddie, dann kann er sie gleich speichern.«

Theo schwirrte der Schädel, er konnte spüren, wie sich hinter seinen Augen ein Kopfschmerz ankündigte. Seine Freunde meinten zwar, ihn zu kennen, aber sie konnten ihm nicht in den Kopf sehen. Wären sie dazu in der Lage gewesen, hätten sie einen wahren Mahlstrom an Frauen erblickt: Harriet, Jess, Jacqueline und Anna. Mit Annas Gesicht im Zentrum des Strudels. Er hob langsam den Kopf vom Tisch, erhob sich und ging in Richtung Wasserkessel.

»Tee? Kaffee?«, fragte er, mit der stillen Hoffnung im Hinterkopf, dass seine Gäste sich bald verabschiedeten.

Nachdem die beiden gegangen waren und er in der Küche klar Schiff gemacht hatte, zog er sich in den Fernsehraum zurück, wo er sich auf einem Sessel niederließ und den Brief anstarrte, der vor ihm auf dem Couchtisch lag. Es hatte einige Tage gedauert, ehe er es über sich brachte, den Umschlag zu öffnen und den Brief herauszunehmen. Ein schlichtes DIN-A4-Blatt, unliniert, lediglich bedeckt mit Annas leicht nach links geneigter Schrift, die so sauber und ordentlich war, als hätte sie auf Linien geschrieben. Hätte er sich mit Origami ausgekannt, hätte er aus dem Blatt eine kleine Schachtel falten können, mitsamt Deckel. Eine Art Büchse der Pandora aus Papier, die in sich Unmengen von Schmerz und Leid barg. Er lehnte sich im Sessel zurück, voller Scheu, das Blatt noch einmal anzurühren, aus Sorge, dass sich das Papier in seinen Händen dann allzu real anfühlen würde und er gezwungen sein könnte, den Inhalt des Briefes in seinem Kopf als real zur Kenntnis zu nehmen.

Tags darauf war Theo gegen Mittag zu dem Schluss gelangt, dass es ihn in den Wahnsinn treiben würde, mit seinen Gedanken nur auf sich selbst gestellt zu sein, und dass das Alleinleben nichts für schwache Nerven war. Er streifte ziellos durchs Haus und horchte auf die Geräusche in den Leitungen der Heizung. Er sah sich am helllichten Tag einen Film im Fernsehen an und rätselte, was er sonst samstags so trieb, das so zeitraubend war. Gegen zwei Uhr war er so weit, dass ihm fortwährend durch den Kopf ging, was Jess ihm neulich Abend erzählt hatte, von ihren Ängsten und Sorgen, Rose betreffend. Kurzentschlossen wählte er ihre Nummer.

Als er ihre Stimme vom Band hörte, die ihn aufforderte, eine Nachricht zu hinterlassen, legte er wortlos auf.

Stattdessen öffnete er die SMS, die Eddie ihm am Vorabend übersandt hatte, und gab eine andere Nummer ein.

»Jacqueline«, sagte er, als sie sich meldete. »Wir haben umtriebige Freunde, die anscheinend der Ansicht sind, dass wir uns mal treffen sollten, Sie und ich. Vielleicht mal zusammen essen gehen oder so …«

16. Jess

Es ist ein wunderschöner Tag, und ich bin entschlossen, das auszunutzen. Also betätige ich mich im Garten und versuche, nicht daran zu denken, dass Anna jetzt normalerweise hier wäre, bei mir und Rose. Sie würde ihrer Tochter helfen, ihre kleinen Gummistiefel anzuziehen; würde ihr geduldig zeigen, wie der Kinderrechen zu handhaben ist, den ich ihr Anfang des Jahres gekauft habe. Die beiden würden zusammen mit dem Gartenschlauch kämpfen und kichern, während sie damit die frische Aussaat wässern. Ich höre Gelächter, das vom Haus herüberdringt, und spähe hinüber, wobei ich meine Augen zum Schutz gegen die verblüffend kräftige Wintersonne mit der Hand beschirme. Leah, die bei uns übernachtet, weil Gus heute Abend an einem Junggesellenabschied teilnimmt, ist ins Freie gekommen, zu Rose, und Mopsi springt und tollt wild bellend um die beiden herum, anscheinend ganz verrückt vor Freude.

Dieser Garten hinter dem Haus ist mein Ein und Alles, mein Rückzugsort bei jeder Witterung, ob es stürmt oder schneit. Er hat seinerzeit den Ausschlag gegeben, mich nach der Trennung von Doug für dieses Haus zu entscheiden. Riesig ist er nicht, gerade vier mal vier Meter, aber er geht nach Süden hinaus. Heute scheint mir die Sonne kräftig auf den Rücken, während ich an der hohen Bank arbeite, die vor dem Treibhaus steht. Dem Thermometer nach, das an einer der Fensterstreben hängt, ist es neunzehn Grad warm, ziemlich annehmbar für Ende Februar und nach dem feuchtkalten Wetter der letzten Zeit eine wahre Wohltat. Um besser arbeiten zu können, habe ich meine Lockenpracht zu einem Knoten am Hinterkopf gebunden, und tatsächlich gerate ich sogar ins Schwitzen, spüre den Schweiß oben an der Stirn und hinten im Nacken.

Aus dem Augenwinkel sehe ich immer mal wieder zu Leah und Rose hinüber. Ich bereite gerade massenhaft kleine Saattöpfchen vor, lasse die Möhrensamen hineinfallen und stelle sie in nummerierten Reihen ins Treibhaus. Da taucht plötzlich Leah neben mir auf und reicht mir eine Cola light. »Wie läuft's, bist du bald fertig?«

Ich nicke und unterbreche kurz mein Tun. Lehne mich ans Treibhaus und lasse meinen Blick durch den Garten schweifen. »Ich habe mit Mum gesprochen«, sage ich.

»Ich weiß.« Leah schüttelt bereits den Kopf. »Sie hat es mir erzählt.«

»Ich hab mir wirklich Mühe gegeben. Ich habe mit der Praxis gesprochen, sie haben ein Pflegepaket im Angebot, sofort abrufbereit. Mum hätte bloß Ja sagen müssen, und das will sie nicht, noch nicht.«

»Hat sie nicht gefragt, ob ein Pfleger verfügbar ist, der aussieht wie Daniel Craig?«

»Nein. Aber falls sich so ein Pfleger auftreiben lässt, fahre ich mit Vergnügen hoch und gehe ihm zur Hand.«

»Ui, Jess! Ein Scherz!« Leah reibt sich die Hände.

Sie hat recht. Es ist das erste Mal seit langer Zeit, dass ich mal wieder lache, und dennoch ist mir nicht ganz wohl dabei. Weil sich dieses Lachen anfühlt wie ein Verrat. Leah errät offenbar, wie mir zumute ist, sie nimmt meine Hand und reibt sie aufmunternd.

»Gus hat vorgeschlagen, dass er mal mit ihr redet. Weil sie auf ihn vielleicht eher hört als auf dich und mich? Was hältst du davon?«

Ich zucke mit den Schultern. »Schaden kann's ja nicht. Auf ihn lässt sie ja nichts kommen. Als würde ihm die Sonne aus den niederen Regionen scheinen.«

Leah bricht in Gelächter aus. »Diese Regionen kenne ich. Was da teilweise entweicht, ist kein Sonnenschein, das steht fest. Soll er es mal versuchen? Mehr können wir für Mum ja nicht tun, wir können nur reagieren und ihr beistehen, falls was schiefgehen sollte. Aber mir wäre so viel wohler ums Herz, wenn sie eine Hilfe hätte.«

Ich spüre ein Vibrieren in der hinteren Tasche meiner Jeans und nehme mein Handy heraus. Theo. Leah sieht mich erwartungsvoll an, und ich stecke das Handy wieder ein. Theo kann ich zurückrufen, kein Problem. Leah geht vor, sie ist hier und spricht mit mir, jetzt.

Später, nachdem Rose zu Bett gegangen ist, hat Leah bereits drei Gläser Wein intus, und ich liege mit zwei Glas Wodka nahezu gleichauf. Wir haben uns Essen vom China-Imbiss bringen lassen, das eher so lala war, und ich merke, wie es bei mir im Magen bereits rumort. Sie drängt darauf, dass wir nach oben gehen, jetzt auf der Stelle, ehe wir beide anfangen, »Quatsch zu reden«. Und fügsam wie ich bin, lasse ich mich darauf ein.

In Annas Zimmer komme ich mir vor wie eine Diebin. Ich war nie eine dieser Mütter, die in den Sachen ihrer Tochter stöbert, dazu hatte ich nie einen Grund. Weil man Anna immer hundert Prozent vertrauen konnte. Seit ihrem Unfall bin ich oft in ihrem Zimmer gewesen, sehr oft sogar, aber immer nur, um mir ihre Sachen anzusehen, um sie zu berühren oder um daran zu schnuppern. Bis heute. Heute Abend liegen die Dinge anders. Wir müssen etwas finden, und schon als ich die erste Schranktür öffne, überkommen mich heftige Schuldgefühle. Leah hat sich auf dem Boden niedergelassen, direkt vor Annas Bett, und übernimmt sozusagen die Regie.

»Ich krame nicht in ihren Sachen, dabei würde ich mir mies vorkommen«, stellt sie fest, mit dem Weinglas in der Hand. »Aber ich bin hier, kann Vorschläge beisteuern, dir noch was zu trinken holen, und so weiter.« Ganz wohl fühlt sie sich nicht, das ist nicht zu übersehen. Es ist das erste Mal seit dem Unfall, dass sie hier ist, und aus der Art, wie sie ihren Blick durchs Zimmer schweifen lässt, meine ich fast zu erraten, was ihr durch den Kopf geht: »Wie kann jemand mit diesem Leben, all diesen persönlichen Dingen, jemand, der bereits so viele Erinnerungen gesammelt und noch so viele Erlebnisse vor sich hat – einfach nicht hier sein?« Das denke ich auch jedes Mal, wenn ich hier bin.

Anna besitzt einen Ziehharmonikaordner für Unterlagen und Dokumente. Das weiß ich – ich habe sie schon öfters damit gesehen. Ich knie mich vor den Kleiderschrank, suche unten auf dem Boden herum – ohne Ergebnis. Aber dafür finde ich die Scherzpantoffeln in Form von Rentierköpfen, die ich ihr im Vorjahr zu Weihnachten geschenkt habe. Ich nehme sie heraus, hebe sie mir an die Nase und muss lächeln, als ich daran denke, wie sie in diesen Pantoffeln zu Hause bei Theo herumgelaufen ist.

»Riechen noch ganz frisch … so gut wie neu«, sage ich, ehe ich sie wieder in den Schrank räume, nebeneinander, ganz ordentlich.

Ihr Frisiertisch hat zwei tiefe Schubladen. Ich kehre dem Kleiderschrank den Rücken, krabble auf Händen und Knien durchs Zimmer, ziehe als Erstes die rechte Schublade auf – und da ist der Ordner, flach auf der Seite liegend. Ich nehme ihn heraus, schiebe ihn über den Boden zu Leah hinüber und setze mich dann neben sie. Annas Arbeitsvertrag habe ich im Nu gefunden. Leah und ich überfliegen ihn gemeinsam, bis ihr geschulter Juristenblick die Klausel »Versicherungszahlung im Todesfall« ausfindig macht, gültig für Betriebsangehörige. Damals hatte Anna darüber gelacht … im Scherz bemerkt, dass sie nach ihrem Tod ein Vermögen wert sein würde. Die multinationale Bank, bei der sie erst seit einem Jahr beschäftigt war, zahlt Annas nächsten Angehörigen im Falle ihres Todes eine beträchtliche Summe aus, in Höhe eines vierfachen Jahreseinkommens. Dem Vertrag ist noch ein einzelnes Zusatzblatt beigefügt, »Erklärung über Begünstigte im Versicherungsfall«, versehen mit einer grünen Haftnotiz von Anna, »Brief schicken«. Dieses Dokument lesen wir mit mehr Aufmerksamkeit. Danach lasse ich den Kopf nach hinten an ihre

Matratze sinken und schließe die Augen. Leah stößt einen Seufzer der Erleichterung aus. Anna hat mich als nächste Angehörige genannt und wünscht, dass mir im Falle ihres Todes die Versicherungssumme komplett ausgezahlt wird, ohne weitere Begünstigte, damit ich mich um Rose kümmern kann. Auch ich atme spontan auf und bekomme sofort ein schlechtes Gewissen.

Was treibe ich denn hier? Das war Leahs Idee. Nein, falsch, es war Dougs Idee. Ich möchte von all dem gar nichts wissen.

»Du musst dir Klarheit verschaffen«, bekräftigt meine Schwester, als ob sie meine Gedanken gelesen hätte. »Musst wissen, wie es weitergeht. Damit du vorbereitet bist, für den Fall, dass Sean beschließt, in York den Vollzeit-Papi zu spielen.«

Sie nimmt sich erneut den Faltordner vor. »Gut. Jetzt wissen wir, dass dir das Geld zu hundert Prozent zusteht. Nun wollen wir mal sehen, was im Testament steht.«

»Das ist nicht nötig. Ich weiß, dass ich eine Sorgerechtsverfügung unterschrieben habe. Damit bin ich Roses gesetzlicher Vormund.« Ich sitze weiter mit geschlossenen Augen da. Anna. O Gott, Anna, bitte komm wieder nach Hause. In meinem Magen rumort es heftig.

»Da ist es ja.« Leah bringt ein Dokument aus dem Fach »T« zum Vorschein, bloß drei Seiten, die wir zusammen rasch überfliegen, bis wir beim letzten, separat angehängten Blatt angelangt sind, auf dem das Sorgerecht geregelt wird. Ich lese den Text, erst ein Mal, dann noch einmal, ehe ich das Blatt auf Leahs Schoß fallen lasse, mit einem Gefühl, als würde mir das Blut in Zeitlupe in den Adern gefrieren – ein eisiges Prickeln, das in meinen Zehen anfängt und von dort aus meinen gesamten Körper durchläuft, bis ich es auch in den Fingerspitzen fühle. Gleich darauf spüre ich auch schon ein Kribbeln unter der Kopfhaut. Das Testament ist nur von Anna unterschrieben, die Sorgerechtsverfügung aber ist von ihnen beiden unterzeichnet, Anna und Sean. Sie sind Roses Eltern. Sollte einer von ihnen beiden zu Tode kommen, geht das Sorgerecht für Rose automatisch auf den überlebenden Elternteil über. Mein Name wird nur für die Möglichkeit des doppelten Todesfalls genannt, dann geht die gesetzliche Vormundschaft für Rose an mich über, was ich mit meiner Unterschrift beglaubigt habe.

Leah beobachtet mich, während ich diese Tatsachen erst einmal verdaue. Ihrer Miene nach zu urteilen bereitet ihr die Faktenlage ein gewisses Kopfzerbrechen. Sie leert ihr Glas. »Falls Anna tot ist, hat Sean ein Recht auf Rose.« Nach einer kurzen Pause fügt sie hinzu: »Falls Anna tot ist, steht dir die Versicherungssumme zu.«

Ich rutsche auf Knien zum Schrank hinüber, um mein noch halbvolles Glas zu holen. Als ich wieder am Bett ankomme, stürze ich einen großen Schluck herunter und suche dann Schutz bei meiner Schwester, indem ich den Kopf auf ihren Schoß bette. Sie streichelt mir sanft über die Locken. »Das sind zwei weitere Gründe, darum zu beten, dass sie noch am Leben ist«, sage ich mit schlechtem Gewissen. Als bedürfe es dafür irgendwelcher Gründe. »Das alles muss ich bald mal Doug zeigen.«

Leah nickt.

»Ein ziemliches Durcheinander, oder?«

»Ja. Etwas verworren«, stimmt sie mir zu.

»Verdammter Mist.«

Leah kichert nervös. »Du fluchst doch sonst nie.«

»Jetzt schon.« Ich richte mich wieder auf und stütze mich an Annas Bett ab, um vom Boden aufzustehen.

Später, als wir beide ein weiteres Glas intus haben, sitzen Leah und ich zusammen auf dem Sofa im Erdgeschoss, ein wenig eingezwängt. »Da ist noch was.« Ich zücke Annas Handy, das hinten in meiner Hosentasche steckt. »Sie hat ihr Telefon gesperrt. Und ich kann diese Sperre nicht lösen.«

Leah nimmt mir das Smartphone ab und wendet es ein paarmal in den Händen herum. Befühlt dabei die Strasssteinchen, mit denen die Hülle besetzt ist, ganz so wie ich, als ich es das erste

Mal wieder in den Händen hielt. Ich spüre einen dicken Kloß im Hals. Auch Leah wird von Rührung übermannt, sie bricht in Tränen aus.

»Oje«, stößt sie unter Schluchzen hervor, während sie verschiedene Geburtsdaten eingibt, ohne Erfolg.

»Ihr Anschluss besteht noch«, erkläre ich. »Der Betrag wird jeden Monat automatisch von ihrem Konto abgebucht, und das Telefon ist voll aufgeladen. Ich möchte einfach nur Zugriff haben, um mir ihre Fotos anzusehen, um einfach nur sie zu sehen …«

»Ich habe einen Typen bei der Arbeit.« Leah wischt sich mit dem Handrücken die Tränen ab. »Der kennt sich mit Computern aus, für den wäre auch das hier ein Klacks.« Sie atmet tief durch, hebt den Blick, als wollte sie sich mit aller Macht zusammenreißen. Nun ist es an mir, sie zu trösten. Ich ziehe sie an mich und streiche ihr sanft übers Haar, während sie sich an meiner Schulter ausweint. Sie hat seidig glattes Haar, um das ich sie immer heimlich beneidet habe. »Nicht weinen«, flüstere ich.

»Das brauche ich jetzt aber, entschuldige«, schnieft sie. »Und dir würde es auch helfen.«

»Nein. Jetzt noch nicht.«

Ich poche mit dem Hinterkopf rhythmisch an die Sofarückenlehne. *Ich weiß nur, dass ich sie nicht verlieren will. Ausgeschlossen. Ich darf Rose nicht auch noch verlieren.*

Umgehend hasse ich mich dafür, diese beiden kleinen Wörtchen mitgedacht zu haben: »auch noch«. Mir ist danach, meine Wut brachial im Zimmer abzureagieren. Ich tue es nicht, aus Rücksicht auf Rose, die oben schläft. Im Geist aber male ich es mir aus: wie ich aufspringe und mit der Hand alles von dem Glasregal in der Nähe fege, wie die gerahmten Fotos und Ziergegenstände am Boden landen, das Minitablett mit Kugelschreibern und Bleistiften. Wie die Glasscherben der Fotorahmen unter meinen Füßen knirschen, als ich zu dem anderen Regal hinübergehe und eine Vase herunternehme, die ich mit aller Kraft gegen das Fenster in der hinteren Tür schleudere, das klirrend zu Bruch geht. Ich koste sie aus, diese imaginäre Zerstörung. Ziehe Kraft daraus, lasse sie mir durch die Adern strömen.

»HÖRST DU MICH, ANNA? DU MUSST MIR HELFEN, IRGENDWIE! ICH KANN SIE NICHT VERLIEREN.«

Leah zuckt zwar ein wenig zusammen, lässt sich aber ansonsten nichts anmerken. Als wäre mein gequälter Aufschrei völlig normal.

Tags darauf kommt Leah früh morgens zu mir ins Bett gekrochen. Ich bin schon wach, seit drei Stunden. Seit 4.43 Uhr, genauer gesagt. Um diese Uhrzeit habe ich den Schneefall in den Alpen gegoogelt. Frischer Pulverschnee ist in Queyras derzeit Mangelware, die Urlauber, die dort gerade die Winterferien verbringen, sind alle bitter enttäuscht, und die Reiseblogger raten von einer Reise in die Gegend ab. Doug hat eine Nachricht auf meiner Mailbox hinterlassen, sich fast hoffnungsvoll darüber geäußert, was ein unvermutetes Tauwetter zutage fördern könnte. Ich mag nicht darüber nachdenken. Lasse Dougs Nachricht unbeantwortet. Darum zu beten, dass es taut, damit der Leichnam meiner Tochter gefunden wird, das bringe ich nicht fertig. Ich bete nur um eines – dass sie wohlbehalten nach Hause zurückkommt.

»Hab gerade mit Gus telefoniert«, sagt Leah und gähnt gleichzeitig. »Er leidet … Man sollte meinen, dass er so langsam dazulernt. Aber er redet sich ein, er könnte immer noch saufen wie mit zwanzig.«

Sie kuschelt sich neben mir unter die Bettdecke. »Er kommt erst mittags wieder nach Hause. Wollen wir irgendwas unternehmen? Das Wetter soll heute wieder schön werden. Wir könnten mit Rose am Fluss spazieren gehen und uns vielleicht später mit Gus in einem Pub dort treffen. Dann kann er uns nett zum Essen einladen, immerhin ist ja Sonntag.«

Ich kann ihrem Vorschlag etwas abgewinnen, vor allem wegen des gemeinsamen Essens. Die Sonntage sind für mich immer besonders schrecklich, weil diese Tage für uns als Familie wie in

Stein gehauen waren. Unsere seltsame, aber fantastische Familie: Anna, Rose und ich. Die Sonntage haben wir immer zusammen verbracht, bis auf einmal im Monat, wenn Anna sonntags zur Arbeit musste. Irgendwelche Nachschulungen im IT-Bereich, die Wiederherstellung von Daten nach einem Systemabsturz oder so etwas.

Leah redet weiter, aber ich höre ihr kaum zu. Frage mich im Stillen, ob ich je wieder ganz hergestellt sein werde. Mein Leben geht zwar weiter, aber mit einer gigantischen, klaffenden Leerstelle. Als Leah über etwas kichert, das Gus ihr am Telefon erzählt hat, irgendein Vorfall bei dem Junggesellenabschied, höre ich dabei nur die Stimme meiner Tochter; ihr unverwechselbares, glucksendes Gelächter; spüre ihre Hand in der meinen, wie jeden Morgen, ehe sie aus dem Haus ging; denke an den Geschmack der Muffins, die sie zu backen pflegte, mit Müsli und frischen Blaubeeren; sehe vor meinem geistigen Auge, wie sie versucht, auf ihren Skiern einer Lawine zu entkommen, die hinter ihr heranrast. Ja, Gus kann uns gern zum Essen einladen. Heute wird kein guter Tag, das spüre ich.

Beim Mittagessen trinke ich zu viel. In der Damentoilette des Pubs stehe ich vor dem Spiegel und mache mir heftige Vorwürfe. Weil ich an Rose denken muss, auch wenn ich nicht fahren muss.

Wieder am Tisch, gieße ich mir ein Glas Mineralwasser ein und lausche kurz dem Prickeln der Kohlensäure, ehe ich einen Schluck trinke. Rose lacht ausgelassen, während Gus mit den Händen irgendwelche lustigen Faxen macht. Er geht so nett mit ihr um, zeigt so viel Geduld mit ihr; und zwar immer schon. Er scheint instinktiv zu spüren, wie zerrissen ich mich gerade innerlich fühle; dass heute so ein Tag ist, an dem ich Rose am liebsten mit ihrem iPad an den Tisch setzen würde, damit sie sich still beschäftigt und mich in Ruhe lässt. Aber ich hasse mich für solche Anwandlungen, und das weiß er. Ich bin ihm dankbar, dass er sie mit Büchern und kleinen Kunststückchen unterhält. Jetzt gerade ahmt er mit den Fingern den Gang der Kribbel-Krabbel-Spinne aus dem Kinderlied nach, ganz wie ich früher bei Anna, aber dabei taucht zwischen seinen Händen aus dem Nichts eine Münze auf. Zauberei. Während ich die Szene beobachte, schießt mir durch den Kopf, dass er vielleicht auch Roses Mutter für mich herbeizaubern könnte. Bitte, bitte.

La, la la, la la la, la la la la la …

Im Geist singe ich das Spinnenlied vor mich hin, trinke noch einen Schluck Wasser. Leah beugt sich über den Tisch, um Gus einen Kuss auf die Wange zu drücken, und er lacht, spitzt übertrieben die Lippen zu einem Kreis, als würde er »Oooh« sagen, und darüber bricht Rose in wildes Kichern aus. Auf einmal flammt Eifersucht in mir auf, warum, verstehe ich selbst nicht. Ich wünsche mir keinen Mann, den ich über den Tisch hinweg küssen kann. Bin vollauf zufrieden damit, mir hin und wieder eine kleine Bettaffäre zu gönnen, ganz unverbindlich. Sehne mich nicht danach, jemanden zu haben, der mir sanft über den Arm streichelt, so wie Gus es gerade bei Leah macht. Auf derlei Nähe und Vertraulichkeit pfeife ich seit langem – seit Doug mich damals verlassen hat.

La, la la, la la la, la la la la la …

Sie küssen sich, eine zärtliche, flüchtige Berührung ihrer Münder. Ich schlucke mühsam. Sie hat ihre eigene Art bedingungsloser Liebe, meine Schwester; sie liebt ihren Mann über alles und von ganzem Herzen. Ich sehe zu Rose hinüber und hoffe im Stillen, dass meine Liebe zu ihr nie versiegen wird. Dass mein Herz sich nicht derart verfinstert hat, wie es sich anfühlt. Ja. Heute ist wirklich kein guter Tag.

17. Anna

Raw Honey Blogspot, 10.08.2014

Ich glaube, ich hätte mehr reisen sollen. So richtig um die halbe Welt, meine ich, als Rucksacktouristin. Darüber denke ich oft nach … wie sich die Dinge möglicherweise entwickelt hätten, wenn ich eine Tour einmal quer durch Australien unternommen hätte, zusammen mit meiner BF, mit Zwischenstationen auf Obstplantagen, um unsere Reisekasse aufzubessern. Aber ich wollte den Studienplatz nicht sausen lassen, den ich an der Uni ergattert hatte, und dann wurde ich im ersten Studienjahr schwanger, und dadurch hat sich alles geändert. Es klingt total unglaubhaft, aber sie war wirklich ein Unfall. Wie genau ich mit meiner ST schwanger wurde, weiß ich bis heute nicht (abgesehen vom natürlichen Ablauf). Es gab kein geplatztes Kondom, und auch meine Pille habe ich regelmäßig genommen. Es war wohl einfach Bestimmung, dass sie auf die Welt kommt. Und mir war es nun einmal nicht vorherbestimmt, durchs australische Outback zu reisen …

Mama hat toll reagiert. Hat mich nie gedrängt, das Kind auf jeden Fall auszutragen, hätte mich aber auch nicht verurteilt, wenn ich abgetrieben hätte. Nein. Sie hat mir völligen Freiraum gelassen, mich in dem Gefühl bestärkt, dass die Entscheidung, was ich tun sollte, ganz bei mir lag. Und ich habe mich für das Kind entschieden. Er hat meine Entscheidung letzten Endes respektiert; anfangs war Er eher dagegen, doch als Er sah, wie groß meine Entschlossenheit war, hat Er nach ein paar Wochen schließlich kapituliert. Und als Er mir das erste Mal über den Bauch streichelte, in dem unser Kind heranwuchs, habe ich meinerseits kapituliert und Ihm verziehen.

Heute aber, während ich mit Mama und ST Urlaub auf Ibiza mache, in einem kleinen Hotel im Südwesten der Insel, bereue ich es insgeheim, im Leben keine ausgedehnteren Reisen unternommen zu haben. Nicht missverstehen, ich möchte ST um keinen Preis der Welt missen. Sie ist mein Ein und Alles. Aber ich glaube, ich habe die Chance verpasst, meinen Horizont zu erweitern. Wenn alles anders gekommen wäre; wenn ich Gelegenheit gehabt hätte, eine Zeitlang auf den Spuren von »Eat, Pray, Love« zu wandeln, wäre ich, glaube ich, auch glücklich geworden – glücklich auf andere Weise, aber trotzdem glücklich. Ich hätte mich von Ihm lösen können, hätte mich unterwegs vor allem von Pasta ernährt und einen balinesischen Yogi kennengelernt. Ich wäre im Sonnenschein Fahrrad gefahren und hätte dabei den warmen Wind im Haar gespürt.

Aber, Reisen. Pah …

Hätte ich all das getan, hätte ich meine ST nicht.

Und ich wäre wahrscheinlich unterwegs an der Ruhr erkrankt.

Und schwanger wäre ich wahrscheinlich trotzdem geworden, weil die Seele meiner ST schon zu mir auf dem Weg, ihr Weg längst vorgezeichnet war. Sicher, sie hätte andere Erbanlagen mitbekommen. Hätte vermutlich mehr dem italienischen Tenor geähnelt, in den ich mich verliebt hätte, wenn ich ihn in Rom singen gehört hätte. Doch sie hätte dieselbe Seele, davon bin ich überzeugt.

Ich liege gerade draußen am Pool, unter einem Sonnenschirm, und tippe diesen Text in mein Smartphone. Meine ST (süße Tochter) sitzt drei Meter von mir entfernt im Planschbereich und spielt mit einem kleinen Jungen, der ungefähr gleichaltrig ist. Ich habe sie dick mit Sonnencreme eingeschmiert, und sie fühlt sich anscheinend pudelwohl hier. Mama findet es ein bisschen zu warm. Sie hat gestern etwas zu viel Sonne abbekommen, deshalb liegt sie jetzt in ihrem abgedunkelten Zimmer auf dem Bett und liest bei voll aufgedrehter Klimaanlage.

Ich habe sehr gründlich nachgedacht. So gern ich auch mit

Mama unter einem Dach lebe, so leicht sie es auch ST und mir macht, das Haus mit ihr zu teilen – auf lange Sicht kann das, glaube ich, nicht so weitergehen. Was ist, wenn ich jemanden kennenlerne? Was ist, wenn wir beide woandershin ziehen wollten, ob mit oder ohne jemand Neuem in meinem Leben?

Sie liebt mich so sehr. Uns beide, ST und mich. Dad hat mir mal erzählt, dass er das irgendwann nicht mehr ertragen konnte, dass er sie deswegen verlassen hat. Damals habe ich ihn einen Feigling genannt, mittlerweile aber kann ich ihn verstehen. Mamas Liebe – sie spricht gern davon, dass diese Liebe bedingungslos sei –, man kann sich schon ein wenig davon erdrückt fühlen. Und durch unser Zusammenleben ist nun eine Situation entstanden, in der ST und ich ihr ganzer Lebensinhalt sind. Und das ist eine verdammt große Verantwortung. Wenn einem klar wird, dass man für jemanden das Wichtigste auf der Welt ist, dass dieser Jemand sein Leben voll und ganz auf einen ausrichtet – fühlt sich die Liebe auf einmal an, als käme sie mit Handschellen daher. Und leider nicht in der rosaroten Plüschvariante …

18. Theo

Sie verfolgte ihn. Spukte ihm pausenlos durch den Kopf, bei Tag und bei Nacht. Nachts mochten die Schatten, die sich vor Theos innerem Auge einstellen, finsterer sein, die Formen bedrohlicher, tagsüber jedoch war es nur wenig besser. Sie ließ ihm keine Ruhe; der Brief hatte ihn förmlich umgehauen. Er begab sich ins Fernsehzimmer und ließ sich auf dem großen grauen Sofa nieder, dem Sofa, das er Harriet, wie er ihr gegenüber bereits festgestellt hatte, mit Freuden überlassen würde, falls es je so weit kam, dass sie den Hausrat unter sich aufteilten. Er hatte das Teil schon immer scheußlich gefunden. Er schaltete den Fernseher an und lehnte sich zurück. Fußball. Er würde Fußball schauen …

Es stand 3:1 für Manchester City. Wie das Spiel ausging, war ihm herzlich egal, ein großer Fußballfan war er nicht. Er griff in die Tasche seiner Jeans und holte ein Miniblister Paracetamol heraus, denn das Pochen oberhalb seiner Stirn deutete darauf hin, dass sich bei ihm gerade heftige Kopfschmerzen anbahnten.

Er versuchte es noch einmal bei Jess, aber sie ging nicht ans Telefon. Etwas verärgert tippte er eine SMS an sie und schickte sie ab: »Hab schon zweimal versucht, dich zu erreichen.«

Er seufzte. Vielleicht sollte er nach oben gehen, sich hinlegen und versuchen zu schlafen, das wäre wohl das Beste.

»Scheiße!«, brüllte er, ganz allein in dem leeren Haus, ehe er sich lang auf dem Sofa ausstreckte. Er musste jetzt schlafen, ganz dringend. Und wenn er wieder aufwachte, das war seine inständige Hoffnung, würden all jene Dinge, die ihm unentwegt durch den Kopf spukten und ihn in beklommene Unruhe versetzten, nur noch eine verblasste Erinnerung sein. Wie ein Albtraum, der endlich vorüber war.

Vier Stunden Schlaf, am helllichten Mittag – so hatte sich Theo den ersten Tag ohne seinen Sohn nicht vorgestellt. Gut, konkrete Pläne hatte er keine gehabt. So aber hatte er die Zeit ganz gewiss nicht verbringen wollen. Um vier Uhr stellte er sich unter die Dusche und ließ sich geschlagene zehn Minuten das heiße Wasser über den Körper rinnen, das mit Hochdruck auf ihn herunterprasselte. Zwischendurch hörte er sein Handy klingeln, ignorierte es aber. Ebenso wie das Piepsen, das kurz darauf das Eintreffen einer SMS anzeigte. Weil er aus Erfahrung wusste, dass sein Körper diese ausgiebige Dusche dringend nötig hatte und dass er zunächst reichlich Wasser trinken müsste, mindestens zwei Liter, ehe er aus dem Haus ging. Er stöhnte laut auf, legte die Hände an die Wandkacheln und streckte die Arme aus, so weit es nur ging. Vielleicht sollte er besser absagen. Nach Gesellschaft war ihm wirklich nicht zumute.

Während er sich danach im Schlafzimmer abtrocknete, warf er einen Blick auf sein Handy. Eine Nachricht. Er klickte auf Jacquelines Nummer.

Freue mich schon auf später. Bis nachher um sieben ☺

Er ließ das benutzte Frotteetuch in den Wäschekorb fallen und lief eine Weile im Schlafzimmer auf und ab, wobei er laut Selbstgespräche führte. Er gestikulierte sogar lebhaft mit den Händen, während er sich gut zuredete, sich vor Augen hielt, dass es doch bloß eine harmlose Verabredung war, und sich mit der Frage konfrontierte, was denn schon Schlimmes passieren könnte – während er die quälende Sorge ausblendete, dass das wirklich Schlimmste wahrscheinlich bereits geschehen war.

Sie möge gern Pizza, sagte sie. Also einigten sie sich darauf, Pizza essen zu gehen, ganz schlicht, bei einem hiesigen Italiener. Sobald sie das Lokal vorschlug, hatte er spontan Einwände erheben wollen. Weil es ihm lieber gewesen wäre, mit ihr woandershin zu fahren, zu einem Restaurant weiter außerhalb, das er nicht ganz so oft mit Harriet frequentiert hatte; eines, in dem er, und Jacqueline vermutlich ebenfalls, nicht ganz so gut bekannt waren. Doch er sagte nichts. Und als der Oberkellner ihn mit Namen begrüßte und vielsagend die linke Augenbraue hochzog, lachte Jacqueline prompt los.

»Vielleicht hätten wir lieber woandershin gehen sollen, etwas weiter außerhalb?«

Er lächelte nur und zog ihr galant den Stuhl heraus, ehe er ihr gegenüber am Tisch Platz nahm. Er fühlte sich seltsam befangen, wusste nicht, was er nun tun oder sagen sollte.

»Sie kommen anscheinend öfters her«, sagte sie mit einem Lächeln, während sie sich die Serviette über den Schoß breitete.

»Ja. Aber das letzte Mal ist schon eine Weile her.«

»Na ja. Hoffentlich können Sie nun ein paar neue Erinnerungen sammeln.«

Er nickte bloß. Sie wusste Bescheid. Natürlich. In der Stadt schienen alle darüber im Bilde zu sein, dass er nun wieder Single war.

Jacqueline war gesprächig, sie redete genug für sie beide. Sie bestellte sich eine leichte vegetarische Pizza mit Salat in der Mitte, und er entschied sich für eine große Peperoni-Pizza. Da er keinen Alkohol trank, verzichtete sie ebenfalls darauf, bat bloß um ein Mineralwasser.

»Da haben wir's mal wieder«, bemerkte sie. »Mars und Venus auf dem Teller. Frauen, die laufend Kalorien zählen, während Männer einfach nur ihr Fleisch haben wollen.«

»Och. Sie sehen aber nicht aus, als hätten Sie es nötig, Kalorien zu zählen.«

Sie errötete ein wenig. »Danke für die Blumen. Aber ich muss schon darauf achten. Um fünfzigmal am Tag eine Wand rauf- und wieder runterzuklettern – dazu darf ich ein gewisses Gewicht nicht überschreiten, sonst fehlt mir die Ausdauer. Wie geht's denn Finn, übrigens? Er war gestern Abend gar nicht da, ich habe ihn vermisst.«

»Er ist übers Wochenende bei Harriet, seiner Mutter.«

Sie hatte gerade den Mund voller Rucola und nickte bloß.

»Tatsächlich ist es das erste Wochenende, das er bei ihr verbringt. Ist alles noch ein bisschen ungewohnt.«

Da stieg plötzlich der Geräuschpegel am Nebentisch. Theo und Jacqueline wandten unisono das Gesicht zur Seite, um zu sehen, was da los war. Der Mann, ein wahrer Hüne, saß ganz ruhig da, während seine Begleiterin, eine winzige, zierliche Asiatin, ihm aggressiv mit dem Finger auf dem rechten Unterarm herumtippte. Dann schoss sie unvermittelt vom Stuhl hoch und kreischte los. Ließ in perfektem Englisch eine schier endlose Schimpftirade auf den Mann niedergehen, bei der sie ihm außerdem wild vor dem Gesicht herumfuchtelte. Was darin gipfelte, dass sie ihm mit beiden Händen einen Stoß versetzte, der allerdings auf den Mann, der nicht nur sehr groß, sondern auch sehr kräftig war, nicht die geringste Wirkung hatte. Wie überhaupt sein gleichmütiges Wesen nahezulegen schien, dass ihn der Wutausbruch der Frau kein bisschen aus der Ruhe brachte.

Jacqueline gingen bei dem Spektakel schier die Augen über. Als sich die Frau wieder hingesetzt hatte, um ihre Mahlzeit fortzusetzen, neigte sie sich leicht zu Theo vor und raunte ihm gedämpft zu: »Schon lustig hier, oder?«

»Noch ein Beispiel von Mars und Venus?«, fragte Theo.

Sie kicherte. »Schwer zu sagen. Sie wirkt ziemlich, na ja, temperamentvoll, und er ist mehr der Typ sanfter Riese.«

»Vielleicht hat sie ja zu Hause nichts zu melden. Weil sie von ihm brutal unterdrückt wird. Und kann deshalb nur hier Dampf ablassen, in der Öffentlichkeit.«

»Tja …« Sie nahm ein Stück Pizza von ihrem Teller und blickte Theo nachdenklich an. »Kann sein, wer weiß. Könnte aber auch sein, dass er zu Hause unter ihrer Fuchtel steht. Der Augenschein trügt mitunter. Stört es Sie, wenn ich kein Besteck benutze? Pizza esse ich am liebsten mit den Fingern.«

»Nur zu. Stört mich nicht.«

Sie genehmigte sich einen Bissen und kaute kurz, ehe sie weitersprach. »Jules und Eddie haben mich regelrecht bekniet, mal mit Ihnen auszugehen. Oje, das klingt etwas krass, so ist es nicht gemeint. Ich find's natürlich nett, jetzt mit Ihnen hier zu sitzen.«

Der Disput am Nebentisch war in der Zwischenzeit wieder aufgeflammt. Nun stand die Frau auf, schnappte sich ihre Handtasche und funkelte den Mann zornig an. »Scheiß auf dich und deine gesamte Sippe!« Mit diesen Worten marschierte sie davon und verließ das Restaurant.

Jacqueline deutete mit dem Kopf zur Jacke der Frau, die noch an der Stuhllehne hing. »Sie wird frieren.«

»Die kommt schon wieder.« Theo lächelte.

Der Mann gab einem Kellner Zeichen und ließ sich die Rechnung bringen. Zahlte in bar und ging, ohne die Jacke mitzunehmen. Kurz darauf tauchte die Frau wieder auf, riss die Jacke vom Stuhl und streifte sie über. Weder sie noch der Mann schienen irgendein Gespür dafür zu haben, dass sie sich in der Öffentlichkeit befanden.

»Also«, nahm Theo den Faden lächelnd wieder auf. »Man hat Sie bekniet.«

»Verzeihung, das ist der falsche Ausdruck.«

»Aha.«

»Die beiden sind bloß der Ansicht, dass Sie, Zitat, ›die Liebe einer guten Frau nötig haben‹.«

Theo wich ihrem Blick aus. Die Frau, die ihm gegenübersaß, war attraktiv, keine Frage. Mitteilsam, lebhaft. Sie hatte hübsche grüne Augen, fast katzenhaft, was durch einen sorgfältig gezogenen, leicht schrägen Lidstrich noch betont wurde. Dazu auffallend hohe Wangenknochen, die auf einen Schuss slawisches Blut hindeuteten. Und sie hatte sogar die richtige Größe; würde ihm genau unter den Arm passen, wenn sie zusammen spazieren gingen.

»Wir müssen das nicht machen«, sagte sie. »Ich weiß, dass Sie von Ihrer Frau noch nicht sehr lange getrennt sind. Und wenn ich geahnt hätte, dass dies Ihr erstes Wochenende allein ist, hätte ich mich auf dieses Treffen nicht eingelassen.«

Er zog fragend die Augenbrauen hoch. »Ach ja? Wieso nicht?«

Sie zuckte mit den Schultern, schob ihren Teller von sich, obwohl sie erst die Hälfte gegessen hatte. »Weil Sie Zeit brauchen, um einfach nur Sie selbst zu sein. Daran müssen Sie sich erst mal gewöhnen. Und ehe Sie jetzt was sagen«, sie hob eine Hand, »schon klar, wir sitzen hier bloß und essen Pizza. Aber trotzdem. Einfach nur in Gesellschaft einer anderen Frau zu sein. Das braucht seine Zeit, und ich habe das Gefühl, Sie sind noch nicht bereit.«

»Sie sind ganz schön redselig«, sagte Theo.

»Tut mir leid, ich quassle viel«, sagte sie, aber es klang nicht allzu überzeugend.

»Nicht doch. Ich finde es sehr erfrischend. In meiner Ehe musste immer ich das Reden übernehmen.«

Sie sah ihn verblüfft an.

»Harriet ist Anwältin. Da muss sie den Tag über so viel reden, dass sie ziemlich einsilbig ist, wenn sie nach Hause kommt. Wenn sie nach Hause *kam*. Was würde Ihr Mars-Venus-Schema dazu sagen?«

»Dass es ungewöhnlich ist.« Ein Kellner tauchte auf, um ihnen Dessertkarten zu reichen. »Nein danke«, sagte sie mit einem Lächeln, »ich bin satt.«

»Ich möchte auch keinen Nachtisch mehr.« Theo klopfte sich leicht auf den Bauch.

Danach erzählte sie ihm von ihrer Nichte, die Turnerin war, und zwar eine so gute, dass sie später mit Sicherheit mal bei den Olympischen Spielen glänzen könnte. Von ihrer Familie – ihren Eltern, die in Schottland lebten, und ihren beiden Brüdern. Er hörte ihr zu, nickte immer wieder.

»Kaffee?«, unterbrach der Kellner ihren Redestrom. Sie schüttelte wortlos den Kopf, und Theo folgte ihrem Beispiel.

Sie wartete, bis der Kellner außer Hörweite war. »Wir könnten noch einen Kaffee bei mir trinken.«

Theo fühlte sich etwas überrumpelt, zögerte kurz, ehe er ihr antwortete. »Vielleicht ein andermal. Sie hatten recht. Es ist noch zu früh.«

Jacqueline legte beide Hände auf den Tisch und sah ihn an. »Ich wollte mit Ihnen wirklich nur einen Kaffee trinken. Mehr nicht.«

Theo kratzte sich verlegen am Kopf und spürte, wie er rot anlief. Er warf einen Blick auf die Rechnung, die der Kellner zwischenzeitlich gebracht hatte, und legte einige Geldscheine auf das kleine Tablett. Sie wollte Einwände erheben, aber das ließ er nicht gelten. Immerhin habe ja er sie um diese Verabredung gebeten, es sei ihm eine Freude, sie einzuladen. Dann griff er über den Tisch, berührte sie an der Hand. »Kaffee ein andermal, aber darf ich Sie noch nach Hause fahren?«

»Danke, das wäre nett.«

Draußen vor dem Restaurant fröstelte sie leicht in ihrer Jacke. Er bot ihr seinen Arm, und sie hakte sich bei ihm unter, während sie zu seinem Wagen schlenderten. Auf dem Parkplatz stießen sie auf alte Bekannte, das Pärchen aus dem Restaurant; die beiden standen an einem Audi TT, zwei Wagen von seinem entfernt, engumschlungen und leidenschaftlich knutschend.

Jacqueline schüttelte den Kopf. »Was es nicht alles gibt auf der Welt.«

Theo grinste, aber innerlich zerriss es ihn bei dem Anblick förmlich. Er wollte nicht allein sein. Dieses Gefühl war so stark, dass es ihn erschreckte.

»Wie wär's, wir könnten bei mir auch was Richtiges trinken? Eigentlich mag ich gar keinen Kaffee.« Sie sah ihn lächelnd an. »Ich habe einen netten Rioja da.«

Er hielt kurz den Atem an. Dann gab er sich einen Ruck und drückte leicht ihren Arm. »Ein Rioja, das klingt sehr verlockend.«

19. Jess

Es ist der Montag nach den Winterferien, aber die Schule fängt noch nicht an, weil eine Lehrerfortbildung ansteht. Sonst nehme ich an diesen Fortbildungen immer teil, obwohl ich als bloße Assistenzlehrerin nicht zur Teilnahme verpflichtet bin, doch heute entscheide ich mich dagegen. Ich bin mit Rose in der Stadt unterwegs, wir wollen zum Friseur an der Hauptstraße, um ihr die Haare schneiden zu lassen. Sie hält sich an meiner Hand fest und schwenkt sie beim Gehen vor und zurück wie ein Pendel. Auf dem Spielplatz, an dem wir vorbeikommen, wimmelt es von Kindern, die ihren letzten Ferientag ausnutzen, und Rose bleibt stehen und sieht zu mir hoch. »Können wir?«, fragt sie. Ich werfe einen Blick auf die Uhr. »Aber nur fünf Minuten. Länger nicht.«

Ich lasse ihre Hand nicht los, bis wir das Tor passiert haben. Dann erst lockere ich meinen Griff, und sie flitzt los. Steuert zielstrebig auf die letzte noch freie Schaukel zu, die übrigen fünf sind alle besetzt. Ich folge ihr und stelle mich hinter sie, um sie anzustoßen.

»Ganz hoch, Omi«, verlangt sie. Ich stoße sie so fest an wie eben noch vertretbar, und sie quietscht vor Vergnügen, ein Geräusch, bei dem ich wieder einmal merke, wie gut es mir tut, fröhliches Gelächter zu hören. Ich konzentriere mich darauf, während die Schaukel zu mir zurückschwingt. Horche nur auf dieses Geräusch, während ich mir vorstelle, wie es durch meine Poren dringt und meiner Seele Nahrung gibt, und dabei bemühe ich mich, alle negativen Gedanken zu verdrängen. An den Brief von Sean etwa, der am Morgen bei mir eingetroffen ist und in dem er mir mitteilt, dass er das volle Sorgerecht für meine Enkelin beantragen wird. Inmitten des Gelächters auf dem Spielplatz höre ich sie ganz deutlich heraus, ihr Lachen hebt sich unverwechselbar von dem der anderen Kinder ab. So wie jede Mutter ihr neugeborenes Kind schon am Geruch erkennt, habe ich nur Ohren für Roses Fröhlichkeit. Darauf konzentriere ich mich nun, auf diesen gemeinsamen Augenblick mit ihr, und dabei merke ich, wie ich unwillkürlich lächeln muss.

Ich streiche ihr den lockigen Pony aus der Stirn. Abigail, die junge Friseurin, die auch mir immer die Haare schneidet, hat Rose auf den Sessel gesetzt und diesen so hoch wie möglich eingestellt. Mir fällt auf, dass ich heute das erste Mal mit ihr hier bin. Früher bin ich immer mit Anna hergekommen. Im Salon geht es lebhaft zu, das Rauschen von Haarföhnen ist zu hören, dazu Stimmengemurmel, außerdem läuft das Radio.

»Ich möchte kein kurzes Haar«, stellt Rose entschieden fest, während sie in die Spiegel schaut.

Abigail lächelt.

»Mein Haar ist wie das von Omi«, fährt Rose fort. Sie streckt die Hand zu mir aus, und ich nehme sie. »Ich möchte, dass es so aussieht wie bei ihr.«

Ich lache. »So wird es wohl kommen, wenn du groß bist, und dann wirst du dir glattes Haar wünschen.« Meine widerspenstigen Locken habe ich wie üblich zu einem Knoten am Hinterkopf gebunden. »Nur die Spitzen«, sage ich zu Abigail. »Damit es ihr nicht mehr in die Augen hängt.«

Rose lächelt triumphierend, und in diesem Moment sieht sie Anna so ähnlich, dass es mir fast das Herz zerreißt. Als würden sich all die feinen Risse, von denen es durchzogen ist, mit einem Mal erweitern. Und dabei frage ich mich, ob ich dazu imstande sein werde, dieses Kind weitere dreizehn Jahre heranwachsen zu sehen, bis sie dann vermutlich das Haus verlässt. Wird es mir gelingen, sie säuberlich von Anna zu trennen? Werde ich ihr den Freiraum gewähren können, sich zu dem Individuum zu entwickeln, das sie unzweifelhaft ist? Sie sieht aus wie Anna, aber sie ist nicht Anna. Das sind die Gedanken, die mir durch den Kopf gehen, während Abigail bereits dabei ist, Rose die Haare zu waschen. Da vibriert mein Handy, das ich in der Hand halte.

Ich werfe einen Blick auf die Nummer. Doug. Er hat das Geld, das er mir geliehen hat, noch mit keiner Silbe erwähnt, und auch ich habe das Thema bisher auf sich beruhen lassen. *O Gott, bitte nicht heute.* Ich lasse das Handy kurzentschlossen in meiner Umhängetasche verschwinden.

Rose besteht darauf, dass ich mich neben sie setze. »Lass die Dame nicht zu viel abschneiden«, sagt sie, während sie mich im

Spiegel ansieht. Mit einem Selbstbewusstsein, bei dem es mir insgeheim die Sprache verschlägt; sie ist gerade einmal fünf, hat wahrscheinlich ihre Mutter verloren, und doch hat sie schon ihren ganz eigenen Kopf, weiß genau, was sie will. Ich werfe ihr eine Kusshand zu. Sie fängt den Kuss auf, wirft ihn zu mir zurück, und ich klopfe mir sacht aufs Herz, wie immer. Da klingelt mein Handy aufs Neue. Ich seufze und stehe auf, um mich ein Stück zu entfernen. Nicht ohne Rose zu versichern, dass ich alles im Auge behalte, keine Sorge.

Es ist wieder Doug. Ich atme tief durch und nehme den Anruf dann an.

»Doug.« Ich winke Rose beruhigend zu.

»Jess.«

Sofort, auf der Stelle verspüre ich wieder dieses eigenartige Prickeln, das meinen Körper durchströmt. Genau wie an jenem Abend vor inzwischen einhundertzwanzig Tagen, als er unvermutet vor meiner Türe stand. Rose plappert munter mit Abigail, ich schnappe einige ihrer Wörter auf. »Daddy«, »Schule«, »Omi«, »Ballett«, »Lego«. Das Wort »Mummy« kommt nicht vor. Doug redet, und dabei geht mir durch den Kopf: »Das ist jetzt unsere Aufgabe. Doug und ich, wir müssen nun dafür sorgen, dass sie ihre Mummy nie vergisst.« Das kann ich unmöglich Sean überlassen.

»Leiche«, das ist das einzige Wort, das aus Dougs gedämpftem Redestrom zu mir durchdringt. Wahrscheinlich hat er sich seine Worte vorab sorgsam zurechtgelegt, um es mir so schonend wie möglich beizubringen, und ich höre ihm nicht mal richtig zu; armer Doug. Rose winkt mir zu, und ich würde gerne zurücklächeln, aber es geht nicht. Weil es sich anfühlt, als würde mein Gesicht dann entzweispringen. Ich wende meine Aufmerksamkeit Doug zu, der inzwischen leise ins Telefon weint. Horche angestrengt auf seine Worte, bitte ihn, das Ganze noch einmal zu wiederholen.

»Sag etwas«, sagt er, nachdem er meiner Bitte nachgekommen

ist. Mit einer Stimme, die ebenso brüchig klingt, wie sich mein Gesicht anfühlt.

Ich spüre einen Schmerz im Kiefer. Durchforste meinen nicht eben kleinen Wortschatz medizinischer Fachausdrücke, um ihn korrekt zu benennen. Vor Jahren, als ich noch in der Praxis beschäftigt war, in der ich Theo kennengelernt habe, haben wir im Kollegenkreis immer Ratespiele veranstaltet, um unser Fachwissen zu testen. Dann fällt mir der Fachbegriff für den Unterkieferknochen ein: Mandibeln. Genau. Ich spüre ein schmerzhaftes Pochen in den Mandibeln, das immer heftiger wird, bis ich mir nur noch dadurch zu behelfen weiß, dass ich den Mund weit aufsperre. Dabei dringt ein Laut heraus, der die übrige Geräuschkulisse im Salon überlagert. Ein Laut, den ich am liebsten sofort wieder ungeschehen machen würde. Rose blickt mich im Spiegel erschrocken an, mit weit aufgerissenen Augen.

Da spüre ich Abigails Hand am Arm, sie geleitet mich zu dem Sessel neben Rose. Nun sitze ich vor meinem eigenen Spiegel. Und die Laute hören nicht auf, sosehr ich auch darum bete. Bitte, lieber Gott, mach, dass das aufhört. Rose behält mich genau im Auge. Und in meinem Spiegel entfaltet sich das ganze Grauen. Man hat Annas Leiche gefunden. Die Leiche meiner süßen, wunderhübschen Tochter. Vielleicht auch nur noch ihre Knochen, in einer Felsspalte oben am Berghang. Ich habe schreiende Mandibeln. Tränen strömen mir übers Gesicht; endlich, nach Monaten aufgestauten Kummers. Da stürmt Rose auf mich zu, der es irgendwie gelungen ist, von ihrem hohen Sessel herunterzuklettern, sie wirft sich in meine Arme. Auch sie weint. Ich streiche ihr über den Kopf, über die wirren Locken, die noch feucht vom Waschen sind.

Abigail hält mein Handy in der Hand. Scheint nicht recht zu wissen, was sie damit machen soll. In der anderen Hand hält sie nach wie vor die Schere. Marty, der Saloninhaber, ist neben Rose und mir aufgetaucht, mit einem Becher Tee, den er mir anbietet. Ich schüttle bloß den Kopf, drücke Rose noch fester an mich.

»Trinken Sie, versuchen Sie's. Ich habe tüchtig Zucker reingetan. Das ist gut gegen Schock.«

Ich füge mich brav und trinke einen Schluck. So bin ich nun mal, letzten Endes tue ich immer, was von mir verlangt wird. Schon als Kind war ich pflegeleicht, stets brav und folgsam. Das können meine Eltern bezeugen. *O Gott, warum? Warum?*

Erst mit Verzögerung merke ich, dass ich diese Worte laut ausgesprochen habe. Aller Augen im Salon sind auf mich gerichtet, in den meisten Gesichtern zeichnet sich Bestürzung ab. Rose hebt den Kopf, und ich biete ihr den Teebecher an. Sie trinkt ein paar Schlückchen, ehe sie sich wieder an mich schmiegt.

»Ich rufe jemanden an, der Sie abholt«, sagt Marty, und ich nicke reflexhaft. Ohne überhaupt zu wissen, wovon er da redet.

Leah ist ein Schatz. Sicher, dass sie mir nahesteht, ist nicht weiter verwunderlich, immerhin ist sie meine einzige Schwester; aber ich kann mich auf sie verlassen wie auf eine beste Freundin, nicht anders als bei Theo, der ansonsten in meinem Leben die Stelle des besten Freundes einnimmt. Wir sind bei ihr zu Hause, draußen dunkelt es schon. Mopsi hat man ebenfalls hergeschafft, wie, ist mir nicht ganz klar; jedenfalls liegt sie nun auf meinem Schoß und döst. Gus hat Rose, die vor Erschöpfung eingeschlafen ist, behutsam die Treppe hochgetragen, um sie oben ins Bett zu legen; dabei war er kreidebleich im Gesicht. Ich trinke gerade meinen dritten Wodka-Tonic. Das Tonicwater geht auf eine dringende Empfehlung Leahs zurück, der ich brav gefolgt bin. Folgsam wie immer.

»Hat schon jemand mit Sean gesprochen?«, fragt Leah leise, fast unhörbar.

»Himmel, nein. Das heißt, keine Ahnung.«

»Soll ich ihn anrufen?«

Ich nicke. Eine Kakophonie von Gedanken gellt mir durch den Kopf. Anna ist tot. Man hat ihre Leiche gefunden. Sean ist Roses Vater …

»Ja, sie kommt klar«, höre ich Leah sagen und weiß sofort,

dass Sean sich nicht nach mir erkundigt hat, sondern nach Rose. Aus dem Umstand, dass Leah schon nach wenigen Sätzen wieder auflegt, schließe ich, dass er bereits im Bilde ist.

»Hat er es schon gewusst?«, frage ich.

Sie nickt.

»Doug.« In der Hinsicht ist auf ihn Verlass. Doug dürfte bereits alle Telefonate geführt haben, damit ich das nicht zu erledigen brauche. Hat auch schon angeboten, allein nach Queyras zu fahren, um mir das zu ersparen, aber ich will auf jeden Fall mit. Leah wird sich um Rose kümmern, sie hat sich bereits bei der Arbeit freigenommen. Doug hat einen Flug für mich gebucht, und morgen reisen wir erneut zusammen in die Alpen, diesmal, um Annas Überreste zu identifizieren. Sie wurde erst gefunden, nachdem es einige Tage getaut hatte, aber ziemlich hoch oben am Berg. Soweit ich verstanden habe, lag mein Baby noch größtenteils unter dem Schnee. Ich bin bemüht, jeden Gedanken an ihre Leiche weit von mir zu schieben. Der eine oder andere jedoch schafft es trotzdem in meinen Kopf, weil nun der Anruf gekommen ist, vor dem ich mich so lange gefürchtet habe. Ja, nun gibt es keine Hoffnung mehr …

Ich schwenke das Eis in meinem Glas herum. Hebe den Blick und stelle fest, dass Leah neben mir aufgetaucht ist. Sie nimmt mir das Glas aus der Hand; ich will es zunächst nicht loslassen, weil noch ein letzter Rest Wodka drin ist. Aber sie nimmt es mir resolut ab und reicht mir stattdessen einen starken Kaffee. »Du musst morgen klar im Kopf sein.«

»Danke, dass du dich um Rose kümmerst.«

»Kein Problem. Ich habe auch schon mit Mum telefoniert.«

Ich lasse mich auf dem Sessel zurücksinken und schüttle den Kopf. »Ich will es erst gar nicht wissen.«

Leah presst kurz die Lippen zusammen. »Sie musste es Dad endlich sagen. Er hat es sehr schlecht aufgenommen.«

Wieder klingelt mein Handy dazwischen. Leah wirft einen Blick aufs Display. »Theo«, sagt sie leise.

»Mist.« Ich strecke die Hand aus, und sie reicht mir das Gerät.

»Theo«, melde ich mich.

»Ich stehe vor deinem Haus. Ich habe dir einige SMS geschickt, auf die du nicht reagiert hast, und ich … ich muss dich sehen. Wo steckst du denn?«

»Theo –«

»Alles okay bei dir?«

»Nein«, presse ich unter Schluchzen hervor. »Man hat sie gefunden.«

»Jess. O mein Gott, Jess … wo bist du, ich komme vorbei, auf der Stelle –«

»Nein. Ich bin bei Leah und Gus. Doug und ich fliegen morgen früh nach Frankreich. Unterhalten wir uns lieber, wenn ich wieder da bin.«

»Wenn irgendwas ist, wenn du irgendwas brauchst … ruf mich an.« Mehr sagt Theo nicht. Schweigt geduldig, während ich den Tränen freien Lauf lasse.

»Ich melde mich, wenn ich wieder da bin«, sage ich schließlich.

Er erwidert nichts darauf. Nickt wahrscheinlich nur stumm mit dem Kopf. Ich beende das Gespräch. Was soll er auch sagen? Er, oder überhaupt jemand?

Ich schalte mein Handy aus und lasse es in den Tiefen meiner Tasche verschwinden. Leah steht auf. Drückt mir einen Kuss aufs Haar, nimmt mir die leere Kaffeetasse ab und trägt sie schniefend zur Spülmaschine hinüber.

Ich stehe auf und folge ihr. Überlege, ob sie mir wohl böse ist, wenn ich ihr sage, dass ich jetzt gern nach Hause möchte. Ich möchte wirklich hier weg, möchte mit niemandem mehr sprechen, möchte einfach nur allein sein. Möchte zu Hause in Annas Zimmer gehen und mich mit ihrem Parfüm einsprühen; möchte mich in ihr Bett verkriechen, in ihre Decke einmummeln, die noch nach ihr riecht, und ganz tief ihren Duft einatmen, als hinge mein Leben davon ab – weil ich nun diese Frau bin. Die

Frau, die den fatalen Anruf bekommen hat; den Anruf, der besiegelt hat, dass mich von nun an jede Nacht vor dem Einschlafen nur noch ein Gedanke beschäftigen wird – der um den letzten Atemzug, den meine Tochter auf Erden getan hat.

20. Anna

Raw Honey Blogspot, 04.10.2014

An meinem dreiundzwanzigsten Geburtstag habe ich mir ein Tattoo stechen lassen. Einen Schriftzug, seitlich an der Hüfte, knapp oberhalb der Linie, wo sonst der Schlüpfer sitzt: »Felix culpa«. Das bedeutet »glückliche Schuld« oder auch, im übertragenen Sinne, »ein Fehler, der glückliche Folgen hat«. Das fand ich besser, als mir ihren Namen in die Haut stechen zu lassen. Und ST ist der glücklichste Fehler, der mir im Leben je unterlaufen ist.

Er hat das Tattoo natürlich erst gestern Abend zu sehen bekommen. Hat es als prollig bezeichnet und gelacht. Ich hab gesagt, Er soll sich besser dran gewöhnen, weil ich vorhabe, mir in Zukunft noch mehr Tattoos stechen zu lassen. Danach ist Er mit dem Finger behutsam über die Buchstaben gefahren; hat gesagt, es sei wunderschön. Ebenso wunderschön wie ich und unsere Tochter. Und auch sein Leben sei wunderschön, wenn Er mit mir zusammen sei.

Ich komme in die Hölle, weil ich in seinen Armen geweint habe. Und zwar vor Glück, vor Freude, denn in seinen Armen hatte ich das Gefühl, endlich wieder zu Hause zu sein. Bei der Gelegenheit kam mir in den Sinn, wie wir uns zum ersten Mal geküsst haben; wir haben darüber gesprochen. Darüber, was für eine Heidenangst uns jener erste Kuss eingejagt hat, damals, der Empfindungen wegen, die er in uns beiden weckte. An die

Schuldgefühle, die mir zu schaffen machten, als ich Ihn gleich darauf noch einmal küsste, weil ich davon gar nicht genug bekommen konnte, dachte ich lieber nicht zurück.

Ich habe nie aufgehört, Ihn zu lieben. Auch nicht in den Jahren der Trennung, in denen ich lediglich gelernt habe, halbwegs mit den Verlustgefühlen klarzukommen. Gestern Abend jedoch habe ich all die negativen Gedanken ausgeblendet und mich einfach nur in seine Arme gekuschelt. Gestern Abend hat all dieser Mist keine Rolle gespielt. Gestern Abend habe ich mir keine Vorwürfe dafür gemacht, seinen letzten Anruf angenommen zu haben; obwohl ich genau wusste: Wenn ich jetzt ans Telefon gehe, machen wir da weiter, wo wir vor Jahren aufgehört haben. Gestern Abend machte ich auch Ihm keine Vorwürfe dafür, dass Er mich angerufen hat. Nein. Gestern Abend haben wir uns einfach nur geliebt, ganz zärtlich und gemächlich, und ich gestattete mir – ebenso wie Er – die naive Hoffnung, dass wir es irgendwie schaffen würden, für diese Liebe einen gangbaren Weg zu finden.

Zweiter Teil

21. Jess

Doug hält meine Hand. Oder besser gesagt, seine Hand ruht beruhigend auf der meinen, während ich mich an der Armlehne festklammere, so krampfhaft, dass meine Knöchel weiß hervortreten und ich das Gefühl habe, mir müssten gleich die Nägel abbrechen, weil ich die Finger so tief in den Bezug kralle. Er weiß, wie ungern ich fliege. Ich leide immer schon unter der krankhaften Angst, dass das Flugzeug unterwegs einfach so in die Tiefe stürzen könnte. Jetzt aber gesellen sich noch viel greifbarere Ängste hinzu, mit denen ich klarkommen muss. Das Leben hat die Angewohnheit, einem Gründe dafür zu liefern, sich zu ängstigen; wie etwa den endgültigen Verlust Annas, die, wie ich nun feststelle, die Liebe meines Lebens war. Ich betrachte Dougs Hand, die Adern, die sich hindurchschlängeln, die Falten in seiner Haut, die Narbe direkt oberhalb seines Daumens, wo er sich vor Jahren mit dem Bügeleisen verbrannt hat. Ich habe Doug geliebt, aber seinen Verlust konnte ich verschmerzen, ich bin darüber hinweggekommen. Ob ich über Annas Verlust je hinwegkommen werde – das ist die Frage.

Als wir den Start überstanden haben und uns in der Luft befinden, zeige ich ihm die SMS, die meine Mutter mir am Morgen geschickt hat. Es ist fast ein richtiger Brief, den Text mit ihren arthritischen Fingern ins Telefon einzugeben dürfte sie einige Mühe gekostet haben:

Mein liebstes Mädchen,
sie wird dir fehlen, deine liebste Tochter, jeden Tag deines Lebens. Du wirst ganz neu lernen müssen zu atmen, damit

dir der Atem nicht in der Kehle stecken bleibt. Damit du nicht daran erstickst. Aber das schaffst du schon, das weiß ich. Zum einen für dich, zum anderen für uns, und nicht zuletzt für Rose. Sei versichert, es vergeht kein Tag, an dem ich deinen Schmerz nicht teile, mein liebstes Mädchen.
Deine Mum x

Nachdem er die Zeilen überflogen hat, drückt er mir noch einmal wortlos die Hand und betrachtet dann das Foto von Anna, das ich heute Morgen als Hintergrundbild aufs Display geladen habe. Es ist eins der Fotos aus dem Skiurlaub, die Max mir zugemailt hat.

»Ist das …?«

»Ja. Es ist aus dem Urlaub. Max, ein Kollege von ihr, hat es mir zugeschickt. Dieser eine Typ, der dich angerufen hat, als – Er ist bei mir vorbeigekommen. Hat mich besucht.«

»Max?«

»Ja.«

»Was wollte er denn?«

»Einfach nur reden. Er wollte mir, glaube ich, bloß noch mal versichern, dass sie glücklich war in dem Urlaub. Ihren Spaß gehabt hat.«

Er lässt meine Hand los. Faltet dann die Hände auf seinem Schoß.

»Bist du mit dem Telefon irgendwie weitergekommen?«

»Nein. Aber Leah kennt jemanden bei der Arbeit, der die Sperre knacken kann.«

Er nickt wortlos.

Obwohl es nur ein kurzer Flug ist, bestelle ich mir einen doppelten Wodka. Die Stewardess beugt sich über Doug hinweg, und er schaut ihr unverhohlen auf den Busen. Sie duftet nach einem schweren, würzigen Parfüm. Während er sie weiter anstarrt, erzähle ich Doug, dass ich Wodka erst in letzter Zeit so richtig schätzen gelernt habe. Er reißt den Blick von ihr los und sieht wieder mich an.

»Wir sollten uns unterhalten«, sagt er ernst. »Welche Vorbereitungen wir treffen müssen.«

Vorbereitungen. So ein harmloses, unschuldiges Wort. Ich denke über die angenehmen Zusammenhänge nach, in denen es verwendet werden kann: Vorbereitungen für eine Hochzeit. Für eine Abendverabredung mit Freunden. Für ein Stelldichein von Liebenden.

»Du hast ihr Testament«, fährt Doug fort. »Wie sieht es mit Bestattungswünschen aus? Wollte sie normal begraben werden?«

Ein höchst unangebrachter Lachreiz steigt in mir auf. *Sie ist ja schon begraben worden. Von der Lawine.*

»Ich habe alles dabei. Ihre Unterlagen.« Ich klopfe auf meine Handtasche. »Sie wollte eingeäschert werden«, füge ich hinzu.

Mit dieser Antwort hat er anscheinend schon gerechnet. »Was hältst du von einer ganz kleinen Feier, nur wir, im engsten Familienkreis? Einem großen Tamtam mit Gottesdienst und allem Pipapo fühle ich mich, glaube ich, nicht gewachsen …« Er hält kurz inne. »Freunde und Bekannte, die um sie trauern … nein, das ist zu viel.«

Ich sehe ihn erstaunt an. Dass er so offen über seine Gefühle redet, ist neu. Carols Einfluss tut ihm offenbar gut. Aber andererseits, er ist und bleibt der Mann, den ich mit meiner Liebe erdrückt habe. Ich räuspere mich.

»Weißt du noch?« Ich halte inne. Bin mir nicht sicher, ob ich weiterreden soll.

»Was denn?«

»Als du mich verlassen hast.«

Er läuft rot an. Scheint sich zu fragen, worauf ich hinauswill.

»Du fühlst dich von meiner Liebe erdrückt, hast du gesagt.«

Er setzt sich etwas aufrechter hin, wendet mir das Gesicht zu. »Ja, ich erinnere mich.«

»Eine hammerharte Aussage. Diesen Satz habe ich nie vergessen.«

»Es tut mir leid.«

»Schon gut. Du brauchst dich nicht zu entschuldigen. Ist ein alter Hut inzwischen, aber … danach habe ich all meine Liebe auf Anna konzentriert.« Der Wodka löst mir offenbar die Zunge, registriere ich.

»Ich war noch jung«, erwidert er. »Bin mit der Situation nicht länger klargekommen. Also habe ich die Reißleine gezogen, das war der einfachste Ausweg.«

Ich werfe einen Blick aus dem Kabinenfenster neben mir. Sehe weiße und orangegelbe Lichter, die aus der Tiefe zu uns heraufblinken. Spontan denke ich über die Menschen nach, die da unten in den winzigen Häusern leben, in diesen winzigen Dörfern. Frage mich, ob sie glücklich sind, ob das Leben sie wohl besser behandelt hat. Dann schüttle ich den Kopf über mich. Verwünsche mich für mein Selbstmitleid.

»Mit Carol geht es dir besser, das ist nicht zu übersehen. Aber trotzdem. Mit dieser Aussage, dass ich dich ›erdrücke‹, kann ich bis heute nichts anfangen.«

»Ich habe keine Luft mehr bekommen. War einfach noch zu jung, um eine solche Liebe würdigen zu können. Noch mal, es tut mir leid …«

»Ja. Ist schon gut.« Ich stoße langsam die Luft aus. »Und davon ab, du hast recht.«

»Ich habe recht? Inwiefern?«

»Wegen Annas Beerdigung. Kein großes Tamtam. Bringen wir unsere Tochter so rasch und schmerzlos wie möglich unter die Erde.«

Neulich, ich weiß nicht mehr genau, wann, hat jemand über Twitter einen Link der NASA verbreitet. Theo hat mich darauf aufmerksam gemacht, nachdem Finn ihn darauf hingewiesen hatte. Der Link führte zu einer neu veröffentlichten Aufnahme des Universums, der größten Gesamtansicht, die je fotografisch dokumentiert wurde, und bei diesem Anblick wurde mir ganz stark bewusst, was für ein winziger Teil eines winzigen Atoms ich im

Grunde bin. Dieses Bild geht mir heute durch den Kopf. Ich erinnere mich an die leise Musik, von der die Präsentation untermalt wurde; daran, wie die Kamera einen mikroskopisch kleinen Punkt auf dem Foto heranzoomte, der sich als Ansammlung Tausender kleiner Lichtpunkte entpuppte – Planeten, Sterne, was auch immer. Und ich denke darüber nach, ob an Roses Vorstellung darüber, wo ihre Mum nun ist, etwas dran sein könnte. Ob Anna nun vielleicht einer dieser leuchtenden Himmelskörper ist. Ist sie jetzt ein Stern? Sie war mein Stern ... Was ist aus all dieser wundervollen, ansteckenden Energie geworden? Ist sie vom Universum verschluckt worden, einfach so?

Ich möchte nicht an meine tote Tochter denken, das ist der Grund, warum ich über das Foto der NASA nachdenke. Doug und ich dürfen sie nicht aus der Nähe betrachten, sondern nur durch ein Fenster, von einem Nebenraum aus. Dabei war ich davon ausgegangen, warum, weiß ich nicht, dass ich sie auch berühren dürfte. Auf meine diesbezügliche Frage hin aber hat mir ein freundlicher Bestatter in perfektem Englisch mit französischem Akzent erklärt, nein, das sei leider nicht möglich. Doug hält wieder meine Hand umfasst. Nun drückt er sie. Keine Geste des Trostes diesmal, sondern eher ein Ausdruck spontaner Angst, als wolle er bei mir Halt suchen. Annas Oberkörper, erklärt uns der Bestatter, sei im Eis nahezu perfekt konserviert worden; ihre untere Körperhälfte allerdings, fügt er unnötigerweise hinzu, habe »gelitten«.

Ohne mein Zutun stellen sich vor meinem inneren Auge sogleich alle möglichen grässlichen Bilder ein. Bilder von ihrem Fleisch, das in der Sonne verrottet; von Tieren aller Art, die sich an ihren Knöcheln gütlich tun ... bei der Vorstellung wird mir speiübel.

»Kopf hoch.« Doug legt den Arm um mich, stützt mich. »Du schaffst das schon. Wir schaffen das schon.«

Er nickt dem Bestatter zu, der einen Vorhang beiseitezieht, mit Hilfe einer kurzen Strippe aus kleinen Metallperlen. Ich starre die Strippe an – und muss an die strassbesetzte Hülle von Annas Smartphone denken, weil die Perlen im Licht ganz ähnlich glänzen. Dann senke ich hastig den Blick auf den Fliesenboden. Es ist ganz still hier im Leichenschauhaus, wie es sich an einem Ort für Tote gehört. Umso deutlicher höre ich das Keuchen, das Doug von sich gibt, während sich gleichzeitig die Finger seiner rechten Hand in meine Schulter graben. Ich kann nicht anders – ich hebe den Blick.

Und da liegt sie. Jemand hat das Leintuch, mit dem sie abgedeckt ist, zurückgeschlagen, ganz säuberlich, knapp oberhalb ihrer Brust. Ihre rechte Schulter und ein kleines Stück des Oberarms ist zu sehen, mitsamt der Tätowierung, die sie sich nur wenige Wochen zuvor hatte stechen lassen: *Carpe diem.* Eine Devise, die geradezu unerträglich ironisch anmutet. Ich lege die Finger an die Glasscheibe, möchte sie einfach nur berühren. Aber es geht nicht. Und auch meine Stimme ist plötzlich weg, ich bekomme keinen Ton heraus. Kein Urschrei entfährt mir, nur die Tränen laufen mir wieder übers Gesicht, ganz still und lautlos. Sie sieht wunderhübsch aus, ganz wie immer. Ihr Gesicht, das sehe ich, ist leicht geschminkt. Ihre wunderschönen, saphirblauen Augen sind geschlossen. Ihr Haar ist ordentlich gekämmt, und ich frage mich spontan, wem diese Aufgabe wohl zugefallen ist und wie lange derjenige dafür gebraucht haben mag. Hat sie sich bei ihrem Sturz Prellungen im Gesicht zugezogen, Schrammen? Lieber Gott, wie viele Knochen mag sie sich gebrochen haben? Wenn ich zu ihr könnte, um mich über sie zu beugen – ob ich da immer noch ihr Kokosshampoo riechen könnte?

Doug neben mir nickt wortlos mit dem Kopf, und dann schließt sich der Vorhang unvermittelt wieder. Ich möchte aufschreien, laut NEIN rufen. Bitte, geben Sie mir noch etwas Zeit, lassen sich mich noch ein paar Minuten mit ihr verbringen. Ich merke, wie ich weiche Knie bekomme; höre das Quietschen meiner Finger am Fensterglas, als ich zu Boden sacke. Hier unten riecht es nach Desinfektionsmitteln. Wie konnte das bloß geschehen? Lassen Sie mich zu meinem Baby, ich flehe Sie an. Wie kann es sein, dass mein Baby nun hier in einem sterilen, weißgefliesten Leichenschauhaus in Nordfrankreich liegt, wie konnte sie nur hier enden?

Doug zieht mich vom Boden hoch, und ich gerate kurz völlig außer mir; setze mich gegen ihn zur Wehr, schlage wie von Sinnen auf ihn ein und kratze ihn, bis er mich endlich zu fassen bekommt und an sich drückt, so fest, dass ich kaum atmen kann. Und ich möchte auch gar nicht mehr atmen. Halte trotzig die Luft an. Weil ich ohne Anna nicht leben will. Weil ich nicht weiß, wie ich ohne Anna leben soll. Dann aber fällt mir Rose ein, und das gibt den Ausschlag. Ich stoße die Luft aus und atme weiter.

Wir sitzen vor einem kleinen Café am Marktplatz. Es ist recht mild, und nach der klimatisierten Luft im Leichenschauhaus fühlt sich die Sonne an meinem Gesicht angenehm warm an. Ich trage meine Sonnenbrille, nicht anders als Doug. Auf Außenstehende dürften wir wirken wie ein ganz normales Urlauberpaar, das hier draußen die Sonne genießt. Er hat heute noch nicht geweint. Ich sehe ihn durch meine dunkle Brille an, die alles um mich herum leicht sepiabraun wirken lässt. Er zeigt Stärke, mir zuliebe, und dafür bin ich ihm dankbar. Auch Carol bin ich dankbar, weil er seinen Kummer vermutlich bei ihr abladen wird. Auf dem Boden neben seinem Stuhl steht Annas Koffer, den wir gerade bei der örtlichen Polizei abgeholt haben.

Sein Handy klingelt, und er meldet sich. Dann hebt er entschuldigend die Hand und steht auf, um sich kurz zu entfernen. Es dürfte Carol sein, gefolgt von ihren Söhnen, Tom und Ethan. Das ersehe ich aus der Art, wie sich sein Tonfall verändert, als er mit den beiden spricht, und dabei flammt eine unglaubliche Eifersucht in mir auf. Er hat noch Kinder, erst acht und zehn Jahre alt. Kinder, die noch lange Teil seines Lebens sein werden, denen er diese ganz besondere, einzigartige Liebe schenken kann. Einen Moment lang empfinde ich regelrechten Hass auf ihn.

Als er zum Tisch zurückkommt, hat der Kellner inzwischen die Croques-Monsieur gebracht, die wir uns bestellt haben. Doug genehmigt sich einen Bissen von dem überbackenen Brot, und dabei bleibt ein Faden geschmolzener Käse an seiner Unterlippe hängen. Ich starre mein Brot zunächst bloß an. Aber da ich seit Tagen kaum etwas gegessen habe und weiß, dass ich etwas zu mir nehmen muss, ergreife ich es schließlich und beiße ein Stück ab. Beim Kauen richte ich den Blick in die Ferne zu dem Sessellift, auf dem auch jetzt noch Skiläufer den Berg hinaufbefördert werden; keiner von ihnen ahnt etwas davon, dass unsere Tochter hier ums Leben gekommen ist.

»Kann ich ihre Sachen haben?«, frage ich und blicke dabei auf den Koffer und die weiße Plastiktüte aus dem Leichenschauhaus, in der sich ihr roter Skianzug befindet.

Da er nicht sofort antwortet, hebe ich den Blick und schaue ihn an. Dabei fällt mir ein dünner roter Kratzer an seinem Hals ins Auge, ganz frisch noch. Ein Kratzer, der von mir stammt, von meinen Fingernägeln.

»Natürlich«, sagt er dann. »Aber ein Andenken hätte ich schon ganz gern. Irgendwas aus ihren … ihren letzten Tagen.«

»Sicher. Wir können ihre Sachen gern zusammen durchgehen.«

»Nein.« Er schüttelt den Kopf. »Schick mir einfach etwas. Irgendwas.«

Ich deute mit dem Kopf auf ein kleines Hotel gleich nebenan. »Wir könnten uns da ein Zimmer mieten, um in Ruhe ihren Koffer durchzusehen. Dann könntest du dir etwas aussuchen und mich danach eine Weile im Arm halten, bis wir wieder zum Flughafen müssen.«

Doug setzt seine Sonnenbrille ab, starrt mich an. Ich behalte meine Brille auf. Dann nickt er, verputzt eilig den Rest seines Croque-Monsieur und gibt dem Kellner Zeichen, dass er die Rechnung bringen soll.

Fünf Minuten darauf stehe ich am Fenster eines Zimmers im

ersten Stock, von dem aus sich der Marktplatz überblicken lässt; auch der Sessellift ist von hier aus zu sehen, der rechts von mir den schneebedeckten Hang hinaufführt. Ich lasse das Fenster offen und verzichte auch darauf, die Jalousien herunterzulassen.

Das Zimmer ist recht trostlos. Denkbar spartanisch eingerichtet mit einem Bett, einem Kleiderschrank und einer Kommode aus hellem Kiefernholz sowie einem Nachttisch aus Metall, auf dem eine kleine Lampe mit fransenbesetztem Schirm steht. Rechts neben dem Bett befindet sich eine kleine Nasszelle, bestehend aus einer Duschkabine und einer Toilette; die Schiebetür davor schließt nicht mehr richtig. Doug legt den Koffer aufs Bett und klappt ihn auf, und dann gehen wir Annas Sachen in aller Ruhe durch. Mir fällt besonders ein Seidentop mit Spaghettiträgern ins Auge. Ich nehme es aus dem Koffer, halte es vor mir in die Höhe und frage mich unwillkürlich, bei welcher Gelegenheit sie es getragen haben mag, im kalten Dezember? Doug wiederum hat ein Skioberteil mit Rollkragen herausgenommen, an dem er, meinem Beispiel folgend, kurz schnuppert, ehe er es wieder in den Koffer fallen lässt. Stattdessen legt er die Hände auf einen zart hellblauen Pulli. Ein Weihnachtsgeschenk von ihm, ich erkenne das Stück auf Anhieb wieder.

»Den hier«, stellt er fest. »Das ist alles, was ich gern hätte.«

Nachdem er schweigend wieder alles eingeräumt hat, lasse ich das Seidenhemdchen hineinfallen. Er schließt den Koffer und stellt ihn beiseite. Dann streckt er sich lang auf dem Bett aus und klopft einladend auf den freien Platz neben sich. Ich lege mich neben ihn, er nimmt mich in den Arm, und so liegen wir aneinandergeschmiegt da und hören einander beim Atmen zu, während von draußen Gelächter hereindringt.

»Die Frau am Empfang«, sage ich. »Denkt bestimmt, wir würden hier gerade eine Nummer auf die Schnelle schieben.«

Ich kann spüren, wie er in mein Haar hineinlächelt.

»Sie hält uns für ein Paar wie jedes andere, das sich ein kleines Vergnügen am Nachmittag gönnt.«

Er streicht die Locken an meinem Hinterkopf beiseite. »Hatte ganz vergessen, wie nervig dein Haar sein kann.«

»Und ich dachte, es wäre nur meine Liebe, die dich genervt hat.«

Er dreht mich zu sich herum. »Es reicht. Okay? Das ist nicht lustig.«

»Nein.« Ich schlucke mühsam. »Gar nichts ist lustig.« Mir kommen von Neuem die Tränen, die er mir behutsam von den Wangen abwischt. »Sie ist wirklich tot, nicht wahr?«, sage ich leise.

Er nickt wortlos.

»Sie war so schön«, sage ich. »So wunderschön.« Er zieht mich an sich, und so liege ich da, die Wange an das Polohemd von Lacoste geschmiegt, das ihm wahrscheinlich Carol besorgt hat, und wir tauschen im Flüsterton Erinnerungen an unsere Tochter Anna aus. Wir weinen zusammen, und zwischendurch lächeln wir auch immer wieder, unter Tränen. Und später, als wir uns auf den Weg zum Flughafen machen, wobei Doug sich ihren hellblauen Pulli unter den Arm klemmt, sind wir uns einig: Wir müssen darum kämpfen, dass Rose bei mir bleiben kann. Dass es Sean nicht gelingt, sie mir wegzunehmen.

22. Jess

Mir ist kalt, ich friere wie verrückt. Ein bisschen so, als hätte ich das Gegenteil eines Fiebers. Ein richtiger Schüttelfrost, bei dem ich in unangenehm klammen Schweiß gebadet bin und das Gefühl habe, mir wird nie wieder richtig warm. Ich habe die Heizung voll aufgedreht, und Rose läuft nach ihrer Dusche halbnackt im Haus herum. Ich fordere sie streng auf, nun endlich ihre Schuluniform anzuziehen, ehe sie sich noch den Tod holt. Als mir klar wird, was ich da gerade gesagt habe, breche ich in Tränen aus.

Sie kommt zu mir, schlingt mir die Ärmchen um den Hals. »Nicht weinen, Omi«, sagt sie. »Es ist wegen Mummy, nicht wahr?«

Ich bringe kein Wort heraus. Also schnappe ich mir das bereitliegende Frotteetuch, um sie darin einzuwickeln.

»Finn sagt«, fängt sie leise an. »Finn sagt, dass Mummy bei den Engeln weitersingen kann.«

»Finn?« Ich sehe sie mit gerunzelter Stirn an.

»Du kennst doch Finn, Omi! Aus deiner Klasse.«

Ich nicke. Natürlich. Finn. Aus der Schule. Theos Sohn Finn.

»Weißt du noch, die Sänger, bei denen Mummy war?«

Ich nicke abermals, weiß, dass sie damit den Chor meint, in dem Anna hin und wieder gesungen hat. Ich bin heilfroh über meine süße Kleine und ihr Geplapper, heilfroh und dankbar, dass sie hier ist.

»Sie kann immer singen, weil im Himmel viel gesungen wird«, fährt sie fort. »Sagt Finn. Für die Engel.«

Heute ist nicht der Tag, um meiner Enkelin zu erklären, dass ich weder an den Himmel noch an irgendwelche Engel glaube. Heute ist nicht der Tag, um auch nur daran zu denken, dass ich das beides für Unfug halte.

Wie auf Autopilot bereite ich ihre Pausenbrotdose vor; fahre mit ihr zur Schule; bringe sie bis zur Tür, wo ich ihr zum Abschied ein Küsschen gebe und meinen Kollegen zunicke, die mir mitfühlend zulächeln. Einige kommen sogar herüber, um mich wortlos zu umarmen. Helen, die Schuldirektorin, hat sehr nett reagiert und mir eingeschärft, mich in aller Ruhe auszukurieren. Ich solle mir keine Gedanken gemachen, sie hätten eine andere Assistenzlehrerin aufgetrieben, die mich so lange vertreten wird. Als eben die Glocke schrillt, die zur ersten Stunde ruft, erspähe ich Finn auf dem Schulhof.

»Finn«, rufe ich zu ihm hinüber, und er macht noch einmal kehrt und kommt auf mich zu. »Ich wollte dir bloß danken. Dafür, dass du ein Auge auf Rose hast.«

Er zuckt die Schultern, betont gleichmütig, eine Geste, die so typisch für Jungen seines Alters ist. Doch ich kenne ihn. Weiß, dass er im Grunde sehr feinfühlig ist, trotz der Coolness-Fassade, die er zur Schau trägt.

»Du hättest gesagt, Anna würde weiterhin singen, hat sie mir erzählt.«

»Das hoffe ich«, sagt er, macht aber gleich darauf ein skeptisches Gesicht. »Ganz sicher bin ich mir nicht. Weil ich eher an Aliens und Raumschiffe glaube, ehrlich gesagt.« Er hebt den Blick zum Himmel. »Aber ich erinnere mich daran, wie sie beim Weihnachtsgottesdienst gesungen hat. Und Rose scheint diese Vorstellung zu gefallen.«

Ich nage kurz an der Unterlippe. Dann lege ich ihm den Arm um die Schulter, um ihn kurz an mich zu drücken, was er sich widerstrebend gefallen lässt.

»Ja, sie hat gern gesungen.« Ich nicke. »Hast recht. Es ist gut, sich daran zu erinnern. An ihren Gesang.«

Als ich wieder im Auto sitze, bin ich kurz außerstande, den Motor anzulassen. Annas Stimme. Ich kann sie hören, so klar und deutlich, als würde ein Radio laufen. Sie singt eine Arie, der Name ist mir gerade entfallen, aber sie hat sie vor Jahren mal in der Kirche gesungen, zusammen mit den anderen Mädchen vom College. Und während ihre Stimme den Wagen erfüllt, fahre ich endlich los nach Hause. Weil ich Doug in einer Stunde erwarte. Wir müssen eine, wenn es nach uns beiden geht, kleine Trauerfeier im engsten Familienkreis planen. Dass ich bereits über fünfzig E-Mails von Leuten bekommen habe, die von mir wissen wollen, wann und wo sie beigesetzt wird, habe ich ihm bisher verschwiegen. Sieht ganz so aus, als würde Annas Beerdigung doch eine Nummer größer ausfallen, als wir eigentlich beabsichtigt haben.

»Interessiert mich nicht.« Das ist Dougs Reaktion, als ich ihm später von den vielen Anfragen berichte. »Wir sollten das möglichst rasch über die Bühne bringen. Im engsten Familienkreis.«

Zunächst sage ich nichts. Grundsätzlich teile ich seine Meinung, finde aber, dass wir ihre Freunde nicht einfach so außen vor lassen können. »Wir dürfen all die anderen Menschen nicht ausschließen, die sie ebenfalls geliebt haben«, sage ich leise.

Er erhebt sich von meinem alten Sofa und tritt ans Fenster. Blickt in den Garten hinaus. »Ich kann's immer noch nicht ganz fassen«, sagt er. »Dass sie tatsächlich tot ist. Dass wir ihre Beerdigung planen müssen.«

»Geht mir genauso.« Ich stelle mich neben ihn, und er legt mir den Arm um die Schulter. »Sie war unser Meisterstück«, presst er ein wenig erstickt hervor. »Das Beste, was uns gelungen ist.«

»Ja.« Ich atme einmal tief durch, lehne mich an ihn.

»Ich habe schon mit dem Krematorium gesprochen.« Er lässt mich los, zückt ein Taschentuch und schnäuzt sich. »Hab einen Termin für kommenden Montag gebucht, da können wir ganz unter uns bleiben. Am Freitag trifft der Sarg aus Frankreich ein, der Bestatter holt ihn am Flughafen ab und kümmert sich um alles Weitere.«

Ich nicke. Es ist, als wäre Anna ganz normal verreist. Als würden wir darüber reden, wer sie vom Flughafen abholt.

»Vorschlag: Fahren wir jetzt einfach mal bei der Kirche vorbei und fragen, ob sie uns da eine Trauerfeier abhalten lassen«, sagt Doug. »Falls sich das am Montag einrichten lässt, müssen wir das eben als Zeichen akzeptieren, dass diese Beerdigung doch größer ausfällt als geplant.«

Wir sind beide keine Kirchgänger. Ich weiß nicht einmal, wie der Pfarrer von St John's heißt. Es ist schon einige Jahre her, dass ich das letzte Mal in der Kirche war. Nicht zum Gottesdienst, sondern anlässlich eines Adventsingens. Und diese Veranstaltung habe ich auch bloß deswegen besucht, weil sie in jenem Jahr von Annas College-Chor bestritten wurde, der sich nach wie vor ein paarmal im Jahr zum Singen zusammenfand. Aber Dougs Vorschlag gefällt mir, und kurze Zeit später rollen wir auch schon in seinem Wagen auf den Parkplatz von St John's.

»Weißt du, wo wir hinmüssen?«, fragt er, nachdem wir ausgestiegen sind.

Ich blicke mich suchend um. »Hier muss irgendwo ein Haus sein, ich –«

»Da drüben.« Er zeigt auf das spitzgiebelige rote Backsteinhaus aus viktorianischen Zeiten, rechts neben der Kirche und halb davon verborgen. »Gut. Also, auf geht's.«

Ich würde ihn ja gern begleiten, aber ich vermag mich nicht vom Fleck zu rühren. Weil meine Beine sich mit einem Mal bleischwer anfühlen, als würde ich in Beton feststecken. »Ich –«

»Alles in Ordnung?«

»Ich glaube nicht –«

Er legt mir die Hand auf den Arm. »Warte hier. Ich beeile mich.«

Aber es dauert doch ein bisschen länger. Während ich dastehe und auf ihn warte, bewege ich regelmäßig meine Zehen in den Schuhen. Das klappt auch, aber meine Beine wollen und wollen mir nicht gehorchen. Ich überlege, ob mich womöglich eine vorübergehende Lähmung befallen hat, und bei dem Gedanken muss ich laut lachen. Natürlich, das wird es sein. Die Trauer hat mich gelähmt, im wahrsten Sinne des Wortes. Hat meine Beine in Beton eingegossen, sodass ich mich nie wieder werde von der Stelle rühren können.

Ich blicke zu der Kirche, zum Glockenturm oben auf dem Dach. Bitte den Gott, der dort das Sagen hat, inständig um Hilfe. Darum, dass meine Beine wieder funktionieren. Erkläre Ihm, dass ich meine Beine wirklich brauche. Um mich um Rose kümmern zu können. Denn Rose ist auf mich angewiesen. Ich erzähle diesem Gott, dass Anna ein guter Mensch war, und bitte Ihn, falls es Ihn wirklich gibt, sie freundlich aufzunehmen, mit Liebe und Küssen und offenen Armen und … Als Doug nach fast zwanzig Minuten endlich wieder zum Wagen zurückkommt, bin ich in Tränen aufgelöst. Schluchze so hemmungslos, dass ich kein Wort herausbringe. Ich heule Rotz und Wasser, man kann es nicht anders nennen. Woher all die Tränen kommen, die mir nur so aus den Augen stürzen, weiß ich selber nicht.

Doug schließt den Wagen auf, ist mir behutsam beim Einsteigen behilflich und hält mich dann eine Weile einfach nur im Arm. Ich werde weiter vom Schluchzen geschüttelt, während ich in seinen Armen liege, quer über die Handbremse hinweg. Und er sagt kein Wort, hält mich einfach nur fest und drückt mir hin und wieder einen Kuss aufs Haar, bis ich mich endlich ein wenig beruhigt habe.

»Er übernimmt die Sache«, flüstert Doug. »Heißt übrigens John, kein Scherz. John von St John's. Montagvormittag, ab halb elf. Dürfte etwa eine Stunde dauern. Was wir für Musik haben wollen, überlässt er ganz uns. Ich hab seine E-Mail-Adresse.«

»Vielleicht können wir ja den alten Chor zusammentrommeln, das wäre schön …«

Doug hält mich ein Stück von sich weg. »Soll ich das übernehmen?«

Damit zielt er darauf ab, ob er sich allein um die Vorbereitungen kümmern soll. Ich weiß, dass er das lieber mit mir zusammen machen würde, aber ich kann nicht, wegen der bleiernen Schwere in meinen Beinen. »Würdest du das machen? Ich meine, bekommst du das hin? Ich würde mir nur ein paar Lieder wünschen, die sie gern mochte, ansonsten …« Ich beende den Satz nicht, aber er wird schon verstehen, was ich meine: dass ich ansonsten alles Weitere gern ihm überlasse. So kann ich mir einreden, wir würden am kommenden Montag eine Überraschungsparty für Anna ausrichten.

»Ja, kein Problem. Ich werde mich auch mit ihrer Bank in Verbindung setzen, wegen des Versicherungsanspruchs. Dafür sorgen, dass denen alle nötigen Unterlagen zugehen, damit euch das Geld bald ausgezahlt wird, dir und Rose.«

Ich höre es mit Erleichterung. Ich weiß, dass er das zuverlässig erledigen wird, denn trotz allem, was zwischen ihm und mir vorgefallen sein mag, ist er Anna immer ein wundervoller Vater gewesen. Und seine rotgeränderten Augen verraten mir, dass auch er schon manche Träne vergossen hat.

Zu Hause bei mir mache ich uns Sandwiches. Doug kopiert sich die E-Mails aufs Handy, die bei mir eingetroffen sind, damit er weiß, wen er alles kontaktieren muss. Dann lässt sein Smartphone ein Piepen vernehmen, fast gleichzeitig mit meinem iPad, und wir sehen uns verblüfft an. Ein Blick aufs Display verrät, dass eine Nachricht der französischen Behörden bei uns eingegangen ist, um die Freigabe von Annas Leiche zu bestätigen. Als Anhang ist eine Kopie des Obduktionsberichts beigefügt, bestehend aus zwei Dokumenten: einer kurzen Zusammenfassung, nur eine Seite, und einem detaillierteren Bericht.

»Das sollten wir uns mal ansehen«, sagt er.

Ich schüttle wortlos den Kopf. Weil ich mich an den Glauben klammern möchte, dass sie bei dem Sturz zu Tode gekommen ist. Um nicht womöglich erfahren zu müssen, dass sie unter dem Schnee noch tagelang am Leben war, ehe sie qualvoll erstickt ist. Er öffnet die Zusammenfassung. Zum Glück auf Französisch, von dem ich kein Wort verstehe. Doug dagegen hat sogar Französisch studiert.

»Sie ist bei dem Sturz ums Leben gekommen«, murmelt er, nachdem er die ersten Zeilen überflogen hat, und ich atme unwillkürlich auf. Auch ihm steht die Erleichterung ins Gesicht geschrieben. Dann aber runzelt er auf einmal die Stirn, sichtlich verwirrt, hebt den Blick und sieht mich an. »Mit wem war Anna zusammen?« Es klingt beinahe vorwurfsvoll.

»Bitte?«

»Hatte sie einen Freund?«

»Keine Ahnung. Nicht dass ich wüsste. Wieso?« Offen gestanden, finde ich diese Frage ziemlich befremdlich. »Vielleicht hatte sie was mit diesem Max, aber das glaube ich eher nicht …« Mir fällt der helle Streifen an Max' Ringfinger ein, wie von einem Ehering. Als ich sehe, wie blass Doug mit einem Mal geworden ist, schwant mir nichts Gutes.

Er blickt von dem Display auf. »Sie war in der neunten Woche schwanger.«

Ich habe ein Glas Wodka eingeschenkt, das wir uns teilen. Doug hat etwas Eis hinzugefügt und gierig den ersten Schluck hinuntergestürzt. Ich halte mich mit beiden Händen am Glas fest. Ein Blick auf die Uhrenanzeige am Herd warnt mich, dass ich Rose in anderthalb Stunden von der Schule abholen muss. Ich genehmige mir zwei Schlucke in rascher Folge, spüre, wie mir der Alkohol warm durch die Kehle rinnt. Ich hätte nichts dagegen, wenn er einen Umweg nach links nähme, quer durch mein Herz. Um es mitten entzweizuschneiden. Das würde zumindest den Schmerz erklären, der mir gerade zusetzt; als würde mein Herz von einer Faust umklammert, die es unerträglich fest zusammendrückt.

Anna hat vor einem Jahr bei der Bank angefangen. Einen Freund hat sie seither, meines Wissens, nicht gehabt. Hätte es einen Mann in ihrem Leben gegeben, einen Mann, mit dem sie auch intim war, hätte sie mir davon erzählt, todsicher. Wieder muss ich an Max denken, aber seinen Worten nach standen sie erst ganz am Anfang … »Davon hätte Anna mir erzählt«, stelle ich fest, in Richtung Doug. »Wenn es einen Mann in ihrem Leben gegeben hätte, meine ich.«

Er zuckt die Achseln. »Ein One-Night-Stand vielleicht?«

»Oder ein Irrtum. Ein falscher Befund.«

»Jess, ich bitte dich. Ein so kapitaler Schnitzer unterläuft diesen Leuten nicht.«

»Bist du sicher?« Inzwischen tigere ich unruhig in der Wohnküche auf und ab, von einem Ende des Hauses zum anderen. Zehn Schritte hin, zehn Schritte zurück. Dann bleibe ich unvermittelt stehen. »Dein Französisch vielleicht?«

Er schüttelt verneinend den Kopf. »Ausgeschlossen. Sie war schwanger, eindeutig.«

Sein leicht gereizter, fast feindseliger Unterton fällt mir auf, aber ich gehe nicht darauf ein. So viel Zeit miteinander zu verbringen, das sind wir beide nicht mehr gewöhnt, und ich denke mir, dass wir beide erst mal Gelegenheit brauchen, diese Neuigkeit zu verdauen. Jeder für sich.

»Ich muss bald los. Rose abholen.« Im Klartext – bitte geh jetzt. Danke für deine Hilfe, aber ich wäre jetzt wirklich lieber allein.

»Und ich muss nach Hause. Höchste Zeit.« Im Klartext – ich will jetzt zu Carol. Danke für heute, aber nun brauche ich wirklich den Beistand der Frau, die ich liebe.

Wir sehen uns an, ein wenig hilflos.

»Ich ruf dich an. Wir müssen noch über Sean reden, über seinen Brief, was wir unternehmen sollen … dazu sind wir heute gar nicht gekommen.« Doug seufzt.

»Leah kümmert sich schon darum. Ein Kollege von ihr prüft gerade, was wir für Möglichkeiten haben.« Ihre Warnung, dass das Wort »Vater« vor Gericht jederzeit mehr Gewicht hat als das Wort »Großmutter« und dass es um unsere Chancen, Rose zu behalten, eher schlecht bestellt ist, lasse ich unerwähnt. Weil ich selbst bemüht bin, es zu verdrängen, so gut es eben geht. Nicht heute.

Er nickt, dann gibt er mir zum Abschied einen Kuss auf die Wange. »Ich ruf dich an«, bekräftigt er noch einmal, ehe er sich umwendet und das Haus verlässt.

An der Schule sehe ich Theo, und er winkt mir zu. Kommt zu mir herüber, als ich aus dem Auto aussteige.

»Musst du nicht arbeiten?«, frage ich.

»Doch, aber ich mache heute später Mittagspause, weil ich Spätdienst habe.« Er legt mir die Hände auf die Schultern. »War es so schlimm, wie ich's mir vorstelle? Natürlich, entschuldige die dumme Frage. Tut mir leid, Jess. Komm mal her.« Er zieht mich an sich, um mich zu umarmen.

»Du wolltest doch mit mir reden. Vor meiner Abreise nach Frankreich. Worum ging's?« Ich löse mich aus seinen Armen, trete einen Schritt zurück. Muss mir die Hand über die Augen halten, weil mich die schrägstehende Sonne blendet. Er sieht irgendwie anders aus heute; trägt einen neuen Anzug und neue Schuhe, dazu eine Art Dreitagebart. Ja, sehr gut sieht er aus. Richtig gestylt, schicker als sonst. Spontan schießt mir die Frage durch den Kopf, ob es eine neue Frau in seinem Leben gibt. »Gut schaust du aus.« Ich hebe die Hand, berühre ihn leicht an der Wange. »Gefällt mir, dein neuer Look.« So stehen wir hier, zusammen auf dem Schulparkplatz, und ich mache Theo Komplimente für sein Aussehen – obwohl ich am liebsten schreien würde: »Anna war schwanger!« Es kommt mir vor, als würde ich die Szene aus der Vogelperspektive betrachten – zwei Freunde, die einfach nur einen netten Moment miteinander teilen.

Theo errötet leicht, hebt reflexhaft die Hand ans Gesicht.

»Komm doch später noch vorbei«, sage ich. »Wir könnten was essen, vom China-Imbiss.«

»Gute Idee. Ich möchte wirklich dringend mit dir reden. Wann soll ich kommen?«

»Wenn ich Rose zu Bett gebracht habe. Nach acht?«

»Prima, das klingt gut. Also, bis später.«

Ich blicke ihm nach, während er sich zu seinem Wagen entfernt. Normalerweise würden wir jetzt noch ein wenig plaudern, wenn wir uns schon zufällig hier begegnen, am Schultor, aber heute ist etwas anders. Wieder überlege ich, ob es vielleicht eine neue Frau in seinem Leben gibt. Das könnte der Grund sein, warum er so dringend mit mir reden möchte. Ein Gedanke, bei dem mir ein wenig der Atem stockt. Wie lange mag die Sache schon laufen, kenne ich die Frau? Dann frage ich mich, wer der Mann sein mag, mit dem Anna ein Verhältnis hatte. Ob ich ihn kenne und wie lange die Sache schon lief. Ob Theo wohl wusste, dass sie schwanger war? Von der Tatsache abgesehen, dass er ihr Hausarzt war, standen die beiden sich auch so seit Jahren sehr nahe. Auf einmal merke ich, wie sich mir jäh der Magen zusammenkrampft, und muss stark an mich halten, um mich nicht zu erbrechen, mitten auf die Grünfläche in der Nähe des Schultors.

Da höre ich Rose, die von der Schule aus nach mir ruft, und setze eilig ein Lächeln auf. Was auch immer geschehen mag – Rose ist nun der Grund, warum ich weiteratme und am Leben bleibe.

23. Jess

Ingwer ist ein Gewürz, das eher nicht so mein Fall ist. Theo hat sich von unterwegs per SMS erkundigt, was ich gern essen würde, er würde beim China-Imbiss Halt machen, und jetzt ist er gerade angekommen und packt die große braune Papiertüte aus.

»Ich wollte doch nur eine Portion pikanten Reis.« Ich helfe ihm beim Auspacken und schüttle den Kopf. Er hat wahre Unmengen an Essen besorgt. Was für eine Vergeudung. Mopsi kreiselt uns kläffend um die Füße herum, anscheinend in der Hoffnung, den einen oder anderen Happen abzubekommen.

»Ich habe mir gedacht, ich bringe etwas mehr mit«, sagt er. »Um dich in Versuchung zu führen. Du musst wirklich ordentlicher essen.«

Mir ist allerdings bereits der Appetit vergangen, allein wegen des penetranten Ingweraromas. Doch ich sage nichts.

Wenig später sitzen wir uns mit dem Essen auf den Knien am Couchtisch gegenüber; er auf dem Sofa, ich im Sessel.

»Jane wird jetzt Teilhaberin in der Praxis«, sagt er.

»Oh.« Auf diese Position, das weiß ich, ist Theo auch schon seit längerem scharf.

»Ja. Marsha hat mich zu einer Unterredung bestellt. Hat betont, wie sehr man meine Arbeit zu schätzen weiß, wie beliebt ich bei den Patienten bin, dass ich in der Praxis unersetzlich bin. Und trotzdem wird nun Jane angeboten, als Teilhaberin einzusteigen. Wahrscheinlich, weil sie das nötige Geld hat, um sich einzukaufen. Das werden sie wissen, und das dürfte auch der Grund sein.«

Es ist eins dieser Gespräch zwischen Theo und mir, das hauptsächlich nur von einer Seite bestritten wird. Ich höre ihm geduldig zu, nicke bloß zwischendurch immer wieder. Bis er sich schließlich erkundigt, wie es mir geht.

»Meine Eltern kommen am Wochenende zu Besuch«, erwidere ich, ohne auf seine Frage einzugehen.

»Ach ja? Tatsächlich?«

»Ja. Ich hab's dir noch nicht erzählen können, aber am Montag findet ein Trauergottesdienst statt, für Anna. In St John's, ein Stück die Straße runter.« Ich beuge mich vor und stelle meinen Teller auf dem Couchtisch ab.

Theo sagt nichts. Starrt einfach nur vor sich auf den Boden, als könnte er es nicht ganz fassen, dass wir für Anna einen Trauergottesdienst abhalten. Ich kann ihn verstehen; mir geht es ja nicht anders.

»Na ja. Mum und Dad kommen jedenfalls am Sonntag her, sie bleiben bis Dienstag.«

»Brauchst du irgendwie Hilfe, ich kann gern –«

»Nein, nein, wir kommen schon klar. Danke. Hör zu, Theo, so nett es auch ist, hier wie ein altes Ehepaar mit dir zu sitzen und zu essen, was ist eigentlich los? Du warst schon vorhin so komisch, an der Schule.«

Er unterbricht seine Mahlzeit, legt das Besteck aus der Hand und wischt sich mit der Papierserviette den Mund ab. »Offen gestanden, ich scheue mich davor, die naheliegenden Themen bei dir anzuschneiden. Frankreich, Anna … ich weiß nicht, ob ich dich fragen soll, wie es war, oder lieber so tun soll, als wäre nichts gewesen.«

»Sie war schwanger!«, bricht es aus mir heraus. »In der neunten Woche. Ich bin aus allen Wolken gefallen, wusste nicht mal, dass es da einen Mann gab in ihrem Leben. Es könnte dieser Max gewesen sein, ein Kollege von ihr, er war mal hier …« Ich drücke mir die Hand an die Brust. »Oder sonst jemand, keine Ahnung. Falls es Sean war, stecke ich vermutlich tiefer in der Tinte als gedacht.«

Er sagt nichts, aber ich kann sehen, wie es in seinem Kopf arbeitet.

Dann räuspert er sich. »Jess.«

»Ja, Theo?«, frage ich zurück, ein wenig undeutlich, denn ich versuche gerade, Glasnudeln zu essen, die mir dabei immer wieder aus dem Mund glitschen. »Ich höre?«

»Da ist etwas, worüber ich mit dir sprechen wollte.« Er atmet einmal tief durch, ehe er weiterredet. »Wie du weißt, war Anna meine Patientin.«

»Mein Gott, du wusstest es schon.« Ich lasse die Nudeln wieder zurück auf den Teller glitschen. »Natürlich. Wie auch anders …«

»Jess. Lass mich reden.«

Ich lege den Kopf schräg, funkle ihn etwas aufgebracht an. Er redet doch schon den ganzen Abend. Er hat gewusst, dass Anna schwanger war. Aber ich halte den Mund.

»Sie war meine Patientin, also hatte ich über alles, was zwischen uns besprochen wurde, Stillschweigen zu bewahren. Sie ist zu mir gekommen und …«

Klar, die ärztliche Schweigepflicht. Er hat mir nichts erzählt, und um das zu rechtfertigen, verschanzt er sich nun hinter einem Eid, den er vor zwanzig Jahren mal geschworen hat. Er redet noch immer, ich sehe, wie sich sein Mund bewegt. Als ich mir gerade genüsslich ausmale, wie ich ihn ohrfeige, dringt das Wort

»Abtreibung« zu mir durch, und ich kehre schlagartig in die Realität zurück.

»Was?«, frage ich. »Wie war das?«

»Sie wollte abtreiben lassen, nach ihrer Rückkehr. Hatte den Termin schon gebucht. Und ehe du jetzt rotsiehst – Anna hatte das Recht, ihre eigenen Entscheidungen zu treffen, ganz autonom, und hat sich darauf verlassen, dass ich niemandem davon erzähle.« Er senkt die Stimme. »Eigentlich gilt die Schweigepflicht bis über den Tod hinaus.«

Sie wollte abtreiben lassen. »Wieso erzählst du mir das jetzt?« Ich sehe ihn kopfschüttelnd an.

»Weil ich es dir jetzt erzählen kann und wegen Sean …«

Ich nehme die Beine vom Sessel, die ich bisher gemütlich untergeschlagen hatte, und lehne mich zu ihm vor. »Wieso, was hat Sean damit zu tun? War es sein Kind? War Sean der Vater?« Theo beugt sich ebenfalls vor und greift über den Tisch hinweg nach meiner Hand.

»Sei bitte kurz still, Jess, und hör mir zu. Als Anna seinerzeit in der Bank angefangen hat, hat sie mir einen verschlossenen Brief ausgehändigt.«

In meinem Kopf geht alles durcheinander. Ich denke daran, wie oft sich die beiden gesehen haben. Sie waren befreundet. Wir alle sind befreundet. Theo und ich sind Freunde … Wie sie in der Praxis gejobbt hat, immer während der Schulferien. Oder später, als sie einen Sommer lang ein Praktikum dort gemacht hat, während ihres Studiums. Dann noch die Chorsache, ein regelmäßig stattfindendes Benefizkonzert, das Theo immer organisiert hat; nicht zu vergessen Finn, den sie seit Jahren als Babysitter betreute, das letzte Mal kurz vor ihrer Abreise nach Frankreich. Auch mit Harriet verstand sie sich gut. Erinnerungen an unser letztes gemeinsames Weihnachtsfest steigen in mir auf, bei ihnen zu Hause. Theo redet weiter, hält nach wie vor meine Hand umfasst.

»Als sie ihre Stelle antrat, hat die Bank für sie neben einer Kranken- auch eine Lebensversicherung abgeschlossen, und das hat sie ihrer eigenen Aussage nach ins Grübeln gebracht. Sie hat gesagt, wenn ihr je etwas zustoßen sollte …« Er zögert kurz. »Wenn ihr je etwas zustoßen sollte, dass du dann die Wahrheit erfahren solltest.«

Ich sehe ihn mit offenem Mund an.

»Ich habe ihr versichert, dass alles, was zwischen uns je zur Sprache kam, vertraulich war und dass ich per Eid verpflichtet war, darüber Stillschweigen zu bewahren. Außer, es ginge irgendwie um Leben oder Tod.« Er zuckt die Achseln. Ich beobachte, wie sich seine breiten Schultern erst heben und dann wieder senken. »Sie hat mir den Brief geschrieben, den ich nur öffnen sollte, falls … falls … Jedenfalls hat sie mir darin ihre Erlaubnis erteilt, zu sprechen.«

Ich entziehe ihm meine Hand. Wiege mich ungeduldig auf dem Sessel vor und zurück. »Worum geht es denn nun?«

Er steht auf, und ich muss zu ihm hochschauen, während er kurz auf und ab geht. Am Fenster bleibt er stehen und blickt in den finsteren Garten hinaus. Scheint sich äußerst unwohl zu fühlen, als wäre er jetzt lieber woanders. »Anna hatte einige Jahre ein Verhältnis mit jemandem, mit Unterbrechungen. Sie hat dir nie davon erzählt.«

»Ein Verhältnis? Ein Verhältnis mit wem?« Ich spüre ein Pochen in den Schläfen, lege mir die Hände um den Kopf. »Das hätte ich gewusst. Wovon redest du da?«

»Ich wusste nur, dass sie vor Jahren mit jemandem etwas hatte. So viel hat sie mir erzählt, in dem Sommer, als sie das Praktikum bei uns gemacht hat, in ihrem letzten Jahr an der Uni. Zu dem Zeitpunkt war es schon vorbei, aber sie musste es wohl einfach loswerden. Hat es mir eines Tages aus heiterem Himmel anvertraut, nach Feierabend …«

»Nein. Das glaube ich nicht.« Ich halte meinen Kopf noch fester umfasst. Vergrabe die Finger tief in meinem Haar.

»Kürzlich haben sie dann wieder angefangen, sich zu treffen.«

»Scheiße, das glaube ich einfach nicht. Das ergibt doch alles überhaupt keinen Sinn. Und ich dachte, du und ich, wir wären Freunde.« Ich stehe auf, nehme seinen Teller vom Tisch, wo er ihn abgestellt hat. Ohne Rücksicht darauf, dass er noch nicht ganz aufgegessen hat.

»Wir sind auch Freunde. Sonst wäre ich jetzt nicht hier.«

»Freunde belügen sich nicht.« Ich stelle seinen Teller auf meinen. Als ich mich gerade wieder setzen will, hascht er nach meiner Hand und sieht mich an.

»Ich habe dich nie belogen.«

Ich mache mich ungeduldig von ihm los. »O doch! Als sie das letzte Mal bei dir war, in der Sprechstunde. Du hast mir erzählt, sie hätte dich um Medikamente gebeten, gegen Reisekrankheit oder was weiß ich … Ich komme nicht drauf, aber so was in der Art! Ich hatte dich gefragt seinerzeit, das weiß ich noch. Und was hat es mit diesem anderen Mist auf sich? Sie hatte ein ›Verhältnis‹ mit jemandem. Was zum Teufel soll das heißen? Warum hätte sie mir das verschweigen sollen, aus welchem Grund?«

»Jess. Es reicht.«

Das ist jetzt schon das zweite Mal, dass er mir den Mund verbieten will. »Ja, mir reicht's auch. Das ist mein Haus. Ich finde, du solltest jetzt gehen.« Ich nehme die Teller vom Tisch und mache mich auf den Weg zur Spülmaschine. »Hast du gehört? Du sollst gehen, habe ich gesagt!«

Es ist mir alles zu viel; zu viel auf einmal. Anna war wieder schwanger. Anna wollte abtreiben lassen. Ich schüttle ungläubig den Kopf. Und ich habe nichts geahnt. Sie hatte keine Geheimnisse vor mir, hat mir immer alles erzählt, und dennoch hatte ich von all dem keine Ahnung? Es will mir nicht in den Kopf.

Theo folgt mir, bleibt ein Stück hinter mir stehen. »Der Typ, mit dem sie was hatte, der Vater. Er war verheiratet. Deswegen hat sie dir nie davon erzählt.«

Ich lasse den Teller fallen, der klirrend am Boden zerschellt. Theo macht reflexhaft einen Schritt nach vorn, als wollte er die

Scherben auflesen. »Bemüh dich nicht!«, fahre ich ihn wütend an.

Zusammen starren wir kurz die Sauerei auf den Fliesen an; Scherben, dazwischen Bohnensprossen, Nudeln und süßsaure Soße. Mopsi ist umgehend zur Stelle, und ich schimpfe unbeherrscht auf sie ein, ehe ich mich schwer gegen die Spüle sinken lasse.

Wieder dieses bleierne Gefühl in den Beinen. Als wären sie in Beton eingegossen. »Vater« und »verheiratet«, diese beiden Wörter wirbeln mir durch den Kopf wie Socken in einer Waschtrommel. *So etwas würde Anna nicht tun. Nein. So etwas würde Anna nicht tun.*

»Als sie das letzte Mal bei mir war, vor Frankreich, war sie am Boden zerstört.« Theo lässt sich nicht entmutigen, er redet weiter. »Sie hatte ihm gerade von der Schwangerschaft erzählt. Darauf hat er wohl so zornig reagiert, dass sie wusste, es war aus.«

Ich hebe stumm eine Hand, während ich mir die andere an den Magen presse.

Theo kommt auf mich zu.

»Nein!«, schreie ich.

Er bleibt stehen. »An dem Tag hat sie mir erzählt, sie wolle kein zweites Kind von ihm auf die Welt bringen. Nicht nachdem sie nun über seine Gefühle Bescheid wusste …«

Die Übelkeit kommt jetzt in Wellen. Dazwischen japse ich nach Luft. »Ein *zweites* Kind von *ihm*? Lieber Himmel. Sean ist gar nicht Roses Vater?«

Theo schüttelt den Kopf, und da geben meine Knie nach.

Er fängt mich eben noch auf, schafft es aber nicht mehr, mich in die Höhe zu ziehen, und so landen wir beide am Boden, inmitten der Scherben und Essensreste. Erst da fällt mir auf, dass er noch immer den schönen neuen Anzug anhat. Nun ist der Hosenstoff an den Knien mit orangegelber Soße verschmiert.

»Oje, dein Anzug«, schluchze ich. »Das tut mir leid.« *So etwas würde Anna nicht tun.*

Er zieht mich wortlos an sich. Umfängt mich mit seinen Armen und drückt mich an seine breite Brust. Erst wehre ich mich noch, weil ich kaum Luft bekomme. Doch er hält mich so fest, dass Gegenwehr zwecklos ist, also gebe ich es bald auf, und auch weil ich diese Umarmung brauche. Er soll mich im Arm halten und mir alles erzählen. Behutsam zieht er mich von den Scherben und Essensresten weg, rutscht mit mir zusammen über den Boden, bis er sich rücklings an den Kühlschrank lehnen kann. Dabei lässt er mich keine Sekunde los. Mopsi lässt sich vor seinen Füßen nieder, um uns mit ihren kugelrunden, glänzenden dunklen Augen wachsam anzusehen.

»Hat sie dir gesagt, wer es ist?«, frage ich mit heiserer Stimme und sehe ihn an.

Er schüttelt den Kopf, ohne die Augen zu öffnen.

»Warum hat sie sich dir anvertraut? Warum nicht mir? Das kapiere ich nicht.«

Statt einer Antwort zieht er mich enger an sich und streichelt mir übers Haar, und das fühlt sich so tröstlich an, so beruhigend, dass ich es kaum aushalte. Tief in mir schreit etwas, doch zugleich bin ich wie hypnotisiert. Ich sage ihren Namen: »Anna.« *So etwas würde sie nicht tun.*

Er streichelt mir weiter übers Haar, während er mir alles erzählt, was er weiß:

Zu der Zeit, als Rose gezeugt wurde, hatte Anna ein Verhältnis mit einem verheirateten Mann. Er ist Roses Vater, ihrer Aussage nach. Ihre Beziehung hielt einige Jahre lang, mit Unterbrechungen zwischendurch, bis Anna die Sache schließlich beendete. Erst vergangenen Oktober hätten sie dann angefangen, sich wieder zu treffen.

Es klingt völlig widersinnig. Während ich in Theos Armen liege, denke ich an die Zeit zurück, als Rose zur Welt kam. Einen Freund hatte Anna meines Wissens damals nicht. Sean war natürlich präsent, aber als Roses Vater. Himmel ... Sean ... Ich balle die Hand zu einer schlaffen Faust und schlage Theo damit rhythmisch gegen die Brust, während mir wieder die Tränen über die Wangen laufen. *So etwas würde Anna nicht tun.*

Doch hier sitze ich nun mit Theo, am Boden meiner Küche, inmitten von Scherben und Essensresten vom Chinesen. Ihm hat sie von ihrer Affäre erzählt. Er hat einen Brief von ihr.

»Dieser Brief.« Ich atme tief durch, gebe mir alle Mühe, endlich mit dem Weinen aufzuhören. »Steht da sonst noch irgendwas drin? Außer –«

»Nein. Sie hat mir damit nur die Erlaubnis gegeben, mit dir zu sprechen. Dir zu erzählen, was ich weiß.« Ich kann spüren, dass er den Kopf schüttelt. »Ich weiß nur, dass Sean nicht Roses Vater ist und dass Anna wieder schwanger war. Das ist alles. Dieser Brief hätte ewig bei mir in der Schublade liegen können, Jess. Ungeöffnet. Sie hat ihn mir eigens gegeben, um mich von meiner Schweigepflicht zu entbinden. Damit ich mit anderen reden konnte – mehr nicht. Vielleicht hatte sie mir noch mehr erzählen wollen, später. Vielleicht wollte sie auch dir reinen Wein einschenken, später. Ja. Das halte ich sogar für sehr wahrscheinlich …«

Wieder fange ich an zu weinen, und so sitzen wir eine halbe Ewigkeit da. Er mit süßsaurer Soße an der Hose und ich wie ein Fötus zusammengekauert in seinen Armen, während er mir beruhigend übers Haar streicht.

Ich löse mich etwas von ihm. Gerade so weit, dass ich zu ihm hochspähen kann. Er hält wieder die Augen geschlossen.

»Theo«, presse ich unter Schluchzen hervor.

Jetzt schlägt er die Augen auf. Auch seine Wimpern schimmern feucht. Mit der freien Hand wischt er mir zunächst behutsam die Tränen ab, ehe er sich hinabbeugt, um mich auf die Wangen zu küssen.

Eine winzige Bewegung zur Seite, mehr ist nicht nötig. Dann spüre ich auch schon seinen Mund an meinen Lippen, und wir küssen uns. Eine ganz sanfte Berührung unserer Münder zunächst, bei der sich nur unsere Lippen treffen, und dann – wieder Zement. Der diesmal seine Lippen mit den meinen verschweißt.

Wir hatten schon einmal einen romantischen Moment zusammen. Es ist lange her, ich arbeitete damals noch in der Praxis. Er brachte mich nach einer Weihnachtsfeier zu Fuß nach Hause. Ich war Single. Er nicht. Doch wir waren beide betrunken und haben uns in meiner Auffahrt geküsst, einige Minuten lang. Ein Vorfall, über den wir danach nie ein Wort verloren haben, so als wäre nie etwas passiert.

Jetzt aber, inmitten der Bohnensprossen, während mir zumute ist, als würde mein Herz, das sich anfühlt wie in kleine Fetzen gerissen, nie wieder heil werden; während mir immer und immer wieder die Worte *So etwas würde Anna nicht tun* durch den Kopf gehen, kommt mir genau dieser Moment vor meinem Haus in den Sinn. Mit der Folge, dass ich gleich darauf wieder auf dem Boden der Realität lande.

»Nein, Theo, nein«, stammle ich hervor, nachdem ich mich von ihm losgemacht habe. Ich stehe auf. »Du bist doch mein Freund. Und ich habe nicht viele Freunde.«

Er rappelt sich mühsam auf, wobei er um ein Haar wieder in der Soße ausrutscht, und steht schließlich vor mir. Er will mein Gesicht berühren, aber ich weiche ihm aus.

»Tut mir leid.« Ich schüttle den Kopf. »Das muss am Schock liegen – diese ganze Sache.« Ich nehme seine Hand. »Ich habe Anna verloren, die mir der liebste Mensch auf der Welt war. Sean will mir Rose streitig machen. Da will ich dich nicht auch noch verlieren.«

Er seufzt. Findet sich widerstrebend damit ab, dass der kurze Wahn wieder zu Ende ist. »Dann lass mich dir zumindest helfen, Rose zu behalten. Weil du beweisen kannst, dass Sean nicht der leibliche Vater ist.«

»Per DNA, meinst du?«

Er nickt.

»Aber wie soll ich ihn dazu bringen, einen Test durchzuführen?«

»Fordere ihn einfach direkt dazu auf. Erzähl ihm, dass du etwas in Annas Unterlagen gefunden hast. Falls nötig, kann ich bezeugen, was Anna mir anvertraut hat, jetzt, wo ich den Brief habe.« Er nimmt meine Hand und drückt sie.

Ich gebe ihm einen Kuss auf die Wange. »Beschränken wir uns wieder auf Wangenküsschen. Vergessen wir einfach, was eben vorgefallen ist. Bitte.« Damit lasse ich seine Hand los und gehe zur Spüle hinüber.

»Einverstanden. Darin haben wir ja schon Übung, schätze ich.« Theo seufzt abermals und folgt mir dann. Er holt ein Taschentuch aus der Brusttasche, mit dem er sich an den Knien herumtupft, nachdem er es kurz unter den Wasserhahn gehalten hat. Viel aber kann er gegen die Soßenflecken damit nicht ausrichten. Sein Anzug und das perfekte Bild, das ich von meinem einzigen Kind gehabt habe – beides ruiniert.

Ich schrecke unvermittelt aus dem Schlaf auf. Bin in Schweiß gebadet, der mir, das spüre ich, sogar zwischen den Brüsten hinabrinnt. Meine Wimpern sind mit einer Art salzigen Kruste verklebt. Auf dem Wecker ist es 3.04 Uhr, und im Haus ist es mucksmäuschenstill. Das Einzige, was ich hören kann, ist mein Herzschlag.

Die ganze Geschichte ergibt keinen Sinn. Und wenn etwas keinen Sinn ergibt und einem keine Ruhe lässt, so sehr, dass man deswegen mitten in der Nacht aus dem Schlaf schreckt, dann in der Regel, weil irgendetwas fehlt. Im Kopf gehe ich noch einmal schlaftrunken die Fakten durch, während ich mich fröstelnd unter die Decke kuschle. Denn plötzlich ist mir kalt, obwohl ich weiter schwitze.

Der Brief. Ein Brief, den Theo nur im Fall ihres Ablebens öffnen sollte. Warum sollte Anna ihm die Erlaubnis geben, zu offenbaren, dass sie eine heimliche Affäre hatte und Rose von einem anderen Vater stammt als Sean, ohne dabei den Namen ihres geheimnisvollen Geliebten zu nennen?

Ich nehme mein Handy vom Nachttisch und schreibe Theo umgehend eine SMS.

Der Brief. Ich möchte ihn sehen. Deine J x

24. Jess

Doug hat Leah bereits von Annas Schwangerschaft erzählt. Sehr zu meinem Verdruss, denn meine Schwester hätte ich schon gern selbst informiert, und zwar erst nach reiflicher Überlegung. Weil ich mit Annas Schwangerschaft und der schockartigen Erkenntnis, dass ich über meine Tochter rein gar nichts weiß, zunächst einmal selbst klarkommen muss. Leah hat angerufen, aber ich bin nicht drangegangen. Habe ihr stattdessen eine SMS geschickt, um sie auf später zu vertrösten, ich würde noch etwas Zeit benötigen. Als ich mich schließlich bereit fühle, greife ich zum Telefon. »Du bist also schon auf.« Ich werfe einen Blick auf die Uhrenanzeige am Herd.

»Ja. Ich wollte gerade unter die Dusche springen. Alles klar bei dir?«

»Nein.« Ich merke, wie ich plötzlich Herzrasen bekomme und mir der Schweiß ausbricht. Nein, ich kann über all das noch nicht reden, es ist noch zu frisch. »Entschuldige, Leah, ich hätte nicht anrufen sollen, entschuldige.«

»Jess –«

»Tu einfach so, als hätte ich nie angerufen. Keine Sorge, mir fehlt nichts. Ich melde mich später, ja?«

Damit lege ich auf und starre kurz in den Garten hinaus. Ich trage noch meinen Schlafanzug, und der Fliesenboden in meiner

Wohnküche fühlt sich unter meinen nackten Füßen eiskalt an. Ich schlinge frierend die Arme um mich, sehe mich um und frage mich wieder einmal, warum ich hier keinen richtigen Esstisch stehen habe. Warum stattdessen dieses schäbige Sofa und den fast noch schäbigeren Sessel? Ich sollte mich von dem Kram trennen. Kurzentschlossen mache ich mich ans Werk. Öffne die rückwärtige Tür und bin gerade dabei, das Sofa hinüberzuzerren, um es in den Garten hinauszubefördern, als ich höre, wie die Haustür aufgesperrt und wieder geschlossen wird. Ich puste mir das Haar aus dem Gesicht und blicke auf. Es ist Leah, die den Kopf zur Küche hereinsteckt und sich durch ein Klopfen am Türrahmen bemerkbar macht.

Sie steuert zielstrebig auf den Teekessel zu und füllt ihn mit frischem Wasser. »Nanu, was hat dir denn das arme Sofa getan?«

»Ich will das Ding loswerden.« Inzwischen habe ich es bis zu der Tür gezerrt, sehe mich aber nun mit dem Rätsel konfrontiert, wie ich es hindurchbekommen soll. Denn für die Türöffnung wirkt es entschieden zu breit. Leah kommt herüber und macht Anstalten, das Sofa wieder an seinen alten Platz zu zerren.

»Nein!« Mit einem Ruck ziehe ich es wieder auf mich zu.

»Du lieber Himmel, Jess? Was hast du denn, was ist denn los?«

Ich lasse mich auf das Sofa sinken. Ziehe und zupfe an einem Faden herum, der aus der rechten Armlehne heraushängt. »Wir wollten das Teil zusammen neu beziehen, Anna und ich.«

»Ich helfe dir gern.« Leah zwängt sich neben mich.

»Es hat eine so blöde Größe. Zu groß für einen, aber zu klein für zwei.«

»Deshalb habt ihr es doch von der Straße gerettet.« Sie deutet zu dem Fernseher an der hinteren Wand und dann auf meinen Frühstückstresen. »An dem Tresen da kann Rose ihre Hausaufgaben machen, während du kochst, und da drüben kann sie fernsehen. Das Sofa hat genau die richtige Größe für euch beide, um zusammen fernzusehen. Perfekt.«

»Stimmt. Eigentlich war es immer für Rose und eine von uns beiden gedacht, Anna oder mich.« Ich nicke.

»Das hier ist der Bereich zum Chillen, und das Zimmer nebenan ist mehr für Erwachsene.«

»Du und deine Bereiche immer. Damit habe ich nichts am Hut. Ich glaube, ich brauche ein Esszimmer.«

»Unsinn. Was du jetzt brauchst, ist eine schöne Tasse Tee.« Sie steht auf und geht wieder zum Teekessel, in dem das Wasser mittlerweile gekocht hat.

»Musst du denn nicht zur Arbeit?«

»Lass dir einfach mal von mir helfen.«

»Entschuldige.« Ich stehe auf, um mich an den kleinen Frühstückstresen zu setzen, der als eine Art Raumteiler fungiert. »Ich hätte dich wirklich nicht anrufen sollen.«

»Doch, das war goldrichtig. Wenn du mich brauchst, rufst du mich an. So läuft das bei uns.«

»Nein.« Ich schüttle den Kopf. »So läuft es eben nicht bei uns.« Ich sehe Leah an, die verdutzt die Augenbrauen hochzieht. »So läuft es nicht bei uns«, wiederhole ich mit Nachdruck. »Leute anrufen«, das ist noch nie meine Art gewesen. Und wenn ich doch mal bei jemandem Hilfe gesucht habe, dann eher nicht bei Leah.

Ich spüre, wie sie meine Hand umfasst. Mit der ich mich gerade an der Kante des Tresens festklammere, als hinge mein Leben davon ab.

»Aber nun läuft es so bei uns, Jess«, sagt sie leise.

»Theo war gestern Abend da.« Ich genehmige mir einen Schluck Tee aus dem Becher, den sie mir hingestellt hat. Werfe einen Blick auf die Uhr und bin mir bewusst, dass Rose nun jederzeit nach unten kommen wird. »Er wusste bereits, dass Anna schwanger war.«

Sie trinkt ihrerseits etwas Tee und nickt dann bedächtig. »Ja, scheint nachvollziehbar. Immerhin war er ja ihr Hausarzt.«

»Sie wollte abtreiben lassen. Hatte den Termin schon gebucht.«

»Oh …«

»Sie hat Theo anvertraut, dass sie ein Verhältnis mit einem verheirateten Mann hatte.« Ich behalte Leahs Reaktion im Auge. Sie verengt leicht die Augen; öffnet den Mund, als wollte sie etwas sagen, überlegt es sich aber dann offenbar anders. Stattdessen runzelt sie schweigend die Stirn.

»Mit wem?«, fragt sie dann.

»Das weiß Theo nicht. Aber anscheinend lief die Sache schon seit längerem, mit Unterbrechungen zwischendurch. Seit sie neunzehn war.«

»Wie bitte?« Leah stellt ihren Becher ab, starrt mich an. »Kannst du das noch mal wiederholen?«

»Du hast mich schon verstanden.«

»Himmel …« Sie lässt sich auf dem Hocker neben mir nieder und stößt laut die Luft aus. »Himmel.«

»Also. Ich möchte hier lieber einen Esstisch reinstellen, habe ich mir überlegt.«

»Aha.«

»Deshalb wollte ich das Sofa in den Garten rausschaffen. Damit hier Platz für einen Tisch ist.«

»Was willst du mit einem Esstisch, den brauchst du doch gar nicht«, wendet Leah ein. »Aber eine Verschnaufpause, die hast du dringend nötig. Die könnte dir das verflixte Universum wirklich langsam mal gewähren.«

Da höre ich von oben Geräusche. Hebe den Blick zur Decke und muss unwillkürlich lächeln. »Ah, sie ist aufgestanden«, sage ich. »Ich gehe mal rasch hoch und hole sie.«

Kurze Zeit später komme ich wieder nach unten, mit einer schlaftrunkenen Rose auf dem Arm. »Rate mal, wer auf Besuch gekommen ist, so früh am Morgen?«

Sie streckt die Arme nach Leah aus, die sie behutsam von mir in Empfang nimmt. Dann setzt sie sich mit ihr auf das alte Sofa, das sie wieder an die gewohnte Stelle gerückt hat. Rose, die auf ihrem Schoß sitzt, schmiegt sich eng an sie und nuckelt am Daumen.

»Siehst du?«, sagt Leah. »Ist doch perfekt. Ich weiß nicht, was du hast.« Sie schnuppert kurz an Roses Haar. Und schluckt mühsam, ehe sie hinzusetzt: »*Sie* ist perfekt.«

»Ja.« Ich nicke. »Das ist sie. Absolut.«

Zwei Tage darauf, am Samstag, kommt Leah erneut vorbei, um mir in Annas Zimmer zur Hand zu gehen. Sie hat angeboten, unsere Eltern bei sich unterzubringen, aber hier bei mir sind sie besser aufgehoben. Weil Dad niemals mit ihrer Treppe klarkäme, hochmodern, aus Glas und ohne Geländer, an dem er sich festhalten kann. Um das zu umgehen, hat sie sich sogar bereiterklärt, ihr Esszimmer im Erdgeschoss zeitweilig zu einem Schlafzimmer umzufunktionieren. Ich sehe sie an und könnte sie knuddeln. Sie ist schon ein wunderbarer Mensch, meine Schwester.

Aber jetzt sind wir hier, in Annas Zimmer, um zusammen ihr Bett abzuziehen.

»Das ist doch wirklich nicht nötig«, wiederholt Leah abermals.

Rose ist in ihrem Zimmer, gleich nebenan. Ich kann die Stimmen der Märchenfiguren hören, von dem Trickfilm auf DVD, den sie sich gerade ansieht.

»Irgendwann muss ich das Bett ohnehin mal abziehen. Also, warum nicht jetzt.« Ich beuge mich über die Bettdecke und knöpfe den Bezug auf. Dann fange ich an, die Decke vom anderen Ende aus herauszuschütteln. Leah fasst mit an, zieht an der Decke, und gleich darauf halte ich den Bezug auch schon in den Händen. Ich drücke ihn mir an die Nase, in der Hoffnung, noch eine Spur von Annas Geruch wahrzunehmen. Nach Monaten aber riecht er nur noch muffig nach Staub, und ich muss heftig niesen. Danach lasse ich ihn zu Boden fallen, und wir ziehen zusammen die restliche Bettwäsche ab.

»So, das hätten wir.« Ich bin richtig stolz. Weil ich etwas hinter mich gebracht habe, wovor mir am Morgen noch einigermaßen gegraut hatte.

»Alan, dieser Kollege von mir, dem ich ihr Smartphone gegeben habe«, fängt Leah an. »Er hatte ein paar Tage Urlaub. Aber jetzt hat er mir eine SMS geschickt, er hat die Sperre geknackt. Am Dienstag gibt er es mir zurück.«

Spontan liegt mir die Frage auf der Zunge, »warum nicht schon am Montag«, aber dann fällt mir ein, was am Montag ist. An dem Tag arbeitet sie nicht, sondern wird mit mir und hundert weiteren Gästen in der Kirche sein.

»Und dieses Schreiben an Sean …« Sie greift nach der frischen, reinweißen Wäsche, mit der wir das Bett nun beziehen wollen. »Das ist abgeschickt.«

Ich reibe mir reflexhaft mit der Hand über den Magen. Der Anwaltskollege in der Kanzlei, den Leah um Rat gebeten hat, hatte empfohlen, möglichst rasch zu handeln. Um Sean zuvorzukommen, keine unnötige Zeit verstreichen zu lassen, in der er Gelegenheit hätte, ein neues Leben für Rose zu organisieren. Ich war damit zunächst nicht einverstanden. Um ihn nicht mutwillig zu verletzen. Sonderlich begeistert war ich nie von ihm, wir sind nicht miteinander warmgeworden, aber das Timing ist schon denkbar unglücklich. Weil Sean unsere Anfrage nach einer DNA-Probe fast zeitgleich mit Annas Trauerfeier ins Haus flattern wird. Ein Gedanke, bei dem mir wirklich nicht wohl ist.

Während wir das Bett beziehen, unterhalten wir uns, Leah und ich. Da dringt von der Tür ein Geräusch herüber, und wir halten gleichzeitig inne und blicken auf. Rose steht mit aufgerissenen Augen in der offenen Tür, nur drei Meter weiter weg, und hyperventiliert nahezu.

»Was macht ihr da?«, greint sie.

»Rose, Schatz.« Ich stürze zu ihr. Gehe in die Hocke, um mit ihr auf einer Höhe zu sein. »Was ist denn?«

»Was macht ihr mit Mummys Bett? Es muss so bleiben, wie es ist!« Sie weicht meinen Händen aus, stürmt an mir vorbei und wirft sich bäuchlings auf das Bett. Schreit wie von Sinnen, als Leah sie anfassen will.

»Lass mich in Ruhe! Ihr dürft Mummys Bett nicht anrühren!«

»Ist ja gut, Rose, ist ja gut. Hör auf zu schreien.« Ich setze mich neben sie aufs Bett, reibe ihr beruhigend über den Rücken. »Was stört dich denn, Schatz. Sag's mir.«

Sie wendet den Kopf herum und sieht zu mir hoch, ohne sich einen Millimeter vom Fleck zu rühren. »Ihr dürft an Mummys Bett nichts verändern. Es muss so bleiben, wie es ist.« Inzwischen schluchzt sie herzzerreißend. »Weil sie doch irgendwann nach Hause kommt.«

Leah sieht mich bestürzt an. Für ihre dreiundvierzig sieht sie eigentlich noch fast jugendlich aus, doch nun scheint sie vor meinen Augen um Jahre zu altern. Die Wunschvorstellung von singenden Engeln und Annas Status als Stern am Himmel löst sich mit einem Mal in Luft auf. Rose glaubt, dass Anna zu uns zurückkommt, und ich muss blitzschnell entscheiden, ob ich meiner Enkelin jetzt das Herz brechen soll oder erst zu einem späteren Zeitpunkt. Sie macht ein so unglückliches Gesicht, dass ich die Sache feige auf später verschiebe.

»Schatz, Oma und Opa kommen für ein paar Tage zu Besuch. Es wird Anna nicht stören, wenn sie in ihrem Bett schlafen.«

Rose kneift fest die Augen zu. »Nein!«

Leah nimmt ihre Hand. »Hör zu, Mäuschen. Opa kommt mit der Treppe bei mir zu Hause nicht klar, deswegen muss er hier bei euch übernachten.«

Rose richtet sich auf, ihr laufen weiter die Tränen übers Gesicht. »Omi, schlaf du hier. Dann können sie dein Bett nehmen.«

»Ist gut.« Ich nicke. »Darf Omi denn wenigstens saubere Laken haben?«

»Nein!«

»Na schön. Jetzt darfst du aber nicht länger weinen. Omi wird hier schlafen. Na komm, lass dich umarmen.« Ich ziehe ihre kleine Gestalt vom Bett hoch, und sie fällt mir um den Hals und klebt an mir wie eine Klette. Leah steht etwas hilflos dabei.

»Wie sieht's aus, wir wollen doch Pizza machen«, sagt sie nach einigen Minuten. »Magst du mir helfen, Rose?«

Rose nickt stumm, lässt mich endlich los und springt ihrer Tante in die Arme. Ich folge den beiden, vorbei an dem Haufen Bettwäsche, die ich notgedrungen heute Abend noch waschen und trocknen muss, ehe ich Annas Bett wieder damit beziehe. Aber erst, wenn Rose schon schläft, damit sie nichts davon mitbekommt.

Sie hilft Leah gerade in der Küche beim Mozzarella-Reiben, als es an der Tür klingelt. Ich erwarte niemanden und gerate bei dem Gedanken, dass es Theo sein könnte, kurz in Panik. Seit dem »romantischen« Moment in meiner Küche habe ich nichts mehr von ihm gehört. Ich stehe da und blicke unschlüssig in Richtung Flur.

»Erwartest du noch jemanden?« Leah reibt sich die Hände an einem Geschirrtuch ab. Als hätte sie vor, die Tür zu öffnen, da ich nichts unternehme.

»Nein. Aber ich gehe schon.« Ich schlappe in meinen Hausschuhen durch den Flur, in der festen Erwartung, gleich Theo vor meiner Tür zu erblicken. Der mit diesem Besuch endlich auf meine SMS reagiert und bei der Gelegenheit auch Annas Brief mitgebracht hat.

Auf Sean und seine kleine, rundliche Mutter kann ich heute Abend wirklich gut verzichten; die Götter in ihrer unergründlichen Weisheit aber schicken sie mir trotzdem vorbei. Rose zumindest ist hellauf begeistert, ihren Dad zu sehen, also lasse ich die beiden widerstrebend herein.

»Püppchen!« Mrs Dwyer beugt sich hinab, um Rose zur Begrüßung zu umarmen.

»Wir dachten uns, wir kommen mal auf einen Sprung vorbei, um euch beiden Hallo zu sagen.« Den Rest des Satzes übermittelt sie mir lautlos, per Lippensprache: »Weil wir gerade in der Gegend sind, weißt du …«

Ich muss mir auf die Zunge beißen. Weil sie gerade in der Gegend sind. Herrgott. Tatsächlich sind sie angereist, um an der Trauerfeier der Mutter ihrer Enkelin teilzunehmen.

»Wie geht es dir, Jess?« Bei der Frage schüttelt Mrs Dwyer den Kopf, so unentwegt, dass es mich im Stillen wundert, warum er sich noch nicht von ihrem Hals gelöst hat.

Sean hat die Hände in die Taschen seiner sakkoartigen Jacke geschoben, mit über den Rand gehakten Daumen. Seiner Miene nach zu urteilen ist ihm ein wenig unbehaglich zumute.

»Kann ich euch irgendwas anbieten?«, frage ich, als ich mit ihnen ins vordere Wohnzimmer gehe. Rose, die eben bei der Teigzubereitung geholfen hat und noch über und über mit Mehl bestäubt ist, verkündet ihnen unbefangen, dass es gleich Pizza gibt. Worauf Sean murmelt, sie hätten schon etwas gegessen. Glücklicherweise. »So, hör mal zu«, wendet sich Oma Eclair mit vertraulich gedämpfter Stimme an mich, während Rose sich mit Sean unterhält. »George und ich sind am Montag hier. Wir kümmern uns gern um Rose, unternehmen was Lustiges mit ihr …«

Ich sehe zu Sean hinüber und ertappe ihn dabei, wie er mich gespannt ansieht. Er wendet sofort den Blick ab.

»Clara«, sage ich, denn so lautet ihr Vorname. »Rose wird am Montag bei uns sein. Bei Doug und mir, während der Trauerfeier für ihre Mutter.«

»Schön und gut. Aber wir –«

»Jess.« Sean erhebt sich. »Können wir uns kurz in der Küche unterhalten, du und ich?«

Clara nickt eifrig vor sich hin. Dann klatscht sie in die Hände und beugt sich leicht nach unten, um mit Rose zu spielen.

Schon im Flur wendet er sich an mich. »Ich finde nicht, dass Rose –«

»Sean. Rose kommt am Montag mit zu der Feier.«

Inzwischen sind wir in der Küche angelangt, wo Leah weiter an den Pizzen rumwerkelt. Sean mustert sie finster. »Leah«, knurrt er geradezu.

Dann ist der Brief also schon bei ihm eingetroffen.

»Trifft sich ja gut, dass du auch hier bist.« Er sieht sich einmal rasch zum Wohnzimmer um. »Dürfte ich erfahren, was es mit diesem Brief auf sich hat?«, zischt er wütend. »Was zum Henker hat das zu bedeuten?«

Leah blickt betreten zu Boden.

»Wir haben unsere Gründe, Sean«, erkläre ich. »Ich will dir damit nicht wehtun.«

»Ein DNA-Test?« Er macht einen Schritt auf mich zu, und ich weiche reflexhaft zurück. »Sie ist *meine* Tochter, hörst du? *Meine* Tochter.« Er fuchtelt mir mit dem Finger vor der Nase herum. »Sie ist jetzt fast sechs, und ich liebe sie von Herzen, seit sie auf der Welt ist!«

»Es tut mir leid.«

»Du willst nicht, dass sie mit mir nach York zieht, das ist der einzige Grund für diese Aktion. Reine Schikane. Du hast immer schon was gegen mich gehabt. Tja, dumm gelaufen. Ich bin ihr Vater, fertig, aus.«

Ich kann ihm nicht widersprechen. So richtig leiden konnte ich ihn noch nie. Und um seinen Plan zu sabotieren, mir Rose wegzunehmen, wäre mir notfalls jedes Mittel recht gewesen – sogar ein DNA-Test, wenn ich irgendwie auf diese Idee gekommen wäre.

»Dann wirst du doch gegen einen Test nichts einzuwenden haben.« Leah ist gerade dabei, mit einem Lappen die Arbeitsfläche zu säubern, die voller Mehl ist. Beim Reden blickt sie nicht einmal auf. »Du bist ihr Vater? Die DNA wird es zweifelsfrei beweisen, und danach kannst du mit Rose wie geplant nach York abschwirren, kein Problem.«

Ich drücke mir unwillkürlich die Hand ans Herz und sehe sie etwas verunsichert an. Schließlich kenne ich nur die Version der Geschichte, die Anna Theo erzählt hat. Was, wenn sie aus irgendeinem Grund die Unwahrheit gesagt hat? Nicht auszudenken –

»Was das ›Abschwirren‹ betrifft, da bin ich mir nicht so sicher, Leah. Aber im Juni, so viel steht fest, wird Rose mit mir zusammen nach York ziehen, ins Haus meiner Eltern.«

Ich schlucke mühsam.

»Und noch was«, fährt er fort, schon merklich ruhiger. »Warum ich heute Abend hergekommen bin. Ich möchte nicht, dass Rose an dieser Trauerfeier teilnimmt. Meine Eltern haben netterweise angeboten, sich um sie zu kümmern. Weil ich selbstverständlich zu der Feier kommen werde.«

Mag sein, dass er die besten Absichten verfolgt. Aber ich halte es für sehr wichtig, dass Rose an dem Trauergottesdienst teilnimmt, zumal nach dem Vorfall von heute. Leah und ich haben bereits darüber gesprochen und sind uns einig, dass ihr das helfen könnte, endgültig Abschied von ihrer Mutter zu nehmen. Sofern ich ihr vorher erkläre, worum es genau geht.

Unbewusst fange ich an, nervös meine Hände zu kneten. Ich habe mich wegen Rose noch nie mit jemandem streiten müssen. In Erziehungsfragen hat immer Anna die Entscheidungen getroffen, und wenn sie sich nicht sicher war, hat sie mich um Rat gefragt. Und instinktiv waren wir uns immer einig, wenn es um die Frage ging, was für Rose am besten war. Dieser Konflikt mit Sean jedoch ist Neuland für mich. Gefährliches Neuland.

»Ich möchte aber gern, dass sie dabei ist. Anna würde sich das auch wünschen, ganz sicher, es wäre ganz in ihrem Sinne. Es könnte Rose dabei helfen, zu verstehen, was mit ihrer Mummy geschehen ist.«

Er sieht mich eine Zeitlang schweigend an. Dann erst gibt er sich einen Ruck und nickt. »Also gut. Na schön …«

»Danke«, presse ich erstickt hervor.

»Kein Thema. Bist du damit einverstanden, wenn ich sie Montagabend zu mir nehme? Es ist außerplanmäßig, ich weiß, aber meine Eltern reisen Dienstag schon wieder ab, und sie würden sich freuen, ein bisschen Zeit mit ihr zu verbringen.« Sein Tonfall ist jetzt wieder ruhig und geschäftsmäßig, so wie immer, wenn es bei uns um Rose geht und darum, wann er sie das nächste Mal zu sich nimmt.

Nein, diese Bitte muss ich ihm abschlagen, das sagt mir mein Instinkt. Wenn sie nach der Feier aufgewühlt ist, wird sich das garantiert am Abend manifestieren. Sie wird aus dem Schlaf schrecken und weinend nach ihrer Mummy rufen. »Tut mir leid. Hier zu Hause wäre sie, glaube ich, wirklich besser aufgehoben.« Ich rede sehr leise, wage es kaum, ihn anzusehen. »Das kommt auch sehr plötzlich«, setze ich noch hinzu.

»Ich hatte gehofft, du würdest mal eine –«

»Sean. Am Montag wird mein einziges Kind eingeäschert.« Kurz versagt mir die Stimme. »Nach dem Gottesdienst kannst du sie für den Rest des Tages haben, aber sei so gut und hab Verständnis dafür, dass ich am Abend gern meine Enkeltochter bei mir hätte, ja?«

Er hebt die Hand, drückt sich kurz mit den Fingern an die rechte Augenbraue, als hätte er Kopfweh. »Na gut«, gibt er sich geschlagen. »Na gut. Aber, Jess, damit eins klar ist: Im Juni, in der Woche der Winterferien, hole ich Rose hier ab und ziehe mit ihr nach York.«

Ich sage nichts. Blicke ihn einfach nur schweigend an.

Ehe die Stille unerträglich wird, schaltet sich Leah ein. »Lass nächste Woche den Test durchführen, Sean. Dann sehen wir weiter und unterhalten uns noch mal darüber, wer mit Rose wohin genau umzieht.«

Sonntag. Meine Mutter verbreitet eine gewisse Hektik. Sie stand mit meinem Vater schon zeitig auf der Matte, beladen mit allen Zutaten für einen köstlichen Sonntagsbraten, aber wenig später ging es schon mit dem Genörgel los. Mein Geschirr genügt offenbar in keiner Weise ihren Ansprüchen, und vernünftige Servierschüsseln besitze ich auch keine. Und wieso ich denn noch immer keinen Esstisch hätte, das sei doch kein Zustand? Ich sehe sie an. Bettentausch, den bekomme ich gerade noch hin; aber jetzt auf die Schnelle einen Esstisch aufzutreiben und mein Haus entsprechend umzuräumen, das ist nicht drin.

Da ruft Leah an und erweist sich als Retterin in der Not – klar, wir könnten gern vorbeikommen und das Essen bei ihr abhalten.

Mum lächelt schon vor Vorfreude bei dem Gedanken, sich gleich in Leahs edler, hochmoderner Küche austoben zu können. Unter normalen Umständen wäre ich vermutlich beleidigt. Heute aber stehe ich völlig über den Dingen.

Ich habe Mum und Dad in mein Zimmer einquartiert, wo sie ohnehin besser aufgehoben sind, weil es über ein eingebautes Badezimmer verfügt. Ich wiederum bin mit meinen Sachen für die nächsten paar Tage in Annas Zimmer umgezogen. Rose hat bereits gefragt, ob sie die nächsten Nächte dort mit mir zusammen verbringen darf, was ich ihr natürlich erlaubt habe. Nun sind wir alle bei Leah, und Gus spielt den perfekten Gastgeber; soweit das eben möglich ist, denn meine Mutter ist in der Küche vollauf mit Kochen beschäftigt, und mein Vater dämmert vor sich hin, ohne von Gus überhaupt Notiz zu nehmen. Rose aber genießt seine Aufmerksamkeit, das ist nicht zu übersehen; als ich mich verabschiede, um einen kleinen Spaziergang mit Mopsi zu unternehmen, liegt sie mit Gus gemütlich auf dem Sofa und blättert mit ihm ein Buch durch, dass sie schon zigmal gelesen hat. Als ich aus dem Haus trete, sehe ich einen Nachbarn von Gus und Leah, dem ich besonders zugetan bin. Steve wäscht gerade seinen Wagen vor der Garage; als ich an ihm vorbeikomme und grüße, winkt er mir zu und lächelt ein bisschen nervös. Das erlebe ich oft; seit der Sache mit Anna sind die Leute einfach unsicher, wie sie mit mir umgehen sollen.

Ich schlage den Weg in Richtung Stadt ein, weil ich lieber unter Menschen sein möchte, als allein durch den Wald zu spazieren. Zumal die Gefahr besteht, dass ich im Wald zufällig Theo über den Weg laufe. Während ich mit Mopsi die Straße entlangmarschiere, mustere ich unwillkürlich die Männer, die mir unterwegs begegnen, einen nach dem anderen. Ich halte in ihren Gesichtern nach gewissen Zügen Ausschau. Wobei es mir nicht nur um Einzelheiten wie die Augenfarbe geht, die Form der Nase und der Ohren, sondern auch um ihre Mimik und ihr Lächeln. Wenn ich jemanden lachen höre, drehe ich mich um und versuche, den

Klang mit dem Kichern zu vergleichen, das so typisch ist für Rose. Er muss hier irgendwo sein, das spüre ich. *Wer ist es, Anna?*

Ich laufe mit gesenktem Blick dahin, während ich all die Männer in Annas Leben Revue passieren lasse, die eventuell in Frage kämen. Ich kenne viele verheiratete Männer. Sie kannte viele verheiratete Männer. Als ich den Blick hebe, steht auf einmal Theo vor mir, mit einer Anzahl Sonntagszeitungen unter dem Arm.

»Hab dich schon von weitem erkannt«, sagt er.

»Ich musste mal raus. Dem ganzen Wahnsinn eine Zeitlang entkommen.«

»Soll ich dich nach Hause fahren?«

»Nein danke. Ich brauche dringend etwas frische Luft.«

»Verstehe.« Er nickt vor sich hin. »Soweit alles geregelt für –«

»Ja. Es ist alles geregelt.«

»Fein.«

»Ist dein Telefon irgendwie defekt gewesen, die letzten Tage?«

Er läuft rot an. Lockert ein wenig seinen Hemdkragen, der aus der Fleecejacke herauslugt.

»Ich habe dir einige SMS geschickt. Wegen des Briefs, weil ich den gern mal lesen würde.«

»Ich weiß. Obwohl mir nicht ganz klar ist, was du damit bezweckst. Wie gesagt, sie hat mir damit bloß die Erlaubnis erteilt, mit dir über alles zu sprechen, was sie mir erzählt hat.«

»Dann spricht doch nichts dagegen, dass du ihn mir mal zeigst.«

»Warum bist du denn so gereizt?«

»Ich bin nicht gereizt.« Ich ziehe mit einem Ruck an Mopsis Leine, während sie versucht, an den Laternenpfahl neben mir zu pinkeln.

»Doch, das bist du, Jess. Weswegen – wegen Anna, wegen mir oder wegen diesem Kuss in deiner Küche? Über den wir wieder mal den Mantel des Schweigens breiten werden, als wäre nichts passiert?«

Nun merke ich, wie ich selbst rot anlaufe. »Rede nicht solchen Unsinn.«

Eine Frau kommt an uns vorbei, wendet sich noch einmal um und wirft mir über die Schulter einen Blick zu. Mopsi steht vor mir und kläfft aufgeregt zu mir hoch; womit sie auf Hundeart wissen möchte, ob es mir gut geht, ob bei mir alles in Ordnung ist.

Autos fahren an uns vorbei, hin und wieder hupt jemand. Dazu umgibt uns das Stimmengewirr von Passanten, die ringsum unterwegs sind. Ich könnte schwören, dass die Leute, die an uns vorbeikommen, uns anstarren. Können sie es uns ansehen? Wie mögen sie uns wahrnehmen? Als zwei Freunde, die gerade einen Schwatz halten? Als einen der ortsansässigen Ärzte mit einer Frau, vielleicht eine seiner Patientinnen?

»Komm, stellen wir uns da rein.« Er zieht mich in den halb überdachten Eingang einer Bäckerei mit Stehcafé, die heute geschlossen hat. Bugsiert mich sanft in die eine Ecke und lehnt sich dann gegenüber von mir an die Tür. »Also?« Er sieht mich abwartend an.

»Wenn ich einen etwas gereizten Eindruck mache, dann deswegen, weil ich stinksauer auf dich bin. Verrate mir eines, Theo. Wenn Sean nicht damit gedroht hätte, mir Rose wegzunehmen, hättest du mir dann je erzählt, dass er nicht ihr Vater ist? Ohne diesen Brief, ohne die förmliche Erlaubnis, mir alles zu erzählen – hättest du dann einfach Däumchen gedreht, wenn er mit ihr nach York verschwunden wäre? Ich bin die nächste Blutsverwandte, die sie noch hat, und du weißt, wie viel sie mir bedeutet.« Die körperliche Nähe zu ihm in dem Eingang ist mir unangenehm, und ich trete wieder auf den Gehweg. »Dass sie mein Ein und Alles ist. Das weißt du.«

Er blickt mich an. Bringt anscheinend kein Wort heraus.

»Du hättest es zugelassen, stimmt's? Hättest nichts gesagt, wegen deiner kostbaren ärztlichen Schweigepflicht. Mein Gott. Ich habe also richtig vermutet …« Der Gedanke hat mir in den letzten Tagen übel zugesetzt. Ob er es wirklich, tatsächlich fertiggebracht hätte, mir ein solches Geheimnis zu verschweigen.

»Ich –« Er bricht ab, schüttelt den Kopf. »Ich habe einen hippokratischen Eid geschworen, Jess.«

»Und schon wieder verschanzt du dich hinter diesem Eid! Dass ich gereizt bin, hat nichts mit unserem Kuss zu tun, Theo, obwohl ich nicht stolz darauf bin. Doch das war nur eine Art Versehen, ein Aussetzer, wie er schon mal passieren kann, im Eifer des Gefechts. Geschenkt. Was mich viel mehr umtreibt, ist die Frage, ob ich dir noch länger vertrauen kann.«

»Das ist doch nicht dein Ernst.«

Ich sehe ihn direkt an. »Doch. Das ist mein Ernst.«

Er nagt kurz an der Oberlippe. »Deine Freundschaft bedeutet mir wahnsinnig viel.«

»Ja. Aber offenbar nicht genug.« Damit wende ich mich zum Gehen.

»Das ist alles? Jess, ich bitte dich. Sei doch vernünftig.«

»Morgen ist Annas Trauerfeier. Da habe ich heute weiß Gott andere Sorgen, als mich mit dir herumzustreiten.« Ich gebe Mopsi mit einem Ruck an der Leine Zeichen, dass es weitergeht, dann lasse ich Theo einfach im Eingang der Bäckerei stehen. Als ich über die Straße laufe, zwischen den Autos hindurch, die gerade wegen einer roten Ampel halten, ist mir, als würde ich seinen Blick am Rücken spüren. Ich habe wirklich eine Mordswut. Auf ihn. Auf Anna. Und auf die Welt ganz allgemein. Frage mich, wie es sein kann, dass ich mich derart in Menschen täuschen konnte, die ich in- und auswendig zu kennen glaubte. Und das, obwohl ich wahrlich kein kleines Kind mehr bin.

25. Jess

Meine Mutter ist in ihrem Element. Geht ganz in ihrer Rolle als Gastgeberin auf, die sie vorübergehend bei Leah und Gus übernommen hat, und die beiden lassen ihr freie Hand. Vor allem besitzen sie, im Gegensatz zu mir, anständiges Geschirr, Schüsseln und Schalen, alles aus einem Guss, und damit ist die Welt für Mum wieder in Ordnung. Als ich von meinem Spaziergang zurückkehre, ist der Tisch gedeckt, und es duftet verlockend nach Braten mit allem Drum und Dran.

»Kann ich irgendwie helfen?«, frage ich, nachdem Mopsi versorgt ist. Sie hat sich erschöpft auf dem Sofa zusammengerollt, und ich beneide sie insgeheim. Denn auch ich würde mich gern ein wenig ausruhen.

»Danke, Schatz«, erwidert Mum. »Hab alles im Griff.« Leah, die neben ihr steht, verdreht stumm die Augen. Ich setze mich auf einen Hocker an Leahs Frühstückstresen, blicke durch die riesige Küche zu Mum hinüber, die an dem Herd mit der Kochplatte aus Keramik steht. Am Boden hinter mir ist Rose damit beschäftigt, ein Haus aus Lego zu bauen, aus einem Bausatz, den Leah hier eigens für sie parat hält; unterstützt von Gus, der danebensitzt und ihr die Steine reicht, nach denen sie verlangt. Bei ihrem Tun schaut Rose hin und wieder in meine Richtung, als würde sie spüren, dass etwas nicht stimmt. Dann lächle ich ihr jedes Mal zu, um sie zu beruhigen.

Dad sieht ihnen von einem Sessel aus beim Spielen zu, scheint Rose ganz genau im Auge zu behalten. Das kenne ich, auch ich bin von ihr immer wieder aufs Neue fasziniert, und ich frage mich, ob er es bei ihrem Anblick wohl ein wenig bedauert, seinen eigenen Töchtern seinerzeit nicht dieselbe Beachtung geschenkt zu haben. So jedenfalls geht es mir immer, wenn ich Rose zusehe; es stimmt mich traurig, dass mein Leben damals zu hektisch war, um Anna als Kind die gebührende Aufmerksamkeit zu widmen.

Ein feines Klirren reißt mich aus meinen Gedanken. Es ist meine Mutter, die zwei Gläser aneinanderschlägt, weil sie etwas zu verkünden hat. »Wir sollten feiern heute«, sagt sie. Gus ist inzwischen aufgestanden, er steht mit einer Flasche Champagner hinter ihr. Ich kenne ihn schon lange, und seiner Miene nach ist ihm ausgesprochen unwohl. Er sieht verlegen aus, unsicher. Als fände er es ebenso heikel wie ich, heute mit Champagner anzustoßen.

»Es scheint ungewöhnlich, ich weiß«, sagt Mum. »Aber ich finde, dass wir Anna heute feiern sollten. Weil sie uns allen nichts als Glück bereitet hat.«

Bis zu ihrem Tod, Mum. Seither habe ich das Gefühl, sie gar nicht richtig gekannt zu haben.

Ich überlege gerade, wann ich Mum das mit Anna erzählen soll, als ich ihren Blick bemerke. Sie sieht mich abwartend an. Erwartet anscheinend erst grünes Licht von mir, ehe Gus die Flasche köpft. Dass ich der Idee, vor der Beerdigung meiner Tochter mit Champagner anzustoßen, meinen Segen gebe, sie sogar ausdrücklich gutheiße. Ich setze ein kleines Lächeln auf, das meiner Gemütsverfassung in keiner Weise entspricht, aber zum Streiten fehlt mir jetzt die Kraft. Sie nickt Gus zu, der mich fragend ansieht. Erst nachdem ich mit einem Nicken mein Einverständnis signalisiert habe, dreht er den Korken mit geübtem Griff aus der Flasche. Er füllt fünf Gläser. Eins davon bringe ich Dad, der es mit seiner noch funktionierenden Hand in Empfang nimmt, und dann geleite ich ihn behutsam in den Küchenbereich. Rose mustert ihn kurz, ist aber ansonsten ganz auf das Haus konzentriert, das sie gerade zusammensetzt.

»Auf Anna.« Mum hebt ihr Glas. »Auf ihre Schönheit und Liebenswürdigkeit. Sie war eine feinfühlige Seele, und wir können uns glücklich schätzen, sie so lange bei uns gehabt zu haben. Wenn auch nicht lange genug.«

»Auf Anna«, antworten die anderen, sogar Dad. Ich aber bleibe stumm. Trinke ein Schlückchen aus meinem Glas, nur Mum zuliebe.

»Es gibt ihr Lieblingsgericht.« Mum stellt ihr Glas ab und wendet sich wieder zum Herd um. »Lammbraten, gebackenes Gemüse, Backkartoffeln und Alkoholsoße.« Alles lacht, bis auf mich. Diese Alkoholsoße geht auf einen Vorschlag Annas zurück, als meine Mutter einmal an Weihnachten nichts im Haus hatte, um die Soße anzudicken. Anna versicherte ihr, dass man zum Soßenandicken auch Alkohol verwenden könne, je mehr, desto besser. Die Soße blieb dünnflüssig, überzeugte aber geschmacklich auf ganzer Linie, so sehr, dass sie an Weihnachten fortan immer auf den Tisch kam. Ich gerate kurz ins Sinnieren. Anna liebte die Weihnachtszeit über alles. Die kitschigen Dekorationen, das Essen, das Trinken, das familiäre Beisammensein. Ohne sie wird das Fest für mich nie wieder so sein wie früher.

Ich leere mein Glas in einem Zug und halte es Gus entgegen, der mir umgehend nachschenkt und auch sein Glas ein weiteres Mal füllt. Anscheinend bin ich also nicht die Einzige, der das hier schwerfällt. Sicher, ich muss später noch fahren, um nach Hause zu kommen, aber jetzt? Bitte noch mehr Champagner, um diesen verflixten Kloß loszuwerden, der mir im Hals feststeckt.

Doch mir ist nicht Annas wegen zum Weinen zumute, wie ich feststelle. Sondern wegen des Durcheinanders, das sie in meinem Kopf hinterlassen hat. Auch beim Gedanken an Rose schnürt es mir die Kehle zusammen. Tatsächlich würde ich meinem Zorn auf Anna gern freien Lauf lassen, würde ihn am liebsten laut herausschreien, aber ich halte mich zurück. Möchte den anderen nicht den Tag verderben. Da taucht Rose bei mir auf, zupft mich am Hosenbein. »Komm, ich will dir mein Haus zeigen, Omi.« Damit wendet sie sich um, und ich folge ihr durch den weitläufigen Raum zu dem Haus, das sie gebaut hat und das große Ähnlichkeit mit Theos Haus hat. Dad sitzt bereits wieder in seinem Sessel und sieht aufmerksam herüber.

»Sehr hübsch, das hast du gut gemacht«, sage ich.

»Guck mal rein.« Sie zeigt auf eins der Fenster, und ich bücke mich, um einen Blick hineinzuwerfen. »Das sind du, ich und Mummy«, erklärt sie stolz die drei Spielfiguren, die sie hinter dem Fenster platziert hat. Ich umarme sie gerührt und lobe sie noch einmal in den höchsten Tönen. Dann fällt mein Blick auf meinen Vater. Eine einzelne, einsame Träne rollt ihm über die Wange, und ich gehe zu ihm. Beuge mich hinab, wische die Träne behutsam ab und flüstere ihm zu: »Ich hab dich lieb, Dad.«

Da taucht Gus auf, er hat mein Glas dabei.

»Danke.«

»Wenn du was trinken möchtest, ich kann euch später gern nach Hause fahren.«

Ich tätschle ihm über den Arm. »Danke, lieb von dir, aber lass mal. Ich darf's nicht übertreiben heute. Muss morgen klar im Kopf sein, es wird ein langer Tag.«

»Gut.« Er legt mir den Arm um die Schulter, und ich lehne mich an ihn. »Aber nur für den Fall, dass du's dir anders überlegst.«

Ich lächle ihm zu. Nein, ich werde nicht auf sein Angebot zurückkommen.

Später, als wir wieder bei mir sind, trinke ich mit Mum noch einen Tee. Mein Vater und Rose liegen bereits im Bett, er in meinem, sie in Annas Zimmer. Es war ein schöner Tag, da sind wir uns einig.

»Danke«, sage ich.

Sie winkt nur ab, ein wenig ungeduldig.

»Du hast uns ein tolles Essen gekocht. Und hast so nett über sie gesprochen, den ganzen Tag über, dass es sich angefühlt hat, als wäre sie bei uns. Ganz wunderbar, Mum. Danke nochmals.«

Sie erhebt sich vom Sessel und kommt herüber, um sich neben mich auf das Sofa zu zwängen.

»Morgen wird kein einfacher Tag«, sagt sie.

Ich nicke.

»Ich versuche, mir vorzustellen, wie es wäre, wenn ich dich oder Leah verloren hätte. Und tröste mich mit dem Gedanken, dass ich euch nie für immer losgelassen hätte. Sicher, wir müssen morgen diese Feier abhalten, aber das ist kein endgültiger Abschied. Wir winken ihr bloß noch einmal zu ... bis sie am nächsten Tag wieder in unseren Gedanken präsent ist, und auch an allen anderen Tagen, die noch kommen werden.«

Ich seufze. Kuschle mich an sie.

»Es ist kein Abschied für immer, denk daran. Du kannst jeden Tag an sie denken.«

Ich schließe die Augen. Spreche ein stilles Gebet, dass ich in den Momenten, wenn ich künftig an Anna denke, nicht auch diese Verzagtheit empfinde, die mich gerade innerlich lähmt.

Sie klopft mir beruhigend aufs Knie. »Du warst die beste Mutter, die sie sich nur wünschen konnte, Jess, und du wirst auch Rose eine sehr gute Großmutter, Mutter oder was auch immer sein. Du wirst ihr alles geben, was sie braucht, da bin ich mir ganz sicher. Und sorg dafür, dass sie Anna nicht vergisst. Dass sie immer einen Platz in ihrem Leben behält.«

»Ja ...«

»Alles in Ordnung bei dir?«, fragt sie.

»Ja. Aber ich werde nie mehr dieselbe sein ohne sie. Muss mich jetzt ganz neu definieren, irgendwie.« Kurz bin ich drauf und dran, Mum reinen Wein einzuschenken. Entscheide mich dann aber doch dagegen. »Sie hat mir schon auch ein paar Probleme hinterlassen.«

Mum lacht. »Wundert mich nicht bei Anna. Ich meine, sie ist mit neunzehn schwanger geworden, war die reinste Naturgewalt. Was erwartest du!« Nähere Rückfragen stellt sie nicht. Vielleicht weil sie mit Dad schon genug Sorgen hat. Aber ich vermute eher, dass sie aus Rücksicht auf mich nicht weiter nachstochert. Wieder einmal staune ich über meine Mutter und bin froh, dass ich sie habe. »Danke noch mal für heute und danke, dass du so bist, wie du bist.«

»Jess, meine Liebe, wir sind alle bloß Seelen, die versuchen, sich auf der Welt zurechtzufinden, so gut es eben geht …«

Nachdem wir uns Gute Nacht gesagt haben und ich in der Küche aufgeräumt habe, gehe ich nach oben in Annas Zimmer. Ich entkleide mich, ohne Licht zu machen, ziehe meinen Schlafanzug an und schlüpfe dann zu Rose ins Bett. Sie schnarcht leise. Um mich herum kann ich Annas Sachen sehen, die sich im Dunkel abzeichnen; ihre Gitarre, die in der hinteren Zimmerecke lehnt; das Glätteisen für ihre Haare, vor dem Spiegel auf ihrem Frisiertisch; ihren Teddybären; ihren Plattenspieler, ein Geschenk von Doug zu ihrem letzten Geburtstag, weil sie beschlossen hatte, wieder Musik auf Vinylscheiben zu sammeln; das Regal mit ihrer stattlichen Sammlung von Hüten. Die Umrisse von Annas Welt. Im Schatten verborgen jedoch gibt es auch Grauzonen, verschwommen und undeutlich; Teile ihrer Welt, die mir unbekannt waren. Ich drehe mich auf die Seite, betrachte Rose, die neben mir schläft; unverkennbar Annas Tochter, sie hat das gleiche Profil wie sie. Ich strecke die Hand aus und fahre mit dem Finger behutsam daran entlang, von der Stirn bis hinunter an ihre Lippen.

Ein Küsschen auf die Wange war Anna zu wenig, sie hat mich immer auf den Mund geküsst. Auch vor ihrer Abreise nach Frankreich, als wir uns an der Tür verabschiedeten; bei der Gelegenheit habe ich mir natürlich nichts dabei gedacht. »Tschüss, Mama«, hat sie mir noch ins Ohr geflüstert, ehe sie mit ihrem Gepäck aus dem Haus hastete, hinüber zu dem wartenden Taxi.

»Es ist kein Lebewohl für immer, mein Liebes«, flüstere ich nun zurück. »Ich werde dich nie vergessen. Niemals.«

Die Kirche ist brechend voll, es müssen sogar Leute stehen, vorne am Eingang, gleich hinter den Doppeltüren. Es mutet an wie eine dieser Szenen, die man sonst im Fernsehen sieht, von der Trauerfeier eines Prominenten oder für einen jungen Menschen, der viel zu früh im Leben auf tragische Weise ermordet wurde. *So wie sie,* sage ich mir, als wir durch den Mittelgang von St John's schreiten; Doug und ich mit Rose, die wir beide an der Hand halten, an der Spitze, Leah, Gus und meine Eltern gleich hinter uns und hinter ihnen Sean mit seinen Eltern. *Sie ist dem Schnee zum Opfer gefallen.*

Unsere Familie nimmt in der ersten Reihe Platz, Sean mit seinen Eltern auf der Bank hinter uns. Doug hat keine Geschwister, dafür sind einige Cousins von ihm erschienen; seine Mutter aber, die in einem Seniorenheim oben im Lake District lebt, ist zu krank für die Anreise. Doug reicht mir ein Faltblatt, das Gottesdienstprogramm, und vorne auf dem Titelblatt ist das Foto von Anna aus ihrem Skiurlaub abgedruckt, das ich auch als Hintergrundbild auf meinem Smartphone habe. Es ist an einem sonnigen Tag aufgenommen, mit der Kulisse der Berge im Hintergrund; sie steht da und lacht, jemand hat sie im genau richtigen Moment erwischt. Ihre Augen strahlen, ganz wie ihr Lächeln, ein Anblick, bei dem ich spontan Herzklopfen bekomme. Doug hatte mir das Programm vorab zugemailt, ich weiß also schon, wie der Gottesdienst ablaufen wird. Vorne, rechts neben dem Altar, stehen Annas Freunde vom College versammelt, all die Leute, mit denen sie zwei Jahre in einem Chor gesungen hat. Sam, der Chorleiter, bemerkt meinen Blick und nickt mir diskret zu, und mir fällt wieder ein, wie nett seine Frau neulich zu mir war, bei dem Kindergeburtstag im Spielzentrum. Dieser Kaffee mit dem Keks dazu … In der ersten Reihe sehe ich Cara und Louise stehen. Gute Freundinnen von Anna, sie kannten sich schon seit der Vorschule, bis sie dann am selben College studierten. Nach dem Unfall sind die beiden oft bei mir vorbeigekommen, aber irgendwann haben diese Besuche dann aufgehört. Was mich bei Cara ein bisschen enttäuscht hat, weil sie Annas beste Freundin war; aber es ist wohl falsch, an so junge Menschen überzogene Erwartungen zu haben.

Und dann wird der Sarg hereingetragen. Es verschlägt mir kurz den Atem, weil es ein so kitschiges Stück aus hellem Kiefernholz ist, das Anna gehasst hätte, mit Sicherheit. Doug umfasst beruhigend meine Hand; er hatte mir zu erklären versucht, warum ein Sarg aus Korbgeflecht nicht in Frage kam, und ich habe nicht weiter insistiert. Spontan frage ich mich, wo Carol sein mag; weil sie nun eigentlich neben Doug sitzen und seine Hand halten sollte. Ich sehe mich um und entdecke sie drei Reihen hinter uns, mit ihren beiden Jungen – richtig, Anna war ja ihre Halbschwester. Ich fange ihren Blick auf und winke sie zu uns nach vorne, obwohl wir schon dicht an dicht auf der Bank sitzen. Sie schüttelt leicht den Kopf, hebt dankend die Hand. Gibt mir damit zu verstehen, dass es sie nicht stört, ihren Mann bei diesem Anlass an mich abzutreten. Ich rufe ihr per Lippensprache ein »Danke« zu. Mum sieht sich um und lächelt Carol kurz zu, ehe sie sich wieder nach vorn umwendet. Ich kann ihr ansehen, dass sie den hässlichen Sarg bewusst ignoriert. Mein Vater sitzt da und weint lautlos, und beim Anblick dieser Tränen, der seltenen Tränen meines gebrechlichen Vaters, ist es auch um meine Beherrschung geschehen, und ich kann die Tränen nicht länger zurückhalten.

Wir erheben uns für das erste Lied. Alle singen voller Inbrunst mit, angeführt von dem Chor, doch mir kommt es völlig unbekannt vor. Doug hat mir allerdings versichert, als ich nach Erhalt des Programms Fragen dazu stellte, dass Anna dieses Lied kannte und auch selbst gesungen hat. Rose zupft mich am Ärmel, sie möchte hochgehoben werden, und ich setze sie mir auf den Arm, drücke sie an mich, während sie ihre Beine um mich schlingt. Als das Lied zu Ende ist und wir uns wieder setzen, entscheidet sie, dass sie wieder zu ihrem Vater zurückwill, und Doug reicht sie an Sean weiter. Doug ahnt noch nichts. Ich habe ihm noch nicht erzählt, dass Sean aller Wahrscheinlichkeit nach nicht Roses Vater ist. Will erst abwarten, bis mir die Testergebnisse vorliegen, bis ich es schwarz auf weiß habe.

Das sind so die Gedanken, die mir durch den Kopf gehen, während Anna, tot, ganz in der Nähe liegt, keine drei Meter von mir entfernt. Es fällt mir immer noch schwer, das zu glauben. Ich sehe den Sarg, schrecke aber vor dem Gedanken zurück, dass sie tatsächlich in dieser Kiste liegt. Ich fange an, mich unauffällig umzusehen, all jene Gesichter in der Trauergemeinde zu mustern, die ich sehen kann, ohne mich umdrehen zu müssen. Ich entdecke Max. Er sitzt mit einigen Leuten zusammen, die ich von Fotos wiedererkenne, die Anna mir mal gezeigt hat, lauter Kollegen von ihr aus der Bank. Sie alle wirken tief erschüttert; das Lawinenunglück, bei dem Anna ums Leben gekommen ist, hat ihnen nachdrücklich zu Bewusstsein gebracht, dass sie nicht unsterblich sind, so jung sie auch sein mögen.

Doug rückt unruhig neben mir auf der Bank herum, und ich ahne, warum. Er wird die Trauerrede für Anna halten. Er hat zunächst mich gefragt, dann Leah und Gus, sogar Sean, ob sie ein paar Worte sagen wollten. Aber wir haben alle abgewunken, sodass diese Aufgabe nun meinem Exmann zufällt. Dem Mann, der mir vor Jahren bescheinigt hat, dass ich ihn mit meiner Liebe erdrücke. Das war das Bild, das ich bisher immer von ihm hatte. Jetzt jedoch erweist er sich als tüchtiger, starker Vater. Ich drücke ihm noch einmal aufmunternd die Hand, wünsche ihm im Stillen, dass er die Rede gut hinter sich bringt – aber das wünsche ich im Grunde uns allen.

Doug steht auf, geht langsam zur Kanzel. Er bedankt sich leise bei John, dem Pfarrer, der noch rasch das Mikro auf die richtige Höhe einstellt, ehe er sich räuspert und dann den Blick hebt. Er würde sich einen Punkt in der Kirche suchen, hat er mir vorab erzählt, auf den er sich bei seiner Rede konzentrieren wolle. Ich hoffe, es gelingt ihm. Rose ist wieder zu mir zurückgekehrt, sie sitzt nun auf meinem Schoß, und zusammen lauschen wir ihrem Papa, so nennt sie Doug.

»Anna«, hebt er an. »Wir alle haben schöne Erinnerungen an sie. Sie war eine wahrlich heitere Seele, ein sonniges Gemüt. Von ihr ging ein Strahlen aus, mit dem sie jeden Raum aufhellte, den sie betrat. Sie hatte eine herrliche Stimme, bei ihrem Gesang ging einem das Herz auf. Und sie hatte so eine Art, sich einem ganz und gar zuzuwenden, in einem Raum voller Leute, als wäre man für sie der einzige Mensch auf der Welt.

»Ich will mich«, er räuspert sich, »ich werde mich …« Er klopft sich einige Mal mit der flachen Hand gegen die Brust, bis er sich wieder gefasst hat und weiterreden kann. »Ich werde mich kurz fassen. Anna war unser einziges Kind, von Jess und mir, meine ich. Sie so plötzlich und auf so entsetzliche Weise zu verlieren, hat eine tiefe Wunde hinterlassen, die wohl nie mehr ganz heilen wird. Jeden Tag jedoch habe ich ihr Gelächter im Ohr, meine zu hören, wie sie mich beschwört, diese Tragödie hinter mir zu lassen und sie so in Erinnerung zu behalten, wie sie war – eine bezaubernde, unbefangene junge Frau, die voller Leben war.

Im Kichern meiner Enkelin höre ich einen Nachhall ihres Gelächters. Sehe aus ihren Augen denselben Schalk lachen wie bei ihr, und auf diese Weise lebt sie weiter.«

Ich höre jemanden hinter mir schniefen. Auch ich lasse den Tränen freien Lauf. Leah zückt ein Taschentuch und tupft mir behutsam das Gesicht trocken. Sie und Gus halten sich fest umschlungen, beide schluchzen. Meine Mutter wirkt stoisch wie immer, sie blickt Doug eindringlich an, wie um ihm Kraft zu spenden. Mein Vater sitzt neben ihr und lässt den Kopf hängen.

»Anna sang für ihr Leben gern. Danke an den wunderbaren Chor, dem sie angehört hat. Danke, dass ihr alle so viel Freude in ihr Leben gebracht habt, und danke, dass ihr heute gekommen seid. Anna war eine begeisterte Skifahrerin, und danke an all ihre Arbeitskollegen, die an jenem Tag bei ihr waren – danke, dass Sie heute gekommen sind. Anna ist nur einer der vier Menschen, die Sie letzten Dezember verloren haben. Mögen sie alle, sie und Lawrence und David und Ross, in Frieden ruhen. Und an Anna, hab vielen Dank. Du warst die Beste, die Allerbeste. Die Zeit, die dir auf Erden vergönnt war, war viel zu kurz, aber Jess und ich und alle, die dich geliebt haben, wir werden dich nie vergessen, solange wir leben. Danke dir für Rose, die jeden Tag dafür sorgt, dass du uns erhalten bleibst, dass du nicht nur in unseren Herzen und Gedanken weiterlebst. Ruhe sanft, unser liebes, über alles geliebtes Mädchen.«

Ich spüre ein Rucken im Kiefer. Mein Mund geht auf, ganz ohne mein Zutun, und ich muss mich stark beherrschen, nicht loszuschreien. Ich möchte auf Doug zustürzen, ihn in die Arme nehmen, möchte irgendwie zurückspulen ... Da setzt er sich auch schon wieder neben mich auf die Bank, und die Musik setzt ein, während er leise zu weinen beginnt. Leah flüstert kurz mit Gus, dann stehen beide auf und räumen ihren Platz. Gleich darauf ist auch schon Carol zur Stelle und setzt sich mit ihren beiden Jungen neben Doug. Nun stimmt das Bild wieder. Ich drehe mich um, danke meiner Schwester mit einem Blick. Ich wüsste nicht, was ich ohne sie anstellen sollte.

Nun ist Cara an der Reihe, sie trägt eine Arie vor, der Name ist mir entfallen, aber Anna hat dieses Stück immer geliebt. Wie Cara das schafft, wie sie es hinbekommt, die Arie vollständig vorzutragen, ist mir ein Rätsel. Anna pflegte gern zu sagen, sie habe dem Tod ein Schnippchen geschlagen, damals an jenem Tag, als sie und Cara gerade zehn waren. Als dann das Lawinenunglück geschah, verfolgte mich die fixe Idee, dass er diese Scharte nun ausgewetzt und sie schließlich doch geholt hatte, nachträglich. Ich starre das Blumengesteck an, oben auf dem Sarg. Wir haben uns für weiße Rosen entschieden ... Irgendwer, vermutlich ihr Arbeitgeber, hat einen großen Strauß roter Rosen dazulegen lassen. Wer auch immer dahinterstecken mag, hat sie jedenfalls nicht gut gekannt. Gegen Rot hatte sie eine Aversion ... Rose lehnt an meiner Brust, sie nuckelt am Daumen. Dann nimmt sie ihn aus dem Mund, sieht mich an und flüstert: »Hübsche Musik ...«

»O ja, Schätzchen. Es war eins der Lieblingslieder deiner Mummy.«

Sie schlingt mir den Arm um den Hals, kommt ganz dicht an

mein Ohr heran und haucht mir zu: »Ich weiß, dass Mummy nicht zurückkommt.«

Ich drücke sie kurz.

»Das wünsche ich mir bloß.« Tränen quellen ihr aus den Augen.

»Ich weiß, Schätzchen. Das wünschen wir uns alle.«

»Was Finn sagt, stimmt, oder? Dass sie jetzt mit den Engeln zusammen singt?«

»Auf jeden Fall«, flüstere ich zurück. Der Chor hat inzwischen angefangen zu singen. »Wenn du ganz leise bist und die Ohren spitzt, kannst du sie hören.«

Sie macht kurz ein Gesicht, als würde sie angestrengt horchen. Dann strahlt sie plötzlich und sieht mich mit großen Augen an. »Es stimmt! Ich kann sie hören!«

Ich lächle ihr zu, nicke. Presse meine heftig bebenden Lippen aufeinander und wünsche mir, dass der Chor nie aufhört zu singen, dass dieser Moment für Rose nie enden möge.

»Da ist ja Finn«, sagt sie, so laut, dass auch andere um uns herum aufmerksam werden und in die Richtung sehen, in die sie deutet. Ich folge mit dem Blick ihrer Hand. Vier Reihen hinter uns, zu unserer Linken, sitzen Theo und Finn. Finn hebt die Hand und winkt Rose zu, ganz dezent.

Sie dämpft ihre Stimme wieder. »Darf ich zu ihm, Omi?«

Eigentlich möchte ich es ihr untersagen. Aber immerhin waren es Finns Worte, die dem Moment gerade einen besonderen Zauber verliehen haben, und Rose möchte ihm vermutlich einfach nur sagen, dass sie tatsächlich hören kann, wie ihre Mummy mit den Engeln singt.

»Ja, aber komm bald wieder zurück, hörst du?«

Sie läuft los, durch den Mittelgang, und ich lasse sie nicht aus den Augen. Beruhige Doug, der mich etwas verdutzt ansieht, es habe alles seine Ordnung.

Es werden weitere Lieder gesungen; John, der Pfarrer, hält eine Predigt; und zum Schluss werden alle, die Lust haben, eingeladen, sich mit uns zu einem Leichenschmaus im »Duck and Partridge« zu treffen, später, nach der Zeremonie im Krematorium, an der nur wir Angehörigen teilnehmen. Aus dem Augenwinkel bekomme ich mit, wie Sean, der ebenfalls rotgeweinte Augen hat, bei dem Wort »Angehörige« betreten zu Boden blickt, und wünsche mir spontan, dass ich aus Annas Handeln endlich irgendwie schlau werden könnte. Ich wende mich um, nehme Seans Hand und drücke sie; in der Hoffnung, dass er mir den Schritt, den ich unternehmen musste, verzeihen kann. Aber danach sieht es nicht aus. Er schüttelt meine Hand unwillig ab. Ich schließe langsam meine Augen, die vom Weinen schon ganz verquollen sind.

26. Anna

Raw Honey Blogspot, 14.11.2014

Ich bin sprachlos! Diese Woche hat Er uns Karten für das festliche Weihnachtskonzert des London Philharmonic Choir in der Royal Albert Hall besorgt, und es war wirklich atemberaubend ... Nicht nur der Musik wegen, sondern weil wir zum ersten Mal überhaupt zusammen ausgegangen sind wie ein ganz normales Paar, das hat es bei uns bisher noch nie gegeben! Ich war so aufgeregt, dass ich den ganzen Abend gekichert habe wie ein albernes Schulmädchen, und Er hat mir lachend versprochen, künftig mehr solche Sachen mit mir zu unternehmen.

Auf dem Rückweg hat es sogar geschneit! Ich konnte es kaum fassen. November in London, und wir hatten richtiges Schneetreiben, fast wie in den Alpen. Der Schnee blieb sogar liegen, und Schnee liebe ich über alles! Bei einem Abstecher in den Hyde Park habe ich Schneeengel gemacht. Dann haben wir beide uns eine Schneeballschlacht geliefert und uns dabei halb totgelacht. Am Ende waren wir ziemlich durchnässt, als wir weitergegangen sind, und ich hab versucht, nicht daran zu denken, wie Er das seiner Frau erklären soll, wenn Er wieder zu Hause ist.

Als Mama wissen wollte, wieso ich so nass war, habe ich bloß gesagt, ich hätte draußen Schneeengel gemacht. Sie hat gelächelt und aus dem Fenster geschaut, in den Vorgarten, wo ich noch einen Engel hinterlassen hatte – der frische, jungfräuliche Schnee war einfach zu verlockend –, dann hat sie sich meine Hand geschnappt, und wir sind zusammen raus und haben vorm Haus noch mehr Engel gemacht. Haben uns immer wieder rücklings in den Schnee fallen lassen und die Arme hoch- und runterbewegt. Hinterher mussten wir uns beide die Haare föhnen, was ganz schön Zeit beansprucht hat. Bestimmt eine Stunde!

Meine Mama. Manchmal ist sie ein noch größerer Kindskopf als ich ...

Kommentar: Solarbomb
Wann waren Sie bei dem Chorkonzert, am Donnerstag oder am Freitag?

Antwort: Honey-Girl
Wir waren am zweiten Abend da. Ein Zusatzkonzert wegen der großen Nachfrage. Wieso fragen Sie, Solarbomb? Waren Sie auch da?

27. Jess

»Mal im Ernst, das ist ja der Hammer, was ich da gerade von Sean gehört habe. Was ist denn da los? Was zum Henker führst du mit dem armen Kerl im Schilde?« Doug hat mich im Pub beiseitegenommen, er ist hellauf erzürnt. Ich stehe noch unter Schock, nachdem ich eben mit ansehen musste, wie Annas Sarg im Krematorium hinter diesem Vorhang verschwunden ist. Gerade denke ich noch, ich hätte mich mit ihrem Tod halbwegs abgefunden, und dann schiebt sich mir ein solches Bild ins Bewusstsein: wie der Sarg mit ihren sterblichen Überresten zu den Klängen einer akustischen Version von »Sweet Child O' Mine« hinter einem Vorhang verschwindet, auf Nimmerwiedersehen, ein total unwirkliches Schauspiel. Beim Gedanken daran fühle ich mich so betäubt, dass ich, als Doug auf mich einredet, bloß sehe, wie sein Mund auf- und zugeht wie bei einem Fisch, und große Mühe habe, ihm zu folgen.

»Wir haben uns gerade unterhalten. Ich habe ihn durch die Blume gefragt, ob er und Anna, na ja, du weißt schon.«

Nein, ich weiß nichts. Ich habe Kopfschmerzen.

»Dann regt er sich plötzlich tierisch auf und erzählt mir, dass ihr beide, Leah und du, von ihm eine DNA-Probe verlangt habt.«

Ich atme einmal ganz tief durch, ehe ich antworte. »Können wir dieses Gespräch bitte auf morgen verschieben?«

»Morgen bin ich nicht da. Da fahre ich mit meiner Familie wieder nach Hause.«

Als er sieht, wie ich bei seinem Tonfall zusammenzucke, schaltet er umgehend einen Gang zurück. »Entschuldige bitte, tut mir leid. Aber was zum Teufel soll diese Sache mit Sean, Jess?«

Er fährt sich entnervt mit der Hand durchs Haar, das langsam schütter wird. In der anderen Hand hält er ein Bier.

»Deine Rede in der Kirche war wunderschön«, sage ich. »Und du musst mir vertrauen. Heute ist nicht der richtige Tag, um über Sean zu reden. Weil ich jetzt auch nach Hause muss. Mum und Dad erwarten mich schon dort, und Clara kommt bald vorbei, um Rose wieder abzuliefern.«

»Wann reisen Barbara und Geoff wieder ab, morgen?«

Ich nicke. Doug nennt meine Eltern immer beim Vornamen. Schon während unserer Ehe waren sie für ihn nie »Mum« und »Dad«; wobei, auf emotionaler Ebene vermutlich schon, er hat sie nur eben nicht so angeredet.

»Soll ich morgens vorbeikommen, sie abholen? Dann könnten wir die Fahrt zusammen zurücklegen, in Kolonne.«

Doug und ich haben uns damals an den Seen kennengelernt, und nach unserer Trennung ist er wieder dorthin zurückgezogen. Obwohl wir in den letzten Jahren kaum Kontakt hatten, weiß ich, dass er seither ein stilles Auge auf meine Eltern hat. »Wärst du dazu bereit? Aber ich muss dich warnen, Mum fährt auf der Autobahn ziemlich langsam; könnte also sein, dass ihr dann erst abends ankommt.«

»Das macht nichts.«

Ich verabschiede mich, erst von ihm und dann noch von all den Gästen, die ich persönlich kenne. Merke dabei, dass Theo darauf verzichtet hat, zum Leichenschmaus im Pub zu erscheinen, rede mir aber ein, dass es besser so ist. Als ich ins Freie trete, laufe ich Max in die Arme, der mit einigen Kollegen draußen vor der Tür steht und raucht.

»Max.« Ich umarme ihn zur Begrüßung. »Danke schön, dass Sie gekommen sind.«

»Danke Ihnen«, erwidert er. »Es war eine sehr nette Trauerfeier.« Die anderen Kollegen sagen nichts, nicken bloß zustimmend. Bis auf einen, der auf mich zukommt und mir die Hand entgegenstreckt. »Ich bin James«, stellt er sich vor. »Mein herzliches Beileid.«

James. James Elliot. Ich erinnere mich an den Namen. Er ist der Typ von der Bank, bei dem Anna während des Studiums ein Praktikum absolviert hat und der ihr später zu der Festanstellung verholfen hat. Ich mustere ihn blitzschnell: seine Kleidung, seine Größe, seine Figur, die Augenfarbe, den Ehering an seiner Hand. Er dürfte um die fünfunddreißig sein, erheblich älter als Anna. Während wir uns die Hände schütteln, erblicke ich Rose in seinem Gesicht – und sage mir gleich darauf, dass ich mir das nur einbilde. Weil ich zurzeit bei jedem Mann, der mir begegnet, eine Ähnlichkeit mit Rose festzustellen meine …

Anna, Anna, Anna. Auf der Heimfahrt geht mir ihr Name in einem fort durch den Kopf, wie ein Mantra. Bei meiner Ankunft sehe ich den Wagen meiner Mutter, der wohlbehalten in der Auffahrt steht; auch im Haus brennt schon Licht. Ich atme erleichtert auf. Ich mache mir Sorgen um die beiden. Vor allem um Mum. In ihrem Alter sollte sie die weite Strecke vom Lake District nicht mehr per Auto zurücklegen. Und sie sollte auch meinen Vater nicht ganz allein pflegen, ohne Hilfe, ihn täglich aus dem Bett heben und so weiter. Leah hat ganz recht, wir müssen endlich eingreifen. Vorerst bin ich schon froh, dass Doug sie morgen auf der Heimfahrt in seinem Wagen eskortieren wird, um ein wenig auf sie aufzupassen, das beruhigt mich sehr.

Ein Blick auf die Uhr verrät mir, dass Clara schon in zehn Minuten vorbeikommen wird, um Rose wieder bei mir zu Hause abzuliefern. Sean hat sich bei meinem Aufbruch noch im Pub aufgehalten, möglicherweise, ganz ohne sein Wissen, in Gesellschaft von Annas heimlichem Liebhaber, der zugleich wahrscheinlich der Vater von Rose ist, die er, Sean, für seine Tochter hält. Ich reibe mir über die Augen. Wie soll ich die Identität dieses Mannes herausfinden? Will ich sie überhaupt wissen? Wäre es nicht besser für Rose und mich, wenn er für immer der große Unbekannte bliebe? Schon bei dem Gedanken meine ich die Vorhaltungen zu hören, die Leah mir machen würde; dass Rose ein Recht darauf habe, zu wissen, wer ihr Vater ist. Dass dieser Vater in ihrem Leben präsent sein sollte. Weiß Gott, Gus hatte mit seiner ersten Frau um ihr gemeinsames Kind, das sie in jüngeren Jahren als Waffe und Faustpfand gegen ihn einsetzte, erbitterte Kämpfe auszufechten. Er musste jahrelang prozessieren, um sein Besuchsrecht durchzusetzen, und auf diesem Wege hat er auch Leah kennengelernt. Sie war ihm als Anwältin beim Kampf um sein Kind behilflich, verliebte sich dabei in ihn und ließ sich widerstrebend darauf ein, ihm zuliebe auf Kinder zu verzichten. Weil er sich ein solch zermürbendes Hickhack wie den Rechtsstreit mit seiner Ex auf keinen Fall ein zweites Mal antun wollte.

Und so geschieht es, dass ich im Dunkel vor meinem Haus, am Abend nach der Trauerfeier für meine Tochter, für mich unerwartet zu einer grundlegenden Erkenntnis über meine Schwester gelange. Schon seit Jahren halte ich ihr nun vor, sie habe ja keine Ahnung, was bedingungslose Liebe bedeutet. Vorwurfsvoll mitunter, entnervt. Des Öfteren habe ich diesen Satz auch still in mich hineingeknirscht, wenn wir mal wieder Zoff hatten. Und das nur deswegen, weil sie keine Kinder hat. Ich merke, wie ich vor plötzlicher Beschämung rot anlaufe. Es gibt jemanden, den sie bedingungslos liebt, Gus nämlich. Aus Liebe zu ihm hat sie sogar ihren eigenen Kinderwunsch hintangestellt und darauf verzichtet, Mutter zu werden, und das nur, um ihr Leben mit ihm teilen zu können. Und sie liebt auch Jen, seine Tochter. Und sie liebt Rose … Ich krame mein Handy aus den Tiefen meiner Tasche und tippe eine SMS an sie.

> Leah, ich habe dich wahnsinnig lieb, das sage ich dir viel zu selten. Du bist ein ganz toller Mensch, und sollte ich noch einmal behaupten, du wüsstest nicht, was bedingungslose Liebe ist, dann erschieß mich bitte. Weil du alle Menschen in deinem Leben so liebst, mich eingeschlossen: bedingungslos. Entschuldige, dass ich dafür bisher so blind war. Danke für deine Geduld, deinen Beistand, und überhaupt. Ohne dich, das ist keine Übertreibung, hätte ich die letzten Monate nicht überstanden. Deine Jess xxx

Ich meine förmlich zu hören, wie Anna vergnügt in sich hineinlacht. Sie hat immer ihre Freude daran, wenn ich einen Irrtum eingestehe. Oder besser gesagt, sie *hatte* immer ihre Freude daran, amüsierte sich königlich darüber. Als ich aus dem Wagen aussteige, geht die Haustür auf, und Leah kommt heraus. Sie hält ihr Smartphone in der Hand und breitet wortlos die Arme aus. Als wir uns umarmen, atme ich tief ihren Duft ein. »Was machst du denn hier?«

»Ach, ich wollte bloß Mum ein wenig zur Hand gehen, mit Dad. Hab deine SMS bekommen. Ganz schön rührselig, was du da geschrieben hast.«

»Nein. Du bist meine beste Freundin, und ich brauche dich, und es tut mir leid. Weil ich mich viel zu selten mal in dich hineinversetze.«

Als Antwort drückt sie mich noch einmal fest an sich, ehe sie mich loslässt und ins Haus winkt. »Komm rein. Dad ist so weit bettfertig, und Mum geistert schon im Nachthemd durchs Haus.« Als wir eben die Tür schließen wollen, taucht Claras Wagen in der Auffahrt auf. Leah verzieht sich eilig, und ich bleibe in der offenen Tür stehen, während Rose aus dem Wagen aussteigt, beladen mit Spielzeug. Sie gibt ihrer Oma zum Abschied ein Küsschen und kommt dann ins Haus gelaufen. Im ersten Moment bin ich verärgert, denn Spielzeug hat sie schon mehr als genug, wir ertrinken hier förmlich in Spielzeug. Dann aber denke ich an Clara, die nun bald erfahren wird, dass Rose gar nicht ihre Enkelin ist, und dabei wird mir ganz weh ums Herz. *Du hast ganz schön was angerichtet, Anna.*

Clara kommt nicht ins Haus, wirkt ein wenig kühl und distanziert, und da fällt mir Sean ins Auge, hinten auf dem Rücksitz, er sieht lädiert aus. Hat sich offenbar ganz schön einen angetrunken. Sie wird ihn vom Pub abgeholt haben, und aus ihrem Benehmen schließe ich, dass er ihr unterwegs alles erzählt und sich im volltrunkenen Zustand über den DNA-Test ereifert hat.

»Clara«, rufe ich ihr nach.

Sie bleibt an der offenen Fahrertür stehen, sieht noch einmal zu mir herüber. »Herzliches Beileid, Jess.« Mit diesen Worten wendet sie sich ab, setzt sich ans Steuer ihres nagelneuen Volvos und fährt davon. Wie vom Donner gerührt starre ich kurz zu der

Stelle, an der sie eben noch gestanden hat, dann schließe ich die Tür. Verdammt.

Mein Vater sitzt auf dem Sofa in meiner Wohnküche, in einem Pyjama, der offenbar ganz neu ist, und Rose ist bereits an seiner Seite. Mum hantiert in der Küche herum, bekleidet mit einem langen Nachthemd. Leah steht am Kühlschrank, mit einer Flasche Wodka in der einen und zwei Gläsern mit frischem Eis in der anderen Hand.

»Für einen habe ich eben noch Zeit.« Sie deutet mit dem Kopf ans Küchenende, und wir lehnen uns zusammen an die Spüle, beide mit einem Wodka auf Eis. »Gus will in fünf Minuten hier sein, mich abholen«, sagt sie mit einem raschen Blick auf die Uhr. »Das alles heute hat ihn so mitgenommen, dass er mal eine halbe Stunde allein sein wollte.«

»Doug kommt morgen früh vorbei. Er fährt auch hoch nach Windermere, hat sich bereiterklärt, mit Mum und Dad auf der Rückfahrt eine Kolonne zu bilden. Sie darf natürlich um Gottes willen nicht erfahren, dass er sie zu ihrer Sicherheit eskortiert.«

»Ich muss wieder arbeiten«, erwidert Leah.

Natürlich. Morgen kehrt wieder der Alltag ein, mit seinen normalen Pflichten. Nicht für mich freilich, ich habe beschlossen, mir den Rest der Woche freizunehmen. Rose aber soll normal zur Schule, das wird das Beste für sie sein. Ich jedenfalls fühle mich dem Alltag noch nicht gewachsen. Bin verspannt, habe überall Schmerzen: im Nacken, in den Schultern, in den Beinen, bis hin zu den Fingern. Ich brauche einfach Ruhe, um wieder Kraft zu tanken. Helen hat gesagt, ich soll mich gründlich auskurieren. Und genau das habe ich diese Woche vor.

»Meinst du, du kommst klar?«

»Auf jeden Fall. Ich werde morgen mal einen Tag im Bett bleiben.« Ich trinke einen Schluck Wodka, irgendwie aber verspüre ich nicht die gewohnt wohlige Wirkung, er schmeckt mir nicht. Ich stelle das Glas beiseite, aufs Abtropfbrett. »Clara war irgendwie komisch gerade.« Ich werfe Rose einen raschen Blick zu. »Sean hat ihr, glaube ich, was erzählt. Er war sternhagelvoll.«

»Die Arme.« Leah runzelt die Stirn. »Sie kann einem schon leidtun, genau wie Sean.«

»Was hat sie sich nur dabei gedacht, Leah? Anna, meine ich. Das begreife ich nicht. Wieso hat sie Sean involviert, ihn aller Welt als Vater präsentiert, obwohl sie seit Jahren was mit einem anderen hatte? Dem wirklichen Vater von Rose?«

Leah legt mir die Hand auf den Arm, sieht mich ernst an. »So gut wir unsere Lieben auch zu kennen glauben – man muss immer damit rechnen, dass sie Geheimnisse vor einem haben.«

Da klingelt es an der Tür.

»Und das«, sie wedelt mit ihrem Handy vor mir herum, »wird wohl der Mann sein, den ich so bedingungslos liebe. Wenn man einmal jemanden liebt, finde ich, ist man bereit, ihm alles zu verzeihen. Oder gibt es da Grenzen?«

»Ja, würde ich schon sagen. Außer bei den eigenen Kindern.«

Sie lacht. »Dann war deine SMS also doch nicht ganz ernst gemeint.«

Ich nehme sie in den Arm. »Nein, das war mein Ernst, Wort für Wort. Bei Anna ist es so, dass ich nie aufgehört hätte, sie zu lieben, ganz gleich, was sie angestellt hat oder hätte anstellen können. Ich hätte in jedem Fall weiter zu ihr gestanden, zu ihr gehalten, bedingungslos. Ich weiß, bei den Menschen, die du liebst, würdest du es nicht anders halten. Bei mir, bei Gus, bei deinen Stiefkindern. In der Hinsicht bist du ein viel besserer Mensch als ich. Weil bei mir jede Beziehung, offen gesagt, mit klaren Bedingungen verknüpft ist. Außer eben bei Anna.«

Sie quittiert meine Beichte mit einem Grinsen.

Mum hat Gus eingelassen, und nun taucht er in der Küche auf, mit rotgeweinten Augen. »Oh, störe ich?«, fragt er.

»Nein, nein.« Leah und ich lösen uns voneinander, dann verabschiedet sie sich von Mum und Dad mit dem Versprechen, sie bald mal wieder zu besuchen. Rose weicht mir nicht von der Seite, als ich Leah und Gus an der Tür verabschiede.

»Alles in Ordnung, Schatz?«, frage ich sie.

Sie nickt. »Kann ich heute wieder bei dir schlafen, Omi?«

»Aber ja. Selbstverständlich.«

»In Mummys Bett?«

»Ja, natürlich.«

Mum, die an der Tür steht, wechselt einen Blick mit mir. Da mein Bett heute Nacht ohnehin anderweitig belegt ist, werde ich mich notgedrungen damit abfinden.

Mum hatte früher am Abend Sandwiches vorbereitet. Es ist noch eines übrig, das ich mir hastig einverleibe, und dann mache ich mich daran, das Geschirr in die Spülmaschine zu räumen, so leise es nur geht. Sie taucht neben mir auf, und dann arbeiten wir Hand in Hand; sie reicht mir die Teller an, und ich räume sie in die Maschine, einen nach dem anderen.

»Wir denken immer, wir haben Zeit«, sagt sie.

Ich nicke bloß; mein Nickreflex funktioniert mittlerweile tadellos. Manchmal, wenn es angebracht ist, bringe ich dazu auch noch ein kleines Lächeln zustande.

»Hast du was dagegen, wenn wir jetzt schlafen gehen? Ich habe morgen eine lange Fahrt vor mir.«

Ich beschließe, ihr erst morgen früh von Dougs Vorhaben zu erzählen. »Natürlich nicht, nein. Noch mal tausend Dank, dass ihr hergekommen seid. Das war anstrengend für dich und Dad, ich weiß.«

Sie spült einen Teller unter dem Wasserhahn ab und reicht ihn mir dann an. »Ich bitte dich, ist nicht der Rede wert. Dass wir an ihrer Trauerfeier teilnehmen, versteht sich doch von selbst.« Sie trocknet sich die Hände an einem Geschirrtuch ab, das mit einem geschmückten Weihnachtsbaum bedruckt ist; ein Geschenk von Rose. »Übrigens. Ich habe zufällig mitbekommen, wie ihr euch unterhalten habt, Leah und du. Wegen Sean …«

Ich hatte nicht vorgehabt, meiner Mutter diese neuesten Entwicklungen zu verschweigen; aber ich hätte ihr wirklich lieber ein andermal davon erzählt. Nicht gerade heute.

»Es ist kompliziert, Mum.« Ich seufze schwer.

»Ist es das nicht immer?«

»Ich weiß noch nicht ganz, was ich in der Sache unternehmen soll.«

»Wie heißt es so schön, schlafende Hunde soll man nicht wecken. Vielleicht solltest du nach der Devise verfahren.«

Die Heizung neben mir lässt eine Art Gurgeln vernehmen, das ist keine Seltenheit. Vom Fernseher her, der Dad zuliebe läuft, erklingt die kurze Erkennungsmelodie der Zehn-Uhr-Nachrichten, gefolgt von den Glocken von Big Ben.

»Denk vor allem an Rose. Egal, wie du weiter vorgehst, ihr Wohl sollte dabei immer im Vordergrund stehen. Also tu nichts Unüberlegtes.«

Da kann ich ihr schlecht widersprechen. Wenn es um mich ginge und sie wäre in meiner Position, würde sie sich für genau diese Vorgehensweise entscheiden. Mum würde alles auf sich beruhen lassen und einfach nur den Göttern danken, dass sie ihr Enkelkind weiter behalten darf.

Sie blickt mich eindringlich an, als wollte sie mich auf diese Weise dazu bringen, ihr zuzustimmen. Ich halte ihrem Blick stand, blinzele dabei gemächlich. Eins, zwei, drei … zehn, elf, zwölf. Ich sage nichts, lausche einfach nur dem Glockenschlag von Big Ben, während mir unvermittelt noch einmal James Elliot in den Sinn kommt. Der Händedruck, den er heute mit mir ausgetauscht hat.

Schließlich gebe ich mir einen Ruck. Sehe Mum an und nicke wortlos.

28. Jess

Am Morgen darauf weiß Mum sofort, was gespielt wird, als Doug vor der Tür steht. Errät im Handumdrehen, was für einen Plan wir zusammen ausgeheckt haben, er und ich. Aber sie erhebt keine Einwände. Belässt es bei einem langen Blick in meine Richtung, mit einer Miene, in der sich Erleichterung und leise Irritation die Waage halten. Rose steht dabei und beobachtet, wie das Auto beladen wird; ich habe ihr erlaubt, noch zu Hause zu bleiben, bis sie abgefahren sind, und erst später in die Schule zu gehen.

Draußen am Wagen umarmt Dad mich zum Abschied, so gut es mit seiner halbseitigen Lähmung eben geht. »Armes Baby«, flüstert er, und ich weiß nicht recht, wen er damit meint, mich, Anna oder Rose. Ich gebe ihm einen Kuss auf die Wange, und dann ist Doug ihm beim Einsteigen behilflich, während ich um den Wagen herum zu meiner Mutter gehe.

»Ich komme euch ganz bald besuchen, dann bleibe ich ein paar Tage«, sage ich zu ihr. Der Besuch der beiden hat etwas in mir freigesetzt, und nun fällt es mir schwer, sie wieder ziehen zu lassen, vor allem Mum. Vor dem Abschied graut mir regelrecht, mir ist ähnlich zumute wie damals bei meinem Auszug von zu Hause, als ich mich erstmals aus der Obhut meiner Eltern löste; oder auch an meinem Hochzeitstag, der diese Loslösung noch weiter vertiefte. Ich halte meine Mutter umarmt und würde sie am liebsten gar nicht mehr loslassen. Sehne mich danach, dass sie für mich wieder alles in Ordnung bringt, mir all diese Probleme vom Leib schafft. Nein, ich möchte die beiden wirklich nicht ziehen lassen.

»Kopf hoch, Jess, das wird schon werden.« Mit diesen Worten steigt sie in ihren Nissan Micra. Durchs offene Seitenfenster sagt sie noch: »Wenn was ist, du weißt, wie wir zu erreichen sind.«

Ich hebe Rose hoch, setze sie mir auf den Arm, und zusammen winken wir der Mini-Kolonne nach, bis die beiden Autos verschwunden sind.

Schon unterwegs zur Haustür geht es los. »Kann ich bei dir zu Hause bleiben, Omi?«

»Du musst doch zur Schule, Schatz.«

»Aber du bleibst doch auch zu Hause. Sonst kommst du immer mit in die Schule.«

So habe ich das noch nie betrachtet. Auf Rose wirkt es so, als wäre ich eine Mitschülerin. Dass ich dort arbeite und Geld verdiene, ist noch zu hoch für sie; in ihren Augen geht Omi mit ihr zur Schule.

»Omi geht es heute nicht so gut. Das kennst du doch, wenn du mal krank bist, oder?«

Sie nickt.

»Wenn du krank bist, bleibst du auch zu Hause, bis du wieder gesund bist, und heute ist eben mal Omi krank.«

Omi möchte sich einfach nur wieder ins Bett verkriechen. Egal, in welches.

»Ich bin auch krank. Fühlst du das?« Sie legt sich die Hand an die Stirn, als ob sie Fieber hätte.

Ich berühre kurz ihre Stirn. »Nein. Dir fehlt nichts.«

Dann fängt sie an zu weinen.

Rose ist sonst keine Heulsuse. Und krank ist sie auch nicht. Mit einem Mal wird mir schockartig bewusst, was es für eine Bürde ist, ganz allein die Verantwortung für dieses kleine Mädchen zu tragen. Täglich dafür zu sorgen, dass es ihr gut geht, körperlich, seelisch und geistig. Ich gehe vor ihr in die Hocke und nehme sie in den Arm. Sie klammert sich an mir fest wie eine Ertrinkende, und da weiß ich, dass ich sie heute nicht zur Schule schicken kann. Außerdem weiß ich, dass ich null Ahnung habe, was ich nun tun soll. Wie ich sie trösten kann, inwieweit sie die Situation versteht und wie sie darauf emotional reagiert. Falls ich von der Vermutung ausgehe, dass sie die Lage voll erfasst und versteht, dass ihre Mutter nie wieder zurückkommt – sollte ich der armen Kleinen wohl erlauben, heute zu Hause zu bleiben und sich an mich zu kuscheln, bis es ihr etwas besser geht. Wenn ich die Lage aber rein vernunftmäßig beurteile, wäre es das Beste, nicht zu nachgiebig zu sein und sie heute in die Schule zu schicken. Damit sie baldmöglichst wieder in ihre gewohnten Abläufe findet.

Tja, wie soll ich das nun entscheiden ... Ich denke angestrengt nach. Leah hat mich schon einige Male gefragt, ob ich nicht der Ansicht sei, dass Rose bei ihrem Vater unter Umständen besser aufgehoben wäre; ob es nicht sehr egoistisch von mir wäre, sie unbedingt bei mir behalten zu wollen. Ob ich mir das wirklich gut überlegt hätte? Ich schütte Cornflakes in eine Schale, wuschle ihr über den Lockenkopf. Nein, das ist kein Egoismus. Ja, ich möchte sie bei mir behalten, aber einfach ist es nicht, und es wird garantiert nicht einfacher. Wäre ich eine Egoistin, hätte ich sie leichten Herzens aufgegeben und Sean die Sorge um sie überlassen. Dann könnte ich mein Leben wieder ganz nach meinen Vorstellungen führen, frei und ungebunden. Doch ich habe mich dagegen entschieden, und deshalb dreht sich bei mir nun alles um Rose, und das voraussichtlich die nächsten dreizehn Jahre lang, grob geschätzt. Sie sieht mit großen Augen zu mir hoch, während sie ihre Cornflakes löffelt. Und dieser Blick sagt mir, dass sie dankbar ist – dankbar und froh, dass sie wenigstens mich hat, wenn ihre Mummy schon fort ist. Die nagenden Zweifel, ob ich womöglich gerade eine Kette von Ereignissen in Gang setze, die am Ende dazu führt, dass Sean auch noch aus ihrem Leben verschwindet, schiebe ich beiseite, so gut es geht.

Den Rest des Tages verbringen wir, gemütlich in Decken gehüllt, auf dem kleinen Sofa und sehen fern. Mopsi liegt die meiste Zeit bei Rose auf dem Schoß, außer wenn sie mal muss und Rose sie an der Leine in den Garten hinausführt. Dabei höre ich sie jedes Mal unbändig lachen. Anscheinend findet sie es einfach nur zum Piepen, Mopsi beim Pinkeln zuzusehen. Immerhin, ein gutes Zeichen, dass sie schon wieder lachen kann.

Wir ernähren uns von dem, was ich gerade im Haus habe beziehungsweise im Kühlschrank. Zwei eher improvisierte Mahlzeiten. Sie hätte gern Pizza, aber ich sage, nein, heute gibt es Fischstäbchen. Ich mag heute nicht vor die Tür gehen. Weil ich keine Lust auf andere Leute habe und mit niemandem sprechen möchte. Auch nicht mit Theo. Besonders nicht mit Theo, möglicherweise. Er hat mich schon mit so vielen SMS bombardiert, dass ich mein Handy irgendwann kurzerhand ausgeschaltet habe.

So also verbringen wir den Tag nach der Trauerfeier für Anna – eingeigelt daheim, abgekapselt von der Welt. Und sehr ruhig und erholsam; nachmittags gönnen wir uns beide ein Nickerchen. Am Abend dann überrede ich Rose dazu, heute in meinem Bett zu schlafen. Weil ich Sehnsucht nach meinem Bett habe. Mum, das ist typisch, hat bereits die Bettwäsche gewechselt, und nachdem ich Rose schön eingemummelt habe, verspreche ich ihr, dass ich nun auch bald ins Bett komme. Ihr fallen vor Müdigkeit die Augen zu, und als ich das Zimmer verlasse, ist sie bereits eingeschlafen.

Statt nach unten ins Erdgeschoss begebe ich mich danach in Annas Zimmer, direkt gegenüber. Sehe mich etwas ratlos um, während ich mir über die Stirn reibe. Es muss doch einen Fingerzeig geben, irgendwas. Vielleicht habe ich etwas übersehen. Mit diesem Gedanken beginne ich meine Suche. Gründlich und planvoll, als würde ich einen Tatort sichern. Ich nehme mir ihren Ziehharmoikaordner vor und gehe akribisch jedes einzelne Blatt Papier durch, das sich darin befindet. Auf Briefe oder Ähnliches stoße ich nicht, womit ich aber auch nicht ernsthaft gerechnet habe. Weil sie ein Kind des Digitalzeitalters war und nahezu ausschließlich elektronisch kommunizierte. Liebesbriefe also Fehlanzeige, wenn, dann wird sie das alles per SMS oder E-Mail erledigt haben. In einer Schublade in meinem Zimmer bewahre ich noch ein paar alte Postkarten von ihr auf, die sie mir als Kind geschrieben hat, doch als Handys dann immer erschwinglicher und technisch ausgefeilter wurden … Um neun Uhr habe ich ihr Zimmer komplett abgesucht, jede Ecke, jeden Winkel, habe langsam Magenknurren. Gefunden habe ich nichts. Nichts, was auf irgendeinen Mann hindeuten würde. Sehr merkwürdig. Wo gibt's denn so was: ein Liebhaber und kein Andenken, kein gar nichts?

Ich gehe wieder nach unten und verlege meine Suche ins Internet, das ich nach Informationen zu James durchforste. Er steht nicht auf der Liste von Annas Freunden auf ihrer Facebook-Seite, auf der ich mich erstmals am achten Dezember umgetan habe. Damals musste ich die Lektüre nach kurzer Zeit abbrechen; weil mir all die Trauerbekundungen, die auf der Seite gepostet standen, eindeutig verfrüht erschienen. Ihr Laptop, den ich seinerzeit nur dazu verwendet habe, in ihren sozialen Netzwerken herumzustöbern, hat bisher noch keine brauchbaren Informationen geliefert, und er weigert sich auch jetzt, mir nähere Erkenntnisse zu James zu liefern. Das Einzige, was ich finde, ist sein Profil auf der Seite der Bank, bei der auch Anna beschäftigt war. Ich fange gerade an, seinen Namen bei Google einzugeben, als ich vom Klingeln des Telefons aufgestört werde, mein Festnetzanschluss. Es ist Leah.

»Ich habe ihr Smartphone wieder.«

»Oh.« Ich reibe mir über den Magen und lasse mich auf der untersten Treppenstufe nieder. »Und, ist es offen?«

»Ich habe es nur kurz angeschaltet, um zu sehen, ob man nun Zugriff auf die Daten hat. Ja, hat man. Angeschaut habe ich mir noch nichts. Um dir nicht vorzugreifen.«

»Gut.«

»Hör zu«, sagt Leah. »Ich habe einen Vorschlag, und ich möchte nicht, dass du ihn vorschnell abschmetterst, also lass mich bitte ausreden. Ich habe noch massenhaft Urlaub, deshalb habe ich mir den Rest der Woche freigenommen. Packen wir doch Rose ins Auto und fahren wir mit ihr hoch zu den Seen. Mit Gus habe ich schon geredet, er hat nichts dagegen. Du weißt, wie er ist, wenn es ihm nicht so toll geht, vergräbt er sich bis über beide Ohren in Arbeit, und er versteht, glaube ich, auch, dass wir beide, du und ich, jetzt mal Zeit für uns brauchen. Was sagst du dazu?«

»Mum und Dad waren doch bis gestern erst hier.«

»Schon klar, aber so könnten wir zwei Fliegen mit einer Klappe schlagen. Ich hab zwischenzeitlich ein Pflegeteam organisiert, über eine Zeitarbeitsfirma, das Mum ab sofort unter die Arme greifen kann. Zur Überbrückung. Bis das Pflegepaket der Ärzte bewilligt wird. Das können wir dann bei dieser Gelegenheit mit Mum regeln. Du kannst ein wenig ausspannen, und Rose wird die Abwechslung sicher auch guttun.«

»Hast du dir ihr Handy wirklich nicht angesehen?«

»Jess, natürlich nicht. Ich habe es kurz an- und wieder ausgemacht, das war alles. Steve, der Typ, der es entsperrt hat, hat eine neue Geheimzahl festgelegt. Die außer ihm nur ich kenne, also sei nett zu mir. Hör zu, wenn du möchtest, kann ich es dir jetzt gleich vorbeibringen. Oder wir fahren morgen zusammen hoch nach Windermere, und ich gebe es dir dann.«

Sosehr ich entschlossen bin, Stärke zu zeigen – Leah hat vermutlich recht. Was ich jetzt brauche, ist meine Familie. Und zwar dringend.

»Gut. Morgen. Fahren wir möglichst früh los. Aber Mum sollten wir nichts sagen, finde ich. Sonst fängt sie wieder an, wie eine Verrückte alles vorzubereiten. Ich werde gleich packen, für mich und Rose.«

»Nur für ein paar Tage, übertreib's nicht – Samstag müssen wir wieder zurück. Wir nehmen meinen Wagen. Morgen früh um acht stehe ich auf der Matte.«

»Einverstanden. Leah?«

»Ja?«

»Vergiss das Handy nicht.«

Nachdem wir uns verabschiedet haben, gehe ich sofort nach oben. Nachdem ich eilig ein paar Klamotten in eine Reisetasche gepackt habe, ohne im Zimmer Licht zu machen, gehe ich rüber in Roses Zimmer. Auch hier überlege ich nicht lange, packe die erstbesten Sachen ein, die mir in ihrem Schrank in die Hände fallen. Was wir bei meinen Eltern tragen werden, ist mir im Grunde Wurst – so froh bin ich über die Aussicht, mal ein paar Tage hier rauszukommen.

Zwei Uhr früh. Ich bin wieder aufgestanden. Stehe unten in der Wohnküche am Fenster und starre in den dunklen Garten. Ich finde keine Ruhe. Sobald ich die Augen schließe und versuche einzuschlafen, steigt Panik in mir auf. Weil jetzt Nacht ist, wahrscheinlich, überlege ich, während ich den schwarzen, sternlosen Himmel betrachte. An dem dunkle Wolken dahinjagen – es wird wohl wieder Regen geben. Zu meinen Füßen liegt ein leerer Koffer, daneben ein Haufen Kleidung, die letzten Sachen, die sie zu Lebzeiten getragen hat. Ich habe jedes einzelne Teil noch einmal herausgenommen, es befühlt und mir an die Nase gedrückt, um auch noch den letzten Rest ihres Dufts einzuatmen. Die Sachen gehörten vermutlich mal durchgewaschen, aber das bringe ich nicht fertig. Stattdessen werde ich alles wieder in den Koffer packen und diesen zurück unter ihr Bett schieben. Bis zum nächsten Mal, wenn ich nachts wachliege und das Gefühl habe, vor lauter Panik keine Luft zu bekommen.

Ich knie mich auf den Boden und fange an, alles wieder zusammenzulegen und in den Koffer zu packen. Ihren schwarzen Rollkragenpullover. *Sie hat mich belogen.* Ihre dunkelblaue Jeans. *Sie hat hier in diesem Haus eine Lüge gelebt, hier in diesem Raum, auf unserem alten Sofa.* Unterwäsche, ein sexy BH mit passendem Slip aus schwarzer Spitze. *Von wem hat sie diese Dessous?* Ihren rosafarbenen Bademantel mit dem Ferkel aus der TV-Serie »Peppa Pig« als Aufnäher. *Sie muss das Gefühl gehabt haben, sie könnte es mir nicht erzählen. Was sagt das über mich aus?*

Hausschuhe, weiß, mit Schaffell gefüttert. *Dass sie mich, so wenig ich auch über sie wusste, ebenfalls nicht wirklich gekannt hat.* Ihren Kosmetikbeutel. *Habe ich sie irgendwie eingeengt? War das der Grund? Hat sich meine Tochter etwa auch erdrückt gefühlt, von meiner bedingungslosen Liebe?*

Ich lege die Hand auf die weiße Plastiktüte, in der sich der rote Skianzug befindet, und halte kurz inne. Den Anzug zu berühren, das habe ich bisher nicht fertiggebracht. Ich öffne die Tüte; lasse den Geruch des Todes ins Zimmer entweichen und merke, wie mir dabei die Tränen übers Gesicht laufen. »Nun reiß dich langsam mal zusammen«, weise ich mich halblaut zurecht. »Sie ist tot. Du kannst ihr keine Fragen mehr stellen. Kannst sie nicht in den Arm nehmen und ihr versichern, dass es keine Rolle spielt.« Ich nehme den Anzug heraus und falte ihn auseinander. Übersehe bewusst die Risse an den Knien und wiege mich eine Weile auf den Knien vor und zurück, während ich ihn fest an mich drücke.

Draußen hat es nun angefangen zu regnen, dazu geht ein stürmischer Wind. Dann blitzt es sogar, und dabei werde ich auf die Reißverschlüsse an dem Anzug aufmerksam, die im grellen Lichtschein kurz silbrig aufschimmern. Ich öffne die erste Tasche, sie enthält einen Lippenpflegestift und ein Taschentuch. Ich fasse es am Zipfel, ziehe es heraus; es ist faltig zusammengedrückt, und als ich es auseinanderschüttle, muss ich mir die Nase zuhalten.

Es ist ziemlich groß; ein Männertaschentuch, keine Frage. Ich bekomme heftiges Herzklopfen, und umgehend steht mir ein Bild vor Augen: ein kleines Dreieck, das weiß aus der Brusttasche eines Sakkos lugt. Ein angefeuchtetes weißes Stoffquadrat, mit dem orangegelbe Soße von einem neuen Anzug gerieben wird. In meinem Bekanntenkreis kenne ich nur einen Mann, der Stofftaschentücher benutzt. O mein Gott.

29. Jess

Im Schein der Morgensonne bietet der Rasen hinter dem Haus einen traurigen Anblick – die Nacht war so stürmisch, dass die Bäume etliche Äste verloren haben. Normalerweise wäre ich jetzt damit beschäftigt, da draußen für Ordnung zu sorgen; die Äste und Zweige in zwei Haufen zu sortieren, Abfall und potenzielles Feuerholz, das ich anschließend mit der Axt kleinhacken würde, um es für den nächsten Winter einzulagern.

Ich puste in meinen heißen Kaffee, finde mich mit dem Gedanken ab, dass es mir seit Annas Tod schwerfällt, mich auf die Zukunft zu konzentrieren – über die ich mir gleichwohl pausenlos Sorgen mache. Das Feuerholz etwa – ich empfinde null Antrieb, nach draußen zu gehen und es für den kommenden Winter vorzubereiten. Weil ich dann vielleicht nicht mehr hier sein werde. Ich falte das Taschentuch so klein zusammen, wie es nur geht, und beobachte dann, wie es wieder auseinanderschnellt, als ich es loslasse. In einer Ecke befindet sich ein winziger Fleck, an dem ich mit dem Fingernagel herumkratze. Schade, dass das Tuch nicht sprechen kann, sonst könnte es mir verraten, was genau mir da nun unter dem Fingernagel haftet. Und es könnte mir auch verraten, wem es gehört hat. Nicht Theo. Um Gottes willen, bitte nicht Theo. Es könnte mir erzählen, wo es auf der Welt schon überall gewesen ist. Auf jeden Fall in Frankreich. Und es ist von dort wohlbehalten zurückgekehrt, im Gegensatz zu Anna. Ich merke, wie mir wieder die Tränen kommen, aber ich will nicht weinen. Beiße mir auf die Unterlippe, während ich bemüht bin, halbwegs die Fassung zu wahren. Da reißt mich das Motorgeräusch von Leahs Wagen aus meiner Starre, und ich rufe nach

Rose, die oben in ihrem Zimmer ist. Ich habe ihr erlaubt, Spielsachen mitzunehmen, genau vier, mehr nicht, und seit zehn Minuten ist sie nun oben, als könnte sie sich nicht entscheiden. Ich gehe zur Tür, um zu öffnen, und rufe erneut laut ihren Namen.

Leah gibt mir einen Kuss auf die Wange, und dabei schnappt sie sich gleichzeitig meine Tasche.

»Rose«, rufe ich noch einmal, während ich die Transportbox mit Mopsi vom Boden hochhebe und an Leah weiterreiche. Armes Hündchen, seit ich sie bekommen habe, ist sie ständig auf Achse.

Rose taucht oben an der Treppe auf. »Ich kann mich nicht entscheiden. Ich habe ein paar Sachen eingepackt, Omi, in eine ganz kleine Tasche.«

Ich sehe Leah an, die die Kleine ebenfalls fasziniert anstarrt. Wie sie da oben steht, beschienen von dem Licht, das durch das Fenster auf dem Treppenabsatz hereinfällt, sieht sie haargenau so aus wie Anna, als sie in ihrem Alter war. Es verschlägt mir regelrecht die Sprache dabei.

»Das geht in Ordnung, Liebes«, antwortet Leah an meiner Stelle. »Die Tasche ist klein genug.« Sie streckt die Hand nach oben aus, um ihr die Tasche abzunehmen.

»Und ich habe noch meine neue Jeans eingepackt, Omi. Die hattest du vergessen.«

Leah prustet los vor Lachen und fährt Rose übers Haar, das heute zu Zöpfen geflochten ist.

Sogar ich kann mir ein Lächeln nicht verkneifen. »Warst du noch mal Pipi machen?«, frage ich. »Wir haben eine lange Fahrt vor uns.«

»Weiß ich doch, Omi. Deshalb hab ich ja so viel eingepackt. Und ja, ich war noch mal Pipi machen.«

»Ich habe auch noch den DVD-Player im Wagen, magst du ein paar Filme mitnehmen?«, schlägt Leah vor, ehe sie sich meinen Autoschlüssel vom Tisch schnappt und nach draußen verschwindet. Rose flitzt noch einmal die Treppe hoch und taucht wenig später mit einer Handvoll DVDs wieder auf, alle ohne Hülle.

Ich nehme ihr die Scheiben aus der Hand. »Was sage ich dir immer, die gehören in ihre Hüllen, hörst du?«

Sie bleibt auf der Treppe stehen. Als ich sehe, wie ihre Unterlippe bebt, bekomme ich ein schlechtes Gewissen, weil ich sie so angefaucht habe. »Ich wollte mich bloß beeilen«, sagt sie leise.

Ich steige die paar Stufen zu ihr hoch, setze sie mir auf den Arm und trage sie zum Auto hinaus. »Entschuldige, Schatz. Ich habe nicht gut geschlafen und bin etwas müde.« Ich setze sie in den Kindersitz, den Leah gerade aus meinem Wagen geholt hat, und schnalle sie fest. »Ich habe dich sehr lieb, meine süße Kleine.« Ich lege meine Nase an ihre, kitzle sie ein wenig.

»Und ich hab dich lieb, süße Omi.« Sie grinst.

»Schön. Also, auf geht's«, sagt Leah. »Wir halten unterwegs irgendwo an, gönnen uns einen Brunch.« Ehe wir aus meiner Ausfahrt rollen, greift sie in ihre Tasche und bringt Annas Smartphone zum Vorschein. »Hier, für dich. Ich hatte die ganze Zeit Angst, ich würde es verlieren oder jemand würde mir die Tasche klauen. Stell dir mal vor, ich müsste dir beibringen, dass ich es verloren habe?« Sie stößt einen leisen Pfiff aus.

Mir ist, als würde es mir ein Loch in die Hand brennen. Also lege ich es mir auf den Schoß, zwischen die Beine.

»Null-sieben-zwölf«, sagt Leah. »Tut mir leid.«

»Bitte?«

»Null-sieben-zwölf. Das ist der neue Code. Steve hat mich um eine Nummer gebeten, die mit Anna zu tun hat und die wir uns beide merken können, aber kein Geburtsdatum. Und das war die erste Zahlenfolge, die mir eingefallen ist.«

»Oh ...« Null, sieben, zwölf. Der siebte Dezember, der Tag des Lawinenunglücks. Ihr Todestag.

»Kannst du natürlich noch ändern, klar. Aber jetzt brauchst du die Nummer ja, um die Sperre zu lösen.«

Ich nicke. Bin ausnahmsweise froh, dass ich das vorerst auf

später verschieben muss, weil mir jedes Mal schlecht wird, wenn ich während einer Autofahrt lese oder am Handy herumfummle. Ich musste nun so lange warten, da machen die paar Stunden auch nichts mehr aus.

Rose hat bereits eine Beschäftigung gefunden, gottlob. Sie hat ihre Tasche geöffnet und eine ganze Menagerie von Stofftieren auf dem Rücksitz verteilt, mit denen sie nun spielt und leise Zwiegespräche führt.

Eine Zeitlang fahren wir schweigend dahin, Leah und ich. Weil Rose genug für uns drei redet. Sie spricht über Anna, fragt sich, welcher Stern sie heute Abend sein wird, erzählt uns, dass sie ihre Mummy bei Opa zu Hause deutlicher sehen kann als bei uns. Weil der Himmel bei Oma und Opa besser ist. Aber was ist, wenn sie tagsüber zu ihr hochgucken möchte? Wo ist sie dann?

Da klingelt mein Handy, das ich in der Mittelkonsole abgelegt habe. Theo, wie mir ein Blick aufs Display verrät. Ich schalte das Klingeln aus.

»Mach ihm keine Vorwürfe.« Leah hält den Blick nach vorn auf die Straße gerichtet. Rose erzählt der Giraffe gerade von ihrer Mummy. Bietet dem Stofftier an, seine Mummy zu sein.

»Ach. Wem denn sonst?« Mir fällt selbst der gereizte Unterton in meiner Stimme auf.

»Anna war seine Patientin.«

»Ist mir schon klar. Aber ich bin seine Freundin. Angeblich.«

»Und das weiß er auch. Sieh es ihm nach, das war eine unmögliche Situation für ihn.«

»Ich habe gerade meine einzige Tochter verloren«, sage ich leise. »Erzähl du mir nichts von unmöglichen Situationen.«

Dass ich ihn am Vorabend, nach Erhalt einer Nachricht von ihm, beinahe angerufen hätte, lasse ich unerwähnt. Er hat recht, wir brauchen einander. Doch ich brauche noch ein wenig Zeit, um meine Wunden zu lecken.

Rose ist nun dazu übergegangen, Ausschau nach LKWs der Spedition Eddie Stobart zu halten und ihre Namen vorne am

Kühler zu entziffern; jeder LKW dieses Unternehmens, das ist das Besondere, hat seinen eigenen, individuellen Namen. Von früheren Gelegenheiten weiß sie, dass es ihre Aufgabe ist, die Namen zu buchstabieren. »Guck mal, Omi!«, ruft sie aufgeregt. »Da steht A, N, A! Der Laster heißt wie Mummy.«

Ich drehe mich auf dem Sitz herum, um einen Blick durch die Heckscheibe zu werfen, und Tatsache, da sehe ich den LKW hinter uns und auch den Namen am Kühler. A N A. Ich mache mir nicht die Mühe, Rose darauf hinzuweisen, dass ein N fehlt. Nicke bloß.

»Mummy ist doch tagsüber kein Lastwagen, oder?«, fragt sie und verzieht das Gesicht dabei.

»Nein, Schatz, natürlich nicht.« Ich schüttle den Kopf, strecke den Arm aus und nehme ihre Hand.

Sie lässt nicht locker. »Und, wo ist sie dann?«

»Deine Mummy ist überall«, schaltet sich Leah ein. »In allem Hübschen, was dir tagsüber so begegnet. Einem Regenbogen zum Beispiel, einem Schmetterling, einem Vogel –«

»Einem süßen Kaninchen«, wirft Rose ein.

»Ja«, stimmt Leah ihr zu.

»Oder einem kleinen Hund.«

Rose wendet sich Mopsis Transportbox zu und scheint sie mit ganz neuen Augen zu betrachten. Sie steckt ihre Finger durch das Türgitter und berührt Mopsi am Gesicht, die ihr daraufhin über die Hand leckt.

»Oder auch einem kleinen Hund.« Ich lächle.

Leah seufzt. Mit der Vorstellung, dass Rose ernsthaft glauben könnte, dass Mopsi vielleicht ihre Mutter ist, hat sie offenbar dieselben Probleme wie ich.

Zeit für einen Themenwechsel. »Mum wird doch nichts dagegen haben, dass wir einfach so vorbeikommen, oder?«

»I wo. Du kennst doch Mum. Ist aber schon interessant, dass wir nun beide dahin unterwegs sind, wenn es gerade mal nicht so toll läuft.«

Merkwürdige Aussage. Auch ihr Tonfall will mir nicht gefallen. »Du, ist bei dir alles in Ordnung? Warum ich gerade in der Krise stecke, weiß ich. Bitte sag mir, dass du bei diesem Besuch nur mitkommst, um Zeit mit mir zu verbringen – oder ist bei dir etwa auch Krise angesagt?«

Sie lacht. »Keine Sorge. Ich komme nur mit, um Zeit mit dir zu verbringen.«

»He. Was ist denn los?«

»Nichts.«

»Komm schon. Ich bin zwar etwas angeschlagen, aber blöd bin ich nicht.«

»Ach, es ist nichts weiter. Jen, Gus' älteste Tochter. Sie hat angefragt, ob sie zu uns ziehen kann.«

Eine Neuigkeit, bei der ich zischend die Luft durch die Zähne ziehe. Weil ich weiß, wie wenig Leah damit einverstanden sein dürfte. Von Gus' drei Kindern scheint sie diejenige zu sein, die ihr die größte Feindseligkeit entgegenbringt, und dies, obwohl Leah und Gus sich erst lange nach seiner Trennung von ihrer Mutter kennengelernt haben. Leah liebt seine Kinder, aber die Situation ist mitunter nicht einfach.

»Ach. Und, wie stehst du dazu?«

»Ich werde notgedrungen gute Miene zum bösen Spiel machen. Was bleibt mir anderes übrig?«

»Du könntest mit mir ausreißen. Wieder bei Mum und Dad unterkriechen.«

Sie lächelt.

»Wir könnten uns zusammen in Windermere verstecken. Uns von Mum bekochen lassen, während sich die Pflegehilfe, die wir noch klarmachen müssen, um Dad kümmert.«

Ihr Lächeln wird breiter. »Klingt schon verlockend, so, wie du es schilderst ... Aber ich muss Samstag wieder zurück, daran führt kein Weg vorbei. Weil Jen am Sonntag bei uns einzieht. Es würde den ganz falschen Eindruck machen, wenn ich da nicht zu Hause wäre.«

In dem Moment höre ich ein leises Schnarchen, vom Rücksitz her. Als ich mich umdrehe, stelle ich fest, dass es von Rose stammt, die inzwischen eingedöst ist; Mopsi ist weiter putzmunter.

»Warum will sie denn nicht länger bei ihrer Mutter wohnen?«

»Keine Ahnung. Gus weiß offenbar auch nicht mehr, sonst hätte er es mir schon erzählt. Anscheinend hatten die beiden ein Zerwürfnis, und Jens Antwort besteht darin, zu ihrem Dad zu ziehen.«

»Zu ihrem Dad und Leah«, berichtige ich sie.

»Ja, sicher.« Sie seufzt unglücklich. »Hoffentlich merkt sie bald, dass ich tatsächlich eine böse Stiefmutter bin, und flüchtet wieder zurück zu ihrer Mummy.«

»So wie Angelina Jolie in ›Maleficent‹. Ma-Leah-cent.« Ich lache, dabei weiß ich nur zu gut, dass Leah sich förmlich ein Bein ausreißen wird, damit Jen sich bei ihnen wohlfühlt.

»Ja, lach nur. Wenn ich erst bei dir vor der Tür stehe und um Asyl bitte, vergeht dir das Lachen mit Sicherheit.«

»Du bist mir jederzeit willkommen.« Ich sehe sie an und schüttle den Kopf. »Jederzeit. Ma-Leah-cent. Ich glaube, das ist mein neuer Spitzname für dich.«

»Ha, ha, sehr lustig.« Sie setzt den Blinker und wechselt auf die linke Spur. »In ein paar Meilen kommt ein McDonald's. Ich brauche jetzt was zu essen, als Trost.«

»Mm, gute Idee.« Auch ich habe jetzt Appetit. Und ich brauche Trost, Punktum. Ich tätschle Leah kurz über den Unterarm, dankbar und froh, dass ich meine Schwester habe. Sie ist hier, sie ist für mich da. Und das ist der größte Trost, den ich mir heute nur wünschen könnte.

Mein Handy lässt ein Piepsen vernehmen. Diesmal werfe ich einen Blick auf die SMS und merke, wie mir umgehend übel wird. Wieder von Theo.

»Ruf ihn doch mal an«, legt Leah erneut ein gutes Wort für ihn ein.

»Nein, ich rufe ihn nicht an. Noch nicht.«

»Was ist denn da eigentlich los bei euch, Jess.« Leah sieht mich kurz an, mit heftig gerunzelter Stirn. »Irgendwas verschweigst du mir doch.«

Ich drohe ihr scherzhaft mit dem Finger. »Vorsicht, du ruinierst noch die Wirkung deiner Botox-Injektionen.«

Sie geht nicht darauf ein. »Raus mit der Sprache.«

Ich zucke die Achseln. Bin drauf und dran, meine harte Haltung zu rechtfertigen, aber sie kommt mir zuvor.

»Herrgott, Jess. Theo ist ein sehr guter Freund von dir, und so viele Freunde hast du nicht. Ist das immer noch wegen ihm und Anna?« Sie sieht mich kopfschüttelnd an. Als ich ihr den Rat gebe, sich lieber auf den Verkehr zu konzentrieren, streckt sie mir die Zunge heraus.

»Nein. Das ist es nicht nur.« Ich werfe einen Blick über die Schulter, um mich zu vergewissern, dass Rose weiterhin schläft.

»Was ist es dann?«

»Wir haben uns geküsst.« Die dunklen Ängste, die mir zu schaffen machen, seit ich das Taschentuch in Annas Skianzug entdeckt habe; welche Szenarien mir deswegen durch den Kopf schwirren – all das behalte ich lieber für mich.

Ihr Kopf schnellt zu mir herum; ich fühle mich an einen dieser altmodischen Spielzeugvögel erinnert, die sich mit ruckartigen Bewegungen in eine Tasse hinunterbeugen, als ob sie daraus trinken würden. »Wie war das bitte?«

»Du hast mich schon verstanden. Es war an dem Abend, als er mir von dem Brief erzählt hat und von Anna, und danach … Na ja, danach ist es eben passiert. Und seither bin ich einfach nur wütend auf ihn. Weil ich es ihm verüble, dass er mir noch nicht viel eher von all dem erzählt hat. Ehe ihm dieser verflixte Brief die Erlaubnis dazu gegeben hat. Dabei bleibe ich, egal, wie du das siehst.« Ich halte kurz inne, um Luft zu holen. »Er hätte glatt zugelassen, das traue ich ihm zu, dass Sean mir Rose wegnimmt. Hätte keinen Ton gesagt, obwohl er wusste, dass Sean nicht ihr

Vater ist. Wegen seiner ach so heiligen ärztlichen Schweigepflicht. Und wenn ihm diese Schweigepflicht wichtiger ist als ich, dann kann er mich mal, und zwar kreuzweise.« Ich erschrecke selbst ein wenig über meinen Tonfall.

»Niemals, das hätte er nie zugelassen.« Leah funkelt mich aufgebracht an. »Du bist schon unglaublich. Behauptest, du seist wegen dieser Sache wütend auf ihn, dabei liegt nach meinem Eindruck bloß ein Missverständnis zwischen euch vor.«

»Nein, das stimmt nicht.« Ich verschränke trotzig die Arme vor der Brust. »Du verstehst mich nicht. Ich habe das Gefühl, ich kann ihm nicht vertrauen. Deshalb bin ich so wütend.«

Sie sieht mich an, mit einem Blick, als hätte ich nun endgültig den Verstand verloren. »Da vorne ist der McDonald's. Sieh zu, dass du Rose wach bekommst. Wobei ich aber sagen muss, bei deinem Gerede vergeht mir ernsthaft der Appetit.«

Ich wende mich ab, um aus dem Fenster zu sehen. Eine einzelne Träne quillt mir aus dem Auge. Ich atme tief durch. Dann sehe ich sie wieder an. »Bitte schimpf nicht mit mir. Hilf mir«, flüstere ich, und dabei versagt mir fast die Stimme. Ehe ich weiterrede, schlucke ich mühsam. »Ich weiß nicht mehr weiter.«

Sie seufzt und nimmt meine Hand. Scheint selbst den Tränen nah. »Wir finden schon eine Lösung, Jess. Wir finden eine Lösung. Aber hör um Himmels willen auf, Freunde, die es gut mit dir meinen, als Feinde zu betrachten, und hör auf, Anna sonst was für Schandtaten zuzutrauen. So, nun habe ich es ausgesprochen. Sie hat Fehler gemacht, na und. Wer von uns macht denn keine Fehler?« Sie wirft einen Blick in den Rückspiegel, um Rose kurz zu betrachten. »Und dass ein Fehler so glückliche Folgen nach sich zieht, kann auch nicht jeder von sich behaupten.«

Leah zieht nach links auf die Abbiegespur, dann kommt die Ausfahrt, die zu dem McDonald's führt. Ich sitze neben ihr und muss an Annas erstes Tattoo denken, *Felix culpa*. Starre aus dem Fenster zu dem riesigen Parkplatz vor dem Restaurant hinüber, zu den Horden von Leuten, die alle irgendwohin unterwegs sind, mit einem festen Ziel vor Augen. Und dabei komme ich mir verlorener und hilfloser vor denn je.

30. Jess

Dad geht es offenbar nicht gut, so viel wird schon bei unserer Ankunft klar. Mum wirkt alles andere als glücklich, als sie uns unangekündigt vor der Tür stehen sieht. Und mir wird bei ihrem Anblick schlagartig klar, dass die Idee, sie zu überraschen, damit sie sich unseretwegen nicht in Arbeit stürzt, nicht besonders gut war. Wegen der Rast, die wir bei McDonald's eingelegt haben, ist es schon fast halb zwei, als wir bei unseren Eltern klingeln. Mum trägt noch ihren Morgenrock, als sie uns öffnet, und darunter ihr Nachthemd. Ihr Haar sieht aus, als sei sie noch nicht dazu gekommen, sich zu kämmen, und rings um ihre Augen sind verschmierte Reste der Schminke vom Vortag zu erkennen.

Ich lasse Rose mit Mopsi in den Garten hinaus und schärfe ihr ein, sich nicht zu weit vom Haus zu entfernen, damit ich sie immer sehen kann. Während mein Blick immerzu zwischen meiner zerzausten Mutter und meiner wilden Enkelin hin und her huscht, die draußen wie ein Derwisch mit dem Mops herumtollt, erfahre ich, dass Dad seit ihrer Ankunft gestern im Bett liegt. Meine Mutter spricht es zwar nicht aus, aber ich weiß auch so, was der Grund seiner Erschöpfung ist: Es war alles etwas zu viel für ihn.

Leah, praktisch wie immer, hat bereits einen Blick in den Kühlschrank geworfen und macht sich nun Notizen auf ihrem Smartphone.

»Also«, sagt sie. »Ihr habt kaum noch Lebensmittel im Haus. Ich fahre gleich was einkaufen, aber vorher sehe ich noch bei Dad nach dem Rechten. Und wenn ich wieder da bin, Mum …« Sie fixiert meine Mutter streng. »Wenn ich wieder da bin, unterhalten wir uns mal, und du hörst einfach nur zu. Du brauchst Hilfe hier, keine Widerrede. Kein ›Ich schaffe das schon‹, damit ist jetzt Schluss.«

Das gefällt Mum nicht, das ist ihr deutlich anzusehen. Ich eile durchs Zimmer und öffne die Schiebetür aus Glas. Stecke den Kopf hinaus und rufe: »Rose! Komm bitte zum Haus zurück. Bleib weg vom Wasser.«

Ich warte ab, bis Rose meinen Worten Folge geleistet hat. Als ich mich umwende und zu meiner Mutter zurückkehre, fehlt von Leah bereits jede Spur, und gleich darauf höre ich, wie draußen ihr Wagen anspringt und sich vom Haus entfernt.

»Tja …«, sagt meine Mutter.

»Sie hat recht. Und das weißt du auch. Komm, sei vernünftig. Höchste Zeit, dass du dir von jemandem helfen lässt. Diesen Rat gibst du mir auch schon länger, Mum, und nun solltest du ihn selbst mal befolgen.«

Sie lässt sich auf einen Sessel in der Nähe plumpsen. »Aber das fühlt sich an, als würde ich ihn im Stich lassen.«

»Wie wär's mit einer Tasse Tee? Hast du schon was gegessen?«

»Bloß die Reste vom Frühstück deines Vaters. Er hat heute erst eine halbe Scheibe Toast zu sich genommen.«

»Wie bitte?« Als ich in der Küche das Teewasser aufsetze, werfe ich dort rasch einen Blick aus dem Fenster. Rose ist ganz in der Nähe, spielt draußen auf der Terrasse mit Mopsi und einem Tennisball. »Du hast die andere Hälfte gegessen, sonst nichts?«

Sie nickt. »Vielleicht ist es ganz gut, dass ihr jetzt hier seid. Wie heißt es so schön, im Leben geschieht nichts ohne Grund. Vielleicht brauche ich ja tatsächlich Hilfe.«

Ich verziehe unwillkürlich das Gesicht, versuche, mir nicht anmerken zu lassen, wie sehr ich diese abgedroschene Redensart hasse: Im Leben geschieht nichts ohne Grund. *Ach ja? Und warum musste meine Tochter dann sterben, mit gerade einmal fünfundzwanzig Jahren? Die Gründe dafür würden mich wirklich interessieren, kann sich dazu mal jemand äußern, von da oben?* Ich blicke nach oben, gen Himmel, während ich den Teebeutel kurze Zeit im Wasser ziehen lasse, das eben gekocht hat. Dann kehre ich mit dem Tee, schwarz und ganz schwach, ins Wohnzimmer zurück und reiche ihn Mum.

»Ich gehe mal hoch zu Dad. Sei so gut, hab ein Auge auf Rose, solange ich weg bin.«

Sie nickt. »Deck ihn notfalls neu zu, damit er es schön warm hat. Er wirft laufend die Decke von sich.«

Als ich in ihr Schlafzimmer komme, hat Dad tatsächlich die Decke von sich abgestreift, auf der nicht gelähmten Seite seines Körpers. Er lehnt halb aufrecht an einigen Kissen und versucht zu lächeln, als ich ins Zimmer komme.

»Mei-n Sch-atz«, flüstert er, ein wenig stockend.

Ich gebe ihm einen Kuss auf die Wange. Sie fühlt sich sehr warm an. Noch kein Fieber zwar, aber trotzdem, ihm ist offenbar warm. Da es draußen nicht mehr so kühl ist, öffne ich das Fenster ein wenig.

»Mum macht sich Sorgen um dich.«

Er verdreht die Augen. Oder versucht es zumindest.

»Sie liebt dich, weißt du … Sagt, dass du die letzten Tage kaum etwas zu dir genommen hast.«

Er schüttelt den Kopf.

»Schläfst du denn wenigstens gut?«

»V-viel und gu-t.«

»Rose und ich sind gerade angekommen, wir wollten euch mal besuchen. Leah ist auch dabei, wir sind also zu dritt. Ehrlich gesagt, wir sind auf der Flucht. Ich halte es zu Hause gerade nicht aus, zu viele Erinnerungen, und Leah hat noch eine Gnadenfrist, ehe ihre Stieftochter bei ihr und Gus einzieht. Tja, da schien es uns naheliegend, Zuflucht bei euch zu suchen. Daheim bei Mummy und Daddy an den Seen. Und da wären wir also.«

»Will-k-ko-mmen.«

Ich weiß, was er damit meint – dass wir ihnen jederzeit willkommen sind. Und ebenso weiß ich, dass ihn das Reden sehr anstrengt; so viele Worte wie jetzt gerade haben wir seit Ewigkeiten nicht mehr miteinander gewechselt. Also schüttle ich ihm die Kissen frisch auf, decke ihn behutsam zu und rate ihm, sich nun auszuruhen. Dann nutze ich die Gelegenheit dazu, einen Blick aus dem Fenster zu werfen, hinunter in den Garten. Rose hält sich nach wie vor auf der Terrasse auf, dicht beim Haus also, ganz wie gewünscht. Mopsi kann ich zwar nicht sehen, dafür aber hören; ihr aufgeregtes Gebell dringt zu mir nach oben.

Dann wende ich mich am Fenster um und lasse in Ruhe den Blick durchs Zimmer schweifen. Es sieht noch genauso aus wie vor zwanzig Jahren: Eine Wand ist mit geblümter Tapete bedeckt, zartrosa Pfingstrosen, die sich durch ein Spalier ranken, und die übrigen Wände sind in demselben Zartrosa gehalten, genau passend zu dem Tapetenmuster. Eine Idee, mit der meine Mutter ihrer Zeit weit voraus war, denn solche Akzentwände kamen erst viel später in Mode. Das wuchtige alte Bett, in dem meine Eltern schlafen, stammt von einem hiesigen Antiquitätenmarkt. Es besteht aus dunklem Holz und ist mit aufwendigen Schnitzereien verziert; sicher jedes Mal sehr mühsam, das alles abzustauben. Neben dem Fenster steht eine Frisierkommode, ebenfalls aus dunklem Holz, aber vom Stil her eher nüchtern und sachlich, ganz anders als das Bett. Typisch Mum, ein solcher Stilmix entspricht genau ihrem Geschmack. Auf der Frisierkommode bewahrt sie ihre Schminksachen auf, säuberlich aufgereiht; außerdem sehe ich einen offenen Tiegel mit kühlender Feuchtigkeitscreme. Ehe ich das Zimmer verlasse, trete ich noch einmal zu Dad ans Bett, der inzwischen eingeschlafen ist, und lege ihm kurz prüfend die Hand an die Stirn.

Unten in der Küche treffe ich auf Leah, die wieder zurück ist und gerade die Lebensmittel auspackt, die sie eingekauft hat. Mum steht an der Terrassentür und behält Rose im Auge, die mit

Mopsi immer noch draußen rumtobt. Ich trete zu Leah an die Anrichte. »Dad gefällt mir nicht, er sieht irgendwie nicht gut aus.«

»Lass mich das mal regeln.« Damit eilt sie aus der Küche und lässt mich mit der Frage zurück, wie sie das wohl gemeint hat. Ich stelle mich neben Mum an die Terrassentür, und wir blicken zusammen schweigend nach draußen. Irgendwie ist mir nicht ganz wohl zumute. Das Gefühl von Heimkehr und Geborgenheit, das ich hier, im Haus meiner Eltern, sonst immer empfinde, will sich heute nicht so recht einstellen.

»Wie wär's, Mum, willst du nicht mal duschen gehen?«

Sie wendet mir das Gesicht zu. »Ja. Du hast recht. Natürlich.« Ihr Blick ist seltsam ausdruckslos.

Als sie sich eben zum Gehen wendet, taucht Leah wieder im Zimmer auf. »Mum, Dad hat Fieber, ich habe es gerade mal gemessen. Wir sollten Dr. Rolls anrufen, finde ich.«

»Ich habe vorhin erst gemessen, ungefähr eine Stunde bevor ihr eingetrudelt seid. Da hat er sich zwar sehr warm angefühlt, aber ...«

Leah nimmt ihre Hand und blickt sie eindringlich an. »Du wirkst völlig erschöpft, Mum. Komm, sei nicht so hart zu dir selbst und überlass alles Weitere Jess und mir. So, jetzt rufe ich erst mal den Arzt an. Ist das seine Nummer, da auf dem Kalender?« Sie deutet mit einer Kopfbewegung auf den Kalender, der an der Küchenwand hängt; unten links in der Ecke ist eine Telefonnummer notiert. Mum nickt.

»Geh ruhig duschen, Mum«, sage ich. »Wir regeln das mit dem Arzt.«

Gleich darauf höre ich Rose, die vom Garten aus hörbar aufgeregt nach mir ruft: »Omi!« Ich haste zur Terrassentür, und da steht sie, in ihren Leggings, die ich ihr am Morgen angezogen habe und die jetzt dunkel durchnässt sind. »Mopsi hat mich angepinkelt«, sagt sie.

»Du jemine.« Ich wende mich rasch um; Mum hat inzwischen das Zimmer verlassen, und Leah telefoniert gerade.

»Also kann ich jetzt meine neue Jeans anziehen.«

Sie lügt, das merke ich sofort. Hat sich anscheinend irgendwie selbst Wasser auf die Beine gekippt. Die Jeans wollte sie schon am Morgen anziehen, aber das habe ich ihr verboten. Ich lotse sie in den Flur hinaus, wo noch unser Gepäck steht, und bin ihr wortlos beim Umziehen behilflich. Rose jetzt zur Rede zu stellen, dazu fehlt mir schlicht der Nerv; aber dass sie mich so ungeniert angelogen hat, gibt mir schon zu denken. Zumal vor dem Hintergrund, dass mich auch ihre Mutter offensichtlich über Jahre hinweg belogen hat, ohne dass ich den geringsten Verdacht geschöpft hätte. Ich schüttle seufzend den Kopf. Anscheinend fällt der Apfel nicht weit vom Stamm.

Wenige Stunden später steht fest, dass Dad an einer Harnwegsinfektion leidet. Leah war bereits bei der Apotheke und hat die Antibiotika besorgt, die ihm der Arzt verschrieben hat, und die erste Dosis haben wir ihm schon verabreicht. Meine Mutter sieht wieder mehr aus wie sie selbst, sie hat sich zwischenzeitlich zurechtgemacht, und Leah hat ihr eröffnet, dass heute im Laufe des Tages noch zwei Pflegekräfte vorbeikommen, um sich bei ihr vorzustellen. Bei gegenseitiger Sympathie können die beiden schon ab morgen hier anfangen, in Wechselschicht. Mum hat ihr geduldig zugehört, immer wieder nickend, ohne jede Widerrede, und ich bin spontan beschämt darüber, dass Leah und ich noch nicht viel früher in Aktion getreten sind. Dass Mum Hilfe brauchte, war uns schon länger klar; wie sehr sie jedoch mit ihren Kräften tatsächlich am Ende ist, das haben wir gar nicht richtig zur Kenntnis genommen.

Rose sieht fern, irgendein Kinderprogramm, und erst gegen vier Uhr fällt mir Annas Handy wieder ein. Ich ziehe mich nach oben in unser altes Zimmer zurück, setze mich dort auf mein Bett und nehme das Gerät aus meiner Tasche. Nachdem ich es angeschaltet und den neuen Code eingegeben habe, das Datum des Lawinenunglücks, erwacht es umgehend zum Leben. Als Erstes scrolle ich durch ihre Fotos. Himmel, es sind unzählige Aufnahmen aus dem Skiurlaub dabei, die ich noch nicht kenne. Mit heftigem Herzklopfen betrachte ich ein Foto nach dem anderen: ihr strahlendes Gesicht in Nahaufnahme, die das gesamte Display ausfüllt. Diese schneeweißen, makellosen Zähne, die mich ein Vermögen gekostet haben, als sie dreizehn war und eine Klammer brauchte; dann noch einmal sie in Totalaufnahme, großgewachsen und schlank in diesem blutroten Skianzug – so sprühend vor Leben und Lebensfreude. Wie kann es angehen, dass sie nun nicht mehr da ist?

Da die Batterie kaum noch Saft hat, stöpsle ich das Smartphone ins Ladegerät ein. Fast im selben Moment klingelt es unten an der Tür: das Pflegeteam. Als ich die Treppe hinunterkomme, hat Leah die beiden, einen Mann und eine junge Frau, bereits in Empfang genommen und ins Wohnzimmer geführt. Sie hat die Lage im Griff, so viel ist klar, ich kann mich auf die Rolle einer Zuschauerin beschränken. Nachdem sie die beiden mit Mum bekanntgemacht hat, winkt sie mich wortlos in die Küche, um sich mit mir um Getränke zu kümmern. Nachdem sie die Tür hinter uns geschlossen hat, klopft sie sich übertrieben mit der flachen Hand aufs Herz und verdreht theatralisch die Augen. Dann öffnet sie die Tür wieder einen Spalt weit und späht ins Nebenzimmer. Schnappt sich dabei meine Hand, drückt sie fest und nötigt mich förmlich dazu, ebenfalls einen Blick durch den Türspalt zu werfen. »Gibt's doch nicht, Daniel Craig, wie er leibt und lebt«, flüstert sie, »wer hätte das gedacht?« Sie kichert leise, aufgeregt wie ein Kind, während wir zusammen den Pfleger betrachten, der dem Schauspieler tatsächlich etwas ähnlich sieht. »Pass auf, wenn Mum gleich anfängt, mit ihm zu flirten.«

Ich sehe sie bloß kopfschüttelnd an und lache. Dann gehe ich nach nebenan, um Rose vom Fernseher wegzuholen und mit ihr nach draußen in den Garten zu gehen, damit Mum sich mit den Pflegekräften in Ruhe unterhalten kann. Draußen fragt sie, wann

Opa mal wieder mit ihr auf den See hinaussegelt. »Bald«, sage ich zu ihr. »Wenn wieder Sommer ist.«

Mit dieser Antwort vertröste ich sie, um ihr nicht die Wahrheit sagen zu müssen. Es gibt Dinge, die ich ihr einfach nicht erklären mag, um sie damit nicht unnötig zu belasten. Dinge, für die sie einfach noch zu klein ist – wie etwa die Tatsache, dass mein Vater wahrscheinlich nie wieder mit ihr im Boot auf den See hinaussegeln wird. Wir sind am Ende des Gartens angelangt, wo ich mich auf einer der Stufen niedergelassen habe, die zum See hinunterführen, und sie sitzt auf meinem Schoß. Die Sonne, die am Vormittag noch geschienen hat, ist mittlerweile hinter dichten Wolken verschwunden, und obwohl wir beide unsere Jacken anhaben, ist es doch empfindlich kühl hier draußen. Ich habe die Arme um sie gelegt, drücke sie an mich, und dabei kitzelt mich ihr vom Wind bewegtes Haar an der Nase. Ich atme tief ein, doch sosehr ich es mir auch wünsche – ich nehme kein süßes Kokosaroma wahr, nur den typischen Geruch der Natur hier oben an den Seen, frisch und rein, nach Kiefern. Ich drücke meine Nase etwa fester in ihren Schopf, der ganz leicht nach Orange duftet, von ihrem Shampoo. *Das hier ist Rose,* ermahne ich mich. Nicht Anna, sondern Rose. *Du wirst alles noch einmal von vorn machen müssen, Jess.*

Rose wendet sich zu mir um, sie fröstelt. »Gehen wir wieder rein, Omi«, sagt sie, klettert von meinem Schoß herunter und streckt mir die Hand entgegen.

»Ehe wir losgehen …« Ich nehme ihr Gesicht in die Hände. »Vorhin, als deine Leggings nass waren, hast du Omi eine kleine Lüge erzählt, stimmt's?«

Sie runzelt die Stirn. »Woher weißt du das?«

»Ich weiß es eben. Dass man nicht lügen soll, weißt du, oder?« Damit stehe ich auf und nehme sie an der Hand. Dann machen wir uns auf den Rückweg zum Haus.

»Ja. Aber ich wollte gern meine neue Jeans anziehen. Das durfte ich ja heute Morgen nicht.«

So eine entwaffnend ehrliche Erklärung. Und dabei ist mir, als würde ich die Stimme ihrer Mutter hören: *Aber ich wollte gern mit diesem verheirateten Mann zusammen sein. Und ich wusste, dass du das nie gutheißen würdest.*

»Trotzdem darfst du nicht lügen, Rose. Auch nicht, um deinen Willen durchzusetzen.«

»Ist gut, Omi. Entschuldige.«

Der Kreislauf des Lebens. Und ich bin mittendrin, drehe wieder eine neue Runde, dank Rose.

31. Anna

Raw Honey Blogspot, 04.09.2010

Ich habe heute einen Kuchen für »T« gebacken, meinen kleinen Halbbruder. Er hat morgen Geburtstag, er wird sieben, und obwohl er, streng genommen, ihr Onkel ist, besteht meine ST, die gerade anfängt zu sprechen, darauf, dass er ihr »Buda« ist. So was von süß!

Wir sind gerade oben an den Seen. Als der Kuchen im Ofen stand, sind wir durch den Garten zum See runtergegangen, wo Opa uns schon am Ende des Bootsstegs erwartet hat. Er war so aufgeregt; strahlte übers ganze Gesicht vor Vorfreude darauf, ein weiteres Kind an seiner Liebe zum Segeln teilnehmen zu lassen. Ich war nicht ganz so begeistert; hatte ziemliches Herzklopfen, ehrlich gesagt. Wir machten ST in Dads Hütte startklar: hüllten sie von Kopf bis Fuß in Ölzeug ein und banden ihr zum Schluss noch die winzig kleine Schwimmweste um, gesichert durch drei breite Riemen. Vom Bootssteg aus ist sie dann förmlich mit ihm in das kleine Segeldinghi geknüpft.

Am liebsten wäre ich nach ihr noch mit aufs Boot gesprungen, aber ich habe mich beherrscht. Opa hat ST zwischen seine Knie genommen, und dann sind sie losgesegelt. Und obwohl sie beide quietschfidel wirkten, während sie übers Wasser zischten, ließ meine Anspannung erst wieder nach, als sie wohlbehalten zurück an Land war und ich sie wieder in die Arme schließen konnte.

Es hat ihr gefallen, das war nicht zu übersehen. Und bei der Rückkehr von ihrer ersten Segeltour haben alle mächtig Wirbel um sie gemacht. Wir waren heute alle hier – Mama, ihre Schwester »L« (»L«s Mann, »G«, war nicht dabei, er musste arbeiten), Omi, Opa, alle haben sie gejubelt und geklatscht, als sie wieder an Land kam. Rose hat immer nur geschrien, »Mehr! Mehr!«, und wollte sich von mir losmachen, um wieder zum Dinghi zu laufen. Auf andere Gedanken ist sie dann erst gekommen, als sie ihrer Mummy dabei »helfen« durfte, »T«s Kuchen mit Zuckerguss zu versehen. Segeln mit Opa, das dürfte wohl künftig ihr Ding werden. Skifahren kann er nicht mehr so gut, weil er Beschwerden am Ischias hat; es liegt also ganz bei mir, sagt er gern, ihr die Liebe zum Wintersport nahezubringen.

Während ich mit dem Kuchenguss beschäftigt war, wollte ich von Mama wissen, wie ich die Angst in den Griff bekommen soll, wenn ich mit ansehen muss, wie ST einer Aktivität nachgeht, die ihr zwar offenbar Freude macht, aber auch nicht ganz ungefährlich ist. Mama lachte nur und meinte, daran müsste ich mich wohl gewöhnen; dass ST mir in dieser Hinsicht sehr ähnlich ist und ich daher wohl lernen müsste, gute Miene zum bösen Spiel zu machen. Zu lächeln, obwohl mir vor Angst und Sorge um mein Kind fast übel ist.

Hm. Da weiß ich ja nun, was auf mich zukommt.

Dann ist noch Dad mit »T« und seinem jüngeren Bruder »E« zu uns gestoßen, um schon heute eine Runde Kuchen zu essen, einen Tag vor »T«s Geburtstag. Sie haben das herrliche Spätsommerwetter ausgenutzt und mit Rose im Garten gespielt. Danach haben wir gemütlich Kuchen gegessen, und die Erwachsenen haben noch Karaoke gesungen (ich hatte meine Maschine dabei).

Omi B wurde am Ende der Sieg zuerkannt, für ihre zwar stark angeheiterte, aber extrem leidenschaftliche Darbietung von Whitney Houstons »I Will Always Love You«.

Ein genialer Tag, alles in allem.

Ich bin selbst nicht mehr ganz nüchtern, während ich das hier tippe.

Ich liebe sie alle …

32. Jess

Rose und ich bereiten gerade zusammen einen Teig vor. Backen ist nie so meine Stärke gewesen, aber ihr zuliebe springe ich über meinen Schatten. Weil sie das mit Anna immer so gern gemacht hat, die eine Passion fürs Backen hatte. Meine Mutter, die heute zum ersten Mal überhaupt professionelle Unterstützung bei der Versorgung meines Vaters erhalten hat, sitzt nebenan im Wohnzimmer, wo ganz leise der Fernseher läuft, und hat vor Müdigkeit die Augen geschlossen. Leah sitzt neben ihr auf dem Sofa und sieht sich alte Fotos an.

Ich bin froh, jetzt in der Küche zu sein. Und auch Rose, deren Lockenschopf weiß mit Mehl bestäubt ist, scheint sich ganz wohlzufühlen. Sie steht auf einem Stuhl vor der Arbeitsfläche, hat soeben die Eier in die Zucker-Butter-Mixtur geschlagen und ist nun dabei, das Ganze mit einem Holzlöffel zu verrühren. Ich frage sie, ob ich ihr helfen soll, aber sie schüttelt den Kopf. Rührt wild entschlossen weiter, mit einem Ausdruck äußerster Konzentration im Gesicht. Schließlich seufzt sie, als wäre sie erschöpft, und reicht den Löffel an mich weiter. »Ab hier, das macht immer Mummy«, erklärt sie. Also übernehme ich von ihr und rühre die

Mixtur weiter mit dem Holzlöffel durch, während sie mit in die Hüften gestemmten Händen neben mir auf dem Stuhl steht und aufmerksam zusieht, als wolle sie mir gleich das Zeichen geben, wann ich aufhören muss. Ich muss lachen, und sie sieht mich erstaunt an. »Worüber lachst du denn, Omi?«

»Über dich.« Ich tupfe ihr mit dem Löffel einen Klecks von der Mixtur auf die Nasenspitze.

»He!«, sagt sie, ehe sie sich den Klecks von der Nase wischt und anschließend vom Finger ableckt.

Als die süßen Brötchen glücklich im Ofen sind und ich schon dabei bin, die Küche zu säubern, steht sie immer noch auf dem Stuhl und behält das Geschehen im Ofen durch die Glastür genau im Auge. Die Brötchen sind ziemlich klein, und zu meiner Überraschung gehen sie beim Backen sogar auf. »Nun sieh dir das mal an«, staune ich, während ich neben ihr stehe und den Arm um sie gelegt habe.

»Sie sehen genauso aus wie bei Mummy«, stellt sie stolz fest.

Ich drücke ihr einen Kuss aufs Haar. »Ja, nicht wahr?«

»Mummy würde sagen, ›Gut gemacht, Rose! Gut gemacht, Omi!‹, wenn sie die sehen könnte.« Sie springt von dem Stuhl und geht zur Spüle hinüber, um aus dem Fenster zu schauen, das sich darüber befindet. »Siehst du die, Mummy?« Ihre Frage ist an den Nachthimmel gerichtet, und sie deutet dabei mit dem Finger hinter sich, zum Backofen.

Ich gehe zu ihr und hebe sie mir auf den Arm. Gemeinsam starren wir zum dunklen Himmel hinauf. »Welcher ist sie?«, frage ich Rose.

»Ich bin mir nicht sicher«, antwortet sie. »Sie ist nicht immer an derselben Stelle. Ist manchmal in Bewegung.«

Ich nicke oberhalb von ihrem Kopf, drücke sie leicht an mich. »Aber irgendwo da oben ist sie«, bekräftigt sie. Kuschelt sich an mich und lässt dann ihren Daumen im Mund verschwinden.

Wir nächtigen in unserem alten Kinderzimmer; mit Rose zusammen, die in einem Schrankbett schläft, genau in der Mitte zwischen unseren Betten. Leah und ich aber schlafen noch nicht; wir gehen eine Liste durch. Die Idee dazu stammt von ihr, sie hat daraus eine Art Spiel gemacht, etwas, worauf sich meine Schwester glänzend versteht. Weil sie für ihr Leben gern Spiele organisiert: Im Sommer lässt sie uns mit verbundenen Augen dem Esel den Schwanz anstecken, im Dezember dem Weihnachtsmann den Sack mit Geschenken; organisiert außerdem ganzjährig Scharaden und kann obendrein als einziger Mensch, den ich kenne, einen verstellten Zauberwürfel wieder in die Grundstellung bringen, während sie dabei gleichzeitig »Like A Virgin« von Madonna trällert. Heute Abend hat sie mir zuliebe eine Art Quiz vorbereitet, namens »Wer ist der Vater?«. Wir liegen zusammen in meinem Bett, unter der Bettdecke, die wir uns bis ganz über die Köpfe gezogen haben, um Rose nicht zu stören. Leah hat eine Minitaschenlampe zwischen den Zähnen stecken, kaum dicker als ein Bleistift.

Ihr Licht fällt auf die Liste, die vor uns liegt. Sie ist denkbar kurz, nur drei Namen. Wir haben beide je zwei Namen beigesteuert, bei einem Namen waren wir uns einig. Sean und James, das sind ihre beiden Kandidaten. Wobei ich der Ansicht bin, nach dem, was Theo mir erzählt hat und was ja wohl auch Annas Überzeugung war, dass Sean als Vater ausscheidet; der DNA-Abgleich zwischen ihm und Rose, da bin ich mir so gut wie sicher, wird negativ ausfallen. Ich nenne als Kandidaten James und Theo. James ist unser gemeinsamer Nenner. Leah sagt zunächst nichts, als sie Theos Namen auf der Liste sieht; runzelt bloß befremdet die Stirn.

Ich zähle ihr meine Argumente auf: Er ist verheiratet; hat bis kurz vor Annas Trauerfeier geschwiegen und mir die Wahrheit erst erzählt, nachdem ihr Brief ihm ausdrücklich grünes Licht gegeben hatte; und ihn hat sie noch einmal aufgesucht, vor der Abreise nach Frankreich, von wo sie nicht mehr lebend zurückgekehrt ist. Anna hat jahrelang als Babysitter auf Finn aufgepasst, seit er ganz klein war. An diesen Abenden hat Theo sie später immer in seinem Wagen nach Hause gefahren. Und wer weiß, vielleicht sind sie sich dabei nähergekommen. Mit dieser Vermutung beende ich meine Ausführungen. Mir ist ein bisschen übel.

»Theo? Nein, auf keinen Fall.« Sie schüttelt den Kopf. »Das traue ich ihm nicht zu. Dazu ist er viel zu redlich.«

Sie schlägt die Decke zurück. Steht auf und geht durchs Zimmer, um sich in ihr Bett zu legen, gegenüber von meinem. »Deshalb also willst du nicht mit ihm sprechen«, sagt sie nach kurzem Schweigen. »Nicht wegen irgendeinem Kuss, sondern weil du ihn, deinen, wie du immer sagst, besten Freund, im Verdacht hast, er hätte was mit deiner Tochter gehabt.«

Ich schließe die Augen. Kneife sie ganz fest zu.

»Sie hatte ein Taschentuch.« Ich drehe mich im Bett auf die Seite, in Leahs Richtung. »In ihrem Skianzug. Ein Männertaschentuch. Und Theo ist der einzige Mann auf der Welt, der noch Stofftaschentücher benutzt.«

Ich kann sehen, wie sie im Dunkel den Kopf schüttelt. »Ehe du solche Anschuldigungen gegen ihn erhebst, solltest du schon handfestere Beweise haben als ein Taschentuch. Ehe du ihn verprellst, meine ich. Einen Freund wie ihn findest du so leicht nicht wieder.«

»Meinst du etwa, ich wünsche mir, dass er es war?« Ich drehe mich wieder auf den Rücken, lasse mich tief in mein Kopfkissen sinken. Muss an den süßsauren Kuss in meiner Küche denken, bei dem mir wiederum automatisch jener andere Kuss in den Sinn kommt, damals nach der Weihnachtsfeier. Ein kleiner Fehltritt, den er Harriet am Ende gebeichtet hat, letztes Jahr im Sommer. Bei einer offenen, ehrlichen Aussprache, zu der Zeit, als sie noch versuchten, ihre Ehe zu retten. Harriet gestand ein, dass es einen anderen Mann in ihrem Leben gab, zu dem sie sich hingezogen fühlte. Und Theo beichtete ihr diesen einen, einzigen

Kuss, den er vor Jahren mit mir gewechselt hatte, als wir beide nicht mehr ganz nüchtern waren. Heute bin ich natürlich klüger. Weiß, dass dieser Kuss etwa um dieselbe Zeit stattfand, als Anna das Verhältnis mit ihrem heimlichen Liebhaber begonnen hat. Eine Art leises Stöhnen entringt sich mir, und Leah streckt mir sofort die Hand entgegen, quer über das Schrankbett zwischen uns, in dem Rose liegt und schläft. Ich greife danach wie eine Ertrinkende, bin froh, den Druck ihrer Hand an der meinen zu spüren. »Dieser Gedanke, dass er es sein könnte – den ertrage ich einfach nicht.«

»Genau darauf wollte ich dich eben schon mal hinweisen, Jess.« Sie hält weiter meine Hand fest, lässt sie nicht los. »Wenn du diese Sache weiter verfolgen willst, musst du dir darüber im Klaren sein, was das für Folgen haben kann. Theo? Was, wenn du ihn zu Unrecht verdächtigst? Dann verlierst du einen Freund. James? Was, wenn er der Vater ist, ohne davon bisher die leiseste Ahnung gehabt zu haben? Womöglich hat Anna ja noch in anderen Belangen gelogen, wer weiß. Weiß Gott, mit einer solchen Neuigkeit könntest du in der Ehe eines Mannes ein wahres Hornissennest aufstören, und wofür? Damit ihm als leiblichem Vater dann am Ende das Sorgerecht zugesprochen wird? Überleg dir das sehr gut. Nicht dass du Rose letzten Endes an einen völlig Wildfremden verlierst.«

»Schon klar, hast ja recht.« Ich ziehe mich etwas mehr unter die Bettdecke zurück. »Mum sieht das ganz ähnlich. Sie hat zufällig unser Gespräch mitbekommen, neulich bei mir in der Küche. Und mir später den Rat gegeben, dass man schlafende Hunde nicht wecken soll.«

»Anna ist tot. Nichts wird sie je wieder zurückbringen.«

Ich antworte nichts darauf. Nach wenigen Minuten merke ich, wie Leahs Hand in der meinen erschlafft, und gleich darauf schnarcht sie auch schon. Ich taste mit der Hand nach Rose, berühre sie kurz. Sie rückt ein wenig im Bett herum, wacht aber nicht auf. Ich drehe mich auf die Seite und starre sie an. Wenn ich sie so ansehe und dabei ganz deutlich diese urtümliche Verbindung zu Anna spüre, kann es vorkommen, dass mir vor jähem Schmerz der Atem stockt. Dass ich mich fühle wie tief unter Wasser, als würde ich nie wieder Luft bekommen. Anna ist tot, das stimmt. Und es verlangt mir schon genug ab, ihren Verlust irgendwie zu verkraften, ohne dabei auch noch alles zu hinterfragen, was ich zu Lebzeiten über sie zu wissen glaubte.

Am Tag darauf fühle ich mich wie benebelt, weil ich in der Nacht kaum ein Auge zugetan habe. Es ist früher Nachmittag; Leah unternimmt gerade einen Spaziergang mit Mopsi, und Mum passt für mich auf Rose auf. Ich möchte allein sein, deshalb habe ich mich ans hintere Ende des Gartens verzogen, in den umfunktionierten Gartenschuppen, den Dad seine »Hütte« nennt. Sie steht etwas erhöht auf einem kleinen Deckbereich und ist vollkommen leer, bis auf Dads Schaukelstuhl. Die Tür ist entfernt worden, sodass man immer einen ungehinderten Blick auf den See hat. Der heute ganz ruhig daliegt – keine Boote, keine Menschen weit und breit und damit fast völlige Stille, in der nur hin und wieder das Zwitschern von Vögeln zu hören ist, von über mir und aus den Sträuchern gleich neben der Hütte. Das Wasser des Sees wirkt plan und eben, vollkommen glatt, bis auf ein kleines Kräuseln dann und wann, wenn der Wind zwischendurch mal leise über die Fluten streicht. Ich fühle mich an den Spiegel erinnert, der zu Hause in Annas Zimmer hängt, ein Modell mit einer Art Wellenschliff am Rand; wir haben ihn seinerzeit zusammen bei Ikea besorgt, zu Beginn ihres Studiums, ich erinnere mich, als wäre es erst gestern gewesen.

Ich wende ihr Smartphone eine Weile unschlüssig in den Händen herum, bis ich es schließlich anschalte und den korrekten Code eingebe, um es zu entsperren. »Zieh dich einfach an ein stilles Plätzchen zurück, ehe du dir alles ansiehst«, hatte Leah mir noch geraten, ehe sie mit Mopsi außer Haus gegangen ist. Heute ist der Tag, an dem ich mir Annas SMS und E-Mails vornehmen will; neben mir habe ich einen großen Becher heiße Schokolade stehen.

Ich überfliege die Liste ihrer SMS-Unterhaltungen, bis ich beim letzten Thread angelangt bin, ehe die Lawine zuschlug. Er stammt von einem gewissen »Popeye«, mit dem sie sehr häufig über SMS und, wie ich bei einem raschen Blick auf die Liste feststelle, auch per E-Mail kommuniziert hat. Seine Telefonnummer ist, wie ich mit heimlichem Aufatmen feststelle, nicht mit Theos Nummer identisch. Wobei ich damit auch nicht ernsthaft gerechnet habe. Denn inzwischen bin ich zu dem Schluss gelangt, dass meine Theorie wegen des Taschentuchs Quatsch ist. *Es kann nicht Theo sein, und es ist auch nicht Theo,* diese Worte lasse ich mir nun schon den ganzen Tag durch den Kopf gehen wie eine Beschwörungsformel, seit ich am Morgen um zwanzig vor fünf hellwach war und nicht mehr einschlafen konnte. Diesen Popeye stelle ich mir eher als Typ Muskelprotz vor, der regelmäßig im Kraftraum trainiert, während ich bewusst ausblende, dass Theo mit Nachnamen »Pope« heißt und dieser Name ja sogar in dem Pseudonym »Popeye« enthalten ist. *Es kann nicht Theo sein, und es ist auch nicht Theo.*

Ich frage mich, wer sich wohl hinter diesem Namen verbergen mag; ein Rätsel, das sich im Handumdrehen wird lösen lassen, da ich ja nun seine Handynummer habe. Ehe ich aber diese Nummer wähle, will ich zunächst herausfinden, mit was für einem Menschen ich es zu tun habe. Ich öffne Annas letzte SMS, ehe ich merke, wie sinnlos das ist. Verfolge die betreffende Unterhaltung chronologisch zurück, bis zu einem Datum etwa eine Woche vor ihrer Abreise. Mein Blick bleibt an einer SMS von ihm hängen, ganz in Großbuchstaben. Sein Spitzname macht mich irgendwie aggressiv; ich erinnere mich noch an den alten Comic-Popeye, aber Rose hat einen Film auf DVD, den sie über alles liebt, in dem Robin Williams den spinatliebenden Seemann verkörpert. Die leise Ablehnung, die ich bisher gegen diese Figur empfunden habe, steigert sich nun zu echtem Hass.

MEINE ANSICHTEN DAZU KENNST DU BEREITS, das sind die ersten Worte, die ich von ihm lese.

> Anna: Ich hatte gehofft, du würdest es dir noch mal anders überlegen.
> Er: Nein.
> Anna: WAS IST MIT ROSE? Soll sie ein Einzelkind bleiben? Ich fände es schön, wenn sie noch ein Geschwisterchen bekommt.
> Er: Tut mir leid, Honey-Girl, ehrlich. Aber du wirst mich in der Sache nicht umstimmen können. ☹

Ich lasse das Handy auf meinen Schoß sinken. Honey-Girl? Dazu ein trauriges Smiley? Mir ist übel. *Solche Worte würde Theo nie äußern oder schreiben.* Dies also ist der verheiratete Mann, der meine Tochter ein zweites Mal geschwängert hat. Auch das kapiere ich nicht. Ein »Fehler« – kann vorkommen, geschenkt. Aber zwei? Nein. Anna ist es über Jahre gelungen, eine Beziehung vor mir zu verheimlichen. Und ebenso hat sie darauf geachtet, nie von irgendeinem anderen Mann schwanger zu werden. Es ergibt einfach keinen Sinn, wie so vieles, was ich seit Neuestem über meine Tochter erfahren musste. Ich trinke den Rest der heißen Schokolade, die schon ziemlich abgekühlt ist, ehe ich die übrigen SMS überfliege, die Popeye und sein Honey-Girl in dieser letzten Woche noch ausgetauscht haben. Danach stehe ich auf, gehe zehn Schritte zum Seeufer und breche das Getränk wieder aus. Ich hebe den Blick zum Himmel. Noch ein bisschen zu früh für die Sterne. Trotzdem aber kommt es mir vor, als würde sie schmollen. Als wüsste sie, dass ich ihre privaten Sachen lese.

Eine Stunde später verändert sich das Licht merklich. Ich weiß inzwischen eines: Anna war tatsächlich die *Geliebte* von jemandem, es ist die Wahrheit. Ich spreche das Wort ein paarmal aus, aber es will und will nicht zu ihr passen. Die Texte, die ich auf ihrem Handy lese, erscheinen mir fremd, ich erkenne meine

Anna darin nicht wieder. Dunkle Schatten huschen inzwischen über das Seeufer, und das Wasser ist nicht länger still. Von Osten her ist Wind aufgekommen, und Wellen jagen über den See, wie umstürzende Dominosteine. Auch Segelboote sind mittlerweile aufgetaucht; manche verharren noch unbeweglich, während andere geschwind auf dem Wasser hin und her sausen, angetrieben vom Wind.

Das Smartphone liegt neben mir auf den Holzplanken, wo ich es zwischenzeitlich abgelegt habe. Nun hebe ich es vom Boden auf, ohne lange nachzudenken, und wähle die Nummer aus ihrer Kontaktliste, bevor mich wieder der Mut verlässt. Doch ich höre nur eine automatische Ansage, die mir mitteilt, dass der Teilnehmer gerade nicht zu erreichen ist.

Ich lasse den Kopf in die Hände sinken, sitze vornübergebeugt auf dem Schaukelstuhl, der dabei ein wenig nach vorne kippt. Mir ist kalt, ich zittere am ganzen Leib; und sie muss mich mehrmals laut ansprechen, ehe ich aus meiner Benommenheit erwache und merke, dass meine Mutter neben mir steht.

»Komm jetzt ins Haus«, fordert sie mich energisch auf, fast zornig, als wäre ich eine Sechsjährige, die im Winter ohne Jacke aus dem Haus gegangen ist.

Ich kann mich nicht rühren.

»Jess, du zitterst vor Kälte. Willst du dir hier draußen den Tod holen? Sofort ab ins Haus.«

Ich muss lachen. Erst nur ein leises Glucksen, das sich rasch steigert, bis ich einen Hustenanfall bekomme. »Den Tod kann man sich nicht holen, Mum«, sage ich heiser. »Genau umgekehrt, er liegt auf der Lauer und holt einen, während man gerade nichtsahnend Ski läuft.«

Mum beugt sich zu mir herab, reibt mir über die Arme. »Na los, nun komm mit ins Haus. Bitte.« Sie fasst mich an den Schultern und versucht, mich hochzuziehen. Das gibt den Ausschlag, ich erhebe mich seufzend; aber auch nur aus Sorge, dass meine alte Mutter stürzen könnte, während sie an mir herumzerrt.

Langsam kehren wir durch den Garten zum Haus zurück; sie hat mir dabei den Arm um die Schulter gelegt und reibt mir kräftig über die Hand, wie um die Durchblutung anzuregen. Ich habe nichts dagegen, es tut mir gut; im Stillen wünschte ich, sie könnte mit ihrer Hand auch diesen Schmerz fortreiben, der mir permanent das Herz beschwert.

»Wenn ich könnte, würde ich dich davon befreien«, sagt sie leise, und wieder einmal staune ich über ihre Intuition, als könnte sie meine Gedanken lesen. Doch ich dachte auch, meine Tochter so gut zu kennen, dass ich immer erraten konnte, was ihr gerade durch den Kopf ging. Was für ein Irrtum, welch eine Selbsttäuschung …

Am Morgen darauf, Mum ist mit Rose einkaufen gefahren, und ich habe Dad gerade ein Frühstück im Bett verabreicht, schaut Doug mit seinen Söhnen vorbei. Doug und ich schauen von der Terrasse aus zu, wie die beiden übermütig mit Mopsi im Garten herumrennen; es hat über Nacht geregnet, und der Rasen ist noch so nass, dass ihre Schuhe bei jedem Schritt ein leises Schmatzen verursachen. Der Kleine ist Doug wie aus dem Gesicht geschnitten, hat aber die dunkelbraunen Augen seiner Mutter geerbt. Der Ältere wiederum kommt äußerlich genau nach Carol.

»Sean hat mich angerufen«, sagt er. »Die Testergebnisse sind da. Rose ist definitiv nicht seine Tochter, und das hat ihn ziemlich hart getroffen.«

Damit ist der schlafende Riese, dem ich einen Tritt versetzt habe, endgültig erwacht. Zwei Tatsachen stehen nun felsenfest: Anna hat zweifelsfrei gelogen, und der Schaden, den sie damit angerichtet hat, ist noch gar nicht zu überblicken. Sean, seine Eltern, Rose … sie alle – nein, wir alle werden lernen müssen, mit dieser neuen Realität irgendwie zurechtzukommen. Popeye rückt damit vorläufig in den Hintergrund, verblasst zu einer Art Gespenst. Jetzt muss ich für die Menschen in meinem Umfeld da sein, das geht vor.

»Er fährt heute bei seinen Eltern vorbei, um es ihnen beizubringen«, sagt Doug mit gedämpfter Stimme. »Das will er nicht am Telefon erledigen.«

»Lieber Gott …«

»Ja. Eine fürchterliche Situation.«

»Meinst du, ich sollte auch –«

»Nein, Jess. Halte dich da raus.«

»Aber sie wohnen nicht weit von hier. Ich fühle mich irgendwie verantwortlich.«

»Du bist ja auch verantwortlich, Jess!«

Ich zucke heftig zusammen.

»Was ich damit sagen will, ist, du bist verantwortlich, wir alle, wir sind verantwortlich. Der einzige Mensch, der hier vollkommen unschuldig ist und der sich Anna gegenüber immer korrekt verhalten hat, ist Sean. Und er ist es auch, der jetzt am meisten leidet.«

Heftige Reue steigt in mir auf, ich schlucke mühsam. Was habe ich bloß angerichtet. Ich hätte von Sean nie diesen Vaterschaftstest verlangen dürfen.

»Immerhin, Rose kann er dir jetzt nicht mehr streitig machen«, fährt Doug leise fort. »Nur darauf kommt es an. Das war schließlich der Sinn dieses Tests, und auf lange Sicht dürfte es für Rose auch besser so sein. Aber, Jess, wie sollen wir ihr das beibringen? Mensch, sie hat eben erst ihre Mutter verloren, und jetzt verliert sie auch noch ihren Vater?«

Ich will mir durchs Haar fahren, doch meine Finger verhaken sich im Gewirr meiner Locken, die ich heute noch nicht gebändigt habe. Die Jungen haben im Garten einen alten Tennisball aufgetan, den sie nun immer wieder in die Luft werfen; sehr zur Freude von Mopsi, die jedes Mal voller Begeisterung vom Boden hochschnellt, um den Ball im Flug zu fangen.

»Na ja, es ist, wie es ist.« Er schüttelt den Kopf. »Was ich fragen wollte, kann Rose später bei uns vorbeikommen, zum Spielen? Meine Jungs würden sie so gern noch mal sehen, ehe ihr zurückfahrt.«

Ich nicke. »Ja. Ich bringe sie später vorbei.«

Nur mit dem Versprechen, dass Rose später vorbeikommt, gelingt es Doug schließlich, seine Jungs zum Aufbruch zu überreden; die beiden hätten gern noch weiter mit Mopsi gespielt, das ist nicht zu übersehen. Als sie wieder fort sind, brühe ich mir in der Küche, ein wenig benommen, einen Becher Instantkaffee auf. Mopsi wuselt mir in einem fort um die Beine herum; ich hebe sie hoch, dann gehe ich mit ihr und meinem Kaffee auf die Terrasse hinaus. Es ist noch früh, und von den Natursteinfliesen steigt dünner Dampf auf; der Regen der letzten Nacht, der nun im Schein der Frühjahrssonne verdunstet. Unterwegs zum See sehe ich überall die matschigen Schuhabdrücke, die Tom und Ethan auf dem Rasen hinterlassen haben. Mopsi schießt nur so davon, als ich sie auf dem Boden absetze, und tollt übermütig durch den Schlamm. Rose und ich werden sie später gründlich baden müssen, daran führt wohl kein Weg vorbei.

Ich seufze tief. Und dann, wie aus dem Nichts, mache ich mir in einem wahren Urschrei Luft, der weit über den See hinaushallt. Als Nächstes schleudere ich meinen Becher von mir, beobachte, wie er in hohem Bogen durch die Luft fliegt, bis er mit einem Platschen im Wasser verschwindet. Dann mache ich meinem Zorn abermals Luft, brülle, so laut ich nur kann: GOTT IST EIN ELENDER DRECKSACK.

Danach geht es mir etwas besser, aber ich bekomme auch sofort ein schlechtes Gewissen. Weil irgendwer irgendwo mich vermutlich gehört haben dürfte. Ich sehe mich zum Haus um; Leah lehnt in der offenen Terrassentür, unbeweglich wie eine Statue. Am Fenster über ihr sehe ich meinen Vater, der sein Krankenlager verlassen hat; er hat die gesunde Hand ans Fensterglas gelegt und starrt in den Garten hinaus. Mopsi kommt zu mir gewetzt, und ich hebe sie vom Boden auf. Als ich mich wieder aufrichte, sind beide verschwunden, Dad ebenso wie Leah. Ich bekomme einen heftigen Hustenanfall, vielleicht eine Folge meiner Schreiattacke; als er endlich vorbei ist, stapfe ich gemächlich wieder zum Haus zurück. Auf der Terrasse binde ich Mopsi mit der Leine an dem Tisch fest, der dort steht; so verdreckt, wie sie ist, kann ich sie unmöglich ins Haus lassen.

»Morgen.« Leah kommt barfuß über den beheizten Fliesenboden auf mich zu und reicht mir einen weiteren Becher Kaffee.

»Morgen«, erwidere ich. »War ja ganz schön spät, als du gestern ins Bett gekommen bist.« Meinen kleinen Schreianfall lassen wir beide unerwähnt.

Sie gähnt. »Ja, ich musste einiges an Arbeit erledigen, für die Kanzlei. Dann hat Gus noch angerufen, das hat eine weitere Stunde gekostet.«

»Alles in Ordnung bei ihm?«

»Ja, ihm fehlt nichts. Er hat bloß Sehnsucht nach mir, das ist alles.«

Ich spiele am Griff der italienischen Glaskaffeekanne herum. »Sean hat die Testergebnisse bekommen. Er ist nicht der Vater.«

Leah lässt sich schwer auf einen Stuhl sinken. »Verdammt.«

»Ja.«

»Was für ein Albtraum.« Sie nagt nervös an der Unterlippe.

»Ich bringe Rose nachher für ein paar Stündchen zu Doug. Sean will heute bei seinen Eltern vorbeisehen, um es ihnen beizubringen. Doug hat mir zwar dringend abgeraten, aber ich überlege, ob ich sie besuchen fahren soll. Wie siehst du das, was meinst du dazu?«

»Sag mal, spinnst du? Halt dich bloß da raus.« Sie rührt einen weiteren Löffel Zucker in ihren Kaffee. »Ich kann dir nur raten, schlag dir das gleich aus dem Kopf. Notfalls setze ich mich auf dich drauf, bis wir morgen die Rückfahrt antreten.«

»Aber ich habe richtig Schuldgefühle.«

»Tja, damit musst du wohl klarkommen.« Sie hebt den Becher an die Lippen, späht mich durch die Dampfschwaden an, die von dem Kaffee aufsteigen. »Du hast jetzt Rose. Er kann sie dir nicht mehr wegnehmen, nur darauf kommt es an. Mit diesen Gefühlen wirst du leben müssen, geht ja nicht anders.«

»Schade, dass Anna jetzt nicht hier ist. Sonst könnte ich sie um Tipps bitten. Wie man lernen kann, mit der Schuld zu leben.«

»All das würde ja gar nicht passieren, wenn Anna noch am Leben wäre.«

Ich binde mir das Haar mit einem Haargummi zusammen, das ich in einer von Mums Schubladen gefunden habe. *Das kannst du laut sagen, Honey-Girl. Das kannst du laut sagen …*

33. Jess

Rose hat solchen Spaß mit Tom und Ethan, dass sie heute zu Hause bei Doug übernachten wird. Leah und ich haben uns eine Flasche Wein aufgemacht, während Mum sich oben gerade um Dad kümmert, zusammen mit Daniel Craig.

»Eine Frau ihres Alters, das ist falsch, das gehört sich nicht.« Sie grinst spitzbübisch. »Wenn das so weitergeht, enden wir noch als Scheidungswaisen, du und ich. Hör auf meine Worte.«

Es ist unser letzter Abend hier. Dad geht es schon erheblich besser, und Mum kommt mit beiden Pflegekräften gut klar, vor allem natürlich mit dem blonden Pfleger, dem Leah den Tarnnamen »Cola light« verpasst hat. Wie das nette, reizende junge Mädchen heißt, das immer mit Daniel ins Haus kommt, ist uns beiden leider komplett entfallen.

Ich sitze entspannt in einem Sessel und bewundere gerade das silbrige Schimmern draußen auf dem See, als Leah mir unvermittelt das Gesicht zuwendet. »Ich möchte heute Abend noch an etwas arbeiten. Und das kann ich dir wohl ebenso gut zeigen, habe ich mir überlegt.«

Das klingt recht geheimnisvoll. Ich verrenke mir den Hals, um zu sehen, was sich in dem großen Müllsack verbirgt, den sie nun hinter dem Sofa hervorzerrt. Er erinnert mich an den schwarzen Müllsack, den ich bei mir zu Hause unter der Treppe aufbewahre; den Sack, in den ich sämtliche Post verschwinden lasse, die bis heute für Anna bei mir eintrifft. Leah bringt aus dem Sack eine viereckige Kiste zum Vorschein, etwa dreißig mal dreißig Zentimeter groß, glänzend knallrot lackiert. Ich muss sofort an Roses Pausenbrotdose denken, die ebenfalls rot ist, und dabei fällt mir etwas auf, woran ich bisher noch nie einen Gedanken verschwendet habe: Rot ist immer schon Roses erklärte Lieblingsfarbe, während Anna gegen genau diese Farbe eine absolute Aversion hatte.

»Was ist das?« Jetzt bin ich richtig neugierig.

»Ich werde auch von dir noch ein paar Sachen benötigen, damit es funktioniert«, sagt sie, ohne mich dabei anzusehen. »Da kann ich dich jetzt ebenso gut einweihen, schätze ich.«

Ich ziehe den Sack zu mir herüber, um einen Blick hineinzuwerfen. Er enthält Fotos, große silberne Sterne, eine »Der König der Löwen«-DVD, ein Buch sowie diverse kleinere Spielsachen aus Roses Fundus. Leah hat sich wieder hingesetzt, und als sie die Kiste auf ihrem Schoß aufklappt, sehe ich, dass sich ein Kopfkissenbezug darin befindet. Ein Bezug, der mir bekannt vorkommt. Natürlich: Er stammt von Annas Bett. Ich verziehe das Gesicht.

»Keine Sorge, ist nicht aus Annas Zimmer. Ich habe dasselbe Set noch mal bei eBay entdeckt, und ich bin mir sicher, dass Rose diesen Stoff sofort wiedererkennt. Ich will ihn als Innenfutteral verwenden.« Während sie redet, erhasche ich einen Blick auf die Innenseite des Deckels: Er ist mit einem wunderhübschen Foto von Anna und Rose beklebt, passgenau vergrößert. Es verschlägt mir richtig den Atem.

»Ist für Rose zum Geburtstag. Eine Erinnerungskiste voller Andenken, damit sie Anna nie vergisst.«

Ich bin tief gerührt. »Was für eine wunderschöne Idee von

dir …«, mehr bringe ich nicht heraus. Dann knie ich mich vor Leah auf den Boden und umarme sie ganz fest. »Was für eine wunderschöne Idee. Vielen Dank. Sie wird begeistert sein.«

»Ja, ja, du hast mich lieb, ich weiß. Ich bin die beste Tante der Welt, ich weiß.« Sie befreit sich behutsam aus meiner Umarmung. »Wirf noch mal einen genaueren Blick hinein.« Sie deutet mit dem Kopf zu dem Sack hinüber.

Ich knie direkt daneben, lehne aber mit einem Kopfschütteln ab. »Ich weiß nicht. Ich traue mich nicht so richtig.«

»Na los, nur zu. Greif rein und nimm wahllos ein paar Sachen raus, sagen wir fünf?«

Ich knie weiter reglos am Boden, rühre den Sack nicht an. Sie ist bereits damit beschäftigt, den Boden und die Innenwände der Kiste mit dem Kissenstoff zu bekleben.

»Du hast den Stoff schon zugeschnitten? Wann das?«

»Ich habe gestern Abend nicht nur für die Kanzlei gearbeitet«, erwidert sie.

Ich stecke die Hand in den Sack und bewege den Inhalt ein wenig herum. Ziehe dann ein Foto heraus und trinke erst einen Schluck Wein, ehe ich es umdrehe.

»Lass sehen!« Sie beugt sich zu mir vor, um das Foto besser betrachten zu können.

Es ist ein Bild von Anna, mit Rose vorn auf den Knien, als sie etwa drei war. Beide sind gerade mit einem Puzzle auf dem Tisch beschäftigt, und ihr Gesichtsausdruck dabei ist absolut identisch.

»Wirklich frappierend, diese Ähnlichkeit«, sagt Leah. »Vielleicht war gar kein Vater beteiligt. Vielleicht hat Anna sich irgendwie entzweigespalten oder so. Siehst du, das könnte eine mögliche Lösung sein: Tu einfach so, als wäre Rose ein Wunder der Wissenschaft.«

»Das ist sie auch so«, lässt sich die Stimme meiner Mutter vernehmen, direkt hinter uns. Sie ist unbemerkt ins Zimmer gekommen. Nun lässt sie sich auf dem Sessel neben Leah nieder. »Himmel, schraub doch mal diesen Klebstoff zu, ehe wir hier gleich high sind wie sonst was.« Daniel und die namenlose Kollegin haben offenbar Feierabend gemacht.

Leah schraubt folgsam die Tube zu, und Mum entnimmt etwas aus der Kiste. Zieht eine Nadel mit Faden heraus.

»Mums Idee«, erläutert Leah. »Ein Herz aus demselben Stoff.«

»Das stopfe ich schön aus, und zum Schluss wird es dick mit Annas Parfüm besprüht, damit es nach ihr duftet, ganz unverwechselbar. Stimmt, das Herz war meine Idee, aber das mit der Kiste hat sich Leah ausgedacht.« Mum lächelt zu ihr hinüber, und Leah grinst zurück. Ich merke förmlich, wie sich mein Herzschlag beruhigt. Das ist gut. Es wird alles gut, sage ich mir insgeheim. Wir sind hier, ich und meine Familie, und wir erinnern uns an Anna. Zum ersten Mal seit jenem Tag im Dezember ist mir danach zumute, ihr Leben zu feiern, statt nur in dunkle Verzweiflung zu verfallen. Die beiden Frauen hier, Schwester und Mutter, sind mir eine unschätzbare Hilfe dabei, mich langsam an dieses neue Leben ohne Anna zu gewöhnen.

»Danke euch, ihr Lieben.« Wieder greife ich in den Sack. Diesmal bringe ich einen Marsriegel zum Vorschein. Leah lacht. »Annas Lieblingsriegel. Gehört unbedingt mit dazu. Auch wenn er vielleicht nicht lange überlebt, wenn er Rose in die Finger gerät.«

»Mein Gott, wisst ihr noch, als sie ihre Abschlussarbeit geschrieben hat?« Ich lächle bei der Erinnerung. »Sie ist für zwei Wochen nach Hause gekommen, und egal, was ich ihr an Essen vorgesetzt habe, sie hat sich nur von denen hier ernährt. Mindestens drei Stück am Tag. Und du hast recht, der wird sicher nicht alt werden …«

Ich greife erneut in den Sack. Diesmal bringe ich einen kleinen, abgewetzten rosa Teddybär zum Vorschein. »Beany«, sage ich spontan. Anna hatte eine ganze Kollektion von Stofftieren der Marke Beanie; dieser Teddy war ihr Liebling.

»Entschuldige.« Leah beißt sich verlegen auf die Unterlippe.

»Den habe ich in ihrem Zimmer mitgehen lassen, mehr oder weniger. An diesem Abend, als wir ... du erinnerst dich, als wir beide mal in ihrem Zimmer waren?« Im Beisein unserer Mutter wollen wir beide nicht darüber reden, wie wir an jenem Abend ihr Zimmer nach Unterlagen abgesucht haben.

Ich stehe auf, hebe mir Beany an die Nase und trete an die breite Glasfront mit der spektakulären Aussicht auf den See. Heute Abend ist es sehr ruhig da draußen; es ist annähernd windstill, kein Fuchs bellt, alles ganz friedlich.

»Hättest du was dagegen, wenn ich sie hier verstreue, Mum?« Es ist das erste Mal, dass ich auf den Behälter zu sprechen komme, der zu Hause bei mir im Kleiderschrank steht. Doug war damit einverstanden, dass ich ihn vorerst in Verwahrung nehme, bis wir uns darauf geeinigt haben, wo wir ihre Asche verstreuen wollen. Er wäre sicher angetan von der Idee, und auch Anna, glaube ich, wäre damit einverstanden. Im spiegelnden Fensterglas kann ich sehen, wie Leah und Mum einen kurzen Blick wechseln. »Warum nicht, Schatz. Wenn das dein Wunsch ist.«

»Ihr würde es, glaube ich, auch gefallen. Hier beim Haus und draußen auf dem Wasser.« Ich blicke zum Himmel empor, der voller Sterne ist. »Der Himmel ist hier immer so wunderbar klar. Rose wäre sicher auch einverstanden.« Ich kehre zu meinem Sessel zurück, lasse Beany den Teddy wieder im Sack verschwinden.

»Willst du nicht weitermachen?« Leah sieht mich erstaunt an. »Zweimal darfst du noch.«

»Damit warte ich, bis Rose Geburtstag hat.« Ich leere mein Glas, dann schenke ich uns beiden nach, erst Leah, dann mir. Hebe die Flasche in die Höhe und schwenke sie leicht, während ich Mum fragend ansehe, aber sie winkt ab. »Beany hat mir so ein bisschen den Rest gegeben. Deswegen.«

Danach plaudern die beiden halblaut über die beiden Pflegekräfte. Leah versucht, Mum davon zu überzeugen, dass Herr Cola light in Wirklichkeit Daniel Craig ist, bloß inkognito. Zwischen den Dreharbeiten, wenn er nicht gerade einen weiteren

Kassenknüller in Hollywood dreht, erklärt sie ihr, hat er viel Freizeit, und mit der Arbeit als Pfleger will er einfach seinen Beitrag für die Gesellschaft leisten. Ich höre ihr lächelnd zu.

Nachdem ich den Nachmittag mit Annas Handy verbracht habe, schaue ich nach, was sich bei mir getan hat: In meiner Arbeitsmailbox sind dreizehn neue E-Mails eingegangen, aber die können warten, ehrlich gesagt. Auch eine neue SMS von Theo finde ich vor; er ist hartnäckig, lässt sich von meinem Schweigen nicht entmutigen:

Nimm's mir nicht krumm, aber dein Benehmen ist wirklich albern. Wir sind Freunde, und das seit über zehn Jahren, seit der Zeit damals in der Praxis. Wir haben zusammen gelacht und geweint (ich bin ein moderner Mann, der zu seinen Gefühlen steht). Ich finde, es reicht. Du hast nun lang genug geschmollt, wegen einem kleinen Kuss. Hast mich nun lang genug dafür bestraft, dass ich dir noch nicht eher von Anna erzählen konnte. Aber ich habe dir alles erzählt, sobald es ging. War das falsch von mir? Immerhin hat Sean nun keine Chance mehr gegen dich, weil ich dich aufgeklärt habe. Und dennoch redest du nicht mehr mit mir, gerade weil ich offen und ehrlich zu dir war. Wo ist da die Logik, Jess?

Mit einem Mal fühle ich mich müde. Unendlich müde. Ich habe das Kämpfen satt. Zumal hier im Haus meiner Mutter, wo ich von Wärme und Liebe umgeben bin. Ich schließe die Augen und konzentriere mich auf diese Liebe, stelle sie mir als einen türkisblauen Kraftquell vor, der mich durchströmt und mit positiver Energie erfüllt.

Danach schreibt sich die Antwort an ihn wie von selbst:

Du hast recht. Es tut mir leid. Unterhalten wir uns, wenn ich wieder zurück bin. Oder lieber nicht? Ich kämpfe darum, den Blick nach vorn zu richten. Sage mir, dass es letzten Endes keine Rolle spielt, wer Rose gezeugt hat. Was Anna getan oder nicht getan hat. Ich habe sie geliebt. Und wenn sie noch am Leben wäre, WÜRDE ICH SIE WEITERHIN LIEBEN.

Ich schicke die SMS ab. Schon wenige Minuten später trifft eine Antwort ein. Leah hört das Piepsen meines Handys, blickt auf und fragt lautlos in Lippensprache: »Theo?« Ich nicke bloß, lese dann seine SMS:

Den Blick nach vorn richten. Gute Idee. Brauchst du einen Freund dabei? X
Immer dein x

Ich überlege nicht lang. Gebe meine Antwort ein, genau ein Wort, und tippe auf Senden.

Nach der Ankunft bei uns zu Hause steigt Rose mit Mopsi unter dem Arm die Treppe hoch und flüstert dabei leise mit ihr, als wäre sie eine Puppe. Ich lese die Post vom Boden auf, die sich während unserer Abwesenheit angesammelt hat. Es sind die üblichen Fensterbriefumschläge dabei, adressiert an Anna, die ich umgehend in dem Sack unter der Treppe verschwinden lasse, aber auch ein cremefarbener Umschlag, auf dem mein Name steht. Ich lege ihn in die Küche und eile dann nach oben, weil Rose nach mir ruft: Mopsi hat auf ihr Bett gepinkelt.

Eine Stunde darauf döst die kleine Übeltäterin, nachdem sie gehörig ausgeschimpft worden ist, auf derselben Bettwäsche. Mopsi hat es sich in dem Berg Schmutzwäsche vor der Waschmaschine bequem gemacht, in dem sie sich offenbar sehr wohlfühlt. Da erleide ich einen Niesanfall. Ich lasse mich neben der Wäsche auf den Boden plumpsen, zupfe mir ein benutztes Papiertaschentuch aus dem Ärmel und putze mir die Nase. Dann streichle ich die kleine Hündin, die daraufhin ein Auge halb öffnet und mich ansieht, wie um mir zu signalisieren, dass sie mir zuhört. »Ich hab dich lieb, Mopsi«, flüstere ich. »Aber sag's niemandem, ja?«

Ich schließe die Augen, reibe mir kurz mit Daumen und Zeigefinger an der Nase entlang und atme tief durch, so gut es mit laufender Nase eben geht. Als ich die Augen wieder öffne, sitzt Anna auf einem der Hocker am Frühstückstresen. Sie trägt den roten Skianzug, und bei ihrem Anblick stockt mir schier der Atem. Ich kann Rose hören, die oben gerade mit Autos spielt und das Geräusch der Motoren nachahmt. Anna ist nicht hier. Nicht wirklich, das weiß ich, aber meine Vorstellungskraft hat sie in allen Einzelheiten auf den Hocker dort projiziert, und sie will reden.

- Ich war nie so stark wie du, Mama. So knallhart, wenn es die Situation erforderte.
- Ich hab dich lieb, Anna.
- Ich hab mich bemüht; hab mich so verdammt darum bemüht, stark zu sein, aber ich war nun mal schwach.
- Ich hab dich lieb, Anna.
- Es war immer nur eine sporadische Sache. Mit längeren Trennungen zwischendurch. Nur, damit du es weißt.
- Ich hab dich lieb, Anna.
- Wir sind erst kürzlich wieder zusammengekommen. Eine Dummheit. Eine Riesendummheit.
- Hörst du mir nicht zu?
- Eine Dummheit. Eine Riesendummheit ...
- Ich habe dir mal gesagt, dass ich dich immer lieben würde, egal, was passiert, egal, was du tust. Hast du mir das nicht geglaubt? Diese Sache, was es nun auch gewesen sein mag, mit wem auch immer ... Du hättest es mir doch erzählen können.
- Vielleicht habe ich im Stillen auf ein Happy End gehofft. Dass

wir uns ans andere Ende der Welt absetzen würden, er und ich, mit unseren beiden Babys unter dem Arm.

– Es ist James, oder? Das würde passen.

– Eine Dummheit. Eine Riesendummheit. Es tut mir leid, Mama.

Rose steht neben mir, sie hält Mopsi wieder im Arm. Hat einen alten Strampelanzug in Neonpink dabei und fragt, ob sie ihn Mopsi überziehen darf. Ich versuche, ihr zu erklären, dass Hunde keine Puppen sind und eigentlich nicht kostümiert werden sollten. Woraufhin sie mir vom Hund ihrer Freundin erzählt, der seinen eigenen Mantel hat, und dass sie für Mopsi auch einen machen wolle. Sie setzt Mopsi wieder auf dem Boden ab und zieht sich auf den Hocker hoch, auf dem gerade noch Anna gesessen hat.

Ich suche die Schere heraus und reiche sie ihr. »Aber sei vorsichtig. Du musst die Füßlinge abschneiden, und der Anzug wird sich vermutlich nicht schließen lassen, ich …«

»Keine Sorge, Omi.« Sie lächelt fröhlich zu mir hoch, während sie bedächtig die Füßlinge abschneidet.

»Wo hast du denn dieses Teil überhaupt her?« Ich strecke die Hand aus, um den abgewetzten Anzug zu berühren.

»Den hat Mummy mir mal geschenkt, für meine Babypuppe. Aber Mopsi wird er viel besser stehen, glaube ich.«

»Okay.« Ich sehe mich um und stelle fest, dass Mopsi Reißaus genommen hat. Völlig zu recht.

Ihr Blick fällt auf den Umschlag. »Ist das eine Geburtstagskarte für mich?«

»Nein, der ist für mich, hatte ich ganz vergessen.« Die Handschrift auf dem Umschlag sagt mir nichts. Ich reiße ihn auf, während ich gleichzeitig weiter ein Auge auf Rose habe, solange sie mit der Schere hantiert. Der Umschlag enthält eine Klappkarte, mit hübschen Pfingstrosen vorne drauf und den Worten: »Nur ein kleiner Gruß, um zu sagen …«. Ich klappe die Karte auf und überfliege den Text:

»Liebe Jess, hoffentlich darf ich Sie mit Ihrem Vornamen anreden, obwohl wir uns nie begegnet sind. Ihre zauberhafte Tochter aber durfte ich kennenlernen, und ich wollte Ihnen schreiben, seit ich von ihrem Tod erfahren habe. Anna war wunderschön – nicht nur äußerlich, auch seelisch.
Wir haben uns letztes Jahr kennengelernt, bei den Proben für das Benefizkonzert ›Chor für das Leben‹, zugunsten der Krebsforschung. Dabei hat sie sich mit meiner Tochter Imogen angefreundet, die als Kind eine Krebserkrankung überstanden hat und davon träumt, Sängerin zu werden. Anna war so nett zu ihr, hat sie dazu ermuntert, weiter an ihrer Stimme zu arbeiten; einfach nur zu singen, weil es ihr Freude macht, ohne das Gefühl, einem Publikum etwas beweisen zu müssen. Eigentlich wollte ich Anna danach schreiben, um ihr zu danken. Aber, wie das Leben so spielt, dann ist immer etwas dazwischengekommen. Ich bereue es bitterlich, ihr diesen Brief nicht geschrieben zu haben; deshalb schreibe ich nun Ihnen.
Wie tief Sie der Verlust Ihrer Tochter getroffen hat, kann ich mir vorstellen. Aber seien Sie versichert, ich bete für Sie und Annas kleine Tochter. Es war offensichtlich, dass sie Rose über alles geliebt hat; sie hat viel über sie gesprochen.
Mein herzliches Beileid. Alles Liebe und Gute für Sie,
Aimee Gardner«

Ich stelle die Karte auf die Fensterbank und wende mich wieder Rose zu, die weiter emsig vor sich hin schnippelt. Während ich ein paar lockige Strähnen zurückstreiche, die sich aus ihrem Pferdeschwanz gelöst haben und ihr nun in die Stirn hängen, denke ich über die freundliche Geste dieser mir wildfremden Frau nach und merke, wie mich tiefe Rührung überkommt.

Aimee Gardners Worte über Anna fügen sich wie ein fehlendes Puzzleteil in das verworrene Bild ein, das ich seit neuestem von ihr habe. Tatsache ist, sie war eine warmherzige, liebevolle junge Frau. Genauso war sie, meine Tochter. Ja, sie hat auch Fehler gemacht, aber darüber mag ich mir jetzt nicht länger den Kopf zerbrechen. Über ihre Affäre mit einem verheirateten Mann, darüber, wie sie Seans Vertrauen missbraucht hat, und ja, auch mein Vertrauen – nein, so möchte ich sie nicht in Erinnerung behalten. Doch ich werde sie auch nicht nachträglich heiligsprechen. Das entspricht ihr ebenso wenig. Aber sie kann einfach die Anna bleiben, die ich gekannt habe; meine nette, liebe, quirlige und humorvolle Tochter.

»Meinst du, das gefällt ihr, Omi?« Rose hat ihre Arbeit beendet und hält den Strampelanzug, nun ohne Füßlinge, in die Höhe.

»Sie wird begeistert sein«, erwidere ich. Was Mopsi betrifft, bin ich mir nicht ganz so sicher; Anna aber, das weiß ich, lacht sich irgendwo krumm und schief.

Dritter Teil

34. Anna

Raw Honey Blogspot, 15.03.2011

Es ist aus zwischen uns. Etwas ist passiert. Hinterher habe ich mich gefühlt, als würde mir ein Spiegel vorgehalten, in dem ich mein wahres Gesicht erkannt habe. Das Gesicht einer Egoistin. Seither empfinde ich Ekel vor mir.

Wir sind erwischt worden.

Es war Roses zweiter Geburtstag, und Mama und ich haben bei der Gelegenheit zugleich unsere Geburtstage nachgefeiert, die im letzten Monat waren. Es waren also alle Leute da, die wir kennen.

ER war auch da, immer etwas im Hintergrund. Ich war nach oben gegangen, auf die Toilette. Er hat an die Tür geklopft, und als ich öffnete, hat Er sich reingedrängt, mich an sich gezogen und geküsst. Ich hab mich von Ihm losgemacht. Hab Ihn gefragt, ob Er noch ganz bei Trost sei. Aber als ich in den Flur raus bin, habe ich gelächelt, denn irgendwie fand ich's schon toll, dass Er dieses Risiko eingegangen war.

Und vor der Tür stand ein Mann, den ich liebe und respektiere, so groß und aufrecht wie eh und je, und ich fühlte mich auf einmal ganz klein, schwach und dumm. Er hat nichts gesagt, mich bloß durchdringend angesehen. Opa liebt mich sehr, und ich möchte nicht, dass er mich jemals wieder so ansieht, nie wieder.

Als er und Oma sich verabschiedeten, hat er mich ganz fest an sich gedrückt und mir ins Ohr geraunt: »Das ist unter deiner Würde, Anna.«

Ich habe in der Nacht kein Auge zugetan. Fühle mich einfach nur scheußlich, entsetzlich. Ich habe Ihn angerufen und Ihm gesagt, dass es aus ist. Dieser Vorfall hat mich gezwungen, über die möglichen negativen Folgen nachzudenken, die ich bisher immer ausgeblendet habe. Nein, das mag ich nicht länger riskieren. Was auch immer das zwischen uns sein mag, Liebe, Besessenheit – wir sind uns nun einig, dass wir es auslöschen müssen. Zertreten wie eine Ameise. Bis es mausetot ist.

35. Theo

»Wir haben ein Problem.« Das waren die ersten Worte, die Harriet an Theo richtete, während Finn sich an ihnen vorbei durch die Haustür drängte und die Treppe hinauflief, um in sein Zimmer zu verschwinden. Sie folgte ihm in die Diele, legte ihren Mantel ab und hängte ihn an die Garderobe.

Theo zog die Augenbrauen in die Höhe. »Komm doch rein. Fühl dich ganz wie zu Hause.«

Harriet ging ins Fernsehzimmer, ließ sich in der Ecke des Sofas nieder, das immer ihr Lieblingsplatz gewesen war. »Hast du vielleicht Wein da?«

Theo ging wortlos in die Küche, nahm eine Flasche aus dem Kühlschrank und schenkte ihr ein Glas ein. Sie trank sonst nie, wenn sie fahren musste. Worin auch immer das Problem bestehen mochte, er sah davon ab, sich ebenfalls ein Glas einzuschenken.

Er schloss die Tür hinter sich, reichte ihr das Glas. »Was liegt an?«

»Unser Sohn. Das ist es, was anliegt. Unser Sohn.« Sie trank gierig einen Schluck und stellte das Glas vor sich auf den Couchtisch, ehe sie sich wieder ihm zuwandte.

»Ich hab versucht, mit ihm zu reden, so, wie wir es besprochen hatten. Wollte ihm klarmachen, dass wir ihn beide lieb haben und nur sein Bestes wollen, aber er hat mir gar nicht zugehört. Ist sofort ausgerastet, hat mich angebrüllt, dass er niemandem trauen kann, dass alle Erwachsenen Lügner sind.«

Theo, der sich auf der Kante des Sofas gegenüber niedergelassen hatte, rutschte auf dem Polster etwas weiter nach hinten. Hob den Daumen an den Mund und biss an einem losen Stückchen Nagelhaut herum.

»Gestern Abend, als er schon schlief, habe ich mir mal seinen Laptop vorgenommen.«

Theo stöhnte. »Was jetzt kommt, wird mir nicht gefallen, oder?«

»Hör zu, ich weiß. Ich finde auch, dass Finn ein Recht auf Privatsphäre hat, natürlich, aber ich habe ihn überhaupt nicht wiedererkannt, als er so ausgeflippt ist. Ich dachte, ich hätte es mit einem Besessenen zu tun! Das ist mehr als nur präpubertäres Trotzverhalten. Und hat auch nichts damit zu tun, dass er seiner Mutter nicht traut.« Sie sah Theo an und verengte leicht die Augen. »Na ja, jedenfalls habe ich nichts Auffälliges entdeckt. Bis ich mir seinen Browser-Verlauf angesehen habe. Was er so für Seiten im Internet aufruft.«

Aus Finns Zimmer dröhnte laute Musik nach unten. Es befand sich direkt über ihnen.

»Meine Güte, Theo, er ist gerade elf. All diesen Mist … das hätte ich nicht vor seinem dreizehnten Lebensjahr erwartet. Frühestens.«

»Die Situation jetzt ist aber auch schwierig für ihn.« Theo zuckte mit den Schultern. »Du bist ausgezogen, dazu noch Annas Tod, das ist eine Kombination, die –«

»Wegen Anna …« Harriet stand auf, fischte ihr Handy aus der vorderen Tasche ihrer Jeans und setzte sich wieder. »Oje, jetzt hab ich meine Brille im …«

Theo reichte ihr wortlos seine Lesebrille.

»Danke.« Sie setzte die Brille auf und fing an, auf ihrem Smartphone herumzuscrollen.

»Was ist mit Anna?«, fragte er.

Harriet kam zu ihm herüber und setzte sich auf die Couchtischkante. Nicht mal einen halben Meter vor ihm. Diese Nähe kam so überraschend, dass Theo fast zurückgezuckt wäre.

»Hier, schau.« Sie hielt ihm das Handy richtig herum hin. »Das hier habe ich gefunden. Diese Website besucht Finn fast täglich, seit letztem November.«

Theo nahm seiner Frau die Brille von der Nase. »Was ist das für eine Seite?«

»Annas Blog. Sie hat einen Blog geführt. Ich meine, auf den ersten Blick erkennt man nicht, dass es ihrer ist, aber als ich ihn dazu befragt habe, wissen wollte, warum er diesen Blog liest, ist er total durchgedreht.« Sie schüttelte den Kopf. »Also habe ich mir die Texte mal durchgelesen, bis tief in die Nacht – sie hatte eine Affäre, Theo –«

Theo kratzte sich über die Bartstoppeln an seinem Kinn. Stand dann auf und zwängte sich an ihr vorbei. »Ich hole mir schnell was zu trinken. Warte, sag noch nichts.«

Er nahm ein zweites Weinglas aus dem Küchenschrank, goss es halb voll und verwünschte den Umstand, dass die Praxis derzeit einen neuartigen Bereitschaftsdienst am Wochenende erprobte. Während dieser Erprobungsphase mussten er und seine Kollegen je ein Wochenende im Monat übernehmen. Und ausgerechnet dieses Wochenende war er an der Reihe. Er trank einen großen Schluck Wein und kehrte zu Harriet zurück, ohne den Lärm weiter zu beachten, der die Treppe herunterdröhnte.

Er setzte sich neben sie auf das Sofa und nahm ihr das Smartphone aus der Hand. »Lass mich mal sehen.«

Schon nach zwei Minuten erkannte er, dass die Einträge tatsächlich von Anna stammten. Namen waren abgekürzt oder verändert worden, aber Anna war die Verfasserin. Sie, die so viel

Wert auf ihre Privatsphäre legte, breitete ihr Leben in einem frei zugänglichen Blog aus.

Harriet strich sich das lange Haar glatt, das links und rechts ihr Gesicht umrahmte. »Er war ganz besessen von diesem Blog. Ich wollte wissen, warum, deshalb habe ich mir gestern die halbe Nacht damit um die Ohren geschlagen. Hör zu, könnte ich heute Nacht hier schlafen? Wir haben viel zu bereden, und ich habe wirklich keine Lust, heute noch nach London zurückzufahren. Ich schlafe hier auf dem Sofa.«

Theo nickte. »Kein Problem. Aber nimm du das Bett, ich kann doch –«

»Nein, nein. Hier werde ich prima schlafen.« Sie streifte die Schuhe ab und stemmte die Füße an den niedrigen Couchtisch. »Er hat ein E-Mail-Konto.«

»Wer?«

»Finn. Er nennt sich ›Solarbomb‹.«

Solarbomb. Sonneneruption. Theo entsann sich, wie stolz er gewesen war, als Finn ihm eine Projektarbeit für die Schule zu genau diesem Thema gezeigt hatte.

»Alles habe ich noch nicht lesen können, aber einige Einträge hat er eindeutig kommentiert.«

»Himmel.« Theo fuhr sich mit den Fingern durchs Haar, hob den Blick zur Decke. »Ich meine, wie … woher wusste er denn überhaupt von diesem Blog?«

»Das habe ich ihn heute auch gefragt. Er hat erzählt, als Anna das letzte Mal als Babysitter hier war – weißt du noch, als wir bei Ed und Jules zum Essen eingeladen waren, im November?«

Theo war dieser Abend noch gut präsent. Er hatte zu viel getrunken, was Harriet tags darauf nur sehr einsilbig kommentiert hatte – ein klares Anzeichen dafür, wie heillos zerrüttet ihre Ehe zu dem Zeitpunkt bereits war.

»Anna bekam einen Anruf auf ihrem Handy. Als sie zum Reden kurz in die Küche gegangen ist, hat Finn einen Blick auf den Laptop geworfen, um zu sehen, was sie da gerade tippte.«

Harriet ließ ihren Blick durchs Zimmer schweifen. »Ja, genau hier … Jedenfalls hat er sich den Namen des Blogs eingeprägt und ist seither völlig fixiert darauf.«

»Aber wieso …«

»Ja, hier kommst du ins Spiel. Frag du ihn. Ich bin bei ihm komplett unten durch, weil ich mich, wie er es nennt, an seinem Laptop vergriffen habe.« Sie schüttelte den Kopf. »Vielleicht war er ein bisschen in sie verknallt. Kommt vor. Ein Elfjähriger, eine hübsche junge Frau …«

Theo nahm seufzend die Brille ab und warf sie auf den Couchtisch. »Ist gut, ich rede mit ihm. Heute Abend vielleicht nicht mehr, aber –«

»Ich denke, das sollten wir zusammen machen, und zwar noch heute Abend. Unbedingt.«

»Harriet, er läuft uns nicht weg, er ist doch –«

»Als ich gesagt habe, wir haben ein Problem, war das nicht nur so daher gesagt. Er will es Jess erzählen, hat er gesagt, und dass Jess erfahren sollte, dass sie belogen worden ist. Dann hat er angefangen zu weinen und über Rose geredet. Er hat sie sehr gern. In seinem Kopf herrscht ein solches Durcheinander. Am liebsten, glaube ich, würde er von all dem gar nichts wissen.«

Theo blickte zur Decke hoch. Versuchte, sich auszumalen, was seinem Sohn durch den Kopf gehen mochte, verwirrt und zornig, wie er gerade war.

»Das hat auch eine Menge mit dir zu tun, ob es dir passt oder nicht.« Er vermied es bewusst, Harriet beim Reden anzusehen. »Anna war Roses Mutter, und sie ist gestorben, hat Rose zurückgelassen. Wie es aussieht, hat Anna außerdem Lügen erzählt. Ich bitte dich, Harriet. Versetz dich doch mal in ihn hinein. Er hat euch beide geliebt, und ihr wart beide nicht ganz ehrlich und habt ihn im Stich gelassen. Kein Wunder, dass er da wütend und enttäuscht ist.«

»Ja, besten Dank auch.« Sie funkelte ihn erbost an.

Theo zuckte die Achseln. »Damit will ich ja nicht sagen, dass er recht hat. Bloß, dass er es so empfinden dürfte, dass das seine Gedanken sein könnten.«

Harriet kippte ihren Wein herunter.

»Ich bin der Erwachsene hier, und auch ich sehe jenen Tag als Wendepunkt. Anna ist an dem Tag ums Leben gekommen, Harriet, das wussten alle, aber niemand wollte es wahrhaben. Und auch ich habe dich an dem Tag verloren.« Er winkte ab, als sie eben zu einem Einwand ansetzen wollte. »Mir ist klar, dass wir schon länger Probleme hatten, aber wirklich verloren habe ich dich erst an dem Tag. Auch Finn hat dich verloren, und seither ist er völlig durcheinander. Nun liegt es an uns, ihm zu helfen, damit er sich wieder zurechtfindet.«

Sie seufzte schicksalsergeben. »Ja. Da kann ich dir schlecht widersprechen.«

Es blieb eine ganze Weile still. Dann nahm sie den Faden wieder auf: »Jess. Er ist entschlossen, ihr alles zu erzählen, und ich weiß ja, wie du zu Jess stehst …«

»Nicht das schon wieder, Harriet. Wirklich?« Theo sah sie kopfschüttelnd an.

Sie legte ihm eine Hand aufs Knie. »Du hast recht mit deiner Vermutung, was unserem Sohn durch den Kopf geht, also keine Gegenbeschuldigungen bitte. Ich sage das bloß aus Sorge um Jess. Natürlich ist ein Kuss zwischen Jess und dir vor wer weiß wie vielen Jahren nicht mit dem gleichzusetzen, was ich dieser Familie angetan habe. Völlig klar, das ist mir bewusst. Entschuldige, dass ich dir das trotzdem unter die Nase gerieben habe, neulich, bei diesem Streit am Telefon.« Sie ließ sein Knie wieder los, lehnte sich auf dem Sofa zurück. »Das war mein schlechtes Gewissen. Offen gesagt, es vergeht kein Tag, an dem ich keine Schuldgefühle habe, mir nicht die Frage stelle, ob mein Glück womöglich zu teuer erkauft ist. Also, sei mir nicht böse, das war der Versuch, mein schlechtes Gewissen etwas zu entlasten.« Sie legte ihm den Kopf an die Schulter.

»Jedenfalls weiß ich, dass dir Jess' Wohl am Herzen liegt. Und ich bezweifle stark, dass es ihr augenblicklich guttun würde, all diese Sachen über Anna zu lesen.«

Nein, dachte Theo. *Augenblicklich nicht. Wahrscheinlich sogar nie.* Er blickte auf Harriets Handy, auf den Blog, der das Bild von Anna gründlich ins Wanken brachte – und wusste, was auch er bis tief in die Nacht lesen würde.

»Also. Wollen wir hochgehen?«, fragte sie.

Theo atmete tief durch, stieß langsam die Luft aus. »Wenn du meinst, wir beide sollten das tun, dann ist jetzt wohl der beste Zeitpunkt dafür …«

Innerhalb weniger Minuten hatte Theo der Musik im Zimmer seines Sohnes den Saft abgedreht.

Harriet stand hinter ihm, barfuß. »Wir wollen mit dir reden.«

Finn lag auf seinem Bett. Er hatte die Knie hochgestellt und den Kopf auf die verschränkten Hände gebettet. »Ich will aber nicht mit euch reden.«

»Nun.« Theo ließ sich neben ihm auf der Bettkante nieder, während Harriet stehen blieb und ihre Ellbogen umfasste. »Wenn du nicht reden willst, zuhören wirst du wohl müssen.«

Finn nahm seine Kopfhörer vom Nachttisch und setzte sie sich in aller Ruhe auf. Nachdem er einen Blick mit Harriet gewechselt hatte, schnellte Theo unvermittelt vor, nahm seinem Sohn die Kopfhörer ab und stöpselte sie gleichzeitig aus dem iPod aus.

»Entweder du redest, oder du hörst nur zu. Was ist dir lieber?«, fragte er, während er sich das weiße Kabel um die Hand wickelte. Finn reagierte nicht.

»Schön. Dann hör mal gut zu. Es geht um Anna. Wie ich höre, hast du ihren Blog gelesen. Keine Ahnung, was du da über sie herausgefunden hast oder meinst, herausgefunden zu haben; aber du hast sie selbst lange gekannt und gerngehabt, und so solltest du sie in Erinnerung behalten. Als die Frau, von der du Rose erzählt hast; die Frau, die so gern gesungen hat, deine langjährige

Babysitterin, die hier mit uns zusammen Weihnachten gefeiert hat. Das war Anna. Du kümmerst dich um Rose, Finn, machst ihr Mut, weil du alt genug bist, um zu begreifen, was sie verloren hat. Sie aber ist noch klein. Ein kleines Mädchen, mehr nicht.« Er rückte etwas dichter an seinen Sohn heran, der ihn zornig anfunkelte und betont von ihm abrückte.

»Wir Menschen sind keine eindimensionalen Wesen; jeder von uns besteht aus einer Fülle von Teilen. Du redest viel über Außerirdische, die höher entwickelt seien als wir; mag sein. Vielleicht ist es denen gelungen, ihrer Spezies die Gefühle abzuzüchten; das würde wahrscheinlich vieles vereinfachen. Anna war all das, was ich gerade aufgezählt habe, und noch viel mehr. Sie hat in ihrem Leben Entscheidungen getroffen, mit denen du nicht einverstanden bist. Entscheidungen, die ihr sicher auch nicht leichtgefallen sind, die sie aber gleichwohl getroffen hat. Und die ebenfalls zu ihr gehören, Finn, ein Teil von ihr sind.« Theo schüttelte den Kopf. »Wie gesagt, wir alle sind keine eindimensionalen Wesen.«

Harriet schniefte vernehmlich; er wandte sich zu ihr um und klopfte wortlos neben sich mit der flachen Hand aufs Bett. Sie ließ sich nicht lange bitten. Setzte sich auf die Bettkante und lehnte sich an ihn. »Wir haben dich beide lieb, deine Mum und ich. Wir sind hier. Und du kannst uns alles erzählen, was du auf dem Herzen hast, wir hören dir zu. Also sprich. Bitte, Finn.«

Theo sah, wie seinem Sohn Tränen in die Augen traten, und musste dem Impuls widerstehen, ihn einfach in den Arm zu nehmen.

»Erwachsene lügen«, sagte er leise.

»Manche schon«, räumte Theo ein.

»Mein Leben lang habt ihr mir eingebläut, dass ich immer ehrlich sein und nicht lügen soll. Aber du hast Dad belogen, Mum. Wegen Roland.« Sein Tonfall bei dem letzten Wort war so gehässig, dass Harriet zusammenzuckte und spontan Halt an Theos Arm suchte.

»Nein, so war es nicht. Gelogen hat sie nie. Deine Mum hat mir offen und ehrlich erzählt, dass es da einen anderen Mann gibt, zu dem sie sich hingezogen fühlt. Glaub mir, wir haben alles versucht, um unsere Ehe zu retten, aber diese Gefühle sind immer stärker geworden, und letzten Endes … hat sich deine Mutter eben in jemand anderen verliebt. Aber sie hat mich darüber nie anlogen, ich wusste immer Bescheid.« Er neigte sich zu Finn vor. »Und weißt du, warum wir so um unsere Ehe gekämpft haben? Deinetwegen, Finn. Weil wir dir eine Situation, wie wir sie jetzt haben, gern ersparen wollten.«

»Es tut mir leid, Finn.« Harriet liefen inzwischen die Tränen übers Gesicht. Theo holte ein Taschentuch heraus und reichte es ihr schweigend. »Glaub mir, ich sehne mich oft danach, noch hier zu wohnen, zu Hause bei dir und Dad. Aber so einfach ist das leider alles nicht. Glücklich wären wir damit alle nicht geworden, wenn ich geblieben wäre.«

»Sieh es mal positiv, Finn«, ergänzte Theo. »Du hast zwei Eltern, die dich beide lieb haben; deine Mum, die in der Stadt lebt, und deinen Dad, mit dem du hier unter einem Dach wohnst. So wird es voraussichtlich auch bleiben. Höchste Zeit, den Blick nach vorn zu richten und das Beste daraus zu machen.«

Finn biss sich auf die Unterlippe.

»Und«, fuhr Theo fort, »versuch bitte, Anna nicht zu verurteilen. Weil du noch immer nicht das Gesamtbild kennst. All die Teile ihrer Persönlichkeit, die dir bisher verborgen geblieben sind. Sie war jemand, den du gernhattest. Darauf kommt es an.« Er sah kurz Harriet an. Dann wandte er sich wieder Finn zu und nahm seine Hand. »Jemand, den wir alle sehr gernhatten. Und du kannst nicht eigenmächtig entscheiden, Jess irgendwelche Dinge zu erzählen, die sie deiner Auffassung nach erfahren sollte. Du könntest ihr damit sehr wehtun. Und Rose ebenfalls. Das steht dir nicht zu.«

Finn brach in Tränen aus. Theo legte ihm fürsorglich den Arm um die Schulter, und Harriet stand auf, um sich auf die andere

Seite des Betts zu setzen. Auch sie legte den Arm um ihren Sohn, und so saßen sie zu dritt da: der schluchzende Finn in der Mitte, gehalten und gestützt von seinen Eltern, die ebenfalls gegen ihre Rührung ankämpfen mussten. Theos Arm, der um Finn gelegt war, berührte Harriets Hand. Ohne ihn aus den Augen zu lassen, schob sie diskret ihre Finger in die seinen und hauchte ihm lautlos das Wort *Danke* zu. Theo blinzelte die Tränen fort und nickte stumm.

Nachdem Finn erschöpft eingeschlafen war, kochte Theo in der Küche Tee und kehrte mit zwei Bechern ins Fernsehzimmer zurück, die er auf dem Couchtisch abstellte.

Harriet legte bequem die bestrumpften Füße hoch, gleich daneben auf dem Tisch.

»Ja, mach's dir nur gemütlich.« Theo lachte.

Sie grinste. »Fühlt sich schon etwas komisch an. Wieder hier zu sein, meine ich. Und für dich ist es sicher auch sehr merkwürdig, oder?«

»Na ja. Ist ein bisschen wie in alten Zeiten.«

»Ja.« Harriet sah sich im Zimmer um. »All unsere Sachen. Ist schon tröstlich, die mal wieder um sich zu haben.«

»Bereust du's?«, fragte Theo.

Ihre Antwort kam wie aus der Pistole geschossen. »Es tut mir leid, dass ich dir und Finn so wehtun musste, aber ich bin glücklich … Und wie sieht's bei dir aus?«

»Ob ich es bedaure, dass du mich verlassen hast?« Sie lief hochrot an, und er lachte. »He, nur die Ruhe. Um ehrlich zu sein – nein. Nein, das bedaure ich nicht.«

»Gut. Danke für alles, was du eben bei Finn gesagt hast.«

Theo streckte die langen Beine aus und rieb sich mit der Hand über die Brust, in der er auf einmal eine Art Enge verspürte. »Es war nötig. Genau das musste er mal hören.«

»Aber ganz bei der Wahrheit bist du nicht geblieben.«

»Die Wahrheit … Wahrheit sollte auch nicht überbewertet werden, finde ich.«

Sie sah ihn kopfschüttelnd an. »Das ist doch nicht dein Ernst.«

»Ich will damit sagen, darauf kommt es nicht an. Dass du mich belogen hast, weiß ich – aber nicht mehr, wann. Wie gesagt, darauf kommt's nicht mehr an.«

Das Thema schien ihr unangenehm. Also verfolgte sie es nicht weiter. »Du hast das großartig gelöst. Aber für Finn hattest du ja immer schon ein Händchen.«

»Na ja, das werde ich wohl auch brauchen. Wenn er jetzt schon so ist, mit ›beinahe zwölf‹. Wer weiß, was da noch so auf mich zukommt.«

»Meinst du, Jess weiß Bescheid?«

Er runzelte die Stirn. »Sie weiß, dass Anna was mit einem verheirateten Mann hatte. Mehr nicht. Wer dieser Mann war, weiß sie nicht, und das muss sie auch nicht unbedingt erfahren. Schon gar nicht jetzt, wo sie sich erst langsam daran gewöhnen muss, dass Anna tot ist.«

Theo merkte, wie seine Frau ihn mit ihren nussbraunen Augen durchdringend ansah. »Wann wirst *du* endlich zugeben, dass du dich zu Jess hingezogen fühlst?«

Er hüstelte übertrieben. »So ein Quatsch!«

»Nein, keineswegs. Und ehe du jetzt abblockst – ich sage ja nicht, dass zwischen euch je etwas gelaufen ist, weder real noch in deiner Phantasie. Ich weiß nur, dass du sie als Freundin immer schon liebst und schätzt. Könnte doch sein, dass daraus inzwischen mehr geworden ist, der geänderten Umstände wegen.«

Theo rückte neben ihr unbehaglich auf dem Sofa herum. »Es gibt eine Frau, mit der ich mich treffe. Aber nicht Jess. Jess ist nur eine Freundin.«

»Oha?« Harriet sah ihn überrascht an. »Jemand, den ich kenne?«

»Sie heißt Jacqueline Benoit. Sagt dir das was? Arbeitet in Finns Kletterzentrum.«

»Doch nicht die Trainerin? Diese kleine Person?«

Theo nickte.

»Die ist doch viel zu jung! Halb so alt wie du!«

Er zog einen entrüsteten Flunsch. »Na hör mal, sie ist vierunddreißig.«

»Da wünscht sie sich bestimmt Kinder.« Harriet schwenkte warnend den Finger. »Sieh dich vor. Wenn du Pech hast, musst du ihretwegen zehn Jahre länger arbeiten.«

»Also, du bist wirklich unverbesserlich.« Theo stürzte seinen Rest Tee hinunter.

Sie setzte ein kleinlautes Lächeln auf. »Tut mir leid, ehrlich. Wegen allem.« Sie ließ den Kopf nach vorn sinken, wie um sich hinter ihrem Haar zu verbergen, das ihr wie ein Vorhang links und rechts ins Gesicht hing.

Er zog sie an der Schulter zurück, sodass sie in seiner Armbeuge landete. »Mach dich nicht weiter verrückt, Harriet. Du und ich und Finn, wir bekommen das schon hin. Egal, wie die neue Situation beschaffen sein mag. Es kommt, wie es kommt.«

36. Jess

John von St John's erkennt mich, als ich auf der Bank aus lackierter Eiche Platz nehme. Jedenfalls nehme ich ein fast unmerkliches Nicken bei ihm wahr, mehr wie ein Tick. Ich bin spät dran – der Gottesdienst hat bereits angefangen, soeben wird das erste Lied gesungen. Rose versteht nicht ganz, was hier vor sich geht, sie kann nicht still sitzen und kratzt neben mir pausenlos an der Bank herum, irgendeine Unebenheit im Holz anscheinend. Vielleicht war es ein Fehler, herzukommen. Ich nehme das Faltblatt zur Hand und vertiefe mich in die Gottesdienstordnung, und dabei verschwimmen mir die Buchstaben vor den Augen. Ja, es war ein Fehler. Rose hat es irgendwie geschafft, mir auf den Schoß zu klettern. Nun saugt sie versunken an einigen Strähnen ihres Haars herum, das sie heute offen trägt. Der frische Orangenduft ihres Shampoos steigt mir in die Nase, und ich muss niesen.

Ich krame in meiner Handtasche nach Tempotüchern und bekomme dann einen solchen Hustenanfall, dass Rose von meinem Schoß wieder auf die Bank wechseln muss und sich die Leute schon nach mir umdrehen. In der Tasche gerät mir der Brief von der Bank in die Finger, der mit derselben Postsendung zugestellt wurde wie Aimee Gardners Karte. Ich lasse meine Finger kurz auf dem Umschlag ruhen, während ich mich in der Kirche suchend umsehe. Denn aus dem Tonfall der Zeilen, die sie mir geschrieben hat, schließe ich, dass sie Kirchgängerin ist, eine gläubige Christin. Gläubig auf eine Art, um die ich sie insgeheim beneide. Da endlich finde ich die Taschentücher. Schließe die Tasche, schnäuze mich ausgiebig und lade Rose ein, sich wieder auf meinen Schoß zu setzen. Was sie sich nicht zweimal sagen lässt.

Doug hat Wort gehalten und den Papierkram mit Annas Arbeitgebern erledigt. Der Brief, der nun eingetroffen ist, bestätigt mir formell die Auszahlung der Versicherungssumme in Höhe von zweihundertachtzigtausend Pfund, die jetzt bald auf meinem Konto landen müssten. Als ich das gestern Abend gelesen habe, stieß ich einen kleinen, schiefen Pfiff aus. Die Summe ist ein Vermögen für mich, doch mir ist klar, dass ich sorgsam damit umgehen muss, schließlich soll das Geld über einen längeren Zeitraum reichen und vor allem Rose zugutekommen. Ich schließe die Augen und versuche zu beten. Worte der Hoffnung huschen mir durch den Kopf, doch es fällt mir schwer, Worte des Dankes zu finden. Weil ich nach wie vor mit einem Gott hadere, der mir einfach so meine Tochter wegnimmt und zu erwarten scheint, dass mich meine Enkelin über diesen Verlust hinwegtröstet. Vor nicht allzu langer Zeit hatte ich noch sie beide.

Ich bete darum, dass es mir gelingt, meinen Zorn zu überwinden. Ich bete für Rose. Ich bete für Sean und seine Familie. Und bevor mich gleich darauf ein weiterer hartnäckiger Hustenanfall dazu nötigt, schon fünf Minuten nach unserer Ankunft den Rückzug aus der Kirche anzutreten, bete ich darum, dass es mir gelingen möge, zu vergessen, dass das Schreiben in meiner Tasche die Unterschrift von James Elliot trägt. Ausgerechnet.

Draußen mühe ich mich gerade damit ab, auf dem vollbesetzten Parkplatz in drei Zügen zu wenden, als sich Rose vom Rücksitz aus zu Wort meldet. »Können wir einen davon in den Garten pflanzen, Omi?«

»Augenblick, Liebes. Ich muss mich kurz konzentrieren.«

Als ich das Wendemanöver auf dem beengten Raum endlich mit Erfolg abgeschlossen habe, steht mir der Schweiß auf der Stirn. Ich drehe mich zu Rose um. »Was hast du gemeint, Schatz? Was soll in den Garten?«

»So einer.« Sie zeigt auf eine stattliche Tanne, etwa drei Meter hoch. »Dann könnten wir jeden Tag Weihnachten haben!«

Ich lächle. Jeden Tag Weihnachten, das klingt prima. Doch ich weiß nicht, wie ich einem Kind beibringen soll, dass Tannenbäume im März nicht so ohne weiteres aufzutreiben sind.

Heute werde ich mal ordentlich Lebensmittel einkaufen. Sogar eine Einkaufsliste habe ich vorbereitet, denn ich fühle mich richtig beschwingt und bin entschlossen, endlich dieses grippeähnliche Unwohlsein abzuschütteln, das mir zu schaffen macht. Nun stehe ich im Mittelgang des Supermarktes und weiß, dass ich zum Einkaufen eine volle Stunde Zeit habe, denn Rose ist gerade beim Ballett.

Um meine Liste zu lesen, muss ich durch die Brille spähen, die unten auf meiner Nasenspitze sitzt; dann muss ich den Blick heben, um mich zu orientieren und dafür zu sorgen, dass ich mit meinem Einkaufswagen niemanden über den Haufen fahre; und dann wieder durch die Brille spähen, um zu sehen, was ich da eigentlich in meinen Wagen lege. Mit meinen achtundvierzig Jahren bin ich zum Lesen leider auf diese Brille angewiesen. Als ich gerade prüfe, wie viel Zucker in einem neuartigen Frühstücksmüsli enthalten ist, sagt plötzlich jemand Hallo zu mir, und ich muss eilig den Blick über die Brille heben, um zu sehen, wer da mit mir spricht.

»Sam, hallo …«, sage ich ein wenig hilflos. Ich kenne ihn nicht gut genug, um ihn zu umarmen. »Entschuldigung, diese lästige Brille …« Ich schiebe sie mir kurzentschlossen ins Haar hoch.

»Wie geht's Ihnen?«, erkundigt er sich. »Dumme Frage, ich weiß.« Unwillkürlich senke ich den Blick in seinen Einkaufskorb, während ich Annas früherem Chorleiter meine Standardantwort gebe. »Ach, es geht. Mal ganz gut, mal weniger gut, das wechselt von Tag zu Tag. Aber so langsam geht's wieder aufwärts.«

»Freut mich zu hören.« Er seufzt bekümmert. »Ist schon eine verkehrte Welt, in der wir leben. Wenn unsere jungen Menschen viel zu früh von uns gehen.«

In meinem Gedächtnis regt sich etwas, eine fast verblasste Erinnerung – richtig, Anna hat mir vor Jahren mal erzählt, dass er und seine Frau Zwillinge verloren hatten, per Totgeburt, ehe dann Jahre später ihr Sohn zur Welt kam. Ich weiß also, dass er meine Erfahrung teilt, und das hilft. Wenn andere Menschen wirklich wissen, wie es sich anfühlt, weil sie eine ähnliche Trauer zu verkraften hatten. Wir stehen in dem Gang mit Brotaufstrichen, und da landet mein Blick auf Annas Lieblingshonig. Den sie am liebsten auf dicken Scheiben frischen Brots zu sich nahm, davon konnte sie gar nicht genug bekommen.

Sam redet, aber ich höre ihm nur mit halbem Ohr zu. Auf einmal fühle ich mich ganz merkwürdig. Als wäre ich nackt. Oder so, als hätte ich eine Schicht Haut eingebüßt, hier mitten in dem Geschäft.

»Alles in Ordnung, Jess?« Er hat mir die Hand auf den Arm gelegt, sieht mich besorgt an.

»Entschuldigung. Natürlich, mir fehlt nichts. Ich muss langsam weiter, Sam. Danke, danke für Ihre freundlichen Worte, und ich habe es ganz versäumt, Ihnen an dem Tag zu danken, für die Lieder, die Sie mit dem Chor einstudiert hatten. Sie haben das alle so wunderschön gemacht. Danke.«

Ich habe wildes Herzrasen, als ich meinen Wagen weiterschiebe. Kann nicht richtig durchatmen, als würde meine Lunge kaum noch Luft aufnehmen, sehr beklemmend. Ich gehe mit dem, was ich im Wagen habe, rasch zur Kasse und zahle, wobei ich die ganze Zeit keuchend um Atem ringe. Draußen vorm Supermarkt bleibe ich kurz stehen, atme gierig die Luft ein und verwünsche diesen Krankheitserreger, der mir zu schaffen macht und mich einfach nicht verlassen will. Auf meinem Weg durch das Einkaufszentrum lege ich einen Zwischenstopp in einem kleinen Café ein, um erst mal zur Ruhe zu kommen. Damit dieses fürchterliche Herzrasen endlich aufhört. Ich habe zwei Einkaufstüten dabei, voller Lebensmittel, an die ich mich, obwohl ich sie eben erst eingekauft habe, nur schemenhaft erinnere.

Ich bestelle mir einen starken Tee und setze mich an einen Tisch unweit der Tür. Ringsumher herrscht normaler Alltag. Während die Warteschlange am Tresen mit den beiden Baristas immer länger wird und ich mit meiner neuen »Normalität« fertigzuwerden versuche, empfinde ich den Duft der frisch gemahlenen Kaffeebohnen und Buttercroissants in dem Café als wunderbar tröstlich. Drei Tische weiter sitzt eine Mutter mit ihrem Sohn, sie lesen zusammen ein Buch. Der Junge ist ungefähr in Roses Alter, und das Buch, das sie lesen, ist *Ein Tiger kommt zum Tee.* Ich überlege, wo Annas Exemplar wohl abgeblieben sein mag – es war ihr absolutes Lieblingsbuch. Ich sollte es unbedingt mal Rose vorlesen. Irgendwo im Haus wird es schon sein; vergilbt und abgenutzt vermutlich, nicht mehr ganz taufrisch. Genau wie ich.

So sitze ich eine Weile da. Ich sehe zwar hin und wieder auf die Uhr, brauche aber diese Ruhepause einfach mal, um das Leben zu betrachten, das um mich herum herrscht; all die kleinen Szenen, die mir das beruhigende Gefühl vermitteln, dass das

Leben tatsächlich weitergeht – wie es in so vielen Liedern und Büchern heißt. Aber, mein Gott, mitunter trifft sie mich schon völlig unvorbereitet, diese neue Normalität. Und das alles wegen eines Glases mit Honig, das es, ich weiß nicht wie, sogar in eine der Tüten geschafft hat.

Theo ist vorbeigekommen. Er wirkt müde, hat dunkle Ringe unter seinen sanften Augen, und zum Friseur müsste er auch mal wieder. Er hat seine Aktentasche im Flur zurückgelassen und mein Getränkeangebot dankend abgelehnt, macht überhaupt einen unruhigen, rastlosen Eindruck, als wolle er nicht allzu lange bleiben. Wir sitzen auf dem Sofa in meiner Wohnküche; Rose, die ebenso wie ich morgen wieder zur Schule muss, schläft bereits tief und fest.

»Ich war heute in der Kirche«, sage ich zu ihm. »Musste aber vorzeitig wieder gehen, weil die Leute nicht sehr freundlich geguckt haben, als ich bei einem Hustenanfall überall Bazillen verteilt habe.«

»Etwas erkältet wirkst du schon.«

»Ja, aber diese dumme Erkältung kommt und geht. Sieh mich an, heute Abend geht es mir blendend.« Ich zwinkere ihm zu, und er grinst.

»Wie war es sonst, in der Kirche?«

»Kalt.« Ich fröstele. »Überraschend gut besucht, aber es war ja auch Sonntag. Keine Ahnung. Das schwarze Loch wird langsam grau. Präsent ist es nach wie vor, Tag für Tag, als wollte es mich jeden Moment verschlingen, aber ich setze mich zur Wehr. Bemühe mich, positiv zu denken.«

»Tapferes Mädchen.« Er tätschelt mir übers Knie, und ich wollte, er würde mich einfach umarmen. Genau das hätte er nämlich früher getan, aber nun steht dieser Kuss zwischen uns, mitsamt der Befangenheit, die seither zwischen uns herrscht. Seine leeren Hände irritieren mich, ich wollte, er würde etwas trinken, ein Glas in der Hand halten. So macht es den Eindruck, als wüsste er nicht ganz, wohin damit.

Ich lehne mich zurück, ruhe meinen Kopf an der Lehne hinter mir aus. »Wo bekomme ich eine Modelleisenbahn her? Rose wünscht sich nämlich eine zum Geburtstag.«

Er scheint ein wenig aufzutauen, lehnt sich auf dem Sofa ebenso lässig zurück wie ich. »Im Spielwarenladen in der Stadt, in der Hauptstraße. Wie der Laden heißt, ist mir entfallen, aber direkt gegenüber von deinem Friseur, nicht zu verfehlen. Die werden auch Modelleisenbahnen haben.« Er sieht mich an. »Ja, die werden Modelleisenbahnen haben«, bekräftigt er. »Aber Tannenbäume, da bin ich mir nicht so sicher. Ist zwischen uns wieder alles in Ordnung?«

Von der letzten Frage fühle ich mich so überrumpelt, dass ich rot anlaufe. »Ja, sicher«, murmele ich.

»Wir sollten mal über den Kuss reden.«

»Welchen Kuss?« Ich reiße die Augen leicht auf. »Da war nichts. Habe ich dir doch schon gesagt.«

»Aha. So also soll das Spielchen laufen?«

»Das ist für mich kein Spiel, Theo. Du bist mein Freund. Ich hab keine Lust, mir das mit so was zu verderben.«

»Deshalb sollten wir ja darüber reden. Und es nicht unter den Teppich kehren. Denn dieser Kuss ist passiert, das kannst du nicht abstreiten.«

»Du bist mein Freund«, wiederhole ich, ein wenig hilflos. »Ich war sehr aufgewühlt an dem Abend, du weißt, warum. Sonst wäre das nie passiert.«

»Mag sein, dass du mich deshalb geküsst hast. Ich hatte dafür andere Gründe.«

Er streckt die Hand aus, um mir behutsam das Haar hinter die Ohren zu streichen. Fast reflexhaft lege ich den Kopf auf die Seite und schmiege die Wange in seine Hand. Er lässt es geschehen. Gleich darauf richte ich den Kopf wieder auf.

»Sean hat die Ergebnisse des DNA-Tests erhalten.« Ich drücke mich in die Sofaecke, um etwas Abstand von ihm zu gewinnen.

»Und?«

»Er ist nicht der Vater. Rose ist nicht seine Tochter.«

Er wird sichtlich blass. Scheint aber hauptsächlich erleichtert, seinem Nicken nach zu urteilen, und zwar mir zuliebe. »Und, wie geht es nun weiter?«, fragt er.

»Ich werde mal bei Sean vorbeisehen. Versuchen, ihn dafür um Verzeihung zu bitten, dass ich sein Leben ruiniert habe. Denn so wird er es momentan ja wohl auffassen. Leah zufolge aber hat er nach wie vor ein Recht, bei Rose ein Wörtchen mitzureden, weil er auf der Geburtsurkunde als Vater angegeben ist. Es liegt ganz bei ihm. Schlecht fände ich es nicht, wenn er Rose zuliebe weiter in ihrem Leben präsent wäre. Aber ich hätte auch Verständnis, wenn er dazu nicht länger bereit ist.«

»Zieht er nicht sowieso nach York, zu seinen Eltern?«

»Ja, richtig. Er hält Kontakt zu Doug, und von ihm weiß ich, dass er am Boden zerstört ist. Er war dieses Wochenende bei seinen Eltern, um es ihnen beizubringen. Wenn er morgen wieder da ist, möchte ich ihn auf jeden Fall besuchen. Ihm alles erklären. Hoffentlich bringt er ein klein wenig Verständnis für meine Beweggründe auf.«

Theo nickt. »Vielleicht solltest du es auch lieber sein lassen. Geh nicht bei Sean vorbei. Lass ihn besser bei dir vorbeikommen, wenn er an einem Gespräch interessiert ist.«

»Was ist denn bloß mit euch allen los?« Ich schüttle ein wenig den Kopf. »Ich möchte doch bloß die Lage bei ihm sondieren. Und mich bei ihm entschuldigen, das ist mir ein Bedürfnis. Mensch, Theo, man kann es mit der Konfliktscheu auch wirklich übertreiben.«

Er zuckt sichtlich zusammen. Damit habe ich an eine alte Wunde gerührt; dass ich ihn für übertrieben konfliktscheu halte, habe ich ihm schon öfters vorgehalten. Tatsächlich hat er mir mal erzählt, dass er seit dem Tod seines Vaters jeder Art von Auseinandersetzung so weit wie möglich aus dem Weg geht.

»Es geht so nicht weiter. Bei jedem Mann, der mir auf der Straße begegnet, halte ich Ausschau nach möglichen Ähnlichkeiten mit Rose. Verdächtige jeden, dass er ihr Vater sein könnte.« *Theo ist mein Freund.* Da kommt mir eine Idee. »Leah«, stoße ich den Namen meiner Schwester hervor. Ich werde sie als Sündenbock vorschieben. »Leah meint, du könntest es gewesen sein.« Ich lache laut auf.

Theo sieht mich entgeistert an. Scheint sprachlos zu sein.

»Ja.« Ich nicke eifrig. »Du bist verheiratet oder warst es zumindest, als Anna noch lebte. Du siehst gut aus. Du hättest Harriet für eine andere nie verlassen. Tatsache ist, dass sie dich verlassen hat.«

Theo starrt mich weiter an, als versuche er zu entscheiden, ob ich mir einen Scherz mit ihm erlaube. »Ich habe ihr Handy.« Ich greife in meine Handtasche, die neben mir am Boden steht. »Annas Handy.« Ich halte es in die Höhe und schwenke es leicht. »Es ist alles darauf gespeichert, Kurznachrichten, E-Mails ... Wenn ich wollte, könnte ich es wohl herausfinden. Ich weiß nur nicht ganz, ob ich das tun soll.«

»Ist es jetzt entsperrt?«, fragt er.

»Ja. Man hat auf alles Zugriff: ihre Kontakte, SMS, E-Mails. Seit ich ein paar Stunden damit verbracht habe, hat sich mein Horizont erheblich erweitert. Ich habe Dinge über Anna erfahren, die ich nie für möglich gehalten hätte. Und da denkt man, man würde die Menschen kennen, die man liebt und die einem nahestehen.«

»Natürlich hast du sie gekannt, aber eben nicht in allen Facetten. Mir geht es mit Harriet ganz ähnlich.«

»Theo.« Vielleicht liegt es an meinem Tonfall. Daran, wie mir beim Aussprechen seines Namens fast die Stimme versagt. Jedenfalls wendet er sich mir zu, sieht mich gespannt an. »Ich glaube, es versteht schlicht niemand. Ich weiß, alle lieben mich, sind jederzeit für Rose und mich da. Aber diesen Schockfaktor – wie es sich anfühlt, über Jahre derart hintergangen worden zu sein: Das versteht, glaube ich, kein Mensch. Außer dir.« Unwillkürlich presse ich mir die Hand an die Brust. Er will auf mich zukommen, doch ich hebe warnend die Hand. Wenn er noch dichter herankommt, höre ich auf zu reden, und ich muss das einfach loswerden. »All die Jahre, die wir nun befreundet sind, zusammengesessen und gequatscht haben, dachte ich, ich würde Anna kennen und verstehen. Dass wir Freundinnen waren, sie und ich. Sie hatte natürlich ihr eigenes Leben, ich habe nie erwartet, es in allen Einzelheiten zu kennen; doch sie hat sich mir immer anvertraut.« Ich muss kurz den Speichel herunterschlucken, der sich hinten in meiner Kehle angesammelt hat. »Heute weiß ich, dass sie mir nur ihre Sonnenseite gezeigt hat. Dass ich nur jene Facetten ihrer selbst zu sehen bekommen habe, an denen es nichts auszusetzen gab. Die erfolgreiche Studienabsolventin, der nach einem Praktikum bei einer Bank umgehend eine Stelle angeboten wurde. Die treusorgende Mutter, die zu jedermann nett und freundlich war. Die begeisterte Chorsängerin, um Himmels willen.«

Theo nimmt meine Hand. Hält sie mit beiden Händen umfasst, und dabei fällt mir die dunkle Behaarung an seinem rechten Handrücken auf.

»Dass sie es fertigbringen würde, ein Verhältnis mit dem Mann einer anderen einzugehen, das hätte ich Anna niemals zugetraut. Nicht mal um der Liebe willen. Und ich habe nicht geahnt, dass sie sich nicht trauen würde, mir davon zu erzählen, aus Angst, ich würde sie dafür verurteilen.« Mittlerweile laufen mir die Tränen übers Gesicht. Aber Theo ist gottlob da, schließt mich in die Arme und bietet mir Halt. Ich schmiege mich eng an ihn, es tut so gut. »All das war mir völlig neu, Theo. Verstehst du, wie mir zumute ist? Das lässt sich in Worten gar nicht ausdrücken …«

Er sagt nichts. Hält mich einfach nur weiter umarmt, bis ich mich etwas beruhigt habe und nicht mehr weine. Ich mache mich behutsam von ihm los. Schnäuze mich in ein Taschentuch, das ich im Ärmel stecken habe, und atme tief durch, fest entschlossen, mich nunmehr zusammenzureißen.

»Gestern, sogar heute Morgen noch dachte ich, ich hätte so weit alles auseinanderklamüsert. Wie Rose und ich nun den Blick nach vorn richten würden, dass all das keine Rolle mehr spielt, aber dann … dann stellt sich eben doch plötzlich wieder diese Frage. Wie siehst du das? Soll ich versuchen, dieses Rätsel zu lösen? Um herauszufinden, wer denn nun Roses Vater ist?«

Er zuckt mit den Schultern. »Das musst du wissen. Aber du läufst natürlich Gefahr, weitere Wunden aufzureißen. Andererseits, Rose wird sicher irgendwann wissen wollen, wer ihr Vater ist.«

Ich schnappe mir ihr Smartphone. Die strassbesetzte Hülle funkelt im Schein der Deckenlampe. Ich scrolle durch ihr Telefonverzeichnis, bis ich auf Popeyes Nummer stoße. »Ach, scheiß drauf«, sage ich achselzuckend. »Ich glaube, du hast recht. Was du heute kannst besorgen, das verschiebe nicht auf morgen.« Ich tippe auf die Nummer, um sie anzurufen.

Im selben Augenblick dringt ein Geräusch vom Flur herüber, aus Theos Aktentasche. Ein melodiöses Bimmeln, das ich nicht erkenne, ehe mir klar wird, dass da ein Handy klingelt. Ich springe auf, und dabei gleitet mir Annas Smartphone aus der Hand. Ich sehe es wie in Zeitlupe in Richtung Boden fallen, bis es von meiner Stiefelspitze abprallt, und mir ist, als würde mir das Blut in den Adern gefrieren.

37. Anna

Raw Honey Blogspot, 16.03.2011

Opa hatte einen Schlaganfall.

Er liegt im Krankenhaus.

Lieber Gott, bitte mach, dass er nicht stirbt. Das könnte ich mir NIE verzeihen.

Ich habe schreckliche Angst um ihn.

Und ich bin schuld daran.

38. Theo

Sie war stark. Das war ihm noch nie passiert: dass er mit seinen immerhin ein Meter dreiundneunzig gepackt und in, wie es schien, einer fließenden Bewegung aus einem Haus an die frische Luft befördert wurde. Gleich darauf flog noch seine Aktentasche aus der Tür und landete auf dem Asphalt, gleich neben seinen Füßen. Er klappte die Tasche auf und kramte unter halblauten Verwünschungen sein klingelndes Handy heraus.

»Theo Pope«, meldete er sich. Hörte dem Anrufer eine Weile zu, wandte sich dann seufzend von der Haustür ab, die gerade krachend zugeschlagen worden war, und entriegelte sein Auto per Funkschlüssel. »Schicken Sie mir per SMS die vollständige Adresse, und richten Sie aus, ich bin in zwanzig Minuten da.« Wie er diesen Bereitschaftsdienst hasste. Er fuhr sich mit der Hand durchs Haar und umfasste dann das Lenkrad. Was in Gottes Namen war da gerade passiert?

Unterwegs versuchte er, das Geschehen in Ruhe zu rekonstruieren. Er musste zu einem bereits bekannten Patienten, der acht Meilen weiter weg wohnte. Ein Patient, der in schöner Regelmäßigkeit das Gefühl hatte, gerade einen Herzinfarkt zu erleiden; ein Patient, der immer wieder vergaß, seine Tabletten gegen

Angina Pectoris einzunehmen. Vermutlich wieder blinder Alarm, da war Theo sich ziemlich sicher; aber er durfte kein Risiko eingehen. Er war Arzt, und es konnte ja sein, dass der Mann diesmal tatsächlich einen Herzinfarkt hatte.

Sie hatten sich unterhalten, er und Jess. Leah, hatte sie gewitzelt, habe die Vermutung geäußert, *er* sei Roses Vater. Das war doch nur ein Spaß gewesen, oder? Er nickte vor sich hin. Ja, was denn sonst ... Dann regte sie sich mit einem Mal wieder auf. Die Enttäuschung über Anna und das Doppelleben, das sie geführt hatte, saß eben doch sehr tief. Als sie sich wieder etwas beruhigt hatte, griff sie sich Annas Handy und wählte irgendeine Nummer, die –

Verflucht. Er legte mitten auf der Straße eine Vollbremsung hin. Verflucht! Theo wäre am liebsten umgekehrt, um die Sache aufzuklären, um ihr zu versichern, dass hier ein Missverständnis vorlag, um ... Er fuhr weiter. Drei Meilen von hier wartete ein Patient auf ihn.

Miles Wallace hatte keinen Herzinfarkt. Miles Wallace weigerte sich bloß, sein Medikament zu nehmen, und für solche Halsstarrigkeit brachte Theo heute schlicht keine Geduld auf. Nachdem er ihm eine Standpauke gehalten hatte, setzte er sich in seinen Wagen und fuhr wieder zu Jess zurück. Bei seiner Ankunft war es Viertel nach zehn, und er konnte sehen, dass im hinteren Teil des Hauses Licht brannte.

Statt zu klingeln, versuchte er es zunächst mit Anklopfen. Keine Reaktion. Er drückte auf die Klingel, wartete kurz und klingelte dann noch einmal. Schließlich wählte er Jess' Mobilnummer und konnte ihr Handy klingeln hören, irgendwo vorne im Haus. Als sich weiter nichts tat, bückte er sich und klappte den Briefschlitz in der Tür auf. Woraufhin Mopsi wild bellend durchs Haus gewetzt kam.

»Mach bitte auf, Jess.« Durch den schmalen Schlitz konnte er ihren Schatten erkennen. »Mach jetzt auf, oder, so wahr mir Gott helfe, ich trete die Tür ein.« Er richtete sich wieder auf und versetzte der Tür einen Tritt, und dann gleich noch einen. Mit Erfolg: Er konnte hören, wie sie über den Fliesenboden geeilt kam.

»Hau ab«, knurrte sie. »Du wirst noch Rose wecken!«

»So schnell wirst du mich nicht los.«

»Verzieh dich, du Mistkerl!«

Er trat abermals gegen die Tür, registrierte nebenher, dass sein Schuh dabei jedes Mal einen dunklen Fleck auf dem Lack hinterließ. »Vergiss es, du wirst mich nicht los. Mach jetzt auf, Jess. Ich will wissen, was das alles soll. Was du mir eigentlich vorwirfst. Und während du mich aufklärst, würde ich dir gern in die Augen sehen.« Er drückte noch einmal auf die Klingel, und Sekunden später riss sie die Tür auf.

»Du elender Drecksack«, zischte sie.

Er blieb zunächst noch draußen vor der Tür stehen, in sicherem Abstand, denn noch einen Tritt wollte er sich von ihr nicht einhandeln. Stützte sich mit den Händen links und rechts am Türrahmen ab und beugte sich zu ihr vor. »Na komm, Jess, jetzt bin ich schon mal hier und suche den offenen Schlagabtausch mit dir! Also, ich höre.« Er reckte sich noch etwas weiter zu ihr vor, und sie wich reflexhaft zurück.

»Du«, stieß sie hervor. »Du und Anna.«

»Anna und ich. Ah ja, Anna und ich, was war mit uns?« Inzwischen war er in den Flur getreten und schloss die Tür hinter sich. Dann zog er ein Handy aus seiner Jeans. »Ruf an. Na los, du meinst doch, du hättest die Nummer. Ruf an.« Er ging auf sie zu. »Ruf an!«

Sie zuckte leicht zusammen. Machte sich dann auf den Weg in die Küche und nahm Annas Handy vom Tisch, betätigte die Wahlwiederholung und hob es sich dann ans Ohr, mit einigem Abstand allerdings. Er ging an ihr vorbei in die Küche, bog nach rechts ab und ließ sich auf das alte Sofa sinken, ohne sie aus den Augen zu lassen. »Nun?«

Sie versuchte es erneut, wobei sie diesmal zur Sicherheit wieder die Nummer im Verzeichnis aufrief und zum Wählen antippte. Theo konnte das Freizeichen an ihrem Ohr quer durch die Küche hören, während es am anderen Ende läutete. »Das hier?« Er hielt sein Handy in die Höhe. »Das ist das Bereitschaftshandy unserer Praxis. Hat selbstverständlich eine andere Nummer als mein Gerät, weil es ein Handy ist, das wir Ärzte gemeinschaftlich nutzen. Wer gerade am Wochenende Dienst hat, muss es mit sich führen. Als ich vorhin hergekommen bin, wollte ich dich noch darauf hinweisen, dass ich Bereitschaftsdienst habe. Bin nur leider nicht dazu gekommen.«

Seine Worte verfehlten nicht ihre Wirkung: Jess wirkte wie erstarrt. Ließ dann Annas Handy sinken, beendete den Anrufversuch und rührte sich erst mal nicht vom Fleck. Dann gab sie sich einen Ruck, kam zu ihm hinüber, brummte: »Rutsch mal«, und zwängte sich noch zu ihm aufs Sofa. »Tut mir leid, entschuldige«, sagte sie. »Ich hab die Nummer vorhin nur angerufen, um dich mithören zu lassen, falls der große Unbekannte drangegangen wäre.« Mit gedämpfter Stimme fuhr sie fort. »Als dann ein Handy in deiner Tasche losging – ist doch klar, dass ich dann eins und eins zusammengezählt habe.«

Theo lehnte sich zurück, so gut das auf dem beengten Raum möglich war. Schloss die Augen. »Jess.« Er schüttelte den Kopf, während er sich mit Daumen und Zeigefinger auf die geschlossenen Augenlider drückte. Weil sich direkt hinter seinen Augen gerade ein dumpfer Schmerz bemerkbar machte. »Nein, das ist nicht nachvollziehbar. Weil du dir hättest sagen sollen: Ich kenne Theo. So etwas würde er nie tun.«

»Tja. Ich habe auch Anna ›gekannt‹. Und du hast Harriet ›gekannt‹. Es tut mir leid.«

»Ja. Aber mir tut's noch mehr leid.«

»Sag nicht so was.«

»Ganz ehrlich, Jess?« Er beugte sich wieder vor und hätte sie dabei um ein Haar vom Sofa gerissen. »Mir fehlen ein bisschen die Worte. Ich habe erst unterwegs zu meinem Patienten kapiert, wieso du auf einmal so wütend warst. Was für einen Verdacht du gegen mich gehegt hast. Ich hätte fast einen Unfall gebaut.«

»Ich habe doch nie ernsthaft geglaubt ... ich meine, das muss dir doch klar –«

»Nein, nein. Wir kennen uns jetzt schon ziemlich lange. Wenn du mir so etwas auch nur den Bruchteil einer Sekunde lang zutrauen konntest, dann ist unsere Freundschaft eine Mogelpackung. Und ich habe mich all die Jahre übel in dir getäuscht.«

»Du hättest fast meine Tür eingetreten, um mir jetzt Vorhaltungen zu machen?« Sie schoss vom Sofa in die Höhe, baute sich vor ihm auf. »Was fällt dir ein? Als hätte ich nicht schon genug Mist um die Ohren. Sei bitte nicht so streng mit mir – ich habe mich getäuscht, mehr nicht. Aber es hat schon einen ziemlich schiefen Eindruck gemacht. Ich hatte dir eben erst erklärt, verflixt nochmal, dass ich bei jedem Mann, der mir begegnet, eine Ähnlichkeit zu Rose zu entdecken meine. Wie oft denn noch, Theo, es tut mir leid!« Sie hob beschwörend die Hände, fuchtelte damit in der Luft herum.

»Setz dich wieder, Jess. Es ist anstrengend, dir zuzusehen.«

Sie tat wie geheißen. »Gehen wir wenigstens nach nebenan, wo wir etwas bequemer sitzen können.« Damit stand sie wieder auf und verließ den Raum. Als Nächstes hörte er, wie sie sich auf dem Sofa im Wohnzimmer niederließ, das nach vorne hinausging. Er hatte die Wahl: Er konnte sie auffordern, sich ihre Freundschaft sonst wohin zu schieben. Oder er konnte ihr offen und ehrlich sagen, was sie ihm bedeutete. Er folgte ihr ins Wohnzimmer, ließ sich auf dem Sessel ihr gegenüber nieder und lehnte sich vor, mit auf die Knie gestützten Ellbogen. »Jess«, fing er an. »Du bist mein Ein und Alles. Ich möchte dich um keinen Preis verlieren.«

»Geht mir mit dir genauso. Es tut mir so leid.« Ihre hübschen Augen schimmerten schon wieder feucht; am liebsten hätte er sich vor sie hingekniet, um ihr behutsam die Tränen abzuwischen, aber er beherrschte sich. »Und ich werde dir nie wieder vorwerfen, du wärst konfliktscheu. So, wie du bist, gefällst du mir doch am besten. Die aggressive Tour gerade war doch etwas gruselig.«

»Der Mann, nach dem du suchst, ist sehr viel komplexer als ich, fürchte ich. Ich bin sehr darum bemüht, immer das Richtige zu tun. Und ebenso bin ich darum bemüht, andere nicht zu enttäuschen. So bin ich nun mal, ich kann es nicht ändern.«

Sie nickte.

Er erhob sich. »Und jetzt fahre ich nach Hause.«

»Wieso?«

»Weil ich, offen gesagt, gerade nur einen einzigen Wunsch habe, Jess: Ich sehne mich danach, dich in die Arme zu nehmen, dich zu streicheln und zu küssen. Es ist das Einzige, woran ich denken kann, und weil ich nicht weiß, wie ich sonst damit umgehen soll, erzähle ich es dir einfach.«

Sie schluckte mühsam.

»Bleib noch«, flüsterte sie.

Irgendwo in einem anderen Raum hörte er eine Uhr ticken. Es kam ihm vor wie eine Warnung; davor, dass auch diese Zeit verstreichen würde. Dass es besser für ihn wäre, jetzt zu gehen, solange noch die Möglichkeit bestand.

Als sie aufstand und auf ihn zukam, konnte er ihre Hitze spüren. Konnte ihren Duft riechen. Meinte sie fast schmecken zu können. Er bekam einen trockenen Mund. »Nein. Ich fahre nach Hause«, wiederholte er.

Sie hob die Hand und berührte ihn im Gesicht. Sogleich standen ihm verschiedene Szenarien vor Augen, die alle eine Gemeinsamkeit hatten: Er würde sich nicht mehr davon erholen. Sie, so viel wusste er, würde die Sache ungerührt hinter sich lassen, unabhängig davon, wie sich die Dinge bis zum morgigen Tag noch entwickeln mochten. Er dagegen würde nicht mehr derselbe sein. Bei ihrer Berührung überliefen ihn immer neue Schauer, sie hatte etwas Elektrisierendes. Auch seine Lenden erwachten umgehend zum Leben, er merkte, wie er steif wurde.

Er nahm ihre Hand, die an seinem Gesicht lag, führte sie an

die Lippen und küsste ihre Finger. Dann legte er den Arm um sie und zog sie an sich. Drückte sein Gesicht in ihr Haar, während er die Finger der einen Hand in ihre Locken grub. Er wollte sie nicht mehr loslassen. Hatte Angst, dass ein Moment wie dieser ihm nie sonst wieder beschert sein würde. Doch wenn er sie nicht losließ, das war seine andere Sorge, würde er nie wieder derselbe sein. »Es geht nicht«, flüsterte er.

Er dachte an Jacqueline. Richtig liiert waren sie eigentlich nicht. Treue hatten sie einander auch nicht geschworen. Stopp. Wem wollte er etwas vormachen? Jacqueline war der Auffassung, das wusste er, dass sie eine »Beziehung« führten, obwohl das zwischen ihnen noch nie thematisiert worden war.

»Bleib noch.« Jess hatte ihm die Arme um den Hals geschlungen, ihr Kopf ruhte an seiner Brust. Nun hob sie ihm das Gesicht entgegen, und er küsste sie. Nur eine ganz sanfte Berührung ihrer Lippen anfangs. Dann schob er ihr auch schon die Hände unter das Oberteil. Lieber Gott, sie hatte so weiche Haut. Er umfasste mit der rechten Hand ihre Brust; einen BH trug sie nicht. Natürlich nicht; das war ihm schon Stunden vorher aufgefallen. Sie stöhnte bei seiner Berührung, und dieses Stöhnen, in das sich immer wieder ein kleines Seufzen mischte, fand er so erregend, dass er das Gefühl hatte, es vor Geilheit kaum noch auszuhalten.

Sie drückte sich gegen ihn, wie bei einem langsamen, mahlenden Tanz. Sie küsste ihn, ein neckender, verspielter Kuss, und er wich von ihr zurück. »Ich –«

Sie nahm ihn wortlos an der Hand. Führte ihn in den Flur und die Treppe hinauf. Auf dem Absatz angelangt, bogen sie nach links ab und zogen sich in ihr Zimmer zurück. Dort warf er sie ungestüm aufs Bett und entblätterte sie nach und nach. Als sie nackt vor ihm lag, nahm er sich kurz Zeit, um ausgiebig ihren Körper zu bewundern. Dann fing er an, sich ebenfalls zu entkleiden, in aller Ruhe, ohne dabei den Blick von ihr abzuwenden. Und sie erwiderte seinen Blick, ließ ihn die ganze Zeit nicht aus den Augen. Dann legte er sich zu ihr. »Jess«, flüsterte er, »ich –«

»Sch… Nicht reden jetzt.« Sie legte ihm einen Finger an die Lippen, den sie ihm dann in den Mund schob. Nicht reden, das war eine gute Idee. Stattdessen erkundete er gemächlich ihren Körper. Bedeckte ihn mit zärtlichen Küssen. Als er mit der Zunge über eine bestimmte Stelle an ihrer Hüfte fuhr, bäumte sie sich ihm seufzend entgegen. Sie war vorbereitet, förderte aus der Nachttischschublade ein Kondom zum Vorschein, das sie geschwind aus der Packung nahm und ihm überstreifte, so routiniert, dass er lieber nicht darüber nachdenken wollte. Ebenso wenig wie über die Liebhaber, die sie schon gehabt haben mochte. Auf die kam es jetzt nicht an. Als sie ihn wenig später anflehte, in sie einzudringen, musste er sich stark zusammennehmen, um nicht sofort zu kommen. Es bedurfte all seiner Konzentration und Selbstbeherrschung, sich noch zurückzuhalten. Auf seine Arme gestützt, stieß er sein Glied in gemächlichem Rhythmus in sie, immer wieder, bis sich ihr leises Stöhnen zu einer Abfolge keuchender, japsender Schreie steigerte. Nachdem sie gemeinsam gekommen waren, ließ er sich erschöpft neben sie aufs Bett sinken, völlig verausgabt.

So lagen sie schwer atmend da, ohne ein Wort zu sagen, bis sie nach wenigen Minuten eingeschlafen war. Er aber lag da und konnte nicht schlafen. Er hatte noch immer heftiges Herzklopfen, nicht der Anstrengung wegen, sondern vor Sorge, dass sie ihm das Herz brechen könnte. Er wurde das Gefühl nicht los, dass diese Frau, seine Freundin Jess, sein Herz in ihren Händen hielt und es jederzeit in winzige Stückchen brechen könnte, ohne sich dieser Macht überhaupt bewusst zu sein. Ihr Kopf ruhte an seiner Brust, mit ausgebreitetem Haar, das seine Haut bedeckte. Er lag ganz still da, wagte sich nicht zu rühren. Aus Sorge, er könnte sie dabei wecken und dadurch den Zauber brechen, der über ihnen lag.

Theo wartete geduldig. Als er den Eindruck hatte, dass sie in Tiefschlaf versunken war, nahm er behutsam ihre Arme von seinem Körper und bettete sie neben sich auf die Matratze. Ehe er sich selbst bewegte, wartete er abermals; lauschte auf die fremdartigen Geräusche der Nacht, die hier von Jess' Schlafzimmer aus zu vernehmen waren. Es war stiller als bei ihm daheim, wo des Nachts aus dem Wald hinter ihrem Haus eine wahre Kakophonie von Lauten zu hören war. Schließlich stand er auf und sammelte leise seine Kleidung ein. War schon drauf und dran, das Zimmer zu verlassen, kehrte aber dann noch einmal ans Bett zurück. Sie schlief tief und fest. Ohne etwas zu ahnen, dachte er, ohne auch nur die leiseste Ahnung zu haben, was sie soeben angerichtet hatte. Ebenso gut hätte sie ihm auch gleich in den Brustkorb greifen und sein Herz herausnehmen können. Während er dastand und sie im Dunkel betrachtete, war er sich bewusst, dass er so etwas noch nie empfunden hatte und dass ihm dieses Gefühl Angst einjagte. Noch beklommener allerdings war ihm bei dem Gedanken zumute, dass sich eine Nacht wie diese wahrscheinlich nie wiederholen würde. Er wollte sie nicht wecken, also warf er ihr zum Abschied nur eine Kusshand zu, ehe er kurze Zeit später das Haus verließ, so leise es nur ging.

Um kurz nach Mitternacht war er wieder zu Hause; als er die Tür aufschloss, hörte er eben die Standuhr in der Diele schlagen, ein Hochzeitsgeschenk von Harriets Eltern. »Du«, richtete er beim Übertreten der Türschwelle das Wort an die Uhr, »verlässt bald dieses Haus.« Er hatte dieses Ungetüm immer gehasst; sollte Harriet es sich doch in die Wohnung stellen. In der Küche steckte er zwei Scheiben Brot in den Toaster, schüttelte den Teekessel und füllte Wasser nach. Vom Liebesspiel bekam er immer Appetit. Harriet hatte gern gescherzt, dass es am Morgen im Haus immer durchdringend nach Toast röche, wenn sie in der Nacht Sex gehabt hatten. Solange das Brot röstete, überbrückte er die Wartezeit mit einem Kopfstand in der gewohnten Ecke der Küche.

Und dabei geriet er ins Träumen. Sah wieder ihren Körper vor sich, in allen Einzelheiten. Schwelgte in Erinnerungen an ihren Duft, ihren Geschmack. Und auch als der Rauchmelder losschrillte, weil soeben das Brot im Toaster zu kokeln begann, trug Theo Pope in seiner Ecke der Küche ein seliges Lächeln zur Schau, während er weiter kopfstand. Sie würde ihn vermutlich umbringen, diese Sache mit Jess. Aber vorher würde er sich die Stunden mit ihr noch einmal genüsslich vergegenwärtigen – am besten in Zeitlupe.

Als er seinen Kopfstand eben beendete, hörte er ihn, ein leises Rascheln in der Tür. Theo wandte den Kopf herum und erblickte Finn, der zwischen Flur und Küche stand.

»Hey, tut mir leid. Hat dich der Rauchmelder geweckt?« Er klopfte sich die Knie sauber und schlug dann die Hände gegeneinander.

Finn rührte sich nicht von der Stelle. »Nein. Ich bin aufgeblieben und habe auf dich gewartet.«

Theo spürte, wie er rot anlief. Er wandte sich ab und nahm das verkohlte Brot aus dem Toaster. »Hast du Hunger?«

Finn nickte stumm, und Theo fing an, die nächsten beiden Brotscheiben zu rösten. »Setz dich doch«, sagte er mit einem Lächeln, während er auf rußgeschwärztem Toast herumkaute. »Du musst dich leider bis zur nächsten Runde gedulden. Ich komme um vor Hunger.«

Ihm war klar, was er mit seinem Gerede bezweckte; damit wollte er jeder Nachfrage von Finn zuvorkommen, wo er so lange gewesen war. Aber das schien seinen Sohn, der stumm dasaß und wie fröstelnd die Arme um sich schlang, gar nicht zu interessieren.

»Aber dann geht's gleich wieder ab in die Falle, ja? Du musst schließlich morgen zur Schule.« Theo stand am Toaster und wartete.

»Dad«, sagte Finn. Theo drehte sich um und sah, wie sein Sohn gequält das Gesicht verzog. »Dad, tut mir leid, aber ich hab was ganz Dummes gemacht. Schon vorher. Ehe wir uns unterhalten haben, du, ich und Mum ...«

Theo bekam umgehend ein flaues Gefühl im Magen.

Im Haus roch es scharf nach verbranntem Toast. Doch als Theo um 3.33 Uhr die Augen schloss und zu schlafen versuchte, war es nicht Sex, der ihm durch den Kopf ging.

39. Jess

Als ich aufwache, ist es noch früh, ich höre Vögel singen. Ich strecke im Bett den Arm aus und weiß sofort, dass ich allein bin. Ich schlage die Augen auf und blicke im ersten Licht der Morgendämmerung um mich, während ich mit der Hand über die Stelle streiche, wo er gestern Nacht gelegen hat. Wieso habe ich nichts mitbekommen, als er gegangen ist? Nicht zu fassen. Dann setze ich mich auf, nehme mein Handy vom Nachttisch und schaue nach, ob ich vielleicht eine SMS habe. Fehlanzeige. Aber das ist eben das wirkliche Leben, kein Hollywoodfilm.

Ich streife mir den Morgenmantel über, der an einem Haken an der Tür hängt, und gehe nach unten, um mir Kaffee zu kochen. Mein Mund ist wie ausgedörrt, und ich fühle mich, als hätte ich zwei Runden im Boxring hinter mir. Ich senke den Blick auf meine Oberschenkel und entdecke zwei nicht eben kleine Blutergüsse. Ich merke, wie ich rot anlaufe, und muss lächeln, als ich im hellen Licht der Morgensonne Annas Stimme höre:

– Meine Mutter hat also handfesten Sex. Wer hätte das gedacht?
– Quatsch. Von handfest kann nicht die Rede sein.
– Hmmm … war es denn wenigstens gut?
– Besser als nur gut. Es war hervorragend.
– Freut mich. Gut zu wissen.

Später am Morgen drehe ich in der Pause auf dem Schulhof meine Runden und denke dabei über Bäume nach. Rose hat mir auf der Fahrt zur Schule eröffnet, dass sie sich zum Geburtstag einen Weihnachtsbaum wünscht. Ich habe Google bemüht, und es gibt eine Baumschule ganz in der Nähe, wo man ganzjährig Tannen kaufen kann. Immerhin weiß ich nun, wo ich eine auftreiben kann; mache mich aber nun mit der Sorge verrückt, dass ich es vielleicht nicht schaffen könnte, bis Samstag ein Bäumchen zu besorgen.

Da ich weiß, dass ich eigentlich nicht an meinem Handy herumhantieren sollte, wenn ich Aufsicht auf dem Schulhof habe, verberge ich es in der Hand, so gut es geht. Als ich es eben in der Jackentasche verschwinden lasse, entdecke ich Rose, ganz allein auf einer Bank am hinteren Ende des Schulhofs. Das ist für sie recht untypisch. Also schlendere ich langsam zu ihr hinüber.

»Was ist los, meine süße Kleine?«

»Nichts. Ich spiel bloß.«

»Aber du sitzt doch bloß hier.«

»Die anderen sind nicht mehr meine Freunde.«

»Wie bitte?«

»Seit ich gesagt habe, dass ich keine große Feier mache, sind die anderen nicht mehr meine Freunde.«

»Du wolltest doch nur eine kleine Feier, Schatz.« Am Morgen, nachdem sie sich den Weihnachtsbaum gewünscht hat, und das im März, hat sie mir erklärt, sie wolle nur zwei Freundinnen zu ihrem Geburtstag einladen.

»Lade dir so viele Freunde ein, wie du magst, Rose.« *Aber lass dich von ihnen nicht herumschubsen,* würde ich am liebsten noch hinzufügen. Aber ich verkneife es mir.

»Ich möchte gern ihre Freundin sein«, sagt sie.

Es zerreißt mir fast das Herz. Ich sehe mich auf dem Schulhof um, an diesem Ort, an dem wir alle erstmals die Spielregeln kennenlernen, die auch später im Leben noch gelten werden. Und ich würde ihr gern verständlich machen, ihr beibringen, dass man sich von anderen nicht unter Druck setzen und erpressen lassen darf. Aber sie ist gerade einmal fünf, gut: fast sechs, und ich bin erschöpft. Mitunter wird mir schockartig bewusst, was es bedeutet, nun erneut ein Kind großziehen zu müssen – all die Schwierigkeiten und Probleme, die damit verbunden sind, und auch die Fehler, die mir bei Annas Erziehung augenscheinlich unterlaufen sind.

»Schatz, lad ruhig deine ganze Klasse ein, wenn du magst.«

»Wirklich, darf ich?« Sie sieht mich mit großen Augen an. Dann springt sie auch schon von der Bank und läuft zu einer größeren Gruppe Mädchen, vermutlich, um sie nun alle einzuladen. Ich sehe ihr nach und ersticke den leisen Unmut, der beim Anblick dieser »Freundinnen« in mir aufkeimt, mit der Einsicht, dass es unnütz ist, sich über derlei Vorfälle lange zu grämen. Dazu ist das Leben einfach zu kurz.

»Schön, dass Sie wieder da sind, Mrs P.«

Ich drehe mich um und erblicke Finn, der ein, zwei Meter weiter weg steht, mit den Händen in den Jackentaschen.

»Ich freue mich auch, wieder hier zu sein, Finn.« Ich erhebe mich von der Bank, gebe ihm einen freundschaftlichen Klaps auf den Ellbogen und will mich dann zum Gehen wenden.

»Mrs P.?«

»Ja, Finn?«

»Ich wollte bloß sagen, ich habe Ihnen eine E-Mail geschickt. Ich –«

Da schrillt die Glocke, die das Ende der Pause anzeigt, und ich klatsche laut in die Hände. »Auf, Kinder, die Pause ist zu Ende«, rufe ich. Mit den Worten »Eine E-Mail?« wende ich mich wieder um, aber Finn ist nicht mehr da, er hat sich den Scharen jüngerer Kinder angeschlossen, die nun wieder zum Schulgebäude strömen. Mir fällt auf, dass er den Kopf hängen lässt.

Nach der Schule muss der Baumeinkauf vorläufig warten, weil Rose und ich Einladungen basteln müssen, das geht vor. Die Einladung für »Daddy« möchte sie gern persönlich bei ihm einwerfen, und ich bleibe im Auto sitzen, während sie durch den Vorgarten aufs Haus zuläuft. Ich halte den Atem an, als sie stehen bleibt, um den Umschlag durch den Briefschlitz in der Tür zu werfen, aber dann zögert sie und strahlt gleich darauf über das ganze Gesicht, während sie ins Fenster späht. Kurz darauf wird die Haustür geöffnet. Sie läuft zu ihm, um ihn stürmisch zu umarmen, und mir geht durch den Kopf, o Mist. Ich dachte, er wäre arbeiten, und nun muss es auf ihn so wirken, als wäre ich mit Rose bewusst um diese Tageszeit vorbeigekommen. Um ihm aus dem Weg zu gehen. Er hebt sich Rose auf den Arm und kommt mit ihr auf den Wagen zu, mit undurchdringlichem Gesichtsausdruck. Mir fällt auf, wie fahl er ist, mit dunklen Ringen unter den geröteten Augen, als wäre er völlig übernächtigt. Außerdem ist er sichtlich abgemagert.

Ich kurbele das Fenster herunter. »Sean, na so was, ich dachte, du wärst arbeiten. Rose wollte bloß die Einladung zu ihrem Geburtstag persönlich vorbeibringen.«

»Ja, das sehe ich.«

»Daddy!« Sie schlingt ihm übermütig die Arme um den Hals. Strahlt vor Freude darüber, ihn so unvermutet wiederzusehen. Ich muss den Blick abwenden, es geht mir zu sehr zu Herzen.

»Wie wär's, Schatz, magst du zum Tee bleiben?« Er hat sie wieder auf der Erde abgestellt, gleich neben dem Auto, und sie blickt mich an. »Darf ich, Omi? Darf ich?«

Mir wird scheußlich flau zumute. »Na ja, ich –«

Sean blickt mich durchdringend an.

»Aber ja«, sage ich dann zu ihr. »Selbstverständlich.«

»Ich bring sie nachher vorbei. Keine Sorge, noch vor ihrer Schlafenszeit«, sagt Sean.

Ich nicke. »Sean, wir sollten uns mal unterhalten, finde ich …« Meine Stimme ist kaum lauter als ein Flüstern.

»Später, Jess.« Er dreht sich um und geht mit meiner Enkelin an der Hand aufs Haus zu. Mit seiner Tochter, rein faktisch betrachtet. Bisher.

Ich fahre los und rufe Leah von unterwegs aus an.

»Hallo«, meldet sie sich. »Hier ist das örtliche Irrenhaus. Ich heiße Leah. Was kann ich für Sie tun?«

»So toll also, ja?« Damit spiele ich auf die Ankunft von Jen an, ihrer Stieftochter.

»Einfach nur sa-gen-haft«, erwidert sie trocken. »Hab mich länger nicht gemeldet, entschuldige. Aber zu Hause geht alles ein bisschen drunter und drüber.«

»Kannst du später kurz vorbeikommen? Vielleicht auf dem Heimweg von der Arbeit. Es gibt viel zu erzählen.«

»Ha, du erwischst mich am Bahnhof, bin eben angekommen. Und zufällig habe ich sogar etwas für dich. Prima, zwei Fliegen mit einer Klappe. Bin in zehn Minuten da, okay?«

Wir treffen fast gleichzeitig bei mir zu Hause ein; ich habe kaum den Motor abgestellt, als sie auch schon in meine Auffahrt abbiegt und hinter mir parkt. Schon unterwegs zur Haustür schwärmt sie mir von ihrer Stieftochter vor.

»Einen Kaffee?«, frage ich, während wir durch den Flur zur Küche gehen.

»Bloß nicht. Wenn ich jetzt Kaffee trinke, liege ich die ganze Nacht wach und grüble über die Hexe im Teenie-Alter nach, mit der ich plötzlich mein Heim teilen muss. Gus versucht einfach, sie zu ignorieren, steckt den Kopf in den Sand, anscheinend in der Hoffnung, dass es irgendwann von selbst besser wird. Wie übersteht man das bloß? War Anna auch so schlimm in dem Alter?« Sie lässt sich auf dem Hocker nieder, auf dem sonst immer Anna gesessen hat.

Ich lächle. Anna war eher das genaue Gegenteil, ein wahrer Muster-Teenie; sie hat mir eigentlich nie Kummer gemacht, bis auf das eine Mal mit sechzehn, als ihr der Magen ausgepumpt werden musste, weil sie zu viel getrunken hatte.

»Das gibt sich mit der Zeit«, beruhige ich sie und hoffe ihr zuliebe, dass sich meine Prognose bewahrheitet.

Dies ist der Moment, in dem sie mir die große weiße Tüte überreicht, die sie unter den Arm geklemmt hat. »Da, für dich. Kann auch noch umgetauscht werden, wenn er dir nicht gefällt. Ich fand, wir sollten das langsam mal angehen.«

Ich verstehe nur Bahnhof, also werfe ich einen Blick in die Tüte. Sie enthält einen Tacker, eine riesige Schere sowie eine zusammengelegte Bahn lila Stoff.

»Annas Lieblingsfarbe«, stellt sie fest. Ah. Da verstehe ich: ein neuer Bezug für das alte Sofa.

»Ich habe eine Anleitung ausgedruckt, aus dem Internet. ›Sofa neu beziehen – so wird's gemacht‹. Kinderspiel, das bekommen wir hin …« Sie lacht. »Na, auf den Bildern sieht es jedenfalls recht unkompliziert aus. Aber das könnte täuschen. Was hältst du davon, wollen wir das mal an einem Wochenende machen?«

»Vielen Dank.« Ich umarme sie. »Großartige Idee.«

»Bist du mit der Farbe einverstanden?«, fragt sie.

»Absolut, die ist toll.« Lila liegt mir eigentlich nicht so. Aber sie hat recht, Anna hätte vermutlich für diese Farbe plädiert, daher soll's mir recht sein.

»Du wirkst angespannt«, sage ich zu Leah.

»Ja, bin ich auch. Du dagegen –« Sie neigt sich zu mir vor, grinst anzüglich. »Deine Erkältung ist offenbar abgeklungen, und du … gut schaust du aus.«

Ich spüre, wie ich rot anlaufe, während sie mich eingehend mustert.

»Theo ist nicht der Vater.« Ich stoße tief die Luft aus, als hätte ich den Atem angehalten.

»Aha.« Sie nickt. »Und woher weißt du das so genau?«

»Ich weiß es eben«, sage ich mit einem Schulterzucken. »Wegen dieser Sache mit dem Handy und weil … na ja …« Ich sehe sie direkt an. »Er ist es eben nicht. Hör mal, wie sieht es Samstag zwischen zwei und fünf bei dir und Gus aus, habt ihr da eventuell Zeit? Da könnte ich Hilfe gebrauchen. Rose feiert Geburtstag, und es sieht ganz so aus, als würde ihre gesamte Klasse kommen. Sie wünscht sich einen Weihnachtsbaum.«

»Du redest krauses Zeug.« Leah lacht. »Warst du mit ihm im Bett?«

Ich lasse beschämt den Kopf in die Hände sinken. »Ja«, sage ich leise.

»O mein Gott!« Sie schnellt auf ihrem Sitz nach vorn. »Wie war's? Theo ist ein klasse Typ, das fand ich immer schon. Gibt's ja nicht. Wie war's? Nein, lass mich raten – es war phänomenal. Der beste Ritt deines Lebens!«

Ich berge weiter das Gesicht in den Händen, und sie wartet meine Antwort gar nicht erst ab. »Ich fass es nicht! Sie ist sprachlos! Omi, Omi, weiter so!«

Auch ohne den Blick zu heben, weiß ich, dass sie jetzt ihren sonderbaren Tanz aufführt, mit weiten, kreisenden Armbewegungen, wie immer, wenn sie jemanden mit dem Schlachtruf »XY, XY, weiter so« anfeuert. Darüber muss ich unwillkürlich lächeln und hebe endlich den Kopf.

»Das schreit nach einer Rückrunde. Er hat dafür gesorgt, dass du wieder lächeln kannst.« Auch sie lächelt nun.

»Ach, keine Ahnung. Ich weiß nicht recht.«

»Halt, stopp«, sagt sie mit erhobenem Zeigefinger. »Fang erst gar nicht damit an. Keine Ausreden bitte, was alles dagegen spricht. Konzentriere dich lieber auf die Aspekte, die dafür sprechen.«

»Aha?«, erwidere ich. »Was für Aspekte denn, zum Beispiel?«

»Nun, er ist ein guter Kerl. Sicher nicht vollkommen, aber hey, auch Männer mit kleinen Mängeln haben ihren Reiz. Solange du nicht die komplette Rettungsnummer durchziehen musst … das ist anstrengend. Vernünftige Männer mit kleinen Mängeln können sehr süß sein.« Sie berichtigt sich. »Und ich halte Theo für sehr vernünftig.«

»Mag sein«, räume ich ein. »Aber jetzt haben wir eine Grenze überschritten, und ich denke, als Freund brauche ich ihn dringender denn als Liebhaber. Das spricht schon mal stark dagegen.«

»Er könnte dir auch beides sein, Jess. Was sage ich dir schon seit längerem? Du brauchst ein wenig Liebe in deinem Leben. Besonders jetzt.«

Ein Themenwechsel scheint mir dringend angebracht. »Genug davon. Erzähl mir von eurer Teenie-Hexe.« Ich lehne mich zurück und sehe sie erwartungsvoll an.

»Schlimme Sache! Sie war mal ein liebes junges Mädchen, das bei seiner Mutter lebte und uns alle zwei Wochen besucht hat, immer lieb und süß. Das war einmal. Heute ist sie eine freche, patzige Göre, die mich und Gus bei jeder Gelegenheit anschreit. Die Wutanfälle nicht zu vergessen, bei denen sie herumkreischt und plärrt wie ein Kleinkind. Ernsthaft, wenn ich könnte, würde ich sie zu ihrer Mutter zurückschicken. Eher heute als morgen.«

»Wie steht Gus dazu?«

»Der ist mit seinem Latein am Ende. Von dieser Seite hat er sie noch nie kennengelernt. Du weißt ja, was er für ein Softie ist, am Ende gibt er also immer nach, beugt sich all ihren Launen und Wünschen. Er weiß nicht weiter. Ich habe ihn schon dabei ertappt, wie er deswegen Tränen vergossen hat …« Sie verschränkt die Arme vor der Brust. »Er kommt mit ihr ebenso wenig klar wie ihre Mutter oder ich.«

»Da wird es irgendeinen Auslöser in ihrem Leben geben, warum sie sich so aufführt. Jungs, andere Mädchen, die Schule, was auch immer.«

»Du bist mir ja eine große Hilfe.«

»Tut mir leid. Anna war in dem Alter ganz unkompliziert, extrem pflegeleicht. Da gab's nie Probleme. Damit hat es erst nach ihrem Tod angefangen.«

Leah sieht mich stirnrunzelnd an.

»Ich weiß. Es ist sehr verwirrend.«

Sie erhebt sich unvermittelt. »So, ich will mal aufbrechen, ehe ich mich festquatsche. Außerdem kocht Gus heute, ich will ihn nicht warten lassen.«

Ich begleite sie noch zur Tür, wo sie beinahe über einen von Annas Tretern stolpert; er muss irgendwie von dem Schuhhaufen dort gefallen sein. Leah mustert den Haufen kurz und sieht dann wieder mich an. Ich kann es ihr ansehen, sie würde mir gern den naheliegenden Vorschlag machen, die Schuhe vielleicht endlich von der Haustür wegzuräumen, aber sie verzichtet darauf. Stattdessen küsst sie mich zum Abschied und bricht dann auf. Ich bleibe zurück, betrachte die Schuhe und stelle dieselbe Überlegung an.

»Was liegt denn an, Jess?«

Sean redet wie üblich nicht lange um den heißen Brei herum. Ich lade ihn mit einer Handbewegung ein, auf einem der Stühle Platz zu nehmen, aber er bleibt stehen.

Ich reibe mir über die Arme. »Ich möchte dich um Entschuldigung bitten.«

Er lacht kurz, es klingt ein wenig bitter, und setzt sich dann doch, auf das alte Sofa. »Wofür jetzt genau?«

»Für alles. Ganz aufrichtig.« Ich setze mich auf den Stuhl und zwinge mich, ihn direkt anzusehen. »Ich bin nie ganz fair zu dir gewesen. Dabei hast du Anna und Rose immer geliebt und für sie getan, was in deinen Kräften stand.«

Er weicht meinem Blick aus. Betrachtet stattdessen den Fußboden.

»Ich war immer der Auffassung, du wärst für sie nicht gut genug. Tatsächlich ist es genau umgekehrt; du warst zu gut für sie, sie hatte dich damals wahrscheinlich gar nicht verdient. Was sie getan hat, war falsch. Sehr, sehr falsch.«

»Kein Scherz«, sagt er leise.

»Was ich getan habe, war vielleicht nicht viel besser, aber mal losgelöst davon, wie du zu mir persönlich stehen magst – das einzige, was mich bei meinem Tun geleitet hat, war der Gedanke an

Rose und ihr persönliches Wohlergehen. Ehe ich davon erfuhr, dass du möglicherweise nicht ihr Vater warst, anfangs – ja, da hatte ich den egoistischen Wunsch, Rose bei mir zu behalten und nicht an dich herzugeben. Kannst du das nicht verstehen? Ich hatte gerade erst Anna verloren. Sie war mein Ein und Alles.«

Nach dem letzten Satz muss ich mich kurz räuspern, ehe ich weitersprechen kann. »Als ich dann von der zweifelhaften Vaterschaft erfuhr, dachte ich, nun hätte ich einen Grund, um zu kämpfen. Ich dachte, das wäre das Beste für Rose. Inzwischen aber sind mir da doch Bedenken gekommen, ehrlich gesagt. Ich –«

»Was fällt dir ein, Jess?«, fällt er mir aufgebracht ins Wort. »Du willst mir doch wohl jetzt nicht erzählen, du hättest einen Fehler gemacht? Dass dir jetzt auf einmal Bedenken kommen, ob es richtig war, meiner Familie und mir diesen Knock-out zu versetzen?«

»Sean, ich hatte Angst. Und ich habe Angst. Pausenlos. Ich will nur, was für Rose das Beste ist. Sie ist alles, was mir noch von Anna geblieben ist. Aber du bist ihr Vater. Für sie bist du ihr Vater. Wir haben heute über ihren Geburtstag gesprochen, und sie geht ganz selbstverständlich davon aus, dass du dabei sein wirst.« Mein Tonfall ist flehentlich, beschwörend. Ich bin der Verzweiflung nahe.

Tränen stehen ihm in den Augen, aber er vermeidet es bewusst, mich anzusehen. Stattdessen steht er auf und tritt ans Fenster, um in den dunklen Himmel zu blicken. »Weißt du schon, wer es ist?«

Damit zielt er auf Roses leiblichen Vater ab. »Nein.«

Er dreht sich um und funkelt mich wütend an.

»Ich schwör's dir, Sean. Bei Roses Leben, ich weiß es nicht. Dabei treibt mich diese Frage natürlich auch um.« Das kleine Detail, das mir bekannt ist – dass es sich um einen verheirateten Mann handelt –, lasse ich unerwähnt.

»Aber wie bist du darauf gekommen, das alles in Gang zu

setzen? Da muss sich doch jemand bei dir gemeldet haben oder so.«

Ich will ihm nicht zu viel verraten, also tische ich ihm eine kleine Notlüge auf. »In Annas Unterlagen befand sich ein Vermerk darüber, dass du nicht Roses Vater bist.«

Er verzichtet auf weitere Nachfragen.

»Mit Rose brauche ich deine Hilfe. Ich weiß nicht, was ich tun soll.«

Er lässt sich auf den Stuhl gegenüber fallen. »*Du* weißt nicht, was du tun sollst?« Er fährt sich mit der Hand durchs Haar, und ich kaue nervös auf der Unterlippe, während ich ihn nicht aus den Augen lasse. »Ich kann sie nicht einfach so fallenlassen oder vergessen. Ich liebe sie doch. Und meine Eltern lieben sie auch ...« Er hebt den Kopf, sieht mich direkt an. »Wir alle lieben sie.«

»Das weiß ich doch.«

»Und was fangen wir damit an, hm? Was soll ich denn tun, deiner Ansicht nach?«, fragt er abermals.

»Ich hoffe, du wirst sie weiter lieb haben. Das ist ziemlich viel verlangt, ich weiß.«

Er sagt nichts.

»Und wenn es nicht anders geht, als Rose zu euch nach York zu holen, damit sie weiter ein Teil deines Lebens sein kann, eures Lebens, dann soll es an mir nicht scheitern. Dann ziehe ich eben auch um. Nach York, oder in die Nähe. Um helfen zu können, zur Unterstützung.«

Jetzt endlich sieht er mich an.

»Sie kann bei dir in York wohnen«, sage ich, ohne selbst ganz zu begreifen, wo auf einmal diese Worte herkommen oder wie sie meinem Mund entschlüpfen können. »Oder ich kann mit ihr umziehen, irgendwo in die Nähe meiner Eltern. Von ihnen bis nach York sind es nur etwa dreißig Minuten Fahrtzeit. So oder so. Fest steht, sie *braucht* dich in ihrem Leben.« Damit erhebe ich mich von meinem Stuhl.

»Willst du es denn nicht wissen?«, fragt er. »Du hast das schließlich alles in Bewegung gesetzt. Willst du da gar nicht wissen, wer ihr Vater ist?«

Ich beantworte seine Frage, so ehrlich es nur geht. »Du bist ihr Vater. Das erkenne ich jetzt.«

Eine E-Mail. Die Erinnerung daran, dass mir ein Junge in der Schule gesagt hat, er hätte mir eine E-Mail geschickt. Die Entscheidung, mir diese Mail anzusehen, ehe ich es vergesse. Das ist alles. Das ist alles, dessen es bedarf, um meine Welt abermals umzustürzen. Um alles, das sich langsam in eine neue Form fügte, mit der ich halbwegs leben konnte, hinwegzufegen, sodass nur noch ein großes schwarzes Loch zurückbleibt.

Ich liege wieder in Annas Bett. Habe mich unter ihre Bettdecke verkrochen und versuche verzweifelt, noch letzte Reste von ihrem Duft im Gewebe zu finden. Ich stehe auf, um ihr Parfüm vom Frisiertisch zu holen. Sprühe die Bettwäsche großzügig damit ein und kehre dann ins Bett zurück. Ich habe »Nouska« bei mir, ihren Teddybären. An ihm haftet noch ihr wirklicher, eigener Duft, und ich presse meine Nase tief in sein plüschiges Fell, um ihn einzuatmen. Außerdem habe ich ihr altes, etwas zerfleddertes Lieblingsbuch bei mir, das ich ganz unten in einer ihrer Schubladen aufgestöbert habe. Bei der Erinnerung daran, wie sie jedes Mal vor Vergnügen über die Geschichte eines Tigers, der zum Tee kommt, vor sich hin gluckste, wird mir ganz weh ums Herz. Meine Gedanken aber sind von Bitterkeit überschattet.

Mein iPad, auf dem ich drei Stunden lang ihren Blog gelesen habe, ist vom Bett auf den Boden gefallen, aber es kümmert mich nicht weiter. Das Einzige, was mich jetzt beschäftigt, ist der Blogeintrag, den ich gerade gelesen habe, vom 15. März 2011. Einen Tag später hatte mein Vater seinen Schlaganfall. Er hat sie gesehen. In flagranti ertappt sozusagen, mit IHM. Damit hat sich jeder Gedanke daran, diesen Menschen, den großen Unbekannten, aus meinem Kopf verbannen zu können, in Luft aufgelöst.

Vor wenigen Stunden noch hegte ich die naive Hoffnung, das Leben könnte durch eine Freilandtanne aufgehellt werden. Jetzt aber weiß ich, dass das Leben meines Vaters, und auch das meiner Mutter, entscheidend von dem Moment in Mitleidenschaft gezogen worden ist, als er Anna mit einem Mann zusammen ertappte, mit dem sie nicht hätte zusammen sein dürfen. In meinem Kopf beginnt es unter Hochdruck zu arbeiten.

»Anna«, flüstere ich unter der Bettdecke. Außer ihrem dunklen Zimmer habe ich niemanden mehr, dem ich im Flüsterton meine Frage stellen kann. »Was hast du getan, Anna?«

40. Anna

Raw Honey Blogspot, 02.11.2014

Wir hatten diese Woche einen »Projekttag«, eins dieser Gruppencoachings zur Förderung des Teamgedankens am Arbeitsplatz.

Es war ein unfassbar schlimmer, nervtötender, sinnloser Tag, die reinste Zeitverschwendung. Ich musste im strömenden Regen durch einen Hindernisparcours robben und an so einer Übung teilnehmen, bei der man sich vertrauensvoll nach hinten fallen lassen soll, in die Arme eines Kollegen (in der Hoffnung, er fängt einen auf). Da habe ich nicht mitgemacht – hab mich geweigert, es ging einfach nicht. J., mein Chef, und M., mein Freund, fanden das zum Schreien komisch; haben mich noch stundenlang damit aufgezogen, sogar beim Mittagessen, und Vermutungen darüber angestellt, wieso ich offenbar solche Probleme damit habe, anderen Menschen zu vertrauen. M. hat einen Nerv getroffen, als er beim Essen (ich hatte einen Kopfsalat, der voller Sand war) zu mir meinte, ich würde offenbar geradezu erwarten, von anderen enttäuscht zu werden.

Seither zermartere ich mir das Hirn: wer in meinem Leben mich so schlimm enttäuscht und mir ein so tiefes Misstrauen gegen alle und jeden eingepflanzt haben könnte, dass ich es nicht fertiggebracht habe, loszulassen, die Arme vor der Brust zu kreuzen und mich einfach fallen zu lassen … Und da fällt mir beim besten Willen niemand ein, das ist die Wahrheit. Wenn man nun vermutet, dass mein Vater damit zu tun hat, dass ich durch seinen Auszug damals einen Knacks erlitten habe – nein, absolut nicht. Wir haben ein gutes Verhältnis, und er ist immer für mich da gewesen. Mama scheidet ebenfalls aus. Hat mich nie irgendwie enttäuscht oder hängengelassen. Auch mit meinen Freundinnen habe ich nichts Derartiges erlebt. Ich hatte mein Leben lang das Gefühl, ich werde geliebt. Woher also mag es kommen, dass es mir so schwerfällt, anderen zu vertrauen – dass ich sogar damit **rechne**, dass mich ein Kollege nicht auffängt und absichtlich zu Boden stürzen lässt? Weil er nicht zu meinem Familien- und Freundeskreis gehört, also ein »Fremder« ist, gewissermaßen?

Und warum habe ich mich wieder mit IHM eingelassen. Auf unsere heimliche Liebesaffäre. WARUM??? Bestehen hier irgendwelche Zusammenhänge, hat das eine mit dem anderen zu tun?

Antworten bitte im Kommentarbereich …

Kommentar: deardigger

Ich glaube, Sie fühlen sich hin- und hergerissen. Wenn Sie nicht aufpassen, werden Sie ein Leben haben, das in zwei Hälften zerfällt: die erste Hälfte, in der Sie offenbar Liebe und Unterstützung erfahren haben, und dann die andere, in der Sie diese Liebe aus irgendeinem Grund verschmähen und sich mit einem Mann einlassen, für den Sie nie die Nummer eins sein können. Denn das ist des Pudels Kern, Honey-Girl. Wie sehr Sie einander auch lieben mögen, er hat bereits eine Frau (und Kinder, möglicherweise). Das wussten Sie, das haben Sie bereitwillig in Kauf genommen. Und wie ich Sie einschätze, kann die Sache für Sie nicht gut ausgehen. Wenn er bei seiner Frau bleibt, müssen Sie sich damit abfinden, weiter nur die zweite Geige zu spielen. Und wenn er sie Ihretwegen verlässt, werden Sie garantiert Schuldgefühle haben. So oder so, kein zufriedenstellender Zustand. Womöglich haben Sie sich in Ihrem Leben selbst in eine Zwickmühle manövriert, in eine Situation, in der Sie weder **sich selbst** noch Ihrem Urteilsvermögen über den Weg trauen?

Antwort: Honey-Girl
Interessante Theorie. Guter Denkanstoß ...

Kommentar: deardigger
Eins noch, Honey-Girl. Keine Ahnung, ob das nur mit dem Blogformat zu tun hat, aber mir fällt auf, dass Sie für Ihren Liebhaber immer Großschreibung verwenden – Er, Ihn usw. Schon merkwürdig, fast so, als wäre er eine Art Gott für Sie?

Antwort: Honey-Girl
Danke, auch das ist gut beobachtet ...

41. Theo

»Wenn Sie gern einen Weihnachtsbaum hätte, dann soll sie ihn auch bekommen«, dachte Theo, während er zwischen den Reihen junger Nordmanntannen in der Baumschule umherstreifte. Er hatte heute ausnahmsweise frei, weil er einige Male für Marsha in der Spätschicht eingesprungen war, und auch wegen des Bereitschaftsdienstes am Wochenende. Warum Jess einen solchen Baum wollte, wusste er nicht. Sehr klar ausgedrückt hatte sie sich nicht, als sie ihn am Morgen um halb sieben anrief, und er musste seinen Unmut darüber unterdrücken, dass sie ihn gerade an dem Tag so früh anrief, an dem er ausnahmsweise mal länger schlafen konnte. Sie musste noch einmal zu ihren Eltern hochfahren, ganz dringend, nur für diesen einen Tag, so viel hatte er verstanden. Und eben, dass sie einen Weihnachtsbaum benötigte. Im März.

Vor einem Exemplar, das ihm gefiel, blieb er stehen. Überflog das angehängte Schildchen, dem zufolge die Tanne eine Höhe von gut dreieinhalb Metern erreichen würde. Er gab dem Gärtnergehilfen Bescheid, der die Jungtanne, die jetzt noch etwa einen Meter zwanzig maß, mit einem Spaten ausgrub, und zehn Minuten später wurde sie von einem Typen namens Martin, wie er dem Namensschild entnehmen konnte, in einem Blumentopf zur Kasse gebracht. Sie wird noch größer, beruhigte er sich, als er sie im Wagen verstaute. Hauptsache, er hatte überhaupt außerhalb der Saison einen Weihnachtsbaum aufgetrieben, nur darauf kam es an.

Er erwischte sie, als sie gerade aus dem Haus kam und zu ihrem Wagen ging.

»Halt, warte!«

Sie drehte sich um. Sah ihn überrascht an, aber auch ein wenig verärgert.

»Ich hab's eilig, Theo.«

»Ich hab heute frei.« Er fuhr sich mit der Hand durchs Haar. »Was hältst du davon, wenn ich dich fahre? Das geht schneller. Von mir aus kann's sofort losgehen.«

»Danke. Gas geben kann ich auch alleine.« Sie öffnete ihre Wagentür.

»Du bist aufgewühlt. Das sehe ich doch, warum auch immer. Komm, lass mich fahren. Das wird ein langer Tag, egal, wer am Steuer sitzt. Wer holt Rose später ab?«

»Ich fahre selber.« Sie stieg ein. »Gus und die Teenie-Hexe.« Beim Blick in den Rückspiegel fiel ihr offenbar auf, dass Theo ihr mit seinem Wagen den Weg verstellte. »Na schön.« Sie stieg wieder aus, verriegelte ihr Auto per Funkschlüssel. »Wenn du mich nicht vorbeilässt, geht es wohl nicht anders. Du fährst. Und wir müssen aber wirklich los jetzt.«

Sie stieg in sein Auto ein. Schnupperte kurz und drehte sich dann zu den heruntergeklappten Rücksitzen um. »Theo, du hast einen Weihnachtsbaum im Auto.«

»Ja. Ganz recht.« Er klappte den Kofferraum auf, nahm die junge Tanne mitsamt Topf heraus und stellte sie vor ihrer Haustür ab. Dann kam er zurück und setzte sich wieder ans Steuer.

»Du hast mir einen Weihnachtsbaum besorgt.« Sie sah ihn lächelnd an.

»Ja.«

»Der Geruch der Nadeln, das erinnert mich ganz stark an den Tag auf dem Weihnachtsmarkt, den Tag –«

»Nein. Das ist der Duft der zukünftigen Weihnacht, nicht der vergangenen Weihnacht.«

Sie lachte, tätschelte ihm über die Hand. »Verstehe, wie in Charles Dickens' Weihnachtsgeschichte. Fahren wir los? Und gib tüchtig Gas …«

Sie legten die Fahrt ohne Unterbrechungen zurück. Nahmen sich nicht mal die Zeit für eine kurze Rast, um einen Kaffee zu trinken. Sie saß neben ihm und schwieg, mit nach vorn in die Ferne gerichtetem Blick, doch sie kannten sich so gut, dass sie auch zusammen schweigen konnten. Erst auf den letzten Meilen, als sie ihm Anweisungen gab, wo er langfahren musste, schien sie wieder zum Leben zu erwachen.

»Willst du mir nicht endlich verraten, was so Dringendes anliegt?«, fragte er, als sie sich dem Haus ihrer Eltern näherten.

Sie schüttelte wortlos den Kopf.

Er bog in die Auffahrt ein und parkte hinter dem Nissan Micra ihrer Mutter.

»Soll ich hier warten?«

»Natürlich nicht. Komm mit rein.«

Noch ehe er den Wagen verriegelt hatte, stand sie bereits an der Haustür, auf der Veranda, die an der gesamten Hausfront entlang verlief; etwa anderthalb Meter tief und aus schon etwas verwitterten Holzbohlen. Sein Blick fiel auf eine alte Sitzbank.

»Das ist die Knutschbank.« Sie lächelte. »Wenn die sprechen könnte ... die hätte so einiges zu erzählen.«

Theo sah sich im Vorgarten um, der etwas Lauschiges hatte; weil er von Kiefern und Koniferen umstanden und daher von der Straße aus nicht einsehbar war. Nach hinten hinaus, das wusste er aus Jess' Erzählungen, grenzte das Haus an einen See an. Was für ein idyllischer Ort zum Aufwachsen, dachte er, und im selben Moment öffnete Jess' Mutter die Tür.

»Schatz, was machst du denn hier? Warum hast du nicht angerufen?« Sie hob die Hand und strich sich ein einzelnes Haar zurück, das aus dem Knoten an ihrem Hinterkopf entwischt war, ihrer üblichen Frisur. »Was für eine reizende Überraschung.« Sie trug eine dunkelblaue Hose und eine Strickjacke in derselben Farbe, mit einer hellblauen Bluse darunter.

Jess gab ihr einen Kuss auf die Wange und trat an ihr vorbei in die Diele.

»Theo«, begrüßte ihre Mutter ihn. »Komm rein. Wir haben uns ja lange nicht gesehen. Was verschafft uns denn die –«

»Mum«, richtete Jess das Wort an sie. »Ich muss mit Dad reden. Ist er oben?«

»Nein, er sitzt hinten im Wohnzimmer. Es geht ihm schon viel besser, er braucht keine Antibiotika mehr zu nehmen, ich –«

Sie war bereits davongeeilt. Hastete im Eiltempo durch den Flur und verschwand dann in einem Zimmer im hinteren Teil des Hauses. Barbara Hughes schloss die Haustür hinter sich, wandte sich nach links und öffnete eine Eichentür, die in ein großes Wohnzimmer führte, das auf den Vorgarten hinausging. »Ich verstehe nicht ganz, was hier vor sich geht, Theo, und dir geht es anscheinend ähnlich, deiner Miene nach zu urteilen. Würdest du kurz hier Platz nehmen?« Sie warf einen Blick über die Schulter, in die Richtung, in die Jess verschwunden war. »Ich bringe dir etwas zu trinken, ein wenig Gebäck …« Sie hielt inne, blickte mit einem Stirnrunzeln zu der Tür hinüber, die Jess hinter sich geschlossen hatte. »Tee oder Kaffee?«

»Ein Kaffee wäre wunderbar, schwarz, ohne alles«, erwiderte er. »Aber dürfte ich vorher kurz mal Ihr WC benutzen?« Nicht mal eine Pinkelpause hatte er unterwegs eingelegt, weil Jess es so eilig hatte.

»Selbstverständlich. Den Flur runter, die erste Tür hinter der Treppe. Dein Kaffee kommt gleich.«

Im Gäste-WC hingen allerlei alte Fotos von Jess und Leah an den Wänden. Sie hatten eine liebevolle und privilegierte Kindheit verlebt, das war nicht zu übersehen. Theo ließ seinen Blick über die Bilder wandern; typische Schnappschüsse von Mädchen auf dem Rücken von Ponys; Doppelporträts der Schwestern, auf denen die eine oder andere die Zunge herausstreckte; ein vergrößertes Foto, auf dem Leah ungefähr zwölf war, mit langem, glattem Haar, und daneben Jess, etwa fünfzehn, mit ihren wilden Locken und halb zusammengekniffenen Augen, als würde sie gegen die Sonne anblinzeln. Ein Foto von Anna, ebenfalls vergrößert, erregte sein Interesse. Sie saß in der Nähe von Glastüren, die auf einen See hinausgingen, in dem hinteren Zimmer wahrscheinlich, das er noch nicht kannte. Sie war auf dem Foto sehr gut getroffen, im Profil und mit nachdenklichem Blick, der nach draußen auf den See gerichtet war. Vor sich auf dem Schoß hatte sie Rose sitzen, damals noch ein Kleinkind; ihr Profil glich dem ihrer Mutter, bloß in der Miniaturversion.

Theo wusch sich die Hände und kehrte dann wieder nach vorn ins Wohnzimmer zurück. Er stellte sich ans Fenster und blickte auf die Bank draußen im Vorgarten. Fragte sich, mit wem Jess dort gesessen haben mochte, damals als junges Mädchen. Hatte sie dort auch Doug zum ersten Mal geküsst? Sie wohnte zwar schon lange nicht mehr hier, aber dieses Haus barg Erinnerungen aus ihrem Leben, die ihm unbekannt waren, das wurde Theo nun klar.

Barbara kam mit einem Tablett ins Zimmer, das er ihr sofort abnahm. »Soll ich es hier auf den Couchtisch stellen?«, fragte er. Barbara nickte und schloss dann sachte die Tür hinter sich; erst mit Verzögerung allerdings, als hätte sie kurz gelauscht, um zu hören, was im hinteren Zimmer geredet wurde. Ehe die Tür sich schloss, hatte Theo einen Blick auf Jess erhaschen können; sie hockte auf dem Boden, neben ihrem Vater, der vornübergebeugt in einem Sessel saß, mit hängenden Schultern, um die eine karierte Decke gelegt war. Es sah aus, als würde Jess weinen.

»Ist da hinten alles in Ordnung?«, fragte er, ohne lange nachzudenken. Seine Direktheit war ihm umgehend peinlich, aber nun konnte er die Worte nicht mehr zurücknehmen.

»Tja, sagen Sie es mir.« Barbara setzte sich und knetete unaufhörlich ihre Hände. »Ich habe keine Ahnung, was da los ist. Ich wurde unmissverständlich aufgefordert, sie in Ruhe zu lassen.« Sie verzog besorgt das Gesicht. »Ich mache mir solche Sorgen um sie. Das da ...« Sie deutete mit dem Kopf zur Seite, in Richtung des Zimmers, in dem Jess mit ihrem Vater saß. »Wieso muss sie eigens den weiten Weg herkommen. Was hat sie mit ihm so Wichtiges zu besprechen, das sie mir nicht ebenso gut am Telefon sagen kann?«

Sie erwartete keine Antwort von ihm, das war Theo klar; es war eher so, als würde sie laut nachdenken. Danach hörte er höflich nickend zu, während sie ihm lang und breit erzählte, wie Jess mit vierzehn dem Ponyreiten Lebewohl gesagt hatte, weil ihr Jungs auf einmal wichtiger waren.

Da drang aus dem hinteren Zimmer ein Schrei herüber, bei dem Barbara Hughes vor Schreck zusammenzuckte. Theo wäre am liebsten aufgesprungen, um einzuschreiten, aber er beherrschte sich. Barbara presste sich die Hand an den Mund, sie musste sichtlich die Tränen zurückhalten, und da platzte auch schon Jess herein. »So! Wenn du dann deinen Kaffee ausgetrunken hast, Theo.« Sie hob die Hand und wischte sich an den rotgeränderten Augen herum.

Er blickte von seinem Sessel zu ihr hoch, während sie gegenüber von ihm neben ihrer Mutter Platz nahm und ihr beruhigend aufs Knie klopfte. »Reg dich nicht auf, Mum.«

Barbara Hughes packte ihre Tochter erregt am Arm. »Was ist denn los?« Ihre Unterlippe bebte heftig. Jess sagte nichts, spitzte bloß den Mund. »Entschuldige uns bitte kurz, Theo.«

Sie stand auf verließ das Zimmer, gefolgt von Jess. »Dauert nicht lange«, sagte sie noch zu ihm.

Kaum dass sie hinaus waren, schlich er sich an die Tür und horchte, wie ein Kind. Er hörte laute Stimmen, Jess und ihre Mutter, sie lieferten sich einen wütenden Disput, der erst nach einigen Minuten ein Ende fand; ein lautes Blaffen, von ihrem Vater vermutlich, brachte sie beide zum Schweigen. Eilig kehrte er zum Sofa zurück, trank einen Schluck von seinem inzwischen fast kalten Kaffee; sie sollte nicht merken, dass er gelauscht hatte.

Sie war sehr blass, als sie wieder ins Zimmer kam. »Nimm deine Jacke«, sagte sie kurz angebunden. »Wir gehen.«

Er sprang auf. »Aber deine Eltern. Ich sollte mich noch verabschieden.«

»Nein, wir gehen. Jetzt sofort.«

»Schon gut, ist ja gut. Dann gehen wir eben.« Er blickte den Flur hinab, zum hinteren Zimmer, wo völlige Stille herrschte. »Du hast sie doch nicht umgebracht, oder?« Es war ein eher matter Versuch, die Stimmung durch einen Scherz aufzulockern; aber die plötzliche Stille hatte schon etwas Beunruhigendes.

»Nein.« Jess knallte die Haustür hinter sich zu. Sah sich nach ein paar Schritten noch einmal zum Haus um, völlig fassungslos, ihrer Miene nach zu urteilen. »Sie sind beide gesund und munter.«

Auf der Rückfahrt saß sie neben ihm und sagte kein Wort, bis sie sich der Raststätte Watford näherten. Theo stellte ihr keine Fragen, er hing seinen eigenen Gedanken nach. Nach dem, was er durch die Tür mitangehört hatte, war die Kacke gehörig am Dampfen. Was ihn betraf, hätte er die wohl unvermeidliche Auseinandersetzung deswegen liebend gern auf den Sankt-Nimmerleins-Tag verschoben. Ihm, Theo, machte es nichts aus, zu schweigen – er konnte schweigen, so lange, wie es eben nötig war. Diesmal würde er warten, bis sie als Erste das Wort ergriff.

Dann endlich brach sie ihr Schweigen. »Was meinst du, wann wir wieder zurück sind?« Nachdem sie die ganze Zeit neben sich aus dem Fenster gestarrt hatte, wandte sie endlich den Kopf herum und warf einen Blick auf die Uhr am Armaturenbrett.

»Kommt drauf an. Ich würde ja gern kurz Halt machen, um etwas zu essen. Weil ich vor Hunger halb umkomme.«

»Entschuldige, natürlich. Lass uns vorn an der Raststätte rausfahren. Wäre dir ein Sandwich recht, das wir unterwegs im Auto essen können?«

Es war nicht ganz, was Theo sich vorgestellt hatte, aber er nickte trotzdem. »Was ist denn los, Jess?«

Sie starrte wieder neben sich aus dem Fenster. »Ich kann jetzt noch nicht darüber sprechen, Theo. Muss das alles erst gründlich durchdenken.«

»Irgendetwas ist vorgefallen.«

Sie reagierte nicht sofort. Lachte dann kurz auf, ein freudloses, nervöses Lachen, das in einen Hustenanfall mündete. »Anna ist gestorben, Theo. Das ist vorgefallen. Seither erkenne ich mein Leben nicht wieder.«

Er setzte den Blinker, um von der Autobahn abzufahren, und machte dann vor der Raststätte Halt. »Ich möchte nur helfen.« Er wandte sich ihr zu und befühlte ihre Stirn. »Und du bist ja immer noch erkältet. Du –«

»Du hilfst mir ja.« Sie lehnte sich hinüber und küsste ihn leicht auf die Lippen. »Mir ist nicht mal klar, wie wir beide nun zueinander stehen, Theo, und auch das ist verwirrend. Aber du hilfst mir, auf jeden Fall, und dafür bin ich dir dankbar. Ist Schinken und Käse in Ordnung?« Sie wandte sich ab und stieg aus, ohne seine Antwort abzuwarten.

Theo sah ihr nach, während sie auf den Eingang mit den

Schiebetüren zuging. Sie mochte achtundvierzig sein, wirkte aber in ihrer üblichen Kluft – dunkle Jeans, Pulli, Turnschuhe von Converse – wesentlich jünger, sogar heute, wo ihr Gesicht von Sorgenfalten zerfurcht war. Er blinzelte langsam – er war egoistisch, das war ihm bewusst. Seit er mit ihr geschlafen hatte, war für ihn nichts mehr so wie vorher. Es war ein seismisches Ereignis, und er wusste noch nicht recht, wie er damit umgehen sollte. Er wollte nicht, dass es aufhörte, ehe es überhaupt begonnen hatte. Wollte nicht, dass Anna es aus dem Grab heraus verdarb. Er schloss die Augen und sprach ein stilles Gebet an sie. *Bitte, bitte, lass sie mich einfach lieben. Hilf mir dabei, sie zu lieben.*

Wenig später war Jess wieder da, mit zwei Pappbechern Kaffee und zwei Sandwiches. Sie reichte ihm sein Sandwich nebst Kaffee. »Ein Cappuccino light, mit drei Stück Würfelzucker. Schon eine gewisse Ironie, würde ich sagen.«

Nach dieser kleinen Stärkung redete sie wieder. Sie redeten beide wieder.

»Weißt du was? Diese bedingungslose Liebe, von der du so gern redest, das verstehe ich inzwischen. Genau diese Liebe empfinde ich in letzter Zeit für Finn«, sagte er zu ihr. »Seine Mutter ist fort, und das will ich irgendwie wiedergutmachen. Ich würde alles tun, damit es ihm gut geht. Damit er glücklich ist.«

Jess wandte sich ihm zu, soweit es der Gurt zuließ. »So geht es mir immer schon. Als Doug uns verlassen hat ... wer weiß, vielleicht habe ich deswegen nie einen neuen Mann an mich herangelassen? Wir beide haben uns im Grunde genügt, Anna und ich.«

Theo entschied sich, den Stier bei den Hörnern zu packen. Etwas an dieser Frau ermunterte ihn dazu, Reizthemen offen anzusprechen, statt ihnen aus dem Weg zu gehen. Er schluckte mühsam. »Du weißt über ihren Blog Bescheid.«

Sie warf ihm einen Blick zu, hob die Hand an den Hals. »Du hast gelauscht ...«

»Ließ sich schwer vermeiden, unter den Umständen. Ich weiß, dass Finn dir den Link zugeschickt hat. Tut mir leid. Ihm tut es auch leid, er weiß, dass er das nicht hätte tun sollen.«

»Was hast du alles gehört?«

»Nicht viel. Deine Mum ist mit Tee reingekommen …«

»Ich bin froh, dass Finn mir den Link geschickt hat. Hast du mal reingeschaut, in ihren Blog?«

Er nickte. »Ja. Hab hier und da mal quergelesen.« Dass er dabei eigentlich nichts Neues erfahren hatte, ließ er unerwähnt.

»Sie ist schon eine ziemliche Offenbarung, meine liebe Tochter!« Sie lachte trocken. »Und mein Vater, stellt sich heraus, weiß mehr, als er je hat durchblicken lassen. Hat sich entschieden, mir nichts zu erzählen.«

Theo erbleichte. Das wiederum war ihm neu.

Jess fing leise an zu weinen. Die Tränen quollen ihr nur so aus den Augen, und sie wühlte in ihrer Tasche, wohl auf der Suche nach einem Tempo. Er zückte sein Taschentuch und reichte es ihr, und sie betrachtete es kurz und lachte dann unter Tränen.

»Warum weinst du denn?« Seine Gedanken kehrten wieder zu ihrem Vater zurück, zu der Frage, was er ihr erzählt haben mochte.

»Weil ich eine miserable Mutter war«, erwiderte sie. »Ich habe sie im Stich gelassen. Irgendwann, eines Tages, irgendwo, habe ich sie im Stich gelassen.«

Theo beherrschte sich, während sie den Kopf schüttelte, aus dem Fenster starrte und sich mit seinem Taschentuch die Nase putzte. »Ich war eine miserable Mutter, und jetzt weiß ich nicht mehr weiter.« Sie schluchzte so sehr, dass sie ins Hicksen geriet; wie ein Kind, das seinen ersten wirklichen Kummer durchleidet. Und als sie ihm abrupt das Gesicht zuwandte und ihn unerbittlich fixierte, verstärkte er unwillkürlich seinen Griff am Lenkrad. »Was soll ich nun tun, Theo«, fragte sie. »Jetzt, wo niemand mehr unversehrt ist und ich niemandem mehr trauen kann?«

42. Jess

Es ist Samstag, der 14. März, Roses sechster Geburtstag, und wir sind hinten im Garten und pflanzen einen Weihnachtsbaum ein. Sie ist so aufgeregt, als hätten wir tatsächlich Weihnachten. Ich aber würde mich am liebsten in das Loch erbrechen, das wir gerade ausheben.

»Omi«, sagt sie und schwenkt ihren kleinen Rechen, während ich mit der größeren Schaufel eine weitere Schippe Erde zutage befördere. »Ich liebe diesen Baum. Er kommt mir vor wie Mummys Geschenk an mich.«

Wo der Baum herstammt, habe ich ihr nicht erzählt, also nicke ich bloß und stemme den Fuß auf die Schaufel, um die nächste Schicht Erde zu lösen. Ich muss all meine Kraft zusammennehmen, um den Baum aus seinem Topf zu heben und in das Loch herabzusenken. Danach befördern wir die ausgehobene Erde wieder hinein; ich schiebe sie mit dem Fuß in das Loch, und Rose klopft sie anschließend mit der Rückseite ihres Rechens fest.

Während sie damit beschäftigt ist, entferne ich mich ein paar Schritte und lasse mich auf der Kante der Holzterrasse nieder. Ich fahre mit der Hand über die verblichene Oberfläche – es braucht dringend einen neuen Anstrich. Meine Hand zittert, und ich halte sie mit der anderen fest, damit das Zittern aufhört. *Beruhige dich*, ermahne ich mich. So vieles um mich herum auf dem Grundstück bräuchte mal einen neuen Anstrich. Wohin ich schaue, alles wirkt müde, abgenutzt. So wie ich. *Beruhige dich …*

Ich sehe zu dem einsamen Sessel, der auf der Terrasse steht, und male mir sofort aus, dass Anna dort sitzt, in ihrem roten Skianzug. Sie redet als Erste:

– Was willst du nun tun?
– Tun? Keine Ahnung. Ich weiß es nicht.
– Übrigens, du hast mich nie im Stich gelassen. Kein einziges Mal. Und ich weiß, dass du das auch jetzt nicht tun wirst.

Meine Mutter singt Rose am Telefon »Happy Birthday« vor, und sie quietscht vor Vergnügen, als das Ständchen zu Ende ist. Sie ist unglaublich aufgeregt wegen ihrer Feier, während mir im Stillen davor graut – all diese Kinder hier bei uns, so viele Leute im Haus.

Rose läuft davon, begleitet von Mopsi, die wie verrückt bellt. Ich halte mir das eine Ohr zu und versuche, mit Mum zu reden.

»Na, wie läuft's bei euch?«

Wir haben die Woche über schon einige Male telefoniert, sind übereingekommen, über unseren Streit kein Wort mehr zu verlieren. Die Dinge haben sich beruhigt, ich habe Zeit gehabt, gründlich nachzudenken, und bin weniger emotional – dessen ungeachtet aber erscheint mir nun wieder alles ungewiss, und ich bin ratlos, wie ich weiter vorgehen soll. Auch meine Zusicherung Sean gegenüber, Rose betreffend, habe ich im Hinterkopf. Sollte er mich beim Wort nehmen, könnte es sein, dass ich in die Nähe meiner Eltern umziehe. Dass ich dieses Haus verlasse, das ich so gern mag. Dass sich meine Lebensumstände komplett verändern. Theo kommt mir kurz in den Sinn, und auch der Vorstellung, vor ihm Reißaus zu nehmen, kann ich durchaus etwas abgewinnen – da lässt mich plötzlich ein lautes Krachen aus meinen Gedanken hochfahren, von der Küche her, gefolgt von dem noch lauteren Schrei: »Omi!«

Ich renne zum Haus zurück.

Rose erwartet mich schon, mit Mopsi im Arm. »Sie ist schuld. Ich bin vor ihr weggelaufen, und dann bin ich gegen das Ding gestoßen, und es ist runtergefallen.«

Auf dem Boden liegen die Scherben einer Keramikschüssel, die ich aus dem Schrank genommen hatte, um sie später für Chips zu verwenden. Es war ein Mitbringsel von Anna, aus Spanien. Sie hatte sich auf den ersten Blick in die Schüssel verliebt und viel Aufhebens um die Ungelegenheiten gemacht, die ihr der Heimtransport im Handgepäck bereitete. Wegen dieser Schale passte keine einzige Flasche Alkohol mehr in ihre Tasche, ob ich verstünde, was das für ein Opfer war? Ich liebte diese Schüssel. Nun bücke ich mich, um die Scherben aufzulesen. Rose kommt herbei und will mir helfen.

»Nein, Schatz, Finger weg. Ich möchte nicht, dass du dich schneidest. Pass bitte auf Mopsi auf, bis ich hier fertig bin, ja?«

Sie nickt, sieht mich mit großen Augen an, ein wenig ängstlich. »Ist doch nur eine Schüssel, Omi, keine Sorge.« Und sie hat recht, denke ich, während ich Handfeger und Kehrblech holen gehe. Es ist nur eine Schüssel. Ich habe die Erinnerungen daran, und die sind unzerbrechlich.

Um zwei Uhr bin ich ein einziges Nervenbündel, und das, ehe auch nur ein Kind eingetroffen ist. Rose führt sich auf, als hätte sie einen Zuckerflash von zu viel Limo, dabei hat sie noch keinen Schluck davon getrunken. Sie springt und hüpft durch die Gegend, ist furchtbar aufgeregt.

Theo und Finn sind die ersten Gäste, die eintreffen. Ich nehme Finn beiseite, der mir in der Schule die ganze Woche aus dem Weg gegangen ist, und flüstere ihm ins Ohr: »Keine Sorge. Alles gut, du hast nichts verbrochen.« Ich gebe ihnen Aufgaben: Finn bläst die letzten Luftballons auf, und Theo verteilt die süßen Brötchen mit Rice Krispies auf Teller, die ich mit Rose am Vormittag gebacken habe. Ich selbst entferne die Folie von zehn Pizzen, um sie später nach dem Fließbandprinzip im Ofen backen zu können. Dann schellt es wieder, es ist Leah. Ich versuche, mich ganz auf den anstehenden Nachmittag zu konzentrieren, und hoffe, dass Rose ihre Einladungen tatsächlich verteilt hat. *Konzentriere dich … die Kinder werden gleich hier sein.* Da klingelt es wie aufs Stichwort, und etwa sechs Kinder auf einmal treffen ein. Direkt hinter ihnen kommt Gus durch den Vorgarten, mit einer großen Platte, auf der Käse und Aufschnitt angerichtet sind. Ich nicke ihm zu. »Für die Erwachsenen«, erklärt Leah, die hinter mich getreten ist.

Eine Stunde später herrscht Ausnahmezustand, und ich sehne im Stillen das Ende der Feier herbei, wenn sich all die lieben Kleinen wieder verabschieden. Sechs oder sieben der eingeladenen Kinder sind gottlob nicht erschienen, warum, ist mir einerlei; ich weiß nur, dass es in meinem Haus trotzdem von Kindern wimmelt. Ich habe ihnen untersagt, in den oberen Stock zu gehen, aber natürlich sind sie alle ganz fasziniert von Toiletten und tummeln sich grüppchenweise im Badezimmer sowie in meinem kleinen Bad. Ich schicke Theo nach oben, um die Schäfchen einzusammeln und wieder ins Erdgeschoss zu treiben.

»Du lieber Himmel«, kommentiert Leah, während sie das Treiben ringsumher beobachtet. »Manchmal, sehr oft sogar, bin ich wirklich froh, keine Kinder in die Welt gesetzt zu haben. Ich glaube nicht, dass ich dieser Aufgabe gewachsen wäre.«

Gus betätigt sich als Magier, führt einer kleinen Schar Kinder Kartentricks vor; sie sind völlig in den Bann geschlagen, während er auf wundersame Weise Karten verschwinden oder auftauchen lässt. »Wie haben Sie das *gemacht*?«, kreischt eines. Theo ist hinten im Garten, er telefoniert und geht dabei langsam auf und ab. Etwas Ernstes anscheinend, seiner Miene nach zu urteilen. Als es wieder an der Tür schellt, sehe ich, wie Rose innehält und in Richtung Flur schaut. Ich drücke ihr die Daumen. Und Tatsache, es ist Sean, er hat ein riesiges Paket dabei. Er sieht viel besser aus als bei unserer letzten Begegnung vor einer Woche: nicht mehr so übernächtigt, sondern ausgeruht, bekleidet mit einer frisch gebügelten Khakihose und einem Pullover.

»Daddy!« Rose stürmt auf ihn zu und umklammert seine Beine, und er beugt sich zu ihr hinab.

»Wird mein wunderhübsches Mädchen heute sechs Jahre

alt?« Sie nickt mit Nachdruck, steckt sich einen Finger in den Mund, während sie das große Paket beäugt. »Bringen wir es erst mal nach oben in dein Zimmer, dann können wir es später aufmachen, wenn deine Freunde wieder weg sind.« Erst wirkt sie kurz enttäuscht, dann schaut sie zu ihrem Vater hoch und strahlt.

»Danke«, hauche ich ihm leise zu, als er an mir vorbeikommt, und widerstehe dem spontanen Impuls, ihn zu umarmen. Er ist hier, und das ist alles, was ich mir für Rose heute wünsche.

»Er ist gekommen«, flüstert Leah, als ich zu ihr in die Küche zurückkehre.

»Ja.«

»Alle Achtung.« Sie nickt anerkennend.

»Er ist ein guter Kerl.« Leah habe ich erzählt, dass ich Sean um Entschuldigung gebeten und zu Roses Geburtstagsfeier eingeladen habe, mehr nicht; den restlichen Inhalt unseres Gesprächs habe ich wohlweislich ausgeklammert. Theo kehrt aus dem Garten zurück, zieht die Tür hinter sich zu. »Ist nett da draußen in der Sonne«, sagt er. »Es wird langsam wärmer. Vielleicht bekommen wir ja einen schönen Sommer dieses Jahr.«

Der Sommer aber liegt für mich noch in weiter Ferne, während ich mich im Raum umsehe, Seans Schritte auf der Treppe höre und das Gesamtszenario ins Auge fasse. Ich muss jeden Tag immer wieder neu angehen, und heute ist mir ganz besonders weh ums Herz. Weil mir meine Tochter heute noch schmerzlicher fehlt als sonst.

Wir singen zusammen Happy Birthday, alle Kinder singen aus vollem Halse mit. Bei dieser Gelegenheit höre ich Theo zum ersten Mal überhaupt singen, Annas Stimme aber ist es, die ich vermisse. Sie sollte hier sein. Sie sollte einfach hier sein.

Ich spüle in der Küche einige Teller, für die Pizza, und plötzlich taucht Gus neben mir auf, mit einem Geschirrtuch in der Hand. »Danke«, sage ich und reiche ihm die Teller einzeln zum Abtrocknen an.

»Kein Problem.«

Alle sind entweder am anderen Ende des Raums oder mit Leah und Sean im Wohnzimmer. Manche, darunter auch Rose, sind sogar in den Garten rausgegangen, mit Theo und Finn. Beim Reden sehe ich Gus zunächst nicht an, sondern blicke aus dem Fenster und behalte Theo im Auge.

»Ich weiß Bescheid«, stelle ich fest.

»Bitte?«, hakt er nach, mit einem frischen Teller in der Hand.

»Ich weiß Bescheid, Gus. Über dich und Anna.« Bei ihrem Namen versagt mir fast die Stimme.

Er sagt nichts. Stellt behutsam den Teller beiseite und hält sich mit beiden Händen am Rand der Arbeitsfläche fest. Er folgt meinem Blick, der gerade auf Rose ruht, draußen im Garten.

»Tu das nicht«, sagt er. »Bitte.«

»Wie spät haben wir? Können wir sie bald rauswerfen?« Leah kommt in die Küche und blickt sehnsüchtig auf die Uhrenanzeige am Herd. »Alles klar bei dir? Du bist ja so blass.«

»Ja, alles bestens, bis auf diese Erkältung. Aber es ist noch nicht so weit. Leider«, sage ich zu ihr. »Jetzt gibt es erst mal Pizza.« Vier sind bereits im Ofen, und ich lege mir den nächsten Schwung parat. »Magst du sie rufen, Leah? Gus, du kannst schon mal anfangen, die hier zu zerschneiden. Aber mach die Stücke nicht zu groß.« Ich schiebe ihm die Pizzen hin, reiche ihm ein Messer sowie Papierteller.

»In Ordnung«, sagt er.

»Kinder!«, ruft Leah, so laut es nur gut. »Pizza! Kommt und holt sie euch!« Dann tritt sie beiseite, mit komisch verzogenem Gesicht und in die Höhe gereckten Armen, weil nun die Horde hereinströmt.

Sean stellt sich mit seiner Pizza an den Frühstückstresen. »Ich hab einen Mieter fürs Haus gefunden«, sagt er beiläufig, und mir wird spontan flau im Magen. »Ich werde also in den nächsten zwei Wochen nach York umziehen, das steht nun fest.«

Ich bringe bloß ein Nicken zustande. Wische mit der Rechten die Arbeitsfläche sauber, während ich mir mit der Linken über die Stirn fahre. Ich schwitze auf einmal heftig und fühle mich schrecklich.

»Ich habe nachgedacht. Über das, was du gesagt hast. Habe in den letzten Tagen über kaum was anderes nachgedacht.« Er sieht mich direkt an, als ich auf ihn zukomme. »Ich liebe mein kleines Mädchen, und ich möchte sie gern weiter in meinem Leben haben. Und auch sie braucht mich in ihrem Leben, glaube ich.«

Ich werfe den Lappen aus der Hand und falle ihm um den Hals. Schließe ganz fest die Augen und merke, wie mir ein Stein vom Herzen fällt. Und er erwidert meine Umarmung sogar, ich kann seinen Arm am Rücken spüren. Als ich die Augen wieder aufschlage, sehe ich Gus, der uns vom Flur aus beobachtet.

»Danke«, flüstere ich Sean zu.

»Schau, was du tust, liegt ganz bei dir.« Sean sieht mich an. »Aber was du gesagt hast, darüber, dass ihr beide umziehen könntet, mehr in die Umgebung von York? Das wäre natürlich großartig. Nicht nur für mich, auch für meine Eltern. Sie stehen zwar noch unter Schock, aber sie lieben Rose auch, und zwar sehr …«

»Das muss entsetzlich für sie sein, ich weiß. Ich kann ihren Schmerz aufrichtig nachempfinden.« Beim Sprechen hebe ich unwillkürlich die Hand und drücke sie an mein wie wild klopfendes Herz.

»Wie gesagt, es liegt ganz bei dir, Jess. Ich fände es toll, wir fänden es toll. Wenn du lieber nicht von hier wegziehen würdest, hätte ich auch Verständnis, kein Problem. Dann bräuchte ich aber ein Bett zum Übernachten, wenn ich Rose besuchen komme.«

Ich nehme seine Hand und drücke sie. »Du wirst in meinem Heim immer willkommen sein, Sean. Hier oder wo auch immer es mich letzten Endes hin verschlägt, das spielt keine Rolle.«

Nachdem die Kinder glücklich verabschiedet und wir endlich unter uns sind, verzehren die Erwachsenen sowie Finn die restliche Pizza, tun sich an Leahs sagenhafter Platte mit Käse und Aufschnitt gütlich und genehmigen sich einen wohlverdienten

Drink. Ich halte mich etwas abseits, da ich es beim besten Willen nicht über mich bringe, mit diesem Mann das Brot zu brechen. Leah ist mit Rose ins Wohnzimmer gegangen, um ihr dort ihr Geschenk zu überreichen; ich sehe ihnen von der Tür aus zu.

Rose ist ganz sprachlos über die Erinnerungskiste. Sie ist mit ihren Händchen über das Bild gefahren, das die Innenseite des Deckels ziert; zittert ein wenig, während sie einzelne Gegenstände in der Hand hält und Leah zuhört, die ihr erklärt, was der Sinn der Kiste ist, und auch, was es mit den einzelnen Andenken auf sich hat. Am Ende fällt sie Leah um den Hals, mit dem gemusterten, nach Parfüm duftenden Herz in der Hand, und beteuert, die Kiste sei ihr »allerbestes-bestes Geschenk«. Ich selbst merke, wie sich mein Herzschlag spürbar beruhigt, während ich den beiden zusehe. Mopsi, die sich offenbar langweilt, schnappt sich den Marsriegel und flitzt damit aus dem Zimmer.

»Neiiiin!«, schreit Rose, ehe sie in wildes Kichern ausbricht und die Verfolgung aufnimmt.

Als wir in die Küche zurückkehren, Leah und ich, hat Theo sich gerade bereit erklärt, Sean nach Hause zu fahren; wie sich das genau ergeben hat, frage ich erst gar nicht. Weil ich die Dinge heute einfach mal nehme, wie sie sind. Leah gähnt. »Kinder sind anstrengend. Ich bin total geschafft.« Sie lehnt sich an ihren Mann und haucht ihm einen Kuss auf den Hals. »Wir sollten mal besser nach Hause und uns um deinen kleinen Schatz kümmern.«

Gus wendet den Blick ab.

»Wie läuft's denn so mit ihr? Wie kommt ihr klar, jetzt, wo deine Tochter mit dir unter einem Dach wohnt?« Diese kleine Spitze kann ich mir nicht verkneifen.

»Sie ist in Ordnung«, antwortet Leah stellvertretend für ihn. »Das findet sich schon alles mit der Zeit, nicht wahr, Liebling?«

Er nickt schweigend. Sein Anblick ist mir heute fast unerträglich. Ich denke daran, wie stolz Leah war, als sie ihn das erste Mal mit nach Hause brachte, um ihn uns vorzustellen – wie rasch sie dann geheiratet haben, wie sehr ich mich für sie gefreut habe. Ich rechne es schnell im Kopf durch und stelle fest – ein Jahr nachdem ich Gus kennengelernt habe, nur wenige Monate nach seiner Hochzeit mit Leah, war Anna mit seinem Kind schwanger. Bei dem Gedanken wird mir speiübel. Zumal diese Ungeheuerlichkeit das Potenzial hat, das bisschen, was von meiner Familie noch übrig ist, zu zerstören.

Seit dem Gespräch mit Dad, seit ich ihn dazu gebracht habe, es mir zu erzählen, und ihm gleichzeitig versprochen habe, nichts zu unternehmen, das Leah in irgendeiner Weise schaden könnte, sehe ich immerzu Gus und Anna vor meinem inneren Auge, zusammen. Ich muss dann jedes Mal die Augen schließen, weil es wie ein Anschlag auf meine Sinne ist. Es ist ein so physisches, unmittelbares Bild. Ich sehe die beiden im Bett vor mir, wie sie miteinander schlafen; wie er ihr seine Liebe beteuert und dann ins Auto steigt, um nach Hause zu fahren, zu Leah. Als er nun aufsteht, um mit Leah aufzubrechen, macht er einen ausgesprochen gequälten Eindruck. Ich fühle mich einfach nur angeekelt von diesem hässlichen Durcheinander und zugleich tieftraurig darüber.

Rose sitzt in der Mitte des Zimmers und baut gerade ein Märchenschloss à la Disney zusammen, das Sean ihr geschenkt hat. »Ein Schloss für eine kleine Prinzessin«, hat er dazu erklärt. Ehe er geht, bittet sie ihn noch, ihr dabei zu helfen, den silbernen Stern aus Leahs Erinnerungskiste oben an den Weihnachtsbaum im Garten zu hängen. Sie hat wieder den Daumen im Mund, als sie sich, schon ganz schläfrig, von ihrem Daddy verabschiedet und ihm noch hinterherwinkt. Leah und Gus geben mir zum Abschied beide einen Kuss auf die Wange; ich muss mich beherrschen, um nicht vor ihm zurückzuzucken. Ich weiche seinem Blick aus, und auch er vermeidet es, mich anzusehen, als ich ihnen für ihre Hilfe danke und betone, dass ich das ohne sie nie hinbekommen hätte. Theo gibt mir ebenfalls einen Kuss auf die Wange, während Finn und Sean bereits draußen in der Auffahrt sind, und raunt mir dann ins Ohr: »Kann ich später noch mal vorbeikommen?«

Ich zögere kurz. Am besten, ich beende diese Geschichte, ehe sie überhaupt anfängt. Ich sollte mich lieber in nichts verwickeln lassen. Und da sehe ich wieder Anna vor mir, ganz kurz nur, und frage mich, wie oft sie sich mit ähnlichen Skrupeln geplagt haben mag, wenn auch aus ganz anderen Gründen. Und dann, Gott möge mir beistehen, nicke ich. Gebe ihm mit einer kleinen Kopfbewegung grünes Licht, dass er später noch vorbeikommen kann.

Rose liegt in meinem Bett und schläft. Ich habe es ihr, glaube ich, mit dem Hintergedanken erlaubt, auf diese Weise zu vermeiden, dass ich dieses Bett später mit Theo teilen könnte. Ich stehe in dem kleinen Bad, das zu meinem Zimmer gehört, unter der Dusche, und Anna sitzt auf der Toilette und beobachtet mich.

Diesmal wechseln wir kein Wort miteinander. Ich trete aus der Dusche und trockne mich ab. Dann schließe ich die Augen und strecke die Hand aus, als könnte ich sie berühren; stelle mir vor, wie ich die zarte Haut in ihrem Gesicht berühre, mit dem Finger erst über die beiden Lachfältchen neben ihren Augen fahre und dann der Linie ihrer Nase folge; mit dem Daumen das winzige Muttermal an ihrer Wange streife und mich dann vorneige, um ihr einen kurzen Kuss auf die Lippen zu drücken. Sie hat ihren Platz auf der Toilette verlassen, ist aber in meiner Einbildung noch da, sie schüttelt den Kopf. Ich bitte sie nicht, zurückzukommen und sich meinen Fragen zu stelle. Weil ein Zerwürfnis mit meiner verstorbenen Tochter das Letzte ist, was ich mir wünsche. Ich möchte wirklich nicht ihr Gesicht sehen, wenn ich ihr die Frage stelle: Und was ist mit Leah? Ihrer Tante? Meiner einzigen Schwester … Hat sie je auch nur einen Gedanken an sie verschwendet. Und wie kann ich vergessen, oder besser noch: ungeschehen machen, was ich nun über ihren Mann weiß?

Als Theo später zurückkommt, bitte ich ihn, mich in den Arm zu nehmen und einfach nur festzuhalten. Wir zwängen uns auf das alte Sofa, und dort kommt er meiner Bitte nach. Ich sage nichts; lasse ihn den Raum zwischen uns ausfüllen. Er umschließt mich noch fester mit seinen Armen, und der Halt, den er mir dadurch vermittelt, ist genau das, was ich heute Abend brauche. In seinen Armen habe ich komischerweise das Gefühl, als könnte ich mit jeder Schwierigkeit fertigwerden. Als wäre ich endlich dazu fähig, Entscheidungen zu treffen.

Und er wird mir fehlen, wirklich.

43. Anna

Raw Honey Blogspot, 01.12.2014

Rose ist nicht ich. ROSE IST NICHT ICH! Das versuche ich, Mama immer wieder klarzumachen, aber sie scheint uns trotzdem für ein und dieselbe Person zu halten. Das stinkt mir, und zwar gewaltig. Und da mir in meinem Leben derzeit noch so manch anderes die Laune verdirbt, habe ich heute Abend mal ein heikles Thema angeschnitten: mein Vorhaben, mit Rose demnächst bei Mama auszuziehen. Dass ich vielleicht gar nicht erst etwas ansparen müsste, um mir etwas Eigenes kaufen zu können. Weil es vielleicht sinnvoller wäre, für uns beide eine kleine Wohnung zu mieten.

Und danach haben wir uns gestritten. Aber wie.

Irgendwie habe ich das Gefühl, in dieser Woche ist der Wurm drin …

So heftig hatten wir uns noch nie in den Haaren. Sie ist ausgeflippt – hat mir vorgehalten, dass sie ihren Job in der Praxis, in dem sie voll aufging, an den Nagel gehängt hat, um stattdessen Teilzeit in einer Schule zu arbeiten, damit sie sich um Rose kümmern konnte. Stimmt, das hat sie getan. Obwohl ich sie nie darum gebeten habe. Ich habe ihr gesagt, dass ich das natürlich zu schätzen weiß und ihr dankbar bin, wirklich – doch irgendwann ist für Rose und mich einfach die Zeit gekommen, endlich den Absprung zu wagen. Ich bin jetzt vierundzwanzig, und ich fühle mich mehr als bereit dazu.

Das sei ja toll, hat sie gebrüllt. Toll, dass ich mich bereit fühle. Hoffentlich hätte ich mich schon um die Frage gekümmert, wer Rose betreut, denn sie stünde nicht zur Verfügung, um zweimal am Tag bei mir vorbeizukommen, wo auch immer ich gedächte, mich letzten Endes niederzulassen, das könne ich mir abschminken. Gut. Daran habe ich tatsächlich noch nicht gedacht. Dann hat sie mir vorgehalten, es sei immer dasselbe mit mir; dass ich ein vollkommen planloser Mensch sei, die Dinge nie gründlich durchdenke, ehe ich sie angehe. Dass ich immer erst springe und dann anfange, nachzudenken. Ja. Und wieder ein Volltreffer.

Trotzdem, das wollte ich nicht auf mir sitzenlassen. Also ließ ich durchblicken, dass ich durchaus noch andere Optionen hätte, obwohl das der reinste Bluff war. Und habe ihr Heuchelei vorgeworfen, weil ich das Gefühl hätte, dass ihre Liebe keineswegs so bedingungslos sei, wie sie immer behauptet; sondern an zig Bedingungen geknüpft ist. Das hat ihr nicht gefallen, das habe ich gemerkt.

Kommentar: Sideycrab

Lieber Gott, klingt ja furchtbar. An Ihrer Stelle würde ich baldmöglichst ausziehen, Honey-Girl. Mit dieser Frau unter einem Dach, das würde ich nicht lange aushalten.

Antwort: Honey-Girl

Sie ist schon in Ordnung. Ich liebe sie heiß und innig, und sie will ja nur mein Bestes. Das Problem ist nur, sie weiß nicht immer, was für mich das Beste ist.

Kommentar: Snoopblah 16

Falls die Sache mit Ihrem verheirateten Liebhaber noch akut ist, wäre ein Umzug schon sinnvoll. In dem Sinne, dass Sie beide sich dann leichter treffen könnten. Aber Sie haben ein Kind, und die Kleine steht Ihrer Mutter ja anscheinend sehr nahe. Irgendwann müssen Sie den Absprung wagen, das ist klar, aber Sie sollten versuchen, es sich nicht mit Ihrer Mutter zu verderben. Weil sie in puncto Kinderbetreuung ja wohl Ihre erste Wahl ist, noch dazu kostenlos. Miete, Rechnungen usw. – das kostet …!

Antwort: Honey-Girl

Die »kostenlose« Kinderbetreuung engt mich ein. Das ist ein hoher Preis, der mich ebenfalls einiges kostet …

Kommentar: Anonym

Ein verheirateter Liebhaber. Karma ist ein Bumerang, da würde ich mich an Ihrer Stelle schön warm anziehen.

Antwort: Honey-Girl

Falls Karma eine Realität ist, Anonym, haben Sie vermutlich recht, dann bin ich wohl dem Untergang geweiht. Ich gehe mit einem verheirateten Mann ins Bett, aus freien Stücken. Dazu hat mich niemand gezwungen. Ich könnte jetzt einwenden, dass wir keinen Einfluss darauf haben, in wen wir uns verlieben. Das ist jedenfalls meine Überzeugung, aber Sie scheinen mir der Typ Mensch zu sein, der das nicht gelten lässt. Falls es Sie tröstet, um mein Karma sorge ich mich tatsächlich. Ich bin bemüht, ein guter Mensch zu sein, eine gute Mutter, eine gute Tochter, engagiere mich hier und da für gute Zwecke. Aber es stimmt schon, aus karmischer Sicht fällt das wohl weniger ins Gewicht, da wiegt meine schlechte Tat ungleich schwerer. Sollte es irgendwo eine universale Waage geben, auf der unsere Taten gewogen werden, sieht es für mich wohl düster aus. Oder? Könnte auch sein, dass der Begriff Karma von manchen Leuten nur dazu missbraucht wird, ihren Mangel an Verständnis zu kaschieren und Menschen wie mir stattdessen gehörig einen überzubraten.

44. Theo

Anna sammelte Hüte, das war ihre Leidenschaft. Alle möglichen Hüte, vor allem aber Schiebermützen und Filzhüte, Schlapphüte und feste Hüte, die sie auf einem Wandregal aufbewahrte. Später mal, wenn sie mehr Platz hätte, in ihren »eigenen vier Wänden«, hatte sie ihm gegenüber mehr als einmal gescherzt, würde sie für ihre Hüte einen eigenen Raum haben, mit Regalen ringsherum.

Einmal hatte er ihr sogar einen Hut geschenkt, zum achtzehnten Geburtstag. Als sie Harriet und ihn in die örtliche Pizzeria kommen sah, in der Jess die Feier für ihre Tochter ausrichtete, war Anna in wieherndes Gelächter ausgebrochen, weil das eingepackte Geschenk, das sie dabeihatten, der Form nach sofort als Filzhut zu erkennen war. Mit diesem Hut auf dem Kopf hatte sie ihm bei ihrer letzten Begegnung gegenübergesessen, Jahre später, als sie zu ihm in die Praxis kam und unter Tränen erklärte, sie benötige einen Termin für eine Abtreibung. Sie war die letzte Patientin des Tages gewesen, und sie hatten sich ausführlich unterhalten. Sie solle sich keine Sorgen machen, das werde sich alles finden – das waren die letzten Worte, die er ihr mit auf den Weg gegeben hatte, ehe sie ging. Die letzten Worte, die er je zu ihr gesagt hatte. Danach war sie aufgestanden, hatte ihr durchnässtes Taschentuch in die Manteltasche gestopft und ihn angesehen, unter der Hutkrempe hinweg. »Danke, Theo. Für alles.« Das waren ihre letzten Worte an ihn gewesen.

Da hörte er Schritte auf der Treppe, die ihn aus seinen Gedanken rissen. Er nahm Harriets Hutschachtel vom Boden, die in ihm diese Erinnerung ausgelöst hatte, und packte sie aufs Bett. »Nur die Reisetasche unterm Bett, auf der anderen Seite, und diese Hutschachtel«, sagte er zu Harriet. Sie nahm die Hutschachtel vom Bett, sah sich noch einmal im Zimmer um und prüfte ein letztes Mal, ob die Kommode auch wirklich restlos leergeräumt war.

Finn war bei einem Freund, einem Jungen aus dem Kletterclub, der außerdem dieselbe Schule besuchte; eine Entwicklung, die Theo zuversichtlich stimmte. Auch Harriet hatte erfreut gelächelt, als er ihr davon erzählte. »Neue Freunde. Das ist jetzt genau das Richtige für ihn.« Sie hatte genickt, als hätte sie das selbst arrangiert.

Theo ging ums Bett herum und zog die schwarze Tasche hervor, die er darunter aufbewahrt hatte. »Kannst du mir die Tasche später wieder vorbeibringen? Hat die ideale Größe, wenn man in den Skiurlaub fährt.«

Sie stand gerade am Fenster und blickte auf den Wagen unten in der Auffahrt. Der Wagen, den sie jetzt immer fuhr, ein aufgemotzter Range Rover, nicht die Sorte Fahrzeug, für die sie je Geld ausgegeben hätten. Theo kniff leicht die Augen zusammen, um einen besseren Blick auf den Mann am Steuer zu erhaschen, der unten im Wagen wartete.

»Skiurlaub?« Sie setzte sich aufs Bett und sah ihn stirnrunzelnd an. »Hätte nicht gedacht, dass du je wieder Skilaufen willst.«

Er setzte sich neben sie. »Es war ein Unglück. Das kann einem überall passieren.«

Sie nickte. »Du bist immer so nüchtern und pragmatisch.«

»Sag's mir nicht. Roland ist eher der spontane Typ. Kein langweiliger Erbsenzähler. Streitet ihr euch vielleicht sogar? Ist er ein anregender Gesprächspartner, der dich geistig mehr fordert und stimuliert?«

»Was ist los?«, fragte sie.

»Das fragst du noch?«, gab er zurück. »Findest du die Situation nicht auch etwas absurd? Wie du gerade deine Sachen abholst, während Roland unten sitzt und wartet, in einer Karre, die mehr kostet als ich im Jahr verdiene. Und wie ach so gesittet wir damit umgehen, du und ich. Tut mir leid, ich find's grotesk.«

»Ist es der Wagen oder der Umstand, dass ich meine Kleidung abhole?« Sie zwickte ihn scherzhaft in die Hand.

Theo war nicht zum Lachen zumute. »Nein, der Wagen ist es nicht.«

»Mal angenommen, ich sage jetzt, ich komme zurück. Alles wieder so wie früher. Was würdest du dann sagen?«

Er dachte an Jess. An Finn. »Dass das unseren Sohn sehr freuen würde. Und ich würde anbieten, dir beim Auspacken zu helfen.«

Sie rieb ihm mit den langen Fingern über die Hand, dort, wo sie ihn gezwickt hatte, und küsste ihn auf die Wange. »Lügner«, sagte sie leise, stand dann auf und sah aus dem Fenster. Winkte dem Mann zu, der unten auf sie wartete; ein ganz dezentes Winken nur, mit einem Lächeln auf den Lippen. »Theo, wir sind gute Freunde, das weißt du ebenso gut wie ich. Das sind wir immer schon, und das werden wir hoffentlich auch bleiben. Wieso sollten wir das nicht gesittet über die Bühne bringen, wo steht das geschrieben?«

»Ich würde am liebsten runtergehen und ihm so richtig eine reinhauen.«

»Nein. Nein, würdest du nicht.«

»Doch, mit ihm nehme ich's locker auf. Ich hab gesehen, wie hoch er den Sitz eingestellt hat. Eins achtundsiebzig, wenn's hochkommt. Ich müsste mich bloß bücken und zuschlagen.«

Sie lächelte.

»Du scheinst das nicht sehr ernst zu nehmen«, sagte er. »Und übrigens, als wir geheiratet haben, habe ich mir eine Frau gewünscht, eine Frau zum Lieben. Freunde hatte ich schon genug.«

Sie wandte sich vom Fenster um und beugte sich nach vorn, mit an die Knie gelegten Händen. »Wir waren beides, Theo. Rede nicht solchen Unsinn.«

»Ich vermisse unser Leben zusammen. Wenn deine Klamotten weg sind, werde ich den Duft deiner verflixten Körperlotion vermissen.« Er zuckte mit den Schultern, legte seine Hände auf ihre. »Ich weiß, es führt kein Weg zurück für uns, für unsere Familie. Trotzdem. Das hier fällt mir schwer, heute Abend.«

Ihr langes Haar, das ihr Gesicht umrahmte, hing ihnen bis fast auf die Hände. Er schob ihr Kinn ein wenig hoch und küsste sie sanft. »Ich könnte es mit ihm aufnehmen«, sagte er.

»Ja, das glaube ich auch.« Sie lachte, griff nach der Hutschachtel und richtete sich wieder auf. »Aber ich bitte dich, tu's nicht.«

Als sie wieder fort war, ging er ins Fernsehzimmer und machte in der Ecke einen Kopfstand. Wenig später steckte Bea den Kopf zur Tür herein.

»Sie ist weg? Mrs Harriet?«

»Ja. Sie ist wieder weg.«

»Warum machen Sie das mit Ihrem Kopf?« Sie beugte den Kopf zur Seite, um ihn ebenfalls verkehrt herum anzusehen, und lachte.

»Das Gewicht ruht hauptsächlich auf den Armen. Es ist entspannend.«

Sie schüttelte den Kopf. »Sieht aber nicht so aus. Bis morgen, Theo. Ich gehe früh ins Bett, um noch zu lesen.«

Er sagte ihr Gute Nacht und schloss dann die Augen. Verscheuchte bewusst all die Fragen und Gedanken zu seiner Ehe aus seinem Kopf, die sogleich von Fragen und Gedanken zu Jess und ihm abgelöst wurden. Jess hatte ihm mal erzählt, dass sie regelmäßig Gespräche mit Anna führte. Gespräche, die sich so real anfühlten, dass sie sich mitunter zwicken musste. Als er die Augen aufschlug, sah er Anna vor sich sitzen, verkehrt herum, auf dem grauen Sofa, mit dem Filzhut auf dem Kopf. Sie sprach als Erste:

- Wie geht's?
- Du bist nicht wirklich hier.
- Natürlich nicht. Aber tun wir mal so, als wäre ich hier. Harriet ist also ausgezogen.
- Ja. Anna, ein Blog? Tatsächlich? Du warst doch sonst eher zurückhaltend.
- Es war meine Art, mich vor aller Welt auszukotzen.
- Auf einem öffentlichen Blog?
- Alle Namen waren ja unkenntlich gemacht. Beim Schreiben dieses Blogs sind weder Tiere noch andere Lebewesen zu Schaden gekommen.
- Deine Mutter leidet. Sie hat das Gefühl, sie hätte dich gar nicht wirklich gekannt.
- Sie hat mich gekannt, aber jetzt weiß sie eben noch mehr. Bist du in sie verliebt?
- Was ist denn das für eine Frage?
- Sie wird dich brauchen. Aber ich möchte nicht, dass ihr wehgetan wird.
- Das würde ich nie tun.
- Nicht absichtlich zumindest.
- Ich würde ihr nie wehtun.
- Was ist mit dieser anderen Frau, mit der du was hattest? Jacqueline?
- Ich hab sie angerufen. Es macht ihr nichts aus, dass wir die Sache nicht fortsetzen.
- »Es macht ihr nichts aus, dass wir die Sache nicht fortsetzen.« Schwachsinn. Keine Frau lässt sich gern den Laufpass geben, nachdem sie mit einem Mann einmal im Bett war. Da kommt sie sich benutzt vor. Ich möchte nicht, dass du mit meiner Mutter auch so umgehst.
- Keine Sorge. Ich würde Jess nie wehtun.
- Ja, wie gesagt. Absichtlich vielleicht nicht. Aber ... beantworte mir bitte meine Frage, Theo. Bist du in sie verliebt?
- Ja. Ja, ich bin in sie verliebt. Bewundert habe ich sie immer

schon. Hab sie als Freundin sehr gerngehabt, aber seit deinem Tod und seit Harriet mich verlassen hat, hat sich etwas verändert.

– Seit du mit ihr im Bett warst, meinst du.
– Na erlaube mal. Aber ich kann's nicht abstreiten, das spielt auch eine Rolle, ja. Ich muss ständig an sie denken.
– Ist ja wie in »Harry und Sally«, was du mir da erzählst.
– Wie bitte?
– Du weißt schon. Der Film darüber, dass eine Freundschaft zwischen einem Mann und einer Frau im Grunde unmöglich ist, weil immer der Sex dazwischenkommt.
– Ehe was passiert ist, sind wir aber schon ewig lange befreundet gewesen.
– Aber es ist etwas passiert. Letzten Endes.
– Ja.
– Na, sag ich doch, Dr. Pope. Harry und Sally für die Generation 40 plus …

45. Jess

Am Tag nach der Geburtstagsfeier, nach dem Abend, an dem Theo mich einfach nur im Arm gehalten hat, stundenlang, ohne dass wir geredet hätten, erwache ich morgens mit dröhnenden Kopfschmerzen. Es fühlt sich an, als wäre ich von einem LKW überfahren worden, der dann zurückgesetzt hat, um mich ein weiteres Mal zu überrollen. Richtig übel, mit anderen Worten. Ich kann Rose hören, drüben in Annas Zimmer, wo sie gestern ihre Spielzeugeisenbahn aufgebaut hat; offenbar ist sie schon in aller Frühe aufgestanden, um damit zu spielen. Ich quäle mich aus dem Bett hoch und schleppe mich über den Treppenabsatz. Nicht nur dass mir der Kopf dröhnt, ich habe außerdem Halsweh, und meine Glieder fühlen sich bleischwer an.

»Morgen, meine süße Kleine.« Ich beuge mich zu ihr hinab und gebe ihr einen Kuss.

»Was ist denn mit deiner Stimme, Omi?«

Sie hat recht, ich bin völlig heiser. »Bin bloß erkältet, mehr nicht.« Dann klingelt das Telefon in meinem Zimmer, der Zweitapparat für unseren Festnetzanschluss, und ich mache eilig kehrt. Als ich mich melde, bin ich total außer Atem und in kalten Schweiß gebadet.

»Du hörst dich aber nicht gut an«, sagt Leah, als sie mich ins Telefon keuchen hört.

»Ich fühle mich auch nicht gut.«

»Geh wieder ins Bett. Ich komme vorbei und hole Rose ab.«

»Nein, nein, ist nicht nötig.« Ich möchte Rose heute nicht zu ihnen lassen. Was eigentlich unsinnig ist, da sie schon ihr Leben lang bei Gus ein und aus geht. Aber das war, ehe ich wusste, was ich heute weiß.

»Sei nicht albern. Bin schon unterwegs, bis gleich.«

Eine Viertelstunde später ist sie da. Ich habe in der Zwischenzeit ein fiebersenkendes Mittel eingenommen, damit sie nicht unnötig in Panik gerät. Mit Krankheiten, Übelkeit und anderen Notfällen nämlich, die einen als Mutter nicht aus der Ruhe bringen, kann Leah nicht besonders gut umgehen. Sie hat einen eigenen Schlüssel und kommt umgehend nach oben, mit einem Kaffeebecher, den sie mir unterwegs besorgt hat. »Cappuccino light«, erklärt sie, als sie ihn mir reicht. »Wo ist Rose?«

»In Annas Zimmer«, krächze ich. Wenn das so weitergeht, ist meine Stimme bald weg.

»Soll ich Theo anrufen? Du siehst aus, als würde es dir richtig dreckig gehen.«

Ich schüttle den Kopf. Vor etwa zehn Stunden, als er gegangen ist, sah ich noch ganz normal aus.

Sie ruft nach Rose, und gleich darauf höre ich die beiden auch schon, in Roses Zimmer. Leah überlässt ihr die Wahl, was sie anziehen möchte, und sie plaudern angeregt, während sie sie ankleidet. So schwer mir das Atmen auch fällt, dabei zerreißt es mir schier das Herz.

»Omi geht's heute nicht so gut, deshalb wirst du den Tag heute bei mir und Onkel Gus verbringen. Und du kennst auch Jen noch gar nicht, oder, Gus' Tochter, na ja, eine seiner Töchter. Oder, halt, du hast sie schon mal getroffen, da warst du noch sehr klein. Aber sie ist zauberhaft, du wirst dich gut mit ihr verstehen.«

Gus' Tochter.

Wenn ich die Kraft dazu hätte, würde ich nun wiederholt »Nein« brüllen. Aber ich bin zu schlapp.

»Kann Mopsi auch mit?«, fragt Rose.

Sie sind nun in mein Zimmer gekommen, stehen am Fußende meines Betts.

»Natürlich nehmen wir sie mit«, sagt Leah. »Und später können wir einen schön langen Spaziergang mit ihr machen, damit sie hinterher richtig müde ist.«

Rose lacht in sich hinein. »Bin ich denn rechtzeitig wieder da, um noch mit meiner Eisenbahn zu spielen?«

»Aber ja, keine Sorge, und auch mit deinem Disney-Schloss.« Leah sieht zu mir hinüber und grinst. Und da stehen sie nun, zwei der wichtigsten Menschen, die ich noch auf der Welt habe und die auf so außergewöhnliche Weise miteinander verbunden sind, ohne etwas zu ahnen. Rose hält das Stoffherz aus der Erinnerungskiste in den Händen. Ich muss heftig husten.

»Lass den Cappuccino nicht kalt werden. Ich bringe dir später was Warmes zu essen mit, eine Suppe oder so was, wenn wir wieder zurück sind.«

Ich vermag nicht mal den Kopf vom Kissen zu heben. »Danke«, krächze ich.

Sie wirft mir ein Kusshändchen zu. »Ich will mich nicht anstecken«, bemerkt sie über die Schulter hinweg. »Deshalb halte ich lieber Abstand. Wirfst du Omi noch ein Küsschen zu, Schatz?« Rose vollführt unser übliches kleines Ritual; drückt sich einen Kuss auf die Fingerspitzen, den sie mir anschließend hinüberpustet. Ich bemühe mich, den Kuss wie gewohnt zu fangen, mir leicht aufs Herz zu klopfen und ihr ebenfalls einen Kuss zuzuwerfen, aber es gelingt mir nicht so recht, und ich erleide einen weiteren Hustenanfall. Leah verlässt mit Rose eilig das Zimmer; aus Angst, sich anzustecken, vermutlich.

Als sie fort sind, ziehe ich meine Nachttischschublade auf. Von diesen Tabletten lasse ich schon länger die Finger, aber heute brauche ich dringend Schlaf. Mein Körper braucht Ruhe, deswegen. Ich nehme eine Valium, die ich mit etwas Kaffee hinunterspüle, dann lasse ich mich, mit noch immer heftigen Kopfschmerzen, auf den Berg von Kissen sinken, die ich aufeinandergehäuft habe, und warte auf den erlösenden Schlaf.

Ich treibe auf einer Luftmatratze auf einem ruhigen Meer, spüre unter mir das sanfte Auf und Ab des dunkelblauen Ozeans – so dunkelblau wie ihre Augen … Ich erkenne den Strand, von einem Urlaub, den wir dort vor Jahren verbracht haben, Doug, Anna und ich. Sie ist dort, steht am Rande des Wassers und winkt mir zu. Ich freue mich so sehr, sie zu sehen, dass ich mich von der Luftmatratze gleiten lasse, um zum Strand zurückzuschwimmen, zu ihr. Dabei lacht sie die ganze Zeit, winkt mir zu und ruft: »Mama! Hier bin ich, hier!« Und ich schwimme auf sie zu, so schnell ich nur kann, die Tränen laufen mir übers Gesicht, und dabei denke ich in einem fort: »Sie ist gar nicht tot, na also. Schau! Da ist sie doch, du kannst sie sehen.«

Dann halte ich inne, trete kurz Wasser; sosehr ich mich auch anstrenge, ich komme beim Schwimmen rätselhafterweise kaum vorwärts, bin noch genauso weit von ihr entfernt wie zuvor, und das entmutigt mich. »Mama!«, ruft sie weiter. »Hier! Hier drüben!« Und dann sehe ich es, eine gewaltige weiße Flutwelle, hinter ihr. Sie rollt rasend schnell heran, und das verwirrt mich. Wie soll das gehen, dass eine weiße Welle auf sie zukommt? Ich bin es doch, die hier im Meer schwimmt. Als die Welle sie verschlingt, mit Haut und Haar, merke ich, wie ich in den Fluten untergehe …

Anna trägt ihren roten Skianzug. Es sieht lächerlich aus, und das würde ich ihr gern sagen, aber meine Stimme gehorcht mir nicht. Sie sitzt da und lacht mich an, oder besser gesagt, liegt da und lacht mich an, ausgestreckt auf der Sonnenliege. Es ist brütend heiß, die Sorte Tag, an dem man ein Ei auf dem Asphalt braten könnte. Mir läuft der Schweiß nur so übers Gesicht, aber ihr scheint die Hitze nichts auszumachen, trotz des enganliegenden Anzugs, der ihr so gut steht. Ich frage mich, ob ihr vielleicht kalt ist. Ob sie vielleicht tot ist.

»Bist du tot, Liebes?«, rufe ich ihr zu. »Anna, hörst du mich nicht, bitte antworte mir doch, das muss ich wissen.«

Sie blickt mich direkt an, sagt aber nichts, und da wird mir klar, dass sie mich nicht sehen kann. Und sie hört mich auch nicht. »Das muss ich wissen«, wiederhole ich dennoch immer wieder, mit mittlerweile heiserer Stimme. »Damit ich weiß, was ich tun muss.«

Flüchtig frage ich mich, ob ich vielleicht träume.

Rose hat Geburtstag, sie wird zwanzig. Alle singen Happy Birthday, ich singe von der Ecke meiner Küche aus laut mit. Es ist eine ganze Schar Gäste da, aber es ist merkwürdig, denn obwohl ich gerade mit ihnen zusammen singe, nehme ich die Szene gleichzeitig noch von oben aus wahr, als würde ich irgendwie über dem Raum schweben. Ich frage mich, ob ich vielleicht tot bin. Sterbe ich womöglich kurz vor Roses zwanzigstem Geburtstag? Ich versuche auszurechnen, wie viel Zeit mir dann noch bleibt, bin aber so benebelt im Kopf, dass ich an dieser einfachen Rechnung scheitere. Also gebe ich es auf und begnüge mich damit, still hier oben in meiner Ecke zu schweben und mir zuzusehen, während ich unten an der Feier teilnehme. Ich sehe jünger aus. Und meine Eltern sind auch anwesend, beide. Es freut mich spontan für meinen Vater, der inzwischen hochbetagt sein dürfte, dass es ihm sogar gelungen ist, mich zu überleben. Aber die Freude währt nicht lang, weil mir bewusst wird, wie schrecklich das für ihn sein muss – weil er nun einen Schmerz erfährt, den ich nur zu gut kenne, den Schmerz darüber, das eigene Kind zu überleben. Ich würde sie so gern beide umarmen, Mum und Dad, aber ich schwebe hier oben unter der Zimmerdecke und kann nicht zu ihnen.

Rose sieht hinreißend aus. Ihre wilden Locken sind gebändigt und zu einer eng am Kopf anliegenden Zopffrisur geflochten. Leah steht neben ihr und hat den Arm um sie gelegt. Sie sagt irgendetwas Komisches, woraufhin Rose erst sie und dann Gus umarmt. Sein Arm umfängt ihren Rücken, und als sie sich umdreht, erkenne ich das Kleid, das sie anhat. Und ich sehe auch ihren gewölbten Bauch, der sich darunter abzeichnet. Anna. Ich strecke von oben den Arm aus und berühre sie. Es ist Anna.

Theo schwimmt neben mir im Meer. Ich bemühe mich, in seiner Nähe zu bleiben – fürchte mich vor dem Schnee, der, so viel weiß ich, auf uns und den Ozean hinter uns zukommt. Ich trete Wasser, versuche sehr, mich zu konzentrieren, mir meine Kräfte gut einzuteilen. Er ist untypisch still, und ich frage mich, ob er Bescheid weiß. Ob er weiß, dass unser Schicksal bereits besiegelt ist, während wir hier zusammen im Meer schwimmen. Mir ist, als würde ich seine Stimme hören. »Unsere Fallen bauen wir uns alle selbst«, diesen Satz hat er mal geäußert, bei anderer Gelegenheit, vor Jahren. Wir unterhielten uns über eine Bekannte von mir, die sich nicht dazu durchringen konnte, ihren Partner zu verlassen, der sie regelmäßig misshandelte. Damals fand ich diese Aussage zu hart – sie liebte diesen Mann eben. Und jetzt, während meine Beine unaufhörlich in Bewegung sind, um mich über Wasser zu halten, entdecke ich Anna, die uns vom Strand aus zuwinkt. Sie sieht wunderschön aus, ätherisch. »Mama!«, ruft sie mit lauter Stimme herüber. »Sieh doch nur, sieh mich an!« Sie wirbelt im Kreis herum, als würde sie mir ein neues Kleid vorführen. Da höre ich ihn, schon ehe ich ihn sehe, den Schnee, der sie unter sich begraben und sie uns entreißen wird, Rose und mir.

»Sieh nicht hin, Theo!« Ich versuche, ihn dazu zu bringen, sich umzudrehen, um sich zu retten. Er greift nach meiner Hand, und als Anna eben verschwindet, zieht uns der Sog unter Wasser. Wir werden zusammen sterben, hier in dieser Falle, die wir uns selbst gebaut haben, weil wir zusammen hier waren. Wir werden im Wasser herumgewirbelt, immer wieder, wie in einer Waschmaschine. Ich merke, wie sich meine Lunge mit Wasser füllt. Bekomme keine Luft mehr.

Ich wache auf. Habe keine Ahnung, wie lange ich geschlafen habe, aber draußen dämmert es schon. Mein erster Gedanke gilt Rose. Sie ist bei Leah, beruhige ich mich dann, Leah hat sie abgeholt. Ich kämpfe mich aus dem Bett, unaufhörlich hustend. Meine Brust fühlt sich zu eng an. Ich ermahne mich, nicht wehleidig zu sein, lege die paar Schritte zu meinem kleinen Bad zurück, weil ich dringend mal muss. Anna ist nicht hier; weil sie an einem Strand unter einer Lawine begraben worden ist. Ich weiß, dass in meinem Kopf alles drunter und drüber geht. Ich sollte Leah anrufen, denke ich. Nein, lieber wieder ins Bett. Bloß zurück ins Bett.

Während wir unter Wasser herumgewirbelt werden, versucht Theo, meine Hand zu fassen. Ich würde ihn am liebsten anschreien und fragen, was er eigentlich in meinem Traum verloren hat. Sand und Kiesel streifen mir über die Haut, übers Gesicht. Ich fühle mich an die Kieselkunst erinnert, aus Annas Kindheit; sie gestaltete Bilder aus kleinen Kieseln, die sie aufs Papier klebte.

Bekäme ich doch bloß diese umherwirbelnden Kiesel vor mir im Wasser zu fassen, dann könnten wir zusammen ein paar Bilder herstellen. Wir könnten …

Leah ruft meinen Namen, und ich nehme einen vertrauten Duft wahr. Aromatisch, mit Moschusnote – Theo. Ich schlage die Augen auf und sehe seinen Oberkörper vor mir, während er mich vom Bett hochzieht, bis ich aufrecht dasitze.

»Komm schon, Jess. Ah, du bist wach. Gut.« Er drückt mir ein Stethoskop an die Brust, an eine Stelle, wo schon seine Hand gelegen hat.

»Theo«, krächze ich mühsam.

»Kannst du sie kurz aufrecht halten?« Seine Worte sind an Leah gerichtet, die einen seltsamen Ausdruck im Gesicht hat.

Ich spüre, wie er mir mit zwei Fingern auf dem Rücken herumklopft. Er hat so schöne Finger …

»So.« Er bettet mich wieder behutsam auf die Kissen. »Ich rufe direkt mal im Krankenhaus an, damit sie nicht in die Notaufnahme muss, aber hinschaffen müssen wir sie, unbedingt. Damit sie geröntgt werden kann. Aber ich bin mir auch so ziemlich sicher, dass es eine Lungenentzündung ist.«

Ich höre, wie Leah ihn ins Verhör nimmt, so, wie nur sie es kann, und ich würde gern lächeln und die beiden ermahnen, schön zu spielen und nicht zu zanken.

Ich hatte eine schlechte Nacht. Ich selbst habe am Tag darauf keine Erinnerung daran, doch Theo zufolge hatte ich eine schlechte Nacht.

»Leah ist bis in die frühen Morgenstunden bei dir geblieben, aber sie hat heute Morgen eine dringende Besprechung, die sie nicht sausen lassen kann. Ich habe sie beruhigt, dass ich bei dir bleibe.«

Ich weiß nicht recht, wo ich bin. Und auch nicht, was genau passiert ist. Ich weiß nur, dass ich keine Umstände machen will.

»Rose?«, frage ich, leise und heiser, und merke, dass mir das Atmen schwerfällt.

»Keine Sorge. Ich habe sie zur Schule gebracht, und Gus holt sie später wieder ab. Sie weiß, dass es dir nicht gut geht. Wird die nächsten Tage bei den beiden bleiben.«

»Nein.« Ich versuche, mich im Bett aufzurichten.

»Bleibst du wohl liegen, Jess. Du bist ziemlich schwer krank.«

Ich tue wie geheißen. Aber auch nur, weil ich für alles andere zu schwach bin.

»Mein Gott, du hast die letzten vierundzwanzig Stunden im Fieberwahn phantasiert. Ruh dich aus und lass die Antibiotika ihr Werk verrichten. Dein Zustand ist ernst.«

Das spüre ich selbst, an dem fremdartigen Rhythmus in meiner Brust. Es tut weh, wenn ich atme. Theo schüttelt den Kopf, brummt vor sich hin, dass er das nicht verstehen kann. »Wie geht das?«, fragt er mich. »Als ich mich um Mitternacht von dir verabschiedet habe, hattest nur einen leichten Husten. Wie kann daraus so schnell eine Lungenentzündung werden?«

Tja. Du bist der Arzt, sag du es mir.

»Du hast mir einen Riesenschreck eingejagt.« Er nimmt meine Hand, drückt sie leicht.

Und du warst mit mir in einer Riesenwaschmaschine. Eins zu null für mich.

Er neigt sich vor, streicht mir das feuchte Haar aus der Stirn. »In ein paar Tagen geht's dir schon viel besser, versprochen.«

Am Tag darauf verlange ich, aus dem Krankenhaus entlassen zu werden. Zu Hause könne ich mich auch auskurieren, behaupte ich. Ich will nach Hause, ich muss Rose wieder zu mir holen – das erzähle ich jedem, der bereit ist, mir zuzuhören. Leah kommt ins Zimmer marschiert und fordert mich streng auf, mich wieder hinzulegen.

»Dein Röntgenbild ist wieder da, du hast Wasser in der Lunge. Was hast du denn, bist du noch zu retten? Für Rose ist gesorgt, ich, Gus und Sean kümmern uns um sie. Würdest du dich jetzt endlich wieder hinlegen, verflixt nochmal?«

Leah schreit mich an. Das tut sie sonst nie. Ich fange an zu weinen und muss sofort wieder aufhören, weil ich das Gefühl habe, zu ersticken.

Bald sitze ich wieder im Bett, an dicke Kissen gelehnt, und bin brav. »Tut mir leid«, krächze ich. »Ich mache mir bloß Sorgen um Rose.«

»Rose fehlt nichts.« Sie schüttelt den Kopf. Ihr Tonfall ist kühl, kurz angebunden.

»Ich habe dir einen Schreck eingejagt«, sage ich. »Tut mir leid.«

»Ja, allerdings. Und dem armen Theo auch, als er Sonntagabend bei dir vorbeigekommen ist. Er war ganz außer sich. Du hast phantasiert«, sagt sie. »Allen möglichen Mist geredet.«

Tatsächlich? Mit einem Mal bekomme ich Angst. Da kommt eine Schwester ins Zimmer, sieht mich an und schüttelt einen kleinen Pappbecher. Reicht mir ein Glas Wasser und erkundigt sich nach meinem Befinden. Ich schlucke drei Tabletten. Notfalls würde ich auch sechs nehmen, wenn ich dann früher hier herauskäme. Leah sieht mich unverwandt an, und ich wende den Blick ab. *Du hast phantasiert.* Was um Himmels willen habe ich in jener Nacht im Fieberwahn von mir gegeben, während sie dabei war, und Theo, und weiß der Himmel wer sonst noch?

»War durcheinander«, sage ich. »An viel kann ich mich nicht erinnern. Ich habe eine Valium geschluckt und vorher schon eine Schmerztablette. Habe wohl halluziniert.«

»Kann sein.« Diesmal gelingt es ihr, mir in die müden Augen zu sehen.

Sie hat nicht gesagt: wahrscheinlich. Sondern lediglich: kann sein.

»Theo und ich waren in einer Waschmaschine, Anna war an einem Strand voller Schnee.« Ich will die Achseln zucken, aber es tut weh, alles tut mir weh, und dann erleide ich einen weiteren schmerzhaften Hustenanfall. Sie steht neben mir, hilft mir, hält ein Glas Wasser in der Hand und gibt mir zu trinken, als ich endlich wieder Luft bekomme.

Ich liebe meine Schwester. Würde alles für sie tun und möchte ihr auf gar keinen Fall irgendwie Schmerz zufügen. Ich spreche ein stilles Stoßgebet, dass ich nicht irgendwas über Gus gesagt habe; ehe ich überhaupt eine Entscheidung getroffen habe, ob ich je etwas über ihn sagen werde.

Sie hat sich wieder auf ihrem Stuhl niedergelassen, nachdem das Schlimmste überstanden ist. »Mum wollte sich ins Auto setzen und herkommen. Bloß nicht, habe ich zu ihr gesagt. Hab ihr versichert, dass wir alles im Griff haben und dass es dir langsam schon besser geht. Rufst du sie an, sobald du kannst?«

»Ja, mache ich. Heute Abend.«

»Und ich habe Gus gebeten, mit Rose vorbeizukommen. Nach der Schule, damit sie dich mal wiedersieht.«

Um ihre Mundwinkel zuckt es unmerklich. *Nein, das bilde ich mir bloß ein.* »Gut«, flüstere ich.

»So, jetzt muss ich los, zur Arbeit. Keine Sorge, du bist hier in guten Händen. Theo will dich später auch noch besuchen kommen, hat er gesagt.«

Sie gibt mir einen Kuss auf die Wange, und schon ist sie hinaus. Ich fühle mich grauenhaft, aber nicht wegen der Lungenentzündung. Nein, es ist ein irgendwie hohles Gefühl in der Magengrube, ausgelöst von der bangen Sorge, dass ich durch mein Gerede im Fieberwahn unbeabsichtigt das Leben meiner Schwester ruiniert haben könnte. Dass Anna das Leben meiner Schwester ruiniert haben könnte.

46. Anna

Raw Honey Blogspot, 28.11.2014

Den Ausdruck »lastendes Schweigen« kennen Sie alle, oder? Ein solches Schweigen habe ich gestern erlebt; es hat sich angefühlt, als wäre es eine Tonne schwer, mindestens. Er saß da und schwieg, und ich habe dagegen angeplappert, nach Ausflüchten gesucht, aber ich wusste, was ich tat. Die Sache in diesem Hotelzimmer in Marlow war kein Unfall. Auf einem bestimmten Level, das weiß ich heute, war ich mir darüber im Klaren, was ich tat. Ich hatte eben erst wieder angefangen, die Pille zu nehmen, und trotzdem habe ich zu Ihm gesagt, Er brauche kein Kondom. Ob ich da sicher sei, hat Er gefragt. Und es war diese Frage; die Erinnerung daran, wie Er sie mir gestellt hatte, die zwischen uns im Raum stand, in diesem Schweigen, nachdem ich Ihm eröffnet hatte, dass ich schwanger bin.

Er ist ausgerastet. So habe ich Ihn noch nie erlebt, und dieser Wutausbruch hat all meine romantischen Träume von einem gemeinsamen Leben mit Ihm jäh zerplatzen lassen. Es war, als wollte Er mir im Grunde nur eines mitteilen, ungeachtet der Worte, die Er tatsächlich benutzte: *Ein Kind, das konnten wir uns gerade so erlauben. Zwei aber können wir unmöglich »verbergen«. Und ich habe nicht vor, meine Frau je zu verlassen.*

Er hat andere Worte verwendet, aber das hat er mehr oder weniger gemeint. Dann fiel ein anderer Begriff, den ich von Ihm nie erwartet hätte: »Abtreibung«.

Ich habe nun mit der Liebe meines Lebens Schluss gemacht. Süße, sage ich mir, schalt mal einen Gang runter. Du bist gerade mal vierundzwanzig. Kannst dich jederzeit neu verlieben, wenn du es zulässt. Denk nicht länger an Ihn. Hör auf zu weinen und dir einzureden, dass du nie wieder einen Mann so sehr lieben wirst wie Ihn. Sollte es so sein, dann sei zumindest froh, dass du einmal eine solche Liebe erleben durftest. Du kannst woandershin ziehen, weit weg von Ihm. Du kannst und wirst über Ihn hinwegkommen. Du kannst und wirst Ihn in guter Erinnerung behalten, wenn etwas Zeit vergangen und all das vorbei ist.

Aber erst muss wirklich **alles** vorbei sein, und etwas in mir sträubt sich gegen diesen Schritt. Ich spekuliere schon darüber, welche Möglichkeiten in diesem Kind schlummern. Noch ist es bloß eine winzige Ansammlung von Zellen, aber was, wenn in diesen Zellen bereits das Herz und das Hirn angelegt sind, die dereinst einmal ein Heilmittel gegen Krebs finden könnten?

Verflucht ... Das ist meine Schuld. Weil ich mir bei der Sache in diesem Hotelzimmer in Marlow auf einem bestimmten Level darüber im Klaren war, was ich tat.

Ein hausgemachtes Schlamassel, das nur ich selbst bereinigen kann. Und egal, was passiert, ich werde sehr lang damit leben müssen.

Ich habe »C« vorhin am Telefon die Ohren vollgeheult, sie ist nun auf dem Weg hierher. Mir bleibt eine halbe Stunde, um mich zusammenzureißen, denn ich habe »C«, meiner BF, nie von Ihm erzählt. Sie ist mir lieb und teuer, aber als ich ihr damals erzählt habe, wir waren beide neunzehn, dass ich etwas mit einem verheirateten Mann angefangen hatte, hat sie mir deutlich zu verstehen gegeben, dass sie das nicht gutheißen konnte. Dann kam es zwischen Ihm und mir zu einer unserer regelmäßigen Trennungen, und »C« hat alles darangesetzt, mich und »S« zusammenzubringen; weil sie fand, dass er für mich genau der Richtige war und mir todsicher dabei helfen würde, »diesen anderen Typen« zu vergessen. Und ich hoffte damals wirklich, dass sie damit recht hätte.

»S« und ich haben nur einmal miteinander geschlafen. Es kam von den Daten her nicht hin, wie mir sehr wohl bewusst war, und doch ließ ich mich dazu hinreißen, »S« glauben zu machen, dass er Vater würde, und dies nach einer einzigen, nicht sonderlich berauschenden Liebesnacht.

Dass Er der wahre Vater war, habe ich Ihm erst erzählt, als ich schon im sechsten Monat war. Zu dem Zeitpunkt gab es kein Zurück mehr, das sah auch Er ein. Mehr noch, Er wollte mich wieder zurückhaben. »S« freute sich mittlerweile darauf, Vater zu werden, und der wahre Vater meiner ST schien darüber alles andere als unglücklich …

Um ganz ehrlich zu sein – dass ich nun in einer so fürchterlichen Klemme stecke, geschieht mir vermutlich ganz recht.

Raw Honey Blogspot, 02.12.2014

Leser, ich habe viel über Freunde nachgedacht. Ich habe nur eine kleine Handvoll. »C« natürlich, vor allem seit jenem Tag, als uns der Tod in Gestalt eines heranrasenden Autos so knapp verfehlt hat; aber auch »T«. Dass wir Freunde sind, ist eigentlich ungewöhnlich, weil er auch sehr eng mit Mama befreundet ist. Begegnet bin ich ihm das erste Mal in der Notaufnahme, als er dort Dienst hatte und mir der Magen ausgepumpt werden musste – ich hatte bei der Feier zu »C«s sechzehntem Geburtstag zu viele von den eingeschmuggelten blauen Alcopops getrunken. »T« arbeitete damals halb im Krankenhaus, halb als Vertretungsarzt in der Praxis, in der Mama damals war, deshalb erkannte sie ihn sofort, als sie mich abholen kam. Er ist einfach jemand, dem ich von Anfang an vertraut habe, und über die Jahre ist er für mich zu so etwas wie einem Vaterersatz geworden; er hat mir zu Ferienjobs verholfen, mich als Babysitter beschäftigt und mir ein Zeugnis für den Job bei der Bank ausgestellt. J., mein Chef, hat es mir später gezeigt, und nachdem ich es gelesen hatte, wünschte ich mir wirklich, ich könnte die Person sein, die »T« auf diesem Blatt Papier beschrieben hatte.

Er ist der einzige Mensch, dem ich je auch nur in Ansätzen die

Wahrheit erzählt habe. Es brach ganz spontan aus mir heraus, eines Tages kurz nach Feierabend, weil ich wusste, dass ich ihm vertrauen konnte und, wichtiger noch, dass er mich nicht verurteilen würde. Er ist ein Freund und, wie gesagt, eine Art Vaterersatz; ohne den Ballast eines richtigen Vaters, der sich um seine Tochter permanent Sorgen macht und ihr gegenüber besonders kritisch ist.

Er ist auch mein Hausarzt, und Himmel, was er für ein Gesicht gemacht hat, als ich ihm heute erzählt habe, was für einen Eingriff ich vornehmen lassen will. Er hat sich immer gut im Griff, aber auch seine Pokermiene verrutscht hin und wieder mal. Er hörte mir zu, und als seine Kleenex aufgebraucht waren, hat er mir das blütenreine, weiße Stofftaschentuch aus der Brusttasche seines Sakkos gereicht. Wer hat denn heutzutage noch Stofftaschentücher? Wichtiger noch, wie kommt jemand wie »T« – jugendlich für sein Alter und ziemlich gut aussehend – dazu, Stofftaschentücher zu verwenden?

Während ich nun über Freunde nachdenke, frage ich mich, ob ich einfach Mamas Beispiel gefolgt bin? Sie hat viele Bekannte, aber nur ganz wenige Freunde. Weil sie nach Dad einfach Schwierigkeiten damit hatte, anderen Menschen zu vertrauen. Heureka! Ich bin tatsächlich Mamas Beispiel gefolgt! Ich habe wenige Freunde, und Probleme damit, anderen zu vertrauen, habe ich ja anscheinend ebenfalls!

Tja. Sieht so aus, als wäre ich nur in einer Hinsicht eigene Wege gegangen: mit meiner Affäre.

Eins habe ich immer schon gedacht, wenn »T« nicht verheiratet wäre, könnte zwischen ihm und Mama wirklich etwas ... Aber, unwichtig. Er ist verheiratet, und weder er noch Mama würden so etwas auch nur in Betracht ziehen. Weil sie beide charakterstark sind und feste Grundsätze haben. Im Gegensatz zu mir. Mir, der haltlosen kleinen Schlampe.

47. Theo

Charlie Everard war zwei Tage zuvor mit Blaulicht in dasselbe Krankenhaus eingeliefert worden, in dem Jess nun lag. Theo beschloss, seinem Patienten Guten Tag zu sagen, wenn er schon einmal hier war.

»Doc!«, rief er, als Theo den Vorhang einen Spalt weit öffnete, mit dem das Bett ringsherum verhängt war, und den Kopf zu ihm hineinsteckte. »Arbeiten Sie heute hier?«

»Nein. Nein«, erwiderte Theo. »Darf ich reinkommen?« Er blieb weiter an dem Vorhang stehen. Der alte Mann nickte.

»Ich besuche eine Freundin. Aber bei der Arbeit ist mir zu Ohren gekommen, dass Sie hier eingeliefert worden sind.«

»Und da kommen Sie mich besuchen. Das geht nun wirklich über Ihre Pflichten hinaus, Doc! Danke sehr.«

Theo registrierte die Tropfinfusionen, versuchte so unauffällig wie möglich, einen Blick auf das Patientenblatt am Fußende des Betts zu erhaschen. »Wie lautet Ihre Diagnose, Mr Everard? Was haben die Ärzte Ihnen gesagt?«

Charles Everard blickte kurz finster drein. »Charlie, bitte. Sagen Sie ruhig Charlie. Keine Ahnung, was los ist. Die lassen einen immer außen vor. Als Patient zählt man hier nicht viel. Darf als Versuchskarnickel für deren Experimente herhalten.« Er sah Theo an und nickte vielsagend, tippte sich mit dem Finger seitlich an die Nase.

»Darf ich?« Theo nahm das Patientenblatt an sich. »Ihr Bein, aha, eine böse Infektion.« Beim Weiterlesen schüttelte er den Kopf. »Die pumpen Sie mit spezifischen Antibiotika voll. Deshalb wird Ihnen so schwindelig gewesen sein, als Sie gestürzt sind. All diese Giftstoffe, die in Ihrem Körper zirkulieren.«

»Bin überhaupt sehr ungern hier, Doc, um ehrlich zu sein. Cilla lag vor ihrem Tod auch hier. Wie lange muss ich noch bleiben, bis ich nach Hause kann?«

»Charlie.« Theo sah ihn kurz warnend an. »Ein paar Tage wird's schon noch dauern. Nutzen Sie die Zeit, ruhen Sie sich gründlich aus und essen Sie regelmäßig, um bei Kräften zu bleiben, dann kommen Sie bald wieder hier raus.«

Der alte Mann machte ein verdrossenes Gesicht.

»Was hat Elaine mir erzählt, Sie malen wieder?«

Augenblicklich ging mit ihm eine erstaunliche Wandlung vor sich; sein Gesichtsausdruck veränderte sich vollkommen, das mürrische gefurchte Greisenantlitz wurde plötzlich von einem freudigen Lächeln aufgehellt. Die Malerei machte ihn glücklich, das war nicht zu übersehen.

»Schön, Sie mal wieder lächeln zu sehen, Charlie.« Theo schmunzelte.

»Es macht mich froh, und ich male immer nur fröhlich«, sagte er, während die Lachfalten sein Gesicht gleich viel freundlicher wirken ließen.

»Ich kann Ihnen nicht so ganz folgen?«

»Ich male, und das heitert mich auf; um mich dafür erkenntlich zu zeigen, male ich ausschließlich fröhlich. Ich male nur fröhliche Sachen!«

»Gut, jetzt verstehe ich Sie.« Aber das entsprach nicht der Wahrheit, der Sinn seiner Aussage wollte sich ihm noch immer nicht ganz erschließen. Er plauderte noch ein paar Minuten mit dem alten Mann, ehe er sich verabschiedete. Es waren wohl doch noch einige Giftstoffe in Charlies Körper unterwegs, dachte er, als er den Raum verließ.

Er machte einen kurzen Abstecher zu der Costa-Filiale im Hauptfoyer, wo er einen Cappuccino light mit Schokostreuseln besorgte.

Auf der Station im ersten Stock konnte er Rose hinter der Tür lachen hören, als er sich dem Zimmer näherte. Er trat ein, und schon ein Blick auf Jess verriet ihm, dass ihr das Atmen schon wieder erheblich leichter fiel. Obwohl es bereits spät war, weit nach ihrer Schlafenszeit, brach Rose bei seinem Eintreffen eben erst mit Leah und Gus auf, um mit ihnen nach Hause zu fahren. Sie drückte ein kleines Stoffherz an sich, und Jess hielt etwas Weißes in der Hand. Als die drei gegangen waren, nahm Theo diese Hand und drückte einen Kuss darauf. »Was hast du da?«, fragte er, als er den Cappuccino griffbereit neben ihr abstellte.

»Das hat Rose mir mitgebracht. Sie wüsste, dass ich keine abgeschnittenen Blumen mag, nur die Blumen, die im Garten wachsen, hat sie mir erklärt. Und deshalb habe sie sich überlegt, mir ein T-Shirt ihrer Mummy mitzubringen, damit ich sie riechen könne.«

Ihre Unterlippe zitterte ein wenig, und er neigte sich zu ihr vor, um sie mit einem Kuss zu beruhigen.

»Sch«, flüsterte er. »Das war eine zauberhafte Idee von ihr. Ich weiß natürlich auch, dass du keine Schnittblumen magst, deshalb habe ich dir deinen Lieblingscappuccino mitgebracht.«

»Lügner. Du flunkerst doch.« Sie wollte lächeln, musste aber stattdessen husten. Danach trank sie ein Schlückchen von ihrem heißen Cappuccino. »Danke sehr. Wie lange muss ich noch bleiben, bis ich hier rauskann?«

Er lachte darüber, diese Frage nun schon zum zweiten Mal innerhalb von zwanzig Minuten gestellt zu bekommen; und zum zweiten Mal nahm er das Clipboard mit dem Patientenblatt zur Hand, um es zu überfliegen. »Deine Sauerstoffwerte haben sich verbessert. Auf dem heutigen Röntgenbild ist zu erkennen, dass die Antibiotika bei dir sehr gut anschlagen. Wenn du brav bist und dich schön ausruhst, kannst du schon übermorgen wieder nach Hause, schätze ich.«

»Ich muss wieder zur Arbeit, Theo. Ich habe so viel gefehlt die letzte Zeit. Helen hat sicher nicht endlos Geduld mit mir.« Sie schüttelte den Kopf. »Erst habe ich mir freigenommen, als Anna ... dann der eine Tag oben bei meinen Eltern, und jetzt das hier. Wenn es so weitergeht, muss sie noch jemand Neues einstellen, der mich ersetzt.«

Er ließ sich auf einem Stuhl neben dem Bett nieder. »Erst musst du wieder ganz gesund sein. Mit einer Lungenentzündung ist nicht zu spaßen, da muss man sich schonen, bis sie völlig ausgeheilt ist, weil sonst eine erhöhte Rückfallgefahr besteht. Ein paar Wochen wird es schon dauern, bis du wiederhergestellt bist.«

»Aber das geht nicht. Ausgeschlossen.«

Er lehnte sich im Stuhl zurück und zuckte die Achseln. »Es wird dir nichts anderes übrigbleiben.«

»Leah muss arbeiten, sie kann sich nicht die ganze Zeit um Rose kümmern. Ich –«

»Aber Gus arbeitet von zu Hause aus. Eine Woche wird er das mit Rose schon hinbekommen, vielleicht auch noch etwas länger, damit du dich schonen und wieder zu Kräften kommen kannst.«

»Nein. Nein, das möchte ich nicht.« Ihre Augen blitzten geradezu, als sie ihn ansah. »Es gibt da etwas, was du wissen solltest, Theo.«

Er wappnete sich innerlich und verschränkte die Arme vor der Brust, fast reflexhaft; eine Art Schutz- oder Abwehrhaltung. Wem allerdings dieser Schutz galt, ihr vor ihm oder doch eher ihm vor ihr; das war schwer zu sagen.

Sie trank noch einen Schluck Cappuccino, atmete dann so tief durch, wie es ihr derzeit möglich war.

»Es ist Gus.«

Er spielte den Begriffsstutzigen, sah sie perplex an. Gleichzeitig musste er gegen eine aufsteigende Übelkeit ankämpfen; denn Lüge und Verstellung, das war ihm sonst wesensfremd. Sag's ihr. Sag ihr, dass dir das nicht neu ist. Dass du dieses Detail bereits aus Annas Brief erfahren hast, dass Anna es für angebracht hielt, dich vor ein weiteres, unvorstellbares Dilemma zu stellen. Sag ihr die Wahrheit, beichte es ihr jetzt – oder schweig für immer.

»Gus«, wiederholte sie mit etwas mehr Nachdruck. »Gus, mein Schwager. Leahs Ehemann Gus.«

Er barg das Kinn in der Hand, und seinen Mund noch dazu.

»Ja. Ich war auch platt, aber hallo. Du musst mir versprechen, es niemandem weiterzuerzählen, Theo. Das muss unter uns bleiben.« Dann schüttelte sie den Kopf. »Aber das kannst du ja gut, schweigen. Ganz vergessen.«

Theo beugte sich vor und nahm ihre Hand. »Was willst du nun tun?«

»Tun? Wenn ich das wüsste … Aber hoffentlich verstehst du nun, warum ich nicht möchte, dass Gus Rose von der Schule abholt.«

»Was ist mit Sean?«

»Sean muss arbeiten. Seine letzte Arbeitswoche hier, ehe er am Freitag nach York umzieht.«

»Ach … wusste gar nicht, dass es nun so schnell geht mit seinem Umzug. Hast du schon mit Rose darüber gesprochen?«

Sie schüttelte den Kopf. »Ich bin ja zu nichts gekommen. Er möchte, glaube ich, dass wir das zusammen machen.« Sie nahm das T-Shirt wieder in die Hand und presste es sich kurz an Mund und Nase. »Es ist alles ein solches Durcheinander.«

Theo sagte nichts. Saß einfach nur neben ihr und hielt ihre Hand fest.

»Ich könnte sie auch abholen, nur für ein paar Tage.« Tatsächlich kamen ihm umgehend Zweifel, ob er dafür Zeit hatte. Weil er die ganze nächste Woche für die Nachmittagssprechstunden eingeteilt war.

»Danke, ist nicht nötig. Diese Kröte muss ich wohl einfach schlucken. Weil ich auch möchte, dass für Rose alles so normal wie möglich ist; und wenn ich mal ausfalle, ist es für sie normal, bei Leah und Gus zu sein. Der Schweinehund.«

Sie ließ sich auf das Kissen zurücksinken und schloss kurz die Augen. Dann stellte sie unvermittelt fest: »Ich brauche mal Urlaub. Die Auszahlung der Versicherungssumme ist übrigens bewilligt worden. Habe ich dir das schon erzählt?«

Er schüttelte den Kopf.

»Ha!«, krächzte sie heiser. »Ich wollte wohl nicht das Gefühl haben, dass du nur des Geldes wegen hinter mir her bist. Aber es ist auch nicht mein Geld, im Grunde. Tatsächlich steht es Rose zu. Na ja, jedenfalls habe ich mir überlegt, dass es ihr und mir guttun könnte, in den Osterferien zwei Wochen zu verreisen. Irgendwohin, wo es schön warm ist und die Sonne scheint.«

»Deiner Lunge würde das guttun, ja.« Er lächelte. »Nur unter der Voraussetzung natürlich, du lässt sie erst mal in Ruhe heilen und bist bis dahin flugfähig.«

»Schon gut, ich werde brav sein.« Sie seufzte. »Darin habe ich jahrelange Übung.«

Danach saßen sie eine Weile schweigend beisammen; sie hatte nicht das Bedürfnis zu reden, und Theo lag es fern, ihr ein Gespräch aufzudrängen. Er bemühte sich, die Krankenhausumgebung so weit wie möglich auszublenden: das Geklapper draußen im Flur, den aseptischen Geruch nach Desinfektionsmittel.

»Du und ich«, sagte sie schließlich in die Stille hinein, mit leiser Stimme. »Zwischen uns läuft doch nicht ernsthaft was, oder?«

Er grinste. »Kommt drauf an, wie du das meinst. Wäre es so schrecklich, wenn zwischen uns etwas liefe?«

»Weiß nicht recht, ob ich dazu noch … ob das noch in mein Leben passt. Nach allem, was geschehen ist. Zurzeit habe ich das Gefühl, ich weiß gar nicht mehr so richtig, wer ich bin.«

»Wer du auch sein magst, ich mag dich jedenfalls. Nun hör auf zu reden.« Er drückte ihr sanft die Hand.

»Dann rede du stattdessen«, sagte sie leise.

Er seufzte tief. »Ob zwischen uns was läuft, wer weiß, keine

Ahnung. Aber ich weiß, dass gerade vieles im Umbruch ist und wir alle noch dabei sind, uns neu zurechtzufinden. Schöne neue Welt und all das … Außerdem weiß ich, dass ich in meiner Ehe dreizehn Jahre lang das Reden übernehmen musste, fast ganz allein. Deshalb würde ich jetzt gern einfach nur dasitzen und na ja: sein.«

Sie sah ihn lächelnd an und legte ihre freie Hand auf die seine, und so saßen sie in einvernehmlichem Schweigen da, bis eine Schwester Theo um neun Uhr darauf aufmerksam machte, dass er nun gehen müsse. Sie rief ihn noch einmal zurück und kramte in ihrer Handtasche.

»Nur damit du Bescheid weißt – das hat nichts damit zu tun, dass zwischen uns was liefe oder so.« Sie reichte ihm ihren Ersatzschlüssel für die Haustür. »Den gebe ich dir nur, damit du morgen reinkannst, um meine Farne mit Wasser zu besprengen.« Sie lächelte spitzbübisch.

Finn erwartete ihn schon zu Hause. Steckte frischen Toast in den Toaster, sobald Theo in die Küche kam. »Ich dachte mir, du hast vielleicht Hunger.«

Theo lächelte und boxte seinem Sohn spielerisch gegen die Schulter. »Danke, mit dir kann man arbeiten. War ein langer Tag heute. Wo steckt Bea?«

»Oben, sie büffelt gerade. Weil sie morgen eine ihrer Englischprüfungen hat.« Finn knibbelte an seinem Daumennagel herum, wie jedes Mal, wenn er nervös war. »Wie geht's Jess?«

»Setz doch bitte auch gleich Teewasser auf, ja?« Theo zog sich einen Stuhl unter dem Tisch hervor. Dabei schrammten die Beine über den Boden und hinterließen einen dünnen schwarzen Streifen auf den hellen Fliesen. »Es geht ihr schon besser. Sie hat zwar noch etwas Flüssigkeit in der Lunge, aber das gibt sich schon. In ein paar Tagen ist sie wieder auf den Beinen.«

Finn drehte sich zum Toaster um und wartete darauf, dass der Imbiss seines Vaters zum Vorschein kam. Er hielt ein Messer in der einen Hand und die Butter in der anderen. »Ich hab nachgedacht über das, was du heute Morgen beim Frühstück gesagt hast.« Er wandte den Kopf zu seinem Vater um.

Theo lockerte seine Krawatte und legte sie dann ab. Finn und er hatten beim Frühstück über den Blog geredet. Theo hatte ihn gebeten, keine weiteren Einträge zu lesen, und Finn hatte sich damit einverstanden erklärt.

»Ich hab den Blog aus meinem Browser-Verlauf gelöscht. Und ich werde auch noch die Adresse aus der Gedächtnisbank löschen – aus der in meinem Kopf, meine ich.« Er fing den Toast auf, als er frisch geröstet aus dem Gerät nach oben schnellte, bestrich ihn mit Butter und brachte ihn dann zum Tisch, zusammen mit einem Becher schwarzem Tee.

Theo biss in den noch warmen Toast und leckte die Butter ab, die auf seinen Lippen gelandet war.

»Und der Kopfstand, den du immer machst, Dad. Das wollte ich auch versuchen, aber ich komme nicht hoch. Nicht mal an einer Wand.«

Theo grinste und stand sofort auf. »Komm her. Ich leiste Hilfestellung.« Er nahm ein Kissen von dem Stuhl neben seinem, das er dicht vor der Wand auf den Boden legte. »Gut. Nun kniest du dich da hin und beugst dich vor, legst die Stirn auf das Kissen und stößt dich mit den Beinen hoch, so weit du eben kommst. Alles Weitere, dabei helfe ich dir.«

Finn tat wie geheißen, und Theo fing seine Beine auf, zog sie in die Höhe und gegen die Wand und hielt sie dort fest.

»Oje!«, jammerte Finn. »Weiß nicht ganz, ob ich das so toll finde.«

»Schaffst du es kurz allein, nicht umzukippen?«

»Ja.«

Theo ging neben Finn in die Ausgangsposition und schwang ebenfalls die Beine in die Höhe. Nun standen sie Seite an Seite an der Wand kopf, so dicht, dass Theos Hände gleich neben Finn auf dem Boden abgestützt waren. Er berührte seinen Sohn leicht an den Fingern, worauf dieser die Augen öffnete, die er bisher fest zugekniffen hatte.

»Geht's?«, fragte Theo.

»Ja.«

»Also, nun machst du sacht die Augen zu und denkst an positive Dinge. An alles Gute, was dir heute den Tag über so passiert ist. Denk nicht an negative Erlebnisse. Es ist ein bisschen wie eine Mini-Meditation.«

»Ich habe langsam einen Mini-Kopfschmerz.«

»Einfach nicht beachten.«

So standen sie gemeinsam kopf, bis Finn sich schließlich nach einigen Minuten wieder auf den Boden hinabrollte.

»Steh nicht zu schnell wieder auf«, warnte Theo, als er seinem Beispiel gleich darauf folgte. Kehrte selbst aber umgehend zum Tisch zurück und verzehrte den restlichen Toast, der in der Zwischenzeit kalt geworden war.

»Tja. Aber warum du das machst, raffe ich immer noch nicht so richtig.« Finn sah ihn lächelnd an.

»Weil ich diese Position sehr entspannend finde. Dabei Lärm und Ähnliches mühelos ausblenden kann.«

Finn stand langsam vom Boden auf.

Theo kam ein Eintrag in Annas Blog in den Sinn, den er gelesen hatte. »Vertraust du mir, Finn?«

Finn setzte sich auf den Stuhl neben ihn. »Ja. Ich glaube schon.«

Theo stand wieder auf. »Vielleicht hast du ja auch schon darüber gelesen. Oder auch nicht. Komm kurz mit in den Flur, dafür brauchen wir etwas Platz.«

Im Flur postierte er sich am Fuß der Treppe und wies Finn an, sich in die offene Küchentür zu stellen, mit dem Rücken zu ihm. »So, und jetzt lässt du dich nach hinten fallen. In einer schön geraden Linie am besten.«

»Was?«

»Ich bin da, direkt hinter dir. Ich fange dich auf. Keine Sorge, ich lasse dich nicht fallen.«

Theo war, als könnte er Finn schlucken hören, merklich verunsichert. »Ich soll mich einfach nach hinten fallen lassen und darf nicht gucken? Ich meine, wie weit stehst du von mir weg? Was, wenn ich doch hinfalle?«

»Nein, wirst du nicht. Kreuz bitte die Arme vor der Brust und dann lass dich fallen.«

Finn atmete tief durch, er schwankte leicht vor und zurück, während er im Türrahmen stand. »Ich glaube, das bringe ich nicht, Dad«, flüsterte er schließlich.

Theo ging zu ihm und neigte sich an sein Ohr. »Ich fange dich«, flüsterte er. »Du kannst dich auf mich verlassen, Finn. Vertrau mir.«

Finn nickte stumm. Stand kurz völlig reglos da und ließ sich dann nach hinten fallen.

Theo fing ihn, direkt unter den Achseln, sodass er mit dem Kopf an seinem Bauch landete.

Finn schlug die Augen auf. »Ganz kurz dachte ich …«

»Vertrauen …«

»Ich weiß.« Finn wandte sich um, als er wieder aufrecht dastand, und umarmte seinen Vater stürmisch. »Ich hab dich lieb, Dad.«

»Ich dich auch, mein Sohn.« Theo drückte seinen Sohn kurz fest an sich, dann ließ er ihn los und schlug ihm leicht auf den Rücken. »So, auf geht's. Ab mit dir ins Bett. Es ist schon spät, und du musst morgen in die Schule.«

»Dad, eins noch.« Finn hielt am Fuß der Treppe noch einmal inne und sah Theo an. »Apropos Schule … ich bin fast zwölf, gehe schon beinahe auf die Mittelschule. Kann ich von nun an zu Fuß von der Schule nach Hause gehen? Ich glaube, ich bin so weit.«

Theo starrte den Jungen an, der vor ihm stand. Den Jungen, der wohl bald in die Höhe schießen würde, in zwei aufeinanderfolgenden Wachstumsschüben; den Jungen, der in den nächsten Jahren, damit war zu rechnen, sicher die eine oder andere Dummheit anstellen würde.

»Nur wenn du auch direkt nach Hause kommst. Also nicht trödeln unterwegs und schön auf dem Fußweg bleiben?«

Finn nickte. »Vertrau mir.« Nach diesen Worten sah er Theo an und lächelte dann.

48. Jess

Manchmal wünschte ich mir, mir käme mein Erinnerungsvermögen abhanden, restlos, komplett. Dann wüsste ich nicht mehr, dass Anna tot ist. Dass nicht Sean, sondern Gus Roses leiblicher Vater ist. Dass Seans Umzug mich vor eine Reihe ebenso unerwarteter wie schier unlösbarer Probleme stellt. Ein Umzug wäre schon sinnvoll, denn es ist sicher eine gute Idee, mich räumlich so weit wie möglich von Gus zu entfernen; mich von Gus zu entfernen würde aber zugleich eine räumliche Trennung von Leah bedeuten. Eine Trennung von Leah jedoch hätte auch ihr Gutes, weil ich so nicht länger schweigend mitansehen müsste, wie sie ihr Leben mit einem Mann teilt, der ihrer so unwürdig ist.

Ich habe mir eingehend den Kopf darüber zerbrochen, das Problem von allen nur denkbaren Seiten beleuchtet, aber das hat mich kein Stück weitergebracht. Ich kann die Texte lesen, die Anna der Nachwelt auf ihrem Smartphone und ihrem Blog hinterlassen hat; kann daraus entnehmen, dass sie ihn geliebt hat und er sie. Eins aber ist mir unmöglich: diesen »Er« aus ihren Texten konkret in Gus zu verorten und Verständnis für diese Liebe aufzubringen. Geschweige denn, ihm zu verzeihen.

Ein womöglich vorschnelles Urteil, schon klar. Ich schließe die Augen aus Furcht, Anna könnte auf einmal in dem Stuhl neben meinem Bett sitzen und mir mit zornblitzenden Augen vorhalten, dass ich keine Ahnung habe. Schon gar nicht von Liebe, wenn es nicht gerade um meine Liebe zu ihr geht. Im Stillen lege ich mir bereits Gegenargumente parat. Ich habe Doug geliebt. Ich liebe Leah. Ich liebe Rose. Ich liebe Theo. Ich öffne wieder die Augen, blinzle ein paarmal rasch hintereinander. Ich fühle mich leicht benebelt – von all den Medikamenten vermutlich, mit denen sie mich hier vollpumpen. Ungeachtet dessen, was sich in letzter Zeit zwischen uns anbahnt, oder anbahnen könnte, Theo ist und bleibt mein Freund. Mein bester Freund, seit Jahren schon. Und bei der Vorstellung, ihn nicht in meiner Nähe zu haben, sondern über Hunderte Meilen von ihm getrennt zu sein, überkommt mich eine stille Verzweiflung, mit der ich selbst nicht gerechnet hätte.

Die Ärzte kommen. Die Untersuchung fällt weniger intensiv aus als bisher; einer klopft mir am Rücken herum, um meine Lunge abzuhorchen. Danach richtet er das Wort an mich, während er weiter hinter mir steht. »Hört sich sehr gut an, alles wieder schön frei. Wie sieht es bei Ihnen aus, wenn wir Sie jetzt nach Hause entlassen? Können Sie es eine Woche erst mal ruhig angehen lassen, vielleicht auch länger?«

Vor lauter Nicken muss ich husten. Ich gebe mir alle Mühe, den Hustenreiz zu unterdrücken, damit er es sich nicht noch anders überlegt. Jetzt steht der Arzt vor mir. Ein älterer Mann, etwa Anfang sechzig, mit einer seriösen, vertrauenswürdigen Ausstrahlung; ich könnte mir vorstellen, dass er der Chefarzt ist. Die mit Notizblöcken bewaffneten Studenten jedenfalls, die ihn heute begleiten und wohl eines Tages zu beerben hoffen, hören ihm aufmerksam zu, hängen förmlich an seinen Lippen.

»Was ist mit Ihrer Tochter?«, fragt der Arzt.

Ich runzle verwirrt die Stirn. Frage mich, woher er von Anna weiß und was das damit zu tun hat, ob ich nach Hause kann oder nicht.

»Sie haben jemanden, der Ihnen mit ihr hilft, ja?«

Ach so – Rose. Er redet von Rose.

»Ja«, sage ich eilig, »Hilfe habe ich genug.« Im Stillen aber frage ich mich, wo diese Hilfe herkommen soll.

»Gut, prima. Dann stellen wir Ihnen noch ein Rezept aus, für Ihre restlichen Antibiotika, und nächste Woche kommen Sie dann noch mal vorbei, zu einer Nachuntersuchung. Aber setzen Sie die Antibiotika nicht vorzeitig ab, die müssen Sie komplett einnehmen«, schärft er mir ein. »Sonst könnten Sie schon bald wieder hier landen.«

»Danke sehr.« Vorfreude erfasst mich bei dem Gedanken, wieder nach Hause zu dürfen. Und sofort wünschte ich wieder, völlig frei von Erinnerungen zu sein. Denke mit Wehmut an mein Zuhause und wünschte, es wäre bloß irgendein Haus, aus dem ich leichten Herzens ausziehen könnte, ohne mit der Wimper zu zucken. Doch es ist nun einmal das Haus, in dem Anna ihre halbe Kindheit verlebt hat; das einzige Zuhause, das Rose je gekannt hat, seit Anna damals mit ihr aus dem Krankenhaus nach Hause kam. Auf einmal erfasst mich eine große Unsicherheit, und ich würde fast lieber hier liegen bleiben, in diesem Bett mit der Krankenhausdecke in Piqué-Webtechnik, als mich der kalten, komplizierten Realität zu stellen. Ebenso plötzlich wird mir bewusst, dass ich nun normalerweise Gus angerufen hätte, damit er mich abholt, weil Leah und Theo jetzt beide bei der Arbeit sind.

Stattdessen warte ich noch, bis mein Entlassungsschein ausgefüllt ist, und rufe mir dann ein Taxi. Ich habe nur eine kleine Tasche mit Sachen dabei, und als ich von der Toilette ins Zimmer zurückkomme, erwartet sie mich schon, sie sitzt auf der Bettkante.

– Ein Taxi?
– Ja. Weil es am bequemsten ist.
– Ach so. Und, was hast du nun vor, Mama?
– Ehrlich gesagt, das weiß ich noch nicht.
– Ich finde, ihr solltet in unserem Haus bleiben, du und Rose.

Geld habt ihr doch jetzt wirklich genug, da könntet ihr ohne weiteres –

– Es hat mit Geld nichts zu tun. Ich könnte mehr in die Nähe meiner Eltern ziehen. Und in die Nähe von Sean, der sich aus freien Stücken dafür entschieden hat, weiter in Roses Leben eine Rolle zu spielen, obwohl er es eigentlich nicht müsste. Rose könnte ihn dann öfter sehen, ihren Vater.

– Er kann euch auch besuchen kommen. Ich kenne Sean. Er wird immer in Roses Leben präsent bleiben, aber er ist noch jung, er wird eine andere kennenlernen und mit ihr eine eigene Familie gründen. Spätestens dann wird er das Interesse an Rose verlieren.

– Ich kann ihr nicht auch noch ihren Vater nehmen. Nicht, nachdem sie schon dich verloren hat. Da ist ein Umzug in den Norden die beste Lösung.

– Nein, das ist nicht die beste Lösung. Und das weißt du auch, im Grunde deines Herzens.

– Bitte, Anna, lass gut sein. Ich bin müde.

– Lass Sean von York aus in ihrem Leben präsent sein, Mama. Daran gewöhnt sie sich viel eher als an den Verlust ihrer gewohnten Umgebung. Das Einzige, was sie wirklich braucht, bist du, deine Liebe und das Gefühl von Geborgenheit, das du ihr immer vermittelt hast.

– Da oben hätte Rose auch Dougs Jungs ganz in der Nähe, vielleicht sogar auf derselben Schule.

– Mama …

– Und was ist mit Leah und Gus? Wie soll ich damit klarkommen?

– So wie bisher.

– Ich weiß nicht, wie ich Leah Tag für Tag in die Augen sehen soll. Mit allem im Hinterkopf, was ich jetzt weiß.

– Du hast Opa versprochen, die Sache für dich zu behalten und vor allem Leah nichts zu sagen. Versprich mir dasselbe, Mama. Es hatte schon seine Gründe, warum wir das all die Jahre geheim gehalten haben. Bitte, sag ihr nichts, dabei kann nichts Gutes herauskommen. Ich beschwöre dich, versprich es mir.

– Du lebst nicht mehr, Anna. Das versuche ich, zwar ständig zu verdrängen, aber das ändert nichts an den Tatsachen. Dieses Gespräch hier, zwischen dir und mir, ist reine Einbildung. Was hier redet, ist höchstens die Stimme meines Gewissens.

– Dann soll wenigstens diese Stimme es mir versprechen. Besser als nichts.

Bei meiner Heimkehr empfängt mich eine unnatürliche Stille im Haus, es ist unangenehm stickig. Ich öffne die Tür in den Garten, um frische Luft hereinzulassen, und atme gierig ein und aus. Dann koche ich mir einen Kaffee, den ich im Krankenhaus schmerzlich vermisst habe, und sehe mich dabei in aller Ruhe um. Ja, es ist mehr als ein Haus, es ist ein Zuhause, ob ich es fertigbrächte, all das aufzugeben, erscheint mir doch sehr zweifelhaft.

Ich mache mich auf den Weg nach oben – und muss auf der Treppe auf halber Höhe stehen bleiben, weil mir die Luft wegbleibt. Heftig nach Atem ringend muss ich mich erst mal auf einer Stufe niederlassen, um zu verschnaufen. Sehr zu meinem Leidwesen; ich hatte gedacht, ich wäre schon wieder ganz gesund. Oben angelangt, biege ich nach rechts ab und gehe in Annas Zimmer, wo ich über Roses Eisenbahn und diverse andere Spielsachen hinwegsteigen muss. Wüsste ich es nicht besser, würde sich mir der Eindruck aufdrängen, dass sie langsam im Begriff ist, aus ihrem Zimmer hierher umzuziehen. Einige ihrer Kleidungsstücke liegen auf Annas Bett verstreut, und ich sammle sie ein, um sie später in die Wäsche zu tun. Auf Annas Nachttisch steht eine kleine Sammlung Fotos, direkt unter der Nachttischlampe, und ich nehme eins herunter. Es ist eine Aufnahme von mir und Rose, ich halte sie als winzigen Säugling im Arm und sehe genauso aus, wie ich mich meiner Erinnerung nach gefühlt habe, als dieses kleine Geschöpf in unser Haus kam: nervös, ein wenig beklommen, zugleich aber auch hellauf entzückt.

Das nächste Foto, ziemlich groß, fünfzehn mal zwanzig Zentimeter, ist eine Gruppenaufnahme, erst einige Jahre alt. Anna und ich albern herum, wir schneiden Grimassen, ziehen uns mit den Zeigefingern den Mund in die Breite und schielen dazu auch noch. Rose sieht ihre Mum an und kichert fröhlich. Leah und Gus sind ebenfalls dabei, beide schmunzeln. Ich weiß nicht, was über mich kommt, vielleicht bin ich einfach müde. Körperlich müde und außerdem der ewigen Traurigkeit so überdrüssig, dass ich meinem Zorn freien Lauf lasse; jedenfalls pfeffere ich das Bild quer durchs Zimmer, und dabei geht der Rahmen zu Bruch. Schwer atmend kehre ich ins Erdgeschoss zurück und schnappe mir meine Schlüssel. Mopsi ist nicht da, und sie fehlt mir. Ach, verflucht und zugenäht. Ich gehe langsam nach draußen zum Wagen, steige ein, schnalle mich an und fahre zu Leah.

»Ich will den Hund abholen«, erkläre ich kurz und bündig, als er mir öffnet. Ich höre Mopsi im Hintergrund bellen, also trete ich an ihm vorbei in den Flur und gehe in den hinteren Teil des Hauses, wo sie mir freudig-aufgeregt an den Beinen hochspringt. Ich hebe sie vom Boden auf und kuschle ein wenig mit ihr, noch immer recht schwer atmend.

»Gehörst du nicht ins Bett?«, fragt er. »Sehr toll hörst du dich noch immer nicht an.«

»Was? Dachtest du, ich wäre für immer verstummt, dass es mir für alle Zeit die Sprache verschlagen hat? Tja, Pech gehabt, Gus.« Ich lasse mich am Esstisch des Liebhabers meiner Tochter nieder und setze mir Mopsi auf den Schoß. »Ich hätte gern einen Kaffee, so einen aus eurer teuren italienischen Maschine. Mit Milch, ohne Zucker.«

Er wirkt furchtbar verlegen. Scheint richtiggehend erleichtert, als er zu der Kaffeemaschine eilen kann, auf der anderen Seite des großen Raums. Er fährt sich mit den Händen an den Hosenbeinen seiner Jeans entlang. Allein die Vorstellung, wie diese schwitzigen Hände über die Haut meiner Tochter fahren … ich verscheuche das Bild aus meinem Kopf, so gut es geht.

»Wir haben uns wirklich geliebt«, fängt er an, ohne mich anzusehen. »Das solltest du wissen. Sie war die größte Liebe und gleichzeitig das größte Problem meines Lebens.«

Ich schüttle mich ein wenig, stellvertretend für Anna.

»Aber ich liebe auch Leah. Und sie hat mir zuliebe kein kleines Opfer gebracht. Du weißt, was ich damals gleich zu Beginn klargestellt habe, als wir uns kennenlernten: dass weitere Kinder für mich nicht in Frage kommen, weil ich ja schon drei hatte. Sie ist bereitwillig darauf eingegangen, hat sich mit der Rolle der Stiefmutter begnügt, für Jen und die anderen. Ich liebe sie auch. Das klingt so einfach ...«

»Bitte. Mitgefühl hast du von mir nicht zu erwarten.«

»Darauf habe ich's auch nicht abgesehen. Ich wollte bloß erklären, wie das alles anfing, diese unmögliche Situation.« Er stellt mir eine Tasse Kaffee hin, nimmt mir gegenüber am Tisch Platz; er selbst trinkt nichts.

»Das möchte ich gar nicht wissen, Gus.« Mein Tonfall ist nüchtern und sachlich, auch wenn ich noch ein wenig heiser bin. »Meine Tochter war kaum erwachsen, als du dich mit ihr eingelassen hast. Was mich viel mehr interessiert: Was soll ich nun tun, deiner Ansicht nach? Wie soll ich mich jetzt verhalten?«

»Wie bist du dahintergekommen?« Er rückt mit seinem Stuhl zurück; scheint noch mehr Abstand von mir halten zu wollen, obwohl uns bereits ein ganzer Tisch trennt.

»Das tut nichts zur Sache. Beantworte meine Frage. Wie soll ich mit diesem Wissen nun weiterleben: dass du meine Tochter geschwängert hast, als sie gerade neunzehn war, ein Kind mit ihr hattest, während du weiter bei deiner Frau geblieben bist, die bereits eingewilligt hatte, dir zuliebe auf eigene Kinder zu verzichten.« Ich knalle heftig die Tasse auf den Tisch, und Kaffee spritzt in alle Richtungen; Gus, der sonst so peinlich auf Ordnung und Reinlichkeit bedacht ist, zeigt keinerlei Reaktion. »Sie hat dein Kind auf die Welt gebracht, und du hattest nichts dagegen, dass Sean in die Sache verwickelt wurde.«

Er hebt abwehrend die Hand. »Daran war ich nicht beteiligt, egal, was ich sonst auf dem Kerbholz haben mag. Nein, damit wollte ich nichts zu tun haben.«

Ich sehe ihn an und stoße langsam die Luft aus. »Sie war wieder schwanger.«

Er verzieht unglücklich das Gesicht.

»Du hast sie aufgefordert abzutreiben.«

»Ja«, sagt er leise. »Und sie ist völlig außer sich geraten und hat mit mir Schluss gemacht. Ich glaube nicht, dass sie mir das je verziehen hätte.«

Gus rollen Tränen über die Wangen, und ich wende abrupt den Blick ab. Sein Kummer ist mir gleichgültig.

»Sie hat Schluss gemacht?«

»Ja. Und diesmal war es ihr ernst. Diesmal war ich zu weit gegangen.«

»Ihr ist klar geworden, dass du Leah nie verlassen würdest.«

Er sagt nichts. Sitzt mit aufgestützten Ellbogen da und reibt gedankenverloren mit den Zeigefingern an seiner Stirn herum.

»Und warum solltest du auch? Wenn ich mich so umsehe, Gus ... Du hast das ›perfekte‹ Zuhause, die ›perfekte‹ Ehefrau. Wen kümmert es schon, wessen Leben du nebenher ruinierst, bei deinem Lebensstil.«

»Ich habe Annas Leben nicht ruiniert.«

»Ich hatte dich immer sehr gern, Gus. Du warst wie ein Bruder für mich.«

Sein Adamsapfel bewegt sich auf und ab, während er mühsam schluckt.

»Ich muss wissen, was du getan hättest.«

Er zuckt mit den Schultern. Lässt seinen Blick im Raum umherwandern, wie in der Hoffnung, die Antwort irgendwo an einer der Wände zu finden.

»Wie hättest du dich verhalten, wenn sie am Leben geblieben wäre?«

»Ich hätte sie weiterhin GELIEBT!«, bricht es aus ihm heraus.

»Ich habe sie geliebt. Wirklich geliebt. Diesmal war es ihr absolut ernst, als sie Schluss gemacht hat, und das hätte ich respektiert. Wie schon einige Male davor. Denn es gab bei uns immer wieder lange Trennungsphasen. Auch das habe ich respektiert.«

»Und Rose?«

Er antwortet nicht sofort. »Sie habe ich ja oft genug zu sehen bekommen. Ich kann mir auch nicht vorstellen, dass Anna das je unterbunden hätte. Letzten Endes wollte sie Leah ebenso wenig wehtun wie ich.«

Ich sitze da, mit Mopsi auf dem Schoß, die immer wieder versucht, mir übers Gesicht zu lecken, und mein Schwager sieht mich über den Tisch hinweg mit einem Ausdruck in den Augen an, als könnten meine nächsten Worte über Leben und Tod entscheiden.

»Wirst du es ihr sagen?«, fragt er leise.

Tja. Das ist sie, die alles entscheidende Frage.

»Wenn das hier ein Hollywoodfilm wäre, würde ich jetzt antworten: ›Nein, Gus. Aber du, du wirst es ihr sagen.‹«

Er lässt entmutigt den Kopf in die Hände sinken und murmelt immer wieder das Wörtchen »Nein« vor sich hin, leise, gebetsmühlenartig. Ich folge in etwa dem Rhythmus seiner Stimme, während ich Mopsi über den Kopf streichle. »Was wäre dabei zu gewinnen?« Er hebt den Kopf und sieht mich an, halb flehentlich, halb verzweifelt.

»Die Wahrheit?«

»Wozu? Man soll die Wahrheit auch nicht überbewerten, das hat selbst Anna so gesehen.«

»Anna war immer ehrlich und aufrichtig«, stoße ich zornig hervor, »bis sie in deinen Dunstkreis geraten ist.«

»Anna konnte genauso egoistisch sein wie jeder andere. Sie wusste, woran sie bei mir war, Jess. Ich habe ihr nie etwas vorgemacht.«

Ich schließe die Augen. So wird es wohl gewesen sein. Er musste ihr weder Handschellen anlegen noch mit der Peitsche drohen; auf die Beziehung mit ihm hat sie sich aus freien Stücken eingelassen, aus eigenem Entschluss.

»Ganz unschuldig waren wir beide nicht. Sie –«

»Nein, nicht.« Ich möchte über sie jetzt nichts Schlechtes hören.

»Ich möchte es dir doch bloß erklären; damit du es besser verstehst.«

»Ich gehe jetzt, Gus.« Ich stehe auf. »Werde Rose von der Schule abholen. Hast du sie die letzten Tage immer abgeholt?«

Er nickt.

»Gut. Ist jetzt nicht länger nötig.«

Ich bin schon halb den Flur hinunter, als ich hinter mir seine Stimme höre: »Sie ist ein wundervolles Kind, Jess. Du und Anna, das habt ihr glänzend hinbekommen. Und warum solltest du das nicht weiter hinbekommen? Wozu irgendetwas ändern, dazu besteht doch gar kein Anlass.«

Ich kehre umgehend zu ihm zurück, so schnell es meine angeschlagene Lunge zulässt. Baue mich vor ihm auf und lege los: »Sag mal, bist du eigentlich noch zu retten? Anna ist tot. Seit sie von dieser Lawine verschüttet wurde, ist für mich nichts mehr, wie es mal war. Das hat alles verändert. Und du, der du sie ja angeblich so geliebt hast, du sitzt hier und sonderst Banalitäten ab. Das Leben geht weiter, bla, bla, bla. Du widerst mich an.«

Er senkt den Blick auf den Tisch, vielleicht auch, um dem Speichel zu entgehen, der mir in Tröpfchen aus dem Mund stiebt. »Begeistert bin ich auch nicht von mir, aber du täuschst dich. Was ich gemeint habe, war, dass sich für Rose nichts ändern sollte. Für mich ist natürlich auch nichts mehr, wie es mal war.«

»Ach ja? Den Eindruck hab ich nicht. Auf mich wirkst du eigentlich so wie immer.« Wieder wende ich mich ab und marschiere davon in Richtung Haustür.

»Ich habe sie geliebt«, brüllt er mir nach.

»Du weißt doch gar nicht, was dieses Wort bedeutet«, schreie ich zurück. Und dann sehe ich sie – vor Schreck bleibt mir fast das Herz stehen. Jen, seine älteste Tochter, sitzt auf der Treppe, ungefähr auf halber Höhe, mit seltsam leerem Gesichtsausdruck. Ich stehe da und starre sie an, so durchdringend, dass er zu mir in den Flur kommt, um zu sehen, was los ist. Seine bestürzte Reaktion spricht Bände – offenbar hatte er keine Ahnung davon, dass sie noch zu Hause war. »Ich muss jetzt los. Rose abholen«, mit diesen Worten verlasse ich fluchtartig das Haus. Draußen im Wagen muss ich zunächst darum kämpfen, meine Atmung halbwegs in den Griff zu bekommen. Erst dann lasse ich den Motor an und fahre los zur Schule. Verdammt. Verdammt. Verdammt! Eine grässliche Beklommenheit steigt in mir auf. Selbst darüber zu entscheiden, ob ich Leah reinen Wein einschenke oder nicht, das ist das eine. Die Vorstellung aber, wie eine ohnehin cholerische Stieftochter es ihr beiläufig zwischen Tür und Angel erzählt – gar nicht auszudenken.

49. Anna

Raw Honey Blogspot, 07.12.2014

»M« kann heute nicht mit auf die Piste, er hat sich am Fuß verletzt. Es sieht toll aus da draußen: ganz frischer Pulverschnee, stellenweise meterdick, das will ich unbedingt ausnutzen. Deswegen habe ich den anderen schon Dampf gemacht, damit wir bald loskönnen; vor allem denen, die heute einen Brummschädel haben, weil sie bis tief in die Nacht Jägermeister gepichelt haben. Hoch mit euch, habe ich ihnen zugerufen, die frische Luft wird euch guttun.

Gestern Abend, als wir uns unterhalten haben, hat »M« erwähnt, dass er meditiert! Das hätte er für sich entdeckt, nachdem die Ehe mit seiner Sandkastenliebe schon nach einem Jahr gescheitert war und wieder geschieden wurde. Wir haben sehr lange darüber geredet, und er hat versprochen, mir diese Woche ein paar »Meditationstechniken für Anfänger« beizubringen. Die größte Freude im Leben besteht nach den Worten »M«s darin, den Weg zur inneren Stille zu finden; dankbar für das Hier und Jetzt zu sein; sich an dem zu erfreuen, was man hat, statt immer neue Dinge zu begehren, die man vermeintlich besitzen muss. »M« zufolge ist das, was wir uns zu wünschen glauben, sowieso oft nicht gut für uns.

»M«s Worte hatten auf mich eine eigenartig beruhigende Wirkung. Und sie haben mir dazu verholfen, in den frühen Morgenstunden einer unangenehmen Wahrheit ins Gesicht zu blicken: dass mein Leben in den letzten Jahren aus zu vielen Lügen bestanden hat. Meine Affäre; dass ich dadurch einer Frau wehtue, die ich sehr gernhabe, auch wenn sie nie etwas davon erfahren wird; dass ich »S« in diese Lüge mitverstrickt habe; Opa ... und nun noch eine Abtreibung, bei der ich mir einreden muss, dass eine Ansammlung von Zellen noch kein menschliches Leben ist, obwohl ich das in Wirklichkeit ganz anders sehe.

Ich bin wütend darüber, dass ich so vieles im Namen der Liebe getan habe. Es war Liebe. Und der Gedanke, ihn nicht mehr in meinem Leben zu haben, tut immer noch weh, aber war es das alles wert? »M« hat wahrscheinlich recht. »Was wir uns zu wünschen glauben, ist oft nicht gut für uns.«

Meine Aufgabe für heute also – wenn ich nachher da draußen bin, inmitten der Schönheit dieser Berge und die frische, reine Luft dort einatme –, einfach mal innehalten zwischendurch und versuchen, innerlich still zu werden. Wer weiß schon, was morgen sein wird?

Ha! »M«, in Wirklichkeit ein Guru!

Ohne es zu ahnen, sitze ich bei der Arbeit nur drei Meter von Meister Yoda entfernt!

SMS von Annas Smartphone, 7. Dezember 2014
Mama! Ich hab schon versucht, dich anrufen, aber du gehst nicht ran. Es ist ein herrlicher Tag – erinnert mich an das erste Mal, als ich mit Opa und dir im Skiurlaub war. Damals konnte ich kaum glauben, dass der Himmel so blau sein kann; die Kiefern so grün und die Sonne so warm, obwohl die Luft kalt und der Boden gefroren ist. Das war's vorerst. Alles Weitere erzähle ich dir, wenn ich wieder da bin. Bitte umarme Rose für mich ganz fest, ich werfe euch beiden eine Kusshand zu. Hab euch beide ganz doll lieb, bis zu den Sternen und darüber hinaus. xx

50. Theo

»Theo!«

Es war nach Arbeitsschluss; die Praxis war abgesperrt, und die meisten Mitarbeiter waren schon nach Hause gegangen. Er wandte sich zu der Stimme um; es war Elaine, die ihn gerufen hatte, vorne am Empfang. Er wandte sich um und ging zu ihr.

»Ich habe etwas für dich. Hat mir Charlie vorhin für dich mitgegeben, als ich im Krankenhaus war.« Elaine griff in ihre Handtasche und brachte nach kurzem Kramen einen quadratischen weißen Briefumschlag zum Vorschein. »Du würdest es schon verstehen, hat er gemeint?«

Theo verschränkte die Arme vor der Brust. »Was ist es denn?«

»Ja, keine Ahnung!« Sie sah kurz zu Samantha hinüber, der Rezeptionistin, die gerade ihre Sachen packte, und verdrehte stumm die Augen. »Es sieht verdächtig nach einer Karte aus. Du hast doch nicht etwa Geburtstag heute, oder? Verflucht! Sam, ist heute Theos Geburtstag?«

Samantha war überfragt. Sie zuckte die Achseln und sah Theo an.

»Nein, hab keinen Geburtstag«, brummte er, während er gerade den Umschlag öffnete. Er enthielt eine Klappkarte, die einst blanko gewesen war; die Sorte, die es in Läden für Bastelzubehör gab, zum Selbergestalten. Diese Karte zierte ein rundes gelbes Gesicht, mit Buntstiften gezeichnet; allerdings ringsherum noch mit feiner Schraffur plastisch schattiert und von großen bunten Punkten umgeben, das ungewöhnlichste Smiley, das Theo je gesehen hatte. Er lachte über die schwarzen Knopfaugen und den lächelnden schwarzen Mund. Er klappte die Karte auf:

Ich male nur fröhlich! Danke für alles, was Sie tun. C.E.

»Kommst du noch mit ins Duck, auf einen Schluck auf die Schnelle?«, wollte Elaine wissen.

Theo sah auf die Uhr. Schon fast sieben. »Gut, aber nur ein Glas. Ich komme nach, wir sehen uns drüben. Kannst du mir schon ein Lager besorgen, ein halbes Pint?«

Er schrieb Finn eine SMS, dass er erst um halb acht nach Hause käme, holte eilig seine Jacke und die Aktentasche aus seinem Zimmer und machte sich auf den Weg in den Pub direkt gegenüber, auf der anderen Straßenseite. Für den Abend hatte er geplant, mit Finn erst was zu essen und danach mit ihm vielleicht noch auf eine halbe Stunde bei Jess vorbeizusehen. Sie würde sich sicher freuen.

Der Pub war gerammelt voll, als er durch die Tür trat. Ihm fiel auch sofort ein, warum: Es war Karaoke-Abend. Jules war auch da, sie winkte mit beiden Armen, als sie ihn am Eingang erspähte, und kam zu ihm herüber.

»Was machst du denn hier?«, fragte sie. »Ich dachte, du kannst ›diese Achtzigerjahre-Balladen-Kacke‹, wie du es immer nennst, nicht ausstehen?«

»Völlig richtig. Aber ich treffe mich mit Kollegen hier, auf ein Feierabend-Bier.« Er deutete mit dem Kopf zu dem Grüppchen, das zusammen am Tresen stand.

»Ich wollte Jess neulich besuchen, und da hat man mir gesagt, sie wäre fort?«

Er blinzelte heftig. »Was? Tatsache?«

»Anscheinend ja.« Jules zuckte mit den Schultern. »So, mach's gut, Theo, ich bin gleich mit Singen dran.« Sie küsste ihn auf die Wange und kehrte wieder in die Menge der Karaoke-Enthusiasten zurück. Unter ihnen entdeckte er auch Jacqueline, die in seine Richtung sah. Er lächelte ihr zu und hob grüßend die Hand, dann steuerte er direkt auf Elaine zu und flüsterte kurz mit ihr.

Keine zwei Minuten später saß er in seinem Auto, wo er eilig eine SMS mit Instruktionen an Finn schrieb; er möge sich bereithalten, in zehn Minuten gehe es los. Sie würden zusammen noch mal wegfahren.

Als sie endlich öffnete, hielt er ihren Ersatzschlüssel vor ihr in die Höhe. »Ich hätte eine gewisse Zeit gewartet und dann den hier benutzt«, erklärte er und händigte ihr den Schlüssel wieder aus. Ihr Blick ruhte auf der zugedeckten Auflaufform, die er in den Händen hielt.

»Beas Paprika-Hähnchenauflauf. Der sehr gut ist, ich habe dir schon davon erzählt. Das hier reicht jedenfalls für vier, weil ich mir sicher bin, dass du noch nichts gegessen hast.«

Sie runzelte die Stirn. »Hunger habe ich keinen, aber kommt ruhig rein.«

Theo gab Jess im Vorbeigehen einen Kuss auf die Wange, und dann streckte sie die Hände nach Finn aus und umarmte ihn, ein wenig unbeholfen. »Hi, Finn«, begrüßte sie ihn. »Hähnchenauflauf. Mjam.« Sie rieb sich erst mit der Hand über den Magen und tat dann so, als würde sie sich den Finger in den Hals stecken. Die kleine Pantomime zeigte Wirkung; sein Sohn lächelte und wirkte schon viel weniger nervös als noch unterwegs im Auto.

»Wart's ab, das wird dir schmecken«, bekräftigte Theo. »Nun setz dich. Rose«, wandte er sich an die Kleine, sobald sie in sein Gesichtsfeld trat, »wärst du so lieb und zeigst Finn, wo ihr euer Geschirr und Besteck aufbewahrt?«

»Dürfen Finn und ich auf dem Sofa sitzen, Omi?«

Jess nickte. Theo war in der Küche bereits dabei, den Auflauf zu verteilen: Rose erhielt eine Kinderportion in einem kleinen Schälchen, Finn dagegen einen gut gefüllten großen Teller. Danach setzten sich die beiden auf das Zweiersofa am anderen Ende des Raums. Sie hatten ihr Essen auf den Knien stehen und unterhielten sich angeregt, ungewöhnlich für zwei Kinder in ihrem Alter, sechs und elf, wie Theo insgeheim überlegte. Finn hatte Rose gern, das war nicht zu übersehen; vielleicht fühlte er sich ihr auch deswegen verbunden, weil sie beide ohne Mutter fertigwerden mussten.

»Wenn ich bitten dürfte, ich hätte gern eine Portion, die noch warm ist?«

Theo riss seinen Blick von den Kindern los. »Klar. Entschuldige. War gerade in Gedanken.« Er füllte ein Schälchen voll und reichte es ihr. »Bitte schön, guten Appetit. Bitte iss was, du musst zu Kräften kommen.«

»Danke, dass du das mitgebracht hast. Ich habe Rose gerade Toast gemacht, vor einer Stunde etwa.« Sie sah zu ihrer Enkelin, die gerade dabei war, ihre Portion restlos zu verputzen. »Ich muss wirklich anfangen, wieder richtig zu kochen. Aber ich hab das Gefühl, ich weiß gar nicht mehr, wie das geht …«

»Nun, bis es dir wieder einfällt, werde ich einfach Bea bitten, immer die doppelte Menge zu kochen, dann kannst du das Essen für euch einfrieren.«

Jess lächelte, streckte den Arm aus und tätschelte ihm über die Hand. »Du bist schon ein guter Kerl, Theo Pope.«

Er verengte etwas die Augen. »Oje.«

»Wieso, oje?«

»Die Letzte, die zu mir meinte, ich sei ein guter Kerl, war

Harriet. Mit einem Koffer in der Hand, als sie gerade im Begriff war, mich zu verlassen, um ihr Leben mit einem anderen zu teilen.«

Sie zuckte die Achseln. »Na ja, damit hat sie ja nichts Falsches gesagt, oder? Denn genau das bist du …«

Danach widmeten sie sich ihrem Essen, jeder für sich, in einvernehmlichem Schweigen. Als er später das Geschirr in die Spülmaschine räumte, kam sie zu ihm und lehnte sich an die Spüle. »Ich war vorhin kurz bei Gus.«

»Du bist heute aus dem Krankenhaus entlassen worden und direkt dort vorbeigegangen? Jess, also wirklich. Du musst schon auf die Ärzte hören, wenn die dir den Rat geben, es erst mal ruhig angehen zu lassen.«

Sie packte ihn am Handgelenk und drückte es kurz, so fest, dass er ihre Fingernägel zu spüren bekam.

»Aua«, flüsterte er.

»Wir haben uns gestritten. Es fiel das eine oder andere unschöne Wort.«

Theo schüttelte den Kopf.

»Jen hat alles mitbekommen. Wir haben es beide nicht gewusst, aber Jen war im Haus und hat anscheinend alles mitangehört.«

»O Gott, nein …«

»Doch. Nun brauche ich mir also keine Sorgen mehr darum zu machen, dass ich meiner Schwester irgendwann das Herz brechen könnte, weil ich die Wahrheit nicht mehr für mich behalten kann. Weil ihre Hexe von Stieftochter das für mich übernehmen wird.«

»Vielleicht auch nicht.«

Sie zog bloß die Augenbrauen hoch, und er blickte kurz zu den Kindern hinüber. Rose sah kichernd dabei zu, wie Finn sich an ihrem Zauberwürfel versuchte.

Sie tupfte sich mit einer Serviette die Stirn ab. »Ich weiß nicht, was ich nun tun soll«, sagte sie.

»Warte einfach«, empfahl Theo. »Wenn's irgendwann rundgeht, bekommen schon alle ihr Fett weg.«

»Omi!« Rose kam zu ihr gelaufen. »Guck mal!« Sie reckte ihr den korrekt gelösten Zauberwürfel entgegen. Jess sah ihn sich von allen Seiten an und blickte dann zu Finn hinüber. »Gut gemacht, bravo«, lobte sie ihn mit einem Lächeln. »Wenn das mal nicht an deiner wundervollen Assistenzlehrerin liegt. Die ist schon genial.«

»Ja, stimmt.« Er nickte. »Aber mit Zauberwürfeln kennt sie sich, glaube ich, weniger aus.«

»Großer Irrtum.« Sie verstellte den Würfel wahllos, bis alle Felder wieder bunt gemischt waren. »Nur zu, miss die Zeit, wie lange ich brauche.«

Finn rief die Stoppuhr in seinem Smartphone auf und stellte sie. Genau sechs Minuten und dreiundvierzig Sekunden später reichte sie ihm den gelösten Würfel zurück.

Theo war beeindruckt, und Rose schlang ihr die Arme um die Hüfte. »Ich wusste ja gar nicht, dass du das kannst, Omi.«

Sie wuschelte ihr durch die Locken. »Es gibt so manches, was du nicht von mir weißt.«

»Aber Finn war schneller.« Lachend wandte sie sich um und lief zu dem Sofa zurück. Finn, der offenbar nicht recht wusste, was er sonst tun sollte, folgte ihr, mit tief in den Jeanstaschen vergrabenen Händen.

»Er sieht dir von Tag zu Tag ähnlicher«, raunte Jess Theo leise zu, während sie seinem Sohn nachschaute.

»Ja, ich weiß.«

»Und Rose sieht genauso aus wie Anna.«

Theo ließ sich auf einem der Hocker am Frühstückstresen nieder, ganz außen am Rand. »Warum hast du mich nicht angerufen, als du aus dem Krankenhaus gekommen bist?«

»Weil ich so schnell wie möglich das Gelände verlassen wollte. Ehe die es sich anders überlegen und mich doch dabehalten konnten.«

Sie legte sich Daumen und Mittelfinger der rechten Hand um ihr linkes Handgelenk, und er beobachtete, wie sie mit den Fingern daran auf und ab fuhr, als litte sie unter Juckreiz. Dann hob sie beide Hände ans Gesicht und stieß hinter ihren Fingern ein Seufzen aus.

»Es war ein harter Nachmittag.«

Theo, ganz der Arzt, horchte genauer auf den Takt ihrer Atemzüge. »Du solltest dich wirklich besser hinsetzen«, sagte er. »Na komm.« Er lotste sie ins vordere Wohnzimmer und sorgte dafür, dass sie sich aufs Sofa setzte. Ließ sich neben ihr nieder und klappte ihren Laptop auf, der vor ihnen auf dem Couchtisch stand. Behielt gespannt den Bildschirm im Auge, während das Gerät aus dem Schlafmodus zum Leben erwachte. Jess ließ den Kopf auf die Sofalehne zurücksinken und schloss die Augen.

»Du willst fortziehen.« Er betrachte die Website, die nun auf dem Bildschirm zu sehen war: ein Immobilienmakler, der Mietobjekte in Windermere und Umgebung im Angebot hatte. »Du hast beschlossen, wegzugehen, nicht wahr?«

Sie schlug die Augen auf, stellte mit einem Blick auf den Laptop fest, dass er ihr bei ihrer Recherche auf die Schliche gekommen war. »Nein. Entschieden habe ich noch gar nichts, Theo.«

Er merkte, dass sie mit bewusst gedämpfter Stimme sprach. »Ich hab's gewusst. Jedes Mal, wenn ich als ›guter Kerl‹ tituliert werde. Das ist das Warnzeichen.«

»Theo ...«

»Nicht.« Er wehrte ihre Hand ab, die sie eben nach ihm ausstreckte, stand auf und entschuldigte sich kurz.

Das winzige Gäste-WC unter der Treppe war so niedrig, dass er sich leicht bücken musste, um ans Waschbecken zu treten. Ein Spiegel war glücklicherweise nicht vorhanden. Er stand auf das Becken gestützt da und starrte die weiße Wand direkt vor sich an. Genau das hatte er im Stillen befürchtet, schon seit ... seit wann genau, wusste er nicht mehr. Sie hatte die Wahrheit herausgefunden. Oder die Wahrheit hatte sich ihr offenbart. Unwichtig, wie es nun genau zugegangen war. Er hatte sich ihr gegenüber für Stillschweigen entschieden, und nun war sie der Wahrheit trotzdem auf die Schliche gekommen. Während er die mattweiße Wand vor sich anstarrte, geriet er ins Grübeln; über die Frage, warum genau er sich eigentlich dagegen entschieden hatte, ihr die Fakten aus Annas Brief zu verraten. Nur aus selbstlosen Beweggründen? Oder vielleicht eher, weil er geahnt hatte, dass Jess, wenn sie die Wahrheit erfuhr, beschließen könnte, von hier wegzuziehen, um irgendwo anders neu anzufangen, möglichst weit weg von Gus. Vielleicht hatte ihn weniger die Absicht motiviert, das Auseinanderbrechen ihrer Familie zu verhindern, als vielmehr der Wunsch, sie weiter in seiner Nähe zu haben. Er klammerte sich am Waschbeckenrand fest, bis seine Knöchel weiß hervortraten. Kaute an der Innenseite seiner Wangen herum, bis er Blut schmeckte. Und als er schließlich die Tür öffnete, wurde er schon von Jess erwartet, die direkt davor stand.

»Entschieden ist noch gar nichts«, sagte sie abermals und versuchte, seine Hand zu nehmen.

»Die Kinder sind beide im Haus.« Mit diesen Worten machte er sich von ihr los und setzte sich in Bewegung in Richtung Wohnküche.

Wodka pur. Auf dieses Getränk schwor sie anscheinend. Theo kippte auf dem Sofa im Fernsehzimmer ein halbes Glas auf ex hinunter und lauschte dann auf das Ticken von Harriets alter Standuhr draußen im Flur. Die Zeit, so kam es ihm vor, hatte sich verlangsamt. Mit jedem Schluck, da war er sich sicher, schien das »Tick« sich endlos in die Länge zu ziehen, gefolgt von einer ebenso endlosen Stille, ehe dann endlich das »Tack« zu hören war. Er schloss die Augen. Morgen, beruhigte er sich, war ein neuer Tag. Ein anderer Tag.

– Eine schöne Binsenweisheit, nicht wahr, Anna?
– Geh besser schlafen, Theo.

– Ich möchte nicht, dass sie von hier fortzieht.
– Ich weiß.
– Ich war heute Abend nicht besonders nett zu Jacqueline. Hab so ein bisschen die Flucht ergriffen, um nicht mit ihr reden zu müssen. Es war gemein von mir.
– Geh besser schlafen, Theo.
– Ich hasse Konfrontationen aller Art.
– Ich weiß.
– Gute Nacht, Anna.
– Gute Nacht, Theo.

Am Morgen darauf, in seinen Schläfen pochte es dumpf, als würde dort von einer Blaskapelle mit Kesselpauken der Takt geschlagen, hörte Theo eine Nachricht ab, die um Mitternacht auf seiner Mailbox hinterlassen worden war:

Theo, es tut mir leid. Gerade dich möchte ich nicht vor den Kopf stoßen, und genau das habe ich getan. Ich habe in Annas Blog gelesen, und das hat mir dabei geholfen, mich ihrem Tod in einer Weise zu stellen, die ich nie für möglich gehalten hätte. Dabei ist mir viel über mich klar geworden, womit ich mich näher auseinandersetzen muss. Damit habe ich nicht gerechnet – dass ich, gerade zu einer Zeit, in der mir mit Schrecken klar wird, wie wenig ich über sie wusste, mehr über mich herausfinde. Entschuldige, jetzt gerate ich ins Schwafeln …
Rufst du mich an? Wir müssen dringend reden.

51. Jess

Ausgerechnet jetzt, wo mein Körper Ruhe braucht, leide ich wieder unter Schlafstörungen. Gestern Abend kam Rose ins Zimmer und hat sich zu mir ins Bett gelegt; ich habe nichts gesagt, weil ich zu müde zum Streiten war. Außerdem hat sie zu meinem Entzücken wieder vor sich hin geplappert. Ja, ihr Geplapper, das so typisch ist für sei. Es war seit Annas Verschwinden verstummt, etwas, das mir bisher gar nicht aufgefallen war. Rose hat zwischendurch einige Male hier bei mir geschlafen, und sie hat auch geredet, doch erst gestern Nacht, beim unverkennbaren Klang ihres Plapperns, merkte ich überhaupt, dass es seit langem gefehlt hatte. Der Klang ihrer Stimme dabei ist wie Blut für meine Adern, Pollenstaub für Bienen oder Liebe für die Seele. Ich brauche es einfach.

Früh am Morgen habe ich Theo eine SMS geschickt, mit der Anfrage, ob er sie für mich zur Schule bringen könnte, und seine Antwort bestand aus einem einzigen Wort. Ja.

Ich habe Rose Toast zum Frühstück gemacht, den sie sich nun schmecken lässt; dabei krümelt sie das halbe Bett voll, aber das ist mir ausnahmsweise egal. Heute Morgen kommt es mir nur darauf an, dass ich so weit dazu in der Lage bin, mich ins Auto zu setzen und zu Leah zu fahren – dazu muss ich halbwegs atmen können, das ist das A und O. Ich greife zum Telefon, gebe die Nummer meiner Eltern ein. Es ist zwar erst halb neun, aber Mum wird bereits auf den Beinen sein und den Frühstückstisch gedeckt haben, während Dad oben gerade von den Pflegern versorgt wird.

Nach dem zweiten Klingeln geht Mum ans Telefon.

»Ist sie bei euch?« Mein beklommener Tonfall entspricht ziemlich genau meiner Gemütsverfassung. Seit gestern Nachmittag versuche ich nun ohne Erfolg, Leah zu erreichen; habe es den ganzen Abend und bis in die Nacht probiert, immer wieder, aber vergebens. Das hat es noch nie gegeben. Auch Gus geht nicht an sein Handy. Jen, das spüre ich in jeder Faser meines Körpers, hat alles ausgeplaudert.

»Du klingst immer noch furchtbar.« Meine Mutter übergeht meine Frage und konzentriert sich stattdessen auf mich. »Ich mache mir Sorgen um dich.«

»Ist sie bei euch, Mutter?« Ich muss mich stark beherrschen, um nicht laut zu werden; meine Mutter wiederum antwortet mit gedämpfter Stimme.

»Ja. Sie ist gestern Abend hier aufgetaucht, es war schon ziemlich spät. Und nun telefoniert sie seit etwa einer Stunde. Es fallen ziemlich viele Kraftausdrücke.« Mum seufzt.

»Arme Mum, es tut mir leid.« Ich schließe die Augen. »Wenn es uns schlecht geht, flüchten wir zu dir nach Hause. Immer noch.«

»Ja. Aber diesmal konnte Leah ja nicht zu dir, das muss man fairerweise festhalten, Liebes.«

Es klingelt an der Tür. Ich öffne ruckartig die Augen. »Das ist Roses Fahrdienst, Mum. Ich melde mich gleich noch mal.«

Unten im Erdgeschoss machen sich meine völlig überreizten Nerven bemerkbar. Etwas stimmt nicht mit meiner Wahrnehmung, alles wirkt verschwommen, verschoben, als wäre ich irgendwie betrunken. Nur Roses Plappern nehme ich ganz deutlich wahr. An der Tür ziehe ich sie noch einmal zurück und streife mir ein flauschiges Haargummi vom Handgelenk, mit dem ich ihre Locken zu einem lockeren Pferdeschwanz zusammenbinde. Nicht ideal, aber es muss genügen.

Als ich die Tür öffne, steht nicht Theo vor mir, sondern Finn. »Morgen, Mrs P. Dad lässt ausrichten, dass Sie sofort wieder ins Bett gehen sollen. Hallo, Rose, na, bist du startklar? Soll Bea sie heute Nachmittag abholen, Mrs P.?«

Rose blickt zu mir hoch, mit einem verwirrten Ausdruck im Gesicht.

Ich schüttle den Kopf. »Richte deinem Dad aus, das ist nicht nötig. Das erledige ich schon, aber danke der Nachfrage, sehr nett.« Ich winke ihnen nach. Theo blickt im Wagen nicht auf, es wirkt so, als wäre er mit seinem Telefon beschäftigt. Ich wünsche mir, dass er den Blick hebt, zu mir herübersieht, ohne einen Gedanken daran zu verschwenden, wie ich aussehe: blass, zerzaust, übernächtigt. Sein Blick jedoch bleibt stur nach unten gerichtet, bis Rose hinten in den Wagen einsteigt. Daraufhin legt er den linken Arm um die Rücklehne des Beifahrersitzes, sieht hoch in den Rückspiegel und setzt den Wagen aus der Auffahrt auf die Straße zurück. Er hat nicht zu mir herübergesehen. Kein einziges Mal.

Von der Diele aus rufe ich noch einmal bei Mum an. Ich bin barfuß, und die Steinfliesen, auf denen ich stehe, sind unangenehm kalt; ich fröstle und bereue es, mir nicht meinen Morgenmantel übergestreift zu haben. Wieder meldet sie sich nach dem zweiten Klingeln.

Eine Begrüßung spare ich mir, nehme den Faden dort wieder auf, wo wir gerade unterbrochen wurden. »Ich habe keine Ahnung, was ich zu ihr sagen soll. Habe ein wenig Angst, dass sie sich weigert, überhaupt mit mir zu reden.«

»Lass ihr Zeit. Sie steht noch unter Schock.«

»Ich möchte bloß, möchte bloß …« Ich presse die Zähne aufeinander, wild entschlossen, nicht zu weinen.

»Lass ihnen Zeit, Jess. Das müssen die beiden unter sich klären, allein.«

»Meinst du, die Möglichkeit besteht?« Einerseits schöpfe ich bei dem Gedanken Hoffnung, andererseits entsetzt mich die Vorstellung. Da die Vermutung naheliegt, dass es Jen war, die Leah alles erzählt hat, bin ich auf sie extrem schlecht zu sprechen; insgeheim aber auch erleichtert, dass mir dadurch eine Last abgenommen worden ist. Wie ich mit diesem Wissen umgegangen wäre, ob ich das Schweigen eines Tages einfach nicht mehr ausgehalten hätte – all das werde ich nun nie erfahren.

»Keine Ahnung«, räumt Mum ein. »Wirklich nicht. Aber hör zu, Jess, du bist noch immer krank. Deshalb möchte ich nicht, dass du dich in diese Sache zu sehr verbeißt.«

Tatsächlich reibe ich mir gerade mit der Hand über den Kopf, weil sich bei mir ein dumpfer Kopfschmerz anbahnt. »Mum, meine Tochter ...« Ich muss kurz innehalten. »Meine Tochter hatte ein Verhältnis mit dem Mann, der mit meiner einzigen Schwester verheiratet ist. Sie hat ein Kind von ihm bekommen. Und Leah hat ihm zuliebe auf Kinder verzichtet.« Ich schüttle den Kopf. »Das ist so ungeheuerlich, da fehlen mir die Worte. Es macht mich stinkwütend. Stellvertretend für sie, verstehst du.«

»Tja. Aber das ändert auch nichts.«

»Nein«, pflichte ich ihr bei.

»Bitte, Jess, du darfst dir davon nicht das Bild trüben lassen, das *du* von Anna hast. Und auch deine Liebe für Rose darf dadurch nicht beeinträchtigt werden.« Unausgesprochen scheint sie dabei anzudeuten, dass für Leah das Gegenteil gilt; dass für sie beide nun verdorben sind.

»Letztere ist unerschütterlich, und an Ersterem arbeite ich, der Prozess ist noch nicht abgeschlossen. Heute ...« Ich atme versuchsweise durch, so tief es eben geht. »Heute werde ich einfach nur dankbar sein, dass mir das Atmen schon etwas leichter fällt.«

»Das ist ein guter Anfang.«

»Mum?«

»Ja, Schatz?«

»Schick sie zurück, ich muss sie sehen. Sie geht ja nicht ans Telefon, wenn ich anrufe.«

»Sie fährt zurück, wenn ihr danach ist, Jess. Du musst jetzt erst mal wieder gesund werden, und sie muss tun, was sie eben tun muss. Und wo, das ist allein ihre Sache.«

Ich verabschiede mich und lege auf. Und begebe mich unverzüglich nach oben in mein Zimmer, um mich wieder ins Bett zu begeben.

Sean, gleichgültig, was ich sonst je über ihn geäußert habe, hat sich als wirklich guter Kerl erwiesen. Irgendwie hat er es geschafft, Rose seinen Umzug nach York als »beste Idee der Welt« zu verkaufen. Er hat sie abgeholt, zum Abendbrot bei sich zu Hause, und sie haben inmitten der Umzugskartons zusammen Pizza gegessen. Und jetzt berichtet sie mir ganz aufgeregt von York und den »Ferien«, die sie dort verbringen wird. Während sie spricht, behalte ich sie genau im Auge; anders als erwartet jedoch gerät sie keineswegs außer sich bei der Aussicht, nun potenziell auch noch ihren Daddy zu verlieren. Ich war mindestens auf Tränen gefasst, doch es fließt keine einzige, so aufmerksam ich ihre Augen auch beobachte. Dann verstehe ich. Mit ihren gerade einmal sechs Jahren hat sie bereits gelernt, was es heißt, einen Menschen wirklich zu verlieren. Und mit ihrem Kinderverstand hat sie erkannt, dass York damit verglichen harmlos ist; eine rein geographische Größe.

In ihrem Zimmer gehen wir ihre Erinnerungskiste durch, die auf dem Boden steht. Sie plappert währenddessen vor sich hin, und dabei kommt etwa hundertmal die Wendung »Ante Leah« vor, was sich für mich so anfühlt, als würde mir ein Specht ihren Namen ins Gehirn einhämmern. Ich werfe einen Blick auf mein Handy – nichts von ihr. Auch Theo scheint komplett abgetaucht zu sein. Ich schlinge eng die Arme um mich, als würde ich frieren.

»Weißt du was, Omi?«, sagt Rose und blickt mich an. Wieder einmal fällt mir auf, wie frappierend ihre Augen denen von Anna und Doug ähneln.

»Was denn, Schatz.«

»Das hier mag ich am liebsten.« Letzten Endes habe ich zu dieser Kiste für Rose dann doch nichts beigesteuert. Bin keine Fotos oder andere Dinge durchgegangen, mit denen sich die ohnehin schon perfekte Sammlung von Andenken womöglich noch hätte aufwerten lassen. Leah hat mich auch nicht mehr daran erinnert, spürte anscheinend, dass ich dazu einfach nicht in der Lage war. Weil es noch immer Momente gibt, die für mich schwierig sind, und das versteht Leah, ebenso wie auch Theo. Diese Momente scheinen eine Art Eigenleben zu führen, sie überfallen mich ganz unvermutet, umstellen mich, winken mich gespenstergleich näher, ziehen mich in ihren Bann. Und ich muss dem ein Ende setzen. Muss diese Momente rechtzeitig erkennen lernen, um sie abzuweisen und sich in Nichts auflösen zu lassen, denn wenn ich mich ihnen auch nur ein winziges Stück nähere, verschlingen sie mich mit Haut und Haar.

Rose reicht mir ein Foto. Leah hat es letzten Sommer aufgenommen, hier im Garten. Zu sehen ist Anna, die auf einer im Gras ausgebreiteten Decke liegt; sie trägt eine Sonnenbrille, und ihr Kopf wird von ihrem Haar umrahmt wie von einer Art Fächer. Sean sitzt neben ihr, mit Rose vor sich, die zwischen seinen nach links und rechts abgewinkelten Beinen hockt; er lacht über irgendetwas, was Rose gerade gesagt hat. Und da im Hintergrund bin ich, bloß mein Gesicht, in der Ecke links oben. Ich erinnere mich gut daran, wie saukomisch ich die Idee fand, mich mit aufs Bild zu schmuggeln, während Leah die drei gerade fotografierte. »Warum magst du es am liebsten?«, frage ich Rose.

»Es ist meine Familie«, sagt sie mit einem kleinen Achselzucken. Fast so, als hätte ihre Omi gerade eine unfassbar dumme Frage gestellt, über die sie großmütig hinweggeht.

Ich reiche ihn ihr zurück, diesen Schnappschuss von Anna und Sean, die zwar nicht liiert waren, aber trotzdem ihre »Eltern«. Den Schnappschuss mit ihrer verrückten Großmutter, oben in der Ecke. Ihre Familie.

Am Tag darauf bin ich mittags mit Theo bei Costa verabredet. Ich achte darauf, etwas früher da zu sein; besorge schon einmal Sandwiches und Kaffee für ihn und mich und erwarte ihn damit an unserem Stammplatz ganz hinten im Café. Er wirkt abgehetzt, als er kurz darauf eintrifft.

»In vierzig Minuten muss ich wieder in der Praxis sein«, erklärt er gleich eingangs, als er mir zur Begrüßung einen Kuss auf die Wange gibt.

»Ist schon okay. Was du zu sagen hast, wird ja nicht so lange dauern.«

Er sieht mich stirnrunzelnd an, während er seine Jacke ablegt. Heute ist er eher zwanglos gekleidet, trägt einen hellblauen Pulli zu einer dunkelblauen Hose mit Bundfalten. Er greift nach seinem Kaffeebecher und entfernt den Deckel. Ich lächle; das macht er jedes Mal, um den Kaffee im offenen Becher etwas abkühlen zu lassen und dann in großen Schlucken zu trinken. Ich dagegen mag gerade die kleine Trinköffnung im Deckel, weil sie mir ermöglicht, den Kaffee ganz langsam zu trinken, in winzigen Schlückchen; so habe ich das Gefühl, mehr davon zu haben.

Er öffnet die Packung mit dem Hähnchensandwich und beißt heißhungrig in das erste Dreieck; dabei sieht er mich weiter fragend an.

»Du brauchst dich ja nur zu entschuldigen«, kläre ich ihn auf. »Das geht doch wohl recht schnell.«

Er hört kurz auf zu kauen, verengt ein wenig die Augen.

»Du brauchst nur zu sagen: ›Entschuldige, Jess, tut mir leid, dass ich so ewig lang geschmollt habe, weil du dir überlegt hast, vielleicht von hier wegzuziehen. Mir ist klar, dass du vieles gründlich durchdenken musst, das ist sicher nicht leicht für dich. Seien wir ehrlich, du hast bereits genug mit deiner Trauer zu tun, und nun ist auch noch diese Sache dazugekommen. Und ich verstehe, ich verstehe vollkommen, dass du tun musst, was für Rose am besten ist …‹«

Er schluckt, legt das angebissene Sandwich zurück auf die Packung. »Ich schmolle nicht«, stellt er klar, »aber sonst stimmt alles. Ja, es tut mir leid. Entschuldige.«

»Und ich, ich muss darauf bloß antworten: ›Theo, ich lasse auf dich nichts kommen, du bist immer für mich da gewesen. Und falls da etwas zwischen uns läuft, finden wir schon eine Lösung. Keine Ahnung, wie oder wo genau, aber das bekommen wir irgendwie hin. Und sollte diese Nacht neulich bloß ein einmaliger Ausrutscher gewesen sein, wird sie mir zumindest als etwas ganz Besonderes in Erinnerung bleiben.‹ Siehst du?« Ich werfe einen Blick auf die Uhr. »Nur zwei Minuten, länger dauert das nicht.«

Er nimmt schweigend das Sandwich und beißt ein weiteres Mal hinein. Auch ich packe meins nun aus, und so sitzen wir zusammen da und essen, umgeben vom lebhaften Kommen und Gehen der anderen Gäste in dem Café. Es ist, als würde alles um uns herum beschleunigt ablaufen, wie im Zeitraffer gefilmt; wir dagegen bilden eine Art Insel der Ruhe inmitten all der Hektik, während wir an unserem Tisch sitzen und schweigend unsere Mahlzeit einnehmen.

Schließlich ergreife ich wieder das Wort. »Leah weiß Bescheid. Jen hat ihr offenbar alles erzählt. Sie ist hoch zu unseren Eltern geflüchtet und geht nicht ans Telefon, wenn ich sie anzurufen versuche.«

Er reißt ein wenig die Augen auf. Scheint nicht recht zu wissen, was er sagen soll. Stützt den Ellbogen auf den Tisch und lässt das Gesicht in die Hand sinken.

»Hat's dir die Sprache verschlagen?«

»Was soll ich denn sagen?« Er seufzt. Nimmt über den Tisch hinweg meine Hand, zieht sie zu sich und umfasst sie mit beiden Händen. »Tut mir leid, das zu hören.«

So sitzen wir eine Zeitlang da und hängen unseren Gedanken nach, jeder für sich. Dann sieht er unvermittelt auf die Uhr.

»Sehr lange habe ich nicht mehr. Muss dann auch bald los.«

Ich nicke.

Er drückt meine Hand. »Was wünschst *du* dir, Jess? Was wäre dir am liebsten?«

Ich lache nervös auf. Am liebsten hätte ich meine Tochter zurück, ehrlich gesagt. Mein früheres Leben, so, wie es war. Die

Familie, die ich hatte. »Das weiß ich eben nicht so recht«, sage ich stattdessen.

Er zuckt mit den Schultern. »Ist doch gar nicht so kompliziert. Möchtest du selbst umziehen, oder fühlst du dich eher dazu verpflichtet? Möchtest du eine Beziehung oder nicht? Was genau möchtest du?«

Meiner Tochter zufolge kann ich knallhart sein, sehe alles immer in Schwarz und Weiß, mit wenigen Grautönen dazwischen. Daneben billigt sie mir immerhin zu, dass ich andere nicht vorschnell verurteile, bescheinigt mir aber gleichzeitig eine Art Kontrollwahn. Sie wollte ausziehen, und ich habe sie daran gehindert. Es hat wehgetan, so den Spiegel vorgehalten zu bekommen. Weil ich so nicht sein möchte.

»Ich möchte Rose so erziehen, dass sie sowohl Wurzeln als auch Flügel hat. Das mit den Wurzeln habe ich bei Anna, glaube ich, hinbekommen, an ihrem freien Flug aber habe ich sie offenbar behindert.«

Er bietet mir seine offene Hand dar, in der Mitte des Tisches, und ich lege meine Hand hinein. »Vollkommen sind wir alle nicht.«

»Nein.« Ich lächle. »Du neigst zum Schmollen …«

»Na schön«, räumt er ein. »Kann sein.«

»Ich werde Hilfe brauchen, Theo. Darauf läuft es im Grunde hinaus. Ich denke, dass es Rose guttun würde, in Seans Nähe zu sein. Und es würde ihr auch guttun, in Dougs Nähe zu sein. Oben an den Seen zu leben, in dieser Umgebung aufzuwachsen. Mit meinen Eltern in der Nähe, ihrer Oma und ihrem Opa, wie sie sie nennt. Und falls ich auf Leah künftig verzichten muss, wäre es, glaube ich, auch gut für mich. Ich benötige ein Netzwerk von Unterstützern. Allein schaffe ich das nicht.«

»Wenn wir mehr als nur Freunde wären, du und ich, wärst du nicht allein.«

»Wenn wir mehr als nur Freunde wären, würde die Entfernung zwischen uns keine Rolle spielen.«

Er nickt. »Verstehe«, sagt er. »Rose kommt für dich an erster Stelle. Geht mir mit Finn genauso.«

Damit gibt er mir zu verstehen, dass sein Platz hier ist, zu Hause bei seinem Sohn, in Finns gewohnter Umgebung. Dass er seine Zelte hier nicht abbrechen wird, um mit mir hoch in den Norden zu ziehen. Ich würde es mir nicht anders wünschen.

»Es werden sich immer Gelegenheiten ergeben, wenn Rose bei Sean ist und Finn in London bei Harriet. Versuchen könnten wir es zumindest. Wenn das zwischen uns was Ernstes ist, könnte es hinhauen. Und falls nicht, tja ...« Ich zucke mit den Schultern, drücke seine Hand.

Auf der Heimfahrt lege ich einen Zwischenstopp an der Tankstelle ein, zu der auch ein Supermarkt gehört, um einen Vorrat Fertigsuppen und Brot zu besorgen. Zu Hause stelle ich meine Einkäufe in der Küche auf die Arbeitsfläche – und erschrecke mich halb zu Tode, als ich mich umdrehe. Leah sitzt auf dem alten Sofa. Ich blicke ratlos in Richtung Haustür, während mir das Herz bis zum Halse klopft.

»Ich bin zu Fuß hergekommen, deshalb steht draußen kein Auto«, erklärt sie. »Brauchte nach der langen Rückfahrt heute Vormittag etwas frische Luft und Bewegung, deswegen. Können wir noch mal raus? Geht's dir dafür gut genug, meine ich?«

Ich nicke. Halte meinen Schlüssel noch in der Hand.

»Gut, also dann. Ich möchte dir nämlich etwas zeigen.«

Wir steigen in mein Auto, sie dirigiert mich zum hiesigen Park. Wir haben uns zur Begrüßung nicht umarmt, nicht geküsst, gar nichts. Sie sitzt neben mir und schweigt. Das ist völliges Neuland für uns, aber ich weiß, wann ich den Mund zu halten habe. Soll sie sprechen, wann sie es für richtig hält.

Im Park gibt es einen großen Teich, etwa hundert Meter hinter dem Eingang mit dem schmiedeeisernen Tor. Und dort will sie offenbar hin. Ich bemühe mich, mit ihr Schritt zu halten, und lasse mir nicht anmerken, wie sehr mir bei diesem Tempo die

Lunge brennt. Sie lässt sich auf der ersten Bank nieder, an der wir vorbeikommen, und ich setze mich neben sie. Anna und ich sind früher immer hierhergekommen, um die Enten zu füttern. Doch ich behalte diese Erinnerung für mich.

»Es war hier, vor ein paar Jahren. Ich habe dir nie davon erzählt.«

Ein bei uns vollkommen ungewohnter Satz. »Ich habe dir nie davon erzählt.« Sechs Wörter nur, bei denen mir sofort mulmig zumute wird. Leah erzählt mir sonst immer alles. Wenn sie erst mal ins Plappern gerät, hebe ich gern die Hand und sage: »So genau möchte ich es gar nicht wissen«, um sie etwas zu bremsen.

»Ich habe hier gesessen«, fährt sie fort. »War gerade zu dem Entschluss gelangt, ihn zu verlassen, wenn er nicht dazu bereit wäre, zu akzeptieren … dass es ein ausreichender Grund wäre, ihn zu verlassen.« Sie richtet den Blick in die Ferne, ich sehe, dass sie Tränen in den Augen hat. Ich weiß nicht, was nun kommt, doch ich kann nicht länger an mich halten. Versuche, nach ihrer Hand zu greifen, aber sie weicht heftig zurück. »Nein. Du musst mir jetzt gut zuhören. Ich war schwanger. Und hier habe ich angefangen zu bluten. Genau hier, auf dieser Bank.«

Ich spüre einen Kloß im Hals. Schlucke mühsam dagegen an.

»Ich war unterwegs nach Hause, um es ihm zu sagen. Um ihn davon zu überzeugen, dass wir das Kind zusammen bekommen sollten. Und ich habe es verloren. Einfach so.«

Ich sitze neben ihr und wage kaum zu atmen.

»Gestern Nacht habe ich im Kopf ausgerechnet, dass Rose acht Monate später auf die Welt gekommen ist.«

Ich muss heftig nach Luft schnappen.

»Es war wohl ein besonders zeugungsfreudiger Monat für ihn«, stellt sie fest, während ihr Blick wieder in die Ferne gerichtet ist, hinüber zum Horizont.

Wieder versuche ich, ihre Hand zu nehmen. Und wieder entzieht sie sich mir.

»Du musst eines verstehen«, sagt sie. »Ich werde ihm nie verzeihen. Es ist aus zwischen uns. Aber mehr noch, ich werde ihr nie verzeihen. Nur damit du es weißt.«

Ich sitze da wie betäubt. Möchte spontan an sie appellieren, die Endgültigkeit ihrer Aussage noch einmal zu überdenken, aber es geht nicht, ich bekomme keinen Ton heraus.

»Ich werde dich immer lieb haben, Jess. Du bist meine einzige Schwester, meine beste Freundin.« Sie schüttelt den Kopf, und dann bricht sie in Tränen aus. Es zerreißt mir schier das Herz. »Ich werde auch Rose immer lieb haben«, stößt sie unter Schluchzen hervor, »weil sich das nicht so einfach abstellen lässt. Ihr kann ich an all dem keine Schuld geben, sie kann am wenigsten dafür, aber das ist alles. Zu mehr fühle ich mich nicht imstande.« Sie fällt mir um den Hals, und ich halte sie einfach nur umarmt, während sie sich an meiner Schulter ausweint.

Zu Hause mache ich uns eine Suppe warm. Sie muss etwas essen, sage ich zu ihr. Ein Ratschlag, den sie umgehend an mich zurückgibt. Dann erzählt sie mir, dass sie vorläufig zu einer Kollegin zieht, mit der sie befreundet ist und die in ihrem Haus noch ein Gästezimmer freihat. Dort will Leah sich darüber Gedanken machen, wie es weitergehen soll.

»Aber euer Haus«, sage ich erschrocken, während ich daran zurückdenke, wie entzückt sie damals darüber war, mit Gus zusammen ein so schönes Haus gefunden zu haben, noch dazu gar nicht weit weg von uns. Denn Leah mochte mich, ihre Schwester, nicht missen. Wollte in unserer Nähe wohnen, bei mir und Anna. »Euer wunderschönes Haus …«

Sie zuckt wegwerfend die Achseln. »Ja. Aber es ist eben auch nur ein Haus. Und Häuser kann man wieder verkaufen.«

Sie kommt mit, als ich Rose von der Schule abhole. Rose läuft ihr freudestrahlend in die Arme. »Ante Leah!« Mit dem Wort »Tante« tut sie sich schwer, immer schon. Zusammen kehren wir zum Auto zurück, mit Rose in unserer Mitte, die wir beide an der Hand halten. Da kommt uns Finn entgegen, mit seinem Rucksack an der Schulter. Er hält den Blick zu Boden gesenkt und scheint mich gar nicht wahrzunehmen. Ehe er an mir vorbeiläuft, spreche ich ihn an.

»Finn? Gehst du heute zu Fuß nach Hause?«

»Ja. Dad hat es mir erlaubt, er findet auch, dass ich so weit bin. Kommen Sie bald zurück, Mrs Powers?«

»Ja, nächste Woche«, antworte ich spontan, ohne lange zu überlegen. »Ich sehne mich nach Normalität.«

»Aber da drinnen wimmelt's doch nur so von Irren.« Er deutet mit dem Kopf zur Schule hinüber und grinst. Ich öffne die Wagentüren per Funkschlüssel, und Leah und Rose steigen hinten ein. Rose versucht, Leah den Refrain eines Liedes beizubringen, das sie gerade vor sich hin singt, damit sie ihn mit ihr zusammen singen kann.

Bei ihr zu Hause setze ich sie ab. Als sie ausgestiegen ist, wirft Leah uns zum Abschied noch ein paar Kusshändchen zu, ehe sie in ihren Wagen einsteigt, der bereits mit allem beladen ist, was sie bei ihrem vorläufigen Umzug benötigt. Sie setzt rückwärts aus der Auffahrt, wendet in fünf statt in drei Zügen und wirft mir im Rückspiegel noch einen letzten Blick zu. Dann fährt sie davon.

52. Anna

Raw Honey Blogspot, 29.03.2015

Liebe Leser, hier ein kleines Update.

Meine Tochter hat gelogen. Meine Tochter lebt nicht mehr. Meine Schwester hat geweint. Ihr Ehemann hat gelogen. Und auch ich habe geweint. Ebenso wie die Tochter meiner Tochter.

Es hat zu viele Lügen gegeben, zu viele Tränen und nicht viele Schlusspunkte. Und einen Schlusspunkt sollte es allein schon deswegen geben, weil meine Tochter, Ihnen besser bekannt als »Honey-Girl«, nun tot ist, nicht wahr?

Es fühlt sich an, als sollte es irgendwie nett enden. Man beachte, ich rede nicht mal von einem Happy End, bloß von irgendeinem Ende. Doch es gibt keins. »Honey-Girl« lebt weiter, in meinem Kopf zumindest. Ich rede noch immer mit ihr, jeden Tag. Streite mich sogar mit ihr, ganz wie zu ihren Lebzeiten immer. Und zwar so heftig, dass in meiner Einbildung regelmäßig die eine oder andere von uns türenschlagend davonstürmt. Das ist nur möglich, weil ich meine Tochter gut gekannt habe. Trotz der schmerzhaften letzten Monate; trotz der leidvollen Erkenntnis, dass ich mit einer jungen Frau unter einem Dach gewohnt habe, die mir im Nachhinein vollkommen fremd erscheint, die im Leben einige sehr, sehr selbstsüchtige Entscheidungen getroffen hat – sie war noch so viel mehr als das.

Sie war ihrer kleinen Tochter eine wundervolle Mutter. Mir war sie, solange sie lebte, eine wundervolle Tochter. Und wenn ich wundervoll sage, dann übertreibe ich nicht. Sie strahlte, sie funkelte, sie sang. Sie hatte eine lebhafte, sprühende Präsenz, die jeder, der ihr begegnete, unmittelbar spürte. Das ist die Seite von ihr, auf die ich meinen Fokus richte, wenn ich an sie zurückdenke.

An trüben Tagen, wenn meine Stimmung nicht ganz so sonnig ist und Gedanken an andere, unschöne Eigenschaften ihrer Psyche an die Oberfläche drängen – schiebe ich diese Gedanken beiseite. Damit ist nicht gemeint, dass ich diese Eigenschaften ignoriere; ich weiß, dass sie existieren. Existiert haben. Das weiß ich nun und kann dieses Wissen nie mehr auslöschen. Es steht mir allerdings frei, mich und meine Enkelin davor zu schützen. Es steht mir frei, das Wissen um diese Eigenschaften sozusagen zu den Akten zu legen, um es an den grauen, trüben Tagen abzurufen, wenn jemand anderes das Thema anschneidet, um mit mir darüber zu reden. Was oft genug vorkommt. Und ich scheue vor diesen Gesprächen nicht zurück. Ich höre geduldig zu, schließe die Augen, atme tief durch und tue mein Bestes, ein weiteres Mal über all das hinwegzusehen.

Honey-Girl hat gelogen, und Honey-Girl ist gestorben, aber sie hat auch gelebt, und ich mag mein Leben nicht leben, ohne ihr verzeihen zu können.

Denken Sie bitte nicht, das sei einfach, liebe Leser. Denken Sie nicht, dass die gähnenden Abgründe, die sie und ihr Liebhaber in das Gewebe meiner Familie gesprengt haben, je in Vergessenheit geraten können, aber ihre Taten müssen ihr verziehen werden. Zumindest von mir. Denn weiterleben, Lehren aus ihrem Leben ziehen und aus all den Dingen, die sie mir noch nach ihrem Tode zugefügt hat – das kann ich nur, wenn ich ihr verzeihe.

Dasselbe kann ich von meiner Schwester nicht behaupten. Wer weiß, eines Tages ist sie vielleicht so weit; aber das ist eine Hoffnung, die eher auf Wunschdenken gründet als auf harten, konkreten Fakten.

Das hier wird der letzte Eintrag auf diesem Blog sein. Ob ihn noch jemand liest, wer weiß, denn ich werde den Blog heute löschen. Danke, Honey-Girl, dass du dieses Mal dein Geburtsdatum als Passwort verwendet hast, das sogar funktioniert.

Das hier also ist alles, was ich Lesern dieses Blogs als Fazit anbieten kann. Diesen Blog zu finden und ihn zu lesen hat mir zu vielen Einblicken in die Natur des Menschen verholfen, nicht zuletzt in meine eigene, und dafür sollte ich ihr wohl auf seltsame Weise dankbar sein, meiner Tochter Anna.

Ja. Sie hieß Anna. Das bedeutet Liebreiz, Gnade oder auch Segen. Und ja. Ich war durch sie gesegnet.

Epilog

An den Seen, 07.12.2015

Das Paket wird von einem wortkargen Kurier überbracht, einem jungen Mann, der vermutlich lieber bei sich zu Hause im Warmen wäre, als an diesem eisigen Dezembertag in seinem Lieferwagen Pakete auszufahren. Es ist in etliche Lagen Luftpolsterfolie eingewickelt, die Rose wahrscheinlich mit großem Vergnügen zum Knallen bringen wird, wenn sie aus der Schule zurück ist. Mopsi wuselt mir bellend um die Füße herum.

Nach einigen Minuten habe ich das Bild zum Vorschein gebracht, das etwa dreißig mal sechzig Zentimeter misst, und halte es vor mir in die Höhe. Das Motiv kommt mir irgendwie bekannt vor, aber ich vermag es nicht recht unterzubringen … bis mir einfällt, woher ich es kenne. Aus der Gästetoilette meiner Eltern, wo ein Foto von Anna und Rose an der Wand hängt – beide in Profilansicht, auf den See hinausblickend. Staunend betrachte ich das Bild, halte es mal hierhin, mal dorthin. Wie hat er das gemacht?

Irgendwie hat der Künstler mich mit auf das Bild gezaubert; drei Profilansichten, ganz schnörkellos, bloße schwarze Umrisslinien auf gelber Leinwand. Ich kaue auf der Unterlippe, muss mühsam die Tränen zurückhalten. Hier halte ich sie in der Hand, die drei Generationen – ich, Anna und Rose. Ich senke den Blick auf die Signatur unten in der Ecke. Charles Everard. Der Name sagt mir nichts, aber es ist dem Maler gelungen, uns auf diesem Bild in drei schlichten schwarzen Silhouetten unverkennbar auf die Leinwand zu bannen. Es ist wunderschön.

Die beigefügte Karte, die ein Bild der Madonna mit Kind ziert, enthält einen Text von Theo. Seine ein wenig nach links geneigte

Handschrift ist sauber und ordentlich, anders als die unleserliche Krakelei, die bei Ärzten sonst üblich ist:

Dieser Künstler malt am liebsten fröhliche Motive.
Ich hoffe, dass dieses Bild auch Dir Freude macht, wenn
Du es ansiehst. Ich denke heute an euch beide. T x

Ich rufe ihn umgehend an. »Es ist perfekt«, sage ich, als er sich meldet. »Es hat mich heute Morgen schon zum Lächeln gebracht, und das wird sicher jeden Tag so weitergehen. Danke dir.«

»Keine Ursache. Ich habe es per Kurier verschickt, damit du es gleich morgens bekommst. Aber ich fahre auch gleich los, so um zwei müsste ich da sein.«

Reichlich früh, überlege ich. Vor Viertel nach drei, wenn Rose von der Schule nach Hause kommt, passiert gar nichts.

»Kommt Finn auch?«, frage ich.

»Nein. Harriet kommt für die nächsten Tage her. Er ist gerade im ersten Halbjahr, da kann ich ihn nicht einfach von der Schule nehmen.«

Ich nicke.

»Jess, ich muss Schluss machen. Sie ist gerade reingekommen.«

»Fahr vorsichtig.«

»Mache ich. Ich liebe dich.«

Und damit legt er auf. Legt auf, ehe ich die Worte sagen kann, die mir auf der Zunge liegen. *Ich liebe dich auch, Theo.*

Ich bereite zwei Becher Kaffee zu, dann streife ich meinen Mantel über, verlasse das Haus durch die seitliche Tür und lege ein paar Meter auf dem schmalen Fußweg zurück, bis ich im Garten bin. Ganz anders als mein alter Garten; das einzig Vertraute hier ist Doug. Ich reiche ihm den dampfenden Kaffee. Er hat ein Stromkabel gelegt, von dem kleinen Schuppen hinüber zu Theos Weihnachtsbaum, den ich in einem Blumentopf dicht am hinteren Fenster aufgestellt habe. Es war Dougs Idee, den Baum mit einer

Lichterkette zu versehen, damit Rose ihn abends hier draußen auch sehen kann. Ich sehe zum Himmel hoch, der sich gerade zunehmend mit dunklen Wolken bezieht, und verziehe das Gesicht. Die Witterung hier oben ist für mich immer noch gewöhnungsbedürftig.

»Was meinst du, bleibt es noch lang genug trocken?«, frage ich.

Doug hebt den Kopf, schnuppert. »Eher nicht.« Damit wendet er sich zum Schuppen um und drückt dort auf einen Schalter.

Sofort herrscht Weihnachten im Garten, und ich lächle selig. Der Baum ist voll kleiner weißer Lichter, und auch der Stern oben auf der Spitze ist ringsherum mit winzigen Lämpchen besetzt. Die noch dazu rhythmisch blinken, anders als die Lichterkette im Baum. Ich stelle meinen Becher auf dem Fensterbrett ab und umarme Doug. »Toll, danke. Eine Stimmung wie am Trafalgar Square, und das in einem kleinen Reihenhausgarten in Windermere.«

Er packt einige Werkzeuge ein und stürzt den restlichen Kaffee hinunter, ehe er mir den Becher reicht. »So, muss los, zur Arbeit, aber wir sehen uns ja später. Carol und ich holen die Kinder von der Schule ab, wir kommen also mit Rose direkt dorthin. Du kommst klar bis dahin?«

Ich nicke. Ich habe nur eine Sache zu erledigen, die ich nicht vergessen darf.

Doug kommt nicht mehr mit ins Haus, verlässt den Garten direkt durch die kleine Pforte an der Seite. So bekommt er das Bild nicht zu sehen, das Theo mir heute per Kurier geschickt hat und das ich den restlichen Vormittag über wie hypnotisiert anstarre.

Mittags bin ich zum Essen bei Mum und Dad. Sie ist in einer ihrer fahrigen Stimmungen, läuft pausenlos durch die Gegend und will Dinge erledigen, die schon längst erledigt sind. Dad sitzt in seinem Sessel und schläft, und ich decke ihn neu zu und setze mich neben ihn. Von meinem Sessel aus sehe ich alle fünf Minuten auf die Uhr an der Wohnzimmerwand und springe sofort auf, als es um zehn vor zwei an der Tür klingelt. Theo gerät fast aus dem Gleichgewicht, als ich ihm buchstäblich mit einem Sprung um den Hals falle und ihn so fest umarme, wie es sein dicker Schal nur zulässt.

Er hebt mich über die Schwelle in den Flur und schließt die Tür hinter sich. Der Kuss, den wir uns zur Begrüßung geben, ist mehr ein Küsschen, schließlich steht meine Mutter nur wenige Meter hinter mir. »Es steht noch Eintopf im Kühlschrank, Theo, soll ich den für dich aufwärmen?«

Theo grinst, während er seine Handschuhe auszieht und sich den Schal vom Hals wickelt. »Das wäre wunderbar, Barbara, danke.«

Ich sehe ihm beim Essen zu, behalte die Uhr im Auge.

»Hast du was gehört?«, fragt er zwischendurch, ehe er den nächsten Löffel wärmender Suppe zum Mund führt.

Ich schüttle den Kopf, und er nickt bloß.

Um drei Uhr sind wir so weit vollzählig und beschließen, etwas früher anzufangen, um das wegen der grauen Wolken ohnehin spärliche Tageslicht auszunutzen. Warm eingepackt in Schals, Mützen, Handschuhen und in Gummistiefeln, stapfen wir durch den Garten bis zu dem kleinen Bootssteg hinten am See. Doug geleitet und stützt Dad. Carol hält die Kinder an der Hand, ihre beiden Jungen und Rose. Theo hat den Arm um mich gelegt und hält mich, und ich halte Anna. Ich sehe mich zum Haus um, noch immer in der Hoffnung, Leah zu sehen, die von innen die Schiebetüren öffnet, und doch in dem Wissen, dass ich vergeblich hoffe.

Es ist kalt hier draußen, alle bibbern hörbar, also verschwende ich keine Zeit. Ich streife meinen rechten Handschuh ab, den ich Theo reiche, atme tief durch und stelle mich dann so hin, dass ich den Wind im Rücken habe.

»Anna«, sage ich laut. »Du warst immer gern hier.«

Ich schraube den Deckel von dem Behälter, keine Urne, technisch gesehen, sondern tatsächlich eine schlichte, runde Büchse. Ich greife hinein, erlaube meinen Fingern, eine Faust um die Asche meiner Tochter zu bilden. Ich spüre nichts, kein elektrisches Knistern, wie heimlich erhofft, bloß die feinkörnigen Überreste ihres Körpers zwischen meinen Fingern. Mein Herzschlag, ruhig und regelmäßig, hallt mir dumpf in den Ohren wider und ruft mir meine eigene Lebenskraft in Erinnerung. Mein Kiefer fühlt sich schmerzhaft verspannt an, doch ich zwinge mich, trotzdem den Mund zu öffnen. »Du warst immer gern hier«, sage ich noch einmal, »und wir haben dich geliebt und werden dich immer lieben, mein liebstes Mädchen.«

Ich lasse das Pulver durch meine Finger rieseln; das meiste landet unten im Wasser, aber auch der Wind trägt einiges davon. Ich sehe sie vor mir, während ich eine Handvoll Pulver nach der anderen aus der Büchse schöpfe. Bilder aus ihrem Leben gehen mir durch den Kopf, nicht wie ein Film, sondern eher Momentaufnahmen, Standbilder; als hielte sie in der Bewegung inne, sodass ich mich genötigt sehe, mir Zeit zu lassen, um jedes Bild zu betrachten und in allen Einzelheiten auszukosten.

Alle treten nacheinander vor, um Anna beim Abschied zu helfen, und als Rose eine kleine Handvoll Asche aus der Büchse klaubt, sehe ich Anna kurz nach der Entbindung vor mir, mit einem Ausdruck zwischen Schock und Freude auf ihrem erschöpften Gesicht. Schließlich hebe ich die Büchse in die Höhe und sehe zu, wie ihre letzten Reste vom Wind davongetragen werden. Dann schraube ich den Deckel wieder auf die leere Büchse und sehe auf meine Hand hinab. Unsere kleine Gruppe kehrt bereits wieder zum Haus zurück, wo Mum eine warme Suppe bereithält. Meine Hand ist grau, ringsum mit Anna bedeckt. Kurz frage ich mich, welcher Teil von ihr da an meiner Haut haften mag, ob Oberschenkelknochen, Hand oder Herz. Dann hocke ich mich hin und tauche die Hand ins eiskalte Wasser des Sees.

Und da spüre ich es, ein Gefühl, als würde ihre Energie mit

der meinen zusammenprallen. Ich kneife die Augen zu und rede mir ein, dass sie es ist, während ich den stechenden Schmerz aushalte – nicht bloß das eisige Wasser. Es ist Anna, ihre letzten sterblichen Überreste, die noch an mir haften. »Ruhe sanft, mein liebstes Mädchen, nun ist es Zeit zum Schlafen …« Ich schwenke die Hand einige Male im Wasser hin und her, dann richte ich mich wieder auf. Nachdem ich das Wasser heruntergeschüttelt habe, nimmt Theo meine kalte Hand und umfasst sie schützend mit der seinen. So spazieren wir gemeinsam zurück, zu der Tür, an der gebeugt mein Vater steht und uns beobachtet.

Nachdem es getan war, hielt Theo sich bewusst abseits, während bei wärmendem Essen und kaltem Wein Erinnerungen an Anna ausgetauscht wurden. Leah hatte sich nicht blicken lassen. Und obwohl sie sich das eigentlich vorher hatte ausrechnen können, konnte er Jess dennoch ansehen, wie enttäuscht sie darüber war.

»Manches lässt sich eben nicht mehr einrenken, das ist so.« Doug hatte sich neben ihn gestellt. Theo sagte nichts.

»Wie läuft es bei euch beiden?«, fragte Doug.

Theo wandte ihm das Gesicht zu, wusste nicht recht, wie er darauf reagieren sollte. Der Exmann seiner Freundin, der sich nach dem Stand ihrer Beziehung erkundigte. Er entschied sich für eine betont kurze Antwort. »Gut.«

»Das freut mich.« Doug nickte. »Alles in allem wirkt sie ganz glücklich.«

Nun war es an Theo, zu nicken.

»Am Anfang, als sie hergekommen ist, habe ich ihr beim Umzug geholfen. Sie hatte so einen schwarzen Müllsack, in dem sie alles an Post gehortet hat, was noch für Anna bei ihr angekommen ist. Ich war entsetzt, es waren Kreditkartenabrechnungen darunter, um die sich dringend jemand kümmern musste, jede Menge Kram, mit dem sie sich nicht befassen wollte – im Grunde hatte sie alles, was in einem Fensterbriefumschlag bei ihr ankam, in diesen Sack unter der Treppe gestopft. Wir sind den Inhalt zusammen durchgegangen, ehe sie umgezogen ist.«

Theo nickte noch immer, bedächtig, rhythmisch.

»Da war ein Schreiben, das ich Jess nicht gezeigt habe. Ein Mietvertrag, nur wenige Seiten lang.«

Theo spürte, wie sein Adamsapfel auf und ab hüpfte.

»Anna wollte in eine Zweizimmerwohnung ganz in der Nähe ziehen ... Aber das weißt du ja, Theo, nicht wahr, da du den Vertrag mit unterzeichnet hast, als Bürge für sie.«

»Ich habe ihr nichts davon erzählt«, sagte Theo mit einem raschen Seitenblick zu Jess. Er hatte ihr auch nicht erzählt, dass er schon seit Annas Brief über Gus Bescheid wusste. Wozu auch, so seine Überlegung. Was sollte das bringen?

»Ich weiß«, erwiderte Doug. »Ich auch nicht. Ich glaube, uns beiden liegt ihr Wohl am Herzen.« Zusammen starrten sie kurz zum Tisch hinüber, wo Jess Rose auf dem Knie sitzen hatte.

»War die Wohnung bloß für sie und Rose?«

»Ja. Anderenfalls hätte ich sie in der Sache nie unterstützt«, sagte Theo. »So hat sie es mir zumindest geschildert.«

Doug seufzte. »Wir werden es wohl nie wirklich erfahren, aber du hast recht.« Er blickte noch einmal zu Jess. »Es ist besser, wenn sie nie davon erfährt.«

»Sie wusste, dass Anna vorhatte, auszuziehen, das hatte sie in dem Blog gelesen. Ich fand es bloß sinnlos ...«, Theo zuckte mit den Schultern, »na ja, es ihr unter die Nase zu reiben.«

»Aber eins verstehe ich nicht«, sagte Doug. »Wieso hat sie sich nicht an mich gewandt? Als sie Hilfe brauchte?«

»Weil du vielleicht Jess von ihren Plänen erzählt hättest. Oder weil Jess dir Vorwürfe gemacht hätte, wenn sie dahintergekommen wäre, dass du Anna geholfen hast.«

Jess blickte zu ihnen hinüber.

»Ach so.« Doug setzte ein breites Lächeln auf. »Lächle besser, sie schaut gerade hierher.«

Theo folgte seinem Rat.

»Und solltest du ihr je wehtun, bekommst du's mit mir zu tun.« Doug täuschte ein Lachen vor, in dem Bewusstsein, dass er noch immer beobachtet wurde. »Wenn sie liebt, dann absolut rückhaltlos, und weiß der Himmel, sie verdient es, ebenso zurückgeliebt zu werden.« Er klopfte Theo auf die Schulter. »Vergiss das nicht.«

Es ist eine bewölkte, tiefschwarze Nacht. Rose tut mir leid, die auch heute wieder neben mir nach Sternen Ausschau hält und das Fenster meiner Mutter mit kleinen Handabdrücken verschmiert.

Ich denke an Weihnachten, das schon in knapp drei Wochen ist. Wir werden alle hier sein, Mum wird sich rührend um uns kümmern und mit Köstlichkeiten verwöhnen, bis wir fast platzen, und Dad wird uns alle von seinem Sessel aus lieben. Leah kommt hoffentlich auch. Mein Herz fühlt sich an wie in einer Schraubzwinge, wenn ich an sie denke; sie fehlt mir so sehr, und all das, was wir zusammen hatten, sie und ich. Ich gebe mir alle Mühe zu respektieren, dass sie weiter mit dem Ende ihrer Ehe hadert, dass sie auch aus dem Grund heute nicht hergekommen ist. Das gestrige Telefonat mit ihr hatte in dieser Hinsicht noch gewisse Hoffnungen in mir geweckt. Sie will versuchen, Anna irgendwie zu vergeben, weil der Groll auf sie auch ihr Verhältnis zu mir belastet, doch wenn ich im vergangenen Jahr eines gelernt habe, dann dies: dass Liebe eine komplizierte Sache sein kann, die an allerlei Vorbedingungen geknüpft ist. Ich kann mir einfach nicht vorstellen, wie die Liebe zwischen Leah und mir in Zukunft aussehen wird, und das finde ich schrecklich.

Rose schiebt ihr Händchen in meine Hand. Ihre Finger schließen sich um meine, und dieses Gefühl erdet mich. Das finde ich wundervoll. Da deutet sie mit der anderen Hand zu einer Stelle am Himmel, wo die Wolken kurz aufgerissen sind, und stößt einen Freudenschrei aus, wegen der funkelnden Sterne, die dort nun zu sehen sind.

– Bist du glücklich, Anna?
– So glücklich, wie ich eben sein kann.
– Wie ist es so, da oben im Himmel?
– Überbewertet. Ich wäre viel lieber da unten bei euch.
– Du fehlst mir sehr. Heute noch mehr als sonst.
– Ich weiß.
– Ich habe dein Lachen wieder bei Rose gehört, heute Morgen; sie hat genauso in sich hineingelacht wie du immer, mit diesem satten, tiefen Timbre.
– Danke, dass du sie zum Lachen bringst. Umarme sie heute bitte ganz besonders fest für mich. Richte ihr aus, dass ihre Mummy sie liebt.
– Bedingungslos?
– Ha! Sehr komisch … aber, ja. Ja … dich liebe ich auch, Mama.
– Ich dich auch. Bis zu den Sternen und darüber hinaus.

ENDE